U0837242

西游成事智慧

Ⅱ

入局

渤海小吏 著

北京联合出版公司
Beijing United Publishing Co.,Ltd.

图书在版编目（CIP）数据

西游成事智慧．2，入局 / 渤海小吏著．-- 北京 ：
北京联合出版公司，2025．6．-- ISBN 978-7-5596-8553-
7

Ⅰ．I207.414

中国国家版本馆 CIP 数据核字第 2025UA0159 号

西游成事智慧 2：入局

作　　者：渤海小吏

出 品 人：赵红仕

责任编辑：肖　桓

北京联合出版公司出版

（北京市西城区德外大街 83 号楼 9 层　100088）

河北鹏润印刷有限公司印刷　新华书店经销

字数 580 千字　700 毫米 × 1000 毫米　1/16　印张 36.25

2025 年 6 月第 1 版　2025 年 6 月第 1 次印刷

ISBN 978-7-5596-8553-7

定价：72.00 元

版权所有，侵权必究

未经书面许可，不得以任何方式转载、复制、翻印本书部分或全部内容。

本书若有质量问题，请与本公司图书销售中心联系调换。电话：（010）82069336

目 录

第七章　火炼真金，老君系对悟空人生的二次升级

第二十八回　花果山群妖聚义，黑松林三藏逢魔 …… 002

第二十九回　脱难江流来国土，承恩八戒转山林 …… 015

第三十回　邪魔侵正法，意马忆心猿 …… 026

第三十一回　猪八戒义激猴王，孙行者智降妖怪 …… 041

第三十二回　平顶山功曹传信，莲花洞木母逢灾 …… 060

第三十三回　外道迷真性，元神助本心 …… 077

第三十四回　魔头巧算困心猿，大圣腾那骗宝贝 …… 093

第三十五回　外道施威欺正性，心猿获宝伏邪魔 …… 108

第八章　双料暗喻，西牛贺洲的“小大唐”计划

第三十六回　心猿正处诸缘伏，劈破傍门见月明 …… 124

第三十七回　鬼王夜谒唐三藏，悟空神化引婴儿 …… 141

第三十八回　婴儿问母知邪正，金木参玄见假真 …… 156

第三十九回　一粒金丹天上得，三年故主世间生 …… 169

第九章　露水情孽，野果攀正根的嫁接之路

第四十回　婴儿戏化禅心乱，猿马刀圭木母空……188
第四十一回　心猿遭火败，木母被魔擒……205
第四十二回　大圣殷勤拜南海，观音慈善缚红孩……222
第四十三回　黑河妖孽擒僧去，西洋龙子捉鼍回……237

第十章　香火祭祀，车迟国的“教皇实验”

第四十四回　法身元运逢车力，心正妖邪度脊关……254
第四十五回　三清观大圣留名，车迟国猴王显法……270
第四十六回　外道弄强欺正法，心猿显圣灭诸邪……286
第四十七回　圣僧夜阻通天水，金木垂慈救小童……300
第四十八回　魔弄寒风飘大雪，僧思拜佛履层冰……314
第四十九回　三藏有灾沉水宅，观音救难现鱼篮……327

第十一章　金砂均平物我的西天本愿，佛祖不能说破的六耳之谜

第五十回　情乱性从因爱欲，神昏心动遇魔头……344
第五十一回　心猿空用千般计，水火无功难炼魔……358
第五十二回　悟空大闹金𡶴洞，如来暗示主人公……373
第五十三回　禅主吞餐怀鬼孕，黄婆运水解邪胎……387
第五十四回　法性西来逢女国，心猿定计脱烟花……402
第五十五回　色邪淫戏唐三藏，性正修持不坏身……416
第五十六回　神狂诛草寇，道昧放心猿……433
第五十七回　真行者落伽山诉苦，假猴王水帘洞誊文……450

第五十八回　二心搅乱大乾坤，一体难修真寂灭……463

第十二章　妖仙僭越，野生精怪的最终结局

第五十九回　唐三藏路阻火焰山，孙行者一调芭蕉扇……482
第六十回　牛魔王罢战赴华筵，孙行者二调芭蕉扇……499
第六十一回　猪八戒助力破魔王，孙行者三调芭蕉扇……513
第六十二回　涤垢洗心惟扫塔，缚魔归正乃修身……529
第六十三回　二僧荡怪闹龙宫，群圣除邪获宝贝……542
第六十四回　荆棘岭悟能努力，木仙庵三藏谈诗……558

第七章

火炼真金，
老君系对悟空人生的二次升级

第二十八回

花果山群妖聚义，黑松林三藏逢魔

却说那大圣，虽被唐僧逐赶，然犹思念，感叹不已。早望见东洋大海，道：“我不走此路者，已五百年矣！”只见那海水：

烟波荡荡，巨浪悠悠。烟波荡荡接天河，巨浪悠悠通地脉。潮来汹涌，水浸湾环。潮来汹涌，犹如霹雳吼三春；水浸湾环，却似狂风吹九夏。乘龙福老，往来必定皱眉行；跨鹤仙童，反覆果然忧虑过。近岸无村社，傍水少渔舟。浪卷千年雪，风生六月秋。野禽凭出没，沙鸟任沉浮。眼前无钓客，耳畔只闻鸥。海底游鱼乐，天边过雁愁。

那行者将身一纵，跳过了东洋大海，早至花果山。按落云头，睁睛观看，那山上花草俱无，烟霞尽绝，峰岩倒塌，林树焦枯。你道怎么这等？只因他闹了天宫，拿上界去，此山被显圣二郎神率领那梅山七弟兄，放火烧坏了。这大圣倍加凄惨。有一篇败山颓景的古风为证：

回顾仙山两泪垂，对山凄惨更伤悲。当时只道山无损，今日方知地有亏。可恨二郎将我灭，堪嗔小圣把人欺。行凶掘你先灵墓，无干破尔祖坟基。满天霞雾皆消荡，遍地风云尽散稀。东岭不闻斑虎啸，西山那见白猿啼。北溪狐兔无踪迹，南谷獐犯没影遗。青石烧成千块土，碧纱化作一堆泥。洞外乔松皆倚倒，崖前翠柏尽稀少。椿杉槐桧栗檀焦，桃杏李梅梨枣了。柘绝桑无怎养蚕，柳稀竹少难栖鸟。峰头巧石化为尘，涧底泉干都是草。崖前土黑没芝兰，路畔泥红藤薜攀。往日飞禽飞那处？当时走兽走何山？豹嫌蟒恶倾颓所，鹤避蛇回败坏间。想是日前行恶念，致令日下受艰难。

那大圣正当悲切，只听得那芳草坡前、蔓荆凹内，响一声，跳出七八个小猴，一拥上前，围住叩头，高叫道："大圣爷爷！今日来家了！"美猴王道："你们因何不耍不顽，一个个都潜踪隐迹？我来多时了，不见你们形影，何也？"群猴听说，一个个垂泪告道："自大圣擒拿上界，我们被猎人之苦，着实难捱。怎禁他硬弩强弓，黄鹰劣犬，网扣枪钩。故此各惜性命，不敢出头顽耍，只是深潜洞府，远避窝巢。饥去坡前偷草食，渴来涧下吸清泉。却才听得大圣爷爷声音，特来接见，伏望扶持。"

那大圣闻得此言，愈加凄惨，便问："你们还有多少在此山上？"群猴道："老者、小者，只有千把。"大圣道："我当时共有四万七千群猴，如今都往那里去了？"群猴道："自从爷爷去后，这山被二郎菩萨点上火，烧杀了大半。我们蹲在井里，钻在涧内，藏于铁板桥下，得了性命。及至火灭烟消，出来看时，又没花果养赡，难以存活，别处又去了一半。我们这一半，捱苦的住在山中。这两年，又被些打猎的抢了一半去也。"行者道："他抢你去何干？"群猴道："说起这猎户，可恨！他把我们中箭着枪的、中毒打死的，拿了去剥皮剔骨，酱煮醋蒸，油煎盐炒，当做下饭食用。或有那遭网的、遇扣的，夹活儿拿去了，教他跳圈做戏，翻筋斗，竖蜻蜓，当街上筛锣擂鼓，无所不为的顽耍。"

大圣闻此言，更十分恼怒，道："洞中有甚么人执事？"群猴道："还有马、流二元帅，崩、芭二将军管着哩。"大圣道："你们去报他知道，说我来了。"那些小妖撞入门里，报道："大圣爷爷来家了！"那马、流、崩、芭闻报，忙出门叩头，迎接进洞。大圣坐在中间，群妖罗拜于前，启道："大圣爷爷，近闻得你得了性命，保唐僧往西天取经，如何不走西方，却回本山？"大圣道："小的们，你不知道。那唐三藏不识贤愚，我为他一路上捉怪擒魔，使尽了平生的手段，几番家打杀妖精；他说我行凶作恶，不要我做徒弟，把我逐赶回来，写立贬书为照，永不听用了。"

众猴鼓掌大笑道："造化！造化！做甚么和尚，且家来，带携我们耍子几年罢！"叫："快安排椰子酒来，与爷爷接风。"大圣道："且莫饮酒。我问你，那打猎的人，几时来我山上一度？"马、流道："大圣，不论甚么时度，他逐日家在这里缠扰。"

大圣道：“他怎么今日不来？”马、流道：“看待来耶。”大圣分付：“小的们，都出去把那山上烧酥了的碎石头，与我搬将起来堆着。或二三十个一堆，或五六十个一堆，堆着，我有用处。”那些小猴，都是一窝风，一个个跳地搠天，乱搬了许多堆集。大圣看了，教：“小的们，都往洞内藏躲，让老孙作法。”

一身臭毛病的悟空被唐僧赶走了，从五行山脱困到白虎岭被开除，一路走来猴哥自己是最大责任人。作者这么安排，也是要给他的猿生补齐一段经历。从此他这个称王称霸惯了的齐天大圣，要去对没本事的人低头了。

总会有比他来头大、比他背景硬的人，他需要忍耐那些在他看来啥也不是的家伙，因为没有人家在背后衬托，他那所谓的“通天大才”一文不值。

这个世界,永远是“不看僧面看佛面”的。其实很多“佛”也不希望自己给“僧”背书，但那些“僧”只要在过往中跟“佛”扯上弟子之类的密切关系，“佛”这辈子便赖不掉了，只能保着他们。因为这些“僧”已经涉及“佛”权力大厦的信心基石了，他们只要不作死，“佛”就只能配合他们，一辈子给予他们“不看僧面看佛面”的照顾！

其实佛祖对悟空的培养和厚爱堪称顶级，但佛祖依旧不能挑破这层关系，要保留最终解释权。一句话说出去前，你是这句话的主人；说出去后，你就永远要为这句话负责，就成了它的奴隶。只要佛祖不挑破自己跟悟空的关系，就永远不用拿这金贵的佛面为悟空背书。

如来在成为如来佛祖的过程中，总会遇到陪伴他成长又远配不上他的能力、咖位的“僧”们。如来佛祖的弟子中有须菩提，也有金蝉子，他们能力不同，职责也不同，这就好比唐僧的弟子也分悟空和八戒。但只要金蝉子有一个千载难逢的机缘成为如来佛祖公示的二弟子，那从此金蝉子的荣辱便不是他一个人的事了！

哪怕他已经是“致死金蝉”了，佛祖也要安排他“重脱壳”，也要“故令玄奘再修行”，因为他是自己的二弟子。要是连自己的弟子都不保，那么他身边的菩萨、罗汉和金刚还会死心塌地地跟着他吗？

如果你有幸成为如来佛祖的二弟子，那你这辈子最重要的事就是忠诚，不要这山望着那山高，你身上的那层“皮”是扒不掉的，很多时候，这就是你一辈子的命数，你不会有换一辆车的选择。

猴为申，申中主藏庚金，庚金为阳，在天为霜雪，在地为杀伐。猴哥这辈子也是杀气过重，庚金就像好钢、好铁，他想成器的话必须经过火的锻造。

庚金这辈子最配的，是丁火。

再看作者给猴哥安排的质变，总想弄死猴哥却总也弄不死他的太上老君，其实是猴哥这辈子除了如来佛祖之外最大的贵人。

八卦炉中烧的是什么火？

是六丁神火！

猴哥不仅要在物理意义上被八卦炉中的丁火锻造，对于他的被开除，作者也安排了老君系的“帮助”让他得以重回取经队伍。

人不经锻造捶打，永远不可能成器！

而且有的时候，暂时从风暴中退出来也不是坏事。特别是当队伍里有一群混子的时候，你离开了，让这帮人挑一挑大梁，很快他们就连饭都吃不上了。

真金是不怕火炼的，但八戒和沙僧很怕。

猴哥回到了他已有五百年没回的花果山，发现老家此时相当破败，山上花草俱无，烟霞尽绝，峰岩倒塌，林树焦枯。

为什么呢？

跟他对黑风山和黄风岭下的手一样，这花果山被梅山雇佣兵军团烧坏了。猴哥对二郎神的态度是愤怒的，所谓“可恨二郎将我灭，堪嗔小圣把人欺”。咱们记住猴哥此时的态度，他后来再遇到二郎神时会有巨大的反转。最后这两句诗其实是说猴哥认命了：“想是日前行恶念，致令日下受艰难。”

没有人比悟空更明白当妖有多悲哀，因为他是妖、道、僧三个流派都混过的。没有对比就没有伤害，人外有人，天外有天，他已经知道自己不是无所不能的了。惹到自己惹不起的人时，你连反抗的能力都没有，自己这妖其实是没有前程的。

猴哥正睹物伤情时，跳出来几只小猴，跟猴哥讲了下花果山的近况。当年他战败之后，梅山雇佣兵军团直接把山给烧了。二郎神可没容情，活下来的猴子都是蹲在井里、钻在涧内、藏于铁板桥下才活命的，是藏起来的余孽，人家能看见的都给弄死了。所谓“自从爷爷去后，这山被二郎菩萨点上火，烧杀了大半。我们蹲在井里，钻在涧内，藏于铁板桥下，得了性命。及至火灭烟消，出来看时，又没花果养赡，难以存活，别处又去了一半”。这可谈不上给孙悟空面子，当时孙悟空是三界第一通缉犯，他也根本没有一点面子。人家之所以烧山，就是为了让猴群无所遁形，以期全部剿灭，也为了断掉群猴在这里的生存土壤。从悟空被灭后这山开始出现大量人类就能看出来，这山已经被定性为妖山了，属于“造反区”，属于反天宫符号，所以明明花果山有极好的风水和灵力，却不再有任何妖怪势力愿意染指，怕跟“造反”扯上关系。

哪个妖怪敢来占水帘洞？想做第二个齐天大圣吗？

花果山的路已经让悟空走死了。此时花果山唯一的出路就是猴哥重新被天庭接纳，到时候花果山就变成改邪归正的学习基地了，这块灵根之地才有未来。

前面书中写到花果山时可是从来没出现过人类的，但此时花果山已经被猎人当山场了，猴子们要么被吃，要么被抓去表演猴戏。猴哥对此极其愤怒，他问眼下水帘洞是谁在管事，群猴说是他的马、流二元帅，崩、芭二将军。这四只灵猴见到悟空后的第一句话再次证明了他们跟东海龙宫有关系。

马、流、崩、芭闻报出门，叩头后问的第一句话是：“大圣爷爷，近闻得你得了性命，保唐僧往西天取经，如何不走西方，却回本山？”

数万里外发生的事，他们怎么可能知道！要知道当初龙王作为高级别的地方官员，悟空刚蹦出来时，他也是不知道的。这四只猴唯一的消息来源，就是上一次猴哥耍性子出走，到龙宫去串门。再结合当初他们提示猴哥东海龙宫有宝贝，这几只重要的 NPC（非玩家角色）猴，背景绝对不简单。

猴哥跟大家说了自己被唐僧开除的事，随后要去给猴子们报仇。

当然，天宫跟灌江口他是不敢去的，他惹不起，但那些猎人他惹得起。

那大圣上了山岭看处，只见那南半边，冬冬鼓响，当当锣鸣，闪上有千余人马，都架着鹰犬，持着刀枪。猴王仔细看那些人，来得凶险。好男子，真个骁勇！但见：

狐皮盖肩顶，锦绮裹腰胸。袋插狼牙箭，胯挂宝雕弓。人似搜山虎，马如跳涧龙。成群引着犬，满膀架其鹰。荆筐抬火炮，带定海东青。粘竿百十担，兔叉有千根。牛头拦路网，阎王扣子绳。一齐乱吆喝，散撒满天星。

大圣见那些人奔上他的山来，心中大怒，手里捻诀，口内念念有词，往那巽地

上吸了一口气，呼的吹将去，便是一阵狂风。好风！但见：

扬尘播土，倒树摧林。海浪如山耸，浑波万叠侵。乾坤昏荡荡，日月暗沉沉。一阵摇松如虎啸，忽然入竹似龙吟。万窍怒号天噫气，飞砂走石乱伤人。

大圣作起这大风，将那碎石乘风乱飞乱舞，可怜把那些千余人马，一个个：

石打乌头粉碎，沙飞海马俱伤。人参官桂岭前忙，血染朱砂地上。附子难归故里，槟榔怎得还乡？尸骸轻粉卧山场，红娘子家中盼望。

有诗为证：

人亡马死怎归家？野鬼孤魂乱似麻。

可怜抖擞英雄辈，不辨贤愚血染沙。

大圣按落云头，鼓掌大笑道："造化！造化！自从归顺唐僧，做了和尚，他每每劝我话道：'千日行善，善犹不足；一日行恶，恶自有余。'真有此话。我跟着他，打杀几个妖精，他就怪我行凶；今日来家，却结果了这许多性命。"叫："小的们，出来！"那群猴，狂风过去，听得大圣呼唤，一个个跳将出来。大圣道："你们去南山下，把那打死的猎户衣服，剥得来家，洗净血迹，穿了遮寒；把死人的尸首，都推在那万丈深潭内；把死倒的马拖将来剥了皮，做靴穿，将肉腌着，慢慢的食用；把那些弓箭枪刀，与你们操演武艺；将那杂色旗号，收来我用。"群猴一个个领诺。

那大圣把旗拆洗，总斗做一面杂彩花旗，上写着"重修花果山，复整水帘洞。齐天大圣"十四字，竖起杆子，将旗挂于洞外。逐日招魔聚兽，积草屯粮，不题"和尚"二字。他的人情又大，手段又高，便去四海龙王借些甘霖仙水，把山洗青了。前栽榆柳，后种松楠，桃李枣梅，无所不备。逍遥自在，乐业安居，不题。

很快，猎户们就送死来了。这伙猎户应该是一支战斗力极强的部落建制的队伍，有千余人马，都架着鹰犬，持着刀枪，而且个个骁勇，"袋插狼牙箭，胯挂宝雕弓。人似搜山虎，马如跳涧龙。成群引着犬，满膀架其鹰"。甚至他们的攻坚武器都是火炮，还带着顶级猎鹰海东青，颇有点女真部落的感觉。当初完颜阿骨打就是带着这样一支队伍（当然没有火炮），一步步实现灭辽灭宋的。

但这样的战斗力在西游宇宙中被降维打击了。西游宇宙从来都很残酷，你的武力强到了可以建国，但抵不住猴子捻诀刮起的一场风；猴子强到了可以对人类为所欲为，甚至在天宫都是想闯什么祸就闯什么祸，但在五行山、乾坤袖和紧箍咒的拿捏下，无助到极点。

猴哥一口气打死了千余猎户，鼓掌大笑，这回过瘾！然后招呼群猴去扒猎户衣服、剥马皮吃肉，把弓箭枪刀捡来操演武艺。

也怨不得谁，猴群没能力时被猎户打，现在人家领导回来了，又把这帮猎户打了，太阳底下自古没有新鲜事，都这点意思。

猴哥拿猎户队伍的旗子做了一面杂彩花旗，上写着“重修花果山，复整水帘洞。齐天大圣”十四个字。这也就意味着，他又单方面拾起了当年在天上的官职，他绝对不甘心就在花果山做个山大王，他要弄出动静，要弄出最大的动静告诉三界——他离开取经队伍了。猴哥要往这三界的大池子中扔一块大石头，听听反响。

却说唐僧听信狡性，纵放心猿，攀鞍上马，八戒前边开路，沙僧挑着行李西行。过了白虎岭，忽见一带林丘，真个是藤攀葛绕，柏翠松青。三藏叫道：“徒弟呀，山路崎岖，甚是难走，却又松林丛簇，树木森罗，切须仔细，恐有妖邪妖兽。”你看那呆子，抖擞精神，叫沙僧带着马，他使钉钯开路，领唐僧径入松林之内。正行处，那长老兜住马道：“八戒，我这一日其实饥了，那里寻些斋饭我吃。”八戒道：“师父请下马，在此等老猪去寻。”长老下了马，沙僧歇了担，取出钵盂，递与八戒。八戒道：“我去也。”长老问：“那里去？”八戒道：“莫管。我这一去，钻冰取火寻斋至，压雪求油化饭来。”

你看他出了松林，往西行径十余里，更不曾撞着一个人家，真是有狼虎无人烟的去处。那呆子走得辛苦，心内沉吟道：“当年行者在日，老和尚要的就有。今日轮到我的身上，诚所谓‘当家才知柴米价，养子方晓父娘恩’，公道没去化处。”他又走得瞌睡上来，思道：“我若就回去，对老和尚说没处化斋，他也不信我走了这许多路。须是再多幌个时辰，才好去回话。也罢，也罢，且往这草科里睡睡。”呆子就把头拱在草内睡下。当时也只说略躺一躺就起来，岂知走路辛苦的人，丢倒头，只管齁齁睡起。

且不言八戒在此熟睡，却说长老在那林间，耳热眼跳，身心不安，急回叫沙僧道：“悟能去化斋，怎么这早晚还不回？”沙僧道：“师父，你还不晓得哩。他见这西方上人家斋僧的多，他肚子又大，他管你？直等他吃饱了才来哩。”三藏道：“正是呀。

倘或他在那里贪着吃斋，我们那里会他？天色晚了，此间不是个住处，须要寻个下处方好哩。”沙僧道：“不打紧，师父，你且坐在这里，等我去寻他来。”三藏道：“正是，正是。有斋没斋罢了，只是寻下处要紧。”沙僧绰了宝杖，径出松林来找八戒。

长老独坐林中，十分闷倦。只得强打精神，跳将起来，把行李攒在一处，将马拴在树上，摘下戴的斗笠，插定了锡杖，整一整缁衣，徐步幽林，权为散闷。那长老看遍了野草山花，听不尽归巢鸟噪。原来那林子内都是些草深路小的去处，只因他情思紊乱，却走错了。他一来也是要散散闷，二来也是要寻八戒、沙僧，不期他两个走的是直西路，长老转了一会，却走向南边去了。出得松林，忽抬头，见那壁厢金光闪烁，彩气腾腾。仔细看处，原来是一座宝塔，金顶放光。这是那西落的日色，映着那金顶放光。他道：“我弟子却没缘法哩！自离东土，发愿逢庙烧香，见佛拜佛，遇塔扫塔。那放光的不是一座黄金宝塔？怎么就不曾走那条路？塔下必有寺院，院内必有僧家，且等我走走。这行李、白马，料此处无人行走，却也无事。那里若有方便处，待徒弟们来，一同借歇。”噫，长老一时晦气到了。你看他拽开步，竟至塔边。但见那：

石崖高万丈，山大接青霄。根连地厚，峰插天高。两边杂树数千棵，前后藤缠百余里。花映草梢风有影，水流云窦月无根。倒木横担深涧，枯藤结挂光峰。石桥下流滚滚清泉，台座上长明明白粉。远观一似三岛天堂，近看有如蓬莱胜境。香松紫竹绕山溪，鸦鹊猿猴穿峻岭。洞门外，有一来一往的走兽成行；树林里，有或出或入的飞禽作队。青青香草秀，艳艳野花开。这所在分明是恶境，那长老晦气撞将来。

那长老举步进前，才来到塔门之下，只见一个斑竹帘儿挂在里面。他破步入门，揭起来，往内就进。猛抬头，见那石床上侧睡着一个妖魔。你道他怎生模样：

青靛脸，白獠牙，一张大口呀呀。两边乱蓬蓬的鬓毛，却都是些胭脂染色；三四紫巍巍的髭髯，恍疑是那荔枝排芽。鹦嘴般的鼻儿拱拱，曙星样的眼儿巴巴。两个拳头，和尚钵盂模样；一双蓝脚，悬崖榾柮枒槎。斜帔着淡黄袍帐，赛过那织锦袈裟。拿的一口刀，精光耀映；眠的一碗石，细润无瑕。他也曾小妖排蚁阵，他也曾老怪坐蜂衙。你看他威风凛凛，大家吆喝，叫一声爷。他也曾月作三人壶酌酒，他也曾风生两腋盏倾茶。你看他神通浩浩，霎着下眼，游遍天涯。荒林喧鸟雀，深莽宿龙蛇。仙子种田生白玉，道人伏火养丹砂。小小洞门，虽到不得那阿鼻地狱；

楞楞妖怪，却就是一个牛头夜叉。

那长老看见他这般模样，諕得打了一个倒退，遍体酥麻，两腿酸软，即忙的抽身便走。刚刚转了一个身，那妖魔他的灵性着实是强大，撑开着一双金睛鬼眼，叫声："小的们，你看门外是甚么人！"一个小妖就伸头望门外打一看，看见是个光头的长老，连忙跑将进去，报道："大王，外面是个和尚哩。团头大面，两耳垂肩，嫩刮刮的一身肉，细娇娇的一张皮，且是好个和尚！"那妖闻言，呵声笑道："这叫做个'蛇头上苍蝇——自来的衣食'。你众小的们，疾忙赶上去，与我拿将来，我这里重重有赏。"那些小妖就是一窝蜂，齐齐拥上。三藏见了，虽则是一心忙似箭，两脚走如飞，终是心惊胆颤，腿软脚麻，况且是山路崎岖，林深日暮，步儿那里移得动？被那些小妖平抬将去。正是：

龙逢浅水遭虾戏，虎落平阳被犬欺。

纵然好事多磨障，谁像唐僧西向时？

你看那众小妖，抬得长老，放在那竹帘儿外，欢欢喜喜，报声道："大王，拿得和尚进来了。"那老妖他也偷眼瞧一瞧，只见三藏头直上，貌堂堂，果然好一个和尚，他便心中想道："这等好和尚，必是上方人物，不当小可的。若不做个威风，他怎肯服降哩！"陡然间，就狐假虎威，红须倒竖，血发朝天，眼睛迸裂，大喝一声道："带那和尚进来！"众妖们大家响响的答应了一声"是！"就把三藏望里面只是一推。这是"既在矮檐下，怎敢不低头"，三藏只得双手合着，与他见个礼。那妖道："你是那里和尚？从那里来？到那里去？快快说明！"三藏道："我本是唐朝僧人，奉大唐皇帝敕命，前往西方访求经偈。经过贵山，特来塔下谒圣，不期惊动威严，望乞恕罪。待往西方取得经回东土，永注高名也。"那妖闻言，呵呵大笑道："我说是上邦人物，果然是你。正要吃你哩，却来的甚好！甚好！不然，却不错放过了你？该是我口内的食，自然要撞将来，就放也放不去，就走也走不脱！"叫小妖："把那和尚拿去绑了！"果然那些小妖一拥上前，把个长老绳缠索绑，缚在那定魂桩上。

老妖持刀又问道："和尚，你一行有几人？终不然一人敢上西天？"三藏见他持刀，又老实说道："大王，我有两个徒弟，叫做猪八戒、沙和尚，都出松林化斋去了。还有一担行李，一匹白马，都在松林内放着哩。"老妖道："又造化了！两个徒弟，连你三个，连马四个，勾吃一顿了！"小妖道："我们去捉他来。"老妖道：

“不要出去，把前门关了。他两个化斋来，一定寻师父吃；寻不着，一定寻着我门上。常言道：‘上门的买卖好做。’且等慢慢的捉他。”众小妖把前门闭了。

唐僧团队此时变成了“八戒前边开路，沙僧挑着行李”，哥儿俩的顺位都往前提了一位。过了白虎岭，又来到一处山路崎岖之处，唐僧又一次给予了“切须仔细，恐有妖邪妖兽”的指令。八戒是什么反应？是抖擞精神，叫沙僧带着马，他使钉钯开路，坚决执行领导指令。

唐僧走了一会儿又饿了，让八戒化斋，八戒还是没有任何废话：师父请下马，在此等老猪去寻。而且态度上是：“我这一去，钻冰取火寻斋至，压雪求油化饭来。”

每个单位都有这种嘴把式，咱们不是要抨击嘴把式，因为理论上来讲这不叫嘴把式，这是应有的职场规矩。领导给出指令后必须坚决执行，这也是团队凝聚力的一个体现环节。当然，你不是不能看出有问题，也不是宁可团队完蛋也要继续执行领导的错误指令，而是发现领导给出的指令有误后，回转个圈地“向上管理”。领导在一群人面前下令时你的态度一定是坚决执行，所有劝领导的话要在只有两个人的场合说，而且你不能说，领导你咋那么傻，而是要说，领导，通过我目前的调研，跟您补充一下现有情况……一步步引导领导往你规划的方向走。

这是工作中应有的基本素养，有十个不会说话的孙悟空的团队绝对没有只有一个会说话的孙悟空的团队业绩强。当问题上升到团队时，永远要记住，团结就是力量，让团队保持凝聚力是重中之重。业务能力强的骨干通常会受到重视，被重点培养，作为骨干则更需要把团队的凝聚力放在首位，必要时收敛自己的锋芒去配合团队。

咱说的这个嘴把式，是指那些光会搞办公室斗争，却没有真本事，更做不出业绩来的人。

比如八戒，他这能力就差到了一定地步，连斋都化不来，最后就只能卷态度、卷口号、卷加班了，而且古往今来的加班都一个德行：“我若就回去，对老和尚说没处化斋，他也不信我走了这许多路。须是再多幌个时辰，才好去回话。”

八戒睡了，唐僧见他始终不回，问沙僧什么情况。这依旧是办公室政治的永恒套路，猴子被挤对走以后，沙老二开始承接生态位挤对猪老大了，他告诉唐僧：他得先吃饱了才能搭理你呢！

仅仅是化个斋的事，沙老二随后也去了，唐僧就这样被孤零零地扔在了松林里。

唐僧又是个待不住的，坐着实在是没劲，便开始溜达，他这一溜达，就自己给妖怪送上门去了。

唐僧连东西南北都分不清，他直接溜达到南面去了。出了松林，看见一座宝塔金顶放光，唐僧来感了，认为塔下必有寺院，院内必有僧家，这回他“上大分”了，立刻就去了。

塔是佛教的象征，从这妖怪设了一座塔，就能看出来他是想钓唐僧这条鱼的，但他又没在西行大路上设这一关，也能说明他对抓唐僧这件事不是势在必得的。更多是随缘，他非得送，我就得着；他不来，那我就当没看见。

唐僧来到塔边后，我们来看这段景色描写，作者的笔法相当矛盾，明明是“远观一似三岛天堂，近看有如蓬莱胜境”的神仙洞府之感，却又专门说了一句“这所在分明是恶境，那长老晦气撞将来”。

作者此时已经在为后面奎木狼的身份做铺垫了，神仙就是神仙，那是天庭二十八宿之一，他下凡的地方风水差不了。明明是很好的环境，但他要跟天庭和灵山特批的专项行动过不去，那他的所在就必须有一句“恶境”的评语。

唐僧刚进塔，就发现了一个能吓死他的妖怪，但这妖怪的模样恐怖之中却能透露出班味来。比如“两边乱蓬蓬的鬓毛，却都是些胭脂染色”，这妖怪是个烫头小达人，“斜帔着淡黄袍帐，赛过那织锦袈裟”，人家穿得很体面，再看无论是他拿的刀，还是睡的石，也都相当体面。然后作者又详细介绍了一下这妖怪，“你看他神通浩浩，霎着下眼，游遍天涯。荒林喧鸟雀，深莽宿龙蛇。仙子种田生白玉，道人伏火养丹砂”，总之，作者已经在透露眼前这个妖怪的身份相当不一般了。

唐僧很快就被人家抓住了，妖王问他是哪里来的和尚，唐僧说他是取经人。妖王大笑：“我说是上邦人物，果然是你。正要吃你哩，却来的甚好！甚好！”

这句话透露出这妖王其实是知道唐僧的，而且后面那句话也照应了前面他为什么没把塔设在西面大路上，人家是信缘分的，所谓“该是我口内的食，自然要撞将来，就放也放不去，就走也走不脱！”

你自己撞来的，怪不得我！

妖王问唐僧：你们团队还有谁？知道还有俩后，妖王决定给他俩一锅端了。

且不言三藏逢灾。却说那沙僧出林找八戒，真有十余里远近，不曾见个庄村。他却站在高阜上，正然观看，只听得草中有人言语。急使杖拨开深草看时，原来是呆子在里面说梦话哩。被沙僧揪着耳朵，方叫醒了，道："好呆子啊！师父教你化斋，许你在此睡觉的？"那呆子冒冒失失的醒来，道："兄弟，有甚时候了？"沙僧道："快起来！师父说有斋没斋也罢，教你我那里寻下住处哩。"

呆子懵懵懂懂的，托着钵盂，拑着钉钯，与沙僧径直回来。到林中看时，不见了师父。沙僧埋怨道："都是你这呆子，化斋不来，必有妖精拿师父也。"八戒笑道："兄弟莫要胡说。那林内是个清雅的去处，决然没有妖精。想是老和尚坐不住，往那里观风去了。我们寻他去来。"二人只得牵马挑担，收拾了斗篷、锡杖，出松林寻找师父。

这一回，也是唐僧不该死。他两个寻一回不见，忽见那正南下有金光焖灼。八戒道："兄弟啊，有福的只是有福。你看师父往他家去了。那放光的是座宝塔，谁敢怠慢？一定要安排斋饭，留他在那里受用。我们还不走动些，也赶上去吃些斋儿。"沙僧道："哥啊，定不得吉凶哩。我们且去看来。"

二人雄纠纠的到了门前。呀，闭着门哩。只见那门上横安了一块白玉石板，上镌着六个大字："碗子山波月洞。"沙僧道："哥啊，这不是甚么寺院，是一座妖精洞府也。我师父在这里，也见不得哩。"八戒道："兄弟莫怕。你且拴下马匹，守着些行李，我问他的信看。"那呆子举着钯，上前高叫："开门！开门！"那洞内有把门的小妖，开了门。忽见他两个的模样，急抽身跑入里面，报道："大王！买卖来了！"老妖道："那里买卖？"小妖道："洞门外有一个长嘴大耳的和尚，与一个晦气色的和尚，来叫门了！"老妖大喜道："是猪八戒与沙和尚寻将来也。噫，他也会寻哩！怎么就寻到我这门上？既然嘴脸凶顽，却莫要怠慢了他。"叫："取披挂来！"小妖抬来，就结束了，绰刀在手，径出门来。

却说那八戒、沙僧在门前正等，只见妖魔来得凶险。你道他怎生打扮：

青脸红须赤发飘，黄金铠甲亮光饶。

裹肚衬腰渠石带，攀胸勒甲步云绦。

闲立山前风吼吼，闷游海外浪滔滔。

一双蓝靛焦筋手，执定追魂取命刀。

要知此物名和姓，声扬二字唤黄袍。

那黄袍老怪出得门来，便问："你是那方和尚，在我门首吆喝！"八戒道："我儿子，你不认得？我是你老爷！我是大唐差往西天去的，我师父是那御弟三藏。若在你家内，趁早送出来，省了我钉钯筑进去！"那怪笑道："是，是，是。有一个唐僧在我家。我也不曾怠慢他，安排些人肉包儿与他吃哩。你们也进去吃一个儿，何如？"这呆子认真，就要进去。沙僧一把扯住道："哥啊，他哄你哩。你几时又吃人肉哩？"呆子却才省悟，掣钉钯，望妖怪劈脸就筑。那怪物侧身躲过，使钢刀急架相迎。两个都显神通，纵云头，跳在空中厮杀。沙僧撇了行李、白马，举宝杖，急急帮攻。此时两个狠和尚，一个泼妖魔，在云端里这一场好杀。正是那：

杖起刀迎，钯来刀架。一员魔将施威，两个神僧显化。九齿钯，真个英雄；降妖杖，诚然凶咤。没前后左右齐来，那黄袍公然不怕。你看他蘸钢刀幌亮如银，其实神通也为广大。只杀得半空中雾绕云迷，半山里崖崩岭咋。一个为声名，怎肯干休？一个为师父，断然不怕。

他三人在半空中，往往来来，战经数十回合，不分胜负。各因性命要紧，其实难解难分。

毕竟不知怎救唐僧，且听下回分解。

八戒和沙僧回来后发现唐师父丢了，他们找来找去，见南下有金光。他们来到门前，发现门上横安了一块白玉石板，上有六个大字"碗子山波月洞"。

从这里也能看出，钓唐僧这条鱼就是这座塔存在的意义，之前肯定是没这个"商标"的，有的话唐僧也不是没长眼睛，看见这是个"洞"肯定就不进去了。沙僧也说："哥啊，这不是甚么寺院，是一座妖精洞府也。"这就是唐僧被捉后，妖王觉得没必要装了，为了抓唐僧这俩徒弟，索性亮了招牌。

八戒和沙僧前来叫阵，作者此时介绍了本关妖怪：黄袍怪。

双方开打，这俩徒弟二打一跟人家黄袍怪打了数十回合不分胜负，正在我们觉得唐师父有救了的时候，作者笔锋戛然而止。

八戒和沙僧的真实战斗水平，要下一回揭晓了。

第二十九回

脱难江流来国土，承恩八戒转山林

妄想不复强灭，真如何必希求？

本原自性佛前修，迷悟岂居前后？

悟即刹那成正，迷而万劫沉流。

若能一念合真修，灭尽恒沙罪垢。

却说那八戒、沙僧与怪斗经个三十回合，不分胜负。你道怎么不分胜负？若论赌手段，莫说两个和尚，就是二十个，也敌不过那妖精。只为唐僧命不该死，暗中有那护法神祇保着他；空中又有那六丁六甲、五方揭谛、四值功曹、一十八位护教伽蓝，助着八戒、沙僧。

本回开篇，作者给八戒和沙僧能与黄袍怪打三十回合不分胜负做了解释。论实际水平，再来二十个他俩这样的，也打不过人家。这是空中的“六丁六甲、五方揭谛、四值功曹、一十八位护教伽蓝”，整个取经摄像组都使着劲儿呢，双方才艰难战了个平手。

猴子为什么必须回归？

这俩“放屁添风”的战斗力，不能回回让领导亲自下场干预吧，况且有些还是惹不起的顶级领导派下来的棋子，是不能干预的。平顶山那关如果猴子死在瓶子里也就白死了，那妖怪的靠山是老君，棋子与棋子之间的较量，在没分出生死之前领导是不能下场的。金角和银角那关是妖怪都死了之后老君才露面的，青牛那关是猴子求到佛祖那里后，佛祖低了头，安排了金丹砂才跟老君张的嘴。

领导的嘴是很金贵的，大部分问题是需要棋子去解决的，“挑担有功”和“登山牵马有功”的这二位根本达不到棋子水平。

且不言他三人战斗。却说那长老在洞内悲啼，思量他那徒弟，眼中流泪道：“悟能呵，不知你在那个村中逢了善友，贪着斋供。悟净呵，你又不知在那里寻他，可能得会？岂知我遇妖魔，在此受难！几时得会你们，脱了大难，早赴灵山！”

正当悲啼烦恼，忽见那洞内走出一个妇人来，扶着定魂桩，叫道：“那长老，你从何来？为何被他缚在此处？”长老闻言，泪眼偷看，那妇人约有三十年纪，遂道：“女菩萨，不消问了。我已是该死的，走进你家门来也。要吃就吃了罢，又问怎的？”那妇人道：“我不是吃人的。我家离此西下有三百余里，那里有座城，叫做宝象国。我是那国王的第三个公主，乳名叫做百花羞。只因十三年前，八月十五日夜，玩月中间，被这妖魔一阵狂风摄将来，与他做了十三年夫妻。在此生儿育女，杳无音信回朝。思量我那父母，不能相见。你从何来，被他拿住？”唐僧道：“贫僧乃是差往西天取经者。不期闲步，误撞在此。如今要拿住我两个徒弟，一齐蒸吃哩。”那公主陪笑道：“长老宽心。你既是取经的，我救得你。那宝象国，是你西方去的大路。你与我捎一封书儿去，拜上我那父母，我就教他饶了你罢。”三藏点头道：“女菩萨，若还救得贫僧命，愿做捎书寄信人。”

那公主急转后面，即修了一纸家书，封固停当，到桩前解放了唐僧，将书付与。唐僧得解脱，捧书在手道：“女菩萨，多谢你活命之恩。贫僧这一去，过贵地，定送国王处。只恐日久年深，你父母不肯相认，奈何？切莫怪我贫僧打了诳语。”公主道：“不妨，我父王无子，止生我三个姊妹，若见此书，必有相看之意。”三藏紧紧袖了家书，谢了公主，就往外走，被公主扯住道：“前门里你出不去。那些大小妖精都在门外，摇旗呐喊，擂鼓筛锣，助着大王与你徒弟厮杀哩。你往后门里去罢。若是大王拿住，还审问审问；只恐小妖儿捉了，不分好歹，挟生儿伤了你的性命。等我去他面前说个方便。若是大王放了你呵，待你徒弟讨个示下，寻着你一同好走。”三藏闻言，磕了头，谨依分付，辞别公主，躲离后门之外，不敢自行，将身藏在荆棘丛中。

却说公主娘娘，心生巧计，急往前来。出门外，分开了大小群妖，只听得叮叮当当，兵刃乱响。原来是八戒、沙僧与那怪在半空里厮杀哩。这公主厉声高叫道："黄袍郎！"那妖王听得公主叫唤，即丢了八戒、沙僧，按落云头，撇了钢刀，搀着公主道："浑家，有甚话说？"公主道："郎君呵，我才时睡在罗帏之内，梦魂中忽见个金甲神人。"妖魔道："那个金甲神？上我门怎的？"公主道："是我幼时在宫内，对神暗许下一桩心愿：若得招个贤郎驸马，上名山，拜仙府，斋僧布施。自从配了你，夫妻们欢会，到今不曾题。那金甲神人来讨誓愿，喝我醒来，却是南柯一梦。因此急整容来郎君处诉知，不期那桩上绑着一个僧人。万望郎君慈悯，看我薄意，饶了那个和尚罢。只当与我斋僧还愿，不知郎君肯否？"那怪道："浑家，你却多心哩！甚么打紧之事。我要吃人，那里不捞几个吃吃。这个把和尚，到得那里，放他去罢。"公主道："郎君，放他从后门里去罢。"妖魔道："奈烦哩。放他去便罢，又管他甚么后门前门哩。"他遂绰了钢刀，高叫道："那猪八戒，你过来！我不是怕你，不与你战；看着我浑家的分上，饶了你师父也。趁早去后门首，寻着他，往西方去罢。若再来犯我境界，断乎不饶！"

那八戒与沙僧闻得此言，就如鬼门关上放回来的一般，即忙牵马挑担，鼠窜而行。转过那波月洞后门之外，叫声："师父！"那长老认得声音，就在那荆棘中答应。沙僧就剖开草径，搀着师父，慌忙的上马。这里：

狠毒险遭青面鬼，殷勤幸有百花羞。

鳌鱼脱却金钩钓，摆尾摇头逐浪游。

唐僧此时正哭呢，眼中流泪道："悟能呵，不知你在那个村中逢了善友，贪着斋供。"他对八戒是真的爱啊，八戒化不来斋导致他瞎溜达到这里他都没埋怨。哭着哭着就遇到了百花羞公主，公主说她是西下三百余里宝象国的公主，十三年前被妖怪拐来的，唐僧的性命也得以保全，因为他是西去取经的，对百花羞有用。百花羞笑道："长老宽心。你既是取经的，我救得你。那宝象国，是你西方去的大路。你与我捎一封书儿去，拜上我那父母，我就教他饶了你罢。"

唐僧被放后相当够意思，对公主说：我肯定给你带信，但时间那么久了，你父母不肯相认的话你别怪我打了诳语。公主表示：你去吧，肯定没问题！我们感情深得很，只要你书信带到了就行！

然后百花羞去找她的黄袍郎求情去了。她编了个金甲神托梦的故事，说她曾许愿，若得招个贤郎驸马，上名山，拜仙府，斋僧布施，现在如了愿却没还愿，人家来追债了，这梦刚醒她就看见个僧人，所以求黄袍怪饶了唐僧。

这故事也算触及黄袍怪的敏感点了，万一真是佛家那边派了个送信的来暗示呢，自己毕竟属于天庭的高级神仙，真要吃了唐僧这怨可就结大了。

黄袍怪其实也巴不得有这么个台阶，随后对那哥儿俩表示：不是怕你们才不跟你们打了，是看在我媳妇面子上饶了你师父，你们去后门领人吧。这件事就算了，再来犯我境界绝对不会饶你们！

师徒三人被赦了，八戒和沙僧此时的状态是“就如鬼门关上放回来的一般”。师徒会合后，诗句道：“鳌鱼脱却金钩钓，摆尾摇头逐浪游。”这是对前面故事的一个阶段性小总结和对后事的预言，总结说的是唐僧就是只“鳌鱼”，他来到这波月洞是被钓来的，那金塔就是为唐僧设计的鱼饵，预言则是说唐僧这个江流儿记吃不记打，他后面要“摆尾摇头”地随波逐流了。

其实理论上来讲，这关已经过去了，因为人家黄袍怪真的不想蹚这浑水，他说得多明白啊，那是“若再来犯我境界，断乎不饶”，但这关过得如此幸运也让取经的三个“脱却金钩钓”的“鳌鱼”产生了不切实际的幻想，他们记吃不记打，一会儿要在宝象国“摆尾摇头”了。

八戒当头领路，沙僧随后，出了那松林，上了大路。你看他两个哼哼嘈嘈，埋埋怨怨，三藏只是解和。遇晚先投宿，鸡鸣早看天。一程一程，长亭短亭，不觉的就走了二百九十九里。猛抬头，只见一座好城，就是宝象国。真好个处所也：

云渺渺，路迢迢；地虽千里外，景物一般饶。瑞霭祥烟笼罩，清风明月招摇。嵂嵂崒崒的远山，大开图画；潺潺湲湲的流水，碎溅琼瑶。可耕的连阡带陌，足食的密蕙新苗。渔钓的几家三涧曲，樵采的一担两峰椒。廓的廓，城的城，金汤巩固；家的家，户的户，只斗逍遥。九重的高阁如殿宇，万丈的楼台似锦标。也有那太极殿、华盖殿、烧香殿、观文殿、宣政殿、延英殿，一殿殿的玉陛金阶，摆列着文冠武弁；也有那大明宫、昭阳宫、长乐宫、华清宫、建章宫、未央宫，一宫宫的钟鼓管箭，撒抹了闺怨春愁。也有禁苑的，露花匀嫩脸；也有御沟的，风柳舞纤腰。通衢上，也有个顶冠束带的，盛仪容，乘五马；幽僻中，也有个持弓挟矢的，拨云雾，贯双雕。花柳的巷，管弦的楼，春风不让洛阳桥。取经的长老，回首大唐肝胆裂；伴师的徒弟，息肩小驿梦魂消。

看不尽宝象国的景致。师徒三众收拾行李、马匹，安歇馆驿中。唐僧步行至朝门外，对阁门大使道："有唐朝僧人特来面驾，倒换文牒，乞为转奏转奏。"那黄门奏事官连忙走至白玉阶前，奏道："万岁，唐朝有个高僧欲求见驾，倒换文牒。"那国王闻知是唐朝大国，且又说是个方上圣僧，心中甚喜，即时准奏，叫："宣他进来。"把三藏宣至金阶，舞蹈山呼。礼毕，两班文武多官无不叹道："上邦人物，礼乐雍容如此！"那国王道："长老，你到我国中何事？"三藏道："小僧是唐朝释子，承我天子敕旨，前往西方取经。原领有文牒，到陛下上国，理合倒换。故此不识进退，惊动龙颜。"国王道："既有唐天子文牒，取上来看着。"三藏双手捧上去，展开放在御案上。牒云：

南赡部洲大唐国奉天承运唐天子牒行：切惟朕以凉德，嗣续丕基，事神治民，临深履薄，朝夕是惴。前者，失救泾河老龙，获谴于我皇皇后帝，三魂七魄，倏忽阴司，已作无常之客。因有阳寿未绝，感冥君放送回生，广陈善会，修建度亡道场。感蒙救苦观世音菩萨，金身出现，指示西方有佛有经，可度幽亡，超脱孤魂。特着法师玄奘，远历千山，询求经偈。倘到西邦诸国，不灭善缘，照牒放行。须知牒者。

大唐贞观一十三年秋吉日，御前文牒。（上有宝印九颗）

国王见了，取本国御宝，用了花押，递与三藏。三藏谢了恩，收了文牒，又奏道："贫僧一来倒换文牒，二来与陛下寄有家书。"国王大喜道："有甚书？"三藏道："陛下第三位公主娘娘，被碗子山波月洞黄袍妖摄将去，贫僧偶尔相遇，故寄书来也。"国王闻言，满眼垂泪道："自十三年前不见了公主，两班文武官，也不知贬退了多少；宫内宫外大小婢子、太监，也不知打死了多少。只说是走出皇宫，迷失路径，无处找寻；满城中百姓人家，也盘诘了无数，更无下落。怎知道是妖精摄了去！今日乍听得这句话，故此伤情流泪。"三藏袖中取出书来献上。国王接了，见有"平安"二字，一发手软，拆不开书。传旨宣翰林院大学士上殿读书。学士随即上殿。殿前有文武多官，殿后有后妃宫女，俱侧耳听书。学士拆开朗诵，上写着：

不孝女百花羞顿首百拜

大德父王万岁龙凤殿前，暨三宫母后昭阳宫下，及举朝文武贤卿台次：拙女幸托坤宫，感激劬劳万种。不能竭力怡颜，尽心奉孝。乃于十三年前八月十五日，良夜佳辰，蒙父王恩旨，着各宫排宴，赏玩月华，共乐清宵盛会。正欢娱之间，不觉一阵香风，闪出个金睛蓝面青发魔王，将女擒住，驾祥光，直带至半野山中无人处，难分难辨，被妖倚强，霸占为妻。是以无奈，捱了一十三年，产下两个妖儿，尽是妖魔之种。论此真是败坏人伦，有伤风化，不当传书玷辱。但恐女死之后，不显分明。正含怨思忆父母，不期唐朝圣僧亦被魔王擒住，是女滴泪修书，大胆放脱，特托寄此片楮，以表寸心。伏望父王垂悯，遣上将早至碗子山波月洞，捉获黄袍怪，救女回朝，深为恩念。草草欠恭，面听不一。

逆女百花羞再顿首顿首

八戒和沙僧出了松林，两人开始内讧了，所谓“你看他两个哜哜嘈嘈，埋埋怨怨，三藏只是解和”。俩臭棋篓子开始互相埋怨对方下棋臭了，其实说一千道一万，只要有团队就永远会有内斗，不以人的意志为转移，就看领导压不压得住罢了。

师徒行了三百里，看到一座好城，也就是取经团队在西牛贺洲途经的第一个国家——宝象国。

在观音禅院时，唐僧曾跟金池说自己之前经过了哈咇国，后来收八戒是在乌斯藏国高老庄，但经过前面这些国家时，都没有倒换关文。原著第五十四回，走到女儿国时，专门提了“那女王细看一番，上有大唐皇帝宝印九颗，下有宝象国印、乌鸡国印、车迟国印”，宝象国是第一个需要倒换关文的人间政权。

这是为什么呢？

这本质上也是在侧面烘托大唐的排面。

所谓倒换关文，是指获得了途经国家官方正式认可的通行凭证，就跟护照签证一样，有了这个关文，才能顺利通过各国关卡。原著中第一次说取经团队已进入西牛贺洲是四圣试禅心时，“妇人道：‘此间乃西牛贺洲之地。小妇人娘家姓贾，夫家姓莫。幼年不幸，公姑早亡，与丈夫守承祖业，有家资万贯，良田千顷。夫妻们命里无子，止生了三个女孩儿……’”（第二十三回），咱们权且以八百里鹅毛飘不起的流沙河作为西牛贺洲和南赡部洲的分割线，这宝象国是过了流沙河途经的第一个政权，到了这里需要倒换关文了。其实这也反衬出此时大唐国力的强盛，在南赡部洲，大唐的护照是免签的，所有国家都认！

佛祖要去这样一个超级大国传经抢香火，也难怪别的领导眼红。

作者对宝象国先是一通“小中华”的描写，最后一句作者做了暗示：“取经的长老，回首大唐肝胆裂；伴师的徒弟，息肩小驿梦魂消。”

你可别走回头路，回头路很惊悚，让你肝胆俱裂！

唐僧上朝后，圣僧的气度给大唐争了脸，所谓“两班文武多官无不叹道：‘上邦人物，礼乐雍容如此！’”

“上邦”这个词不是随口的谦虚，从文武群臣的口中说出就是承认了本国远远不如大唐。

唐僧取经的故事为什么能成为顶级 IP？

其实跟当时的帝王是唐太宗有着极大关系，取经的时代要是变成宋朝，估计没人愿意“二创”。去哪个国家都得让人家问一句“传闻贵国太宗车技通神，驾驴车尚可万众中破围而出，然否？”

唐僧倒换完关文拿出了百花羞的书信，无论是皇帝说为了百花羞贬了、杀了多少人，还是看见“平安”二字就哆嗦，都说明了皇帝极爱这闺女，也为后面皇帝开出顶级悬赏埋了伏笔。百花羞信中说了这十三年自己是怎么过的，并说了自己的需求——赶紧带兵去救她，她不想跟妖怪接着过了。

那学士读罢家书，国王大哭，三宫滴泪，文武伤情，前前后后，无不哀念。国王哭之许久，便问两班文武：“那个敢兴兵领将，与寡人捉获妖魔，救我百花公主？”连问数声，更无一人敢答。真是木雕成的武将，泥塑就的文官。那国王心生烦恼，泪若涌泉。只见那多官齐俯伏奏道：“陛下且休烦恼。公主已失，至今一十三载无音，偶遇唐朝圣僧，寄书来此，未知的否；况臣等俱是凡人凡马，习学兵书武略，止可布阵安营，保国家无侵凌之患。那妖精乃云来雾去之辈，不得与他觌面相见，何以征救？想东土取经者，乃上邦圣僧，这和尚‘道高龙虎伏，德重鬼神钦’，必有降妖之术。自古道：‘来说是非者，就是是非人。’可就请这长老降妖邪，救公主，庶为万全之策。”

那国王闻言，急回头便请三藏道：“长老若有手段，放法力捉了妖魔，救我孩儿回朝，也不须上西方拜佛，长发留头，朕与你结为兄弟，同坐龙床，共享富贵，如何？”三藏慌忙启上道：“贫僧粗知念佛，其实不会降妖。”国王道：“你既不会降妖，怎么敢上西天拜佛？”那长老瞒不过，说出两个徒弟来了。奏道：“陛下，贫僧一人，实难到此。贫僧有两个徒弟，善能逢山开路，遇水叠桥，保贫僧到此。”国王怪道：“你这和尚大没理。既有徒弟，怎么不与他一同进来见朕？若到朝中，虽无中意赏赐，必有随分斋供。”三藏道：“贫僧那徒弟丑陋，不敢擅自入朝，但恐惊伤了陛下的龙体。”国王笑道：“你看这和尚说话，终不然朕当怕他？”三藏道：“不敢说。我那大徒弟姓猪，法名悟能八戒。他生得长嘴獠牙，刚鬃扇耳，身粗肚大，行路生风。第二个徒弟姓沙，法名悟净和尚。他生得身长丈二，膀阔三停，脸如蓝靛，口似血盆，眼光 焖灼，牙齿排钉。他都是这等个模样，所以不敢擅领入朝。”国王道：“你既这等样说了一遍，寡人怕他怎的？宣进来。”随即着金牌至馆驿相请。

那呆子听见来请，对沙僧道：“兄弟，你还不教下书哩，这才见了下书的好处。想是师父下了书，国王道：‘捎书人不可怠慢。’一定整治筵宴待他，他的食肠不济，有你我之心，举出名来，故此着金牌来请。大家吃一顿，明日好行。”沙僧道：“哥啊，知道是甚缘故，我们且去来。”遂将行李、马匹俱交付驿丞，各带随身兵器，随金牌入朝。早行到白玉阶前，左右立下，朝上唱个喏，再也不动。那文武多官无人不怕，都说道：“这两个和尚貌丑也罢，只是粗俗太甚，怎么见我王更不下拜，喏毕平身，挺然而立，可怪！可怪！”八戒听见道：“列位莫要议论。我们是这般，乍看果有些丑，只是看下些时来，却也耐看。”

那国王见他丑陋，已是心惊，及听得那呆子说出话来，越发胆颤，坐不稳，跌下龙床。幸有近侍官员扶起。慌得个唐僧跪在殿前，不住的叩头道：“陛下，贫僧该万死！万死！我说徒弟丑陋，不敢朝见，恐伤龙体，果然惊了驾也。”那国王战兢兢走近前，搀起道：“长老，还亏你先说过了；若未说，猛然见他，寡人一定唬杀也！”国王定性多时，便问：“猪长老、沙长老，是那一位善于降妖？”那呆子不知好歹，答道：“老猪会降。”国王道：“怎么家降？”八戒道：“我乃是天蓬大帅，只因罪犯天条，堕落下世，幸今皈正为僧。自从东土来此，第一会降妖的是我。”国王道：“既是天将临凡，必然善能变化。”八戒道：“不敢，不敢，也将就晓得几个变化儿。”国王道：“你且变一个我看看。”八戒道：“请出题目，照依样子好变。”国王道：“变一个大的罢。”

那八戒也有三十六般变化，就在阶前卖弄手段，却便捻诀念咒，喝一声叫“长”，把腰一躬，就长了有八九丈长，却似个开路神一般。吓得那两班文武，战战兢兢；一国君臣，呆呆挣挣。时有镇殿将军问道：“长老，似这等变得身高，必定长到甚么去处，才有止极？”那呆子又说出呆话来，道：“看风。东风犹可，西风也将就，若是南风起，把青天也拱个大窟窿！”那国王大惊道：“收了神通罢，晓得是这般变化了。”八戒把身一矬，依然现了本相，侍立阶前。

国王又问道：“长老此去，有何兵器与他交战？”八戒腰里掣出钯来，道：“老猪使的是钉钯。”国王笑道：“可败坏门面！我这里有的是鞭简瓜锤、刀枪钺斧、剑戟矛镰，随你选称手的拿一件去。那钯算做甚么兵器？”八戒道：“陛下不知。我这钯虽然粗夯，实是自幼随身之器。曾在天河水府为帅，辖押八万水兵，全仗此钯之力。今临凡世，保护吾师，逢山筑破虎狼窝，遇水掀翻龙蜃穴，皆是此钯。”国王闻得此言，十分欢喜心信，即命九嫔妃子：“将朕亲用的御酒，整瓶取来，权与长老送行。”遂满斟一爵，奉与八戒道：“长老，这杯酒聊引奉劳之意，待捉得妖魔，救回小女，自有大宴相酬，千金重谢。”那呆子接杯在手，人物虽是粗卤，行事倒有斯文，对三藏唱个大喏道：“师父，这酒本该从你饮起，但君王赐我，不敢违背。让老猪先吃了，助助兴头，好捉妖怪。”那呆子一饮而干，才斟一爵，递与师父。三藏道：“我不饮酒，你兄弟们吃罢。”沙僧近前接了。八戒就足下生云，直上空里。国王见了道：“猪长老又会腾云！”

呆子去了，沙僧将酒亦一饮而干，道：“师父，那黄袍怪拿住你时，我两个与他交战，只战个手平。今二哥独去，恐战不过他。”三藏道：“正是。徒弟呵，你可去与他帮帮功。”沙僧闻言，也纵云赶将起去。那国王慌了，扯住唐僧道：“长老，你且陪寡人坐坐，也莫腾云了。”唐僧道：“可怜！可怜！我半步儿也去不得。”此时二人在殿上叙话不题。

国王哭了许久，然后问两班文武，谁去兴兵领将捉妖魔，这任务被宝象国官僚们推给了唐僧师徒。国王对唐僧说：你要是救了我闺女，咱俩就做兄弟，让你坐龙床，从此共享富贵。

唐僧最开始是不想蹚这浑水的，被国王逼得紧了，才说有两个徒弟，因为长得吓人，所以没敢带上殿来。国王表示丑不叫啥事，喊来！唐僧真把徒弟们喊来了，国王差点被吓死。接下来唐僧一如既往地展现了自己对皇权的绝对敬畏，“慌得个唐僧跪在殿前，不住的叩头道：‘陛下，贫僧该万死！万死！我说徒弟丑陋，不敢朝见，恐伤龙体，果然惊了驾也。’”

皇帝问他们谁会降妖，八戒开始炫耀自己的能力，变成了八九丈大小，又吹嘘自己的钉钯，总之是接下了去降妖抢回百花羞的任务。国王敬酒时，八戒估计才想起来自己没等师父同意就揽了活儿，于是对他师父说：“师父，这酒本该从你饮起，但君王赐我，不敢违背。让老猪先吃了，助助兴头，好捉妖怪。”喝完酒，八戒就飞走了，他觉得自己没问题，真是心里没点数啊！他是真不知道他前面挥出去的每一钉钯顶多有十分之一的力气是自己的，剩下的十分之九都是取经摄像组在助力呢！

沙僧还是清醒的，他知道这呆子自己去肯定是送死，那妖怪八戒一个人肯定搞不定，于是也赶去助战了。

却说那沙僧赶上八戒，道：“哥哥，我来了。”八戒道：“兄弟，你来怎的？”沙僧道：“师父叫我来帮帮功的。”八戒大喜道：“说得是，来得好。我两个努力齐心，去捉那怪物，虽不怎的，也在此国扬扬姓名。”你看他：

缥缈祥光来国界，氤氲瑞气出京城。

领王旨意来山洞，努力齐心捉怪灵。

他两个不多时到了洞口，按落云头。八戒掣钯，往那波月洞的门上尽力气一筑，把他那石门筑了斗来大小的个窟窿。唬得那把门的小妖开门，看见是他两个，急跑进去报道：“大王，不好了！那长嘴大耳的和尚与那晦气色脸的和尚，又来把门都打破了！”那怪惊道：“这个还是猪八戒、沙和尚二人。我饶了他师父，怎么又敢复来打我的门！”小妖道：“想是忘了甚么物件来取的。”老怪咄的一声，道：“胡缠！忘了物件，就敢打上门来？必有缘故！”急整束了披挂，绰了钢刀走出来，问道：“那和尚，我既饶了你师父，你怎么又敢来打上我门！”八戒道：“你这泼怪干得好事儿！”老魔道：“甚么事？”八戒道：“你把宝象国三公主骗来洞内，倚强霸占为妻，住了一十三载，也该还他了。我奉国王旨意，特来擒你。你快快进去，自家把

绳子绑缚出来，还免得老猪动手！”那老怪闻言，十分发怒。你看他屹迸迸咬响钢牙，滴溜溜睁圆环眼，雄纠纠举起刀来，赤淋淋拦头便砍。八戒侧身躲过，使钉钯劈面迎来，随后又有沙僧举宝杖赶上前齐打。这一场在山头上赌斗，比前不同。真个是：

言差语错招人恼，意毒情伤怒气生。这魔王，大钢刀着头便砍；那八戒，九齿钯对面迎来。沙悟净丢开宝杖，那魔王抵架神兵。一猛怪，二神僧，来来往往甚消停。这个说：“你骗国理该死罪！”那个说：“你罗闲事报不平！”这个说：“你强婚公主伤国体！”那个说：“不干你事莫闲争！”算来只为捎书故，致使僧魔两不宁。

他们在那山坡前战经八九个回合，八戒渐渐不济将来，钉钯难举，气力不加。你道如何这等战他不过？当时初相战斗，有那护法诸神，为唐僧在洞，暗助八戒、沙僧，故仅得个手平；此时诸神都在宝象国护定唐僧，所以二人难敌。那呆子道：“沙僧，你且上前来与他斗着，让老猪出恭来。”他就顾不得沙僧，一溜往那蒿草薜萝、荆棘葛藤里，不分好歹，一顿钻进。那管刮破头皮，搠伤嘴脸，一毂辘睡倒，再也不敢出来。但留半边耳朵，听着梆声。那怪见八戒走了，就奔沙僧。沙僧措手不及，被怪一把抓住，捉进洞去。小妖将沙僧四马攒蹄捆住。

毕竟不知端的性命如何，且听下回分解。

哥儿俩再次来到妖洞口，八戒把人家的门给砸了，然后双方开打。

此次再打，这俩都现了原形，仅仅八九个回合八戒就扛不住了，已经到了“钉钯难举，气力不加”的地步。因为人家取经摄像组是时刻保护唐僧的，眼下八戒没了助力，跟人家比完全是一天一地的水平。随后八戒把沙僧坑了，自己跑了，而且作者安排八戒藏身的地方也很有意思，他藏在了“蒿草薜萝、荆棘葛藤里”，所谓“他就顾不得沙僧，一溜往那蒿草薜萝、荆棘葛藤里，不分好歹，一顿钻进。那管刮破头皮，搠伤嘴脸，一毂辘睡倒，再也不敢出来”。

“荆棘葛藤”在传统文化中有隐喻小人之意，《西游记》第六十四回，作者也专门安排了荆棘岭这关，讨论的就是小人丛中的伪君子们。八戒这活儿干的，也真是个小人行径。

沙僧没了八戒的助力，直接被妖怪一把抓住了。

至此，这哥儿俩的真实战斗力交代完毕，就是绑一块儿遇到高手十个回合都过不去，单挑一个回合直接被抓的水平。

第三十回

邪魔侵正法，意马忆心猿

却说那怪，把沙僧捆住，也不来杀他，也不曾打他，骂也不曾骂他一句，绰起钢刀，心中暗想道："唐僧乃上邦人物，必知礼义，终不然我饶了他性命，又着他徒弟拿我不成？噫！这多是我浑家有甚么书信到他那国里，走了风汛。等我去问他一问。"那怪陡起凶性，要杀公主。

却说那公主不知，梳妆方毕，移步前来。只见那怪怒目攒眉，咬牙切齿。那公主还陪笑脸迎道："郎君有何事，这等烦恼？"那怪咄的一声骂道："你这狗心贱妇，全没人伦！我当初带你到此，更无半点儿说话。你穿的锦，戴的金，缺少东西我去寻。四时受用，每日情深。你怎么只想你父母，更无一点夫妇心？"那公主闻说，吓得跪倒在地道："郎君呵，你怎么今日说起这分离的话？"那怪道："不知是我分离，是你分离哩！我把那唐僧拿来，算计要他受用，你怎么不先告过我，就放了他？原来是你暗地里修了书信，教他替你传寄；不然，怎么这两个和尚又来打上我门，教还你回去？这不是你干的事？"公主道："郎君，你差怪我了，我没有甚书去。"老怪道："你还强嘴哩！现拿住一个对头在此，却不是证见？"公主道："是谁？"老妖道："是唐僧第二个徒弟沙和尚。"原来人到了死处，谁肯认死，只得与他放赖。公主道："郎君且息怒，我和你去问他一声。果然有书，就打死了，我也甘心；假若无书，却不枉杀了奴奴也？"

那怪闻言，不容分说，抡开一只簸箕大小的蓝靛手，抓住那金枝玉叶的发万根，把公主揪上前，捽在地下，执着钢刀，却来审沙僧，咄的一声道："沙和尚！你两个辄敢擅打上我们门来，可是这女子有书到他那国，国王教你们来的？"沙僧已捆在那里，见妖精凶恶之甚，把公主掼倒在地，持刀要杀。他心中暗想道："分明是他有书去。救了我师父，此是莫大之恩，我若一口说出，他就把公主杀了，此却不是恩将仇报？罢！罢！罢！想老沙跟我师父一场，也没寸功报效，今日已是被缚，就将此性命与师父报了恩罢。"遂喝道："那妖怪不要无礼！他有甚么书来，你这等枉他，要害他性命！我们来此问你要公主，有个缘故。只因你把我师父捉在洞中，我师父曾看见公主的模样动静，及至宝象国，倒换关文，那皇帝将公主画影图形，前后访问。因将公主的形影，问我师父沿途可曾看见，我师父遂将公主说起，他故知是他女儿，赐了我等御酒，教我们来拿你，要他公主还宫。此情是实，何尝有甚书信？你要杀，就杀了我老沙，不可枉害平人，大亏天理！"

那妖见沙僧说得雄壮，遂丢了刀，双手抱起公主道："我一时粗卤，多有冲撞，莫怪，莫怪。"遂与他挽了青丝，扶上宝髻，软款温柔，怡颜悦色，撮哄着他进去了，又请上坐陪礼。那公主是妇人家水性，见他错敬，遂回心转意道："郎君呵，你若念夫妇的恩爱，可把那沙僧的绳子略放松些儿。"老妖闻言，即命小的们把沙僧解了绳子，锁在那里。沙僧见解缚锁住，立起来，心中暗喜道："古人云：'与人方便，自己方便。'我若不方便了他，他怎肯教把我松放松放？"

这妖怪抓了沙僧不杀不打也不骂，开始分析起来。他认为唐僧人品没问题，干不出恩将仇报的事，准是他媳妇的事，然后就翻脸了。他先是跟八戒对高翠兰一个口径，说：你的吃穿都是我给的，挺好的日子你不好好过，只想你父母，没有一点夫妇心！准是你私下放了唐僧，又暗地修书给你父母，让这俩和尚打上门来！公主不承认，要去跟沙僧对质，妖怪直接抓着她的头发就把她扔地上了，根本没有之前放唐僧时的温柔态度。

从这里也能看出一个天庭高级神仙的基本素养，一方面是脑子转得快，啥事第一反应是分析；另一方面是对忠诚极其看重。别的事都好说，你对我忠不忠诚极其关键。如果发现站位、立场有问题，人家迅速下狠手，上一秒还是小甜甜，下一秒就是"狗心贱妇"了。

职业病啊！

沙僧此时的态度相当仗义，他也算是用实际行动践行了自己没有枉做一回佛弟子。公主救了他师父，卖了人家就是恩将仇报，他想，自己入师门以来未立一功，大不了拿这条命报恩了。随后沙僧编了个故事把公主救了。

客观来讲，其实沙僧才是机灵主儿，在西游宇宙中，死可从来不是如灯灭的。他即便死在了此时，那也是“因公殉职”，尤其地府还是佛门的地藏王菩萨掌管的。沙僧面对生死关作风坚贞、立场坚定，没给佛祖这个专项跌份儿、丢面儿，未来必定一片光明！

随后黄袍怪再次展示了自己的职业素养，误会一旦解除后什么面子不面子的，身段极其柔软，赶紧赔礼道歉，说的比唱的好听。

脑子转得快，底线守得紧，面子看得透，要是没这点功夫，千万别在天庭混。

这妖怪的脑子转得是极快的，既然唐僧来招惹他了，他也该顺势借刀杀人了。

那老妖又教安排酒席，与公主陪礼压惊。吃酒到半酣，老妖忽的又换了一件鲜明的衣服，取了一口宝刀佩在腰里，转过手，摸着公主道：“浑家，你且在家吃酒，看着两个孩儿，不要放了沙和尚。趁那唐僧在那国里，我也赶早儿去认认亲也。”公主道：“你认甚亲？”老妖道：“认你父王。我是他驸马，他是我丈人，怎么不去认认？”公主道：“你去不得。”老妖道：“怎么去不得？”公主道：“我父王不是马挣力战的江山，他本是祖宗遗留的社稷。自幼儿是太子登基，城门也不曾远出，没有见你这等凶汉。你这嘴脸相貌，生得丑陋，若见了你，恐怕吓了他，反为不美，却不如不去认的还好。”老妖道：“既如此说，我变个俊的儿去便罢。”公主道：“你试变来我看看。”

好怪物，他在那酒席间，摇身一变，就变做一个俊俏之人。真个生得：

形容典雅，体段峥嵘。言语多官样，行藏正妙龄。才如子建成诗易，貌似潘安掷果轻。头上戴一顶鹊尾冠，乌云敛伏；身上穿一件玉罗褶，广袖飘迎。足下乌靴花摺，腰间鸾带光明。丰神真是奇男子，耸壑轩昂美俊英。

公主见了，十分欢喜。那怪笑道：“浑家，可是变得好么？”公主道：“变得好！变得好！你这一进朝呵，我父王是亲不灭，一定着文武多官留你饮宴。倘吃酒中间，

千千仔细，万万个小心，却莫要现出原嘴脸来，露出马脚，走了风汛，就不斯文了。”老怪道：“不消分付，自有道理。”

黄袍怪办了酒席，给公主压惊赔礼。吃到一半决定去宝象国认亲，公主担心黄袍怪把她爹吓死，他就变了个俊俏郎君模样，公主看了十分欢喜。

其实公主跟不跟这妖怪过主要取决于妖怪的模样，他要是天天这模样也不至于不跟他过，但黄袍怪无论是前面一言不合就要杀，还是根本不在乎公主喜不喜欢他这妖怪模样，都说明他是没太拿公主的感受当回事的。

其实他这次哪里是想认亲，那么多年都没去，不过是想借宝象国国王之手弄死唐僧罢了。

在他看来，这件事定性为人间纠纷才完美，他既能完成任务，又不得罪佛门。

你看他纵云头，早到了宝象国。按落云头，行至朝门之外。对各门大使道：“三驸马特来见驾，乞为转奏转奏。”那黄门奏事官来至白玉阶前，奏道：“万岁，有三驸马来见驾，现在朝门外听宣。”那国王正与唐僧叙话，忽听得三驸马，便问多官道：“寡人只有两个驸马，怎么又有个三驸马？”多官道：“三驸马，必定是妖怪来了。”国王道：“可好宣他进来？”那长老心惊道：“陛下，妖精呵，不精者不灵，他能知过去未来，他能腾云驾雾，宣他也进来，不宣他也进来，倒不如宣他进来，还省些口面。”

国王准奏，叫宣。那怪直至金阶，他一般的也舞蹈山呼的行礼。多官见他生得俊丽，也不敢认他是妖精。他都是些肉眼凡胎，却当做好人。那国王见他耸壑昂霄，以为济世之梁栋，便问他：“驸马，你家在那里居住？是何方人氏？几时得我公主配合？怎么今日才来认亲？”那老怪叩头道：“主公，臣是城东碗子山波月庄人家。”国王道：“你那山离此处多远？”老妖道：“不远，只有三百里。”国王道：“三百里路，我公主如何得到那里，与你匹配？”

那妖精巧语花言，虚情假意的答道：“主公，微臣自幼儿好习弓马，采猎为生。那十三年前，带领家童数十，放鹰逐犬，忽见一只斑斓猛虎，身驮着一个女子，往山坡下走。是微臣兜弓一箭，射倒猛虎，将女子带上本庄，把温水温汤灌醒，救了他性命。因问他是那里人家，他更不曾题‘公主’二字。早说是万岁的三公主，怎敢欺心，擅自配合？当得进上金殿，大小讨一个官职荣身。只因他说是民家之女，微臣才留在庄所。女貌郎才，两相情愿，故配合至此多年。当时配合之后，欲将那虎宰了，邀请诸亲，却是公主娘娘教且莫杀。其不杀之故，有几句言词，道得甚好，说道：

托天托地成夫妇，无媒无证配婚姻。

前世赤绳曾系足，今将老虎做媒人。

臣因此言，故将虎解了索子，饶了他性命。那虎带着箭伤，跑蹄剪尾而去。不知他得了性命，在那山中修了这几年，炼体成精，专一迷人害人。臣闻得昔年也有几次取经的，都说是大唐来的唐僧，想是这虎害了唐僧，得了他文引，变作那取经的模样，今在朝中哄骗主公。主公呵，那绣墩上坐的，正是那十三年前驮公主的猛虎，不是真正取经之人！”

你看那水性的君王，愚迷肉眼，不识妖精，转把他一片虚词，当了真实，道：“贤驸马，你怎的认得这和尚是驮公主的老虎？”那妖道：“主公，臣在山中，吃的是老虎，穿的也是老虎，与他同眠同起，怎么不认得？”国王道：“你既认得，可教他现出本相来看。”怪物道：“借半盏净水，臣就教他现了本相。”国王命官取水，递与驸马。那怪接水在手，纵起身来，走上前，使个“黑眼定身法”，念了咒语，将一口水望唐僧喷去，叫声“变！”那长老的真身隐在殿上，真个变作一只斑斓猛虎。此时君臣肉眼观看，那只虎生得：

白额圆头，花身电目。四只蹄挺直峥嵘，二十爪钩弯锋利。锯牙包口，尖耳连眉。狞狰壮若大猫形，猛烈雄如黄犊样。刚须直直插银条，刺舌骍骍喷恶气。果然是只锦斑斓，阵阵威风吹宝殿。

国王一见，魄散魂飞，諕得那多官尽皆躲避。有几个大胆的武将，领着将军、校尉一拥上前，使各项兵器乱砍。这一番，不是唐僧该有命不死，就是二十个僧人也打为肉酱。此时幸有丁甲、揭谛、功曹、护教诸神，暗在空中护佑，所以那些人兵器皆不能打伤。众臣嚷到天晚，才把那虎活活的捉了，用铁绳锁了，放在铁笼里，收于朝房之内。

黄袍怪来到宝象国后编了一个几乎是糊弄傻子的故事，说他十三年前救了个被老虎掳走的女子，那女子根本没提自己是公主的事。当时公主求情放了老虎，说这老虎是他们爱情的见证，后来老虎修炼成人形了，眼前假说取经的这位就是！

国王很容易就被忽悠了。

相当无语，首先，国王忽略了最关键的一件事：书信！

你闺女的笔迹这虎精可模仿不来啊！

其次，这公主早不说晚不说，咋这时候就说她是公主了呢？再说你咋知道我这里坐着个虎精，咋就那么巧？

不过这国王糊涂也算是好事，他要是问起书信笔迹的事，估计黄袍怪立刻就得回去杀了百花羞。国王问黄袍怪能否让唐僧现出本相，黄袍怪一个“黑眼定身法”就把唐僧变成老虎了。

剧情朝着黄袍怪的预想发展下去，宝象国的武将要杀老虎，而且当时就下了杀手，所谓“有几个大胆的武将，领着将军、校尉一拥上前，使各项兵器乱砍。这一番，不是唐僧该有命不死，就是二十个僧人也打为肉酱”，但由于有丁甲、揭谛、功曹、护教诸神组成的取经摄像组半空护佑，所以唐僧没受伤。

黄袍怪的希望落空了，只有比这取经摄像组能量更大的人物才能杀得了唐僧。也就是说，这祸水引不到人间。到了晚上，唐僧变的老虎由于弄不死，被捉进笼子里了，问题也就此被搁置了。

唐僧虽然有取经摄像组保护着，但是这个跟拍团队终究干不了超出他们能力范围的活儿，他们绑一块儿都打不过这黄袍怪，人家要是下死手，唐僧只能是个死。

这个时候，取经团队的路几乎走死了。即使找观音出面也无法解决，因为唐僧是被宝象国的执法部门逮捕的。黄袍怪本来已经放了他们，可唐僧偏要掺和人间少女打拐的事，随后妖怪来了，讲了个故事把宝象国君臣骗了，要杀唐僧的都是宝象国君臣，人间事自有人间法，观音那么大的领导也没法干预。观音菩萨当初也没在大唐直接现身，告诉李世民，你要是不取经，明天就弄死你，而是花了近一年的时间去绕了一个圈，棋子也都是魏徵、崔珏这种高官。

目前局面僵在这儿了，唐僧被变成了老虎，八戒和沙僧这种“放屁添风”级别的就是在也不好使，此时能者为大的法则启动了，危机就是机会，小白龙要出场了。

那国王却传旨，教光禄寺大排筵宴，谢驸马救拔之恩，不然，险被那和尚害了。

当晚众臣朝散，那妖魔进了银安殿。又选十八个宫娥彩女，吹弹歌舞，劝妖魔饮酒作乐。那怪物独坐上席，左右排列的都是那艳质娇姿，你看他受用。饮酒至二更时分，醉将上来，忍不住胡为。跳起身，大笑一声，现了本相。陡发凶心，伸开簸箕大手，把一个弹琵琶的女子抓将过来，扢咋的把头咬下一口。吓得那十七个宫娥没命的前后乱跑乱藏。你看那：

宫娥悚惧，彩女忙惊。宫娥悚惧，一似雨打芙蓉笼夜雨；彩女忙惊，就如风吹芍药逗春风。捽碎琵琶顾命，跌伤琴瑟逃生。出门那分南北，离殿不管西东。磕损玉面，撞破娇容。人人逃命走，各各奔残生。

那些人出去，又不敢吆喝；夜深了，又不敢惊驾，都躲在那短墙檐下，战战兢兢不题。

却说那怪物坐在上面，自斟自酌。喝一盏，扳过人来，血淋淋的啃上两口。他在里面受用，外面人尽传道："唐僧是个虎精！"乱传乱嚷，嚷到金亭馆驿。此时驿里无人，止有白马在槽上吃草吃料。他本是西海小龙王，因犯天条，锯角退鳞，变白马驮唐僧往西方取经。忽闻人讲唐僧是个虎精，他也心中暗想道："我师父分明是个好人，必然被怪把他变做虎精，害了师父。怎的好！怎的好！大师兄去得久了，八戒、沙僧又无音信。"他只捱到二更时分，万籁无声，却才跳将起来道："我今若不救唐僧，这功果休矣！休矣！"他忍不住，顿绝缰绳，抖松鞍辔，急纵身，忙显化，依然化作龙，驾起乌云，直上九霄空里观看。有诗为证：

三藏西来拜世尊，途中偏有恶妖氛。

今宵化虎灾难脱，白马垂缰救主人。

小龙王在半空里，只见银安殿内灯烛辉煌，原来那八个满堂红上点着八根蜡烛。按下云头，仔细看处，那妖魔独自个在上面，逼法的饮酒吃人肉哩。小龙笑道："这厮不济！走了马脚，识破风汛，蹦匾城里来吃人，可是个长进的！却不知我师父下落何如，倒遇着这个泼怪。且等我去戏他一戏，若得手，拿住妖精，再救师父不迟。"

好龙王，他就摇身一变，也变做个宫娥，真个身体轻盈，仪容娇媚。忙移步走入里面，对妖魔道声万福："驸马呵，你莫伤我性命，我来替你把盏。"那妖道："斟酒来。"小龙接过壶来，将酒斟在他盏中，酒比钟高出三五分来，更不漫出。这是小龙使的"逼水法"。那怪见了不识，心中喜道："你有这般手段！"小龙道："还斟得有几分高哩。”那怪道：“再斟上！再斟上！”他举着壶，只情斟，那酒只情高，就如十三层宝塔一般，尖尖满满，更不漫出些须。那怪物伸过嘴来，吃了一钟；扳着死人，吃了一口，道：“会唱么？”小龙道：“也略晓得些儿。”依腔韵唱了一个小曲，又奉了一钟。那怪道：“你会舞么？”小龙道：“也略晓得些儿，但只是素手，舞得不好看。”那怪揭起衣服，解下腰间所佩宝刀，掣出鞘来，递与小龙。小龙接了刀，就留心，在那酒席前，上三下四，左五右六，丢开了花刀法。

那怪看得眼咤，小龙丢了花字，望妖精劈一刀来。好怪物，侧身躲过，慌了手脚，举起一根满堂红，架住宝刀。那满堂红原是熟铁打造的，连柄有八九十斤。两个出了银安殿，小龙现了本相，却驾起云头，与那妖魔在那半空中相杀。这一场，黑地里好杀。怎见得：

那一个是碗子山生成怪物，这个是西洋海罚下的真龙。一个放毫光如喷白电，一个生锐气如迸红云。一个好似白牙老象走人间，一个就如金爪狸猫飞下界。一个是擎天玉柱，一个是架海金梁。银龙飞舞，黄鬼翻腾。左右宝刀无怠慢，往来不歇满堂红。

他两个在云端里战勾八九回合，小龙的手软筋麻，老魔的身强力壮。小龙抵敌不住，飞起刀去砍那妖怪。妖怪有接刀之法，一只手接了宝刀，一只手抛下满堂红便打。小龙措手不及，被他把后腿上着了一下，急慌慌按落云头，多亏了御水河救了性命，小龙一头钻下水去。那妖魔赶来，寻他不见，执了宝刀，拿了满堂红，回上银安殿，照旧吃酒睡觉不题。

却说那小龙潜于水底，半个时辰，听不见声息，方才咬着牙，忍着腿疼，跳将起去；踏着乌云，径转馆驿，还变作依旧马匹，伏于槽下。可怜浑身是水，腿有伤痕。那时节：

意马心猿都失散，金公木母尽凋零。

黄婆伤损通分别，道义消疏怎得成！

黄袍怪喝完酒后现了原形，开始吃人玩。就在这个时候，小白龙出手了，这是他整个取经过程中唯一的一次出手！

大师兄走了，老二老三又“拉胯”，师父被变成虎了，取经眼看到了最危险的时候，他这把要是成功了，唐僧以后还好意思骑他吗？以后就该骑猪了！

小白龙看见妖怪后跟当年刚遇到猴哥时一样，还是丝毫不动脑子。他见妖魔现了原形就看不起人家了，所谓“这厮不济！走了马脚，识破风汛，蹦匾城里来吃人，可是个长进的”，而且最直观的证据是“且等我去戏他一戏，若得手，拿住妖精，再救师父不迟”。

都什么时候了，都快要“团灭”了，他还抱着戏一戏的心态，活该被人骑！你不是应该先猫着，然后全力偷袭吗？叫你“意马”你是真不亏啊！全书唯一一次改变命运的机会，狮子搏兔尚用全力，你却要戏他一戏……

这没脑子的“龙二代”啊！

小白龙变成一个宫娥，不仅不怕妖怪，还要斟酒，还嘚瑟酒比钟高出三五分的“逼水法”，还会舞剑。这不是提醒黄袍怪，我是来杀你的吗？

还说戏人家，全程都是你在给人家斟酒、唱歌、舞剑，是你给人家助兴呢！

他“望妖精劈一刀来”，发现根本不好使，人家很轻松就躲过了。两人开打，八九回合后，这龙也知道自己几斤几两了，手软筋麻。全力偷袭都不一定好使，就你这三脚猫功夫还戏人家，最终躲在御水河里逃了性命。

这下取经团队全军覆没了，领导变成虎了，老二老三外加马都试了，都是“放屁添风”的水平，准确地说连取经摄影组都上手了，当初绑一块儿将将打个平手。

都不行，就得找行的去了。

猴哥啊猴哥，你这辈子最关键的间接贵人就是太上老君了，不是人家的小弟把观音菩萨安排的这几块料都试出来是个什么水平，你还真就回不来了！

且不言三藏逢灾，小龙败战，却说那猪八戒，从离了沙僧，一头藏在草科里，拱了一个猪浑塘。这一觉，只睡到半夜时候才醒。醒来时，又不知是甚么去处，摸摸眼，定了神思，侧耳才听。噫！正是那山深无犬吠，野旷少鸡鸣。他见那星移斗转，约莫有三更时分，心中想道：“我要回救沙僧，诚然是‘单丝不线，孤掌难鸣’。罢！罢！罢！我且进城去见了师父，奏准当今，再选些骁勇人马，助着老猪，明日来救沙僧罢。”

那呆子急纵云头，径回城里。半霎时，到了馆驿。此时人静月明，两廊下寻不见师父，只见白马睡在那厢，浑身水湿，后腿有盘子大小一点青痕。八戒失惊道：“双

晦气了！这亡人又不曾走路，怎么身上有汗，腿有青痕？想是歹人打劫师父，把马打坏了。”那白马认得是八戒，忽然口吐人言，叫声：“师兄！”这呆子吓了一跌，扒起来往外要走，被那马探探身，一口咬住皂衣，道：“哥呵，你莫怕我。”八戒战兢兢的道：“兄弟，你怎么今日说起话来了？你但说话，必有大不祥之事。”小龙道：“你知师父有难么？”八戒道：“我不知。”小龙道：“你是不知！你与沙僧在皇帝面前弄了本事，思量拿倒妖魔，请功求赏。不想妖魔本领大，你们手段不济，奈他不过。好道着一个回来，说个信息，是却更不闻音。那妖精变做一个俊俏文人，撞入朝中，与皇帝认了亲眷。把我师父变作一个斑斓猛虎，见被众臣捉住，锁在朝房铁笼里面。我听得这般苦恼，心如刀割，你两日又不在不知，恐一时伤了性命，只得化龙身去救。不期到朝里，又寻不见师父。及到银安殿外，遇见妖精，我又变做个宫娥模样，哄那怪物。那怪叫我舞刀他看，遂尔留心，砍他一刀，早被他闪过，双手举个满堂红，把我战败。我又飞刀砍去，他又把刀接了，捽下满堂红，把我后腿上着了一下。故此钻在御水河，逃得性命。腿上青是他满堂红打的。”

八戒闻言，道：“真个有这样事？”小龙道：“莫成我哄你了！”八戒道：“怎的好！怎的好！你可挣得动么？”小龙道：“我挣得动便怎的？”八戒道：“你挣得动，便挣下海去罢。把行李等老猪挑去高老庄上，回炉做女婿去呀。”小龙闻说，一口咬住他直裰子，那里肯放，止不住眼中滴泪道：“师兄呵，你千万休生懒惰。”八戒道：“不懒惰便怎么？沙兄弟已被他拿住，我是战他不过，不趁此散伙，还等甚么？”

小龙沉吟半晌，又滴泪道：“师兄呵，莫说散伙的话。若要救得师父，你只去请个人来。”八戒道：“教我请谁么？”小龙道：“你趁早儿驾云，回上花果山，请大师兄孙行者来。他还有降妖的大法力，管教救了师父，也与你我报得这败阵之仇。”八戒道：“兄弟，另请一个儿便罢了，那猴子与我有些不睦。前者在白虎岭上，打杀了那白骨夫人，他怪我撺掇师父念‘紧箍儿咒’。我也只当耍子，不想那老和尚当真的念起来，就把他赶逐回去。他不知怎么样的恼我，他也决不肯来。倘或言语上略不相对，他那哭丧棒又重，假若不知高低，捞上几下，我怎的活得成么？”小龙道：“他决不打你。他是个有仁有义的猴王。你见了他，且莫说师父有难，只说‘师父想你哩’，把他哄将来。到此处，见这样个情节，他必然不忿，断乎要与那妖精比并，

管情拿得那妖精，救得我师父。”八戒道：“也罢，也罢。你倒这等尽心，我若不去，显得我不尽心了。我这一去，果然行者肯来，我就与他一路来了；他若不来，你却也不要望我，我也不来了。”小龙道：“你去，你去。管情他来也。”

来看看八戒吧，他把沙僧给坑了以后睡了一大觉。心是真大啊，真能睡得着啊！醒来后他也不敢去救沙僧，就回宝象国来了。

可他回来后发现唐僧已经找不到了，而且白马浑身湿着。八戒正纳闷呢，白马张嘴了，说：你俩只知显摆本事，如今师父被变成老虎了，我化龙身去救也打不过妖怪，你看我这腿让妖怪打的。

八戒听完小白龙的前情回顾就准备回高老庄了，因为这题他解不了。

人家是前天庭高官，嘴肯定甜，口号也喊得响，但干活儿就那么回事，别指望他干出超预期的来。这回出事八戒甚至不敢去找观音菩萨，因为他知道，猴子是他撺掇唐僧赶跑的，眼下这局面他也是要负重大责任的，而且目前唐僧是宝象国君臣抓的，菩萨也不好掺和人间事，只能指望自己这帮徒弟去救，但八戒这点能力确实已经解决不了问题了。

他是有退路的，他的师父从来没有不认他，玉帝哪怕将他打了一顿，贬下来依旧要谆谆教诲一番，所以人家心很宽，已经准备去等下一次机会了。但小白龙没这根基，他唯一的指望就是取经，他爹已经把他告到玉帝那儿了，并和他断绝了关系，他要是攀不上佛门这个高枝，他的未来会相当凄惨。小白龙听八戒说这个都哭了，跟八戒说：你去花果山请大师兄回来吧，他可以帮我们。

八戒随后说出了自己的担忧，猴子被赶他是主要责任人，所谓“他怪我撺掇师父念‘紧箍儿咒’。我也只当耍子，不想那老和尚当真的念起来，就把他赶逐回去”。他现在跟我不再是师兄弟了，去了弄不好得被他打死。

小白龙先解决了八戒最担心的问题，也就是被猴子打死的问题。“他是个有仁有义的猴王”这句话是没什么用的，八戒不会被这句话骗去，但小白龙的另一句话就说到了重点。他知道猴哥是舍不得这次镀金机会的，当初走之前说了那么多话，其实就是不想走，既然这样，就是个找台阶的问题。他告诉八戒，不能说师父有难，那样显得拿人家当工具了，要说“师父想你”，师父派的还是你这个当初黑嘴的来请，这就给了猴哥台阶，这样八戒这个信使就不至于挨打了。等猴哥回来，自己就会入套了，所谓“把他哄将来。到此处，见这样个情节，他必然不忿，断乎要与那妖精比并，管情拿得那妖精，救得我师父”。

小白龙的解决方案也让八戒看到了一丝希望，但走之前还是跟小白龙念叨：他要是能来，我就跟着回来，他不来我也就不回来了。

对这个团队，八戒没有一丁点留恋，这就是上班而已，没倒闭就接着干，倒闭了就拉倒，大不了回高老庄去。

真个呆子收拾了钉钯，整束了直裰，跳将起来，踏着云，径往东来。这一回，也是唐僧有命。那呆子正遇顺风，撑起两个耳朵，好便似风蓬一般，早过了东洋大海。按落云头，不觉的太阳星上，他却入山寻路。

正行之际，忽闻得有人言语。八戒仔细看时，原来是行者在山凹里聚集群妖。他坐在一块石头崖上，面前有一千二百多猴子，分班排班，口称：“万岁，大圣爷爷！”八戒道：“且是好受用，且是好受用！怪道他不肯做和尚，只要来家哩。原来有这些好处，许大的家业，又有这多的小猴伏侍。若是老猪有这一座山场，也不做甚么和尚了。如今既到这里，却怎么好？必定要见他一见。”那呆子有些怕他，又不敢明明的见他，却往草崖边溜啊溜的，溜在那一千二三百猴子当中挤着，也跟那些猴子磕头。

不知孙大圣坐得高，眼又乖滑，看得他明白，便问：“那班部中乱拜的，是个夷人，是那里来的？拿上来！”说不了，那些小猴一窝风，把个八戒推将上来，按倒在地。行者道：“你是那里来的夷人？”八戒低着头道：“不敢，承问了。不是夷人，是熟人，熟人。”行者道：“我这大圣部下的群猴，都是一般模样，你这嘴脸生得各样，相貌有些雷堆，定是别处来的妖魔。既是别处来的，若要投我部下，先来递个脚色手本，报了名字，我好留你在此，随班点扎；若不留你，你敢在这里乱拜！”八戒低着头，拱着嘴道：“不羞，就拿出这副嘴脸来了！我和你兄弟也做了几年，又推认不得，说是甚么夷人！”行者笑道：“抬起头来我看。”那呆子把嘴往上一伸，道：“你看么！你认不得我，好道认得嘴耶！”行者忍不住笑道：“猪八戒。”他听见一声叫，就一毂辘跳将起来道：“正是，正是！我是猪八戒！”他又思量道：“认得就好说话了。”

八戒这驾云技术也是真逗，如果是顺风的话他那耳朵还能当风篷使唤，用来加速。八戒来到花果山，看到了悟空的排场和家业，再次暴露了自己的志向。八戒其实就是当个普通妖怪的胃口，有个洞府，有点人伺候他，能吃饱饭，有个媳妇，这就可以了。

你猜八戒他师父后不后悔收了这么个徒弟呢？

肯定的，但已经进门了，就要管到底。人在上升期往往会付出高溢价，这些跟着升天的鸡犬也是终身要负责的成本。

八戒到底是前天庭高官，破冰方式绝了，人家跟着猴子猴孙们一块儿给悟空磕头。

都给你磕头了，你还好意思弄死我吗？这命就算是先保住了。

猴哥发现他以后，八戒开始不断拿过往感情，拿“兄弟也做了几年”来攀关系。猴哥笑着叫了他的名字，八戒见破冰成功，长舒一口气，那是“一毂辘跳将起来道：‘正是！正是！我是猪八戒！’他又思量道：‘认得就好说话了。’”

行者道：“你不跟唐僧取经去，却来这里怎的？想是你冲撞了师父，师父也贬你回来了？有甚贬书，拿来我看。”八戒道：“不曾冲撞他，他也没甚么贬书，也不曾赶我。”行者道：“既无贬书，又不曾赶你，你来我这里怎的？”八戒道：“师父想你，着我来请你的。”行者道：“他也不请我，他也不想我。他那日对天发誓，亲笔写了贬书，怎么又肯想我，又肯着你远来请我？我断然也是不好去的。”八戒就地扯个谎，忙道：“委是想你！委是想你！”行者道：“他怎的想我来？”八戒道：“师父在马上正行，叫声‘徒弟’，我不曾听见，沙僧又推耳聋，师父就想起你来，说我们不济，说你还是个聪明伶俐之人，常时声叫声应，问一答十。因这般想你，转转教我来请你的。万望你去走走，一则不孤他仰望之心，二来也不负我远来之意。”

行者闻言，跳下崖来，用手搀住八戒，道：“贤弟，累你远来，且和我耍耍儿去。”八戒道：“哥呵，这个所在路远，恐师父盼望去迟，我不耍子了。”行者道：“你也是到此一场，看看我的山景何如。”那呆子不敢苦辞，只得随他走走。二人携手相搀，概众小妖随后，上那花果山极巅之处。好山！自是那大圣回家，这几日收拾得复旧如新。但见那：

青如削翠，高似摩云。周回有虎踞龙蟠，四面多猿啼鹤唳。朝出云封山顶，暮观日挂林间。流水潺潺鸣玉佩，涧泉滴滴奏瑶琴。山前有崖峰峭壁，山后有花木秾华。上连玉女洗头盆，下接天河分派水。乾坤结秀赛蓬莱，清浊育成真洞府。丹青妙笔画时难，仙子天机描不就。玲珑怪石石玲珑，玲珑结彩岭头峰。日影动千条紫艳，瑞气摇万道红霞。洞天福地人间有，遍山新树与新花。

八戒观之不尽，满心欢喜，道："哥啊，好去处！果然是天下第一名山！"行者道："贤弟，可过得日子么？"八戒笑道："你看师兄说的话，宝山乃洞天福地之处，怎么说度日之言也？"二人谈笑多时，下了山。只见路旁有几个小猴，捧着紫巍巍的葡萄，香喷喷的梨枣，黄森森的枇杷，红艳艳的杨梅，跪在路旁，叫道："大圣爷爷，请进早膳。"行者笑道："我猪弟食肠大，却不是以果子作膳的。也罢，也罢，莫嫌菲薄，将就吃个儿当点心罢。"八戒道："我虽食肠大，却也随乡入乡。是拿来，拿来，我也吃几个儿尝新。"

二人吃了果子，渐渐日高。那呆子恐怕误了救唐僧，只管催促道："哥哥，师父在那里盼望我和你哩。望你和我早早儿去罢。"行者道："贤弟，请你往水帘洞里去耍耍。"八戒坚辞道："多感老兄盛意，奈何师父久等，不劳进洞罢。"行者道："既如此，不敢久留，就请此处奉别。"八戒道："哥哥，你不去了？"行者道："我往那里去？我这里天不收，地不管，自由自在，不耍子儿，做甚么和尚？我是不去，你自去罢。但上覆唐僧：既赶退了，再莫想我。"呆子闻言，不敢苦逼，只恐逼发他性子，一时打上两棍。无奈，只得喏喏告辞，找路而去。

行者见他去了，即差两个溜撒的小猴跟着八戒，听他说些甚么。真个那呆子下了山，不上三四里路，回头指着行者，口里骂道："这个猴子，不做和尚，倒做妖怪！这个猢狲，我好意来请他，他却不去！你不去便罢！"走几步，又骂几声。那几个小猴急跑回来，报道："大圣爷爷，那猪八戒不大老实，他走走儿，骂几声。"行者大怒，叫："拿将来！"那众猴满地飞来赶上，把个八戒扛翻倒了，抓鬃扯耳，拉尾揪毛，捉将回去。

毕竟不知怎么处治，性命死活若何，且听下回分解。

八戒在破冰成功后用白马教他的话忽悠猴哥，说师父想他了，但他和白马可能都忘了，唐僧是发过誓的，是写了贬书的。两人的关系已经走死了，绝对不可能想他。猴哥一上来就戳破了："他也不请我，他也不想我。他那日对天发誓，亲笔写了贬书，怎么又肯想我，又肯着你远来请我？我断然也是不好去的。"

猴哥一如既往地那么直，直接就拆穿了八戒的谎言，言外之意是你快说实话吧。但八戒还是在撒谎，悟空也开始跟他打太极，带着八戒逛起了花果山，磨蹭了半天八戒再次请他回去，悟空相当傲娇地说："但上覆唐僧：既赶退了，再莫想我。"

八戒害怕挨打，假装撤了。

再看八戒的操作，八戒下山走了三四里路后"二创"了破冰之法——骂闲街。

他知道自己骂闲街肯定能传到猴哥耳朵里，但当面骂可能就被猴哥打死了，必须远远地骂，才能创造机会再跟猴哥对话。只要不是当面骂，就有回旋与解释的余地，可以说猴哥听错了嘛！

八戒这就是存心找碴儿创造二次对话，他不是嘴里的抱怨，是"回头指着行者，口里骂道"，是"走几步，又骂几声"，最终八戒成功地勾引到了本就心焦难耐的悟空，被绑回去了。

第三十一回

猪八戒义激猴王，孙行者智降妖怪

义结孔怀，法归本性。金顺木驯成正果，心猿木母合丹元。共登极乐世界，同来不二法门。经乃修行之总径，佛配自己之元神。兄和弟会成三契，妖与魔色应五行。剪除六门趣，即赴大雷音。

开篇这首词预言了这回的走向，也说明了取经团队必须和谐，必须五行俱全才能成事，尤其是悟空和八戒，他俩不内耗，心往一处想，劲儿往一处使的时候才是修行模样。“义结孔怀，法归本性”，“孔怀”讲的是兄弟之情，“义结孔怀”之时，修行道路就“法归本性”了。“金顺木驯成正果，心猿木母合丹元”这句就甭翻译了，猴猪搭配，干活不累。“共登极乐世界，同来不二法门”，是说两人别再斗，别再争了，从菩萨给你们取经任务的时候你们就都成了西天严选，一个都不能少，少了谁都是在打领导的脸，都得去灵山给佛祖磕头去。“经乃修行之总径，佛配自己之元神”，“经”指佛教经典教义的修行方法，“佛”代表觉悟的境界和智慧，这句是说，依据经典的教导，通过修行让自己的精神与佛法的境界相契合。这一路都是个悟的过程，猴子被赶走了，他会成长；猪明白了自己“放屁添风”的实力，他也会成长，慢慢修吧。“兄和弟会成三契，妖与魔色应五行。剪除六门趣，即赴大雷音”，这句是说你们兄弟三人是成事的必要因素，妖魔鬼怪也是取经注定会遇到的魑魅魍魉，剪除六根，灭掉六贼，师徒才能同得正果！

却说那呆子被一窝猴子捉住了，扛抬扯拉，把一件直裰子揪破，口里劳劳叨叨的，自家念诵道："罢了！罢了！这一去有个打杀的情了！"不时到洞口，那大圣坐在石崖之上，骂道："你这馕糠的夯货！你去便罢了，怎么骂我？"八戒跪在地下道："哥呵，我不曾骂你；若骂你，就嚼了舌头根。我只说哥哥不去，我自去报师父便了，怎敢骂你？"行者道："你怎么瞒得过我？我这左耳往上一扯，晓得三十三天人说话；我这右耳往下一扯，晓得十代阎王与判官算帐。你今走路把我骂，我岂不听见？"八戒道："哥呵，我晓得你贼头鼠脑的，一定又变作个甚么东西儿，跟着我听的。"行者叫："小的们，选大棍来！先打二十个见面孤拐，再打二十个背花，然后等我使铁棒与他送行！"八戒慌得磕头道："哥哥，千万看师父面上，饶了我罢！"行者道："我想那师父，好仁义儿哩！"八戒又道："哥哥，不看师父呵，请看海上菩萨之面，饶了我罢！"

行者见说起菩萨，却又三分儿转意，道："兄弟，既这等说，我且不打你。你却老实说，不要瞒我。那唐僧在那里有难，你却来此哄我？"八戒道："哥呵，没甚难处，实是想你。"行者骂道："这个好打的夯货！你怎么还要者嚣？我老孙身回水帘洞，心逐取经僧。那师父步步有难，处处该灾，你趁早儿告诵我，免打！"八戒闻得此言，叩头上告道："哥呵，分明要瞒着你，请你去的，不期你这等样灵。饶我打，放我起来说罢。"行者道："也罢，起来说。"众猴撒开手，那呆子跳得起来，两边乱张。行者道："你张甚么？"八戒道："看看那条路儿空阔，好跑。"行者道："你跑到那里？我就让你先走三日，老孙自有本事赶转你来！快早说来，这一恼发我的性子，断不饶你！"

八戒道："实不瞒哥哥说，自你回后，我与沙僧保师父前行。只见一座黑松林，师父下马，教我化斋。我因许远无一个人家，辛苦了，略在草里睡睡。不想沙僧别了师父，又来寻我。你晓得师父没有坐性，他独步林间玩景，出得林，见一座黄金宝塔放光，他只当寺院，不期塔下有个妖精，名唤黄袍，被他拿住。后边我与沙僧回寻，止见白马、行囊，不见师父，随寻至洞口，与那怪厮杀。师父在洞，幸亏了一个救星。原是宝象国王第三个公主，被那怪摄来者。他修了一封家书，托师父寄去，遂说方便，解放了师父。到了国中，递了书信，那国王就请师父降妖，取回公主。哥呵，你晓得，那老和尚可会降妖？我二人复去与战，不知那怪神通广大，将沙僧又捉了。我败阵而走，伏在草中。那怪变做个俊俏文人入朝，与国王认亲，把师父变作老虎。又亏了白龙马，夜现龙身，去寻师父。师父倒不曾寻见，却遇着那怪，在银安殿饮酒。他变一宫娥，与他巡酒舞刀，欲乘机而砍，反被他用满堂红打伤马腿。就是他教我来请师兄的，说道：'师兄是个有仁有义的君子。君子不念旧恶，一定肯来救师父一难。'万望哥哥念'一日为师，终身为父'之情，千万救他一救！"

行者道："你这个呆子！我临别之时，曾叮咛又叮咛，说道：'若有妖魔捉住师父，你就说老孙是他大徒弟。'怎么却不说我？"八戒又思量道："请将不如激将，等我激他一激。"道："哥呵，不说你还好哩，只为说你，他一发无状！"行者道："怎么说？"八戒道："我说：'妖精，你不要无礼，莫害我师父！我还有个大师兄，叫做孙行者。他神通广大，善能降妖。他来时，教你死无葬身之地！'那怪闻言，越加忿怒，骂道：'是个甚么孙行者？我可怕他！他若来，我剥了他皮，抽了他筋，啃了他骨，吃了他心！饶他猴子瘦，我也把他剁鲊着油烹！'"行者闻言，就气得抓耳挠腮，暴燥乱跳道："是那个敢这等骂我！"八戒道："哥哥息怒，是那黄袍怪这等骂来，我故学与你听也。"行者道："贤弟，你起来。不是我去不成，既是妖精敢骂我，我就不能降他？我和你去。老孙五百年前大闹天宫，普天的神将，看见我一个个控背躬身，口口称呼'大圣'。这妖怪无礼，他敢背前面后骂我！我这去，把他拿住，碎尸万段，以报骂我之仇！报毕，我即回来。"八戒道："哥哥，正是。你只去拿了妖精，报了你仇，那时来与不来，任从尊意。"

八戒被抓了回去，马上抵赖说没骂猴哥。猴哥要打他，八戒请求看在唐僧面子上别动手，猴哥表示唐僧没这面子，八戒赶紧说那就看在菩萨面子上。注意，这里八戒说的是"海上菩萨之面，饶了我罢"。

从这里可以看出来，在西游宇宙中，"海上菩萨"是观音菩萨的专有代称，下一关还会出现。

一提到菩萨，猴哥还是很给面子的，随后摊牌了：说吧，唐僧卡在哪儿了？

八戒还在说唐僧就是想他，急得猴哥自己交底了："这个好打的夯货！你怎么还要者嚣？我老孙身回水帘洞，心逐取经僧。那师父步步有难，处处该灾，你趁早儿告诵我，免打！"

最后还是猴哥自己摊的牌：我想去取经。

八戒一听这个赶紧接着捧他猴哥，他也是忒灵。八戒讲了来龙去脉，除了夹枪带棒地说了“你晓得师父没有坐性”“那老和尚可会降妖”这些话给猴哥解气，主要表达了目前取经已经到了山穷水尽的地步，连白马都在想你！快回去吧！

随后猴哥扔出了那个他走前就梦想重回取经队伍的伏笔：你咋不提我啊？提我肯定是没用的！但谁要是嘴贱我就有理由了！

八戒反应多快呀，准确地抓住了这个台阶：还不如不提你呢，人家要把你剥皮抽筋啃骨吃心呢。这下猴哥逮着理了，我要去报骂我之仇，报完这仇我就回来！

那大圣才跳下崖，撞入洞里，脱了妖衣。整一整锦直裰，束一束虎皮裙，执了铁棒，径出门来。慌得那群猴拦住道："大圣爷爷，你往那里去？带挈我们耍子几年也好。"行者道："小的们，你说那里话！我保唐僧的这桩事，天上地下，都晓得孙悟空是唐僧的徒弟。他倒不是赶我回来，倒是教我来家看看，送我来家自在耍子。如今只因这件事，你们却都要仔细看守家业，依时插柳栽松，毋得废坠。待我还去保唐僧取经回东土，功成之后，仍回来与你们共乐天真。"众猴各各领命。

那大圣才和八戒携手驾云，离了洞，过了东洋大海。至西岸，住云光，叫道："兄弟，你且在此慢行，等我下海去净净身子。"八戒道："忙忙的走路，且净甚么身子？"行者道："你那里知道，我自从回来这几日，弄得身上有些妖精气了。师父是个爱干净的，恐怕嫌我。"八戒于此始识得行者是片真心，更无他意。须臾洗毕，复驾云西进，只见那金塔放光。八戒指道："那不是黄袍怪家？沙僧还在他家里。"行者道："你在空中等我下去，看看那门前如何，好与妖精见阵。"八戒道："不要去，妖精不在家。"行者道："我晓得。"

悟空随后的动作表明了所谓报完仇就回来只是场面话。他回去换了取经工作装——虎皮裙，然后对他的猴子猴孙们是这么说的：我保唐僧这桩事现在三界挂号，前面不是他赶我，是他让我回家来看看，等我取经回来再跟你们共乐天真。

猴哥已经单方面宣布回归取经队伍了，而且走之前还去东海洗了个澡，把妖气洗干净了，理由是唐僧是个干净人，怕因为这妖气又不高兴了。

这次被赶回来，悟空也静下心来想了想自己前面的不足，回去后虽然依旧小毛病不断，但到底是比之前强太多了。

人总是要失去后才懂珍惜，才会成长的。

花果山的猴子猴孙们也要在不远的未来体会到什么叫一人得道，鸡犬升天了。他们的大王虽然暂时离开了他们，但很快花果山团伙将换一个名字，变成花果山“分局”，再不会有天降横灾来对他们轻描淡写地生杀予夺了。

花果山甚至未来都不是“分局”的待遇，弄不好还得是“总局”的级别。因为在西游宇宙中，东胜神洲并没有什么佛门的道场，这里出现的更多的是以东华帝君为首的道教势力，或者说并没有什么如来佛祖的势力，比如，后面弥勒佛祖出现时被悟空称作东来佛祖。在后面的描写中，弥勒佛祖跟如来佛祖的关系可能不是那么单纯。

花果山作为悟空自出生就被佛祖特殊关照的地方，将成为如来佛祖徒孙斗战胜佛的道场，在东胜神洲肩负打开局面的任务。

好猴王，按落祥光，径至洞门外观看。只见有两个小孩子，在那里使弯头棍，打毛球，抢窝耍子哩。一个有十来岁，一个有八九岁了。正戏处，被行者赶上前，也不管他是张家李家的，一把抓着顶搭子，提将过来。那孩子吃了谎，口里夹骂带哭的乱嚷，惊动那波月洞的小妖，急报与公主道：“奶奶，不知甚人把二位公子抢去也！”原来那两个孩子是公主与那怪生的。

公主闻言，忙忙走出洞门来。只见行者提着两个孩子，站在那高崖之上，意欲往下掼，慌得那公主厉声高叫道：“那汉子，我与你没甚相干，怎么把我儿子拿去？他老子利害，有些差错，决不与你干休！”行者道：“你不认得我。我是那唐僧的大徒弟孙悟空行者。我有个师弟沙和尚在你洞里，你去放他出来，我把这两个孩儿还你。似这般两个换一个，还是你便宜。”那公主闻言，急往里面，喝退那几个把门的小妖，亲动手把沙僧解了。沙僧道：“公主，你莫解我，恐你那怪来家，问你要人，带累你受气。”公主道：“长老呵，你是我的恩人，你替我折辩了家书，救了我一命，我也留心放你。不期洞门之外，你有个大师兄孙悟空来了，叫我放你哩。”

噫！那沙僧一闻“孙悟空”的三个字，好便似醍醐灌顶，甘露滋心。一面天心喜，满腔都是春。也不似闻得个人来，就如拾着一方金玉一般。你看他捽手拂衣，走出门来，对行者施礼道：“哥哥，你真是从天而降也，万乞救我一救！”行者笑道：“你

这个沙尼！师父念‘紧箍儿咒’，可肯替我方便一声？都弄嘴施展！要保师父，如何不走西方路，却在这里蹲甚么？”沙僧道：“哥哥，不必说了，君子人既往不咎。我等是个败军之将，不可语勇，救我救儿罢！”行者道：“你上来。”沙僧才纵身跳上石崖。

却说那八戒停立空中，看见沙僧出洞，即按下云头，叫声：“沙兄弟，心忍！心忍！”沙僧欠身道：“二哥，你从那里来？”八戒道：“我昨日败阵，夜间进城，会了白马，知师父有难，被黄袍使法变做个老虎。那白马与我商议，请师兄来的。”行者道：“呆子，且休叙阔。把这两个孩子，你抱着一个，先进那宝象城去，激那怪来，等我在这里打他。”沙僧道：“哥啊，怎么样激他？”行者道：“你两个驾起云，站在那金銮殿上，莫分好歹，把那孩子往那白玉阶前一掼。有人问你是甚人，你便说是黄袍妖精的儿子，被我两个拿将来也。那怪听见，管情回来，我却不须进城与他斗了。若在城上厮杀，必要喷云嗳雾，播土扬尘，惊扰那朝廷与多官黎庶，俱不安也。”八戒笑道：“哥哥，你但干事，就左我们。”行者道：“如何为左你？”八戒道：“这两个孩子，被你抓来，已此諕破胆了；这一会声都哭痖，再一会必死无疑。我们拿他往下一掼，掼做个肉陀子，那怪赶上肯放？定要我两个偿命。你却还不是个干净人？连见证也没你，你却不是左我们？”行者道：“他若扯你，你两个就与他打将这里来。这里有战场宽阔，我在此等候打他。”沙僧道：“正是，正是。大哥说得有理。我们去来。”他两个才倚仗威风，将孩子拿去。

猴哥来到黄袍怪老巢，先是抓了妖怪的两个儿子，随后要求用他们换沙僧，公主赶紧表示成交，把沙僧放了。

被绑的沙僧一听说“孙悟空”三个字，感觉这辈子都没这么爽过，所谓“似醍醐灌顶，甘露滋心。一面天心喜，满腔都是春。也不似闻得个人来，就如拾着一方金玉一般”，自己本来都要死了，如今来了救星，取经的事又有戏了。沙僧出来对他猴哥施礼，而且人家话说得极其到位，明明已经得救了，却道：“哥哥，你真是从天而降也，万乞救我一救！”

猴哥笑着展开了清算，说当初师父念咒时你咋不帮帮我呢？你们保护师父咋不往西走，在这儿干什么？

其实这也再次印证了当初猴哥多么不想离开取经队伍。他不是对沙僧没有怨言，但他当时却相当不情愿地选择了妥协，跟唯一没撕破脸的沙僧好话好说，让他提防八戒，拿沙和尚当了好人，其实目的是拉拢沙僧，让沙僧对妖怪提他名字，他好有机会来找妖怪的碴儿。

沙僧的回答依旧满分：哥，君子既往不咎，我等是败军之将。我没本事，救救我吧。

态度很到位，猴哥原谅了沙僧，然后八戒也过来了，极其愧疚地对沙僧说："沙兄弟，心忍！心忍！"

意思是别急眼，别急眼，消消气，消消气，原谅我把你扔了。

沙僧依旧是全团队最牛的情绪管理大师，每次出刀必须得有意义，眼下急眼没有任何收效，所以人家直接往事不提，一句"二哥，你从那里来"就给岔过去了。

随后猴哥给出了抓怪方案——把那俩孩子抱去宝象国引妖怪前来，别在城上厮杀，以免吓坏黎民百姓。

八戒这时有些担心猴子想借刀杀人，让黄袍怪杀了他和沙僧，表示：这俩孩子此时被你抓来已吓破胆了，不摔也活不了了，你让我们背上杀孩子的罪过，那怪肯定得找我俩拼命。

猴哥说：你俩把他引到这里来，我肯定打他！

其实从理论上来讲，猴哥这个方案非常冒险，结下杀子之仇后，万一那哥儿俩没能跑到波月洞就被黄袍怪弄死了呢？

但最终沙僧选择了用生命来捧他猴哥：大哥说得对！去！

过去的恩怨必须用诚意来消解，还是沙僧拎得清、想得明白，或者说还是沙僧最没的选，没人罩着，还没有本事，能拼的也就只有这条命了。

行者即跳下石崖，到他塔门之下。那公主道："你这和尚，全无信义！你说放了你师弟，就与我孩儿。怎么你师弟放去，把我孩儿又留，反来我门首做甚？"行者陪笑道："公主休怪，你来的日子已久，带你令郎去认他外公去哩。"公主道："和尚莫无礼！我那黄袍郎比众不同。你若諕了我的孩儿，与他柳柳惊是。"

行者笑道："公主呵，为人生在天地之间，怎么便是得罪？"公主道："我晓得。"行者道："你女流家，晓得甚么？"公主道："我自幼在宫，曾受父母教训。记得古

书云：‘五刑之属三千，而罪莫大于不孝。’”行者道：“你正是个不孝之人。盖‘父兮生我，母兮鞠我。哀哀父母，生我劬劳！’故孝者，百行之原，万善之本，却怎么将身陪伴妖精，更不思念父母？非得不孝之罪，如何？”

公主闻此正言，半晌家耳红面赤，惭愧无地。忽失口道：“长老之言最善。我岂不思念父母？只因这妖精将我摄骗在此，他的法令又谨，我的步履又难，路远山遥，无人可传音信。欲要自尽，又恐父母疑我逃走，事终不明。故没奈何，苟延残喘，诚为天地间一大罪人也。”说罢，泪如泉涌。

行者道：“公主不必伤悲。猪八戒曾告诵我，说你有一封书，曾救了我师父一命，你书上也有思念父母之意。老孙来，管与你拿了妖精，带你回朝见驾，别寻个佳偶，侍奉双亲到老。你意如何？”公主道：“和尚呵，你莫要寻死。昨日你两个师弟那样好汉，也不曾打得过我黄袍郎。你这般一个筋多骨少的瘦鬼，一似个螃蟹模样，骨头都长在外面，有甚本事，你敢说拿妖魔之话？”行者笑道：“你原来没眼色，认不得人。俗语云：‘尿泡虽大无斤两，秤砣虽小压千斤。’他们相貌空大无用，走路抗风，穿衣费布，种火心空，顶门腰软，吃食无功。咱老孙小自小，筋节。”那公主道：“你真个有手段么？”行者道：“我的手段，你是也不曾看见。绝会降妖，极能伏怪。”公主道：“你却莫误了我耶。”行者道：“决然不误你。”公主道：“你既会降妖伏怪，如今却怎样拿他？”行者说：“你且回避回避，莫在我这眼前。倘他来时，不好动手脚，只恐你与他情浓了，舍不得他。”公主道：“我怎的舍不得他？其稽留于此者，不得已耳！”行者道：“你与他做了十三年夫妻，岂无情意？我若见了他，不与他儿戏，一棍便是一棍，一拳便是一拳，须要打倒他，才得你回朝见驾。”

那公主果然依行者之言，往僻静处躲避。也是他姻缘该尽，故遇着大圣来临。那猴王把公主藏了，他却摇身一变，就变做公主一般模样，回转洞中，专候那怪。

他俩走后猴哥来见公主。公主说：你这和尚没有信义，我孩子呢？

既然做不到，那就别说。其实这里也能看出猴哥从来不在乎什么信义，一切都是手段，他在乎的是跟他实力对等的信义。对方有追究能力时，那才必须一诺千金，你区区一个人，骗你那就是为你好，是善意的谎言。面对人家的追责，猴哥对人家展开 PUA（精神控制）：你陪伴妖精，你不念父母，你不孝啊！

公主陷入自证阶段，说我那是没法跑，我活着就是为了告诉爹妈我是咋没的！

然后泪如泉涌。

说到这里咱们延伸一下，面对对方的指责或者语言陷阱，永远不要自证，因为只要自证，就落入了对方的陷阱里。

这个时候，要设法让对方进入你的节奏，牢记一个原则：谁污染谁治理；牢记一个金句：你有什么证据吗？

谁指责你，那就让谁拿出指责的证据。

比如猴哥说公主不孝，这时公主该说什么？好你个无信义的猴子，自己本无孝心还敢跟我聒噪！

这时候猴哥就得问他哪里没孝心了，公主可以说，你之前没看见，你师父还是我放的，我对你师父有救命之恩你知道吗？你要是有孝心现在就该给我磕一个！

咱再举个生活中的例子。比如某同事说你工作不努力，你不要说你平时干了多少活儿，而是沉着应对道：您跟我们讲讲您平时工作有多努力吧，您给我们打个样，我们也听听工作成啥样才叫努力。他听后要么急眼，要么说他干了啥，然后你再去品评他，拿你的工作量去寒碜他。

注意，我说的这些有个前提，我是在教真干活儿了但是嘴笨、容易被垃圾人算计的兄弟们如何反击，不是说你天天摸鱼，啥也不干，然后还要这样撑人家。德不配位的被骂那是消灾，你需要先做好自己。

在我们做好自己的前提下，面对所有指控，永远别掉入别人的陷阱里。

你说我有问题，那看来你没问题，给我们讲讲没问题的标准吧。

你骂我傻，佛看谁都像佛，众生皆可度，傻子才看谁都像傻子。

总之，抓住对方质问你的话，让他来打个样，让他拿出证据。

公主这就是道行浅，猴哥本来没理，可她让猴哥一带节奏就跑偏了，眼下变成自己不孝了。猴哥说你别哭啦，猪八戒跟我说了，你的书信里对你爹妈有思念之意。

猴哥的言外之意是什么？

我知道你孝顺，我刚才是成心的，所以，你把你俩儿子忘了吧。

猴哥说：我弄死妖怪，然后带你回去换个人过日子。公主担心猴哥被打死，猴哥表示：不要被外表所骗，那俩倒是个儿大，穿衣服纯费布，你就别担心了，我一定能降服他！你回避回避，我怕你顾忌夫妻情一会儿阻拦我下狠手。

你看猴哥让这公主回避时说的什么？

“只恐你与他情浓了，舍不得他。”

公主又自证了一番，随后就回避了。

其实猴哥让人家回避是为啥？

他没跟黄袍怪打过，心里有点没底，他要变成公主去偷袭人家，但公主在，自己哪里好意思偷袭啊。

公主回避了，猴哥就变成了公主，准备偷袭了。

从这里也能看出猴哥比小白龙强的地方，小白龙面对这辈子唯一一次能改变地位的机会选择了“戏”，猴哥面对这难得的回归机会则利用一切能利用的环节对人家偷袭。

却说八戒、沙僧，把两个孩子，拿到宝象国中，往那白玉阶前捽下，可怜都掼做个肉饼相似，鲜血迸流，骨骸粉碎。慌得那满朝多官，报道：“不好了！不好了！天上掼下两个人来了！”八戒厉声高叫道：“那孩子是黄袍妖精的儿子，被老猪与沙弟拿将来也！”

那怪还在银安殿宿酒未醒。正睡梦间，听得有人叫他名字，他就翻身抬头观看，只见那云端里是猪八戒、沙和尚二人吆喝。妖怪心中暗想道：“猪八戒便也罢了，沙和尚是我绑在家里，他怎么得出来？我的浑家怎么肯放他？我的孩儿怎么得到他手？这怕是猪八戒不得我出去与他交战，故将此语来羁我。我若认了这个泛头，就与他打呵，噫！我却还害酒哩。假若被他筑上一钯，却不灭了这个威风，识破了那个关窍？且等我回家看看，是我的儿子不是我的儿子，再与他说话不迟。”

好妖怪，他也不辞王驾，转山林，径去洞中查信息。此时朝中已知他是个妖怪了。原来他夜里吃了一个宫娥，还有十七个脱命去的，五更时奏了国王，说他如此如此。又因他不辞而去，越发知他是怪。那国王即着多官看守着假老虎，不题。

八戒和沙僧此时把黄袍怪的两个孩子直接摔到地上，厉声高叫道：“那孩子是黄袍妖精的儿子，被老猪与沙弟拿将来也！”

黄袍怪此时还在宿醉中，别看人家喝多了，正经是天庭高级神仙，脑子永远不白给，看见八戒和沙僧后，又在那儿分析上了。他首先展开了推理：沙僧从哪儿来的？我那媳妇咋能放了他？如果是我媳妇放了他，咋可能再让他抓了我儿子？这估计是猪八戒的激将法！

刨除不知道孙悟空这个变量出现，黄袍怪这通分析很合理，而且注意他这个行为逻辑，遇到事了，哪怕是孩子被别人弄死了，第一时间也是用脑子，人家很冷静。

这才是天庭高级神仙应有的素质！天上的事从来没有小事，不然那一次次要命的关卡咋过呀！

此时，取经摄像组帮助八戒和沙僧跟黄袍怪打个平手的威慑力第一次起了作用，也算是间接保了他俩一命。黄袍怪相当谨慎，担心宿醉影响状态，决定回家醒醒酒，也好印证一下刚才的猜测，于是直接回波月洞了。

却说那怪径回洞口。行者见他来时，设法哄他，把眼挤了一挤，扑簌簌泪如雨落，儿天儿地的，跌脚捶胸，于此洞里嚎咷痛哭。那怪一时间那里认得，上前搂住道："浑家，你有何事，这般烦恼？"那大圣编成的鬼话，捏出的虚词，泪汪汪的告道："郎君呵！常言道：'男子无妻财没主，妇女无夫身落空！'你昨日进朝认亲，怎不回来？今早被猪八戒劫了沙和尚，又把我两个孩儿抢去，是我苦告，更不肯饶。他说拿去朝中认认外公。这半日不见孩儿，又不知存亡如何，你又不见来家，教我怎生割舍？故此止不住伤心痛哭。"那怪闻言，心中大怒道："真个是我的儿子？"行者道："正是，被猪八戒抢去了。"

那妖魔气得乱跳道："罢了！罢了！我儿被他掼杀了，已是不可活了！只好拿那和尚来，与我儿子偿命报仇罢！浑家，你且莫哭。你如今心里觉道怎么？且医治一医治。"行者道："我不怎的，只是舍不得孩儿，哭得我有些心疼。"妖魔道："不打紧。你请起来，我这里有件宝贝，只在你那疼上摸一摸儿，就不疼了。却要仔细，休使大指儿弹着；若使大指儿弹着呵，就看出我本相来了。"行者闻言，心中暗笑道："这泼怪，倒也老实，不动刑法，就自家供了。等他拿出宝贝来，我试弹他一弹，看他是个甚么妖怪。"

那怪携着行者，一直行到洞里深远密闭之处，却从口中吐出一件宝贝，有鸡子大小，是一颗舍利子玲珑内丹。行者心中暗喜道："好东西耶！这件物，不知打了多少坐工，炼了几年魔难，配了几转雌雄，炼成这颗内丹舍利。今日大有缘法，遇

着老孙。”那猴子拿将过来，那里有甚么疼处，特故意摸了一摸，一指头弹将去。那妖慌了，劈手来抢。你思量，那猴子好不溜撒，把那宝贝一口吸在肚里。那妖魔揝着拳头就打，被行者一手隔住，把脸抹了一抹，现出本相，道声：“妖怪，不要无理！你且认认，看我是谁？”

妖怪回来了，猴哥的表演时刻到了。猴哥变的公主说八戒劫走了沙僧和孩子，黄袍怪说要弄死取经团队给他儿子报仇。客观来讲这很危险，但凡黄袍怪要是个不玩脑子光练块儿的，八戒和沙僧是不是就杀青了，猴哥也算是玩了一把借刀杀人。

黄袍怪在儿子被弄死后依旧还能控制住情绪，随后还为了救媳妇拿出了自己的舍利子玲珑内丹。

这也再次触犯了西游宇宙的重要铁律，宝贝只要不贴身，注定招灾被抢！

猴哥是识货的，他知道这颗舍利子有多值钱：“好东西耶！这件物，不知打了多少坐工，炼了几年魔难，配了几转雌雄，炼成这颗内丹舍利。”

“打了多少坐工”，是指打坐，“炼了几年魔难”，是指修炼过程中遇到了多少困苦考验，“配了几转雌雄”，是炼丹术语，不是房中术，是指修炼内丹过程中调配阴阳，使体内的阴阳二气达到平衡进而融合凝聚成内丹。

总之，黄袍怪修炼的精粹被猴哥吃了，猴哥这西游宇宙第一吸星大法再次功力升级了。

老君系炼的这些丹啊，都便宜猴子了。

那妖怪见了，大惊道：“呀！浑家，你怎么拿出这一副嘴脸来耶？”行者骂道：“我把你这个泼怪！谁是你浑家？连你祖宗也还不认得哩！”那怪忽然省悟道：“我想有些认得你哩。”行者道：“我且不打你，你再认认看。”那怪道：“我虽见你眼熟，一时间却想不起姓名。你果是谁？从那里来的？你把我浑家估倒在何处？却来我家诈诱我的宝贝，着实无理！可恶！”行者道：“你是也不认得我。我是唐僧的大徒弟，叫做孙悟空行者。我是你五百年前的旧祖宗哩！”那怪道：“没有这话！没有这话！我拿住唐僧时，止知他有两个徒弟，叫做猪八戒、沙和尚，何曾见有人说个姓孙的。你不知是那里来的个怪物，到此骗我！”行者道：“我不曾同他二人来。是我师父因老孙惯打妖怪，杀伤甚多，他是个慈悲好善之人，将我逐回，故不曾同他一路行

走。你是不知你祖宗姓名！”

那怪道：“你好不丈夫呵！既受了师父赶逐，却有甚么嘴脸又来见人！”行者道：“你这个泼怪！岂知‘一日为师，终身为父’‘父子无隔宿之仇’。你今害我师父，我怎么不来救他？你害他便也罢，却又背前面后骂我，是怎的说？”妖怪道：“我何尝骂你？”行者道：“是猪八戒说的。”那怪道：“你不要信他。那个猪八戒，尖着嘴，有些会小老婆舌头，你怎听他？”行者道：“且不必讲此闲话。只说老孙今日到你家里，你好怠慢了远客。虽无酒馔款待，头却是有的。快快将头伸过来，等老孙打一棍儿当茶！”那怪闻得说打，呵呵大笑道：“孙行者，你差了计较了！你既说要打，不该跟我进来。我这里大小群妖，还有百十，饶你满身是手，也打不出我的门去。”行者道：“不要胡说！莫说百十个，就有几千几万，只要一个个查明白了好打，棍棍无空，教你断根绝迹！”

那怪闻言，急传号令，把那山前山后群妖，洞里洞外诸怪，一齐点起，各执器械，把那三四层门，密密拦阻不放。行者见了，满心欢喜，双手理棍，喝声叫：“变！”变的三头六臂；把金箍棒幌一幌，变做三根金箍棒。你看他六只手，使着三根棒，一路打将去，好便似虎入羊群，鹰来鸡栅。可怜那小怪，挡着的头如粉碎，刮着的血似水流，往来纵横，如入无人之境。止剩一个老妖，赶出门来骂道：“你这泼猴，其实惫懒！怎么上门来欺负人家！”行者急回头，用手招呼道：“你来，你来！打倒你，才是功绩！”

那怪物举宝刀，分头便砍。好行者，掣铁棒，觌面相迎。这一场在那山顶上，半云半雾的杀哩：

大圣神通大，妖魔本事高。这个横理生金棒，那个斜举蘸钢刀。悠悠刀起明霞亮，轻轻棒架彩云飘。往来护顶翻多次，返复浑身转数遭。一个随风更面目，一个立地把身摇。那个大睁火眼伸猿膊，这个明幌金睛折虎腰。你来我去交锋战，刀迎棒架不相饶。猿王铁棍依三略，怪物钢刀按六韬。一个惯行手段为魔主，一个广施法力保唐僧。猛烈的猴王添猛烈，英豪的怪物长英豪。死生不顾空中打，都为唐僧拜佛遥。

他两个战有五六十合，不分胜负。行者心中暗喜道：“这个泼怪，他那口刀，倒也抵得住老孙的这根棒。等老孙丢个破绽与他，看他可认得。”好猴王，双手举棍，使一个“高探马”的势子。那怪不识是计，见有空儿，舞着宝刀，径奔下三路砍，

被行者急转个“大中平”，挑开他那口刀，又使个“叶底偷桃势”，望妖精头顶一棍，就打得他无影无踪。急收棍子看处，不见了妖精。行者大惊道：“我儿呵，不禁打，就打得不见了。果是打死，好道也有些脓血，如何没一毫踪影？想是走了。”急纵身跳在云端里看处，四边更无动静。“老孙这双眼睛，不管那里，一抹都见，却怎么走得这等溜撒？我晓得了，那怪说有些儿认得我，想必不是凡间的怪，多是天上来的精。”

黄袍怪看到猴哥露出本相第一时间还没反应过来，仔细看了看，说了句：眼熟，想不起来了。

你想不起来，猴哥却已经认出你来了，你是天上的！猴哥说：“我是你五百年前的旧祖宗哩！”

黄袍怪说：不对啊，唐僧就俩徒弟啊！

猴哥说他之前被赶走了，然后黄袍怪此时明显对悟空怵头了，表示：你算什么男人，既受了师父赶逐，却有什么嘴脸，又来见人！

猴哥说：“一日为师，终身为父”“父子无隔宿之仇”，反正我今天就得打你！关键你骂我了！

黄袍怪说他没骂，猴哥说他骂了。黄袍怪说：猪八戒爱嚼老婆舌头。猴哥说：别废话了，打吧。黄袍怪估计是对自己洞里的小妖们战斗力比较自信，居然认为猴哥没戏。

猴哥开始带他回忆当年的故事。

黄袍怪关了洞门，想堵死猴哥，猴哥乐了。他多少天没打架了，最爱的就是打群架，于是变成三头六臂，开始无差别屠杀，很快小妖都被打死了，只剩黄袍怪一人了，随后两人开打。该说不说，黄袍怪的本事真是不小，在内丹丢了的情况下依旧能跟猴哥打五六十回合，还不分胜负，并得到了猴哥的肯定，而且原著中罕见地出现了猴哥在招式上花了心思，还卖个破绽。如果是别的时候，猴哥要么就是打着玩，要么就是急眼后几棒子抡死你。最终猴哥用了个“叶底偷桃势”，一棒子打到妖怪脑袋了，把黄袍怪打得无影无踪。

猴哥认为这妖怪肯定是天上的！他之前不是说了嘛，他是人家五百年前的旧祖宗。

那大圣一时忍不住怒发，撧着铁棒，打个筋斗，只跳到南天门上。慌得那庞、刘、苟、毕、张、陶、邓、辛等众，两边躬身控背，不敢拦阻，让他打入天门，直至通明殿下。早有张、葛、许、丘四大天师问道："大圣何来？"行者道："因保唐僧至宝象国，有一妖魔欺骗国女，伤害吾师，老孙与他赌斗。正斗间，不见了这怪。想那怪不是凡间之怪，多是天上之精，特来查看那一路走了甚么妖神。"

天师闻言，即进灵霄殿上启奏，蒙差查勘九曜星官、十二元辰、东西南北中央五斗、河汉群臣、五岳四渎、普天神圣，都在天上，更无一个敢离方位。又查那斗牛宫外二十八宿，颠倒只有二十七位，内独少了奎星。天师回奏道："奎木狼下界了。"玉帝道："多少时不在天了？"天师道："四卯不到。三日点卯一次，今已十三日了。"玉帝道："天上十三日，下界已是十三年。"即命本部收他上界。

那二十七宿星员，领了旨意，出了天门，各念咒语，惊动奎星。你道他在那里躲避？他原来是孙大圣大闹天宫时，打怕了的神将，闪在那山涧里潜灾，被水气隐住妖云，所以不曾看见。他听得本部星员念咒，方敢出头，随众上界。被大圣拦住天门要打，幸亏众星劝住，押见玉帝。那怪腰间取出金牌，在殿下叩头纳罪。玉帝道："奎木狼，上界有无边的胜景，你不受用，却私走一方，何也？"奎宿叩头奏道："万岁，赦臣死罪。那宝象国王公主，非凡人也。他本是披香殿侍香的玉女，因欲与臣私通，臣恐点污了天宫胜景，他思凡先下界去，托生于皇宫内院，是臣不负前期，变作妖魔，占了名山，摄他到洞府，与他配了一十三年夫妻。'一饮一啄，莫非前定'，今被孙大圣到此成功。"玉帝闻言，收了金牌，贬他去兜率宫，与太上老君烧火，带俸差操，有功复职，无功重加其罪。行者见玉帝如此发放，心中欢喜，朝上唱个大喏，又向众神道："列位，起动了。"天师笑道："那个猴子，还是这等村俗。替他收了怪神，也倒不谢天恩，却就就唱喏而退。"玉帝道："只得他无事，落得天上清平是幸。"

猴哥一口气跳上天宫，依旧是"慌得那庞、刘、苟、毕、张、陶、邓、辛等众，两边躬身控背，不敢拦阻"，直接让猴哥冲到了通明殿下对接四大天师。

取经项目的规格是真高啊，是能直接上达天听的。玉帝根据悟空的诉求查看了满天神将，发现奎木狼下界了。

这时有意思的地方出现了，玉帝问：跑多少天了？

天师回答道："四卯不到。三日点卯一次，今已十三日了。"

人家奎木狼这背景就硬到这份上，四次考勤不到也没人去告状，要不是猴哥告状，你猜奎木狼回天庭后这没点上的卯、没挑上的勾会不会补上？

剩余二十七宿念动咒语，给奎木狼发消息。奎木狼挨了悟空一棒子没被打死，躲在山涧里了，此时听到同伴念咒，走出来随众上了界。猴哥在天门那儿要打他，再看人家奎木狼的人缘，众星劝住了猴哥，把奎木狼保护住了。

奎木狼见了玉帝是这么回奏的：那宝象国公主不是凡人，本来是披香殿侍香的玉女，是她想跟臣私通，臣实在是担心污了咱天宫胜景。然后她自己思凡，于是下界去了，臣不负前期勉为其难也下界去跟她配了十三年。这都是有因果的，正巧孙大圣到此，我们的缘分尽了，大圣也立功了。

奎木狼把一个人贩子拐卖妇女的故事讲成了“来自披香殿的你”，从头到尾是那侍女道德品质败坏，他却是识大体、不能在天上私通的有情有义、说话算数的好神仙。

反正那丫头已经下界了，没人能和他对质了。

真要是怕污了天庭，那两人直接下界去呗，玩够了再上来，为啥这玉女要下界托生呢？

有两种可能：

1. 要么是被贬的，或者有特殊任务安排，跟唐僧一样。

2. 要么就是女孩贪恋人间繁华，想过过人间的富贵日子，随后投生在了皇宫。

所以，这侍女从行为逻辑上来讲，貌似不是为了跟他私通这事专门下界的，更有可能的倒是奎木狼一直想着人家，人家不同意，这回人家下界投胎去了，他可逮着机会了。

法永远存在，但量刑永远是有范围的嘛，要看事情的严重程度！照奎木狼的说法，人家是不得已才旷工，不是什么大错误，拐卖人口、搅乱取经这些事就都带过去了，玉帝也不好下死手，于是贬他去兜率宫“与太上老君烧火，带俸差操，有功复职，无功重加其罪”。

这句话其实就是说明了奎木狼背后的老大是太上老君。你的人犯了错我给你面子，扔你那儿了。

很快奎木狼便官复原职了，后面取经路上还会遇到，还不止一次。

事情解决后，悟空“朝上唱个大喏”，也就是双手抱拳作揖对玉帝喊了声“喏”，对众神喊了声“列位，起动了”，人家就撤了。

天师笑道：这妖猴还是这等没规矩，也不知道谢恩！

猴哥哪是不知道谢恩啊！天庭没出个人物把猴哥打服了，当初灭他的是二郎神，不是天庭出来的，所以在猴哥这儿天庭就是这点待遇。

还是那句话，西游宇宙中猴哥的尊重永远是跟力量挂钩的。

你打服他了，他对你嘴甜着呢。比如后面见二郎神时，那可是烧山杀猴子猴孙的仇啊，他却能一口一个“哥”地叫。

猴哥对天庭态度的改观要到那头牛把他的棒子套走时，他空着爪子的时候嘴也甜起来了。

不要怪原著把咱猴哥写得都不光辉了，作者只是把这世道看明白了。

那大圣按落祥光，径转碗子山波月洞，寻出公主，将那思凡下界收妖的言语，正然陈诉。只听得半空中，八戒、沙僧厉声高叫道：“师兄，有妖精，留几个儿我们打耶！”行者道：“妖精已尽绝矣。”沙僧道：“既把妖精打绝，无甚挂碍，将公主引入朝中去罢。不要睁眼。兄弟们，使个缩地法来。”

那公主只闻得耳内风声响，霎时间径回城里。他三人将公主带上金銮殿上。那公主参拜了父王、母后，会了姊妹，各官俱来拜见。那公主才启奏道：“多亏孙长老法力无边，降了黄袍怪，救奴回国。”那国王问曰：“黄袍是个甚怪？”行者道：“陛下的驸马，是上界的奎星。令爱乃侍香的玉女，因思凡降落人间，不非小可，都因前世前缘，该有这些姻眷。那怪被老孙上天宫启奏玉帝，玉帝查得他四卯不到，下界十三日，就是十三年了。盖天上一日，下界一年。随差本部星宿收他上界，贬在兜率宫立功去讫。老孙却救得令爱来也。”那国王谢了行者的恩德，便教：“看你师父去来。”

他三人径下宝殿，与众官到朝房里，抬出铁笼，将假虎解了铁索。别人看他是虎，独行者看他是人。原来那师父被妖术魇住，不能行走，心上明白，只是口眼难开。行者笑道：“师父呵，你是个好和尚，怎么弄出这般个恶模样来也？你怪我行凶作恶，赶我回去，你要一心向善，怎么一旦弄出个这等嘴脸？”八戒道：“哥呵，救他救

儿罢。不要只管揭挑他了。”行者道：“你凡事攛唆，是他个得意的好徒弟。你不救他，又寻老孙怎的？原与你说来，待降了妖精，报了骂我之仇，就回去的。”沙僧近前跪下道：“哥呵，古人云：‘不看僧面看佛面。’兄长既是到此，万望救他一救。若是我们能救，也不敢许远的来奉请你也。”行者用手搀起道：“我岂有安心不救之理？快取水来。”那八戒飞星去驿中，取了行李、马匹，将紫金钵盂取出，盛水半盂，递与行者。行者接水在手，念动真言，望那虎劈头一口喷上，退了妖术，解了虎气。

长老现了原身，定性睁眼，才认得是行者，一把搀住道：“悟空！你从那里来也？”沙僧侍立左右，把那请行者，降妖精，救公主，解虎气，并回朝上项事，备陈了一遍。三藏谢之不尽，道：“贤徒，亏了你也！亏了你也！这一去，早诣西方，径回东土，奏唐王，你的功劳第一。”行者笑道：“莫说，莫说。但不念那话儿，足感爱厚之情也。”国王闻此言，又劝谢了他四众。整治素筵，大开东阁。他师徒受了皇恩，辞王西去。国王又率多官远送。这正是：

君回宝殿定江山，僧去雷音参佛祖。

毕竟不知此去又有甚事，几时得到西天，且听下回分解。

猴哥从天上回来，该去救唐师父了，再没这么解气的时候了。猴哥乐道：这不是大善人吗，你咋现在变得这么恶啊？把行凶作恶的我赶走了，你咋善成了这个嘴脸呢？

八戒说：哥，你快救吧，别打他嘴巴子了。猴哥这回当着三师徒的面把这事掰扯明白了，对八戒说：就赖你，不够你挑唆的！你是他得意的好徒弟，你救他啊！你来求我干啥？我跟你说了，降了妖，报了骂我之仇就回去的！

后来还是沙僧出面解决了问题。人家沙僧在人际关系方面永远是一出手就能解决问题，他直接跪下了：“哥呵，古人云：‘不看僧面看佛面。’兄长既是到此，万望救他一救。若是我们能救，也不敢许远的来奉请你也。”

这一句话，说了两件事：

1. 不看这僧，僧没面子，咱看佛的面子。

2. 我们没本事，还得是你。

沙僧无论是姿态还是话语，都代表取经团队做了表态：哥哥，我们这团队就是一群傻子！我们错了！

所有猴哥想要的姿态和台阶，沙僧全给了，猴哥不废话了，赶紧把唐僧救了。

该说不说，唐僧也是个识时务的，变成人后一把搀住道："悟空！你从那里来也？"沙僧把全过程说了一遍，唐僧谢之不尽道："贤徒，亏了你也！亏了你也！这一去，早诣西方，径回东土，奏唐王，你的功劳第一。"

根本就不提人地狱也不见你这猴子的事了。什么贬书？那是个什么东西？别跟我提什么合同的事！没有人比我更懂谁是最大功臣！我算什么，我现在就告诉你们，猴爷功劳第一！这回都服了吗？连马都上手了，好使吗？还得是我贤徒！

猴哥也没再说啥，提了提紧箍咒的事就直接又进组了。他也不好再说啥了，毕竟无论是沙僧还是唐僧都已经把话说尽了。

悟空这回回到取经团队算是夯实了自己的地位，事实证明，确实没有人比他更懂取经！沙僧直接跪了，从此对悟空言听计从，真服了；唐僧也算是官宣了悟空的待遇，至少暂时如此；连马都站队悟空，是马求猪请的猴哥哥嘛。

唯一还没让猴哥出气的，就是八戒。

猴哥在下一关要给这只猪上上强度了。

奎木狼作为老君系的神仙，这次没能扼杀取经团队相当可惜。

理论上来讲，他已经做得非常棒了，要不是取经摄像组护着，差点就借宝象国君臣之手弄死唐僧了。折腾这一通，目前人家的罪过仅仅是旷工，如果亲自动手弄死了唐僧，这就属于破坏了玉帝点头的取经计划，罪过就大了。二十八宿的岗位是很值钱的，不能把路走绝了啊！他身后的老君也没法跟奎木狼撕破脸，毕竟这是个能力很强的嫡系，而且阻挠唐僧这事并非站队决生死的任务，是没法给他名正言顺地把这事升级的，但对老君来说这依然是相当可惜的一次机会，因为这是猴子唯一长期不在的时间段。

不过老君也没当回事，很快又派了两个绝对忠诚的棋子下界，准备彻底把桌子掀了。猴子回来了就回来了，真当那根棍子就能横扫三界啦？该让他见识见识降维打击的美感了。

第三十二回

平顶山功曹传信，莲花洞木母逢灾

话说唐僧复得了孙行者，师徒们一心同体，共诣西方。自宝象国救了公主，承君臣送出城西。说不尽沿路饥餐渴饮，夜住晓行。却又值三春景候。那时节：

轻风吹柳绿如丝，佳景最堪题。时催鸟语，暖烘花发，遍地芳菲。海棠庭院来双燕，正是赏春时。红尘紫陌，绮罗弦管，斗草传卮。

师徒正行赏间，又见一山挡路。唐僧道："徒弟们仔细，前遇山高，恐有虎狼阻挡。"行者道："师父，出家人莫说在家话。你记得那乌巢和尚的《心经》云：'心无挂碍，无挂碍方无恐怖，远离颠倒梦想'之言？但只是'扫除心上垢，洗净耳边尘。不受苦中苦，难为人上人'。你莫生忧虑，但有老孙，就是塌下天来，可保无事。怕甚么虎狼！"长老勒回马道："我：

当年奉旨出长安，只忆西来拜佛颜。
舍利国中金像彩，浮屠塔里玉毫斑。
寻穷天下无名水，历遍人间不到山。
逐逐烟波重叠叠，几时能勾此身闲？"

行者闻说，笑呵呵道："师要身闲，有何难事？若功成之后，万缘都罢，诸法皆空。那时节，自然而然，却不是身闲也？"长老闻言，只得乐以忘忧，放辔催银骝，兜缰趱玉龙。

西游宇宙中的成佛是个什么状态呢?

这一回的开头给了我们答案。

唐僧师徒离开宝象国后一路走到了春暖花开时节，又看见一座山，唐僧照惯例给出遇山徒弟们要仔细的批示，也不出意外又被猴哥反向当了回师父。猴哥又说了：你修行不到家，人家乌巢禅师咋说的，又忘了？你那挂碍和恐怖都是自己心生的！再说你不受苦中苦，咋能成人上人？别天天胡琢磨，有我在天塌下来也没事！

唐僧毕竟刚被救出来，没还嘴，赋诗一首，表达了自己这一趟的辛苦！这家伙走的，“寻穷天下无名水，历遍人间不到山”，最后落脚在了“几时能勾此身闲”？

这话说完他再次被猴哥教育，生前需当努力，死后自会长眠，功成后便到达“万缘都罢，诸法皆空”的境界了，到时候你天天就只剩坐着了。

在这里，作者也借悟空的口第一次说出了西游宇宙中成佛的路径和状态。

是“功成之后，万缘都罢，诸法皆空”。

经过了佛祖安排的一次次考验，走过了这十万八千里路，把经取回去了，把功立下了，传说中的佛境界自然而然就达到了。

事实上最后也正如作者安排的那样，第一百回，师徒四人来到灵山后，上一关还在寇员外那儿往死里吃的八戒，自然而然就脾胃弱了，从来没有闲着时候的悟空，也自然而然地安定了下来，所谓“此时八戒也不嚷茶饭，也不弄喧头，行者、沙僧，个个稳重。只因道果完成，自然安静”。

在西游宇宙中，作者的成功观是：被高维度能量者肯定、赋能后的量变到质变。

质变最核心的关键是：走到灵山。

如果你走到天竺国就结束了，别看前面积累了那么多所谓的“功”，不好使，猴子依旧是闲不住爪子的狂，八戒依旧是吃起来没够的淫，唐僧也依旧是叽叽歪歪、叨叨咕咕的心有挂碍、心有恐怖。

作者在他的西游宇宙中从头到尾都在传达一种思想：人永远无法在没得到的时候想象这东西有多无所谓，有了之后，自然就到境界了。

穷鬼说自己看破金钱，光棍说自己看破尘缘，就当听个乐儿吧。

佛祖生下来就是王子，那个国家顶级的富贵他生来就拥有，所以佛祖说的看破我真的信。

我兄弟有个位置冲刺时差了一点没上去，回首前面的那些付出，他觉得心灰意懒了，说看透权位了。此时我最大的善良就是装喝多了没听见，省得下回见面时尴尬。

师徒们上得山来，十分险峻，真个嵯峨。好山：

巍巍峻岭，削削尖峰。湾环深涧下，孤峻陡崖边。湾环深涧下，只听得唿喇喇戏水蟒翻身；孤峻陡崖边，但见那崒嵂嵂出林虎剪尾。往上看，峦头突兀透青霄；回头观，壑下深沉邻碧落。上高来，似梯似凳；下低行，如堑如坑。真个是古怪巅峰岭，果然是连尖削壁崖。巅峰岭上，采药人寻思怕走；削壁崖前，打柴夫寸步难行。胡羊野马乱撺梭，狡兔山牛如布阵。山高蔽日遮星斗，时逢妖兽与苍狼。草径迷漫难进马，怎得雷音见佛王？

长老勒马观山，正在难行之处，只见那绿莎坡上，伫立着一个樵夫。你道他怎生打扮：

头戴一顶老蓝毡笠，身穿一领毛皂衲衣。老蓝毡笠，遮烟盖日果稀奇；毛皂衲衣，乐以忘忧真罕见。手持钢斧快磨明，刀伐干柴收束紧。檐头春色，幽然四序融融；身外闲情，常是三星澹澹。到老只干随分过，有何荣辱暂关心？

那樵子：

正在坡前伐朽柴，忽逢长老自东来。

停柯住斧出林外，趋步将身上石崖。

对长老厉声高叫道："那西进的长老！暂停片时，我有一言奉告：此山有一伙毒魔狠怪，专吃那东来西去的人哩。"长老闻言，魂飞魄散，战兢兢坐不稳雕鞍，急回头忙呼徒弟道："你听那樵夫报道，此山有毒魔狠怪。谁敢去细问他一问？"行者道："师父放心，等老孙去问他一个端的。"

好行者，拽开步，径上山来，对樵子叫声"大哥"，道个问讯。樵夫答礼道："长老呵，你们有甚缘故来此？"行者道："不瞒大哥说，我们是东土差来西天取经的。那马上是我的师父，他有些胆小。适蒙见教，说有甚么毒魔狠怪，故此我来奉问一声：那魔是几年之魔？怪是几年之怪？还是个把势，还是个雏儿？烦大哥老实说说，我好着山神、土地递解他起身。"樵子闻言，仰天大笑道："你原来是个风和尚。"行者道："我不风啊，这是老实话。"樵子道："你说是老实，便怎敢说把他递

解起身？”行者道：“你这等长他那威风，胡言乱语的拦路报信，莫不是与他有亲？不亲必邻，不邻必友。”樵子笑道：“你这个风泼和尚，忒没道理。我倒是好意，特来报与你们。教你们走路时，早晚间防备，你倒转赖在我身上。且莫说我不晓得妖魔出处；就晓得呵，你敢把他怎么的递解？解往何处？”行者道：“若是天魔，解与玉帝；若是土魔，解与土府。西方的归佛，东方的归圣，北方的解与真武，南方的解与火德。是蛟精解与海王，是鬼祟解与阎王。各有地头方向。我老孙到处里人熟，发一张批文，把他连夜解着飞跑。”

取经四人上山后，原著依旧有一段山势的描写。十分险峻，真个嵯峨，后面一大串的诸如“真个是古怪巅峰岭，果然是连尖削壁崖”描写预示了这山里没有好人。

作者的笔触还是很有分寸的，前面的奎木狼是神仙，那山就不能有明显的妖气，这两个童子虽然是老君的人，但没受天箓，属于家奴，所以这山就得突出个妖里妖气。

难行之处，碰见一个樵夫来示警，说山里有一伙毒魔狠怪专吃东来西去的人，这也是取经团队自上路以来第一次接到明面预警。

一开篇，作者已经把这次的磨难规格给提高到迄今为止的最高等级了。

猴哥找樵子打探虚实，他上来叫声“大哥”，道个问讯。

这句“大哥”乃至后面的“不瞒大哥说”“适蒙见教”“奉问一声”，说明悟空的待人接物开始有变化了，他能对凡人柔软了。

这已经是巨大变化了，还记得他从五行山下刚出来时喊那老头什么吗？是重子重孙；还记得他在黄风岭前的人家喊人家什么吗？是那老儿。

这句“大哥”，已经在暗示猴哥这回回来开始改变了，虽然显摆嘚瑟的毛病还是改不了，他又开始对凡人说上天入地的事了，但已经能够看出进步了。

暂时辞退也不是坏事，狂人是需要打压来磨性子的。在这里也说一段延伸，人生下来天资不同，十天干五阳五阴，像甲木、庚金这种至阳至刚的，就需要克他的属性来打磨，比如甲木需要庚金狠狠地劈才能成材，庚金需要丁火久久地炼才能成器，但像癸水和辛金这种至柔至阴的，就不能再克他了。要是像对猴哥这样又是五百年压他，又是炉子炼他，又是开除他，这种人就直接废了。这种天性柔软的如果势大狂妄了，就需要去疏导，癸水需要乙木来把水势泄出去，需要适当地打击，然后再做思想工作。为什么说思想工作永远是个高端技术活儿呢，就是要根据每个人的特点去特事特办、照方抓药。比如猴哥，虽然知道嘴甜了，但这狂妄的性格还是改不了，对樵夫突出的就是个嘚瑟。当然，这通嘚瑟还能说明猴哥的思维进步了，他这趟回来之后把取经这事想得透彻了一个级别，猴哥说："若是天魔，解与玉帝；若是土魔，解与土府。西方的归佛，东方的归圣，北方的解与真武，南方的解与火德。是蛟精解与海王，是鬼祟解与阎王。各有地头方向。我老孙到处里人熟，发一张批文，把他连夜解着飞跑。"

没必要每一仗都靠自己往死里打，那样其实显不出能耐，就算活活打死了妖怪，又能怎样？

斩妖除魔之前先盘道，问问是哪个庙的，如果是关系户，打一顿，别打死，然后找他领导卖个人情，一方面自己存了人脉，另一方面也给自己扬了威名。

天宫里的无论是亲戚、家奴，还是宠物，都动不得，打狗永远得看主人，你给人家弄死了，就属于自己把路走死了，不仅不能弄死，打的过程中还得尽量不打人家的脸，这火候难着呢，学吧。

那樵子止不住呵呵冷笑道："你这个风泼和尚，想是在方上云游，学了些书符咒水的法术，只可驱邪缚鬼，还不曾撞见这等狠毒的怪哩。"行者道："怎见他狠毒？"樵子道："此山径过有六百里远近，名唤平顶山。山中有一洞，名唤莲花洞。洞里有两个魔头，他画影图形，要捉和尚；抄名访姓，要吃唐僧。你若别处来的还好，但犯了一个'唐'字儿，莫想去得，去得！"行者道："我们正是唐朝来的。"樵子道："他正要吃你们哩。"行者道："造化，造化！但不知他怎的样吃哩？"樵子道："你要他怎的吃？"行者道："若是先吃头，还好耍子；若是先吃脚，就难为了。"樵子道："先吃头怎么说，先吃脚怎么说？"行者道："你还不曾经着哩。若是先吃头，一口将来咬下，我已死了，凭他怎么煎炒熬煮，我也不知疼痛；若是先吃脚，他啃了孤拐，嚼了腿亭，吃到腰截骨，我还急忙不死，却不是零零碎碎受苦？此所以难为也。"樵子道："和尚，他那里有这许多工夫。只是把你拿住，捆在笼里，囫囵蒸吃了。"行者笑道："这个更好，更好！疼倒不忍疼，只是受些闷气罢了。"樵子道："和尚不要调嘴。那妖怪随身有五件宝贝，神通极大极广。就是擎天的玉柱，架海的金梁，若保得唐朝和尚去，也须要发发昏哩。"行者道："发几个昏么？"樵子道："要发三四个昏是。”行者道：“不打紧，不打紧。我们一年常发七八百个昏儿，这三四个昏儿易得发，发发儿就过去了。”

好大圣，全然无惧，一心只是要保唐僧。捽脱樵夫，拽步而转，径至山坡马头前道：“师父，没甚大事。有便有个把妖精儿，只是这里人胆小，放他在心上。有我哩，怕他怎的？走路！走路！”长老见说，只得放怀随行。

正行处，早不见了那樵夫。长老道：“那报信的樵子，如何就不见了？”八戒道：“我们造化低，撞见日里鬼了。”行者道：“想是他钻进林子里寻柴去了。等我看看来。”好大圣，睁开火眼金睛，漫山越岭的望处，却无踪迹。忽抬头往云端里一看，看见是日值功曹，他就纵云赶上，骂了几声“毛鬼”道：“你怎么有话不来直说，却那般变化了，演样老孙？”慌得那功曹施礼道：“大圣，报信来迟，勿罪，勿罪。那怪果然神通广大，变化多端。只看你腾那乖巧，运动神机，仔细保你师父；假若怠慢了些儿，西天路莫想去得。”

樵子见猴哥依旧在那儿显摆，便冷笑示警：“此山径过有六百里远近，名唤平顶山。山中有一洞，名唤莲花洞。洞里有两个魔头，他画影图形，要捉和尚；抄名访姓，要吃唐僧。”

这回人家连照片都有了，而且“明牌”了，不装了，就要吃唐僧！妖怪随身带着五件宝贝，神通极其广大。就是擎天的玉柱，架海的金梁，这关你就算能过去也得扒层皮。

后来猴哥发现是日值功曹在变化示警。被骂了两句后日值功曹再次把话说明：“那怪果然神通广大，变化多端。只看你腾那乖巧，运动神机，仔细保你师父；假若怠慢了些儿，西天路莫想去得。”

这关已经凶险到需要提前示警了。

为什么？

讲到这里咱们要提前开个全图，后面这种反复叮嘱恐怖级别的示警还有一次，是狮驼岭前太白金星的示警。（灭法国前的观音示警不算，后面细讲。）

为什么要专门这么嘱咐呢？

因为无论是平顶山还是狮驼岭，这两个地方的妖魔就算吃了唐僧，也不至于会被追多大的责。关键人家那法宝属于不给你求救机会的，不许你“读档”。也就是老君的葫芦、净瓶和大鹏那阴阳二气瓶，进去就能给你化了，你很容易就死了。

化人的法宝还有小西天的金铙，虽然也能死人，而且黄眉极厉害，但那关就不用示警，因为弥勒佛祖不会真的跟如来佛祖撕破脸，而且金铙化人需要三昼夜，有补救空间。

总之，顶级示警了，千万小心！最难的级别已经到了！

行者闻言，把功曹叱退，切切在心。按云头，径来山上，只见长老与八戒、沙僧簇拥前进。他却暗想："我若把功曹的言语实实告诵师父，师父他不济事，必就哭了；假若不与他实说，梦着头，带着他走，常言道：'乍入芦圩，不知深浅。'倘或被妖魔捞去，却不又要老孙费心？且等我照顾八戒一照顾，先着他出头，与那怪打一仗看。若是打得过他，就算他一功；若是没手段，被怪拿去，等老孙再去救他不迟，却好显我本事出名。"正自家计较，以心问心道："只恐八戒躲懒，便不肯出头；师父又有些护短，等老孙羁勒他羁勒。"

好大圣，你看他弄个虚头，把眼揉了一揉，揉出些泪来，迎着师父，往前径走。八戒看见，连忙叫："沙和尚，歇下担子，拿出行李来，我两个分了罢！"沙僧道："二哥，分怎的？"八戒道："分了罢！你往流沙河还做妖怪，老猪往高老庄上盼盼浑家。把白马卖了，买口棺木，与师父送老，大家散伙。还往西天去哩？"长老在马上听见，道："这个夯货！正走路，怎么又胡说了？"八戒道："你儿子便胡说！你不看见孙行者那里哭将来了？他是个钻天入地，斧砍火烧，下油锅都不怕的好汉，如今戴了个愁帽，泪汪汪的哭来，必是那山险峻，妖怪凶狠。似我们这样软弱的人儿，怎么去得？"长老道："你且休胡谈，待我问他一声，看是怎么说话。"问道："悟空，有甚话当面计较，你怎么自家烦恼？这般样个哭包脸，是虎唬我也！"行者道："师父啊，刚才那个报信的是日值功曹。他说妖精凶狠，此处难行，果然的山高路峻，不能前进。改日再去罢。"长老闻言，恐惶悚惧，扯住他虎皮裙子道："徒弟呀，我们三停路已走了停半，因何说退悔之言？"行者道："我没个不尽心的，但只恐魔多力弱，行势孤单。'总然是块铁，下炉能打得几根钉？'"长老道："徒弟呵，你也说得是。果然一个人也难，兵书云：'寡不可敌众。'我这里还有八戒、沙僧，都是徒弟，凭你调度使用。或为护将帮手，协力同心，扫清山径，领我过山，却不都还了正果？”

猴哥听完这回是上心了，也学会动脑子了。他回去时一边走一边开始琢磨，要是说实话，唐僧准又吓哭了，不说的话咱也不知道这妖怪到底有多大能耐，正好八戒还没调理，先拿他当个诱饵吧。必须有对比才能显出本事来，待他被妖怪逮了，再去救他。

要不说事教人一次就会呢，猴哥经历了返聘后算是把这个道理琢磨明白了：白送的不值钱，有需求的时候才能卖上价！

“不遇至人传妙诀，空言口困舌头干”，他就欠被拯救！

定计之后猴哥开始揉眼痛哭了，八戒又是第一时间准备散伙，赢得了他师父“夯货”的称赞。八戒说那猴子是个“钻天入地，斧砍火烧，下油锅都不怕的好汉，如今戴了个愁帽，泪汪汪的哭来，必是那山险峻，妖怪凶狠。似我们这样软弱的人儿，怎么去得？”

唐僧问悟空到底咋回事，猴哥说咱这取经先暂停吧，过不去了，后面妖怪可老狠了。一句暂停把唐僧拿捏了，猴哥说自己浑身是铁打不了几根钉子，唐僧便把指挥权交给了悟空，表示“我这里还有八戒、沙僧，都是徒弟，凭你调度使用。或为护将帮手，协力同心，扫清山径，领我过山，却不都还了正果？”

猴哥这回没有再直接抢领导的权力，绕了个弯，心想这可是你自己让给我的。

人生中，我们要时刻思考“两点之间线段最短”与“两点之间曲线最快”这两个命题。

我再多句嘴拆解一下吧，没办法，为了卖书养家糊口对得起亲爱的们嘛！

“两点之间线段最短”，是说我们要始终牢记自己的目标，不要在多余的环节徒劳，不要被裹挟着随波逐流后忘了我们的目标是什么。

“两点之间曲线最快”，是指我们要牢记自己的目标，直扑目标的同时，还要注意方式方法，别一切都挑明了，要绕过众生给你的阻力。

单说概念不容易懂，我们举猴哥这个例子吧。

比如猴哥想要达到的目标是让自己在取经团队中的权威越来越大，功劳越来越大，将来好找佛祖要价，这没问题，明白自己的追求从最开始就是悟空的优点，当初他说要学长生不老，他师父怎么绕他都没上当。但悟空的短板是追求自己目标时从来都是直奔主题，喜欢的要么就偷，要么就抢，要么就直接挑明了。这回他终于走了个曲线，就是先让八戒去巡山，等他被抓了，再去救他，证明自己厉害，而不是看见妖怪就去打。确定了要让八戒先去探路后，他没有直接进行人事分配，否则他师父又急了，他选择了用示弱来吓唬他师父，让他师父把人事权交出来。

再举个例子，你想升职加薪扩大自己的权力范围，那核心点是什么呢？

通常来讲有三点：

1. 你的业务能力要过硬，让你真抓一摊时，硬件得是过硬的。

2. 你向上管理的能力出众，领导喜欢你，愿意听你的。

3. 你向下管理的能力也出众，至少你身边的人不抵触你，不至于你往上走一步给你写一堆举报信那种。

这三条，能不能再精简一下？或者说有没有权重？有没有重要性排序？

绝大多数情况是 1=2>3 的。

在工作中时刻牢记这三条，并将 1 和 2 始终放在核心点就可以了。

牢记你的核心点，随后你就会自然而然地放弃混日子的摸鱼心态，你知道自己是在为什么而努力，从而迅速掌握本公司、本单位的所有核心能力。

什么叫核心能力？

就是进入你们公司挣钱的主要部门，或者能出业绩的部门并精进自己。

进的是销售型公司，你就要去精学销售；进的是技术型公司，你就要成为技术骨干；做的是执法类工作，你就要多跑案子。

去一个单位前，可以把这个单位关键领导的履历分析一遍，照他的方向走。

这就是两点之间线段最短。

接下来，是两点之间曲线最快。

紧盯着目标，不意味着我们解决所有难题时都要冲在第一个，不意味着对领导要极致奉承。过犹不及，刚则易折，没难倒所有人的问题永远不叫难题，要学会绕个弯子走路，老祖宗们自古传下来的智慧是“直来直去的叫枪煞”，所谓“水直朝来最不祥，一条直是一条枪”，大户人家的房子一进门都要建影壁，所有事都直接挑明了，把目的暴露了，其实就是坏了自己的风水。

为什么？

因为人性中，嫉妒与抢夺的力量是很可怕的。

你绕个弯子，其实目的是不要激起人性的恶，要水波不兴地完成自己的目标，让自己的阻力最小化。

有人会说，这种绕弯子就是糟粕。

亲爱的，我只能说，说出这种话的其实都还是没真正做过事的小可爱，还在禅房中臆想成佛做祖的境界。

佛祖从来没说自己要在南赡部洲扩大影响，而是绕了个圈子说南赡部洲需要拯救，还绕了个超级圈子让最牛皇帝安排人来取经。讲这个故事的小说几百年后依然有着旺盛的生命力。

这是糟粕？还是因为人性永不变！

那行者这一场扭捏，只斗出长老这几句话来。他揾了泪道："师父呵，若要过得此山，须是猪八戒依得我两件事儿，才有三分去得；假若不依我言，替不得我手，半分儿也莫想过去。"八戒道："师兄，不去就散伙罢，不要攀我。"长老道："徒弟，且问你师兄，看他教你做甚么。"呆子真个对行者说道："哥哥，你教我做甚事？"行者道："第一件是看师父，第二件是去巡山。"八戒道："看师父是坐，巡山去是走。终不然教我坐一会又走，走一会又坐。两处怎么顾盼得来？"行者道："不是教你两件齐干，只是领了一件便罢。"八戒又笑道："这等也好计较。但不知看师父是怎样，巡山是怎样。你先与我讲讲，等我依个相应些儿的去干罢。"行者道："看师父呵，师父去出恭，你伺候；师父要走路，你扶持；师父要吃斋，你化斋。若他饿了些儿，你该打；黄了些儿脸皮，你该打；瘦了些儿形骸，你该打。"八戒慌了道："这个难！难！难！伺候扶持，通不打紧，就是不离身驮着，也还容易；假若教我去乡下化斋，他这西方路上，不识我是取经的和尚，只道是那山里走出来的一个半壮不壮的健猪，伙上许多人，叉钯扫帚，把老猪围倒，拿家去宰了，腌着过年，这个却不就遭瘟了？"行者道："巡山去罢。"八戒道："巡山便怎么样儿？"行者道："就入此山，打听有多少妖怪，是甚么山，是甚么洞，我们好过去。"八戒道："这个小可，老猪去巡山罢。"那呆子就撒起衣裙，挺着钉钯，雄纠纠径入深山，气昂昂奔上大路。

行者在旁，忍不住嘻嘻冷笑。长老骂道："你这个泼猴！兄弟们全无爱怜之意，常怀嫉妒之心。你做出这样獐智，巧言令色，撮弄他去甚么巡山，却又在这里笑他。”行者道：“不是笑他，我这笑中有味。你看猪八戒这一去，决不巡山，也不敢见妖怪，不知往那里去躲闪半会，捏一个谎来哄我们也。”长老道：“你怎么就晓得他？”行者道：“我估出他是这等。不信，等我跟他去看看，听他一听。一则帮副他手段降妖，二来看他可有个诚心拜佛。”长老道：“好。好。好！你却莫去捉弄他。”行者应诺了，径直赶上山坡，摇身一变，变作个蟭蟟虫儿。其实变得轻巧，但见他：

翅薄舞风不用力，腰尖细小如针。穿蒲抹草过花阴，疾似流星还甚。眼睛明映映，声气渺喑喑。昆虫之类惟他小，亭亭款款机深。几番闲日歇幽林，一身浑不见，千眼莫能寻。

嘤的一声飞将去，赶上八戒，可在他耳朵后面鬃根底下。那呆子只管走路，怎知道身上有人。行有七八里路，把钉钯撇下，吊转头来，望着唐僧，指手画脚的骂道：“你罢软的老和尚，捉掐的弼马温，面弱的沙和尚！他都在那里自在，捉弄我老猪来踹路！大家取经，都要望成正果，偏是教我来巡甚么山！哈，哈，哈！晓得有妖怪，躲着些儿走。还不勾一半，却教我去寻他，这等晦气哩！我往那里睡觉去。睡一觉回去，含含糊糊的答应他，只说是巡了山，就了其帐也。”那呆子一时间侥幸，搴着钯又走。只见山凹里一弯红草坡，他一头钻得进去，使钉钯扑个地铺，毂辘的睡下，把腰伸了一伸，道声：“快活！就是那弼马温，也不得相我这般自在。”原来行者在他耳根后，句句儿听着哩，忍不住飞将起来，又捉弄他一捉弄。又摇身一变，变作个啄木虫儿。但见：

铁嘴尖尖红溜，翠翎艳艳光明。一双钢爪利如钉，腹馁何妨林静。最爱枯槎朽烂，偏嫌老树伶仃。圜睛决尾性丢灵，辟剥之声堪听。

这虫鹭不大不小的，上秤称，只有二三两重。红铜嘴，黑铁脚，刷刺的一翅飞下来。那八戒丢倒头，正睡着了，被他照嘴唇上挖揸的一下。那呆子慌得爬将起来，口里乱嚷道：“有妖怪！有妖怪！把我戳了一枪去了！嘴上好不疼呀！”伸手摸摸，流出血来了。他道：“蹭蹬呵！我又没甚喜事，怎么嘴上挂了红耶？”他看着这血手，口里絮絮叨叨的，两边乱看，却不见动静，道：“无甚妖怪，怎么戳我一枪么？”忽抬头往上看时，原来是个啄木虫，在半空中飞哩。呆子咬牙骂道：“这个亡人！弼马温欺负我罢了，你也来欺负我！我晓得了。他一定不认我是个人，只把我嘴当一段黑朽枯烂的树，内中生了虫，寻虫儿吃的，将我啄了这一下也。等我把嘴揣在怀里睡罢。”那呆子毂辘的依然睡倒，行者又飞来，着耳根后又啄了一下。呆子慌得爬起来道：“这个亡人，却打搅得我狠！想必这里是他的窠巢，生蛋布雏，怕我占了，故此这般打搅。罢！罢！罢！不睡他了！”搴着钯，径出红草坡，找路又走。可不喜坏了孙行者，笑倒个美猴王。行者道：“这夯货大睁着两个眼，连自家人也认不得！”

好大圣，摇身又一变，还变做个蟭蟟虫，叮在他耳朵后面，不离他身上。那呆子入深山，又行有四五里，只见山凹中有桌面大的四四方方一块青石头。呆子放下钯，对石头唱个大喏。行者暗笑道：“这呆子！石头又不是人，又不会说话，又不会还礼，唱他喏怎的，可不是个瞎帐？”原来那呆子把石头当着唐僧、沙僧、行者三人，朝着他演习哩。他道：“我这回去，见了师父，若问有妖怪，就说有妖怪；他问甚么山，我若说是泥捏的，土做的，锡打的，铜铸的，面蒸的，纸糊的，笔画的，他们见说我呆哩，若讲这话，一发说呆了，我只说是石头山；他问甚么洞，也只说是石头洞；他问甚么门，却说是钉钉的铁叶门；他问里边有多远，只说入内有三层；十分再搜寻，问门上钉子多少，只说老猪心忙记不真。此间编造停当，哄那弼马温去！”

猴哥在拿到了指挥权后开始对八戒提要求。八戒一如既往地不上当，别整那没用的，不行就散伙。逼得唐僧又来打圆场，猴哥随后给了八戒两个选择，要么看师父，要么去巡山，看师父的活儿需要化斋，直接就把八戒难死了，于是选择去巡山了。

八戒走后，猴哥没控制住表情，嘻嘻地冷笑。唐师父骂道：你这泼猴就是嫉妒那猪！

猴哥随后做出判断，说这货肯定不会去巡山，我去给你探探，让你知道你一直护着的好徒弟在干什么！

八戒走了七八里路后开始骂街，然后就睡觉了。

悟空没那工夫等他，变成一只啄木虫把他弄醒，让他接着巡山，然后八戒又走了三四里便开始做假账，准备编个故事回去糊弄。

八戒的这趟取经，乃至他这辈子，其实核心点就是一个字：混！

他从来没有什么追求，能起飞是因为遇到了牛人，后来落魄了依旧心态良好，有吃有喝有媳妇，这日子就是好日子，过一万年也过不腻。

那呆子捏合了，拖着钯，径回本路，怎知行者在耳朵后一一听得明白。行者见他回来，即腾两翅预先回去，现原身，见了师父。师父道："悟空，你来了，悟能怎不见回？"行者笑道："他在那里编谎哩，就待来也。"长老道："他两个耳朵盖着眼，愚拙之人也。他会编甚么谎？又是你捏合甚么鬼话赖他哩。"行者道："师父，你只是这等护短。这是有对问的话。"把他那钻在草里睡觉，被啄木虫叮醒，朝石头唱喏，编造甚么石头山、石头洞、铁叶门、有妖精的话，预先说了。

说毕，不多时，那呆子走将来，又怕忘了那谎，低着头口里温习。被行者喝了一声道："呆子！念甚么哩？"八戒掀起耳朵来看看道："我到了地头了！"那呆子上前跪倒，长老搀起道："徒弟，辛苦啊。"八戒道："正是。走路的人，爬山的人，第一辛苦了。"长老道："可有妖怪么？"八戒道："有妖怪！有妖怪！一堆妖怪哩！"长老道："怎么打发你来？"八戒说："他叫我做猪祖宗、猪外公。安排些粉汤素食，教我吃了一顿，说道摆旗鼓送我们过山哩。"行者道："想是在草里睡着了，说得是梦话？"呆子闻言，就吓得矮了二寸道："爷爷哑！我睡，他怎么晓得？"行者上前一把揪住道："你过来！等我问你。"呆子又慌了，战战兢兢的道："问便罢了，揪扯怎的？"行者道："是甚么山？"八戒道："是石头山。""甚么洞？"道："是石头洞。""甚么门？"道："是钉钉铁叶门。""里边有多远？"道："入内是三层。"行者道："你不消说了，后半截我记得真。恐师父不信，我替你说了罢。"八戒道："嘴脸！你又不曾去，你晓得那些儿，要替我说？"行者笑道："'门上钉子有多少，只说老猪心忙记不真。'可是么？"那呆子即慌忙跪倒。行者道："朝着石头唱喏，当做我三人，对他一问一答，可是么？又说：'等我编得谎儿停当，哄那弼马温去！'可是么？"那呆子连忙只是磕头道："师兄，我去巡山，你莫成跟我去听的？"行者骂道："我把你个馕糠的夯货！这般要紧的所在，教你去巡山，你却去睡觉！不是啄木虫叮你醒来，你还在那里睡哩。及叮醒，又编这样大谎，可不误了大事？你快伸过孤拐来，打五棍记心！"

八戒慌了道："那个哭丧棒重，擦一擦儿皮塌，挽一挽儿筋伤。若打五下，就是死了！"行者道："你怕打，却怎么扯谎？"八戒道："哥哥哑，只是这一遭儿，以后再不敢了。"行者道："一遭便打三棍罢。"八戒道："爷爷哑，半棍儿也禁不得！"呆子没计奈何，扯住师父道："你替我说个方便儿。"长老道："悟空说你编谎，我还不信；今果如此，其实该打。但如今过山少人使唤，悟空，你且饶他，待过了山再打罢。”行者道：“古人云：‘顺父母言情，呼为大孝。’师父说不打，我就且饶你。你再去与我巡山，若再说谎误事，我定一下也不饶你！”

八戒回来的路上，猴哥就把八戒编的石头山、石头洞、铁叶门、有妖精的故事提前告诉大家了，然后我们再看八戒为什么招唐僧稀罕，人家回来后是“那呆子上前跪倒”，八戒能给到唐僧在猴哥那儿永远得不到的尊重。

八戒这一跪给唐僧高兴的，赶紧搀起道：“徒弟，辛苦啊。”

随后八戒撒谎，然后被猴哥拆穿了，吓得八戒再次磕头保命，最终是唐僧给求了情，过山再打。然后猴哥也会说软话了，所谓“古人云：‘顺父母言情，呼为大孝。’师父说不打，我就且饶你”。

别看咱猴哥做不到天天哄着唐僧，动不动就跪，但猴哥这话里也开始有温度了。

接着，猴哥再次逼八戒巡山，必须把那妖怪的成色试出来。

那呆子只得爬起来又去。你看他奔上大路，疑心生暗鬼，步步只疑是行者变化了跟住他。故见一物，即疑是行者。走有七八里，见一只老虎，从山坡上跑过。他也不怕，举着钉钯道：“师兄来听说谎的？这遭不编了。”又走处，那山风来得甚猛，呼的一声，把棵枯木刮倒，滚至面前，他又跌脚捶胸的道：“哥呵，这是怎的起！一行说不敢编谎罢了，又变甚么树来打人！”又走向前，只见一个白颈老鸦，当头喳喳的连叫几声。他又道：“哥哥，不羞！不羞！我说不编就不编了，只管又变着老鸦怎的？你来听么。”原来这一番行者却不曾跟他去，他那里却自惊自怪，乱疑乱猜，故无往而不疑是行者随他身也。呆子惊疑且不题。

却说那山叫做平顶山，那洞叫做莲花洞。洞里两妖，一唤金角大王，一唤银角大王。金角正坐，对银角说：“兄弟，我们多少时不巡山了？”银角道：“有半个月了。”金角道：“兄弟，你今日与我去巡巡。”银角道：“今日巡山怎的？”金角道：“你不知。近闻得东土唐朝差个御弟唐僧往西方拜佛，一行四众，叫做孙行者、猪八戒、沙和尚，连马五口。你看他在那处，与我把他拿来。”银角道：“我们要吃人，那里不捞几个？这和尚到得那里，让他去罢。”金角道：“你不晓得。我当年出天界，尝闻得人言：唐僧乃金蝉长老临凡，十世修行的好人，一点元阳未泄。有人吃他肉，延寿长生哩。”

银角道：“若是吃了他肉就可以延寿长生，我们打甚么坐，立甚么功，炼甚么龙与虎，配甚么雌与雄？只该吃他去了。等我去拿他来。”金角道：“兄弟，你有些性急，且莫忙着。你若走出门，不管好歹，但是和尚就拿将来，假如不是唐僧，却也不当人子。我记得他的模样，曾将他师徒画了一个影，图了一个形。你可拿去，但遇着和尚，以此照验照验。”又将某人是某名字，一一说了。银角得了图像，知道姓名，即出洞，点起三十名小怪，便来山上巡逻。

却说八戒运拙，正行处，可可的撞见群魔，当面挡住道：“那来的甚么人？”呆子才抬起头来，掀着耳朵，看见是些妖魔，他就慌了，心中暗道：“我若说是取经的和尚，他就捞了去，只是说走路的。”小妖回报道：“大王，是走路的。”那三十名小怪中间有认得的，有不认得的，旁边有听着指点说话的，道：“大王，这个和尚像这图中猪八戒模样。”叫挂起影神图来。八戒看见，大惊道：“怪道这些时没精神哩！原来是他把我的影神传将来也！”小妖用枪挑着，银角用手指道：“这骑白马的是唐僧，这毛脸的是孙行者。”八戒听见道：“城隍，没我便也罢了，猪头三牲，清醮二十四分。”口里唠叨，只管许愿。那怪又道：“这黑长的是沙和尚，这长嘴大耳的是猪八戒。”呆子听见说他，慌得把个嘴揣在怀里藏了。那怪叫：“和尚，伸出嘴来！”八戒道：“胎里病，伸不出来。”那怪喝小妖使钩子钩出来，八戒慌得把个嘴伸出道：“小家形罢了，这不是？你要看便就看，钩怎的？”

那怪认得是八戒，掣出宝刀，上前就砍。这呆子举钉钯按住道：“我的儿，休无礼！看钯！”那怪笑道：“这和尚是半路出家的。”八戒道：“好儿子！有些灵性。你怎么就晓得老爷是半路上出家的？”那怪道：“你会使这钯，一定是在人家园圃中筑地，把他这钯偷将来也。”八戒道：“我的儿，你那里认得老爷这钯。我不比那筑地之钯。这是：

巨齿铸来如龙爪，渗金妆就似虎形。
若逢对敌寒风洒，但遇相持火焰生。
能替唐僧消瘴碍，西天路上捉妖精。
轮动烟霞遮日月，使起昏云暗斗星。
筑倒泰山老虎怕，耙翻大海老龙惊。
饶你这妖有手段，一钯九个血窟窿！”

那怪闻言，那里肯让。使七星剑，丢开解数，与八戒一往一来，在山中赌斗。有二十回合，不分胜负。八戒发起狠来，舍死的相迎。那怪见他捽耳朵，喷粘涎，舞钉钯，口里吆吆喝喝的，也尽有些悚惧，即回头招呼小怪，一齐动手。若是一个打一个，其实还好。他见那些小妖齐上，慌了手脚，遮架不住，败了阵，回头就跑。原来是道路不平，未曾细看，忽被蓏萝藤绊了个踉蹡。挣起来正走，又被一个小妖睡倒在地，扳着他脚跟，扑的又跌了个狗吃屎；被一群赶上按住，抓鬃毛，揪耳朵，扯着脚，拉着尾，扛扛抬抬，擒进洞去。咦！正是：

一身魔发难消灭，万种灾生不易除。

毕竟不知猪八戒性命如何，且听下回分解。

八戒疑神疑鬼地再次巡山后，作者将视角掉转，来说平顶山莲花洞的这两个妖王，他们是金角大王和银角大王。

这名字挺有意思的，一听就富裕，金银还都是炼丹的重要材料，从这里也能看出他们的背景，金角和银角跟猴哥都属金，这回要硬碰硬了。不过通过这两个名字作者也直接给出了结果，金银的硬度差，牙咬都能留痕，跟猴哥这铜头铁臂千锤百炼的强度可差太多了。

金角安排他弟弟去巡山，也是在这个时候金角对他弟弟说了这次他们下凡的安排，这句话很重要："一行四众，叫做孙行者、猪八戒、沙和尚，连马五口。"

金角不仅准确地说出了取经四人，还专门提了马的事。

谁见识过这马的本事呢？

奎木狼呗，还记得他回天上后干什么去了吗？去老君那儿烧炉子了。

接下来银角的回答也很值得玩味，因为银角根本就不知道要吃唐僧这件事。

这句话证明老君把这哥儿俩派下来后只对金角交代了任务，咱总说百回本《西游记》的作者绝对是深度了解官场的，原因除了西游宇宙中的组织架构与办事逻辑之外，就是这方方面面的细节。比如，领导交代不上台面的任务永远是单线联系的，关键时刻斩断金角一个人就能完成切割。

知道的人越多，就越危险，成本就越高，善后的难度也越大！

上不了台面的沟通永远要单线！单线！单线！而且各条线的沟通必须拆开对接！很多事情的执行者要像两个耳朵一样，干的可以是一件事，但两个耳朵一辈子互相看不见，如两条平行线般永远不相交！

金角跟银角说了要吃唐僧的原因：这唐僧是“金蝉长老临凡，十世修行的好人，一点元阳未泄”，吃他的肉能延寿长生。

银角的回答还是信息量满满：若是吃了他的肉就可以延寿长生，我们还打什么坐，立什么功，炼什么龙与虎，配什么雌与雄？只吃他就行了，待我抓他回来。

这其实也能证明，金角和银角这两个童子在老君那儿的级别并不高，也就是个家奴级别，他们是没有吃蟠桃名额的，这延寿长生对他们来说是很有诱惑力的。

奎木狼那是稳稳当当能吃桃的，人家打坐、练功、炼龙虎、配雌雄是为了啥？为了修内丹，这两个童子还停留在修长生的阶段呢。

紧接着金角再次给出奎木狼参与过这事的证据，连相片都给你画出来了。

银角随后带着相片去巡山了，途中碰见八戒，开打后八戒使出了最大能动性，能跟银角斗二十回合不分胜负，随后被人家再喊点小妖帮忙就给捆了。银角的法宝根本没用上。

没有真本事的，千万得老老实实、规规矩矩地藏好了啊！外面的风浪太大，你把握不住的！

第三十三回

外道迷真性，元神助本心

却说那怪将八戒拿进洞去，道："哥哥啊，拿将一个来了。"老魔喜道："拿将我看。"二魔道："这不是？"老魔道："兄弟，错拿了，这个和尚没用。"八戒就绰经说道："大王，没用的和尚，放他出去罢。不当人子！"二魔道："哥哥，不要放他，虽然没用，也是唐僧一起的，叫做猪八戒。把他且浸在后边净水池中，浸退了毛衣，使盐腌着，晒干了，等天阴下酒。"八戒听言道："蹭蹬啊！撞着个贩腌腊的妖怪了！"那小妖把八戒抬进去，抛在水里不题。

却说三藏坐在坡前，耳热眼跳，身体不安，叫声："悟空！怎么悟能这番巡山，去之久而不来？"行者道："师父还不晓得他的心哩。"三藏道："他有甚心？"行者道："师父啊，此山若是有怪，他半步难行，一定虚张声势，跑将回来报我；想是无怪，路途平静，他一直去了。"三藏道："假若真个去了，却在那里相会？此间乃是山野空阔之处，比不得那店市城井之间。"行者道："师父莫虑，且请上马。那呆子有些懒惰，断然走的迟慢。你把马打动些儿，我们定赶上他，一同去罢。"真个唐僧上马，沙僧挑担，行者前面引路上山。

却说那老怪又唤二魔道："兄弟，你既拿了八戒，断然就有唐僧。再去巡巡山来，切莫放过他去。"二魔道："就行，就行。"你看他急点起五十名小妖，上山巡逻。正走处，只见祥云缥缈，瑞气盘旋。二魔道："唐僧来了。"众妖道："唐僧在那里？"

二魔道："好人头上祥云照顶，恶人头上黑气冲天。那唐僧原是金蝉长老临凡，十世修行的好人，所以有这祥云缥缈。"众怪都不看见，二魔用手指道："那不是？"那三藏就在马上打了一个寒噤。又一指，又打个寒噤。一连指了三指，他就一连打了三个寒噤。心神不宁道："徒弟啊，我怎么打寒噤么？"沙僧道："打寒噤？想是伤食病发了。"行者道："胡说。师父是走着这深山峻岭，必然小心虚惊。莫怕，莫怕！等老孙把棒打一路与你压压惊。"好行者，理开棒，在马前丢几个解数，上三下四，左五右六，尽按那六韬三略，使起神通。那长老在马上观之，真个是寰中少有，世上全无。

八戒被捉进洞后金角给予点评：这货没用。

此时都能基本推测出奎木狼是咋跟老君汇报的了：除了猴子，其他的都不足为虑。

八戒被抓了，剩下三人久等不回，只好接着往前走，金角也继续安排银角去巡山。然后银角就看见了祥云缥缈，瑞气盘旋，银角说这是因为"好人头上祥云照顶，恶人头上黑气冲天。那唐僧原是金蝉长老临凡，十世修行的好人，所以有这祥云缥缈"。

其实银角这话说得并不准确，在西游宇宙中，像什么祥云啦，瑞气啦，祥光啦，这种拉风皮肤跟所谓的人是好还是恶关系不大，而跟是不是正式的佛仙以及是否被主流认可有关系。

比如悟空学艺乃至当妖怪那段时间到哪儿都是"纵云头"，或者"按下云头"，但被天庭认可后，就变成祥云了。最直观的对比是，悟空第一次上界时，是"这猴王与金星纵起云头，升在空霄之上"（第三回）；到了第二次上界，就变成"悟空大喜，恳留饮宴不肯，遂与金星纵着祥云，到南天门外"（第四回）了，之前没当弼马温，那就是"纵起云头"，当了弼马温，受了天箓，就是"纵着祥云"了。

再如对唐太宗的描写，当他接受佛祖的安排，要办水陆大会时，这好事还没做呢，就已经有祥光了，所谓"贞观十三年，岁次己巳，九月甲戌，初三日，癸卯良辰。陈玄奘大阐法师，聚集一千二百名高僧，都在长安城化生寺，开演诸品妙经。那皇帝早朝已毕，帅文武多官，乘凤辇龙车，出离金銮宝殿，径上寺来拈香。怎见那銮驾？真个是：一天瑞气，万道祥光……"（第十二回）

这祥云、祥光一直以来也是作者写作的重要道具和线索，后面还会多次出现。比如第八十四回，明明灭法国那皇帝干了超级恶事，却“城中喜气冲融，祥光荡漾”，这关观音菩萨还亲自前来暗示。这就说明有背景问题，这关得谨慎了。那皇帝都灭法了，都杀了九千九百九十六个和尚了，跟好人早就不沾边了，依然不耽误祥光荡漾。

再如第四十一回，红孩儿那小子，他是好孩子吗？他跟“善”字有半毛钱关系吗？但也不耽误人家“祥光护体出门来”！

天庭说你是好人，你头上就祥云照顶；天庭说你是恶人，你头上就黑气冲天。

秦淮八艳之一的顾横波，因为跟了先后侍明、顺、清的龚鼎孳而被封了一品诰命夫人。

祥云还是黑气，最终解释权在统治阶层手里。

唐僧吃了人参果后确实有点道行了，都有感应能力了，银角大王指他三下他就打了三个寒噤，也就是三个哆嗦。悟空随后打了一路棒子给唐僧压惊。

剖开路一直前行，险些儿不谑倒那怪物。他在山顶上看见，魂飞魄丧，忽失声道：“几年间闻说孙行者，今日才知，话不虚传果是真。”众怪上前道：“大王，怎么长他人之志气，灭自己之威风？你夸谁哩？”二魔道：“孙行者神通广大，那唐僧吃他不成。”众怪道：“大王，你没手段，等我们着几个去报大王，教他点起本洞大小兵来，摆开阵势，合力齐心，怕他走了那里去！”二魔道：“你们不曾见他那条铁棒，有万夫不当之勇。我洞中不过有四五百兵，怎禁得他那一棒？”众妖道：“这等说，唐僧吃不成，却不把猪八戒错拿了？如今送还他罢。”二魔道：“拿便也不曾错拿，送便也不好轻送。唐僧终是要吃，只是眼下还尚不能。”众妖道：“这般说，还过几年么？”二魔道：“也不消几年。我看见那唐僧，只可善图，不可恶取。若要倚势拿他，闻也不得一闻。只可以善去感他，赚得他心与我心相合，却就善中取计，可以图之。”众妖道：“大王如定计拿他，可用我等？”二魔道：“你们都各回本寨，但不许报与大王知道。若是惊动了他，必然走了风汛，败了我计策。我自有个神通变化，可以拿他。”

众妖散去，他独跳下山来，在那西方之旁，摇身一变，变做个年老的道者。真个是怎生打扮？但见他：

星冠晃亮，鹤发蓬松。羽衣围绣带，云履缀黄棕。神清目朗如仙客，体健身轻似寿翁。说甚么清牛道士，也强如素券先生。妆成假像如真像，捏作虚情似实情。

他在那大路旁妆做个跌折腿的道士，脚上血淋津，口里哼哼的，只叫："救人！救人！"

却说这三藏仗着孙大圣与沙僧，欢喜前来。正行处，只听得叫："师父救人！"三藏闻得，道："善哉，善哉。这旷野山中，四下里更无村舍，是甚么人叫？想必是虎豹狼虫唬倒的。"这长老兜回骏马，叫道："那有难者是甚人？可出来。"这怪从草科里爬出，对长老马前乒乓的只情磕头。三藏在马上见他是个道者，却又年纪高大，甚不过意，连忙下马搀道："请起，请起。"那怪道："疼！疼！疼！"丢了手看处，只见他脚上流血。三藏惊问道："先生呵，你从那里来？因甚伤了尊足？"那怪巧语花言，虚情假意道："师父啊，此山西去有一座清幽观宇，我是那观里的道士。"三藏道："你不在本观中侍奉香火，演习经法，为何在此闲行？"那魔道："因前日山南里施主家邀道众禳星，散福来晚。我师徒二人一路而行。行至深衢，忽遇着一只斑斓猛虎，将我徒弟衔去。贫道战兢兢亡命奔走，一跤跌在乱石坡上，伤了腿足，不知回路。今日大有天缘，得见师父，万望师父大发慈悲，救我一命。若得到观中，就是典身卖命，一定重谢深恩。"

三藏闻言，认为真实，道："先生呵，你我都是一命之人。我是僧，你是道，衣冠虽别，修行之理则同。我不救你呵，就不是出家之辈。救便救你，你却走不得路哩。"那怪道："立也立不起来，怎生走路？"三藏道："也罢，也罢。我还走得路，将马让与你骑一程，到你上宫，还我马去罢。"那怪道："师父，感蒙厚情，只是腿胯跌伤，不能骑马。"三藏道："正是。"叫沙和尚："你把行李捎在我马上，你驮他一程罢。"沙僧道："我驮他。"那怪急回头，抹了他一眼，道："师父呵，我被那猛虎唬怕了，见这晦气色脸的师父，愈加惊怕，不敢要他驮。"三藏叫道："悟空，你驮罢。"行者连声答应道："我驮！我驮！"那妖就认定了行者，顺顺的要他驮，再不言语。沙僧笑道："这个没眼色的老道！我驮着不好，颠倒要他驮。他若看不见师父时，三尖石上，把筋都掼断了你的哩！"

行者驮了，口中笑道："你这个泼魔，怎么敢来惹我！你也问问老孙是几年的人儿。你这般鬼话儿，只好瞒唐僧，又好来瞒我？我认得你是这山中的怪物，想是要吃我师父哩。我师父又非是等闲之辈，是你吃的！你要吃他，也须是分多一半与老孙是。”那魔闻得行者口中念诵，道：“师父，我是好人家儿孙，做了道士。今日不幸，遇着虎狼之厄，我不是妖怪。”行者道：“你既怕虎狼，怎么不念《北斗经》？”三藏正然上马，闻得此言，骂道：“这个泼猴！救人一命，胜造七级浮屠。你驮他驮儿便罢了，且讲甚么‘北斗经’‘南斗经’！”行者闻言道：“这厮造化哩！我那师父是个慈悲好善之人，又有些外好里枒槎。我待不驮你，他就怪我。驮便驮，须要与你讲开：若是大小便，先和我说；若在脊梁上淋下来，臊气不堪，且污了我的衣服，没人浆洗。”那怪道：“我这般一把子年纪，岂不知你的话说？”行者才拉将起来，背在身上，同长老、沙僧奔大路西行。那山上高低不平之处，行者留心慢走，让唐僧前去。

行不上三五里路，师父与沙僧下了山凹之中，行者却望不见，心中埋怨道：“师父偌大年纪，再不晓得事体。这等远路，就是空身子也还嫌手重，恨不得了，却又教我驮着这个妖怪！莫说他是妖怪，就是好人，这们年纪也死得着了，掼杀他罢，驮他怎的？”这大圣正算计要掼，原来那怪就知道了。且会遣山，就使一个“移山倒海”的法术，就在行者背上捻诀，念动真言，把一座须弥山遣在空中，劈头来压行者。这大圣慌得把头偏一偏，压在左肩臂上，笑道：“我的儿，你使甚么重身法来压老孙哩！这个倒也不怕，只是‘正担好挑，偏担儿难挨’。”那魔道：“一座山压他不住！”却又念咒语，把一座峨眉山遣在空中来压。行者又把头偏一偏，压在右肩背上。看他挑着两座大山，飞星来赶师父。那魔头看见，就吓得浑身是汗，遍体生津道：“他却会担山！”又整性情，把真言念动，将一座泰山遣在空中，劈头压住行者。那大圣力软筋麻，遭逢他这泰山下顶之法，又压得三尸神咋，七窍喷红。

猴哥的这通棒子把银角吓坏了，那六米六的大铁棒子抡起来想想都吓人，肯定是打不过！银角倒还算有点见识，判定他们洞里那四五百妖兵根本禁不起猴哥这棒子。随后他决定用计谋，利用唐僧的善去做文章。注意这句，“二魔道：‘你们都各回本寨，但不许报与大王知道。若是惊动了他，必然走了风汛，败了我计策。我自有个神通变化，可以拿他。’”

从这里还是能看出来，有人的地方就有江湖，银角怕啥？

怕金角抢功。

他希望下回老君交代任务时是跟他念叨，他现在连直接对接领导的资格都没有，他想做出一番大事，独占灭了取经团队之功。

于是银角变成一个年老跌折腿的道士，嚷嚷救命。

唐僧看不得这个，只要见到必须得救，这没问题，这属于“明牌”，只要妖怪变成人求救，就必须得踩这坑，哪怕知道是骗人的也得上这个当！没办法，唐僧的人设是圣僧，救死扶伤是他必须要做的事，这也告诉我们：人设的维护永远是昂贵的。

如果你的人设是光鲜亮丽的，你的成本永远是巨大的，你的手段永远是最少的。要时不时露出一些无损核心的小瑕疵，别自己把自己逼到墙角里。

在一通讨价还价之后，敲定了由悟空背银角大王。其实沙僧也看出来这是个妖怪了，荒山野岭的咋就这么巧。沙僧已经阴阳银角了，笑道：这个没眼色的老道！我驮着不好，你非得让他驮，他看不见师父时非整死你不可！

在沙僧看来，这老道让猴哥背着纯属死路一条，多厉害的妖怪能跟悟空肉搏啊！悟空起初也自信满满，但很快他就要长见识了。

宰相门前七品官，老君的家奴调集资源的能力是不可想象的。就在唐僧和沙僧下了山凹，悟空准备掼杀银角的时候，银角直接捻诀念动真言，调来了一座须弥山。猴哥没当回事，他的劲儿是真大。银角一看不好使，又调来了一座峨眉山，猴哥依然扛得动，还能飞奔呢，这快把银角吓死了，紧接着又调来了一座泰山。这回完了，猴哥出现了迄今为止唯一的一次力软筋麻。

至此我们也知道了猴哥的实力，能扛两三座山的力量。

多么恐怖，猴哥如果真使了全力估计能把八戒这个级别的一棍子打死。这里还有一个隐喻，泰山代表皇权，猴哥再牛，也扛不住皇权的压迫。

好妖魔，使神通压倒行者，却疾驾长风去赶唐三藏。就于云端里伸下手来，马上挝人。慌得个沙僧丢了行李，掣出降妖棒，当头挡住。那妖魔举一口七星剑，对面来迎。这一场好杀：

七星剑，降妖杖，万映金光如闪亮。这个圜眼凶如黑杀神，那个铁脸真是卷帘将。

那怪山前大显能，一心要捉唐三藏。这个努力保真僧，一心宁死不肯放。他两个喷云嗳雾黯天宫，播土扬尘遮斗象。杀得那一轮红日淡无光，大地乾坤昏荡荡。来往相持八九回，不期战败沙和尚。

那魔十分凶猛，使口宝剑，流星的解数滚来，把个沙僧战得软弱难搪，回头要走。早被他逼住宝杖，抡开大手，拦住沙僧，挟在左胁下，将右手去马上拿了三藏，脚尖儿钩着行李，张开口咬着马鬃，使起摄法，把他们一阵风都拿到莲花洞里，厉声高叫道："哥哥，这和尚都拿来了！"

老魔闻言，大喜道："拿来我看。"二魔道："这不是？"老魔道："贤弟呀，又错拿来了也。"二魔道："你说拿唐僧的。"老魔道："是便就是唐僧，只是还不曾拿住那有手段的孙行者。须是拿住他，才好吃唐僧哩；若不曾拿得他，切莫动他的人。那猴王神通广大，变化多般，我们若吃了师父，他肯甘心？来那门前吵闹，莫想能得安生。"二魔笑道："哥呵，你也忒会抬举人。若依你夸奖他，天上少有，地下全无。自我观之，也只如此，没甚手段。"老魔道："你拿住了？"二魔道："他已被我遣三座大山压在山下，寸步不能举移，所以才把唐僧、沙和尚，连马、行李，都摄将来也。"那老魔闻言，满心欢喜道："造化！造化！拿住这厮，唐僧才是我们口里的食哩。"叫小妖："快安排酒来，且与你二大王奉一个得功的杯儿。"二魔道："哥哥，且不要吃酒，叫小的们把猪八戒捞上水来吊起。"遂把八戒吊在东廊，沙僧吊在西边，唐僧吊在中间，白马送在槽上，行李收将进去。

老魔笑道："贤弟好手段！两次捉了三个和尚。但孙行者虽是有山压住，也须要作个法，怎么拿他来凑蒸才好哩。"二魔道："兄长请坐。若要拿孙行者，不消我们动身，只教两个小妖，拿两件宝贝，把他装将来罢。"老魔道："拿甚么宝贝去？"二魔道："拿我的'紫金红葫芦'，你的'羊脂玉净瓶'。"老魔将宝贝取出道："差那两个去？"二魔道："差精细鬼、伶俐虫二人去。"分付道："你两个拿着这宝贝，径至高山绝顶，将底儿朝天，口儿朝地，叫一声'孙行者！'他若应了，就已装在里面，随即贴上'太上老君急急如律令奉敕'的帖儿。他就一时三刻化为脓了。"二小妖叩头，将宝贝领出去拿行者不题。

银角搞定悟空后开始抓唐僧，打了八九个回合，沙僧这点微末道行就软弱难搪地被人家抓了，而且是"拦住沙僧，挟在左胁下"，跟抓鸡似的，白龙马也被人家张嘴咬着马鬃一块儿提溜回来了。

总之，跟上一关一样，没有悟空，这取经队伍的战斗力属于随便来个妖怪就能秒杀的级别。

银角回去后，金角依旧是老口径：这都不重要，关键是猴子！银角说：哥，你也忒会抬举人，那猴子哪有那么厉害，他已经被我遣三座大山压在山下了。随后银角安排了两个小妖，要他们拿能装人的宝贝去收悟空。

银角这个时候犯了西游宇宙宝贝离身必丢的铁律，你再亲自跑一趟能怎的？咋就那么不当回事！

最关键的是，那可是三界至宝，你咋能把使用方法随便告诉小妖！传出去之后你这宝贝就废了！虽然后面莲花洞的小妖都被弄死了，但至少取经团队和当地的山神、土地都知道了这葫芦、净瓶的使用方法和命门：只要不出声，啥事没有！

啥叫宝贝？

宝贝最关键的核心是只要使用，就不能留下活口，或者对手还不知道咋回事就中了招，所以必须死守宝贝的奥秘，此后才能万试万灵！

银角这一嘚瑟，使得他的宝贝马上就要丢了，而且作者也“明牌”了此关的背后大佬——“太上老君急急如律令奉敕”。

却说那大圣被魔使法压住在山根之下，遇苦思三藏，逢灾念圣僧，厉声叫道：“师父啊！想当时你到两界山，揭了压帖，老孙脱了大难，秉教沙门。感菩萨赐与法旨，我和你同住同修，同缘同相，同见同知。怎想到了此处，遭逢魔障，又被他遣山压了。可怜！可怜！你死该当，只难为沙僧、八戒与那小龙化马一场！这正是树大招风风撼树，人为名高名丧人！”叹罢，那珠泪如雨。

早惊了山神、土地与五方揭谛神众。会金头揭谛道：“这山是谁的？”土地道：“是我们的。”“你山下压的是谁？”土地道：“不知是谁。”揭谛道：“你等原来不知。这压的是五百年前大闹天宫的齐天大圣孙悟空行者。如今皈依正果，跟唐僧做了徒弟。你怎么把山借与妖魔压他？你们是死了。他若有一日脱身出来，他肯饶你！就是罪轻，土地也问个摆站，山神也问个充军，我们也领个大不应是。”那山神、土地才怕道：“委实不知，不知。只听得那魔头念起遣山咒法，我们就把山移将来了。

谁晓得是孙大圣？”揭谛道：“你且休怕。律上有云：‘不知者不坐罪。’我与你计较，放他出来，不要教他动手打你们。”土地道：“就没理了，既放出来又打？”揭谛道：“你不知。他有一条如意金箍棒，十分利害：打着的就死，挽着的就伤；磕一磕儿筋断，擦一擦儿皮塌哩！”

那土地、山神心中恐惧，与五方揭谛商议了，却来到三山门外叫道：“大圣！山神、土地、五方揭谛来见。”好行者，他虎瘦雄心还在，自然的气象昂昂，声音朗朗道：“见我怎的？”土地道：“告大圣得知，遣开山，请大圣出来，赦小神不恭之罪。”行者道：“遣开山，不打你。”喝声：“起去！”就如官府发放一般。那众神念动真言咒语，把山仍遣归本位，放起行者。行者跳将起来，抖抖土，束束裙，耳后掣出棒来，叫：“山神、土地，都伸过孤拐来，每人先打两下，与老孙散散闷！”众神大惊道：“刚才大圣已分付，恕我等之罪，怎么出来就变了言语，要打？”行者道：“好土地！好山神！你倒不怕老孙，却怕妖怪！”土地道：“那魔神通广大，法术高强，念动真言咒语，拘唤我等在他洞里，一日一个轮流当值哩！”

行者听见“当值”二字，却也心惊，仰面朝天，高声大叫道：“苍天！苍天！自那混沌初分，天开地辟，花果山生了我，我也曾遍访明师，传授长生秘诀。想我那随风变化，伏虎降龙，大闹天宫，名称大圣，更不曾把山神、土地欺心使唤。今日这个妖魔无状，怎敢把山神、土地唤为奴仆，替他轮流当值？天啊！既生老孙，怎么又生此辈？”

此时猴哥在山下已经被压哭了，三座大山让猴哥回忆起两界山了，猴哥已经有“树大招风风撼树，人为名高名丧人”的感叹了。

猴哥又成长了。

一边成长一边哭，而且哭得珠泪如雨，动静大到惊动了山神、土地与五方揭谛。这里也能看出此时相当紧迫，因为昼夜不离唐僧左右的金头揭谛此时没有保护唐僧，而是直接现身，开始审问山神、土地了。

金头揭谛问了两个问题：

1. 这山是谁的？

明确权责。

2. 知道压的是谁吗？

如果山神知道他们就是来压悟空的，那金头揭谛就管不了了，取经就彻底剧终了。

山神回答不知道压的是谁，金头揭谛吓唬道：你们压的是闹天宫的狠人，他现在干着三界最优先级别的唐三藏取经项目，这回你们死定了！

山神和土地开始解释，说不知道压的是孙大圣。

这不扯淡吗？扛着两座山还撒丫子跑的狠人你们不仔细看看？不过没关系，你们只要说不知道那就好办，山神、土地跟五方揭谛商议后决定跟猴哥谈判，请求移开山后恕他们的罪。

猴哥同意了，可刚被放出来猴哥就急眼了，掏出棒子来就点卯要打，随后山神、土地说了一句话，刷新了悟空的认知。"土地道：'那魔神通广大，法术高强，念动真言咒语，拘唤我等在他洞里，一日一个轮流当值哩！'"

山神、土地是天庭基层神仙，要被这妖怪拘来使唤当值，这是"邪门外道"把"正果体系"给压了！这是公然挑衅正统秩序了！

"当值"二字把猴哥给说心惊了，猴哥是仰面朝天，高声大叫道："苍天！苍天！自那混沌初分，天开地辟，花果山生了我，我也曾遍访明师，传授长生秘诀。想我那随风变化，伏虎降龙，大闹天宫，名称大圣，更不曾把山神、土地欺心使唤。今日这个妖魔无状，怎敢把山神、土地唤为奴仆，替他轮流当值？天啊！既生老孙，怎么又生此辈？"

这段话啥意思呢？

就是猴哥已经拱手把"天下驰名第一妖"的位置让出去了。

三清的家奴能把地方基层神仙当家奴使唤，可见权力的触角随便伸伸，到了地方那就是吓死人的级别。

那大圣正感叹间，又见山凹里霞光焰焰而来。行者道："山神、土地，你既在这洞中当值，那放光的是甚物件？"土地道："那是妖魔的宝贝放光，想是有妖精拿宝贝来降你。"行者道："这个却好耍子儿啊！我且问你，他这洞中有甚人与他相往？"土地道："他爱的是烧丹炼药，喜的是全真道人。"行者道："怪道他变个老道士，把我师父骗去了。既这等，你都且记打，回去罢。等老孙自家拿他。"那众

神俱腾空而散。这大圣摇身一变，变做个老真人。你道他怎生打扮：

头挽双髽髻，身穿百衲衣。

手敲渔鼓简，腰系吕公绦。

斜倚大路下，专候小魔妖。

顷刻妖来到，猴王暗放刁。

不多时，那两个小妖到了。行者将金箍棒伸开，那妖不曾防备，绊着脚，扑的一跌，爬起来，才看见行者，口里嚷道："惫懒！惫懒！若不是我大王敬重你这行人，就和比较起来。"行者陪笑道："比较甚么？道人见道人，都是一家人。"那怪道："你怎么睡在这里，绊我一跌？"行者道："小道童见我这老道人，要跌一跌儿做见面钱。"那妖道："我大王见面钱，只要几两银子，你怎么跌一跌儿做见面钱？你别是一乡风，决不是我这里道士。"行者道："我当真不是，我是蓬莱山来的。"那妖道："蓬莱山是海岛神仙境界。"行者道："我不是神仙，谁是神仙？"那妖却回嗔作喜，上前道："老神仙，老神仙！我等肉眼凡胎，不能识认，言语冲撞，莫怪，莫怪。"行者道："我不怪你，常言道：'仙体不踏凡地。'你怎知之？我今日到你山上，要度一个成仙了道的好人。那个肯跟我去？"精细鬼道："师父，我跟你去。"伶俐虫道："师父，我跟你去。"

行者明知故问道："你二位从那里来的？"那怪道："自莲花洞来的。""要往那里去？"那怪道："奉我大王教命，拿孙行者去的。"行者道："拿那个？"那怪又道："拿孙行者。"孙行者道："可是跟唐僧取经的那个孙行者么？"那妖道："正是，正是。你也认得他？"行者道："那猴子有些无礼。我认得他，我也有些恼他。我与你同拿他去，就当与你助功。"那怪道："师父，不须你助功。我二大王有些法术，遣了三座大山把他压在山下，寸步难移，教我两个拿宝贝来装他的。"行者道："是甚宝贝？"精细鬼道："我的是'红葫芦'，他的是'玉净瓶'。"行者道："怎么样装他？"小妖道："把这宝贝的底儿朝天，口儿朝地，叫他一声，他若应了，就装在里面，贴上一张'太上老君急急如律令奉敕'的帖子，他就一时三刻化为脓了。"

行者见说，心中暗惊道："利害！利害！当时日值功曹报信，说有五件宝贝，这是两件了，不知那三件又是甚么东西。"行者笑道："二位，你把宝贝借我看看。"那小妖那知甚么诀窍，就于袖中取出两件宝贝，双手递与行者。行者见了，心中暗喜道："好东西！好东西！我若把尾子一抉，搜的跳起走了，只当是送老孙。"忽又思道："不好！不好！抢便抢去，只是坏了老孙的名头，这叫做白日抢夺了。"复递与他去，道："你还不曾见我的宝贝哩。"那怪道："师父有甚宝贝？也借与我凡人看看压灾。"

好行者，伸下手把尾上毫毛拔了一根，捻一捻，叫"变！"即变做一个一尺七寸长的大紫金红葫芦，自腰里拿将出来道："你看我的葫芦么？"那伶俐虫接在手看了，道："师父，你这葫芦长大，有样范，好看，却只是不中用。"行者道："怎的不中用？"那怪道："我这两件宝贝,每一个可装千人哩。"行者道："你这装人的，何足稀罕？我这葫芦，连天都装在里面哩！"那怪道："就可以装天？"行者道："当真的装天。"那怪道："只怕是谎。就装与我们看看才信；不然，决不信你。"行者道："天若恼着我，一月之间，常装他七八遭；不恼着我，就半年也不装他一次。"伶俐虫道："哥啊，装天的宝贝，与他换了罢。"精细鬼道："他装天的，怎肯与我装人的相换？"伶俐虫道："若不肯啊，贴他这个净瓶也罢。"行者心中暗喜道："葫芦换葫芦，余外贴净瓶；一件换两件，其实甚相应。"即上前扯住那伶俐虫，道："装天可换么？"那怪道："但装天就换；不换，我是你的儿子！"行者道："也罢，也罢。我装与你们看看。"

好大圣，抵头捻诀，念个咒语，叫那日游神、夜游神、五方揭谛神："即去与我奏上玉帝，说老孙皈依正果，保唐僧去西天取经，路阻高山，师父苦厄；妖魔那宝，吾欲诱他换之，万千拜上，将天借与老孙装闭半个时辰，以助成功。若道半声不肯，即上灵霄殿，动起刀兵！"

猴哥正感叹着，看见山凹里霞光焰焰，知道人家拿宝贝来收他了。随后猴哥跟土地打听了两个妖怪平时都与谁交往，得知他们爱炼丹、喜全真后变成了一个老道士，开始骗傻子了。

猴哥用金箍棒把小妖绊倒了，随后小妖说了句很有味道的话，所谓"那妖道：'我大王见面钱，只要几两银子，你怎么跌一跌儿做见面钱？'"

金角和银角的排面就值几两银子，真拿自己贱着卖，而且后面猴哥糊弄两个小妖，说他是蓬莱仙人，今天要度一个成仙了道的好人时，那两个小妖根本没有忠诚度，瞬间就要改换门庭。

猴哥轻而易举地拿捏了这两个小妖，更讽刺的是这两个小妖一个叫精细鬼，一个叫伶俐虫，这名字就跟“贾聪明”“吴智慧”一个意思。猴哥问他们那宝贝是啥，怎么用，两个小妖瞬间就交了底。

道家的秘宝，老君的顶级武器，如今已经没有威慑力了，而且两个小妖卖得是干干净净，连贴着一张“太上老君急急如律令奉敕”的帖子都告诉悟空了。

悟空此时也明白了，这一关是太上老君在找碴儿。

猴哥轻而易举地从两个小妖手里借来了两件宝贝，搁平时猴哥就骗走了，他这些年骗的、偷的、抢的东西还少吗，但这次猴哥却突然意识到了“抢便抢去，只是坏了老孙的名头，这叫做白日抢夺了”。

真的是这个原因吗?

其实是因为猴哥刚刚已经知道了这关背后的领导是太上老君，那就得走个正式流程手续了。如果现在抢了小妖的，将来老君也能抢了他的，他需要签合同、有公证人，把夺走葫芦这件事合法化，将来老君才没话说。

猴哥把两个宝贝递了回去，随后变了个更大的葫芦，还吹牛说这葫芦能装天，伶俐虫这个不知死活的居然做主表示“但装天就换；不换，我是你的儿子！”

无论几两银子就能见一面，还是根本没有忠诚度，抑或是小妖居然做主敢换宝贝，都说明金角和银角这俩家伙纯是棒槌，没有丁点儿管理能力，在手下眼中更没有什么威慑力。

猴哥随后捻诀念咒喊来日游神、夜游神、五方揭谛神：赶紧给我奏上玉帝，咱如今皈依正果去取经了，把天借与老孙装半个时辰，若道半声不肯，立刻上灵霄殿，动起刀兵!

其实此时悟空说这话跟那做主换葫芦的伶俐虫没啥区别，悟空这段威胁的核心文眼是“即去与我奏上玉帝，说老孙皈依正果，保唐僧去西天取经”。

我跟如来佛祖混啦！这是如来佛祖的项目！你要是不配合，我就开打，这回如来佛祖可不会帮你了。

一方面狐假虎威，另一方面还是见识短浅，天庭没出个代表弄死他，他就觉得天庭无人。

那日游神，径至南天门里，灵霄殿下，启奏玉帝，备言前事。玉帝道：“这泼猴头，出言无状！前者观音来说，放了他保护唐僧，朕这里又差五方揭谛、四值功曹，轮流护持，如今又借天装，天可装乎？”才说装不得，那班中闪出哪吒三太子，奏道：“万岁，天也装得。”玉帝道：“天怎样装？”哪吒道：“自混沌初分，以轻清为天，重浊为地。天是一团清气而扶托瑶天宫阙，以理谕之，其实难装；但只孙行者保唐僧西去取经，诚所谓泰山之福缘，海深之善庆，今日当助他成功。”玉帝道：“卿有何助？”哪吒道：“请降旨意，往北天门问真武借皂雕旗，在南天门上一展，把那日月星辰闭了，对面不见人，捉白不见黑，哄那怪道，只说装了天，以助行者成功。”玉帝闻言：“依卿所奏。”那太子奉旨，前来北天门见真武，备言前事。那祖师随将旗付太子。

早有游神，急降大圣耳边道：“哪吒太子来助功了。”行者仰面观之，只见祥云缭绕，果是有神。却回头对小妖道：“装天罢。”小妖道：“要装就装，只管‘阿绵花屎’怎的？”行者道：“我方才运神念咒来。”那小妖都睁着眼，看他怎么样装天。这行者将一个假葫芦儿抛将上去。你想，这是一根毫毛变的，能有多重？被那山顶上风吹去，飘飘荡荡，足有半个时辰，方才落下。只见那南天门上，哪吒太子把皂旗拨喇喇展开，把日月星辰俱遮闭了。真是乾坤墨染就，宇宙靛妆成。

二小妖大惊道：“才说话时，只好向午，这怎么就黄昏了？”行者道：“天既装了，不辨时候，怎不黄昏！”“如何又这等样黑？”行者道：“日月星辰都装在里面，外却无光，怎么不黑！”小妖道：“师父，你在那厢说话哩？”行者道：“我在你面前不是？”小妖伸手摸着道：“只见说话，更不见面目。师父，此间是甚么去处？”行者又哄他道：“不要动脚，此间乃是渤海岸上。若塌了脚，落下去呵，七八日还不得到底哩！”小妖大惊道：“罢！罢！罢！放了天罢。我们晓得是这样装了。若弄一会子，落下海去，不得归家！”

好行者，见他认了真实，又念咒语，惊动太子，把旗卷起，却早见日光正午。小妖笑道：“妙啊！妙啊！这样好宝贝，若不换呵，诚为不是养家的儿子！”那精细鬼交了葫芦，伶俐虫拿出净瓶，一齐儿递与行者。行者却将假葫芦儿递与。行者当下既换了宝贝，却又干事找绝：脐下拔一根毫毛，吹口仙气，变作一个铜钱，叫道：“小童，你拿这个钱去买张纸来。”小妖道：“何用？”行者道：“我与你写个合同文书。你将这两件装人的宝贝，换了我一件装天的宝贝，恐人心不平，向后去日久年深，有甚反悔不便，故写此各执为照。”小妖道：“此间又无笔墨，写甚文书？我与你赌个咒罢。”行者道：“怎么样赌？”小妖道：“我两件装人之宝，贴换你一件装天之宝，若有返悔，一年四季遭瘟。”行者笑道：“我是决不返悔，如有返悔，也照你四季遭瘟。”

说了誓，将身一纵，把尾子�了一趐，跳在南天门前，谢了哪吒太子麾旗相助之功。太子回宫缴旨，将旗送还真武不题。这行者伫立霄汉之间，观看那个小妖。毕竟不知怎生区处，且听下回分解。

这话被日游神带上灵霄殿启奏玉帝后，玉帝当时就急了，表示这泼猴真不知道自己姓啥。你以为是观音和唐僧放了你吗？是“前者观音来说，放了他保护唐僧”，我要是不同意，你看五方揭谛敢让唐僧揭那帖子吗？狗仗人势的！你以为取经光是佛祖想攒局就能攒的啊？我不批准连项都立不了！那取经摄像组里，五方揭谛和四值功曹都是我派过去的！你以为日值功曹能给你报信是为啥啊？还装天！你要疯啊！这触及天庭体面了，泼猴吹牛都胡天了！关键是跟两个小妖吹牛还得我天庭配合你，你都不算个东西，那两个小妖又算啥东西？你直接抢了不就完了，搁这儿玩呢？毛病！

这事已经涉及天庭体面了，接下来的流程就该是玉帝表示拒绝。但这时另一个虎孩子站出来了——佛祖的儿子哪吒。没错，正经是佛祖之子，哪吒在西游宇宙中是佛祖重新组装并认佛为父的。哪吒一听猴子这事涉及取经项目，赶紧说天也能装。

玉帝问天怎么装，哪吒说：天理论上难装，但孙行者保唐僧西去取经，诚所谓泰山之福缘，海深之善庆，今日当助他成功。

也就是说，为了我爹的取经项目，这事难办也得办！

哪吒给的变通方法是“请降旨意，往北天门问真武借皂雕旗，在南天门上一展，把那日月星辰闭了，对面不见人，捉白不见黑，哄那怪道，只说装了天，以助行者成功”。

哪吒又是上升意义，又是给出方法，玉帝也没再说啥，顺水推舟地同意哪吒奉旨去北天门找真武借了皂雕旗。

于是猴哥在哪吒的帮助下遮了日月星辰，把两个小妖给骗了。

就这样，因为一个虎孩子要帮吹牛的猴子骗俩傻子，整个天庭都被惊动了，最高级别领导们一顿讨论之后，最终走程序把天给遮了。

所以说整个取经过程的核心，说来说去就七个字——“不看僧面看佛面”。

悟空闹出这么大动静后，终于露出了真实目的：“我与你写个合同文书。你将这两件装人的宝贝，换了我一件装天的宝贝，恐人心不平，向后去日久年深，有甚反悔不便，故写此各执为照。”

悟空的目的是立合同，是“恐人心不平，向后去日久年深，有甚反悔不便”！

两个小妖赌咒发誓地换了宝贝，至此，这两个宝贝理论上来讲老君是要不回去了。

那为啥后来还是要回去了呢？

接着往后看吧。

第三十四回

魔头巧算困心猿，大圣腾那骗宝贝

却说那两个小妖将假葫芦拿在手中，争看一会，忽抬头不见了行者。伶俐虫道："哥呵，神仙也会打诳语。他说换了宝贝，度我等成仙，怎么不辞就去了？"精细鬼道："我们相应便宜的多哩，他敢去得成？拿过葫芦来，等我装装天，也试演试演看。"真个把葫芦往上一抛，扑的就落将下来。慌得个伶俐虫道："怎么不装？不装？莫是孙行者假变神仙，将假葫芦换了我们真的去耶？"精细鬼道："不要胡说！孙行者是那三座山压住了，怎生得出？拿过来，等我念他那几句咒儿装了看。"这怪也把葫芦口望空丢起，口中念道："若有半声不肯，就上灵霄殿上动起刀兵！"念不了，扑的又落将下来。两妖道："不装！不装！一定是个假的！"

正嚷处，孙大圣在半空里听得明白，看得真实，恐怕他弄得时辰多了，紧要处走了风汛，将身一抖，把那变葫芦的毫毛收上身来，弄得那两妖四手皆空。精细鬼道："兄弟，拿葫芦来。"伶俐虫道："你拿着的。天呀，怎么不见了？"都去地下乱摸，草里胡寻，到袖子，揣腰间，那里得有？二妖吓得呆呆挣挣道："怎的好？怎的好？当时大王将宝贝付与我们，教拿孙行者，今行者既不曾拿得，连宝贝都不见了，我们怎敢去回话？这一顿直直的打死了也！怎的好！怎的好！"伶俐虫道："我们走了罢。"精细鬼道："往那里走么？"伶俐虫道："不管那里，走罢。若回去说没宝贝，断然是送命了。"精细鬼道："不要走，还回去。二大王平日看你甚好，我推一句儿在你身上。他若肯将就，留得性命；说不过，就打死，还在此间。莫弄得两头不着。去来！去来！”那怪商议了，转步回山。

行者在半空中见他回去，又摇身一变，变作苍蝇儿，飞下去，跟着小妖。你道他既变了苍蝇，那宝贝却放在何处？如丢在路上，藏在草里，被人看见拿去，却不是劳而无功？他还带在身上。带在身上呵，苍蝇不过豆粒大小，如何容得？原来他那宝贝与他金箍棒相同，叫做如意佛宝，随身变化，可以大，可以小，故身上亦可容得。他嘤的一声飞下去，跟定那怪，不一时，到了洞里。

只见那两个魔头，坐在那里饮酒。小妖朝上跪下。行者就钉在那门柜上，侧耳听着。小妖道：“大王。”二老魔即停杯道：“你们来了？”小妖道：“来了。”又问：“拿着孙行者否？”小妖叩头，不敢声言。老魔又问，又不敢应，只是叩头。问之再三，小妖俯伏在地：“赦小的万千死罪！赦小的万千死罪！我等执着宝贝，走到半山之中，忽遇着蓬莱山一个神仙。他问我们那里去，我们答道，拿孙行者去。那神仙听见说孙行者，他也恼他，要与我们帮功。是我们不曾叫他帮功，却将拿宝贝装人的情由，与他说了。那神仙也有个葫芦，善能装天。我们也是妄想之心，养家之意：他的装天，我的装人，与他换了罢。原说葫芦换葫芦，伶俐虫又贴他个净瓶。谁想他仙家之物，经不得凡人之手。

正试演处，就连人都不见了。万望饶小的们死罪！”老魔听说，暴燥如雷，道：“罢了，罢了！这就是孙行者，假妆神仙，骗哄去了！那猴头神通广大，处处人熟，不知那个毛神，放他出来，骗去宝贝！”

二魔道：“兄长息怒。叵耐那猴头着然无礼，既有手段，便走了也罢，怎么又骗宝贝？我若没本事拿他，永不在西方路上为怪！”老魔道：“怎生拿他？”二魔道：“我们有五件宝贝，去了两件，还有三件，务要拿住他。”老魔道：“还有那三件？”二魔道：“还有‘七星剑’与‘芭蕉扇’在我身边，那一条‘幌金绳’，在压龙山压龙洞老母亲那里收着哩。如今差两个小妖，去请母亲来吃唐僧肉，就教他带幌金绳来，拿孙行者。”老魔道：“差那个去？”二魔道：“不差这样废物去！”将精细鬼、伶俐虫一声喝起。

二人道：“造化！造化！打也不曾打，骂也不曾骂，却就饶了。”二魔道：“叫那常随的伴当巴山虎、倚海龙来。”二人跪下。二魔分付道：“你却要小心。”俱应道：

“小心。”“却要仔细。”俱应道：“仔细。”又问道：“你认得老奶奶家么？”又俱应道：“认得。”“你既认得，你快早走动，到老奶奶处，多多顶上，说请吃唐僧肉哩。就着带幌金绳来，要拿孙行者。”

两个小妖很快发现了葫芦是假的，伶俐虫说咱跑路吧，精细鬼多少还是比这货聪明点的：跑能跑哪儿去？二大王平日挺喜欢你，回去领罪吧！猴哥随后变成苍蝇跟着去了。这时候，有段话相当重要：“你道他既变了苍蝇，那宝贝却放在何处？如丢在路上，藏在草里，被人看见拿去，却不是劳而无功？他还带在身上。带在身上呵，苍蝇不过豆粒大小，如何容得？原来他那宝贝与他金箍棒相同，叫做如意佛宝，随身变化，可以大，可以小，故身上亦可容得。”

可大可小其实根本不叫事，八戒和沙僧那兵器都能随心变化，但作者专门说这两个宝贝和金箍棒相同，叫如意佛宝，其实也是为了佐证在大闹天宫时说过的西游宇宙中的一个设定——太上老君“化胡为佛”。

在西游宇宙中，佛道本是一家，后来分出来了不同流派。

两个小妖回去后说了自己被骗的事，而且是原原本本地说的，没有加工杜撰。伶俐虫把自己如何做主交换宝贝的事也给说了，金角很愤怒，但银角没太大反应。

银角根本不怕那两件宝贝到了猴子手上，因为他只要不出声，这宝贝就废了，猴子拿到手也没关系。

所以，还是那句话，自家法宝和诀窍，千万千万烂肚子里，“莫把金丹作等闲”！

银角表示：五件宝贝，去了两件，还有三件，幌金绳在压龙山压龙洞的老母亲那里收着，那个也能收人，所以不叫事。

从这里能看出两个要素：

1. 这俩妖怪有母亲。

2. 金角和银角是带着五件宝贝下界来的，而且最开始日值功曹报信时也说“那妖怪随身有五件宝贝，神通极大极广”。问题来了，为啥要把幌金绳放在他们老母亲那儿呢？

后面老君揭谜底时说了：“葫芦是我盛丹的，净瓶是我盛水的，宝剑是我炼魔的，扇子是我扇火的，绳子是我一根勒袍的带。”

给老君勒袍的带，被两个童子送到了他们母亲处，他们的身世其实也就被作者暗喻出来了，可见原著作者是多么敢写！

很多人说这能说明什么呀？你这是阴谋论！

后面我们会重申很多次啥叫含蓄美，我们的文化是不信奉说话说死、做事做绝的。我们的美是苏州的园林，是一步一景，是变着法地让你无法一眼看透。我们的文化中是看不上浑身就两根绳子的比基尼的，咱们的贵人是一天早中晚换了三身衣服但却跟没换一样，只有同等段位的贵人才能看出这三身衣服的考究，原著作者这么写其实已经相当露骨了。

当然，还是那句话，一千个读者就有一千根勒袍的带，你说它是啥它肯定就是啥。

最终银角仅仅是将精细鬼、伶俐虫“一声喝起”，这事就算过去了。

其实从这里也能看出，银角根本不会管理队伍，空有顶级的背景和出身，根本不懂人性和事物运行的规则。

对手下宽宏有温度没问题，但要赏罚分明，比如葫芦和净瓶如果是被悟空抢了，就应该放了两个小妖，因为你指望小妖不被悟空抢纯属欺负人，但葫芦和净瓶是被他们俩换走的，这属于属下越级干了作死的活儿了，这是多大的胆子啊！这么大的事都敢自己做主，而且还没受处罚，后面这队伍其实就没法带了。

老君派下来的这两个童子，脑子有大问题不说，还记吃不记打。

既然已经知道猴子跑出来了，连净瓶、葫芦都被他骗走了，取幌金绳时咋还能再派两个小妖呢？

二怪领命疾走。怎知那行者在旁，一一听得明白。他展开翅飞将去，赶上巴山虎，钉在他身上。行经二三里，就要打杀他两个，又思道：“打死他，有何难事？但他奶奶身边有那幌金索，又不知住在何处。等我且问他一问再打。”好行者，嘤的一声，躲离小妖，让他先行有百十步，却又摇身一变，也变做个小妖儿，戴一顶狐皮帽子，将虎皮裙子倒插上来勒住，赶上道：“走路的，等我一等。”那倚海龙回头问道：“是那里来的？”行者道：“好哥呵，连自家人也认不得？”小妖道：“我家没有你。”行者道：“怎么没我？你再认认我。”小妖道：“面生，面生，不曾相会。”行者道：“正是。你们不曾会着我，我是外班的。”小妖道：“外班长官，是不曾会。你往那里去？”行者道：“大王说，差你二位请老奶奶来吃唐僧肉，教他就带幌金绳来拿孙行者；

恐你二位走得缓，有些贪顽，误了正事，又差我来催你们快去。”

小妖见说着海底眼，更不疑惑，把行者果认做一家人。急急忙忙，往前飞跑，一气又跑有八九里。行者道：“忒走快了些。我们离家有多少路了？”小怪道：“有十五六里了。”行者道：“还有多远？”倚海龙用手一指，道：“乌林子里就是。”行者抬头，见一带黑林不远，料得那老怪只在林子里外。却立定步，让那小怪前走，即取出铁棒，走上前着脚后一刮，可怜忒不禁打，就把两个小妖刮做一团肉饼。却拖着脚，藏在路旁深草科里。即便拔下一根毫毛，吹口仙气，叫“变！”变做个巴山虎，自身却变做个倚海龙。假妆做两个小妖，径往那压龙洞请老奶奶。这叫做：七十二变神通大，指物腾那手段高。

三五步，跳到林子里，正找寻处，只见有两扇石门，半开半掩，不敢擅入，只得洋叫一声：“开门！开门！”早惊动那把门的一个女怪，将那半扇儿开了，道：“你是那里来的？”行者道：“我是平顶山莲花洞里差来请老奶奶的。”那女怪道：“进去。”到了三层门下，闪着头往里观看，又见那正当中高坐着一个老妈妈儿。你道他怎生模样？但见：

雪鬓蓬松，星光幌亮。脸皮红润皱文多，牙齿稀疏神气壮。貌似菊花霜里色，形如松树雨余颜。头缠白练攒丝髻，耳坠黄金嵌宝环。

孙大圣见了，不敢进去，只在二门外仰着脸，脱脱的哭起来。你道他哭怎的？莫成是怕他？就怕也便不哭。况先哄了他的宝贝，又打死他的小妖，却为何而哭？他当时曾下九鼎油锅，就渫了七八日，也不曾有一点泪儿。只为想起唐僧取经的苦恼，他就泪出痛肠，故此便哭。心却想道：“老孙既显手段，变做小妖，来请这老怪，没有个直直的站了说话之理，一定见他磕头才是。我为人做了一场好汉，止拜了三个人：西天拜佛祖；南海拜观音；两界山师父救了我，我拜了他四拜。为他使碎六叶连肝肺，用尽三毛七孔心。一卷经能值几何？今日却教我去拜此怪。若不跪拜，必定走了风汛。苦呵！算来只为师父受困，故使我受辱于人。”到此际也没及奈何，撞将进去，朝上跪下道：“奶奶磕头。”

两个小妖出去后又被悟空诈骗了，他们带着悟空去了压龙洞。其实就十五六里的路，这金角和银角就不能自己亲自走一趟？唉，大棚里的韭菜啊！猴哥快到地方时弄死了两个小妖，自己变成小妖去诈骗二怪之母了。

猴哥见到这妖怪，发现是个精气神挺棒的老太太，然后猴哥哭了，理由是一会儿肯定得磕头。用猴哥的话说他自幼只拜了三个人：“西天拜佛祖；南海拜观音；两界山师父救了我，我拜了他四拜。”

从这里也能看出，猴哥已经想通了他的师父是谁了，倒不是说他师父就是如来佛祖。我们在大闹天宫时就说过了，佛祖被请来救驾时灵山的排场是极大的，佛祖不可能为了教个猴子改头换面、隐姓埋名地做他师父，也忒掉价了。而且悟空学艺成功也没有多长时间，就算佛祖之前是须菩提，也不可能在那么短的时间内整出那么大的排场。“佛祖”这两个字在西游宇宙中不是专用词，比如后来见弥勒佛的时候，悟空也是连忙下拜叫“东来佛祖”的。他在当年第一次见如来佛祖时就说人家是善士，估计从模样、气度等方面已经想通了，他师父须菩提祖师就是西天的一位佛祖，他从根上就是佛门的人。

猴哥哭了，但他依旧拜了，理由是“算来只为师父受困，故使我受辱于人”。

这是猴子成长的巨大里程碑！他会为别人而妥协了！

那怪道：“我儿，起来。”行者暗道：“好！好！好！叫得结实。”老怪问道：“你是那里来的？”行者道：“平顶山莲花洞。蒙二位大王有令，差来请奶奶去吃唐僧肉；教带幌金绳，要拿孙行者哩。”老怪大喜道：“好孝顺的儿子！”就去叫抬出轿来。行者道：“我的儿呵！妖精也抬轿！”后壁厢即有两个女怪，抬出一顶香藤轿，放在门外，挂上青绢帏幔。老怪起身出洞，坐在轿里。后有几个小女妖，捧着减妆，端着镜架，提着手巾，托着香盒，跟随左右。那老怪道：“你们来怎的？我往自家儿子去处，愁那里没人伏侍，要你们去献勤塌嘴？都回去！关了门看家！”那几个小妖果俱回去，止有两个抬轿的。老怪问道：“那差来的，叫做甚么名字？”行者连忙答应道：“他叫做巴山虎，我叫做倚海龙。”老怪道：“你两个前走，与我开路。”行者暗想道：“可是晦气！经倒不曾取得，且来替他做皂隶！”却又不敢抵强，只得向前引路，大四声喝起。

行了五六里远近，他就坐在石崖上，等候那抬轿的到了，行者道：“略歇歇如何？压得肩头疼呵。”小怪那知甚么诀窍，就把轿子歇下。行者在轿后，胸脯上拔下一根毫毛，变做一个大烧饼，抱着啃。轿夫道：“长官，你吃的是甚么？”行者道：“不

好说。这远的路来请奶奶，没些儿赏赐，肚里饥了，原带来的干粮，等我吃些儿再走。”轿夫道：“把些儿我们吃吃。”行者笑道：“来么，都是一家人，怎么计较？”那小妖不知好歹，围住行者，分其干粮，被行者掣出棒，着头一磨，一个汤着的，打得稀烂；一个擦着的，不死还哼。那老怪听得人哼，轿子里伸出头来看时，被行者跳到轿前，劈头一棍，打了个窟窿，脑浆迸流，鲜血直冒。拖出轿来看处，原是个九尾狐狸。行者笑道：“这业畜！叫甚么老奶奶？你叫老奶奶，就该称老孙做上太祖公公是！”好猴王，把他那幌金绳搜出来，笼在袖里，欢喜道：“那泼魔纵有手段，已此三件儿宝贝姓孙了！”却又拔两根毫毛，变做个巴山虎、倚海龙；又拔两根，变做两个抬轿的；他却变做老奶奶模样，坐在轿里。将轿子抬起，径回本路。

不多时，到了莲花洞口，那毫毛变的小妖俱在前道：“开门！开门！”内有把门的小妖开了门，道：“巴山虎、倚海龙来了？”毫毛道：“来了。”“你们请的奶奶呢？”毫毛用手指道：“那轿内的不是？”小怪道：“你且住，等我进去先报。”报道：“大王，奶奶来耶。”两个魔头闻说，即命排香案来接。行者听得，暗喜道：“造化也！轮到我为人了。我先变小妖去请老怪，磕了他一个头；这番来我变老怪，是他母亲，定行四拜之礼。虽不怎的，好道也撰他两个头儿！”

好大圣，下了轿子，抖抖衣服，把那四根毫毛收在身上。那把门的小妖，把空轿抬入门里，他却随后徐行。那般娇娇啻啻，扭扭捏捏，就像那老怪的行动，径自进去。又只见大小群妖，都来跪接。鼓乐箫韶，一派响亮；博山炉里，霭霭香烟。他到正厅中南面坐下，两个魔头双膝跪倒，朝上叩头，叫道：“母亲，孩儿拜揖。”行者道：“我儿起来。”

却说猪八戒吊在梁上，哈哈的笑了一声。沙僧道：“二哥好呵，吊出笑来也。”八戒道：“兄弟，我笑中有故。”沙僧道：“甚故？”八戒道：“我们只怕是奶奶来了，就要蒸吃；原来不是奶奶，是旧话来了。”沙僧道：“甚么旧话？”八戒笑道：“弼马温来了。”沙僧道：“你怎么认得是他？”八戒道：“弯倒腰，叫‘我儿起来’，那后面就掬起猴尾巴子。我比你吊得高，所以看得明也。”沙僧道：“且不要言语，听他说甚么话。”八戒道：“正是，正是。”

那孙大圣坐在中间，问道：“我儿，请我来有何事干？”魔头道：“母亲呵，连日儿等少礼，不曾孝顺得。今早愚兄弟拿倒东土唐僧，不敢擅吃，请母亲来献献生，

好蒸与母亲吃了延寿。”行者道：“我儿，唐僧的肉，我倒不吃；听见有个猪八戒的耳朵甚可，可割将下来整治整治，我下酒。”那八戒听见慌了道：“遭瘟的！你来为割我耳朵的，我喊出来不好听呵！”

猴哥骗过这老太太，带幌金绳出洞后走了五六里，在一个背静地方把抬轿的小妖外加轿子里的老妖怪都打死了。

老妖现出原形后，是只九尾狐狸。

这九尾狐狸在我国的历史长河中有着一百八十度大转弯的文化寓意。先秦时期，九尾狐被视为天下太平时才出现的祥瑞，是为王称帝、社稷兴盛的吉兆，包括在爱情方面也是代表着美好与幸福的。到了秦汉时期，依旧是祥瑞之意，九尾狐与白兔、蟾蜍、青鸟并列于西王母座旁以示祯祥，是国家繁荣、帝王统治正统的象征，九尾狐更被视为君王仁德的象征。当时人们认为狐狸有“三德”，即毛色柔和符合中庸之道，身段前窄后宽寓意长幼尊卑有序，狐死首丘寓意不忘本。九尾狐现世则彰显国君施政仁德。

到了南北朝时期，九尾狐开始妖化了，出现了妖媚惑主的形象，如六朝时李暹在注《千字文》中的“周发殷汤”时，将妲己视作九尾狐。到了唐代，开始盛行天狐、狐神崇拜，但这里的狐不是正神，而是妖神。宋元时期，九尾狐彻底沦为妖邪之物，宋代多冠以“妖”和“野”字，常被视为会给人类带来灾难和不幸的邪恶化身。到了明清，九尾狐的形象不仅仅是妖邪了，通常还被指为淫荡魅惑的女人。

这妖怪被安排为九尾狐狸，也算是再次夯实了作者的暗喻。

猴哥搜出幌金绳后乐了，拔两根毫毛变作巴山虎和倚海龙，又拔两根变作两个抬轿的，他自己变作老狐狸模样，去诈骗金角和银角了。

连骗三个宝贝的兴奋让猴哥忽略了一件事，这幌金绳会使吗？如果不知道怎么使用就不该带着这绳子去诈骗。

悟空回到莲花洞，把之前给老狐狸磕头的便宜占回来了。金角和银角相当孝顺，大小群妖跪接，鼓乐箫韶也一派响亮，博山炉里也点上了霭霭香烟，他到正厅南面坐下后两个魔头双膝跪倒，朝上叩头，叫道：“母亲，孩儿拜揖。”

猴哥这一落座，把八戒给看乐了。

猴哥这变化学得其实不算精进，他变人的时候有瑕疵，屁股那儿变不完美。

猴哥说想吃八戒耳朵，八戒急了，要喊，其实喊不喊都无所谓了，因为猴哥做事从来都不精细。

噫！只为呆子一句通情话，走了猴王变化的风。那里有几个巡山的小怪，把门的众妖，都撞将进来，报道："大王，祸事了！孙行者打杀奶奶，他妆来耶！"魔头闻此言，那容分说，掣七星宝剑，望行者劈面砍来。好大圣，将身一幌，只见满洞红光，预先走了。似这般手段，着实好耍子。正是那聚则成形，散则成气。得个老魔头魂飞魄散，众群精噬指摇头。老魔道："兄弟，把唐僧与沙僧、八戒、白马、行李都送还那孙行者，闭了是非之门罢。"二魔道："哥哥，你说那里话？我不知费了多少辛勤，施这计策，将那和尚都摄将来。如今似你这等怕惧孙行者的诡谲，就俱送去还他，真所谓畏刀避剑之人，岂大丈夫之所为也？你且请坐勿惧。我闻你说孙行者神通广大，我虽与他相会一场，却不曾与他比试。取披挂来，等我寻他交战三合。假若他三合胜我不过，唐僧还是我们之食；如三战我不能胜他，那时再送唐僧与他未迟。"老魔道："贤弟说得是。"教："取披挂。"

众妖抬出披挂，二魔结束齐整，执宝剑出门外，叫声："孙行者，你往那里走了？"此时大圣已在云端里，闻得叫他名字，急回头观看。原来是那二魔。你看他怎生打扮：

头戴凤盔欺腊雪，身披战甲幌锁铁。

腰间带是蟒龙筋，粉皮靴靿梅花摺。

颜如灌口活真君，貌比巨灵无二别。

七星宝剑手中擎，怒气冲霄威烈烈。

二魔高叫道："孙行者！快还我宝贝与我母亲来，我饶你唐僧取经去！"大圣忍不住骂道："这泼怪物！错认了你孙外公。赶早儿送还我师父、师弟、白马、行囊，仍打发我些盘缠，往西走路。若牙缝里道半个'不'字，就自家搓根绳儿去罢，也免得你外公动手。"二魔闻言，急纵云跳在空中，抡宝剑来刺。行者掣铁棒劈手相迎。他两个在半空中，这场好杀：

棋逢对手，将遇良才。棋逢对手难藏兴，将遇良才可用功。那两员神将相交，好便似南山虎斗，北海龙争。龙争处，鳞甲生辉；虎斗时，爪牙乱落。爪牙乱落撒银钩，鳞甲生辉支铁叶。这一个翻翻复复，有千般解数；那一个来来往往，无半点放闲。金箍棒，离顶门只隔三分；七星剑，向心窝惟争一蹑。那个威风逼得斗牛寒，这个怒气胜如雷电险。

他两个战了有三十回合，不分胜负。行者暗喜道："这泼怪倒也架得住老孙的铁棒。我已得了他三件宝贝，却这般苦苦的与他厮杀，可不误了我的工夫？不若拿葫芦或净瓶装他去，多少是好。"又想道："不好，不好。常言道'物随主便'，倘若我叫他不答应，却又不误了事业？且使幌金绳扣头罢。"好大圣，一只手使棒架住他的宝剑；一只手把那绳抛起，刷喇的扣了魔头。原来那魔头有个"紧绳咒"，有个"松绳咒"。若扣住别人，就念"紧绳咒"，莫能得脱；若扣住自家人，就念"松绳咒"，不得伤身。他认的是自家的宝贝，即念"松绳咒"，把绳松动，便脱出来，返望行者抛将去，却早扣住了大圣。大圣正要使"瘦身法"，想要脱身，却被那魔念动"紧绳咒"紧紧扣住，怎能得脱？褪至颈项之下，原是一个金圈子套住。那怪将绳一扯，扯将下来，照光头上砍了七八宝剑，行者头皮儿也不曾红了一红。那魔道："这猴子，你这等头硬，我不砍你，且带你回去再打。你将我那两件宝贝趁早还我！"行者道："我拿你甚么宝贝，你问我要？"那魔头将身上细细搜检，却将那葫芦、净瓶都搜出来。又把绳子牵着，带至洞里道："兄长，拿将来了。"老魔道："拿了谁来？"二魔道："孙行者。你来看，你来看！"老魔一见，认得是行者，满面喜笑道："是他，是他！把他长长的绳儿拴在柱料上耍子。"真个把行者拴住，两个魔头却进后面堂里饮酒。

八戒还没喊呢，几个巡山的小怪已经发现悟空的行凶现场了。

咱看电视剧里的猴哥总觉得他挺机灵的，其实根本不是那么回事。偷人参果时连金击子都能乱扔，想来诈骗二怪又根本不收拾行凶现场，压龙洞和莲花洞总共就十五六里的路，多容易出破绽啊！猴子耍的都是小聪明，这下偷袭不了了，人家七星宝剑砍过来了，猴哥只好用聚形散气变成红光跑了。

猴哥已拿到三个宝贝，又露了这聚形散气的本领后，金角已经尿到魂飞魄散了，准备放弃，但银角不同意，表示他先打，打不过再说。

银角穿上披挂出去亮了相，从"颜如灌口活真君，貌比巨灵无二别"也能看出他妈妈年轻时应该挺漂亮的。

两人唠了两句随后开打，这银角真是有点本事，能跟悟空打上三十回合。这次一向喜欢打架的悟空因为唐僧在人家手里扣着所以不想玩了，连打都懒得打了，而且猴哥太想使一回法宝了，他也想叉着腰就把人家拿捏了，但猴哥也清楚，葫芦和净瓶都不好使，人家要是不答应就没用，只能拿出幌金绳。

悟空也属于穷人乍富的阶段，他还不懂法宝界的规则，牛人们光研究出法宝是不叫本事的，还得能破解这法宝，得留下后手。这就好比研究毒药其实不叫本事，有了毒药还得有解药那才叫本事，都毒死了就太低端了，拿着解药要价让别人为我所用才是高端。

悟空扔完绳子马上就让人家给反制了，之前签了合同的两个宝贝也让人家收回去了，把天庭麻烦了一溜够，这下全白折腾了。

银角得胜回洞后哥儿俩喝酒去了，依旧是半场开香槟的毛病，给了咱猴哥闪转腾挪的机会。

唉！老君这么恐怖的法宝天团，随便换个有工作经验的下来办这差，猴子现在早成水了！

那大圣在柱根下爬蹅，忽惊动八戒。那呆子吊在梁上，哈哈的笑道："哥哥呵，耳朵吃不成了！"行者道："呆子！可吊得自在么？我如今就出去，管情救了你们。"八戒道："不羞，不羞！本身难脱，还想救人？罢，罢，罢！师徒们都在一处死了，好到阴司里问路！"行者道："不要胡说！你看我出去。"八戒道："我看你怎么出去。"那大圣口里与八戒说话，眼里却看着那些妖怪。见他在里边吃酒，有几个小妖拿盘拿盏，执壶酾酒，不住的两头乱跑，关防的略松了些儿。他见面前无人，就弄神通，顺出棒来，吹口仙气，叫"变！"即变做一个纯钢的锉儿，扳过那颈项的圈子，三五锉，锉做两段，扳开锉口，脱将出来。拔了一根毫毛，叫变做一个假身，拴在那里，真身却幌一幌，变做个小妖，立在旁边。

八戒又在梁上喊道："不好了！不好了！拴的是假货，吊的是正身！"老魔停杯便问："那猪八戒吆喝的是甚么？"行者已变做小妖，上前道："猪八戒撺道孙行者，教变化走了罢，他不肯走，在那里吆喝哩。"二魔道："还说猪八戒老实，原来这等不老实！该打二十多嘴棍！"这行者就去拿条棍来打。八戒道："你打轻些儿，若重了些儿，我又喊起，我认得你！"行者道："老孙变化，也只为你们。你怎么

倒走了风息？这一洞里妖精都认不得，怎的偏你认得？”八戒道：“你虽变了头脸，还不曾变得屁股。那屁股上两块红不是？我因此认得是你。”行者随往后面，演到厨中，锅底上摸了一把，将两臀擦黑，行至前边。八戒看见，又笑道：“那个猴子去那里混了这一会，弄做个黑屁股来了。”

行者仍站在跟前，要偷他宝贝。真个甚有见识，走上厅，对那怪扯个腿子道：“大王，你看那孙行者拴在柱上，左右爬蹅，磨坏那根金绳，得一根粗壮些的绳子换将下来才好。”老魔道：“说得是。”即将腰间的狮蛮带解下，递与行者。行者接了带，把假妆的行者拴住。换下那条绳子，一窝儿窝儿笼在袖内；又拔一根毫毛，吹口仙气，变作一根假幌金绳，双手送与那怪。那怪只因贪酒，那曾细看，就便收下。这个是：大圣腾那弄本事，毫毛又换幌金绳。

猴哥趁看守的小妖松懈，把金箍棒拿了出来，变成了一个纯钢的锉儿，把幌金绳给锉破了，然后拔了根毫毛变成一个假身拴在那里，真身变了个小妖。这个时候，八戒又开始嚷嚷了，说“拴的是假货，吊的是正身”，猴哥变的小妖把这事糊弄过去后问八戒：你咋回事？喊啥？你咋知道是我？

八戒说：满山的小妖你腚最红！

猴哥抹了个黑屁股又去骗妖怪了，说咱换根粗绳子吧，那金绳子别让孙悟空磨坏了！

金角拿出自己腰间的狮蛮带递给了悟空变的小妖。

还是那句话，涉及法宝的事，必须贴身携带，必须亲力亲为！决不能假手他人！

这下真的幌金绳又让猴哥给骗到手了，猴哥给了金角一个猴毛变的假货。

得了这件宝贝，急转身跳出门外，现了原身，高叫：“妖怪！”那把门的小妖问道：“你是甚人，在此呼喝？”行者道：“你快早进去，报与你那泼魔，说者行孙来了。”那小妖如言报告。老魔大惊道：“拿住孙行者，又怎么有个者行孙？”二魔道：“哥哥，怕他怎的！宝贝都在我手里，等我拿那葫芦出去，把他装将来。”老魔道：“兄弟仔细。”

二魔拿了葫芦，走出山门，忽看见与孙行者模样一般，只是略矮些儿，问道：“你是那里来的？”行者道：“我是孙行者的兄弟。闻说你拿了我家兄，却来与你寻事的。”

二魔道：“是我拿了，锁在洞中。你今既来，必要索战，我也不与你交兵，我且叫你一声，你敢应我么？”行者道：“可怕你叫上千声，我就答应你万声！”那魔执了宝贝，跳在空中，把底儿朝天，口儿朝地，叫声：“者行孙！”行者却不敢答应，心中暗想道：“若是应了，就装进去哩。”那魔道：“你怎么不应我？”行者道：“我有些耳闭，不曾听见。你高叫。”那怪物又叫声：“者行孙！”行者在底下掐着指头算了一算，道：“我真名字叫做孙行者，起的鬼名字叫做者行孙。真名字可以装得，鬼名字好道装不得。”却就忍不住，应了他一声。搜的被他吸进葫芦去，贴上帖儿。原来那宝贝，那管甚么名字真假，但绰个应的气儿，就装了去也。

大圣到他葫芦里，浑然乌黑，把头往上一顶，那里顶得动，且是塞得甚紧，却才心中焦燥道：“当时我在山上，遇着那两个小妖，他曾告诵我，说不拘葫芦、净瓶，把人装在里面，只消一时三刻，就化为脓了。敢莫化了我么？”一条心又想着道：“没事，化不得我！老孙五百年前大闹天宫，被太上老君放在八卦炉中炼了四十九日，炼成个金子心肝，银子肺腑，铜头铁背，火眼金睛，那里一时三刻就化得我？且跟他进去，看他怎的。”

二魔拿入里面道：“哥哥，拿来了！”老魔道：“拿了谁？”二魔道：“者行孙，是我装在葫芦里也。”老魔欢喜道：“贤弟请坐。不要动，只等摇得响，再揭帖儿。”行者听得道：“我这般一个身子，怎么便摇得响？只除化成稀汁，才摇得响是。等我撒泡溺罢，他若摇得响时，一定揭帖起盖，我乘空走他娘罢！”又思道：“不好，不好！溺虽可响，只是污了这直裰。等他摇时，我但聚些唾津漱口，稀漓呼喇的，哄他揭开，老孙再走罢。”大圣作了准备，那怪贪酒不摇。大圣作个法，意思只是哄他来摇，忽然叫道：“天呀！孤拐都化了！”那魔也不摇。大圣又叫道：“娘啊，连腰截骨都化了！”老魔道：“化至腰时，都化尽矣。揭起帖儿看看。”

那大圣闻言，就拔了一根毫毛，叫“变！”变作个半截的身子，在葫芦底上。真身却变做个蟭蟟虫儿，叮在那葫芦口边。只见那二魔揭起帖子看时，大圣早已飞出，打个滚，又变做个倚海龙。倚海龙却是原去请老奶奶的那个小妖。他变了，站在旁边。那老魔扳着葫芦口，张了一张，见是个半截身子动耽，他也不认真假，慌忙叫：“兄弟，盖上，盖上！还不曾化得了哩！”二魔依旧贴上。大圣在旁暗笑道：“不知老孙已在此矣！”

那老魔拿了壶，满满的斟了一杯酒，近前双手递与二魔道："贤弟，我与你递个钟儿。"二魔道："兄长，我们已吃了这半会酒，又递甚钟？"老魔道："你拿住唐僧、八戒、沙僧犹可，又索了孙行者，装了者行孙，如此功劳，该与你多递几钟。"二魔见哥哥恭敬，怎敢不接，但一只手托着葫芦，一只手不敢去接，却把葫芦递与倚海龙，双手去接杯，不知那倚海龙是孙行者变的。你看他端葫芦，殷勤奉侍。二魔接酒吃了，也要回奉一杯。老魔道："不消回酒，我这里陪你一杯罢。"两人只管谦逊。行者顶着葫芦，眼不转睛，看他两个左右传杯，全无计较，他就把个葫芦揌入衣袖，拔根毫毛，变个假葫芦，一样无二，捧在手中。那魔递了一会酒，也不看真假，一把接过宝贝。各上席，安然坐下，依然饮酒。孙大圣撒身走过，得了宝贝，心中暗喜道：

"饶这魔头有手段，毕竟葫芦还姓孙。"

毕竟不知向后怎样施为，方得救师灭怪，且听下回分解。

猴哥出来叫阵，说自己是孙行者的弟弟，叫者行孙，银角赶忙拿着葫芦出来，准备收人。

悟空觉得这不是自己的真名字，答应一声应该没事，结果就被收进葫芦了。至此这法宝的功能被猴哥试全了，跟名字没关系，纯是声音捕捉，对着你时你只要应一声就被装进去了。

之前我们说过，像金箍棒这种兵器，在西游宇宙中都属于初级法宝，是主人力量的放大器。其实不光兵器，像放火的紫金铃，这种看上去不是兵器的法宝也应归于这个级别，虽然它并没有放大主人的能量，但它向外输出巨大能量了。

所以，西游宇宙中的初级法宝，是帮主人放大能量的。

第二层级，就是让对手施展不出能量的，也就是老君葫芦这种，任你通天大才，有劲儿使不出来，猴哥进去后根本顶不动瓶子塞儿。咱们前面还见过镇元子的乾坤袖，后面还会有弥勒佛祖的人种袋、金铙和大鹏的阴阳二气瓶。

这些相比第一层级，第二层级的法宝就要厉害很多了，甭管多大的衙门口，甭管大人您在外面多风光无限，只要北镇抚司的锦衣卫一上门，多大的英雄气都得短了！能站直了那都不简单！

这个级别的法宝，其实都属于规则制定者。

在人家的规则之内，你肯定会被吸进葫芦里。

敲黑板！在业内大佬设定的规则范围里，不要妄想赢，你吱一声就被吸进去了。

所以说不要掉进对方已经设定好的相当成熟的规则中去，你爬不出来的！

在某些规则已经被设定好的赛道中，人家自己人的孩子也许一个晚上的闭门授课是你一辈子都琢磨不明白的终点。人家自己人的孩子只要不是傻子一天顶你十年都是很正常的事。因为赛道已经成熟了，规则已经定好了，玩这种游戏就要允许游戏的开发商发币、删号、开外挂。

在一个已经非常成熟的赛道上，在某类岗位中，想要真的实现破圈太难了。这种规则已经有相当明确的赛道，更多的是为优势者设定的，是为了秩序和稳定。越是这种赛道越意味着稳定，越意味着没有啥运气可言。更重要的是，这种规则和赛道明确的行业，通常不会对人有太大的赋能。

别的咱就不展开了，说到这里该懂的也就都懂了。

猴哥被吸进去后，金角吃饱了撑的说道：贤弟，请坐。不要动，只等摇得响再揭帖儿。

你说别动不就完了，扯啥摇得响再揭帖儿啊，又在透露不该透露的关窍！

随后猴哥连泡尿都没撒，仅仅叫了声“连腰截骨都化了”，那金角就说揭开帖儿看看，银角揭起帖子看时，猴哥就变成虫子飞出来了。

猴哥在这么牛的法宝面前能过了这关，其实完全靠对手的衬托。

遇到了俩纯纯的二傻子。

当然，基本的能力还是要有的，金角和银角再是二傻子，可吊起来的那俩“放屁添风”的根本都轮不到人家用法宝。

金角要敬银角酒，银角为示恭敬，要双手接酒，随后就顺手把葫芦递给身边猴哥变的倚海龙了。

这个二傻子啊！你妈都死了，你现在看到这个倚海龙不别扭吗？

哥儿俩又喝上了，悟空又把紫金葫芦给顺走了。

第三十五回

外道施威欺正性，心猿获宝伏邪魔

本性圆明道自通，翻身跳出网罗中。

修成变化非容易，炼就长生岂俗同？

清浊几番随运转，辟开数劫任西东。

逍遥万亿年无计，一点神光永注空。

此诗暗合孙大圣的道妙。他自得了那魔真宝，笼在袖中，喜道：“泼魔苦苦用心拿我，诚所谓水中捞月；老孙若要擒你，就好似火上弄冰。”藏着葫芦，密密的溜出门外，现了本相，厉声高叫道：“精怪开门！”旁有小妖道：“你又是甚人，敢来吆喝？”行者道：“快报与你那老泼魔，吾乃行者孙来也！”

那小妖急入里报道：“大王，门外有个甚么行者孙来了。”老魔大惊道：“贤弟，不好了！惹动他一窝风了！幌金绳现拴着孙行者，葫芦里现装着者行孙，怎么又有个甚么行者孙？想是他几个兄弟都来了。”二魔道：“兄长放心，我这葫芦装下一千人哩。我才装了者行孙一个，又怕那甚么行者孙！等我出去看看，一发装来。”老魔道：“兄弟仔细。”

你看那二魔拿着个假葫芦，还想前番，雄纠纠，气昂昂，走出门高呼道：“你是那里人氏，敢在此间吆喝？”行者道：“你认不得？我：

家居花果山，祖贯水帘洞。

只为闹天宫，多时罢争竞。

如今幸脱灾，弃道从僧用。

秉教上雷音，求经归觉正。

相逢野泼魔，却把神通弄。

还我大唐僧，上西参佛圣。

两家罢战争，各守平安径。

休惹老孙焦，伤残老性命！”

那魔道：“你且过来，我不与你相打，但我叫你一声，你敢应么？”行者笑道：“你叫我，我就应了；我若叫你，你可应么？”那魔道：“我叫你，是我有个宝贝葫芦，可以装人；你叫我，却有何物？”行者道：“我也有个葫芦儿。”那魔道：“既有，拿出来我看。”行者就于袖中取出葫芦道：“泼魔你看！”幌一幌，复藏在袖中，恐他来抢。

那魔见了大惊道：“他葫芦是那里来的？怎么就与我的一般？纵是一根藤上结的，也有个大小不同，偏正不一，却怎么一般无二？”他便正色叫道：“行者孙，你那葫芦是那里来的？”行者委实不知来历，接过口来就问他一句道：“你那葫芦是那里来的？”那魔不知是个见识，只道是句老实言语，就将根本从头说出，道：“我这葫芦是混沌初分，天开地辟，有一位太上老祖，解化女娲之名，炼石补天，普救阎浮世界。补到乾宫夬地，见一座昆仑山脚下，有一缕仙藤，上结着这个紫金红葫芦，却便是老君留下到如今者。”大圣闻言，就绰了他口气道：“我的葫芦也是那里来的。”魔头道：“怎见得？”大圣道：“自清浊初开，天不满西北，地不满东南。太上道祖解化女娲，补完天缺，行至昆仑山下，有根仙藤，藤结有两个葫芦。我得一个是雄的，你那个却是雌的。”那怪道：“莫说雌雄，但只装得人的就是好宝贝。”大圣道：“你也说得是。我就让你先装。”

那怪甚喜，急纵身跳将起去，到空中执着葫芦，叫一声：“行者孙！”大圣听得，却就不歇气连应了八九声，只是不能装去。那魔坠将下来，跌脚捶胸道：“天那！只说世情不改变哩！这样个宝贝也怕老公，雌见了雄，就不敢装了！”行者笑道：“你且收起，轮到老孙该叫你哩。”急纵筋斗跳起去，将葫芦底儿朝天，口儿朝地，照定妖魔，叫声：“银角大王！”那怪不敢闭口，只得应了一声，倏的装在里面，

被行者贴上“太上老君急急如律令奉敕”的帖子。心中暗喜道：“我的儿，你今日也来试试新了！”

开篇这首诗，作者说“暗合孙大圣的道妙”，我们来仔细看看。

“本性圆明道自通，翻身跳出网罗中。修成变化非容易，炼就长生岂俗同？”说的是智慧猴的学艺阶段。

“清浊几番随运转，辟开数劫任西东。”说的是膨胀猴在妖魔与正果间的数次来回，这东西驰骋中已经躲过了数次生死大关。

“逍遥万亿年无计，一点神光永注空。”说的是此关过了之后，猴哥再不会有魂飞魄散的死亡危难了，道祖这次下了死手依旧弄不死他，后面不会再有那么硬的势力来弄死他了。（阴阳二气瓶那关不算，因为菩萨给了救命毫毛，老君这葫芦菩萨赐的毫毛肯定搞不定。）

猴哥逃出瓶子后又变成行者孙来叫阵了，按理说俩妖怪不得静下心来琢磨琢磨吗？

要是奎木狼，哪怕手里只有一个瓶子，猴哥此时都已经过早地离开了！你们动动脑子啊！

这俩妖怪根本不琢磨，银角表示无所谓，我再给他装葫芦里就是了！

银角这次出洞后，猴哥深情地做了首诗，已经“明牌”了什么是行者孙了！人家闹过天宫，人家弃道从僧，人家是取经的！但是银角根本没听出来，而且猴哥还明确表示：“两家罢战争，各守平安径。休惹老孙焦，伤残老性命！”

咱佛道两家休战吧，别打了，各守疆界吧！

银角根本不动脑子，还是那句话：我叫你一声，你敢答应吗？

猴哥拿出葫芦来，在银角口中套出了这葫芦的来历，这家伙原原本本地说出了这是太上老君的葫芦：“我这葫芦是混沌初分，天开地辟，有一位太上老祖，解化女娲之名，炼石补天，普救阎浮世界。补到乾宫夬地，见一座昆仑山脚下，有一缕仙藤，上结着这个紫金红葫芦，却便是老君留下到如今者。”

作者也是不容易，著名的嘉靖朝啊，为了让书出版，在西游宇宙中连女娲补天都安排成太上老君干的了。

这里也注意这个“见一座昆仑山脚下，有一缕仙藤”，这座昆仑山，后面在某些关卡也是隐喻线索。

猴哥问明白后说：我这葫芦也是那里来的。我这是公的，你那是母的！随后两人开始比谁的葫芦能装人，银角还在那儿喊行者孙呢，还不知道眼前这是猴哥，而且喊了七八声都没装进去还不动脑子，猴哥叫他的时候他居然敢答应，然后就被装进去了。

从头到尾不动脑子的傻冤家就这样在手握“天牌”，堪称恐怖的优势下，活活把自己玩死了。

他要按落云头，拿着葫芦，心心念念，只是要救师父，又往莲花洞口而来。那山上都是些洼踏不平之路，况他又是个圈盘腿，拐呀拐的走着，摇的那葫芦里漷漷索索，响声不绝。你道他怎么便有响声？原来孙大圣是熬炼过的身体，急切化他不得，那怪虽也能腾云驾雾，不过是些法术，大端是凡胎未脱，到于宝贝里就化了。行者还不当他就化了，笑道：“我儿子啊，不知是撒尿耶，不知是嗽口哩。这是老孙干过的买卖。不等到七八日，化成稀汁，我也不揭盖来看。忙怎的？有甚要紧？想着我出来的容易，就该千年不看才好！”他拿着葫芦说着话，不觉的到了洞口，把那葫芦摇摇，一发响了。他道：“这个像发课的筒子响，倒好发课。等老孙发一课，看师父甚么时才得出门。”你看他手里不住的摇，口里不住的念道：“周易文王、孔子圣人、桃花女先生、鬼谷子先生。”

那洞里小妖看见道：“大王，祸事了！行者孙把二大王爷爷装在葫芦里发课哩！”那老魔闻得此言，唬滤得魂飞魄散，骨软筋麻，扑的跌倒在地，放声大哭道：“贤弟呀！我和你私离上界，转托尘凡，指望同享荣华，永为山洞之主，怎知为这和尚，伤了你的性命，断吾手足之情！”满洞群妖，一齐痛哭。

猪八戒吊在梁上，听得他一家子齐哭，忍不住叫道：“妖精，你且莫哭，等老猪讲与你听。先来的孙行者，次来的者行孙，后来的行者孙，返复三字，都是我师兄一人。他有七十二变化，腾那进来，盗了宝贝，装了令弟。令弟已是死了，不必这等扛丧，快些儿刷净锅灶，办些香蕈、蘑菇、茶芽、竹笋、豆腐、面筋、木耳、蔬菜，请我师徒们下来，与你令弟念卷‘受生经’。”那老魔闻言，心中大怒道：“只说猪八戒老实，原来甚不老实！他倒作笑话儿打觑我！”叫小妖：“且休举哀，把猪八戒解下来，蒸得稀烂，等我吃饱了，再去拿孙行者报仇！”沙僧埋怨八戒道：“好么！我说教你莫多话，多话的要先蒸吃哩！”那呆子也尽有几分悚惧。旁一小妖道：“大王，猪八戒不好蒸。”八戒道：“阿弥陀佛！是那位哥哥积阴德的？果是不好蒸。”又有一个妖道：“将他皮剥了就好蒸。”八戒慌了，道：“好蒸！好蒸！皮骨虽然粗糙，汤滚就烂。㯉户，㯉户！”

银角没多久就化了，原著之前说了，“一时三刻”嘛，很快就能把人化掉，这法宝你当闹着玩的！猴哥把瓶子摇起来听了听响却不揭开看，他有心得，此时他绝对没有好奇心。

小妖去报信，说银角死了。金角哭了，哭得很伤心，而且哭的时候依旧嘴上有把门的，说：“贤弟呀！我和你私离上界，转托尘凡，指望同享荣华，永为山洞之主，怎知为这和尚，伤了你的性命，断吾手足之情！”

为啥老君要专门把这件事交代给金角？

这孩子嘴上永远有把门的，不该说的一句不说，从头到尾都是银角这孩子在泄密，人家金角把该揽的责任全部都揽了下来。

八戒这时候还敢嘴贱，金角一怒之下要把他做成报仇大餐。刀架脖子上猪嘴马上就软了，要不是猴哥又叫阵了，八戒就被金角吃到肚子里了。

正嚷处，只见前门外一个小妖报道：“行者孙又骂上门来了！”那老魔又大惊道：“这厮轻我无人！”叫：“小的们，且把猪八戒照旧吊起，查一查还有几件宝贝。”管家的小妖道：“洞中还有三件宝贝哩。”老魔问：“是那三件？”管家的道：“还有七星剑、芭蕉扇与净瓶。”老魔道：“那瓶子不中用。原是叫人，人应了就装得，转把个口诀儿教了那孙行者，倒把自家兄弟装去了。不用他，放在家里。快将剑与扇子拿来。”那管家的即将两件宝贝献与老魔。老魔将芭蕉扇插在后项衣领，把七星剑提在手中，又点起大小群妖，有三百多名，都教一个个拈枪弄棒，理索抡刀。这老魔却顶盔贯甲，罩一领赤焰焰的红袍。群妖摆出阵去，要拿孙大圣。那孙大圣早已知二魔化在葫芦里面，却将他紧紧拴扣停当，撒在腰间，手持着金箍棒，准备厮杀。只见那老妖红旗招展，跳出门来。却怎生打扮：

头上盔缨光焰焰，腰间带束彩霞鲜。

身穿铠甲龙鳞砌，上罩红袍烈火然。
圆眼睛开光掣电，钢须飘起乱飞烟。
七星宝剑轻提手，芭蕉扇子半遮肩。
行似流云离海岳，声如霹雳震山川。
威风凛凛欺天将，怒帅群妖出洞前。

那老魔急令小妖摆开阵势，骂道："你这猴子，十分无礼！害我兄弟，伤我手足，着然可恨！"行者骂道："你这讨死的怪物！你一个妖精的性命舍不得，似我师父、师弟，连马四个生灵，平白的吊在洞里，我心何忍！情理何干！快快的送将出来还我，多多贴些盘费，喜喜欢欢打发老孙起身，还饶了你这个老妖的狗命！"那怪那容分说，举宝剑劈头就砍。这大圣使铁棒举手相迎。这一场在洞门外好杀！咦！

金箍棒与七星剑，对撞霞光如闪电。悠悠冷气逼人寒，荡荡昏云遮岭堰。那个皆因手足情，些儿不放善；这个只为取经僧，毫厘不容缓。两家各恨一般仇，二处每怀生怒怨。只杀得天昏地暗鬼神惊，日淡烟浓龙虎战。这个咬牙锉玉钉，那个瞀目飞金焰。一来一往逞英雄，不住翻腾棒与剑。

这老魔与大圣战经二十回合，不分胜负。他把那剑梢一指，叫声："小妖齐来！"那三百余精一齐拥上，把行者围在垓心。好大圣，公然无惧，使一条棒，左冲右撞，后抵前遮。那小妖都有手段，越打越上，一似绵絮缠身，搂腰扯腿，莫肯退后。大圣慌了，即使个身外身法，将左胁下毫毛拔了一把，嚼碎喷去，喝声叫"变！"一根根都变做行者。你看他长的使棒，短的抡拳，再小的没处下手，抱着孤拐啃筋，把那小妖都打得星落云散，齐声喊道："大王啊，事不谐矣！难矣乎哉！满地盈山，皆是孙行者了！"被这身外法把群妖打退，止撇得老魔围困中间，赶得东奔西走，出路无门。

那魔慌了，将左手擎着宝剑，右手伸于项后，取出芭蕉扇子，望东南丙丁火，正对离宫，唿喇的一扇子扇将下来。只见那就地上火光焰焰。原来这般宝贝平白地扇出火来。那怪物着实无情，一连扇了七八扇子，熯天炽地，烈火飞腾。好火：

那火不是天上火，不是炉中火，也不是山头火，也不是灶底火，乃是五行中自然取出的一点灵光火。这扇也不是凡间常有之物，也不是人工造就之物，乃是自开辟混沌以来产成的珍宝之物。用此扇，扇此火，煌煌烨烨，就如电掣红绡；灼灼辉辉，却似霞飞绛绮。更无一缕青烟，尽是满山赤焰。只烧得岭上松翻成火树，崖前柏变作灯笼。那窝中走兽，贪性命西撞东奔；这林内飞禽，惜羽毛高飞远去。这场神火飘空燎，只烧得石烂溪干遍地红！

大圣见此恶火，却也心惊胆颤，道声：“不好了！本身可处，毫毛不济，一落这火中，岂不真如燎毛之易？”将身一抖，遂将毫毛收上身来，只将一根变作假身子，避火逃灾；他的真身捻着避火诀，纵筋斗跳将起去，脱离了大火之中，径奔他莲花洞里，想着要救师父。急到门前，把云头按落。又见那洞门外有百十个小妖，都破头折脚，肉绽皮开，原来都是他分身法打伤了的，都在这里声声唤唤，忍疼而立。大圣见了，按不住恶性凶顽，抡起铁棒，一路打将进去。可怜把那苦炼人身的功果息，依然是块旧皮毛！

那大圣打绝了小妖，撞入洞里，要解师父。又见那内面有火光焰焰，諕得他手慌脚忙道：“罢了！罢了！这火从后门口烧起来，老孙却难救师父也！”正悚惧处，仔细看时，呀！原来不是火光，却是一道金光。他正了性，往里视之，乃羊脂玉净瓶放光。却自心中欢喜道：“好宝贝耶！这瓶子曾是那小妖拿在山上放光，老孙得了，不想那怪又复搜去。今日藏在这里，原来也放光。”你看他窃了这瓶子，喜喜欢欢，且不救师父，急抽身往洞外而走。才出门，只见那妖魔提着宝剑，拿着扇子，从南而来。孙大圣回避不及，被那老魔喝道：“那里走！”举剑劈头就砍。大圣急纵筋斗云，跳将起去，无影无踪的逃了不题。

金角不敢再用净瓶了，因为诀窍人家都知道了，于是将芭蕉扇插在后项衣领，把七星剑提在手中，点起大小群妖三百多名来跟猴哥对战了。

这时猴哥其实依旧不想把事闹大。他说：把我师父、师弟都放了，我饶了你这个老妖的狗命！但金角已经不听猴哥说了，他没有别的选择，必须跟猴哥拼到底，哪怕拼死了，才是他的活路。

两人打了二十回合后，金角喊一声“小妖齐来”，三百多名小妖围了过来，但咱猴哥在物理战斗上五百年前就已经证明了自己是没有短板的，即便莲花洞的小妖们素质比较高，作战意愿比较强。所谓“那小妖都有手段，越打越上，一似绵絮缠身，搂腰扯腿，莫肯退后”，但猴哥一个身外身法就破了局，人家一人就是千军万马，所谓“满地盈山，皆是孙行者了”！

金角拿出芭蕉扇开始扇火，要破悟空的毫毛阵了，西游宇宙中第一次出现了芭蕉扇。

芭蕉扇也算是西游宇宙中一个相当于周伯通式的剧情推进器了。

啥叫周伯通式的剧情推进器？

就是在写长篇小说时，总会有些章节写着写着就不合理了，推进不下去了。这时候出来一个周伯通似的人物，他通常疯疯癫癫，做什么都不让人觉得意外，而且武功还极高，不信你看《射雕》和《神雕》的剧情，周伯通每次都在什么时候出现。

他就是剧情的一个推进器。

这芭蕉扇在西游宇宙中会出现三次，此时它是起着正常的作用——给炉子扇火，炼丹用的嘛。这时的芭蕉扇就跟喷火器一样，后面它会被开发出别的功能，它出现的时候，都是剧情衔接不下去的时候。

虽然这火很牛，所谓“乃是五行中自然取出的一点灵光火”，但其实猴哥是不怕的，因为这火“更无一缕青烟，尽是满山赤焰”，猴哥从来都不怕火，他怕的是烟，于是他捻着避火诀就撤了。

猴哥脱离了大火后去莲花洞偷了金角的家，先是把之前身外身没打死的小妖都弄死了，然后又偷了羊脂玉净瓶，随后跑路了。

至此，老君能降维打击的法宝都被悟空偷走了，物理上放大能量的七星剑和芭蕉扇也被证明了伤不到猴哥，满洞的小妖也都被悟空灭口了，此时此刻，按理来说老君该现身了。

但是，老君并没有出现。

他还要等两件事。

却说那怪到得门口，但见尸横满地，就是他手下的群精，慌得仰天长叹，止不住放声大哭道：“苦哉！痛哉！”有诗为证。诗曰：

可恨猿乖马劣顽，灵胎转托降尘凡。

只因错念离天阙，致使忘形落此山。

鸿雁失群情切切，妖兵绝族泪潺潺。

何时孽满开愆锁，返本还原上御关？

那老魔惭惶不已，一步一声，哭入洞内。只见那什物家火俱在，只落得静悄悄没个人形，悲切切愈加凄惨。独自个坐在洞中，踢伏在那石案之上，将宝剑斜倚案边，把扇子插于肩后，昏昏默默睡着了。这正是：人逢喜事精神爽，闷上心来瞌睡多。

话说孙大圣拨转筋斗云，伫立山前，想着要救师父，把那净瓶儿牢扣腰间，径来洞口打探。见那门开两扇，静悄悄的不闻消耗，随即轻轻移步，潜入里边。只见那魔斜倚石案，呼呼睡着，芭蕉扇褪出肩衣，半盖着脑后，七星剑还斜倚案边。却被他轻轻的走上前，拔了扇子，急回头，呼的一声，跑将出去。原来这扇柄儿刮着那怪的头发，早惊醒他。抬头看时，是孙行者偷了，急慌忙执剑来赶。那大圣早已跳出门前，将扇子撒在腰间，双手抡开铁棒，与那魔抵敌。这一场好杀：

恼坏泼妖王，怒发冲冠志。恨不过拑来囫囵吞，难解心头气。恶口骂猢狲："你老大将人戏！伤我若干生，还来偷宝贝。这场决不容，定见存亡计！"大圣喝妖魔："你好不知趣。徒弟要与老孙争，叠卵焉能击石碎！"宝剑来，铁棒去，两家更不留仁义。一翻二复赌输赢，三转四回施武艺。盖为取经僧，灵山参佛位。致令金火不相投，五行拨乱伤和气。扬威耀武显神通，走石飞砂弄本事。交锋渐渐日将晡，魔头力怯先回避。

那老魔与大圣战经三四十合，天将晚矣，抵敌不住，败下阵来，径往西南上投奔压龙洞去不题。这大圣才按落云头，闯入莲花洞里，解下唐僧与八戒、沙和尚来。他三人脱得灾危，谢了行者，却问："妖魔那里去了？"行者道："二魔已装在葫芦里，想是这会子已化了；大魔才然一阵战败，往西南压龙山去讫。概洞小妖，被老孙分身法打死一半，还有些败残回的，又被老孙杀绝，方才得入此处，解放你们。"唐僧谢之不尽道："徒弟啊，多亏你受了劳苦！"行者笑道："诚然劳苦。你们还只是吊着受疼，我老孙再不曾住脚，比急递铺的铺兵还甚，反复里外，奔波无已。因是偷了他的宝贝，方能平退妖魔。"猪八戒道："师兄，你把那葫芦儿拿出来与我们看看，只怕那二魔已化了也。"大圣先将净瓶解下，又将金绳与扇子取出，然后把葫芦儿拿在手道："莫看！莫看！他先曾装了老孙，被老孙嗽口，哄得他揭开盖子，老孙方得走了。我等切莫揭盖，只怕他也会弄喧走了。"师徒们喜喜欢欢，将他那洞中的米面菜蔬寻出，烧刷了锅灶，安排些素斋吃了。饱餐一顿，安寝洞中。一夜无词，早又天晓。

金角回洞看见满洞的尸首仰天长叹，放声大哭，哭完就睡着了。

他睡着了，猴哥又来偷了。这回把芭蕉扇也偷到手了，由于扇柄刮着了金角的头发，被金角发现后两人再次开打。这次金角的战斗力水平也被测试出来了，打了三四十个回合后抵挡不住，金角投奔压龙洞去了。

你说老君还不出现，是为什么呢?

其中一个原因就是这压龙洞里的小妖还没被清理干净。

如今那老狐狸已经被打死了，这洞里小妖的存在也没意义了，长着嘴的还是有隐患。

猴哥把唐僧三人救了出来，唐僧再次看明白了猴子的本事，谢之不尽道："徒弟啊，多亏你受了劳苦！"

此时的莲花洞也变成了取经招待所，取经四人组吃饱喝足后直接睡觉了。

没啥可怕的了，金角啥也不是了。

却说那老魔径投压龙山，会聚了大小女怪，备言打杀母亲，装了兄弟，绝灭妖兵，偷骗宝贝之事。众女妖一齐大哭。哀痛多时，道："你等且休凄惨。我身边还有这口七星剑，欲会汝等女兵，都去压龙山后，会借外家亲戚，断要拿住那孙行者报仇。"说不了，有门外小妖报道："大王，山后老舅爷帅领若干兵卒来也。"老魔闻言，急换了缟素孝服，躬身迎接。原来那老舅爷，是他母亲之弟，名唤狐阿七大王。因闻得哨山的妖兵报道，他姐姐被孙行者打死，假变姐形，盗了外甥宝贝，连日在平顶山拒敌。他却帅本洞妖兵二百余名，特来助阵，故此先到姐家问信。才进门，见老魔挂了孝服，二人大哭。哭久，老魔拜下，备言前事。那阿七大怒，即命老魔换了孝服，提了宝剑，尽点女妖，合同一处，纵风云，径投东北而来。

这大圣，却教沙僧整顿早斋，吃了走路。忽听得风声，走出门看，乃是一伙妖兵，自西南上来。行者大惊，急抽身忙呼八戒道："兄弟，妖精又请救兵来也。"三藏闻言，惊恐失色道："徒弟，似此如何？"行者笑道："放心！放心！把他这宝贝都拿来与我。"大圣将葫芦、净瓶系在腰间，金绳笼于袖内，芭蕉扇插在肩后，双手抡着铁棒，教沙僧保守师父，稳坐洞中，着八戒执钉钯同出洞外迎敌。

那怪物摆开阵势，只见当头的是阿七大王。他生的玉面长髯，钢眉刀耳，头戴金炼盔，身穿锁子甲，手执方天戟，高声骂道：“我把你个大胆的泼猴，怎敢这等欺人！偷了宝贝，伤了眷族，杀了妖兵，又敢久占洞府！赶早儿一个个引颈受死，雪我姐家之仇！”行者骂道：“你这伙作死的毛团，不识你孙外公的手段！不要走，领吾一棒！”那怪物侧身躲过，使方天戟劈面相还。两个在山头，一来一往，战经三四回合，那怪力软，败阵回走。行者赶来，却被老魔接住。又斗了三合，只见那狐阿七复转来攻。这壁厢八戒见了，急掣九齿钯挡住。一个抵一个，战经多时，不分胜败。那老魔喝了一声，众妖兵一齐围上。

却说那三藏坐在莲花洞里，听得喊声振地，便叫：“沙和尚，你出去看你师兄胜负何如。”沙僧果举降妖杖出来，喝一声，撞将出去，打退群妖。阿七见事势不利，回头就走，被八戒赶上，照背后一钯，就筑得九点鲜红往外冒，可怜一灵真性赴前程。急拖来，剥了衣服看处，原来也是个狐狸精。

那老魔见伤了他老舅，丢了行者，提宝剑就劈八戒。八戒使钯架住。正赌斗间，沙僧撞近前来，举杖便打。那妖抵敌不住，纵风云往南逃走。八戒、沙僧紧紧赶来。大圣见了，急纵云跳在空中，解下净瓶，罩定老魔，叫声：“金角大王！”那怪只道是自家败残的小妖呼叫，就回头应了一声，搜的装将进去，被行者贴上“太上老君急急如律令奉敕”的帖子。只见那七星剑，坠落尘埃，也归了行者。八戒迎着道：“哥哥，宝剑你得了，精怪何在？”行者笑道：“了了！已装在我这瓶儿里也。”沙僧听说，与八戒十分欢喜。当时通扫净诸邪，回至洞里，与三藏报喜道：“山已净，妖已无矣，请师父上马走路。”三藏喜不自胜。

金角回压龙山请了他姥姥家人报仇来了。这次狐狸一家该断根了，金角他娘舅狐阿七大王也来助战了。猴哥都乐了，又送买卖来了，于是安排沙僧保护师父稳坐洞中，带着八戒出洞迎敌。

这狐阿七只跟猴哥打上三四回合就不行了，然后兵对兵将对将，金角对悟空，阿七对八戒，打了一会儿，金角招呼小妖们全都上，这回没等猴哥放毫毛或者变三头六臂，唐僧直接派出沙僧打跑了群妖。

狐阿七见大势已去便开溜了，逃跑过程中被八戒打死。金角见他舅也死了，便来杀八戒，随后被悟空拿净瓶给装了。

猴哥得了七星剑依旧不满足，还要把小妖全部干掉。“通扫净诸邪”，取经团队吃完早点准备上路了。

至此，压龙山的活口都被灭干净了，关于这段故事，人间不会再有嚼舌头的了。与此同时，老君还测试出了另一个关键点：金角这孩子虽然能力不济，但嘴是真严。

那葫芦是不隔音的，面临死亡的威胁，这孩子依旧能够不提自己是老君童子这茬，把秘密烂在了肚子里。

在这两个童子下界考察的过程中，虽然银角一度把猴哥抓起来，但无论是做事的严谨程度，还是对核心机密的保密程度，都有问题。

金角这孩子则不同，不仅嘴严，还完美地执行了最关键的一点，就是充当了机密的防火墙。

哪怕死，也不露底！

师徒们吃了早斋，收拾了行李、马匹，奔西找路。正行处，猛见路旁闪出一个瞽者，走上前扯住三藏马道："和尚那里去？还我宝贝来！"八戒大惊道："罢了，这是老妖来讨宝贝了！"行者仔细观看，原来是太上李老君，慌得近前施礼道："老官儿，那里去？"那老祖急升玉局宝座，九霄空里伫立，叫："孙行者，还我宝贝！"大圣起到空中道："甚么宝贝？"老君道："葫芦是我盛丹的，净瓶是我盛水的，宝剑是我炼魔的，扇子是我扇火的，绳子是我一根勒袍的带。那两个怪，一个是我看金炉的童子，一个是我看银炉的童子。只因他偷了我的宝贝，走下界来，正无觅处，却是你今拿住，得了功绩。"大圣道："你这老官儿，着实无礼！纵放家属为邪，该问个钤属不严的罪名！"老君道："不干我事，不可错怪了人。此乃海上菩萨问我借了三次，送他在此托化妖魔，试你师徒可有真心往西去也。"大圣闻言，心中作念道："这菩萨也老大惫懒！当时解脱老孙，教保唐僧西去取经，我说路途艰涩难行，他曾许我到急难处亲来相救；如今反使精邪掯害，语言不的，该他一世无夫！若不是老官儿亲来，我决不与他。既是你这等说，拿去罢。"那老君收得五件宝贝，揭开葫芦，与净瓶盖口，倒出两股仙气，用手一指，仍化为金、银二童子，相随左右。只见那霞光万道，噫！

缥缈同归兜率院，逍遥直上大罗天。

毕竟不知此后又有甚事，孙大圣怎生保护唐僧，几时得到西天，且听下回分解。

虽然没能弄黄了取经项目，但这事倒也干得漂亮，老君该出现了。

接下来看老君的操作，先是路旁闪出，扯住唐僧的马要宝贝，猴哥认出是太上老君后，“那老祖急升玉局宝座，九霄空里伫立，叫：‘孙行者，还我宝贝！’”

老君这个急升，还是为了信息隔绝，必须到九霄来单独跟猴哥谈，越少人知道越好。

老君跟猴哥说了下他这五件宝贝的作用，四件是日常工作用品，那绳子是生活用品，两个怪是他看炉子的童子。他们偷了宝贝，如今被你拿住得了功绩。

随后作者借悟空之口又点明了他剧中的安排，在老君说了“绳子是我一根勒袍的带”后，悟空说了“你这老官儿，着实无礼！纵放家属为邪，该问个钤属不严的罪名！”

注意，悟空说的是家属。

老君的随机应变再次让我们看到了啥叫最终解释权，明明刚才还说的是“只因他偷了我的宝贝，走下界来，正无觅处”，连找都没地方找，现在又变成了“海上菩萨问我借了三次，送他在此托化妖魔，试你师徒可有真心往西去也”。

这里的海上菩萨就是指观音菩萨，上一关中八戒也用过这个称呼，太上老君直接把这件事推到菩萨身上了。

你说他怕不怕菩萨找后账？

都是领导，都能理解，找个理由嘛！谁还真能问来着！

而且猴哥根本就不敢去找菩萨对质，因为他连骂菩萨都是心里骂骂，所谓“大圣闻言，心中作念道：‘这菩萨也老大惫懒！当时解脱老孙，教保唐僧西去取经，我说路途艰涩难行，他曾许我到急难处亲来相救；如今反使精邪掯害，语言不的，该他一世无夫！’”

直到成佛的那一刻，悟空对菩萨都是不敢造次的。

注意，猴哥不是不会忍耐，还是那句话，惹不起的他从来不敢惹，控制得好着呢，后来成佛后的第一秒他就不忍了。

老君把这事说成是菩萨的安排，猴哥连宝贝都不好意思再要了。老君拿回宝贝后，此时两个童子已经变成两股仙气了，老君用手一指就给两个童子复活了，随后回了大罗天。

法宝必须要有解药，否则就谈不上法宝，两个童子再不能干，那也是家属，必须得救，除了这两个童子，那些妖怪跟这两个童子关系处得再好，也都是妖怪。

一人得道，鸡犬升天。这句话是没错的，但“鸡犬”仅仅是个形容词，看准了自己的定位，千万别当真。

这两个童子能上天看炉子，那老狐狸妈妈只能在山里默默衰老。

这个生态位从来都很危险，这个生态位的附庸更是危险，狐阿七们，清醒些，凑太近了很容易死。

同理，当某些天上的神仙下凡来却干的是些低调秘密的项目时，这种招工就不要乱去应聘了。

不要以为抱上了粗腿，项目是临时的，这俩童子重返兜率宫之时，就是平顶山群妖闭嘴之日。

第八章

双料暗喻，西牛贺洲的“小大唐”计划

第三十六回

心猿正处诸缘伏，劈破傍门见月明

却说孙行者，按落云头，对师父备言菩萨借童子、老君收去宝贝之事。三藏称谢不已，死心塌地，辨虔诚，舍命投西。攀鞍上马，猪八戒挑着行李，沙和尚拢着马头，孙行者执了铁棒，剖开路径，下高山前进。

说不尽那水宿风餐，披霜冒露。师徒们行罢多时，前又一山阻路。三藏在那马上高叫："徒弟呵，你看那里山势崔巍，须是要仔细提防，恐又有魔障侵身也。"行者道："师父休得胡思乱想，只要定性存神，自然无事。"三藏道："徒弟呀，西天怎么这等难行？我记得离了长安城，在路上春尽夏来，秋残冬至，有四五个年头，怎么还不能得到？"行者闻言，呵呵笑道："早哩，早哩，还不曾出大门哩！"八戒道："哥哥，不要扯谎，人间就有这般大门？"行者道："兄弟，我们还在堂屋里转哩！"沙僧笑道："师兄少说大话吓我。那里就有这般大堂屋，却也没处买这般大过梁呵！"行者道："兄弟，若依老孙看时，把这青天为屋瓦，日月作窗棂，四山五岳为梁柱，大地犹如一敞厅！"八戒听说，道："罢了，罢了，我们只当转些时回去罢。"行者道："不必乱谈，只管跟着老孙走路。"

整个西游宇宙中，最意有所指的桥段，就在这一关。

啥叫隐喻的最高境界？就是哪怕存心揪人家的小辫子，都没法给人家定个确凿的罪。在这一关，作者将想批判的两个国家的皇帝糅在了一个故事里，写成了一个顶级悬疑谜案。你看着像 A，但不全像；你觉得是 B，又有种人面狮身的感觉。乌鸡国这个故事的写作技巧值得所有文字工作者逐字学习。

师徒四人行罢多时，又遇到一座山阻路，唐僧照惯例给出指导：小心妖怪呀！悟空也再次提醒他师父：你又胡思乱想，不想就没有魔障！

唐僧也不敢还嘴，毕竟如果没有悟空他现在还是老虎呢，八戒、沙僧也都是跟他一样被捆在莲花洞里的级别。唐僧又问了句西天咋这么难走，离开长安城都四五年了，咋还没到？悟空趁机再次表示，没有人比他更懂取经，说他们现在还没出大门呢！这种故弄玄虚逗得八戒、沙僧都出来讲话了，说：师兄您老人家这话有待商榷，哪儿来这么大的门，哪儿买这么大的梁？悟空定义道："把这青天为屋瓦，日月作窗棂，四山五岳为梁柱，大地犹如一敞厅！"比喻懂吗？我说还在堂屋转就还在堂屋转！并最终定调道："不必乱谈，只管跟着老孙走路。"

经历了奎木狼和金角银角这些老君系的试炼之后，悟空不仅回到了取经队伍，也拿回了在万寿山时所谓"十万八千里，十停中还不曾走了一停哩"（第二十四回）的话语权。

唐僧也是没办法，之前裁员裁到了大动脉上，现下对这牛烘烘的猴子也只能忍着。谁让菩萨给他配的另外两个徒弟没有本事呢，要是黑熊精和黄毛老鼠精在的话，不就不至于如此了嘛。尤其是在他问还有多远时，黄毛老鼠精甚至可以给他讲灵山的八卦解闷——那地方咱熟啊，咱从灵山得道的嘛！师父，您上辈子是金蝉子时咱俩好着呢！

借由唐僧的这句"徒弟呀，西天怎么这等难行？我记得离了长安城，在路上春尽夏来，秋残冬至，有四五个年头，怎么还不能得到"，我们也来捋一下截至目前的取经时间线。

取经第一年：贞观十三年九月十二日，唐僧从长安出发，深秋至双叉岭被寅将军捉住，得太白金星解救，后在两界山收了悟空，腊月时于鹰愁涧收了白龙马。

取经第二年，早春至观音禅院，菩萨收了黑熊精；入春后于乌斯藏国高老庄收了八戒；入夏至黄风岭，灵吉菩萨收了黄风怪；秋至流沙河，收了沙僧；秋末至西牛贺洲，四圣试禅心。

取经第三年，春至万寿山五庄观；夏至白虎岭，悟空被逐；秋至宝象国，悟空归队。

取经第四年，三春至平顶山莲花洞。

结合后面离开乌鸡国时的季节是秋尽冬初，“正值秋尽冬初时节。但见：霜凋红叶林林瘦，雨熟黄粱处处盈。日暖岭梅开晓色，风摇山竹动寒声。师徒们离了乌鸡国”（第四十回），以及前面唐僧说过了四五个年头，可以判断出此时应该是取经的第五年秋天。也就是说已经走了四个整年，这是第五个年头了。

相当于已经一年半没遇到过妖怪了。

啥原因？

老君系都吃了那么大的瘪，谁还敢来，显摆自己比三清的人还要牛？

根据这个时间段，我们再来看看“贪淫乐祸”的南赡部洲的路是多么好走。

当年唐僧从九月十二日（九月望前三日）出发，来年早春时就到观音禅院了。从原著中准确的时间线来推断，第十五回在鹰愁涧时“正是那腊月寒天”，到观音禅院时是“此去行有两个月太平之路，相遇的都是些虏虏、回回，狼虫虎豹。光阴迅速，又值早春时候”，也就是到观音禅院时是第二年正月底，相当于四个半月的时间就已经走出万里了，接近取经全程的十分之一了。

在大唐及其周边地区，唐僧走得极快。按照唐僧这四个半月行万里的速度，十万八千里路应该四年就走完了。

但事实上，这四年只是个零头。

唐僧从来都是催着赶路的，肯定不存在取经团队慢慢吞吞前行的情况，唯一的解释就是取经之路肯定不止十万八千里，或者说当年菩萨半云半雾里看的时候，算的是两点之间最短的直线距离，实际上望山跑死马，一路上有大量的弯弯绕绕。

没有强大的国家给你修那一路顺风的官道，就只能自己“踏平坎坷成大道”了。真是越走越怀念那个一本护照过整个南赡部洲的日子。

好大圣，横担了铁棒，领定了唐僧，剖开山路，一直前进。那师父在马上遥观，好一座山景。真个是：

山顶嵯峨摩斗柄，树梢仿佛接云霄。青烟堆里，时闻得谷口猿啼；乱翠阴中，每听得松间鹤唳。啸风山魅立溪间，戏弄樵夫；成器狐狸坐崖畔，惊张猎户。好中看！那八面崔巍，四围崄峻。古怪乔松盘翠盖，枯摧老树挂藤萝。泉水飞流，寒气透人毛发冷；巅峰屹岦，清风射眼梦魂惊。时听大虫哮吼，每闻山鸟时鸣。麂鹿成群，穿荆棘往来跳跃；獐犯结党，寻野食前后奔跑。伫立草坡，一望并无客旅；行来深凹，四边俱有豺狼。应非佛祖修行处，尽是飞禽走兽场。

那师父战战兢兢，进此深山，心中凄惨，兜住马，叫声："悟空呵，我：

自从益智登山盟，王不留行送出城。

路上相逢三棱子，途中催趱马兜铃。

寻坡转涧求荆芥，迈岭登山拜茯苓。

防己一身如竹沥，茴香何日拜朝廷？"

孙大圣闻言，呵呵冷笑道："师父，不必挂念，少要心焦，且自放心前进，还你个'功到自然成'也。"师徒们玩着山景，信步行时，早不觉红轮西坠。正是：

十里长亭无客走，九重天上现星辰。

八河船只皆收港，七千州县尽关门。

六宫五府回官宰，四海三江罢钓纶。

两座楼头钟鼓响，一轮明月满乾坤。

那长老在马上遥观，只见那山凹里，有楼台叠叠，殿阁重重。三藏道："徒弟，此时天色已晚，幸得那壁厢有楼阁不远，想必是庵观寺院，我们都到那里借宿一宵，明日再行罢。"行者道："师父说得是。不要忙，等我且看好歹如何。"那大圣跳在空中，仔细观看，果然是座山门。但见：

八字砖墙泥红粉，两边门上钉金钉。叠叠楼台藏岭畔，层层宫阙隐山中。万佛阁对如来殿，朝阳楼应大雄门。七层塔屯云宿雾，三尊佛神现光荣。文殊台对伽蓝舍，弥勒殿靠大慈厅。看山楼外青光舞，步虚阁上紫云生。松关竹院依依绿，方丈禅堂处处清。雅雅幽幽供乐事，川川道道喜回迎。参禅处有禅僧讲，演乐房多乐器鸣。妙高台上昙花坠，说法坛前贝叶生。正是那林遮三宝地，山拥梵王宫。半壁灯烟光焖灼，一行香霭雾朦胧。

孙大圣按下云头，报与三藏道："师父，果然是一座寺院，却好借宿，我们去来。"

这长老放开马，一直前来，径到了山门之外。行者道："师父，这一座是甚么寺？"三藏道："我的马蹄才然停住，脚尖还未出镫，就问我是甚么寺，好没分晓！"行

者道："你老人家自幼为僧，须曾讲过儒书，方才去演经法；文理皆通，然后受唐王的恩宥。门上有那般大字，如何不认得？"长老骂道："泼猢狲，说话无知！我才面西催马，被那太阳影射，奈何门虽有字，又被尘垢朦胧，所以未曾看见。"行者闻言，把腰儿躬一躬，长了二丈余高，用手展去灰尘道："师父请看。"上有五个大字，乃是"敕建宝林寺"。行者收了法身道："师父，这寺里谁进去借宿？"三藏道："我进去。你们的嘴脸丑露，言语粗疏，性刚气傲，倘或冲撞了本处僧人，不容借宿，反为不美。"行者道："既如此，请师父进去，不必多言。"

唐僧走进"应非佛祖修行处，尽是飞禽走兽场"的深山，仍旧控制不住自己的情绪，战战兢兢，心中凄惨，还是得作诗表达啥时候才能取到经的心情。悟空一听，"呵呵冷笑道：'师父，不必挂念，少要心焦，且自放心前进，还你个"功到自然成"也。'"

猴哥"冷笑"，对唐僧依旧看不起之感跃然纸上，也重申了上一关平顶山前作者对成佛的态度——功到自然成，"功成之后，万缘都罢，诸法皆空"（第三十二回）。行至傍晚，这回是唐僧先看到了"山凹里，有楼台叠叠，殿阁重重"，唐僧说那里想必是庵观寺院，今晚就睡那儿了。这又触到猴哥的逆鳞了——唐僧，显你眼尖是吧？来到山门之外，猴子又找碴儿埋汰唐僧，问他师父这是啥寺，唐僧说：我还没下马，我哪里知道？悟空随后阴阳怪气：你自幼饱读诗书经法，怎么连门上那么大的字都不认得？

看到没有，这就是吃饱了撑的，悟空一定要把没有人比他的眼神更好这件事坐实，必须让别人知道：你不如我。

这回唐僧也怒了，"骂道：'泼猢狲，说话无知！我才面西催马，被那太阳影射，奈何门虽有字，又被尘垢朦胧，所以未曾看见。'"

悟空施法变高后用手抹掉了寺门上的灰尘，门上露出"敕建宝林寺"五个字。从这个细节也能看出，这个国家在信仰方面有故事。"敕建"是奉旨建造之意，但门上老厚的灰则说明这寺失了宠。

唐僧随后以"你们的嘴脸丑露，言语粗疏，性刚气傲，倘或冲撞了本处僧人，不容借宿，反为不美"为由，埋汰了悟空哥儿仨，自己前去借宿。从这回开始，唐僧对猴子的夺权不断进行反击。在整个西行取经的过程中，也只有这一关，猴哥的紧箍咒被念得最冤枉。

猴子净说不爱听的，所以师父也得找碴儿说点让他头疼的。

除此之外，乌鸡国这关和后面的朱紫国那关分别是西游前后半程的隐喻巅峰，都是从提醒唐僧不认字开始的。作者是什么用意？

提醒读者：仔细看我写的字，打破盘中之谜！

那长老却丢了锡杖，解下斗篷，整衣合掌，径入山门。只见两边红漆栏杆，里面高坐着一对金刚，妆塑的威仪恶丑：

一个铁面钢须似活容，一个燥眉圜眼若玲珑。左边的拳头骨突如生铁，右边的手掌崚嶒赛赤铜。金甲连环光灿烂，明盔绣带映飘风。西方真个多供佛，石鼎中间香火红。

三藏见了，点头长叹道："我那东土，若有人也将泥胎塑这等大菩萨，烧香供养呵，我弟子也不往西天去矣。"正叹息处，又到了二层山门之内，见有四大天王之相，乃是持国、多闻、增长、广目，按东北西南、风调雨顺之意。进了二层门里，又见有乔松四树，一树树翠盖蓬蓬，却如伞状。忽抬头，乃是大雄宝殿。那长老合掌皈依，舒身下拜。拜罢起来，转过佛台，到于后门之下，又见有倒座观音普度南海之相。那壁上都是良工巧匠装塑的那些虾鱼蟹鳖，出头露尾，跳海水波潮耍子。长老又点头三五度，感叹万千声道："可怜呵！鳞甲众生都拜佛，为人何不肯修行！"

正赞叹间，又见三门里走出一个道人。那道人忽见三藏相貌稀奇，丰姿非俗，急趋步上前施礼道："师父那里来的？"三藏道："弟子是东土大唐驾下差来上西天拜佛求经的。今到宝方，天色将晚，告借一宿。"那道人道："师父莫怪，我做不得主。我是这里扫地撞钟打勤劳的道人，里面还有个管家的老师父哩。待我进去禀他一声。他若留你，我就出来奉请；若不留你，我却不敢羁迟。"三藏道："累给你了。"

那道人急到方丈报道："老爷，外面有个人来了。"那僧官即起身，换了衣服，按一按毗卢帽，披上袈裟，急开门迎接。问道人："那里人来？"道人用手指定道："那正殿后边不是一个人？"那三藏光着一个头，穿一领二十五条达摩衣，足下登一双拖泥带水的达公鞋，斜倚在那后门首。僧官见了大怒道："道人少打！你岂不知我是僧官，但只有城上来的士夫降香，我方出来迎接。这等个和尚，你怎么多虚少实，报我接他？看他那嘴脸，不是个诚实的，多是云游方上僧，今日天晚，想是要来借

宿。我们方丈中，岂容他打搅！教他往前廊下蹲罢了，报我怎么！”抽身转去。

长老闻言，满眼垂泪道：“可怜，可怜！这才是‘人离乡贱’。我弟子从小儿出家，做了和尚，又不曾拜忏吃荤生歹意，看经怀怒坏禅心。又不曾丢瓦抛砖伤佛殿，阿陀脸上剥真金。噫！可怜啊！不知是那世里触伤天地，教我今生常遇不良人！和尚，你不留我们宿便罢了，怎么又说这等惫懒话，教我们在前廊下去蹲？此话不与行者说还好，若说了，那猴子进来，一顿铁棒，把孤拐都打断你的！”长老道：“也罢，也罢。常言道：‘人将礼乐为先。’我且进去问他一声，看意下如何。”

那师父踏脚迹，跟他进方丈门里。只见那僧官脱了衣服，气呼呼的坐在那里，不知是念经，又不知是与人家写法事，见那桌案上有些纸札堆积。唐僧不敢深入，就立于天井里，躬身高叫道：“老院主，弟子问讯了。”那和尚就有些不奈烦他进里边来的意思，半答不答的还了个礼，道：“你是那里来的？”三藏道：“弟子乃东土大唐驾下差来，上西天拜活佛求经的。经过宝方，天晚，求借一宿，明日不犯天光就行了。万望老院主方便方便。”那僧官才欠起身来道：“你是那唐三藏么？”三藏道：“不敢，弟子便是。”僧官道：“你既往西天取经，怎么路也不会走？”三藏道：“弟子更不曾走贵处的路。”他道：“正西去，只有四五里远近，有一座三十里店，店上有卖饭人家，方便好宿。我这里不便，不好留你们远来的僧。”

三藏合掌道：“院主，古人有云：‘庵观寺院，都是我方上人的馆驿，见山门就有三升米分。’你怎么不留我，却是何情？”僧官怒声叫道：“你这游方的和尚，便是有些油嘴油舌的说话！”三藏道：“何为油嘴油舌？”僧官道：“古人云：‘老虎进了城，家家都闭门。虽然不咬人，日前坏了名。’”三藏道：“怎么‘日前坏了名’？”他道：“向年有几众行脚僧来，于山门口坐下，是我见他寒薄，一个个衣破鞋无，光头赤脚。我叹他那般褴褛，即忙请入方丈，延之上坐；款待了斋饭，又将故衣各借一件与他，就留他住了几日。怎知他贪图自在衣食，更不思量起身，就住了七八个年头。住便也罢，又干出许多不公的事来。”三藏道：“有甚么不公的事？”僧官道：“你听说：

闲时沿墙抛瓦，闷来壁上扳钉。冷天向火折窗棂，夏月拖门拦径。幡布扯为脚带，牙香偷换蔓菁。常将琉璃把油倾，夺碗夺锅赌胜。”

唐僧通过埋汰这几个徒弟丑拿回了话语权，猴子表示“既如此，请师父进去，不必多言”，浅浅地表达了一下态度——你别废话了。唐僧整衣合掌进入山门，首先看到的是一对“妆塑的威仪恶丑”的金刚，仅这对金刚的手艺就已经让唐僧发出“我那东土，若有人也将泥胎塑这等大菩萨，烧香供养呵，我弟子也不往西天去矣”的感叹了；进入二层山门，又见有持国、多闻、增长、广目四大天王；进了二层门里，又见有“翠盖蓬蓬，却如伞状”的乔松四树，连大雄宝殿后门之下都有倒座观音普度南海之相，而且“壁上都是良工巧匠装塑的那些虾鱼蟹鳖，出头露尾，跳海水波潮耍子”。

这段描写突出了这座寺庙确实是个敕封的皇家排面，这国家按理来说国教肯定是佛教，寺庙装修肯定是花了大价钱的，否则不会让大唐僧王生出“我那东土，若有人也将泥胎塑这等大菩萨，烧香供养呵，我弟子也不往西天去矣”的感叹，但如果是皇家寺院，门上怎会有厚厚的灰呢？

疑惑铺垫完毕，唐僧遇到了一个扫地撞钟打杂的“道人”。在这里“道人”不是道门的道士之意，佛教中也有将一些禅僧或苦行僧称为“道人”的情况，后文中也做了补充说明，所谓“行者笑道：‘这里想是道士？’唐僧怒道：‘观里才有道士，寺里只是和尚。’”也就是说唐僧看清楚了这打杂的也是佛门之人。这个打杂的道人喊来了宝林寺的僧官，僧官看到“光着一个头，穿一领二十五条达摩衣，足下登一双拖泥带水的达公鞋，斜倚在那后门首”的唐僧后大怒！骂这道人欠打！你不知道规矩吗？只有城上来的士大夫降香，我才出来迎接，瞅那和尚就来气，让他在前廊下蹲着吧！说完就走了。

通过这段以貌取人的描写和只有士大夫降香才配让他出迎的话，作者将宝林寺描写成了一个朝廷直属寺院的模样。这寺院哪怕已经失宠了，也跟领导们强相关，后面我们将解密这座寺院隐喻的是什么，到时就知道作者为啥这么写了。

唐僧单听见这段话已经哭了，慨叹自己人离乡贱。僧官这话要是让那猴子听见非给他腿打折了。唐僧哭完决定还是进去再问问，毕竟自己进来前把那仨丑的埋汰了一遍，这么出去忒丢人。

唐僧进了方丈门里，见那僧官此时脱了衣服，正气呼呼地坐在那儿，唐僧鼓起勇气躬身高叫道：“老院主，弟子问讯了！”

这僧官很不耐烦，半答不答地还了个礼，唐僧说出借宿请求后，僧官说：正西四五里远近有一座三十里店，店上有卖饭的人家，方便好宿。咱这儿不留远来的僧。

唐僧说：自古的规矩都是庵观寺院便是咱出家人的馆驿，见山门就有三升米的情分，你为啥不留我？

僧官怒了，说出原因：当年有几众行脚僧来到山门口坐下，僧官可怜他们，请进去款待斋饭，又送了衣服，但这帮行脚僧从此不走了，一口气住了七八年，不光住，还缺德带冒烟地搞破坏，所谓“闲时沿墙抛瓦，闷来壁上扳钉。冷天向火折窗棂，夏月拖门拦径。幡布扯为脚带，牙香偷换蔓菁。常将琉璃把油倾，夺碗夺锅赌胜”。

至此，我们明白了这宝林寺僧官讨厌唐僧的原因，本来以为又是一个观音禅院的剧本，但事实上却是两个极端。

观音禅院里打着菩萨名义的匪窝子是棺材里伸手——死要钱，寺院的武备强大到了能守得住院里的财产，这座宝林寺则没这个本事，被外来和尚鸠占鹊巢了。

这也印证了一个道理，“德”与“刀”，缺一不可。

寺院就该像少林寺那样，和尚得一边念经一边学武，遇见唐僧，就正常接待；遇见“金池集团”就派十八棍僧打出去。

与此同时，我们注意这个宝林寺的名字，历史上确有其寺，也确实是敕建的，而且建它的那个国家也被外来的“行脚僧”们鸠占鹊巢了。

这回的故事，是西游宇宙中隐喻的集大成者。

三藏听言，心中暗道：“可怜呵！我弟子可是那等样没脊骨的和尚？”欲待要哭，又恐那寺里的老和尚笑，他但暗暗扯衣揩泪，忍气吞声，急走出去，见了三个徒弟。那行者见师父面上含怒，向前问：“师父，寺里和尚打你来？”唐僧道：“不曾打。”八戒说：“一定打来。不是，怎么还有些哭包声？”那行者道：“骂你来？”唐僧道：“也不曾骂。”行者道：“既不曾打，又不曾骂，你这般苦恼怎么？好道是思乡哩？”唐僧道：“徒弟，他这里不方便。”行者笑道：“这里想是道士？”唐僧怒道：“观里才有道士，寺里只是和尚。”行者道：“你不济事。但是和尚，即与我们一般。常言道：‘既在佛会下，都是有缘人。’你且坐，等我进去看看。”

好行者，按一按顶上金箍，束一束腰间裙子，执着铁棒，径到大雄宝殿上，指着那三尊佛相道：“你本是泥塑金妆假像，内里岂无感应？我老孙保领大唐圣僧往

西天拜佛求取真经，今晚特来此处投宿，趁早与我报名！假若不留我等，就一顿棍打碎金身，教你还现本相泥土！”

唐僧听完又要哭，因为怕被笑话，在那儿暗暗扯衣揩泪才没让眼泪落下来。他忍气吞声，急走出去后，悟空看出来了，问了两件事：挨打了？挨骂了？

唐僧都说没有，悟空随后开始戳唐僧肺管子，问道：“好道是思乡哩？”唐僧碍于面子说：“他这里不方便。”猴哥表示：“你不济事。”然后要进去看看怎么个不方便。

悟空选择正面打唐僧的脸，证明他到底有多不济事，让他知道知道啥叫人比人得死。所以后面看到八戒撺掇唐僧念紧箍咒时别意外，前面的矛盾作者已经铺垫好了。猴子又嘚瑟上了，人家唐僧这回虽然不敢赶你了，但也会找邪碴儿了。

悟空进去之后先是在大雄宝殿上指着三宝佛，也就是释迦牟尼佛、阿弥陀佛和药师佛的塑像，说：你们不是真佛，本是泥塑金妆的假像！我不管你们是何方的神灵在此寺驻场，赶紧给我出来！如果不留我们，我一棍子打碎你们的金身！

作者借悟空的这段话表明了自己的宗教观念，他对拜佛像是否有功效这事提出了自己的看法，咱们不深究，毕竟论宗教咱也不是专业的。这是作者小说创作中的自我价值观流露，与剧情推动并无关联，咱们接着往后看。

这大圣正在前边发狠，捣叉子乱说，只见一个烧晚香的道人，点了几枝香来佛前炉里插，被行者咄的一声，諕了一跌；爬起来，看见脸，又是一跌，吓得滚滚踦踦，跑入方丈里报道：“老爷，外面有个和尚来了！”那僧官道：“你这伙道人都少打！一行说教他往前廊下去蹲，又报甚么！再说，打二十！”道人说：“老爷，这个和尚比那个和尚不同，生得恶躁，没脊骨。”僧官道：“怎的模样？”道人道：“是个圆眼睛，查耳朵，满面毛，雷公嘴，手执一根棍子，咬牙恨恨的，要寻人打哩。”僧官道：“等我出去看。”

他即开门，只见行者撞进来了。真个生得丑陋：七高八低孤拐脸，两只黄眼睛，一个磕额头，獠牙往外生，就像属螃蟹的，肉在里面，骨在外面。那老和尚慌得把方丈门关了。行者赶上，扑的打破门扇道：“赶早将干净房子打扫一千间，老孙睡觉！”僧官躲在房里，对道人说：“怪他生得丑么，原来是说大话，折作的这般嘴脸。

我这里连方丈、佛殿、钟鼓楼、两廊，共总也不尚三百间，他却要一千间睡觉，却打那里来？”道人说：“师父，我也是吓破胆的人了，凭你怎么答应他罢。”那僧官战索索的高叫道：“那借宿的长老，我这小荒山不方便，不敢奉留，往别处去宿罢。”

行者将棍子变得盆来粗细，直壁壁的竖在天井里道：“和尚，不方便，你就搬出去！”僧官道：“我们从小儿住的寺，师公传与师父，师父传与我辈，我辈要远继儿孙。他不知是那里勾当，冒冒实实的，教我们搬哩。”道人说：“老爷，十分不尴尬，搬出去也罢。杠子打进门来了！”僧官道：“你莫胡说！我们老少众大四五百名和尚，往那里搬？搬出去，却也没处住。”行者听见道：“和尚，没处搬，便着一个出来打样棍！”老和尚叫：“道人，你出去与我打个样棍来。”那道人慌了道：“爷爷呀，那等个大杠子，教我去打样棍？”老和尚道：“‘养军千日，用军一朝。’你怎么不出去？”道人说：“那杠子莫说打来，若倒下来，压也压个肉泥！”老和尚道：“也莫要说压，只道竖在天井里，夜晚间走路不记得呵，一头也撞个大窟窿！”道人说：“师父，你晓得这般重，却教我出去打甚么样棍？”他自家里面转闹起来。

行者听见道：“是也禁不得。假若就一棍打杀一个，我师父又怪我行凶了。且等我另寻一个甚么打与你看看。”忽抬头，只见方丈门外有一个石狮子，却就举起棍来，乒乓一下，打得粉乱麻碎。那和尚在窗眼儿里看见，就吓得骨软筋麻，慌忙往床下拱，道人就往锅门里钻，口中不住叫：“爷爷！棍重，棍重！禁不得！方便，方便！”行者道：“和尚，我不打你。我问你，这寺里有多少和尚？”僧官战索索的道：“前后是二百八十五房头，共有五百个有度牒的和尚。”行者道：“你快去把那五百个和尚都点得齐齐整整，穿了长衣服出去，把我那唐朝的师父接进来，就不打你了。”僧官道：“爷爷，若是不打，便抬也抬进来。”行者道：“趁早去！”僧官叫：“道人，你莫说吓破了胆，就是吓破了心，便也去与我叫这些人来，接唐僧老爷爷来。”

那道人没奈何，舍了性命，不敢撞门，从后边狗洞里钻将出去，径到正殿上，东边打鼓，西边撞钟。钟鼓一齐响处，惊动了两廊大小僧众，上殿问道：“这早还不晚哩，撞钟打鼓做甚？”道人说：“快换衣服，随老师父排班，出山门外迎接唐朝来的老爷。”那众和尚真个齐齐整整，摆排出门迎接。有的披了袈裟，有的着了褊衫，无的穿着个一口钟直裰；十分穷的，没有长衣服，就把腰裙接起两条，披在身上。行者看见道：“和尚，你穿的是甚么衣服？”和尚见他恶丑，道：“爷爷，不要打，等我说。这是我们城中化的布，此间没有裁缝，是自家做的个‘一裹穷’。”

行者闻言暗笑，押着众僧，出山门下跪下。那僧官磕头高叫道：“唐老爷，请方丈里坐。”八戒看见道：“师父老大不济事，你进去时泪汪汪，嘴上挂得油瓶。师兄怎么就有此獐智，教他们磕头来接？”三藏道：“你这个呆子，好不晓礼！常言道，‘鬼也怕恶人’哩。”唐僧见他们磕头礼拜，甚是不过意，上前叫：“列位请起。”众僧叩头道：“老爷，若和你徒弟说声方便，不动杠子，就跪一个月也罢。”唐僧叫：“悟空，莫要打他。”行者道：“不曾打，若打，这会已打断了根矣。”那些和尚却才起身，牵马的牵马，挑担的挑担，抬着唐僧，驮着八戒，挽着沙僧，一齐都进山门里去。却到后面方丈中，依叙坐下。

众僧却又礼拜，三藏道：“院主请起，再不必行礼，作践贫僧。我和你都是佛门弟子。”僧官道：“老爷是上国钦差，小和尚有失迎接。今到荒山，奈何俗眼不识尊仪，与老爷邂逅相逢。动问老爷，一路上是吃素是吃荤？我们好去办饭。”三藏道：“吃素。”僧官道：“徒弟这个爷爷好的吃荤？”行者道：“我们也吃素，都是胎里素。”那和尚道：“爷爷呀，这等凶汉也吃素！”有一个胆量大的和尚，近前又问：“老爷既然吃素，煮多少米的饭方勾吃？”八戒道：“小家子和尚，问甚么！一家煮上一石米。”那和尚都慌了，便去刷洗锅灶，各房中安排茶饭。高掌明灯，调开桌椅，管待唐僧。

师徒们都吃罢了晚斋，众僧收拾了家火。三藏称谢道：“老院主，打搅宝山了。”僧官道：“不敢，不敢。怠慢，怠慢。”三藏道：“我师徒却在那里安歇？”僧官道：“老爷不要忙，小和尚自有区处。”叫：“道人，那壁厢有几个人听使令的？”道人说：“师父，有。”僧官分付道：“你们着两个去安排草料，与唐老爷喂马；着几个去前面，把那三间禅堂打扫干净，铺设床帐，快请老爷安歇。”

那些道人听命，各各整顿齐备，却来请唐老爷安寝。他师徒们牵马挑担，出方丈，径至禅堂门首看处，只见那里面灯火光明，两梢间铺着四张藤替床。行者见了，即唤办草料的道人，将草料抬来，放在禅堂里面，拴下白马，教道人都出去。三藏坐在中间，灯下两班儿立五百个和尚，都伺候着，不敢侧离。三藏欠身道：“列位请回，贫僧好自在安寝也。”众僧决不敢退。僧官上前分付大众：“伏侍老爷安置了再回。”三藏道：“即此就是安置了，都就请回。”众人却才敢散，去讫。

悟空正发狠呢，他的尊容把一个烧晚香的道人差点吓死。僧官出去后正撞上悟空，也吓得赶紧关门，但被悟空一棒子打破门扇，表示："赶早将干净房子打扫一千间，老孙睡觉！"

悟空将棍子变得盆来粗细，竖在天井里，并将一个石狮子打得粉碎，随后众生就平等了，全寺五百个和尚齐齐整整身着礼服去迎接门口的唐僧了。

此处也透露了这寺庙的规模，全寺四五百和尚，当年居然被一伙无赖行脚僧给拿捏了。不卖关子了，宝林寺的遭遇，作者隐喻的是梁武帝萧衍被只有八百败兵的侯景颠覆了政权的故事，后面咱们会详细阐述。

你说光念经管用吗？没有武力打底，经根本念不踏实！宝林寺一进门的那对威仪恶丑的金刚算是白塑了，根本不明白护法的含义啊！

众僧出山门跪下，僧官磕头高叫"唐老爷，请方丈里坐"后，唐僧慨叹了一句"'鬼也怕恶人'哩"。唐僧请众僧起来，但众僧却叩头表态："老爷，若和你徒弟说声方便，不动杠子，就跪一个月也罢。"

这也再次凸显出宝林寺软弱的群僧气质，被吓唬之后㞞得实在不像话，跟侯景过江后整个江东的状态一样。

就这样，唐老爷人假猴威地进了宝林寺，而且是"抬着唐僧，驮着八戒，挽着沙僧"进去的。进去后众僧再拜，唐僧实在看不下去了，叫他们不必行礼了。此时僧官的嘴已经很甜地说唐老爷是上国钦差了，并问唐老爷一路上是吃素还是吃荤，都能安排。

谄媚的样子真给佛门丢脸！

甚至到了入睡环节，宝林寺的和尚们都不敢睡觉，所谓"两班儿立五百个和尚，都伺候着，不敢侧离"。

唐僧欠身请他们回去时，"众僧决不敢退。僧官上前分付大众：'伏侍老爷安置了再回。'"直到唐僧表示确实可以了，众僧才散。

这一回眼看就要结束了，从无闲笔的百回本中几乎专门拿了一个回目的内容表达了一件事：劝人向善是一个配套工程，你的武力威慑和利益威慑永远是劝人向善的必要手段。

魔王来了，念经是念不死他的。

必须先像扫地僧拿捏萧远山和慕容博那样，外加“好俊”的降龙十八掌都摆弄一遍后，将这俩魔头从生到死再从死到生地拿捏一通，再在他们面前各放一本经书，这时候让他们念经，他们才读得下去，才能体会到自己这辈子白活了，从而开悟。

扫地僧要是打不赢他们，一切都白扯。

丁春秋是让虚竹念经念死的吗？

是虚竹给他种了生不如死的生死符，他才被收服的。

寺院作为佛门三宝，也就是佛宝、法宝、僧宝的载体，是要有自己弘法劝善的尊严的。给佛祖争光的寺院，应该平日里半日讲经说法，半日操练武艺，善信来了正常接待，让众生对善产生信心，恶徒来了就棍棒伺候，让妖魔不敢欺凌正法。

再善的寺庙，护法的金刚也没有慈眉善目的，都是拧眉瞪眼的丑恶威仪。

善良不是软弱，劝人向善也从不是动动嘴就行的廉价行动，而是一个系统配套的工程。

唐僧举步出门小解，只见明月当天，叫：“徒弟。”行者、八戒、沙僧都出来侍立。因感这月清光皎洁，玉宇深沉，真是一轮高照，大地分明。对月怀归，口占一首古风长篇。诗云：

皓魄当空宝镜悬，山河摇影十分全。
琼楼玉宇清光满，冰鉴银盘爽气旋。
万里此时同皎洁，一年今夜最明鲜。
浑如霜饼离沧海，却似冰轮挂碧天。
别馆寒窗孤客闷，山村野店老翁眠。
乍临汉苑惊秋鬓，才到秦楼促晚奁。
庾亮有诗传晋史，袁宏不寐泛江船。
光浮杯面寒无力，清映庭中健有仙。
处处窗轩吟白雪，家家院宇弄冰弦。
今宵静玩来山寺，何日相同返故园？

行者闻言，近前答曰：“师父呵，你只知月色光华，心怀故里，更不知月家之意，乃先天法象之规绳也。月至三十日，阳魂之金散尽，阴魄之水盈轮，故纯黑而

无光，乃曰‘晦’。此时与日相交，在晦朔两日之间，感阳光而有孕。至初三日一阳现，初八日二阳生，魄中魂半，其平如绳，故曰‘上弦’。至今十五日，三阳备足，是以团圆，故曰‘望’。至十六日一阴生，二十日二阴生，此时魂中魄半，其平如绳，故曰‘下弦’。至三十日三阴备足，亦当晦。此乃先天采炼之意。我等若能温养二八，九九成功，那时节见佛容易，返故田亦易也。

前弦之后后弦前，药味平平气象全。

采得归来炉中炼，志心功果即西天。”

那长老听说，一时解悟，明彻真言，满心欢喜，称谢了悟空。沙僧在旁笑道：“师兄此言虽当，只说的是弦前属阳，弦后属阴，阴中阳半，得水之金，更不道：

水火相搀各有缘，全凭土母配如然。

三家同会无争竞，水在长江月在天。”

那长老闻得，亦开茅塞。正是：

理明一窍通千窍，说破无生即是仙。

八戒上前扯住长老道：“师父，莫听乱讲，误了睡觉。这月呵：

缺之不久又团圆，似我生来不十全。吃饭嫌我肚子大，拿碗又说有黏涎。他都伶俐修来福，我自痴愚积下缘。我说你取经还满三涂业，摆尾摇头直上天。”

三藏道：“也罢，徒弟们走路辛苦，先去睡下，等我把这卷经来念一念。”行者道：“师父差了。你自幼出家，做了和尚，小时的经文，那本不熟？却又领了唐王旨意，上西天见佛求取大乘真典。如今功未完成，佛未得见，经未曾取，你念的是那卷经儿？”三藏道：“我自出长安，朝朝跋涉，日日奔波，小时的经文恐怕生了；幸今夜得闲，等我温习温习。”行者道：“既这等说，我们先去睡也。”他三人各往一张藤床上睡下。长老掩上禅堂门，高剔银缸，铺开经本，默默看念。正是那：

楼头初鼓人烟静，野浦渔舟火灭时。

毕竟不知那长老怎么样离寺，且听下回分解。

唐僧被一声声老爷地伺候了一晚上后，看见明月当空都起诗性了。人永远是吃饱喝足后才有心情整这些高级趣味！“今宵静玩来山寺，何日相同返故园”这诗表达的还是思乡之情。

几个小时前本该是“前廊下蹲”的待遇，现在已经是“今宵静玩”了，最大功臣悟空一听他师父又念叨啥时候才能到灵山了，便就着这个引子给他师父讲了一个深刻的道理。一提月亮别老说些思乡、团圆啥的，太俗、太表象！这月亮之上有着先天法象的规绳。“月至三十日，阳魂之金散尽，阴魄之水盈轮，故纯黑而无光，乃曰‘晦’。此时与日相交，在晦朔两日之间，感阳光而有孕。至初三日一阳现，初八日二阳生，魄中魂半，其平如绳，故曰‘上弦’。至今十五日，三阳备足，是以团圆，故曰‘望’。至十六日一阴生，二十日二阴生，此时魂中魄半，其平如绳，故曰‘下弦’。至三十日三阴备足，亦当晦。”

悟空给他师父讲了月亮阴晴圆缺的先天采炼之意。悟空说：“我等若能温养二八,九九成功，那时节见佛容易，返故田亦易也。”这里的“温养二八,九九成功”是道家修炼内丹的一种术语，“温养二八”中的“二八”指十六，代表火候的一种象征或阶段。在道家内丹修炼中，火候是非常关键的因素，讲究的是对修炼时意念、呼吸等的把握和调控。“温养二八”表示在修炼过程中，要以一种温和、持续的方式来调养体内的精气神，就好像小火慢炖一样，让其在一种稳定的状态下逐渐孕育、转化。“九九成功”中的“九九”是极数，在传统文化中常用来表示事物发展到了一个圆满、完备的阶段。“九九成功”意味着经过长期反复的温养修炼，自身达到了一种功成圆满的境界。

悟空在教导唐僧，一件事情修炼功成需要以一种小火慢炖的态度“九九成功”，我们现在常说的久久为功也是这个意思。功到自然成，这是一个长期性、渐进性的工程，不是一蹴而就的，需要耐心和恒心。

针对唐僧总问进度条这件事，作者借悟空的口讲明了久久为功的智慧，然后罕见地，唐僧认可了悟空的道理。他听懂了，所谓“那长老听说，一时解悟，明彻真言，满心欢喜，称谢了悟空”。

唐僧真悟了吗?

就当听个乐吧，知道和做到之间还差很远呢。仅仅两个月后，在黑水河前唐师父又感叹取经啥时候是个头了，所谓“三藏闻言，默然沉虑道：‘徒弟呵，我：一自当年别圣君，奔波昼夜甚殷勤。芒鞋踏破山头雾，竹笠冲开岭上云。夜静猿啼殊可叹，月明鸟噪不堪闻。何时满足三三行，得取如来妙法文？’”（第四十三回）

咱可没冤枉他，离开乌鸡国到火云洞是半月有余，所谓“师徒们离了乌鸡国，夜住晓行，将半月有余。忽又见一座高山”（第四十回），离开火云洞到黑水河是一月有余，所谓“行了一个多月，忽听得水声振耳。三藏大惊道：‘徒弟哑，又是那里水声？’”（第四十三回）

也就两个月时间，这天晚上悟的这点智慧又不知散到哪里去了。这跟扫六贼一样，不能指望悟空一次就能学会“耳听不怒”，也不能指望唐僧一次就明白“身本不忧”。

听到悟空只说了阴阳之理，沙僧觉得自己也得有点参与感，随后也说了一段修炼内丹的诗句。“水火相搀各有缘，全凭土母配如然”，“水火”在道家学说中通常指代阴阳，水为阴，火为阳，“相搀各有缘”表示水火两种不同性质的力量相互交融是有其特定机缘和规律的，“土母”也就是土，说的是水火是相克的，需要土来中和，“全凭土母配如然”意味着水火的交融配合需要依靠土的调和作用才能达到理想的状态。

“三家同会无争竞，水在长江月在天”，“三家”就是前面说的水、火、土，或者说是阴、阳以及从阴阳中起到调和作用的中坚力量，“同会无争竞”表示当这三者和谐共处、相互交融时就不会产生矛盾和争斗，“水在长江月在天”是和谐的自然景象。水在长江奔流不息，月在天上高悬映照，也就是水、火、土三家在调和后达到了一种如同自然般和谐的境界。

沙僧在西游宇宙的五行代号是“黄婆”，也就是他口中的“土母”，这里沙僧也是在表达自己这“登山牵马”“放屁添风”的“土母”是有作用的，是用来调和的。别看咱作用不大，但没了咱还不行。

随后宝林寺赛诗会在八戒毫无禅机的打油诗后收尾。

唐僧安排徒弟们去睡，他要温习经文了，后面的剧情是托梦，本来师徒四人都可以去睡了，作者为啥要安排唐僧念经呢?

肯定是经文里有他想表达的深意，作者终于要揭露前面宝林寺的现眼僧们是在隐喻谁了。

第三十七回

鬼王夜谒唐三藏，悟空神化引婴儿

却说三藏坐于宝林寺禅堂中灯下，念一会《梁皇水忏》，看一会《孔雀真经》，直坐到三更时候，却才把经本包在囊里。正欲起身去睡，只听得门外扑剌剌一声响亮，淅零零刮阵怪风。那长老恐吹灭了灯，慌忙将褊衫袖子遮住。又见那灯或明或暗，便觉有些心惊胆战。此时又困倦上来，伏在经案上盹睡。虽是合眼朦胧，却还心中明白，耳内嘤嘤听着那窗外阴风飒飒。好风！真个那：

淅淅潇潇，飘飘荡荡。淅淅潇潇飞落叶，飘飘荡荡卷浮云。满天星斗皆昏昧，遍地尘沙尽洒纷。一阵家猛，一阵家纯。纯时松竹敲清韵，猛处江湖波浪浑。刮得那山鸟难栖声哽哽，海鱼不定跳喷喷。东西馆阁门窗脱，前后房廊神鬼。佛殿花瓶吹堕地，琉璃摇落慧灯昏。香炉欹倒香灰迸，烛架歪斜烛焰横。幢幡宝盖都摇折，钟鼓楼台撼动根。

那长老昏梦中，听着风声一时过处，又闻得禅堂外，隐隐的叫一声"师父"。忽抬头梦中观看，门外站着一条汉子，浑身上下水淋淋的，眼中垂泪，口里不住叫："师父，师父！"三藏欠身道："你莫是魍魉妖魅，神怪邪魔，至夜深时来此戏我？我却不是那贪欲贪嗔之类。我本是个光明正大之僧，奉东土大唐旨意，上西天拜佛求经者。我手下有三个徒弟，都是降龙伏虎之英豪，扫怪除魔之壮士。他若见了你，碎尸粉骨，化作微尘。此是我大慈悲之意，方便之心。你趁早儿潜身远遁，莫上我的禅门来。”那人倚定禅堂道：“师父，我不是妖魔鬼怪，亦不是魍魉邪神。”三藏道：“你既不是此类，却深夜来此何为？”那人道：“师父，你慧眼看我一看。”长老果仔细定睛看处，呀！只见他：

头戴一顶冲天冠，腰束一条碧玉带，身穿一领飞龙舞凤赭黄袍，足踏一双云头绣口无忧履，手执一柄列斗罗星白玉珪。面如东岳长生帝，形似文昌开化君。

三藏见了，大惊失色，急躬身厉声高叫道：“是那一朝陛下？请坐。”用手忙搀，扑了个空虚，回身坐定，再看处，还是那个人。长老便问：“陛下，你是那里皇帝？何邦帝王？想必是国土不宁，谗臣欺虐，半夜逃生至此。有何话说？说与我听。”这人才泪滴腮边谈旧事，愁攒眉上诉前因，道：“师父啊，我家住在正西，离此只有四十里远近。那厢有座城池，便是兴基之处。”三藏道：“叫做甚么地名？”那人道：“不瞒师父说，便是朕当时创立家邦，改号乌鸡国。”三藏道：“陛下这等惊慌，却因甚事至此？”那人道：“师父呵，我这里五年前天年干旱，草子不生，民皆饥死，甚是伤情。”三藏闻言，点头笑道：“陛下呵，古人云：‘国正天心顺。’想必是你不慈恤万民。既遭荒歉，怎么就躲离城廓？且去开了仓库，赈济黎民，悔过前非，重兴今善，放赦了那枉法冤人，自然天心和合，雨顺风调。”

那人道：“我国中仓廪空虚，钱粮尽绝。文武两班停俸禄，寡人膳食亦无荤。仿效禹王治水，与万民同受甘苦，沐浴斋戒，昼夜焚香祈祷。如此三年，只干得河枯井涸。正都在危急之处，忽然钟南山来了一个全真，能呼风唤雨，点石成金。先见我文武多官，后来见朕，当即请他登坛祈雨。果然有应，只见令牌响处，顷刻间大雨滂沱。寡人只望三尺雨足矣，他说久旱不能润泽，又多下了二寸。朕见他如此尚义，就与他八拜为交，以兄弟称之。”三藏道：“此陛下万千之喜也。”那人道：“喜自何来？”三藏道：“那全真既有这等本事，若要雨时，就教他下雨；若要金时，就教他点金。还有那些不足，却离了城阙来此？”那人道：“朕与他同寝食者，只得二年。又遇着阳春天气，红杏夭桃，开花绽蕊，家家仕女，处处王孙，俱去游春赏玩。那时节，文武归衙，嫔妃转院。朕与那全真携手缓步至御花园里，忽行到八角琉璃井边，不知他抛下些甚么物件，井中有万道金光，哄朕到井边看甚么宝贝。他陡起凶心，扑通的把寡人推下井内，将石板盖住井口，拥上泥土，移一株芭蕉，栽在上面。可怜我呵，已死去三年，是一个落井伤生的冤屈之鬼也！”

唐僧见说是鬼，谎得筋力酥软，毛骨耸然。没奈何，只得将言又问他道：“陛下，你说的这话，全不在理。既死三年，那文武多官，三宫皇后，遇三朝见驾殿上，怎么就不寻你？”那人道：“师父呵，说起他的本事，果然世间罕有。自从害了朕，他当时在花园内摇身一变，就变做朕的模样，更无差别。现今占了我的江山，暗侵了我的国土。他把我两班文武，四百朝官，三宫皇后，六院嫔妃，尽属了他矣。”三藏道：“陛下，你忒也懦。”那人道：“何懦？”三藏道：“陛下，那怪倒有些神通，变作你的模样，侵占你的乾坤，文武不能识，后妃不能晓，只有你死的明白，你何不在阴司阎王处具告，把你的屈情伸诉伸诉？”那人道：“他的神通广大，官吏情熟，都城隍常与他会酒，海龙王尽与他有亲，东岳齐天是他的好朋友，十代阎罗是他的异兄弟。因此这般，我也无门投告。”

三藏坐于宝林寺禅堂中，灯下，念了一会儿《梁皇水忏》，又看了一会儿《孔雀真经》。

《梁皇水忏》又称《梁皇宝忏》，传说梁武帝萧衍的夫人郗氏生性嫉妒，轻欺三宝，死后堕落为蟒蛇。萧衍为超度郗氏，拜请志公禅师，依经律忏罪要义制忏文三十卷为郗氏忏悔。

后面的剧情是托梦。本来唐僧该去睡了，但作者安排唐僧念这段经，是在提醒读者们，前面的故事他想讽刺的是信佛信到了国破家亡、被活活饿死的萧衍。对这段故事不了解的可以去看我的《南北归一》系列。这宝林寺也是于公元527年由萧衍敕建的皇家寺院，关于对萧衍的隐喻我会在这一关的结尾拢全了一块儿讲，接着往下看，后面的剧情更加劲爆。

唐僧看到三更，准备睡觉时鬼来了。唐僧进入了他干哥们儿李世民的见鬼状态，一个水淋淋的鬼走进了他的梦境。当唐僧看清这鬼是个皇帝后，那是相当重视，所谓“大惊失色，急躬身厉声高叫道：‘是那一朝陛下？请坐。’”唐师父人设一直很稳，对官家极其尊重。

这国王跟唐僧说了自己的大体情况，透露出四个重要线索：

1. 这国王是乌鸡国的开国之君，距此寺四十里外有座城池，是他的兴基之处。

2. 乌鸡国经受过三年大旱，他沐浴斋戒，昼夜焚香祈祷，能使的招都使了，雨还是没有下。直到五年前，“钟南山”来的一个全真为他求下了雨。注意这道士求雨的方式，是“登坛祈雨”，是“只见令牌响处，顷刻间大雨滂沱”。他用的是后面车迟国出现过的五雷法，所谓“大仙道：‘这一上坛，只看我的令牌为号：一声令牌响，风来；二声响，云起；三声响，雷闪齐鸣；四声响，雨至；五声响，云散雨收。’”（第四十五回）而且想下多少下多少，“寡人只望三尺雨足矣，他说久旱不能润泽，又多下了二寸”，这也再次佐证了他用的是五雷法。

这五雷法相当牛，后面车迟国时会着重介绍。

3. 国王跟全真道士结为了兄弟，两人同寝同食了两年，不想三年前他被这道士推到井里去了。

4. 唐僧问国王，为啥不去告阴状，国王说咱没人啊！那妖怪神通广大，官吏情熟，所谓“都城隍常与他会酒，海龙王尽与他有亲，东岳齐天是他的好朋友，十代阎罗是他的异兄弟”。人家背景太硬。

看到这里我们可能会有一个疑问，乌鸡国明明跟后面的车迟国一样，都是不下雨，来了道士用五雷法解决问题，而且这道士的求雨手法相当高级，可为啥这道士要跟他同吃同住了两年后才干掉他？

在乌鸡国这关中，作者又运用了剥洋葱的写作技巧，这些重要线索和疑问咱们先保留，接着往后看。

三藏道：“陛下，你阴司里，既没本事告他，却来我阳世间作甚？”那人道：“师父呵，我这一点冤魂，怎敢上你的门来？山门前，有那护法诸天、六丁六甲、五方揭谛、四值功曹、一十八位护教伽蓝，紧随鞍马。却才亏夜游神一阵神风，把我送将进来。他说我三年水灾该满，着我来拜谒师父。他说你手下有个大徒弟，是齐天大圣，极能斩怪降魔。今来志心拜恳，千乞到我国中，拿住妖魔，辨明邪正。朕当结草衔环，报酬师父恩也！”三藏道：“陛下，你到来，是请我徒弟去除却那妖怪么？”那人道：“正是，正是。”三藏道：“我徒弟干别的事不济，但说降妖捉怪，正合他宜。陛下呵，虽是着他拿怪，但恐理上难行。”那人道：“怎么难行？”三藏道：“那怪既神通广大，变得与你相同，满朝文武，一个个言和心顺；三宫妃嫔，一个个意合情投。我徒弟纵有手段，决不敢轻动干戈。倘被多官拿住，说我们欺邦灭国，问一款大逆之罪，困陷城中，却不是画虎刻鹄也？”

那人道："我朝中还有人哩。"三藏道："却好，却好。想必是一代亲王侍长，发付何处镇守去了？"那人道："不是。我本宫有个太子，是我亲生的储君。"三藏道："那太子想必被妖魔贬了？"那人道："不曾。他只在金銮殿上，五凤楼中，或与学士讲书，或共全真登位。自此三年，禁太子不入皇宫，不能勾与娘娘相见。"三藏道："此是何故？"那人道："此是妖怪使下的计策。只恐他母子相见，闲中论出长短，怕走了消息，故此两不会面，他得永住常存也。"三藏道："你的灾迍，想应天付，却与我相类。当时我父曾被水贼伤生，我母被水贼欺占，经三个月，分娩了我。我在水中，逃了性命，幸金山寺恩师，救养成人。记得我幼年无父母，此间那太子失双亲，真个可怜。"又问道："你纵有太子在朝，我怎的与他相见？"那人道："如何不得见？"三藏道："他被妖魔拘辖，连一个生身之母尚不得见，我一个和尚，欲见何由？"

那人道："他明早出朝来也。"三藏问："出朝作甚？"那人道："明日早朝，领三千人马，架鹰犬，出城采猎。师父断得与他相见，见时肯将我的言语说与他，他便信了。"三藏道："他本是肉眼凡胎，被妖魔哄在殿上，那一日不叫他几声父王？他怎肯信我的言语？"那人道："既恐他不信，我留下一件表记与你罢。"三藏问："是何物件？"那人把手中执的金镶白玉珪放下道："此物可以为记。"三藏道："此物何如？"那人道："全真自从变作我的模样，只是少变了这件宝贝。他到宫中，说那求雨的全真拐了此珪去了。自此三年，还没此物。我太子若看见，他睹物思人，此仇必报。"三藏道："也罢，等我留下，着徒弟与你处置。却在那里等么？"那人道："我也不敢等。我这去，还央求夜游神，再使一阵神风，把我送进皇宫内院，托一梦与我那正宫皇后，教他母子们合意，你师徒们同心。"三藏点头应承道："你去罢。"

唐僧听完国王的话没有展现出多大的同情心，问道：你阴司里没本事告他，来我阳世间作甚？

国王说：我来这里还真是有理由的，不然你那取经摄像组咋可能让我近前。我是被夜游神的一阵神风送进来的，他说我三年水灾该满了，你徒弟中有个叫齐天大圣的特别牛，能帮我拿住妖魔。

唐僧却说：那妖怪已经变成了你的模样，我们没有动干戈的理由啊！咱唐师父最怕司法力量，所谓"倘被多官拿住，说我们欺邦灭国，问一款大逆之罪，困陷城中，却不是画虎刻鹄也？”

这国王表示，他在朝中还有人，就是他的太子。

这太子已经三年没有进入皇宫与他母亲相见了，原因是那妖怪“只恐他母子相见，闲中论出长短，怕走了消息，故此两不会面，他得永住常存也”。从这里也能看出，这个太子的能力是很了不得的，是被妖怪忌惮的。

接下来的描写又透露出妖怪为什么忌惮这个太子，因为太子是有兵权的，光打个猎就能带出三千兵马，所谓“明日早朝，领三千人马，架鹰犬，出城采猎。师父断得与他相见”。

国王给唐僧留下了消失三年的白玉珪作为跟太子相见的信物，随后去皇宫给他的皇后托梦去了。

那冤魂叩头拜别，举步相送，不知怎么蹋了脚，跌了一个筋斗，把三藏惊醒，却原来是南柯一梦。慌得对着那盏昏灯，连忙叫：“徒弟，徒弟！”八戒醒来道：“甚么‘土地土地’？当时我做好汉，专一吃人度日，受用腥膻，其实快活。偏你出家，教我们保护你跑路！原说只做和尚，如今拿做奴才，日间挑包袱牵马，夜间提尿瓶务脚！这早晚不睡，又叫徒弟作甚？”三藏道：“徒弟，我刚才伏在案上打盹，做了一个怪梦。”行者跳将起来道：“师父，梦从想中来。你未曾上山，先怕怪物；又愁雷音路远，不能得到；思念长安，不知何日回程，所以心多梦多。似老孙一点真心，专要西方见佛，更无一个梦儿到我。”三藏道：“徒弟，我这一梦，不是思乡之梦。才然合眼，见一阵狂风过处，禅房门外，有一朝皇帝，自言是乌鸡国王，浑身水湿，满眼垂泪。”这等这等，如此如此，将那梦中话一一的说与行者。行者笑道：“不消说了，他来托梦与你，分明是照顾老孙一场生意。必然是个妖怪，在那里篡位谋国，等我与他辨个真假。想那妖魔，棍到处，立业成功。”三藏道：“徒弟，他说那怪神通广大哩。”行者道：“怕他甚么广大！早知老孙到，教他即走无方！”三藏道：“我又记得留下一件宝贝做表记。”八戒答道：“师父莫要胡缠，做个梦便罢了，怎么只管闲话？”沙僧道：“‘不信直中直，须防仁不仁。’我们打起火，开了门，看看如何便是。”

行者果然开门，一齐看处，只见星月光中，阶檐上，只见真个放着一柄金镶白

玉珪。八戒近前拿起道：“哥哥，这是甚么东西？”行者道：“这是国王手中执的宝贝，名唤玉珪。师父呵，既有此物，想此事是真。明日拿妖，全都在老孙身上。只是要你三件儿造化低哩。”八戒道：“好，好，好，做个梦罢了，又告诵他。他那些儿不会作弄人哩，就教你三桩儿造化低。”三藏回入里面道：“是那三桩？”行者道：“明日要你顶缸、受气、遭瘟。”八戒笑道：“一桩儿也是难的，三桩儿却怎么耽得？”唐僧是个聪明的长老，便问：“徒弟呵，此三事如何讲？”行者道：“也不消讲，等我先与你二件物。”

好大圣，拔了一根毫毛，吹口仙气，叫声“变！”变做一个红金漆匣儿，把白玉珪放在内盛着，道：“师父，你将此物捧在手中，到天晓时，穿上锦襕袈裟，去那正殿坐着念经，等我去看看他那城池。端的是个妖怪，就打杀他，也在此间立个功绩；假若不是，且休撞祸。”三藏道：“正是，正是。”行者道：“那太子不出城便罢，若真个应梦出城来，我定引他来见你。”三藏道：“见了，我如何迎答？”行者道：“来到时，我先报知，你把那匣盖儿扯开些，等我变作二寸长的一个小和尚，钻在匣儿里，你连我捧在手中。那太子进了寺来，必然拜佛，你尽他怎的下拜，只是不睬他；他见你不动身，一定教拿你，你凭他拿下去，打也由他，绑也由他，杀也由他。”三藏道：“呀！他的军令大，真个杀了我怎么好？”行者道：“没事，有我哩。若到那紧关处，我自然护你。他若问时，你说是东土钦差上西天拜佛取经进宝的和尚。他道：‘有甚宝贝？’你却把锦襕袈裟对他说一遍，说道：‘此是三等宝贝，还有头一等、第二等的好物哩。’但问处，就说这匣内有一件宝贝，上知五百年，下知五百年，中知五百年，共一千五百年过去未来之事，俱尽晓得。却把老孙放出来，我将你梦中话，告诵那太子。他若是肯信，去拿了那妖魔，一则与他父王报仇，二来我们立个名节。他若不信，再将白玉珪拿与他看。只恐他年幼，还不认得哩。”三藏闻言，大喜道：“徒弟呵，此计绝妙！但说这宝贝，一个叫做锦襕袈裟，一个叫做白玉珪，你变的宝贝，却叫做甚名？”行者道：“就叫做‘立帝货’罢。”三藏依言，记在心上。

冤魂叩头拜别后，唐僧醒了，连忙叫“徒弟”，这一叫把八戒喊醒了。随后你看八戒说的这段话就能知道为啥唐僧离不开人家了。八戒醒来道：“甚么‘土地土地’？当时我做好汉，专一吃人度日，受用腥膻，其实快活。偏你出家，教我们保护你跑路！原说只做和尚，如今拿做奴才，日间挑包袱牵马，夜间提尿瓶务脚！这早晚不睡，又叫徒弟作甚？”

徒弟里第一个醒来答话的是八戒，八戒诉说了一下他每天晚上的工作，是“夜间提尿瓶务脚”，人家做的是“奴才”，所以唐僧为啥离不开这头猪呀？知道了吧。

八戒的这番埋怨并没惹唐僧生气，他说自己做了一个怪梦。悟空这时又“跳将起来”，埋汰他六根不净，心里瞎琢磨，所谓“师父，梦从想中来。你未曾上山，先怕怪物；又愁雷音路远，不能得到；思念长安，不知何日回程，所以心多梦多。似老孙一点真心，专要西方见佛，更无一个梦儿到我”。

还是那句话，作者在通过一个个细节铺垫后面念紧箍咒的合理性，悟空已经埋汰他师父好多次了。

唐僧给悟空讲了刚才的梦，悟空乐了，买卖又来了。见到白玉珪后悟空开始故弄玄虚，所谓“师父呵，既有此物，想此事是真。明日拿妖，全都在老孙身上。只是要你三件儿造化低哩”，随后悟空对他师父解释道：“明日要你顶缸、受气、遭瘟。”唐僧问此三事如何讲，悟空还是故弄玄虚：“也不消讲，等我先与你二件物。”悟空定计，将自己变成一个上知五百年，下知五百年，中知五百年的二寸小和尚，他要引太子来此，告知他爹的梦中之事。（针对悟空变的这个匣中小人起名为“立帝货”，有一种说法是，明朝时传教士们传教时拿出来的小耶稣相，英文为Redeemer，也就是救世主的意思，被音译为“立帝贸”，而“贸”和“货”字形相近，后传为“立帝货”，具体何意咱们不深究了，不影响剧情走向。）

注意此时唐僧的态度，是“三藏闻言，大喜道：‘徒弟呵，此计绝妙！’”

过会儿唐师父就不是这态度了。

师徒们一夜那曾得睡，盼到天明，恨不得点头唤出扶桑日，喷气吹散满天星。不多时，东方发白。行者又分付了八戒、沙僧，教他两个：“不可搅扰僧人，出来乱走。待我成功之后，共汝等同行。”才别了，唿哨一筋斗，跳在空中。睁火眼平西看处，果见有一座城池。你道怎么就看见了？当时说那城池离寺只有四十里，故此凭高就望见了。行者近前，仔细看处，又见那怪雾愁云漠漠，妖风怨气纷纷。行者在空中赞叹道：

若是真王登宝座，自有祥光五色云。

只因妖怪侵龙位，腾腾黑气锁金门。

行者正然感叹，忽听得炮声响亮，又只见东门开处，闪出一路人马。真个是采猎之军，果然势勇。但见：

晓出禁城东，分围浅草中。彩旗开映日，白马骤迎风。鼍鼓冬冬擂，标枪对对冲。架鹰军猛烈，牵犬将骁雄。火炮连天振，粘竿映日红。人人支弩箭，个个跨雕弓。张网山坡下，铺绳小径中。一声惊霹雳，千骑拥貔熊。狡兔身难保，乖獐智亦穷。狐狸该命尽，麋鹿丧当中。山雉难飞脱，野鸡怎避凶。他都要捡占山场擒猛兽，败残林木射飞虫。

那些人出得城来，散步东郊。不多时，有二十里向高田地，又只见中军营里，有小小的一个将军，顶着盔，贯着甲，裹肚花，十八札，手执青锋宝剑，坐下黄骠马，腰带满弦弓。真个是：

隐隐君王像，昂昂帝主容。

规模非小辈，行动显真龙。

天亮了，悟空又对自己离开后的人事进行了安排，所谓“行者又分付了八戒、沙僧，教他两个：‘不可搅扰僧人，出来乱走。待我成功之后，共汝等同行。’”

猴哥此时隐隐然已是取经“一把手”的姿态了，留心这些细节，这都是后面唐僧无厘头念紧箍咒的原因。

猴哥一个筋斗跳到空中开始望气，这乌鸡国“怪雾愁云漠漠，妖风怨气纷纷”，猴哥就此确定国王是妖怪。随后又看到太子带领的采猎之军，军队势勇，相当有章法，“鼍鼓冬冬擂，标枪对对冲。架鹰军猛烈，牵犬将骁雄。火炮连天振，粘竿映日红。人人支弩箭，个个跨雕弓”，不愧是开国的队伍。悟空见到了中军营里的太子，虽然他是“小小的一个将军”，但却英武非凡，已经显露出帝王之气了，所谓“隐隐君王像，昂昂帝主容。规模非小辈，行动显真龙”。

至此作者为我们展示了一个拥有十足帝王气的太子，留心这个要素，咱们接着剥洋葱。

行者在空暗喜道：“不须说，那个就是皇帝的太子了。等我戏他一戏。”好大圣，按落云头，撞入军中太子马前，摇身一变，变作一个白兔儿，只在太子马前乱跑。

太子看见，正合欢心，拈起箭，拽满弓，一箭正中了那兔儿。原来是那大圣故意教他中了，却眼乖手疾，一把接住那箭头，把箭翎花落在前边，丢开脚步跑了。那太子见箭中了玉兔，兜开马，独自争先来赶。不知马行的快，行者如风；马行的迟，行者慢走，只在他面前不远。看他一程一至，将太子哄到宝林寺山门之下。行者现了本身，不见兔儿，只见一枝箭插在门槛上，径撞进去，见唐僧道："师父，来了，来了！"却又一变，变做二寸长的小和尚儿，钻在红匣之内。

却说那太子赶到山门前，不见了白兔，只见门槛上插在一枝雕翅箭。太子大惊失色，道："怪哉，怪哉！分明我箭中了玉兔，玉兔怎么不见，只见箭在此间？想是年多日久，成了精魅也。"拔了箭，抬头看处，山门上有五个大字，写着"敕建宝林寺"。太子道："我知之矣。向年间，曾记得我父王在金銮殿上，差官赍些金帛，与这和尚修理佛殿、佛像，不期今日到此。正是'因过道院逢僧话，又得浮生半日闲'，我且进去走走。"

那太子跳下马来，正要进去，只见那保驾的官将与三千人马赶上，簇簇拥拥，都入山门里面。慌得那本寺众僧，都来叩头拜接。接入正殿中间，参拜佛像。却才举目观瞻，又欲游廊玩景，忽见正当中坐着一个和尚，太子大怒道："这个和尚无礼！我今半朝銮驾进山，虽无旨意知会，不当远接，此时军马临门，也该起身，怎么还坐着不动？"教："拿下来！"说声"拿"字，两边校尉，一齐下手，把唐僧抓将下来，急理绳索便捆。行者在匣里魆魆的念咒，教道："护法诸天、六丁六甲，我今设法降妖，这太子不能知识，将绳要捆我师父，汝等即早护持；若真捆了，汝等都该有罪！"那大圣暗中分付，谁敢不遵，却将三藏护持定了。有些人摸也摸不着他光头，好似一壁墙挡住，难拢其身。

那太子道："你是那方来的？使这般隐身法欺我！"三藏上前施礼道："贫僧无隐身法，乃是东土唐僧，上雷音寺拜佛求经进宝的和尚。"太子道："你那东土虽是中原，其穷无比，有甚宝贝，你说来我听。"三藏道："我身上穿的这袈裟，是第三样宝贝。还有第一等、第二等更好的物哩。"太子道："你那衣服，半边苫身，半边露臂，能值多少物，敢称宝贝！"三藏道："这袈裟虽不全体，有诗几句。诗曰：

佛衣偏袒不须论，内隐真如脱世尘。

万线千针成正果，九珠八宝合元神。

仙娥圣女恭修制，遗赐禅僧静垢身。

见驾不迎由自可，你的父冤未报枉为人！”

悟空变成一只白兔把太子一步步地引到了宝林寺。

至此，双重隐喻的第一个线索出现了，作者不仅仅是在隐喻南梁，也是在隐喻大明。

乌鸡国这个国名，重要的是“乌”字，传说太阳中有一只硕大的三足乌，每日由东向西飞翔，因此古人常以“乌”代指太阳，“金乌、乌阳、乌轮、乌焰”都指太阳；传说月亮中有一只玉兔、一只金蟾，所以古人通常用兔子和蟾代指月亮，著名的成语“乌飞兔走”“兔起乌沉”都形容月出日落或日往月来、时间飞逝。

乌代表日，兔代表月，合起来就是明。

这仅仅起了个头，后面我们再来分析作者究竟想骂什么闲街。

借太子之口，作者介绍了宝林寺是如何敕建的：“向年间，曾记得我父王在金銮殿上，差官赍些金帛，与这和尚修理佛殿、佛像，不期今日到此。”

乌鸡国国王原是崇佛的。

至此我们也能拼接出乌鸡国谜案最外面的一层背景了。这乌鸡国国王早先崇佛，所以宝林寺的规格极高，庙修得让唐僧都赞叹，后来大旱，这国王也是外儒内佛地去应对，所谓“寡人膳食亦无荤。仿效禹王治水，与万民同受甘苦，沐浴斋戒，昼夜焚香祈祷”。后来道家的全真解决了问题后，乌鸡国国王对佛教态度改观了，佛门失宠了。即便如此，这国王也没有跟后面的车迟国国王一样对佛门进行迫害。

拼接好最外面的大背景，我们接着往下看。太子入寺后，发现唐僧不拜他，大怒道：“这个和尚无礼！我今半朝銮驾进山，虽无旨意知会，不当远接，此时军马临门，也该起身，怎么还坐着不动？”

接下来的情节体现了太子的军令严明。所谓“教：‘拿下来！’说声‘拿’字，两边校尉，一齐下手，把唐僧抓将下来，急理绳索便捆”。唐僧在取经摄像组的保护下开了“空气墙”，引得太子跟唐僧开始对话。这太子口气真大，西行诸国对东土大唐都是赞不绝口的，但这太子却说“你那东土虽是中原，其穷无比，有甚宝贝，你说来我听”。而能把鉴宝无数的金池老贼迷得鬼迷心窍的锦襕袈裟在太子眼中却是“你那衣服，半边苦身，半边露臂，能值多少物，敢称宝贝！”

这太子英武不凡，其志不小啊！

太子闻言，心中大怒道："这泼和尚胡说！你那半片衣，凭着你口能舌便，夸好夸强。我的父冤，从何未报？你说来我听！"三藏进前一步，合掌问道："殿下，为人生在天地之间，能有几恩？"太子道："有四恩。"三藏道："那四恩？"太子道："感天地盖载之恩，日月照临之恩，国王水土之恩，父母养育之恩。"三藏笑曰："殿下言之有失。人只有天地盖载，日月照临，国王水土，那得个父母养育来？"太子怒道："和尚是那游手游食、削发逆君之徒！人不得父母养育，身从何来？"三藏道："殿下，贫僧不知。但只这红匣内，有一件宝贝，叫做'立帝货'，他上知五百年，中知五百年，下知五百年，共知一千五百年过去未来之事，便知无父母养育之恩，令贫僧在此久等多时矣。"

太子闻说，教："拿来我看。"三藏扯开匣盖儿，那行者跳将出来，犮呀犮的，两边乱走。太子道："这星星小人儿，能知甚事？"行者闻言嫌小，却就使个神通，把腰伸一伸，就长了有三尺四五寸。众军士吃惊道："若是这般快长，不消几日就撑破天也。"行者长到原身，就不长了。太子才问道："立帝货，这老和尚说你能知未来过去吉凶，你却有龟作卜，有蓍作筮，凭书句断人祸福？"行者道："我一毫不用，只是全凭三寸舌，万事尽皆知。"太子道："这厮又是胡说！自古以来，《周易》之书，极其玄妙，断尽天下吉凶，使人知所趍避，故龟所以卜，蓍所以筮。听汝之言，凭据何理？妄言祸福，扇惑人心！"

行者道："殿下且莫忙，等我说与你听。你本是乌鸡国王的太子。你那里五年前，年程荒旱，万民遭苦，你家皇帝共臣子秉心祈祷。正无点雨之时，钟南山来了一个道士，他善呼风唤雨，点石为金。君王忒也爱小，就与他拜为兄弟。这桩事有么？"太子道："有，有，有。你再说说。"行者道："后三年不见全真，称孤的却是谁？"太子道："果是有个全真，父王与他拜为兄弟，食则同食，寝则同寝。三年前在御花园里玩景，被他一阵神风，把父王手中金镶白玉珪摄回钟南山去了。至今父王还思慕他。因不见他，遂无心赏玩，把花园紧闭了，已三年矣。做皇帝的，非我父王而何？"

行者闻言，哂笑不绝。太子再问不答，只是哂笑。太子怒道："这厮当言不言，如何这等哂笑？”行者又道：“还有许多话哩，奈何左右人众，不是说处。”太子见他言语有因，将袍袖一展，教军士且退。那驾上官将急传令，将三千人马，都出门外住扎。此时殿上无人，太子坐在上面，长老立在前边，左手旁立着行者，本寺诸僧皆退。行者才正色上前道：“殿下，化风去的，是你生身之父母；见坐位的，是那祈雨之全真。”太子道：“胡说！胡说！我父自全真去后，风调雨顺，国泰民安。照依你说，就不是我父王了。还是我年懦，容得你；若我父王听见你这反话，拿了去碎尸万段！”把行者咄的喝下来。

行者对唐僧道：“何如？我说他不信，果然，果然。如今却拿那宝贝进与他，倒换关文，往西天去罢。”三藏即将红匣子递与行者。行者接过来，将身一抖，那匣儿卒不见了，原是他毫毛变的，被他收上身去。却将白玉珪，双手捧上，献与太子。太子见了道：“好和尚！好和尚！你五年前本是个全真，来骗了我家的宝贝，如今又妆做和尚来进献！”叫：“拿了！”一声传令，把长老諕得慌忙，指着行者道：“你这弼马温，专撞空头祸，带累我哩！”行者近前一齐拦住道：“休嚷，莫走了风！我不教做‘立帝货’，还有真名哩。”太子怒道：“你上来！我问你个真名字，好送法司定罪！”

行者道：“我是那长老大徒弟，名唤悟空孙行者。因与我师父上西天取经，昨宵到此觅宿。我师父夜读经卷，至三更时分，得一梦，梦见你父王道，他被那全真欺害，推在御花园八角琉璃井内，全真变作他的模样，满朝官不能知，你年幼亦无分晓。禁你入宫，关了花园，止恐怕漏了消息。你父王今夜特来请我降魔。我恐不是妖邪，自空中看了，果然是个妖精。正要动手拿他，不期你出城打猎。你箭中的玉兔，就是老孙。老孙把你引到寺里，见师父，诉此衷肠，句句是实。你既然认得白玉珪，怎么不念鞠养恩情，替亲报仇？”那太子闻言，心中惨戚，暗自伤愁道：“若不信此言语，他却有三分儿真实；若信了，怎奈殿上见是我父王。”这才是进退两难心问口，三思忍耐口问心。行者见他疑惑不定，又上前道：“殿下不必心疑。请殿下驾回本国，问你国母娘娘一声，看他夫妻恩爱之情，比三年前如何。只此一问，便知真假矣。”那太子回心道：“正是。且待我问我母亲去来。”他跳起身，笼了玉珪就走。行者扯住道：“你这些人马都回，却不走漏消息？我难成功。但要你单人独马进城，不可扬名卖弄，莫入正阳门，须从后宰门进去。到宫中见你母亲，切莫高声大气，须是悄语低言。恐那怪神通广大，一时走了消息，你娘儿们性命俱难保也。”

太子谨遵教命，出山门，分付将官：“稳在此扎营，不得移动。我有一事，待我去了，就来一同进城。”看他指挥号令屯军士，上马如飞即转城。这一去，不知见了娘娘有何话说，且听下回分解。

唐僧通过“你的父冤未报枉为人”引太子跟他继续辩论。在充分的辩论后，作者也展示出了太子是外儒内法的政治纲领。为人生在天地之间，“感天地盖载之恩，日月照临之恩，国王水土之恩，父母养育之恩”，这是标准的儒家理念；他对唐僧怒道“和尚是那游手游食、削发逆君之徒”，则充分表明他对于不事生产行业的僧侣的鄙视态度。

太子的英武以及务实，其实颇有点“小李世民”的味道了，这个太子如果能早登王位，乌鸡国的版图大概率是能加速扩大的。

唐僧将共知一千五百年过去未来之事的“立帝货”拿出来，太子问猴哥：“你却有龟作卜，有蓍作筮，凭书句断人祸福？”

当猴哥说他“只是全凭三寸舌，万事尽皆知”后，太子认为这是胡说，他信仰儒家四书五经中的《易经》,所谓“自古以来,《周易》之书,极其玄妙,断尽天下吉凶,使人知所趍避,故龟所以卜,蓍所以筮。听汝之言,凭据何理？妄言祸福,扇惑人心！”

悟空跟太子讲了三年前之事，当说到要紧处时悟空说此处人多，只见“太子见他言语有因，将袍袖一展，教军士且退。那驾上官将急传令，将三千人马，都出门外住扎”。

太子一个动作后就让“驾上官将急传令”，再次展现了他的英武，驾驭军队是把好手。

当悟空说到“化风去的，是你生身之父母；见坐位的，是那祈雨之全真”，太子更不信，因为这三年风调雨顺，国泰民安。悟空让唐僧拿出白玉珪，太子却认为是那个全真道士又来诈骗了，于是要抓唐僧。唐僧又哆嗦了，所谓“諕得慌忙，指着行者道：‘你这弼马温，专撞空头祸，带累我哩！’”

之前还说你这是妙计，你一定要帮乌鸡国国王这个忙呢，现在让人一吓唬，唐僧又㞞了，开始甩锅。

悟空再次给太子解释梦里的故事：你父王给我们托梦了，他被推入御花园八角琉璃井内。禁你入宫，关了花园是那全真怕走漏了消息，你射的玉兔是我变的，只为引你到寺里诉此衷肠。

不让入宫和变成玉兔这两条让太子动摇了，猴哥说：你赶紧悄悄回宫，问问你母亲，这三年夫妻是否恩爱，你一问就知道了！

太子随后出山门，“分付将官：‘稳在此扎营，不得移动。我有一事，待我去了，就来一同进城。’看他指挥号令屯军士，上马如飞即转城。”

无论是如山的军令还是如火的行动力，这个孩子真有开疆拓土的一代雄主模样。

这一回，依旧布下了重重迷雾，剧情线并没有收，还得接着往下看。

第三十八回

婴儿问母知邪正，金木参玄见假真

逢君只说受生因，便作如来会上人。

一念静观尘世佛，十方同看降威神。

欲知今日真明主，须问当年嫡母身。

别有世间曾未见，一行一步一花新。

却说那乌鸡国王太子，自别大圣，不多时回至城中。果然不奔朝门，不敢报传宣诏，径至后宰门首，见几个太监在那里把守。见太子来，不敢阻滞，让他进去了。好太子，夹一夹马，撞入里面，忽至锦香亭下。只见那正宫娘娘，坐在锦香亭上，两边有数十个嫔妃掌扇，那娘娘倚雕栏儿流泪哩。你道他流泪怎的？原来他四更时，也做了一梦，记得一半，含糊了一半，沉沉思想。

这太子下马，跪于亭下叫："母亲！"那娘娘强整欢容，叫声："孩儿，喜呀，喜呀！这二三年在前殿，与你父王开讲，不得相见，我甚思量。今日如何得暇来看我一面？诚万千之喜，诚万千之喜！孩儿，你怎么声音悲惨？你父王年纪高迈，有一日龙归碧海，凤返丹霄，你就传了帝位，还有甚么不悦？"太子叩头道："母亲，我问你即位登龙是那个？称孤道寡果何人？"娘娘闻言道："这孩儿发风了！做皇帝的是你父王，你问怎的？"太子叩头道："万望母亲赦子无罪，敢问；不赦，不敢问。"娘娘道："子母家有何罪？赦你，赦你，快快说来。"太子道："母亲，我问你三年前夫妻宫里之事，与后三年恩爱同否，如何？”

娘娘见说，魂飘魄散，急下亭抱起，紧搂在怀，眼中滴泪道：“孩儿，我与你久不相见，怎么今日来宫问此？”太子发怒道：“母亲有话早说，不说时，且误了大事。”娘娘才喝退左右，泪眼低声道：“这桩事，孩儿不问，我到九泉之下，也不得明白。既问时，听我说：

三载之前温又暖，三年之后冷如冰。枕边切切将言问，他说老迈身衰事不兴。”

太子闻言，撒手脱身，攀鞍上马。那娘娘一把扯住道：“孩儿，你有甚事，话不终就走？”太子跪在前面道：“母亲，不敢说！今日早朝，蒙钦差架鹰逐犬，出城打猎，偶遇东土驾下来的个取经圣僧，有大徒弟，乃孙行者，极善降妖。原来我父王死在御花园八角琉璃井内，这全真假变父王，侵了龙位。今夜三更，父王托梦，请他到城捉怪。孩儿不敢尽信，特来问母。母亲才说出这等言语，必然是个妖精。”那娘娘道：“儿呵，外人之言，你怎么就信为实？”太子道：“儿还不敢认实，父王遗下表记与他了。”娘娘问是何物，太子袖中取出那金镶白玉珪，递与娘娘。那娘娘认得是当时国王之宝，止不住泪如泉涌，叫声：“主公！你怎么死去三年，不来见我，却先见圣僧，后来见我？”太子道：“母亲，这话是怎的说？”娘娘道：“儿呵，我四更时分，也做了一梦。梦见你父王水淋淋的，站在我跟前，亲说他死了，鬼魂儿拜请了唐僧，降假皇帝，救他前身。记便记得是这等言语，只是一半儿不得分明。正在这里狐疑，怎知今日你又来说这话，又将宝贝拿出。我且收下，你且去请那圣僧，急急为之。果然扫荡妖气，辨明邪正，庶报你父王养育之恩也。”

乌鸡国太子回到城中，走到后宰门首，虽然三年都没进宫了，但把守的太监看见他来了依旧不敢阻滞，让他进去了，而且太子是骑马进去的，所谓“好太子，夹一夹马，撞入里面”。这个太子的权威真的很不简单。

太子进去时，正宫娘娘正在哭，但你看这娘娘的排场，“只见那正宫娘娘，坐在锦香亭上，两边有数十个嫔妃掌扇”。

不是宫女掌扇，是数十个嫔妃，一句话写出了这娘娘在后宫那也是一言九鼎的级别，这是个实权皇后。

娘娘哭是因为那个梦，当她看见太子后你品她那话：“孩儿，喜呀，喜呀！这二三年在前殿，与你父王开讲，不得相见，我甚思量。今日如何得暇来看我一面？

诚万千之喜，诚万千之喜！孩儿，你怎么声音悲惨？你父王年纪高迈，有一日龙归碧海，凤返丹霄，你就传了帝位，还有甚么不悦？”

太子仅仅喊了一声“母亲”，她就开始头脑风暴了，还听出悲惨来了，而且莫名其妙地就说你爹岁数很大了，将来这皇位就是你的，你有啥不高兴的。

这娘娘是个狠人，结合后面的剧情我们会知道，她被托梦了，但她根本就没想深究，她要让她儿子忍下来。

当太子问他爹妈这三年的夫妻生活时，他妈的反应是“娘娘见说，魂飘魄散，急下亭抱起，紧搂在怀，眼中滴泪道：‘孩儿，我与你久不相见，怎么今日来宫问此？’”

这句话看似不起眼，实际上信息量极大。这说明了前面悟空视角中那个“小小的一个将军”不是说他年轻，而是说这太子确实就是个小孩子的模样，是能被“抱起”的,是能被“紧搂在怀”的。再结合前面两回标题的“悟空神化引婴儿”和“婴儿问母知邪正”，作者是想说，这个太子就是个小孩子。

如果这太子仅仅是个小孩子，却能统领三千兵马并有如此权威，你觉得这孩子长大后得是啥样。

那就是妥妥李世民的模样。

这娘娘对太子说了一下三年来他们两口子的夫妻生活：“三载之前温又暖，三年之后冷如冰。枕边切切将言问，他说老迈身衰事不兴。”

之后太子说出了圣僧托梦的事，这娘娘依旧不想把这事扩大化，所谓“儿呵，外人之言,你怎么就信为实”。等太子拿出白玉珪后,娘娘哭了,终于跟他儿子交底了，她也被托梦了，随后让太子去找圣僧降妖，而且你看这娘娘的布置，那关键证物白玉珪是被她扣了的，所谓“我且收下，你且去请那圣僧，急急为之。果然扫荡妖气，辨明邪正，庶报你父王养育之恩也”。

作者前面伏笔埋得那么深，先拿梁武帝萧衍打前站，然后埋下“乌”和“兔”的隐喻，直到这里才道出他想骂闲街的对象，就是西游宇宙成书时代的嘉靖道长。

嘉靖多疑暴戾，喜怒无常，伺候他的宫人常被责罚，杖毙者多达二百余人。后来宫人们终于忍无可忍，在嘉靖二十一年（1542）发动了“壬寅宫变”。当时十数名宫女乘嘉靖熟睡之际，用黄绫布把他脖子套住，想勒死他，结果绳子打了死结没勒死，宫女们又用钗、簪等物刺，最终因一个胆小的宫女害怕，把事情报告给方皇后，方皇后赶到后才将宫女们制服。(《明世宗实录》:“嘉靖二十一年十月丁酉，宫婢杨金英等共谋大逆，伺上寝熟，以绳缢之，误为死结，得不殊。”)

嘉靖皇帝在壬寅宫变后性情大变，与从前判若两人。此后朱厚熜道长长期独居西苑，一心玄修，他认为自己死里逃生是因为信奉道教，得到了神灵庇佑，于是越发笃信道教。(《明史》:“帝自二十年遭宫婢变，移居西内，日求长生，郊庙不亲，朝讲尽废，君臣不相接，独仲文得时见；见辄赐坐，称之为师而不名。”)

此后嘉靖基本不见后宫嫔妃，对子嗣也变得冷漠，信奉“二龙不相见”，而且从此嘉靖再没生出一个儿子。

嘉靖跟这假国王像不像？

作者是什么意思？皇城里的那个道士皇帝是妖怪！

太子急忙上马，出后宰门，躲离城池。真个是噙泪叩头辞国母，含悲顿首复唐僧。不多时，出了城门，径至宝林寺山门前下马。众军士接着太子，又见红轮将坠。太子传令，不许军士乱动。他又独自个入了山门，整束衣冠，拜请行者。只见那猴王从正殿摇摇摆摆走来。那太子双膝跪下道：“师父，我来了。”行者上前搀住道：“请起。你到城中，可曾问谁么？”太子道：“问母亲来。”将前言尽说了一遍。行者微微笑道：“若是那般冷呵，想是个甚么冰冷的东西变的。不打紧，不打紧！等我老孙与你扫荡。却只是今日晚了，不好行事。你先回去，待明早我来。”

太子跪地叩拜道：“师父，我只在此伺候，到明日同师父一路去罢。”行者道：“不好，不好！若是与你一同入城，那怪物生疑，不说是我撞着你，却说是你请老孙，却不惹他返怪你也？”太子道：“我如今进城，他也怪我。”行者道：“怪你怎么？”太子道：“我自早朝蒙差，带领若干人马鹰犬出城，今一日更无一件野物，怎么见驾？若问我个不才之罪，监陷囹圄，你明日进城，却将何倚？况那班部中，更没个相知人也。”行者道：“这甚打紧！你肯早说时，却不寻下些等你？”

好大圣，你看他就在太子面前，显个手段，将身一纵，跳在云端里，捻着诀，念一声“唵蓝净法界”的真言，拘得那山神、土地在半空中施礼道：“大圣，呼唤小神，有何使令？”行者道：“老孙保护唐僧至此，欲拿邪魔，奈何那太子打猎无物，不

敢回朝；问汝等讨个人情，快将獐犯鹿兔，走兽飞禽，各寻些来，打发他回去。”山神、土地闻言，敢不承命？又问各要几何。大圣道：“不拘多少，取些来便罢。”那各神即着本处阴兵，刮一阵聚兽阴风，捉了些野鸡山雉、角鹿肥獐、狐獾狢兔、虎豹狼虫，共有百千余只，献与行者。行者道：“老孙不要。你可把他都捻就了筋，单摆在那四十里路上两旁，教那些人不纵鹰犬，拿回城去，算了汝等之功。”众神依言，散了阴风，摆在左右。

行者才按云头，对太子道：“殿下请回，路上已有物了，你自收去。”太子见他在半空中弄此神通，如何不信，只得叩头拜别。出山门传了令，教军士们回城。只见那路旁，果有无限的野物，军士们不放鹰犬，一个个俱着手擒捉，齐喝采道：“是千岁殿下的洪福！”怎知是老孙的神功？你听凯歌声唱，一拥回城。

太子听完他母亲的解释，急忙上马回了宝林寺。太子来到山门前，“众军士接着太子”，然后“太子传令，不许军士乱动”，真有秦王的风范啊！见到猴哥，小太子“将前言尽说了一遍”。说到两口子夫妻生活的那段，也就是“三载之前温又暖，三年之后冷如冰。枕边切切将言问，他说老迈身衰事不兴”时，这话明明是比喻皇帝推脱履行夫妻生活义务已经三年了，但猴哥听后却相当搞笑地说“若是那般冷呵，想是个甚么冰冷的东西变的”，也难怪他当年定住七仙女后吃席去了，他对男女之事真是不咋走心。

悟空表示：没事，明天我就帮你弄死那妖怪，今天太晚了，你先回。

太子说：不行，今天已经回不了了，带兵出城，我却什么猎物都没打，回去会被追责的，再说你明天去了没有内应咋办？猴哥便拘来了山神、土地帮他打猎。山神、土地带着阴兵抓了些野物，放在路两旁，让小太子带回去交差了。

这行者保护了三藏，那本寺中的和尚，见他们与太子这样绸缪，怎不恭敬？却又安排斋供，管待了唐僧，依然还歇在禅堂里。将近有一更时分，行者心中有事，急睡不着。他一毂辘爬起来，到唐僧床前叫：“师父。”此时长老还未睡哩。他晓得行者会失惊打怪的，推睡不应。行者摸着他的光头，乱摇道：“师父，怎睡着了？”唐僧怒道：“这个顽皮！这早晚还不睡，吆喝甚么！”行者道：“师父，有一桩事儿，和你计较计较。”长老道：“甚么事？”行者道：“我日间与那太子夸口，说我的手段比山还高，比海还深，拿那妖精，如探囊取物一般，伸了手去，就拿将转来。却也睡不着，想起来，有些难哩。”唐僧道：“你说难，便就不拿了罢。”行者道：“拿是还要拿，只是理上不顺。”唐僧道：“这猴头乱说！妖精夺了人君位，怎么叫做理上不顺！”行者道：“你老人家只知念经拜佛，打坐参禅，那曾见那萧何的律法？常言道：‘拿贼拿赃。’那怪物做了三年皇帝，又不曾走了马脚，漏了风声，他与三宫妃后同眠，又和两班文武共乐，我老孙就有本事拿住他，也不好定个罪名。”唐僧道：“怎么不好定罪？”行者道：“他就是个没嘴的葫芦，也与你滚上几滚。他敢道：‘我是乌鸡国王，有甚逆天之事，你来拿我？’将甚执照与他折辨？”唐僧道：“凭你怎生裁处？”

行者笑道：“老孙的计已成了，只是干碍着你老人家有些儿护短。”唐僧道：“我怎么护短？”行者道：“八戒生得夯，你有些儿偏向他。”唐僧道：“我怎么向他？”行者道：“你若不向他呵，且如今把胆放大些，与沙僧只在这里。待老孙与八戒趁此时先入那乌鸡国城中，寻着御花园，打开琉璃井，把那皇帝尸首捞将上来，包在我们包袱里。明日进城，且不管甚么倒换文牒，见了那怪，掣棍子就打。他但有言语，就将骨榇与他看，说：‘你杀的是这个人！’却教太子上来哭父，皇后出来认夫，文武多官见主，我老孙与兄弟们动手。这才是有对头的官事好打。”唐僧闻言，暗喜道：“只怕八戒不肯去。”行者笑道：“如何？我说你护短。你怎么就知他不肯去？你只相我叫你时不答应，半个时辰便了。我这去，但凭三寸不烂之舌，莫说是猪八戒，就是猪九戒，也有本事教他跟着我走。”唐僧道：“也罢，随你去叫他。”

行者离了师父，径到八戒床边叫：“八戒，八戒！”那呆子是走路辛苦的人，丢倒头，只情打呼，那里叫得醒。行者揪着耳朵，抓着鬃，把他一拉拉起来，叫声：“八戒！”那呆子还打棱挣。行者又叫一声，呆子道：“睡了罢，莫顽，明日要走路哩！”行者道：“不是顽，有一桩买卖，我和你做去。”八戒道：“甚么买卖？”行者道：“你可曾听得那太子说么？”八戒道：“我不曾见面，不曾听见说甚么。”行者道：“那太子告诵我说，那妖精有件宝贝，万夫不当之勇。我们明日进朝，不免与他争敌，倘那怪执了宝贝，降倒我们，却不反成不美？我想着打人不过，不如先下手，我和你去偷他的来，却不是好？”八戒道：“哥哥，你哄我去做贼哩。这个买卖，我也去得，果是晓得实实的帮衬，我也与你讲个明白：偷了宝贝，降了妖精，我却不奈烦甚么小家罕气的分宝贝，我就要了。”行者道：“你要作甚？”八戒道：“我不如你们乖姣能言，人面前化得中斋来；老猪身子又夯，言语又粗，不能念经，若到那无济无生处，可好换斋吃么。”行者道：“老孙只要图名，那里图甚宝贝！就与你罢便了。”那呆子听见说都与他，他就满心欢喜，一轂辘爬将起来，套上衣服，就和行者走路。这正是：

青酒红人面，黄金动道心。

到了这天半夜，悟空心里有事睡不着，一轱辘爬起来喊他师父，唐僧真不愿搭理他，所谓“此时长老还未睡哩。他晓得行者会失惊打怪的，推睡不应”，然后猴哥直接下手了，“行者摸着他的光头，乱摇道：‘师父怎睡着了？’”

猴哥把唐僧摇怒了，唐僧骂了他。悟空说：我白天牛吹大了，现在想抓那妖怪有点难。

唐僧表示：这好办，那就别抓了。

悟空说：抓还是得抓，就是理儿上不顺，人家咬死了自己是乌鸡国国王，咱还是没办法。

唐僧表示：你就快说吧，别拉抽屉了。悟空笑了：我已经有办法了，只是“你老人家有些儿护短”。

悟空把唐僧护短这事摊明面上了。为了证明自己不护短，唐僧同意让悟空带八戒去救死去的国王，悟空以去乌鸡国偷宝贝的理由喊走了八戒。

两个密密的开了门，躲离三藏，纵祥光，径奔那城。不多时到了，按落云头，只听得楼头方二鼓矣。行者道：“兄弟，二更时分了。”八戒道：“正好，正好。人都在头觉里，正浓睡也。”二人不奔正阳门，径到后宰门首，只听得梆铃声响。行者道：“兄弟，前后门皆紧急，如何得入？”八戒道：“那见做贼的从门里走么？瞒墙跳过便罢。”行者依言，将身一纵，跳上里罗城墙。八戒也跳上去。二人潜入里面，找着门路，径寻那御花园。

正行时，只见有一座三檐白簇的门楼，上有三个亮灼灼的大字，映着那星月光辉，乃是“御花园”。行者近前看了，有几重封皮，公然将锁门锈住了。即命八戒动手。那呆子掣铁钯，尽力一筑，把门筑得粉碎。行者先举步跶入，忍不住跳将起来，大

呼小叫。謊得八戒上前扯住道："哥呀，害杀我也！那见做贼的乱嚷，似这般吆喝！惊醒了人，把我们拿住，发到官司，就不该死罪，也要解回原籍充军。"行者道："兄弟呵，你却不知我发急为何。你看这：

彩画雕栏狼狈，宝妆亭阁欹歪。莎汀蓼岸尽尘埋，芍药荼蘼俱败。茉莉玫瑰香暗，牡丹百合空开。芙蓉木槿草垓垓，异卉奇葩壅坏。巧石山峰俱倒，池塘水涸鱼衰。青松紫竹似干柴，满路茸茸蒿艾。丹桂碧桃枝损，海榴棠棣根歪。桥头曲径有苍苔，冷落花园境界。"

到了乌鸡国，悟空的表现貌似跟他和唐僧商量的不太一致，他先是问八戒："兄弟，前后门皆紧急，如何得入？"

这就逗了，这还用问八戒吗？人参果那关你是咋开溜的？

八戒说：谁家做贼的从门里走，跳墙不就完了。找到御花园，悟空命八戒动手把门筑得粉碎。

大半夜的这得多大动静！

悟空进去后，所谓"忍不住跳将起来，大呼小叫"，差点把八戒吓死，随后猴哥以御花园破败的理由搪塞了八戒，所谓"兄弟呵，你却不知我发急为何。你看这：彩画雕栏狼狈，宝妆亭阁欹歪。莎汀蓼岸尽尘埋，芍药荼蘼俱败。茉莉玫瑰香暗，牡丹百合空开。芙蓉木槿草垓垓，异卉奇葩壅坏。巧石山峰俱倒，池塘水涸鱼衰。青松紫竹似干柴，满路茸茸蒿艾。丹桂碧桃枝损，海榴棠棣根歪。桥头曲径有苍苔，冷落花园境界。"

这能叫个理由吗？

从这一系列反常来看，悟空根本不是像跟唐僧商量的那样来捞尸首的，他这哪里是来做贼的啊，是敲锣打鼓地闹动静来了。猴哥就是奔着惹事去的。他在御花园闹这么大动静的原因其实是为了把妖怪引来，想当晚加个班，干掉那妖怪。

八戒道："且叹他做甚？快干我们的买卖去来！"行者虽然感慨，却留心想起唐僧的梦来，说芭蕉树下方是井。正行处，果见一株芭蕉，生得茂盛，比众花木不同。真是：

一种灵苗秀，天生体性空。枝枝抽片纸，叶叶卷芳丛。翠缕千条细，丹心一点红。凄凉愁夜雨，憔悴怯秋风。长养元丁力，栽培造化工。缄书成妙用，挥洒有奇功。凤翎宁得似，鸾尾迥相同。薄露瀼瀼滴，轻烟淡淡笼。青阴遮户牖，碧影上帘栊。不许栖鸿雁，何堪系玉骢。霜天形槁悴，月夜色朦胧。仅可消炎暑，犹宜避日烘。愧无桃李色，冷落粉墙东。

行者道："八戒，动手么！宝贝在芭蕉树下埋着哩。"那呆子双手举钯筑倒了芭蕉，然后用嘴一拱，拱了有三四尺深，见一块石板盖住。呆子欢喜道："哥呀，造化了！果有宝贝，是一片石板盖着哩！不知是坛儿盛着，是柜儿装着哩。"行者道："你掀起来看看。"那呆子果又一嘴拱开看处，又见有霞光灼灼，白气明明。八戒笑道："造化，造化，宝贝放光哩！"又近前细看时，呀！原来是星月之光，原是那井中水亮。八戒道："哥呀，你但干事，便要留根。"行者道："我怎留根？"八戒道："这是一眼井。你在寺里早说是井中有宝贝，我却带将两条捆包袱的绳来，怎么作个法儿，把老猪放下去。如今空手，这里面东西，怎么得下去上来耶？"行者道："你下去么？"八戒道："正是要下去，只是没绳索。"行者笑道："你脱了衣服，我与你个手段。"八戒道："有甚么好衣服？解了这直裰子就是了。"

好大圣，把金箍棒拿出来，两头一扯，叫："长！"足有七八丈长。教："八戒，你抱着一头儿，把你放下井去。"八戒道："哥呀，放便放下去，若到水边，就住了罢。"行者道："我晓得。"那呆子抱着铁棒，被行者轻轻提将起来，将他放下去。不多时，放至水边。八戒道："到水了。"行者听见他说，却将棒往下一按。那呆子扑通的一个没头蹲，丢了铁棒，便就负水，口里哺哺的嚷道："这天杀的！我说到水莫放，他却就把我一按！"行者掣上棒来，笑道："兄弟，可有宝贝么？"八戒道："那见甚么宝贝，只是一井水！"行者道："宝贝沉在水底下哩，你下去摸一摸来。"

呆子真个深知水性，却就打个猛子，淬将下去。呀！那井底深得紧。他却着实又一淬，忽睁眼，见有一座牌楼，上有"水晶宫"三个字。八戒大惊道："罢了，罢了！错走了路了，蹡下海来也！海内有个水晶宫，井里如何有之？"原来八戒不知此是井龙王的水晶宫。

八戒正叙话处，早有一个巡水的夜叉开了门，看见他的模样，急抽身进去报道："大王，祸事了！井上落一个长嘴大耳的和尚来了！赤淋淋的，衣服全无，还不死，逼法说话哩！"那井龙王忽闻此言，心中大惊道："这是天蓬元帅来也。昨夜夜游神奉上敕旨，来取乌鸡国王魂灵去拜见唐僧，请齐天大圣降妖。这怕是齐天大圣、天蓬元帅来了。却不可怠慢他，快接他去也。”

那龙王整衣冠，领众水族出门来，厉声高叫道：“天蓬元帅，请里面坐。”八戒却才欢喜道：“原来是个故知。”那呆子不管好歹，径入水晶宫里。其实不知上下，赤淋淋的就坐在上面。龙王道：“元帅，近闻你得了性命，皈依释教，保唐僧西天取经，如何得到此处？”八戒道：“正为此说。我师兄孙悟空多多拜上，着我来问你取甚么宝贝哩。”龙王道：“可怜，我这里怎么得个宝贝？比不得那江河淮济的龙王，飞腾变化，便有宝贝。我久困于此，日月且不能长见，宝贝果何自而来也？”八戒道：“不要推辞，有便拿出来罢。”龙王道：“有便有一件宝贝，只是拿不出来。就元帅亲自来看看，何如？”八戒道：“妙，妙，妙！须是看看来也。”

八戒和悟空又是砸门，又是嚷嚷，妖怪依旧没被引出来。悟空只能执行B计划，他根据唐僧梦境找到了芭蕉树下的井。八戒下水找宝贝时来到了井底的“水晶宫”。闹了半天这里还有个井龙王，麻雀虽小，五脏俱全，这里居然还有巡水的夜叉。夜叉回禀龙王后说了一句信息量很大的话：“昨夜夜游神奉上敕旨，来取乌鸡国王魂灵去拜见唐僧，请齐天大圣降妖。这怕是齐天大圣、天蓬元帅来了。却不可怠慢他，快接他去也。”

这操纵乌鸡国国王鬼魂的夜游神是“奉上敕旨”。

也就是说，让这国王起死回生是上面支持的，别着急，文末我们会说出上面的用意。

那龙王前走，这呆子随后，转过了水晶宫殿，只见廊庑下横罩着一个六尺长躯。龙王用手指定道：“元帅，那厢就是宝贝了。”八戒上前看了，呀！原来是个死皇帝，戴着冲天冠，穿着赭黄袍，踏着无忧履，系着蓝田带，直挺挺睡在那厢。八戒笑道：“难，难，难！算不得宝贝。想老猪在山为怪时，时常将此物当饭，且莫说见的多少，吃也吃了无数，那里叫做甚么宝贝。”龙王道：“元帅原来不知。他本是乌鸡国王的尸首，自到井中，我与他定颜珠定住，不曾得坏。你若肯驮他出去，见了齐天大圣，假有起死回生之意呵，莫说宝贝，凭你要甚么东西都有。”八戒道：“既这等说，我与你驮出去，只说把多少烧埋钱与我？”龙王道：“其实无钱。”八戒道：“你好白使人？果然没钱，不驮！”龙王道：“不驮，请行。”八戒就走。龙王差两个有力量的夜叉，把尸抬将出去，送到水晶宫门外，丢在那厢，摘了辟水珠，就有水响。

八戒急回头，看不见水晶宫门，一把摸着那皇帝的尸首，慌得他脚软筋麻，撺出水面，扳着井墙叫道：“师兄！伸下棒来，救我一救！”行者道：“可有宝贝么？”八戒道：“那里有！只是水底下有一个井龙王，教我驮死人；我不曾驮他，就把我送出门来，就不见那水晶宫了，只摸着那个尸首。唬得我手软筋麻，挣扎不动了。哥呀，好歹救我救儿！”行者道：“那个就是宝贝，如何不驮上来？”八戒道：“知他死了多少时了，我驮他怎的？”行者道：“你不驮，我回去耶。”八戒道：“你回那里去？”行者道：“我回寺中同师父睡觉去。”八戒道：“我就不去了？”行者道：“你爬得上来，便带你去；爬不上来，便罢。”八戒慌了：“怎生爬得动！你想，城墙也难上，这井肚子大，口儿小，壁陡的圈墙，又是几年不曾打水的井，团团都长的是苔痕，好不滑也，教我怎爬？哥哥，不要失了兄弟们和气，等我驮上来罢。”行者道：“正是。快快驮上来，我同你回去睡觉。”

那呆子又一个猛子，淬将下去，摸着尸首，拽过来背在身上，撺出水面，扶井墙道：“哥哥，驮上来了。”那行者睁睛看处，真个的背在身上，却才把金箍棒伸下井底。那呆子着了恼的人，张开口，咬着铁棒，被行者轻轻的提将起来。

八戒将尸放下，捞过衣服穿了。行者看时，那皇帝容颜依旧，似生时未改分毫。行者道：“兄弟呵，这人死了三年，怎么还容颜不坏？”八戒道：“你不知之。这井龙王对我说，他使了定颜珠定住了，尸首未曾坏得。”行者道：“造化，造化！一则是他的冤仇未报，二来该我们成功。兄弟，快把他驮了去。”八戒道：“驮往那里去？”行者道：“驮了去见师父。”八戒口中作念道：“怎的起，怎的起！好好睡觉的人，被这猢猴花言巧语，哄我教做甚么买卖，如今却干这等事，教我驮死人！驮着他，腌臜臭水淋将下来，污了衣服，没人与我浆洗，上面有几个补丁，天阴发潮，如何穿么！”行者道：“你只管驮了去到寺里，我与你换衣服。”八戒道：“不羞！连你穿的也没有，又替我换！”行者道：“这般弄嘴，便不驮罢。”八戒道：“不驮！”行者道：“便伸过孤拐来，打二十棒！”八戒慌了，道：“哥哥，那棒子重，若是打上二十，我与这皇帝一般了。”行者道：“怕打时，趁早儿驮着走路！”八戒果然怕打，没好气，把尸首拽将过来，背在身上，拽步出园就走。

井龙王请进八戒，带他来看了宝贝。八戒也见到了那死去的国王，井龙王说：这是乌鸡国国王的尸首，自到井中后被定颜珠定住了，所以没坏，你若把他救活啥宝贝都不叫事。

八戒不驮死去的国王，悟空就不伸棒子救他出去，逼得八戒到底把国王驮了出来。悟空见到尸首后也很意外，这人死了三年，怎么容颜依旧不坏？

八戒说是定颜珠的功劳，然后悟空又乐了，接着逼八戒把国王驮回去，八戒不驮就还用暴力威胁，最终八戒驮走了尸首。

好大圣，捻着诀，念声咒语，往巽地上吸一口气，吹将去，就是一阵狂风，把八戒撮出皇宫内院，躲离了城池，息了风头，二人落地，徐徐却走将来。那呆子心中暗恼，算计要报恨。八戒道："这猴子捉弄我，我到寺里也捉弄他捉弄，撺唆师父，只说他医得活；医不活，教师父念'紧箍儿咒'，把这猴子的脑浆勒出来，方趁我心！"走着路，再再寻思道："不好，不好！若教他医人，却是容易，他去阎王家讨将魂灵儿来，就医活了。只说不许赴阴司，阳世间就能医活，这法儿才好。"

说不了，却到了山门前，径直进去，将尸首丢在那禅堂门前道："师父，起来看耶。"那唐僧睡不着，正与沙僧讲行者哄了八戒去久不回之事。忽听得他来叫了一声，唐僧连忙起身道："徒弟，看甚么？"八戒道："行者的外公，教老猪驮将来了。"行者道："你这馕糟的呆子！我那里有甚么外公！"八戒道："哥，不是你外公，却教老猪驮他来怎么？也不知费多少力了！"

那唐僧与沙僧开门看处，那皇帝容颜未改，似活的一般。长老忽然惨凄道："陛下，你不知那世里冤家，今生遇着他，暗丧其身，抛妻别子，致令文武不知，多官不晓！可怜你妻子昏蒙，谁曾见焚香献茶？"忽失声泪如雨下。八戒笑道："师父，他死了可干你事？又不是你家父祖，哭他怎的！"三藏道："徒弟呵，出家人慈悲为本，方便为门。你怎的这等心硬？"八戒道："不是心硬。师兄和我说来，他能医得活；若是医不活，我也不驮他来了。"

那长老原来是一头水的，被那呆子摇动了，也便就叫："悟空，若果有手段医活这个皇帝，正是'救人一命，胜造七级浮图'，我等也强似灵山拜佛。"行者道："师父，你怎么信这呆子乱谈。人若死了，或三七五七，尽七七日，受满了阳间罪过，

就转生去了。如今已此三年，如何救得？”三藏闻其言道：“也罢了。”八戒苦恨不息道：“师父，你莫被他瞒了。他有些夹脑风，你只念念那话儿，管他还你一个活人。”真个唐僧就念“紧箍儿咒”，勒得那猴子眼胀头疼。毕竟不知怎生医救，且听下回分解。

悟空这回解了气，狠狠折腾了八戒一通。八戒回去也要报仇了，他也很生气，所谓“撺唆师父，只说他医得活；医不活，教师父念‘紧箍儿咒’，把这猴子的脑浆勒出来，方趁我心”，而且八戒还认为去阎王那儿捞人太便宜猴子了，于是很周全地打了补丁，建议师父必须让猴哥在阳间把人医活！

见到国王的尸首，唐僧又哭了，据他自己说是因为“慈悲为本”的事。八戒说师兄有办法把这人弄活，让唐僧问悟空有没有办法，悟空表示没有，八戒说：“‘师父，你莫被他瞒了。他有些夹脑风，你只念念那话儿，管他还你一个活人。’真个唐僧就念‘紧箍儿咒’，勒得那猴子眼胀头疼。”

如果说这里还只是唐僧认为悟空无慈悲之心才念了紧箍咒的话，那后面的事则充分说明唐僧就是纯纯地想修理猴子。

第三十九回

一粒金丹天上得，三年故主世间生

话说那孙大圣头痛难禁，哀告道："师父，莫念！莫念！等我医罢！"长老问："怎么医？"行者道："只除过阴司，查勘那个阎王家有他魂灵，请将来救他。"八戒道："师父莫信他。他原说不用过阴司，阳世间就能医活，方见手段哩。"那长老信邪风，又念"紧箍儿咒"，慌得行者满口招承道："阳世间医罢，阳世间医罢！"八戒道："莫要住，只管念，只管念！"行者骂道："你这呆孽畜，撺道师父咒我哩！"八戒笑得打跌道："哥耶，哥耶，你只晓得捉弄我，不晓得我也捉弄你捉弄！"行者道："师父，莫念！莫念！待老孙阳世间医罢！"三藏道："阳世间怎么医？"行者道："我如今一筋斗云，撞入南天门里，不进斗牛宫，不入灵霄殿，径到那三十三天之上离恨天宫兜率院内，见太上老君，把他九转还魂丹求得一粒来，管取救活他也。"

果然紧箍咒一念，猴子就有办法了。如八戒所料，悟空想去阴司找阎王要魂灵，其实这个没问题，能把人救活不就得了，但八戒一撺掇，唐僧便念咒了，"八戒道：'师父莫信他。他原说不用过阴司，阳世间就能医活，方见手段哩。'那长老信邪风，又念'紧箍儿咒'，慌得行者满口招承道：'阳世间医罢，阳世间医罢！'"

这就是唐僧在找碴儿折腾猴子了。

不用疑惑为啥八戒说话这么好使，原因作者早就铺垫了，之前唐僧受了猴子一堆阴阳怪气，这是借着这个机会在宣示领导权呢！

唐僧只有涉及人命问题时才能把紧箍咒拿出来折腾猴子，好不容易有了机会，必须好好念念。由于是八戒撺掇的，猴子最终把账算在八戒头上，所谓“你这呆孽畜，撺道师父咒我哩！”

这个紧箍咒不是白念的，是很有必要的，猴子需要再度清醒，后面才能成长。

当然，让太上老君返个场不单单是为了服务于唐僧拿紧箍咒折腾猴子的这个剧情，作者还有别的用意，等整关迷雾揭开后我们再细说。

三藏闻言，大喜道：“就去快来！”行者道：“如今有三更时候罢了，投到回来，好天明了。只是这个人睡在这里，冷淡冷淡，不相个模样，须得举哀人看着他哭，便才好哩。”八戒道：“不消讲，这猴子一定是要我哭了。”行者道：“怕你不哭！你若不哭，我也医不成！”八戒道：“哥哥，你自去，我自哭罢了。”行者道：“哭有几样。若干着口喊，谓之嚎；扭搜出些眼泪儿来，谓之啕。又要哭得有眼泪，又要哭得有心肠，才算着嚎啕痛哭哩。”八戒道：“我且哭个样子你看看。”他不知那里扯个纸条，撚作一个纸撚儿，往鼻孔里通了两通，打了几个涕喷，你看他眼泪汪汪，黏涎答答的哭将起来，口里不住的絮絮叨叨，数黄道黑，真个像死了人的一般。哭到那伤情之处，唐长老也泪滴心望。行者笑道：“正是那样哀痛，再不许住声。你这呆子哄得我去了，你就不哭，我还听哩！若是这等哭便罢，若略住住声儿，定打二十个孤拐！”八戒笑道：“你去！你去！我这一哭动头，有两日哭哩。”沙僧见他数落，便去寻几枝香来烧献。行者笑道：“好，好，好！一家儿都有些敬意，老孙才好用功。”

好大圣，此时有半夜时分，别了他师徒三众，纵筋斗云，只入南天门里。果然也不谒灵霄宝殿，不上那斗牛天宫，一路云光，径来到三十三天离恨天兜率宫中。才入门，只见那太上老君正坐在那丹房中，与众仙童执芭蕉扇扇火炼丹哩。他见行者来时，即分付看丹的童儿：“各要仔细，偷丹的贼又来也。”行者作礼笑道：“老官儿这等没搭撒。防备我怎的？我如今不干那样事了。”老君道：“你那猴子，五百年前大闹天宫，把我灵丹偷吃无数，着小圣二郎把拿上界，送在我丹炉炼了四十九日，炭也不知费了多少。你如今幸得脱身，皈依佛果，保唐僧往西天取经，前者在平顶山上降魔，弄刁难，不与我宝贝，今日又来做甚？”行者道：“前日事，老孙更没稽迟，将你那五件宝贝当时交还，你反疑心怪我？”

老君道：“你不走路，潜入吾宫怎的？”行者道：“自别后，西遇一方，名乌鸡国。那国王被一妖精假妆道士，呼风唤雨，阴害了国王，那妖假变国王相貌，现坐金銮殿上。是我师父，夜坐宝林寺看经，那国王鬼魂参拜我师，敦请我老孙与他降妖，辨明邪正。正是老孙思无指实，与弟八戒夜入园中，打破花园，寻着埋藏之所，乃是一眼八角琉璃井内。捞上他的尸首，容颜不改。到寺中见了我师，也发慈悲，着老孙医救，不许去赴阴司里求索灵魂，只教在阳世间救治。我想着无处回生，特来参谒，万望道祖垂怜，把九转还魂丹借得一千丸儿，与我老孙，搭救他也。”老君道：“这猴子胡说！甚么一千丸，二千丸，当饭吃哩！是那里土块捘的，这等容易？咄！快去，没有！”行者笑道：“百十丸儿也罢。”老君道：“也没有。”行者道：“十来丸也罢。”老君怒道：“这泼猴却也缠帐！没有，没有！出去，出去！”行者笑道：“真个没有，我问别处去救罢。”老君喝道：“去，去，去！”这大圣拽转步，往前就走。

老君忽的寻思道：“这猴子惫懒哩，说去就去，只怕溜进来就偷。”即命仙童叫回来道：“你这猴子手脚不稳，我把这还魂丹送你一丸罢。”行者道：“老官儿，既然晓得老孙的手段，快把金丹拿出来，与我四六分分，还是你的造化哩！不然，就送你个皮笊篱——一捞个罄尽。”那老祖取过葫芦来，倒吊过底子，倾出一粒金丹，递与行者道：“止有此了。拿去，拿去！送你这一粒，医活那皇帝，只算你的功果罢。”行者接了道：“且休忙，等我尝尝看，只怕是假的，莫被他哄了。”扑的往口里一丢，慌得那老祖上前扯住，一把揪着顶瓜皮，揝着拳头骂道：“这泼猴若要咽下去，就直打杀了！”行者笑道：“嘴脸，小家子样！那个吃你的哩，能值几个钱？虚多实少的。在这里不是？”原来那猴子颏下有嗉袋儿，他把那金丹噙在嗉袋里，被老祖捻着道：“去罢，去罢，再休来此缠绕！”这大圣才谢了老祖，出离了兜率天宫。你看他千条瑞霭离瑶阙，万道祥云降世尘。

悟空说去见太上老君要一粒“九转还魂丹”，但与此同时得让八戒做举哀人，看着国王哭，还说他不当孝子就不去，猴子想要报复回来。最终在八戒的号哭声中，悟空来到了兜率宫。我们来品一下老君的说话方式：“你那猴子，五百年前大闹天宫，把我灵丹偷吃无数，着小圣二郎把拿上界，送在我丹炉炼了四十九日，炭也不知费了多少。你如今幸得脱身，皈依佛果，保唐僧往西天取经，前者在平顶山上降魔，弄刁难，不与我宝贝，今日又来做甚？”

你这偷丹无数的贼欠我太多了，连拿炉子想弄死你都被说成“炭也不知费了多少”，平顶山降魔你又刁难，不给我宝贝，现在又来干啥？

老君真能睁着眼说瞎话，扭曲是非黑白。人家悟空哪里刁难你，不是给你宝贝了？悟空马上反驳道：“前日事，老孙更没稽迟，将你那五件宝贝当时交还，你反疑心怪我？”

然后你看老君是咋反应的，面对自己没理冤枉人，人家选择岔开话题：“你不走路，潜入吾宫怎的？”

发现没有，领导从不自证，他只提问题，只给指示，面对不利于自己的语境时永远岔开话题，避免回答，不知道怎样避免自证的可以回看上一回。

悟空也没跟老君纠结掰扯，说了下大体情况，这是因为他见识过老君的宝贝和手段后有所敬畏了，此时说话也客气多了，人家骂他偷丹贼时他“作礼笑道”，求丹时是“特来参谒，万望道祖垂怜”。

老君考虑到不怕贼偷，就怕贼惦记，悟空这狗皮膏药可能会没完没了，于是送了一丸还魂丹。

注意这里，很关键！悟空没去地府捞人，后面有用！

须臾间，下了南天门，回到东观，早见那太阳星上。按云头，径至宝林寺山门外，只听得八戒还哭哩，忽近前叫声：“师父。”三藏喜道：“悟空来了，可有丹药？”行者道：“有。”八戒道：“怎么得没有？他偷也去偷人家些来！”行者笑道：“兄弟，你过去罢，用不着你了。你揩揩眼泪，别处哭去。”教：“沙和尚，取些水来我用。”沙僧急忙往后面井上，有个方便吊桶，即将半钵盂水递与行者。行者接了水，口中吐出丹来，安在那皇帝唇里，两手扳开牙齿，用一口清水，把金丹冲灌下肚。

有一个时辰，只听他肚里呼呼的乱响，只是身体不能转移。行者道：“师父，弄我金丹也不能救活，可是掯杀老孙么！”三藏道：“岂有不活之理。似这般久死之尸，如何吞得水下？此乃金丹之仙力也。自金丹入腹，却就肠鸣了，肠鸣，乃血脉和动，但气绝不能回伸。莫说人在井里浸了三年，就是生铁也上锈了，只是元气尽绝，得个人度他一口气便好。”

那八戒上前就要度气，三藏一把扯住道："使不得！还教悟空来。"那师父甚有主意。原来猪八戒自幼儿伤生作孽吃人，是一口浊气；惟行者从小修持，咬松嚼柏，吃桃果为生，是一口清气。这大圣上前，把个雷公嘴噙着那皇帝口唇，呼的一口气，吹入咽喉，度下重楼，转明堂，径至丹田，从涌泉倒返泥垣宫。呼的一声响亮，那君王气聚神归，便翻身，抡拳曲足，叫了一声："师父！"双膝跪在尘埃道："记得昨夜鬼魂拜谒，怎知道今朝天晓返阳神！"三藏慌忙搀起道："陛下，不干我事，你且谢我徒弟。"行者笑道："师父说那里话？常言道：'家无二主。'你受他一拜儿不亏。"

悟空回来后把金丹给国王吃了。过了半个时辰，只听他肚里呼呼乱响，只是身体不能转移。这触及悟空专业盲区了，他开始抱怨。这时唐僧终于能拿一把悟空了，说这仙丹好着呢，现在只差一口气，人就能醒。八戒上前就要做人工呼吸，唐僧一把扯住，说：不行，你自幼伤生作孽吃人，是一口浊气，悟空从小修持，咬松嚼柏，吃桃果为生，是一口清气。实际上啥气都那么回事，悟空绝对吃过荤腥，他在白骨精那关时说过吃人肉的事，他在天上吃席时也不可能吃的都是素的。唐僧就是在抓住每个机会表示自己也是很厉害的，人家是在夯实自己的领导权威。

悟空这口气吹下去后，乌鸡国国王醒了，双膝跪地磕头，唐僧慌忙搀起。唐僧没有居功，说你谢我徒弟吧，但经过紧箍咒调理后的悟空也一下子成长了，嘴相当甜地笑道："师父说那里话？常言道：'家无二主。'你受他一拜儿不亏。"

看来这咒找碴儿就得念，不念他不知道谁是大小王。

三藏甚不过意，搀起那皇帝来，同入禅堂。又与八戒、行者、沙僧拜见了，方才按座。只见那本寺的僧人，整顿了早斋，却欲奉来献，忽见那个水衣皇帝，个个惊张，人人疑说。孙行者跳出来道："那和尚不要这等惊疑。这本是乌鸡国王，乃汝之真主也。三年前，被怪害了性命，是老孙昨夜救活。如今进他城去，要辨明邪正。若有了斋，摆将来，等我们吃了走路。"众僧即奉献汤水，与他洗了面，换了衣服。把那皇帝赭黄袍脱了，本寺僧官将两领布直裰与他穿了；解下蓝田带，将一条黄丝绦子与他系了；褪下无忧履，与他一双旧僧鞋撒了。却才都吃了早斋，扣背马匹。

行者问："八戒，你行李有多重？"八戒道："哥哥，这行李日逐挑着，倒也不知有多少重。”行者道：“你把那一担分为两担，将一担儿你挑着，将一担儿与这皇帝挑。我们赶早进城干事。”八戒欢喜道：“造化，造化！当时驮他来，不知费了多少力；如今医活了，原来是个替身。”那呆子就弄玄虚，将行李分开，就问寺中取条匾担，轻些的自己挑了，重些的教那皇帝挑着。行者笑道：“陛下，着你那般打扮，挑着担子，跟我们走走，可亏你么？”那国王慌忙跪下道：“师父，你是我重生父母一般，莫说挑担，情愿执鞭坠凳，伏侍老爷，同行上西天去也。”行者道：“不要你西天去。我内中有个缘故，你只挑得四十里进城，待捉了妖精，你还做你的皇帝，我们还取我们的经也。”八戒听言道：“这等说，他只挑四十里路，我老猪还是长工！”行者道：“兄弟不要胡说，趁早外边引路。”

真个八戒领那皇帝前行，沙僧伏侍师父上马，行者随后。只见那本寺五百僧人，齐齐整整，吹打着细乐，都送出山门之外。行者笑道：“和尚们不消远送，但恐官家有人知觉，泄漏我的事机，返为不美。快回去，快回去！但把那皇帝的衣服冠带，整顿干净，或是今晚明早，送进城来，我讨些封赠赏赐谢你。”众僧依命各回讫。行者放开大步，赶上师父，一直前来。正是：

西方有诀好寻真，金木和同却炼神。

丹母空怀懞懂梦，婴儿长恨杌樗身。

必须井底求明主，还要天堂拜老君。

悟得色空还本性，诚为佛度有缘人。

师徒们在路上，那消半日，早望见城池相近。三藏道：“悟空，前面想是乌鸡国了。”行者道：“正是，我们快赶进城干事。”那师徒进得城来，只见街市上人物齐整，风光闹热。早又见凤阁龙楼，十分壮丽。有诗为证：

海外宫楼如上邦，人间歌舞若前唐。

花迎宝扇红云绕，日照鲜袍翠雾光。

孔雀屏开香霭出，珍珠帘卷彩旗张。

太平景象真堪贺，静列多官没奏章。

国王活过来之后，被悟空安排给八戒做了个替身，挑着担子来到了乌鸡国。大家进城后街市上人物齐整，风光闹热，凤阁龙楼，十分壮丽，随后的诗句再次证明了这乌鸡国颇有小大唐之感，所谓“海外宫楼如上邦，人间歌舞若前唐”。

对于这个类似大唐的国家，佛家也安排了他的皇帝死而复生了一次。

你说巧不巧？

三藏下马道：“徒弟呵，我们就此进朝倒换关文，省得又拢那个衙门费事。”行者道：“说得有理。我兄弟们都进去，人多才好说话。”唐僧道：“都进去，莫要撒村，先行了君臣礼，然后再讲。”行者道：“行君臣礼，就要下拜哩。”三藏道：“正是要行五拜三叩头的大礼。”行者笑道：“师父不济。若是对他行礼，诚为不智。你且让我先走，到里边自有处置。等他若有言语，让我对答。我若拜，你们也拜；我若蹲，你们也蹲。”

你看那惹祸的猴王，引至朝门，与阁门大使言道：“我等是东土大唐驾下差来上西天拜佛求经者，今到此倒换关文，烦大人转达，是谓不误善果。”那黄门官即入端门，跪下丹墀，启奏道：“朝门外有五众僧人，言是东土唐国钦差上西天拜佛求经，今至此倒换关文，不敢擅入，现在门外听宣。”那魔王即令传宣。唐僧却同入朝门里面，那回生的国主随行。正行，忍不住腮边堕泪，心中暗道：“可怜，我的铜斗儿江山，铁围的社稷，谁知被他阴占了！”行者道：“陛下切莫伤感，恐走漏消息。这棍子在我耳朵里跳哩，如今决要见功，管取打杀妖魔，扫荡邪物。这江山不久就还归你也。”那君王不敢违言，只得扯衣揩泪，舍死相从，径来到金銮殿下。

又见那两班文武，四百朝官，一个个威严端肃，像貌轩昂。这行者引唐僧站立在白玉阶前，挺身不动。那阶下众官无不悚惧道：“这和尚十分愚浊！怎么见我王便不下拜，亦不开言呼咒，喏也不唱一个？好大胆无礼！”说不了，只听得那魔王开口问道：“那和尚是那方来的？”行者昂然答道：“我是南赡部洲东土大唐国奉钦前往西域天竺国大雷音寺拜活佛求真经者。今到此方，不敢空度，特来倒换通关文牒。”那魔王闻说，心中作怒道：“你东土便怎么！我不在你朝进贡，不与你国相通，你怎么见吾抗礼，不行参拜！”行者笑道：“我东土古立天朝，久称上国，汝等乃下土边邦。自古道：‘上邦皇帝，为父为君；下邦皇帝，为臣为子。’你倒未曾接我，且敢争我不拜？”那魔王大怒，教文武官：“拿下这野和尚去！”说声叫“拿”，你看那多官一齐踊跃。这行者喝了一声，用手一指，教：“莫来！”那一指，就使个定身法，众官俱莫能行动。真个是：校尉阶前如木偶，将军殿上似泥人。

那魔王见他定住了文武多官，急纵身跳下龙床，就要来拿。猴王暗喜道：“好，正合老孙之意。这一来，就是个生铁铸的头，汤着棍子，也打个窟窿！”正动身，不想旁边转出一个救命星来。你道是谁？原来是乌鸡国王的太子，急上前扯住那魔王的朝衣，跪在面前道：“父王息怒。”妖精问：“孩儿怎么说？”太子道：“启父王得知。三年前，闻得人说有个东土唐朝驾下钦差圣僧往西天拜佛求经，不期今日才来到我邦。父王尊性威烈，若将这和尚拿去斩首，只恐大唐有日得此消息，必生嗔怒。你想那李世民自称王位，一统江山，尚心未足，又兴过海征伐；若知我王害了他御弟圣僧，一定兴兵发马，来与我王争敌。奈何兵少将微，那时悔之晚矣。父王依儿所奏，且把那四个和尚，问他个来历分明，先定他一段不参王驾，然后方可问罪。”这一篇，原来是太子小心，恐怕来伤了唐僧，故意留住妖魔，更不知行者安排着要打。

唐僧要去倒换通关文牒，告诫几个徒弟进去后要行叩拜礼。悟空不同意道：“师父不济。若是对他行礼，诚为不智。你且让我先走，到里边自有处置。等他若有言语，让我对答。我若拜，你们也拜；我若蹲，你们也蹲。”

猴哥依旧是在纠正唐僧，说他不顶事，但说的是“师父不济”，这话就有了缓冲，最起码喊了声“师父”，而开篇之时悟空数落他师父则是“你不济事。但是和尚，即与我们一般……”

此后直到取经结束，悟空都没再对他师父生硬地说出“你不济事”，喊师父的次数明显多了起来。

还是那句话，这咒找碴儿就该念念，对于狂人就得时不时让他清醒清醒。

悟空一行进入朝堂后，见乌鸡国的大臣们精神面貌相当棒，所谓“两班文武，四百朝官，一个个威严端肃，像貌轩昂”，这真是个相当有未来的国家。

悟空以“上邦皇帝，为父为君；下邦皇帝，为臣为子”的理由不拜，魔王大怒，让文武官拿人，但都被悟空定住了。魔王急忙纵身跳下龙床，想要亲自动手。猴哥刚准备一棒子抡死这妖怪，太子却担心伤了唐僧，于是扯住魔王朝服，跪在面前求情，理由是唐僧的干哥们儿咱打不过。所谓“你想那李世民自称王位，一统江山，尚心未足，又兴过海征伐；若知我王害了他御弟圣僧，一定兴兵发马，来与我王争敌。奈何兵少将微，那时悔之晚矣”。

哈哈，李世民杀兄灭弟逼老李这事传到海外成了“自称王位”，作者一不小心透露出了自己对玄武门之变的看法。

那魔王果信其言，立在龙床前面，大喝一声道："那和尚是几时离了东土？唐王因甚事着你求经？"行者昂然而答道："我师父乃唐王御弟，号曰三藏。自唐王驾下，有一丞相姓魏名徵，奉天条梦斩泾河老龙，大唐王梦游阴司地府，复得回生之后，大开水陆道场，普度冤魂孽鬼。因我师父敷演经文，广运慈悲，忽得南海观世音菩萨指教来西。我师父大发弘愿，情欢意美，报国尽忠，蒙唐王赐与文牒。那时正是大唐贞观十三年九月望前三日。离了东土，前至两界山，收了我做大徒弟，姓孙，名悟空行者；又到乌斯国界高家庄，收了二徒弟，姓猪，名悟能八戒；流沙河界，又收了三徒弟，姓沙，名悟净和尚；前日在敕建宝林寺，又新收个挑担的行童道人。"魔王闻说，又没法搜检那唐僧，弄巧计盘诘行者，怒目问道："那和尚，你初起时，一个人离东土，又收了四众，那三僧可让，这一道难容。那行童断然是拐来的。他叫做甚么名字？有度牒是无度牒？拿他上来取供。"諕得那皇帝战战兢兢道："师父呵，我却怎的供？"孙行者捻他一把道："你休怕，等我替你供。"

好大圣，趋步上前，对怪物厉声高叫道："陛下，这老道是一个喑哑之人，却又有些耳聋。只因他年幼间曾走过西天，认得道路。他的一节儿起落根本，我尽知之，望陛下宽恕，待我替他供罢。"魔王道："趁早实实的替他供来，免得取罪。"行者道：

供罪行童年且迈，痴聋喑哑家私坏。祖居原是此间人，五载之前皆破败。天无雨，民干坏，君王黎庶都斋戒。焚香沐浴告天公，万里全无云叆叇。百姓饥荒若倒悬，钟南忽降全真怪。呼风唤雨显神通，然后暗将他命害。推下花园天井中，阴侵龙位人难解。幸吾来，功果大，起死回生无挂碍。情愿皈依作行童，与僧同去朝西界。假变君王是道人，道人转是真王代。

那魔王在金銮殿上，闻得这一篇言语，諕得他心头撞小鹿，面上起红云，急抽身就要走路，奈何手内无一兵器。转回头，只见一个镇殿将军，腰挎一口宝刀，被行者使了定身法，直挺挺如痴如痖，立在那里。他近前夺了这宝刀，就驾云头望空而去。气得沙和尚爆燥如雷，猪八戒高声喊叫，埋怨行者是一个急猴子："你就慢说些儿，却不稳住他了？如今他驾云逃走，却往何处追寻？"行者笑道："兄弟们且莫乱嚷。我等叫那太子下来拜父，嫔后出来拜夫。"却又念个咒语，解了定身法：

“教那多官苏醒回来拜君，方知是真实皇帝。教诉前情，才见分晓。我再去寻他。”

太子请求问明来历再问罪，这就给了猴哥介绍自己来历的机会。涉及在敕建宝林寺新收的这个挑担的行童道人时，双方开始对质。悟空一口气做了首诗，说明了妖魔暗害真国王的始末，随后妖魔慌了，夺了身边一个将军的宝刀驾云头跑路了。

妖怪跑路后，气得沙和尚暴跳如雷，猪八戒高声喊叫，埋怨行者是一个急猴子。实际上还是人家猴哥有章法，先让这妖魔露出马脚嘛！解决人间事非常麻烦，这满朝的文武真动起手来打死哪个也不合适，唐僧非念死他不可。妖怪跑路了就方便了，已经证明他是妖怪了，后面就变成单纯降妖了。

悟空等真国王被文武群臣重新接受后才吩咐八戒、沙僧保护朝中这帮人，他去降妖了。

好大圣，分付八戒、沙僧：“好生保护他君臣父子嫔后与我师父！”只听说声去，就不见形影。他原来跳在九霄空里，睁眼四望，看那魔王哩。只见那畜果逃了性命，径往东北上走哩。行者赶得将近，喝道：“那怪物，那里去！老孙来了也！”那魔王急回头，掣出宝刀，高叫道：“孙行者，你好惫懒！我来占别人的帝位，与你无干，你怎么来报不平，泄漏我的机密！”行者呵呵笑道：“我把你那个大胆的泼怪！皇帝又许你做？你既知我是老孙，就该远遁，怎么还刁难我师父，要取甚么供状！适才那供状是也不是？你不要走，好汉吃我老孙这一棒！”那魔侧身躲过，缠宝刀劈面相还。他两个搭上手，这一场好杀。真是：

猴王猛，魔王强，刀迎棒架敢相当。

一天云雾迷三界，只为当朝立帝王。

他两个战经数合，那妖魔抵不住猴王，急回头，复从旧路跳入城里，闯在白玉阶前两边文武丛中，摇身一变，即变得与唐三藏一般模样，并搀手，立在阶前。这大圣赶上，就欲举棒来打，那怪三藏道：“徒弟莫打，是我！”急掣棒要打那个唐僧，却又道：“徒弟莫打，是我！”一样两个唐僧，实难辨认。“倘若一棒打杀妖怪变的唐僧，这个也成了功果；假若一棒打杀我的真实师父，却怎么好！”只得停手，叫八戒、沙僧问道：“果然那一个是怪，那一个是我的师父？你指与我，我好打他。”八戒道：“你在半空中相打相嚷，我们瞥瞥眼就见两个师父，也不知谁真谁假。”

行者闻言，捻诀念声咒语，叫那护法诸天、六丁六甲、五方揭谛、四值功曹、一十八位护驾伽蓝、当方土地、本境山神道："老孙至此降妖，妖魔变作我师父，气体相同，实难辨认。汝等暗中知会者，请师父上殿，让我擒魔。"原来那妖怪善腾云雾，听得行者言语，急撒手跳上金銮宝殿。这行者举起棒望唐僧就打。可怜！若不是唤那几位神来，这一下，就是二十个唐僧，也打为肉酱。多亏众神架住铁棒道："大圣，妖怪会腾云，先上殿去了。"行者赶上殿，他又跳将下来，扯住唐僧，在人丛里又混了一混，依然难认。

行者心中不快，又见那八戒在旁冷笑，行者大怒道："你这夯货怎的？如今有两个师父，你有得叫，有得应，有得伏侍哩，你这般欢喜得紧！"八戒笑道："哥哥说我呆，你比我又呆哩！师父既不认得，何劳费力？你且忍些头疼，叫我师父念念那话儿，我与沙僧各搀一个听着。若不会念的，必是妖怪，有何难也？"行者道："兄弟，亏你也。正是，那话儿只有三人记得，原是我佛如来心苗上所发，传与观世音菩萨，菩萨又传与我师父，便再没人知道。也罢，师父，念念。"

真个那唐僧就念起来。那魔王怎么知得，口里胡哼乱哼。八戒道："这哼的，却是妖怪了！"他放了手，举钯就筑。那魔王纵身跳起，踏着云头便走。好八戒，喝一声，也驾云头赶上，慌得那沙和尚丢了唐僧，也掣出宝杖来打。唐僧才停了咒语。孙大圣忍着头疼，揝着铁棒，赶在空中。呀！这一场，三个狠和尚，围住一个泼妖魔王。魔王被八戒、沙僧使钉钯、宝杖左右攻住了。行者笑道："我要再去当面打他，他却有些怕我，只恐他又走了；等我老孙跳高些，与他个捣蒜打，结果了他罢。"

悟空跳到九霄后发现妖怪正往东北方跑去。

从这里其实是能看出来的，这妖怪属于完成任务了，人家不想跟你纠缠，直接往东北方的五台山老家跑了。

如果此时妖怪跑路成功，那就属于对全真道士的彻底栽赃了，乌鸡国这关也就达到某背后大佬最想要的效果了。

但是咱猴哥眼神好，云快，手还黑，讲究个除恶务尽，这妖怪没能跑得了。双方开打后，仅仅数个回合妖怪就不是猴哥对手了，又从旧路跳入城里，闯到白玉阶前两班文武丛中，变成了另一个唐僧。

最终在八戒紧箍咒辨真假的建议下，妖怪露了馅。

八戒这招实在太损了，师徒之间那么多故事，随便找一个问就能问出真假，问唐僧收小白龙时是谁去南海请的观音菩萨呀，问唐僧收沙僧时菩萨派谁来了呀，哪里用得着紧箍咒！

但悟空没想那么多，而且你看悟空对佛祖的崇拜程度，“行者道：‘兄弟，亏你也。正是，那话儿只有三人记得，原是我佛如来心苗上所发，传与观世音菩萨，菩萨又传与我师父……’”

哪怕佛祖远在天边，面对这个能整死他的咒，在悟空口中也是“我佛如来心苗上所发”。

所以说唐僧那咒就得多念，佛祖只见了猴子一面，一巴掌扇下去后，你看猴哥的嘴多甜。

妖怪露馅后，实战显示他的水平相当低，被八戒、沙僧使钉钯、宝杖左右攻住了。

正在猴哥笑着准备结果了这妖怪之时，人家背后的主人来了。

整个乌鸡国谜案直到这最后一刻才算揭晓。

这大圣纵祥光，起在九霄，正欲下个切手，只见那东北上，一朵彩云里面，厉声叫道：“孙悟空，且休下手！”行者回头看处，原来文殊菩萨。急收棒，上前施礼道：“菩萨，那里去？”文殊道：“我来替你收这个妖怪的。”行者谢道：“累烦了。”那菩萨袖中取出照妖镜，照住了那怪的原身。行者才招呼八戒、沙僧，齐来见了菩萨。却将镜子里看处，那魔王生得好不凶恶：

眼似琉璃盏，头若炼砂缸。浑身三伏靛，四爪九秋霜。搭拉两个耳，一尾扫帚长。青毛生锐气，红眼放金光。匾牙排玉板，圆须挺硬枪。镜里观真像，原是文殊一个狮猁王。

行者道：“菩萨，这是你坐下的一个青毛狮子，却怎么走将来成精，你就不收服他？”菩萨道：“悟空，他不曾走，他是佛旨差来的。”行者道：“这畜类成精，侵夺帝位，还奉佛旨差来；似老孙保唐僧受苦，就该领几道敕书！”菩萨道：“你不知道。当初这乌鸡国王好善斋僧，佛差我来度他归西，早证金身罗汉。因是不可原身相见，变做一种凡僧，问他化些斋供。被吾几句言语相难，他不识我是个好人，把我一条绳捆了，送在那御水河中，浸了我三日三夜。多亏六甲金身救我归西，奏

与如来，如来将此怪令到此处，推他下井，浸他三年，以报我三日水灾之恨。'一饮一啄，莫非前定。'今得汝等来此，成了功绩。"

行者道："你虽报了甚么'一饮一啄'的私仇，但那怪物不知害了多少人也。"菩萨道："也不曾害人。自他到后，这三年间，风调雨顺，国泰民安，何害人之有？"行者道："固然如此，但只三宫娘娘与他同眠同起，点污了他的身体，坏了多少纲常伦理，还叫做不曾害人？"菩萨道："点污他不得，他是个骟了的狮子。"八戒闻言，走近前就摸了一把，笑道："这妖精真个是糟鼻子不吃酒——枉担其名了。"行者道："既如此，收了去罢。若不是菩萨亲来，决不饶他性命。"

那菩萨却念个咒，喝道："畜生，还不皈正，更待何时！"那魔王才现了原身。菩萨放莲花罩定妖魔，坐在背上，踏祥光辞了行者。咦！

径转五台山上去，宝莲座下听谈经。

毕竟不知那唐僧师徒怎的出城，且听下回分解。

只见那东北上，一朵彩云里面，厉声叫道："孙悟空，且休下手！"来者是文殊菩萨。

悟空此时对所有佛门的大菩萨都充满尊重，那是"急收棒，上前施礼"，听说菩萨来帮他收妖怪，那是"谢道：'累烦了。'"

文殊菩萨是个法宝型菩萨，收这没多大本事的妖怪需要先取出照妖镜照住妖怪的原身，注意，此时还没现原身，是从镜子里看出，这魔王是个凶恶的狮猁王。

随后双方开始盘道，悟空问菩萨到底是啥情况，文殊菩萨说这货不是私自下界，而是佛旨差来的。

接下来的这段话，内容极其丰富：

1. "当初这乌鸡国王好善斋僧，佛差我来度他归西，早证金身罗汉。"

这句话其实相当惊悚，翻译一下就是，佛祖派文殊菩萨来接乌鸡国国王归西，只有去世以后才能证金身罗汉。

2. "因是不可原身相见，变做一种凡僧，问他化些斋供。被吾几句言语相难，他不识我是个好人，把我一条绳捆了，送在那御水河中，浸了我三日三夜。多亏六甲金身救我归西。"

文殊菩萨变作凡僧来为难乌鸡国国王，结果被人家捆了，扔在河里三天三夜，多亏六甲金身救了他。

潜台词，其实将来唐僧成佛后就是文殊菩萨这种法宝型的领导，下界变成凡人后极其脆弱。

3.“奏与如来，如来将此怪令到此处，推他下井，浸他三年，以报我三日水灾之恨。‘一饮一啄，莫非前定。’今得汝等来此，成了功绩。”

这三年水灾是佛祖判的，是正义的，是“一饮一啄，莫非前定”。

悟空说：虽为了报仇，但这怪物害人啊。文殊菩萨说：他也不曾害人。自他到后，这三年间，风调雨顺，国泰民安，还是个骟了的狮子，连后宫都没碰。

随后菩萨念个咒，喝道：“畜生，还不皈正，更待何时！”那魔王才现了原身。

这个咒，应该类似于紧箍咒。

从这里也能看出，文殊菩萨的实际法力真的不高，否则这种八戒和沙僧能打败的妖怪真犯不上浪费个咒。作为对比，第七十一回，观音菩萨收坐骑时先灭了紫金铃的火，然后再跟悟空盘道讲来龙去脉，都说利索后，“那菩萨才喝了一声：‘业畜！还不还原，待何时也！’只见那怪打个滚，现了原身，将毛衣抖抖，菩萨骑上”，根本没拿这坐骑当回事，甚至要回紫金铃后菩萨又给它戴上了，所谓“菩萨将铃儿套在犼项下，飞身高坐”，观音菩萨这是多自信。

我们再次免责一下，这是西游宇宙中作者的设定，文殊菩萨我是超级爱您的。

文殊菩萨走后，我们来详细捋一下整个迷雾重重的乌鸡国谜案的真相到底是怎样的。

在我们以往的印象中，乌鸡国来的这个全真道士从头到尾应该都是文殊菩萨派来的青毛狮子，但我要在这里提出一家之言，这全真道士之前并非狮子假冒，而是另有其人，理由如下：

1. 这道士求雨用的是“五雷法”，这个级别极高，属于玉帝头上那三清天的操作系统，这个到车迟国时我们会细讲，佛门不可能用得了。

2. 如果从头到尾都是这狮子在作怪，佛祖绝对不会允许文殊菩萨受了如此大辱还要做个局，让妖怪接近国王后同吃同睡了两年才报复。这已经涉及佛门体面了！

所以整个乌鸡国谜案背后的故事很可能是下面这样一个时间线：

1. 乌鸡国国王是个创业开国之君，之前信佛。

2. 天上某个道家的大佬盯上了乌鸡国，采用了后面跟车迟国一样的手段，先是给乌鸡国停雨，随后派了一个代言人出场，用“五雷法”解决问题，将乌鸡国的国教改成了道教。

3. 皇帝虽然跟这全真结为兄弟，但是并不偏激，并没有像后面车迟国那样对佛门斩尽杀绝，佛与道也就不能撕破脸皮去斗。佛祖绕了一个圈，让文殊菩萨去度乌鸡国国王归西，将江山交到那个拿儒家心法当内核的太子手上，这样那个全真也会被小太子边缘化，让小太子凭借自己的能力尽其所能地开拓疆土做大蛋糕，乌鸡国的信仰问题暂时搁置。等乌鸡国成为小大唐后，佛祖再摘这个蒸蒸日上国家的信仰之桃。

4. 文殊菩萨办这事时大意了，不小心被捆河里了，这里绝对不可能存在文殊菩萨是故意被扔到河里的情况，因为兹事体大，他是佛门四大菩萨，涉及佛门体面。

5. 涉及佛门体面，事情就升级了，于是佛祖派文殊菩萨的坐骑去报仇，这青毛狮子下界后先是弄死了那个全真，然后变成其模样把国王推下了井。

狮子敢对那全真下毒手的原因也在于文殊菩萨被扔到河里了，菩萨的体面都受损了，所以迁怒于对方的代言人并干掉了他，妖怪背后的大佬也不好说啥。

6. 最开始的剧本是让国王恨死道士，然后再由悟空救活国王，随后让国王将信仰变成再生父母的佛门，当悟空在朝堂上揭穿谜底后，那狮子根本不动手，直接跑路了。还记得那粒金丹吗？悟空没去地府，地藏就没给文殊报信！

7. 悟空没让狮子跑路成功，导致了一切真相大白，或者说也赖文殊菩萨来晚了一步，如果早来一步，菩萨就可以说：悟空你瞅啥，瞅妖怪啊？它往别处跑了，你问我干啥来了啊，我骑狮子出来遛弯。

无论怎样，跟大唐取经计划一样，佛祖的目的是达到了，乌鸡国对佛门那是充分感受到敬畏了，但是过程和唐僧取经本来该极度拉风一样，有了出入。

哪怕最牛的人，布置任务时也不会跟打游戏一样完美无伤。

度乌鸡国国王归西这事按理来说不是什么难事，佛祖派文殊菩萨去也算是让他镀金来的，毕竟观音菩萨操作了三界最牛国家的信仰工程，让文殊菩萨处理一下西牛贺洲的“小大唐”信仰问题，也算平衡一下，结果却处理成这个效果。

再回顾下文殊菩萨是咋被泡在水里的，“因是不可原身相见，变做一种凡僧，问他化些斋供。被吾几句言语相难，他不识我是个好人，把我一条绳捆了，送在那御水河中，浸了我三日三夜"，唉！文殊菩萨没有像观音菩萨那样绕了一个圈，直接自己开撩了，最终得到这么不体面的效果。

西游宇宙中，成事的项目都是绕了个圈的，直来直去的都没有好下场。我们可以对比一下观音菩萨的唐太宗地府还魂盗梦空间计划和文殊菩萨的乌鸡国太祖言语相难泡河中事件，仔细想想成事的规则和流程应该是什么样的。

感叹一下，悟空再怎么脾气不好，目空一切，该让人家成佛就得让人家成佛。因为猴子听佛祖的话，执行力超强，实在推行不下去时还能强行掀桌子，硬开出一条路，而且人家悟性超高，取经结束前，悟空为人处世推进项目的老辣程度堪称"小观音菩萨了"。

有些任务，只能斗战胜佛出场，指望不上旃檀功德佛。

真给佛扔河里了，那就是上了秤一亿斤也打不住的事了。

最后再回顾一下作者在这关安排太上老君返场的用意。我们经过分析得知，这关不止狮子一个坏蛋，最开始那位全真可能确有其人，他用三清级别的五雷法来乌鸡国摘桃了。

作者在这一回反复强调"钟南山"的全真是啥用意呢？

解释一下"全真"这个词，大家就知道了。

"全真"是道教专属用词，是全真道，也称全真派，与正一道并称为道教两大派别，为王重阳所创，有时也泛指道士，但这一回反复强调的"钟南山"的全真则是指全真教出品。全真教的祖庭之一重阳宫位于终南山北麓，享有"天下祖庭"和"全真圣地"的盛名，是王重阳早年修道和遗蜕之所。这个全真教有"全真五祖"，分别是太祖太上老君、始祖东华帝君、教祖王重阳帝君、宗祖丘处机真君、中兴之祖王常月真人。

看到没有，这个教奉的太祖是太上老君。

还记得西游宇宙中老君对菩萨说的那句"化胡为佛"吗？当时我们说这是自晋开始就绵延不绝的佛道大纷争，其中全真教在老子化胡方面的宣传出了巨大的力。全真教第五代教主丘处机的弟子李志常占有佛寺，破坏佛像，并将《太上混元上德皇帝明威化胡成佛经》及《老子八十一化图》刻板刊行，随后再次拉开轰轰烈烈的佛道大纷争、大辩论，官司一直打到了皇帝那儿。知道为啥作者安排老君返场了吧，暗示这个“钟南山”的全真跟老君有关系。

西游宇宙的佛道大斗法，背后的主使是如来佛祖和太上老君。

老君在“安天大会”之后没完没了，啥事都得跟如来佛祖搅和，这一回“钟南山”的全真仅仅是个前菜，后面车迟国时我们就能看到老君对佛教的愤怒有多么爆棚了。

第九章

露水情孽，
野果攀正根的嫁接之路

第四十回

婴儿戏化禅心乱，猿马刀圭木母空

却说那孙大圣兄弟三人，按下云头，径至朝内。只见那君臣储后，几班儿拜接谢恩。行者将菩萨降魔收怪的那一节，陈诉与他君臣听了，一个个顶礼不尽。正都在贺喜之间，又听得黄门官来奏："主公，外面又有四个和尚来也。"八戒慌了道："哥哥，莫是妖精弄法，假捏文殊菩萨，哄了我等，却又变作和尚来，与我们斗智哩？"行者道："岂有此理！"即命宣进来看。

众文武传令，着他进来。行者看时，原来是那宝林寺僧人，捧着那冲天冠、碧玉带、赭黄袍、无忧履，进得来也。行者大喜道："来得好，来得好！"且教道人过来，摘下包巾，戴上冲天冠；脱了布衣，穿上赭黄袍；解了绦子，系上碧玉带；褪了僧鞋，登上无忧履，教太子拿出白玉珪来，与他执在手里，早请上殿称孤。正是自古道："朝廷不可一日无君。"那皇帝那里肯坐，哭啼啼跪在阶心道："我已死三年，今蒙师父救我回生，怎么又敢妄自称尊。请那一位师父为君，我情愿领妻子城外为民足矣。"那三藏那里肯受，一心只是要拜佛求经。又请行者，行者笑道："不瞒列位说，老孙若肯要做皇帝，天下万国九州皇帝都做遍了。只是我们做惯了和尚，是这般懒散。若做了皇帝，就要留头长发，黄昏不睡，五鼓不眠；听有边报，心神不安；见有灾荒，忧愁无奈；我们怎么弄得惯？你还做你的皇帝，我还做我的和尚，修功行去也。"那国王苦让不过，只得上了宝殿，南面称孤，大赦天下，封赠了宝林寺僧人回去。却才开东阁，筵宴唐僧。一壁厢传旨宣召丹青，写下唐师徒四位喜容，供养在金銮殿上。

那师徒们，安了邦国，不肯久停，欲辞王驾投西。那皇帝与三宫妃后、太子、诸臣，将镇国的宝贝、金银段帛，献与师父酬恩。那三藏分毫不受，只是倒换关文，催悟空等背马早行。那国王甚不过意，摆整朝銮驾，请唐僧上坐，着两班文武引导，他与三宫妃后并太子一家儿，捧毂推轮，送出城廓，却才下龙辇，与众相别。国王道："师父呵，到西天经回之日，是必还到寡人界内一顾。"三藏道："弟子领命。"那皇帝阁泪汪汪，遂与众臣回去了。

悟空兄弟三人按下云头回到朝内，接受乌鸡国君臣的谢恩，悟空给国王讲了讲他为啥当的鬼，乌鸡国君臣"一个个顶礼不尽"，跟悟空被压五行山下时一样，服了，以后都要说"我佛如来"了。

贺喜之时宝林寺僧人把洗好的皇帝套装送来了，但国王此时已经被吓破了胆，"哭啼啼跪在阶心道：'我已死三年，今蒙师父救我回生，怎么又敢妄自称尊。请那一位师父为君，我情愿领妻子城外为民足矣。'"

这回他是彻底服了，诛心被诛得彻彻底底。

其实结合前面的一个线索，作者也算是预言了乌鸡国的未来。

还记得之前唐僧是打开了《梁皇水忏》后这个国王才出现的吗？

当初明明可以睡觉了，作者偏要安排唐僧读这部经，肯定是有用意的，结合文中国王两次想跟着唐僧他们当和尚去取经，其实都是在影射历史上那位著名的菩萨皇帝。

萧衍是南梁的开国之君，他本人更是一个类似于黄药师般的人物，极为聪明博学，阴阳、卜筮、骑射、声律、草隶、围棋无所不精。（《资治通鉴》："为人孝慈恭俭，博学能文，阴阳、卜筮、骑射、声律、草隶、围棋，无不精妙。"）

当时南朝已经混杀半个世纪了，也只有萧衍这么聪明，想到从信仰下手，在没有大破大立的情况下改变这嗜血的南朝。

萧衍开国后便将思路瞄准了信仰，瞄准了儒家，他要重建君权神授的信仰大厦。南梁开国的年号是"天监"，出自《诗经·大雅·大明》："天监在下，有命既集。"即天命的监督。萧衍开始和老天爷扯关系，为了慢慢恢复"君权神授""忠君爱民"

的儒家思想，他亲自编写了《制旨孝经义》《周易讲疏》《文言》《乐社义》《毛诗答问》《春秋答问》《尚书大义》《中庸讲疏》《孔子正言》《老子讲疏》等共二百余卷类似于“五经萧衍精讲”“萧衍讲透春秋”的经文注解，对之前儒家的经典进行了官方解释，并亲自为满朝大臣讲课。(《梁书》:“造《制旨孝经义》《周易讲疏》……凡二百余卷，并正先儒之迷，开古圣之旨。王侯朝臣皆奉表质疑，高祖皆为解释。”)

在他刚开国的那段时间，能力是非常强的，而且扛过了北魏最凶猛的几拳，其中钟离之战更是狠狠击垮了北魏的南侵势头，此后北魏开始迅速滑落，北方再次陷入混杀大乱。南梁没有压力了，萧衍也开始信佛了，他后半辈子极度崇佛，自己变成了菩萨皇帝。527 年、529 年、546 年、547 年他先后四次舍身同泰寺出家，之所以这样，是因为他每次出家都需要被国家“赎”回来，每次赎金都是一亿起步。在佛教教义中，舍一得万，他这是在给自己的福报注资。

在第一次舍身出家的 527 年，他下令建造了皇家寺院宝林寺，鼎盛时期规模宏大，殿宇多达千间。

这些跟文中是不是都对上了?

萧衍晚年时南梁重文轻武到了什么程度呢?

整个建康地区已经没有人骑马了，因为骑马不优雅，官员士大夫们都是咋潇洒飘逸咋来。比如大臣周弘正觉得骑一匹小矮马比较优雅，有一天，一位尚书郎骑大马甚至被弹劾了。那位魔王侯景来了之后,免疫力几乎是负数的梁国官员集团在“大棚破裂”后身体失温，导致大规模死亡。(《颜氏家训》:“梁世士大夫，皆尚褒衣博带，大冠高履，出则车舆，入则扶侍，郊郭之内，无乘马者。周弘正为宣城王所爱，给一果下马，常服御之，举朝以为放达。至乃尚书郎乘马，则纠劾之。及侯景之乱，肤脆骨柔，不堪行步，体羸气弱，不耐寒暑，坐死仓猝者，往往而然。”)

当时可笑到什么程度呢?

建康令王复听到马的嘶鸣声吓坏了，说这不应该叫虎吗? 为啥要叫马? (《颜氏家训》:“建康令王复性既儒雅，未尝乘骑，见马嘶喷陆梁，莫不震慑，乃谓人曰:‘正是虎，何故名为马乎?’其风俗至此。”)

最终南梁是毁灭在被北方挤对残了的侯景八百败兵手上的，具体过程就不细讲了。再回顾一下宝林寺数百僧人被一伙行脚僧鸠占鹊巢的情节，是不是也对上了?

借着乌鸡国这个案子，作者巧妙地将两个自己想批判的皇帝糅到了一块儿。

为什么要糅进两个帝王？

因为作者想影射的人中有一个是嘉靖，他是本朝皇帝，如果不把萧衍拉进来，把《梁皇水忏》和宝林寺以及渴望出家的皇帝这些内容写出来打掩护，很容易就会被看出作者在借此影射当朝皇帝已经死了，眼下的昏庸之君是个道教的妖怪。

总之，这两位皇帝都是作者想骂的闲街，乌鸡国的未来是怎样的，貌似作者一句话都没有说，却又已经全说了。

那唐僧一行四僧，上了羊肠大路，一心里专拜灵山。正值秋尽冬初时节。但见：

霜凋红叶林林瘦，雨熟黄粱处处盈。

日暖岭梅开晓色，风摇山竹动寒声。

师徒们离了乌鸡国，夜住晓行，将半月有余。忽又见一座高山，真个是摩天碍日。三藏马上心惊，急兜缰忙呼行者。行者道："师父有何分付？"三藏道："你看前面又有大山峻岭，须要仔细提防，恐一时又有邪物来侵我也。"行者笑道："只管走路，莫再多心，老孙自有防护。"那长老只得宽怀，加鞭策马，奔至山岩，果然也十分险峻。但见得：

高不高，顶上接青霄；深不深，涧中如地府。山前常见骨都都白云，扢腾腾黑雾。红梅翠竹，绿柏青松。山后有千万丈挟魂灵台，后有古古怪怪藏魔洞。洞中有叮叮当当滴水泉，下更有湾湾曲曲流水涧。又见那跳天搠地献果猿，丫丫叉叉带角鹿，呢呢痴痴看人獐。至晚巴山寻穴虎，待晚翻波出水龙。登得洞门唿喇的亮，惊得飞禽扑鲁的起，看那林中走兽鞠律律的行。见此一伙禽和兽，吓得人心扢磴磴惊。堂倒洞堂堂倒洞，洞当当倒洞当仙。青石染成千块玉，碧纱笼罩万堆烟。

师徒们正当悚惧，又只见那山凹里，有一朵红云直冒到九霄空内，结聚了一团火气。行者大惊，走近前，把唐僧搊着脚，推下马来叫："兄弟们，不要走了，妖怪来矣。"慌得个八戒急掣钉钯，沙僧忙抡宝杖，把唐僧围护在当中。

话分两头。却说红光里，真是个妖精。他数年前，闻得人讲："东土唐僧往西天取经，乃是金蝉长老转生，十世修行的好人。有人吃他一块肉，延生长寿，与天地同休。"他朝朝在山间等候，不期今日到了。他在那半空里正然观看，只见三个徒弟，

把唐僧围护在马下，各各准备。这精灵夸赞不尽道：“好和尚！我才看着一个白面胖和尚骑了马，真是那唐朝圣僧，却怎么被三个丑和尚护持住了！一个个伸拳敛袖，各执兵器，似乎要与人打的一般。噫！不知是那个有眼力的，想应认得我了。似此模样，莫想得那唐僧的肉吃。”沉吟半晌，以心问心的自家商量道：“若要倚势而擒，莫能得近；或者以善迷他，却倒得手。但哄得他心迷惑，待我在善内生机，断然拿了。且下去戏他一戏。”好妖怪，即散红光，按云头落下，去那山坡里，摇身一变，变作七岁顽童，赤条条的身上无衣，将麻绳捆了手足，高吊在那松树梢头，口口声声只叫：“救人！救人！”

取经四人上路了，上的是“羊肠大路”。你看看西牛贺洲这整体未开发的状态，乌鸡国就是一座城，西面不远的大路犹如“羊肠”，为啥取经团队走得慢，路都搁羊肠子里绕迷糊了。离开乌鸡国时已经是第五年的秋尽冬初时节了，走了半个月后入冬了，作者比较贴心，给他们安排了一个比较热乎的关卡。

这天又走到了摩天碍日的高山，唐僧又哆嗦了，喊悟空指示道：“你看前面又有大山峻岭，须要仔细提防，恐一时又有邪物来侵我也。”

这次罕见地悟空没拿话阴阳他，更没给唐僧当导师，所谓“行者笑道：‘只管走路，莫再多心，老孙自有防护。’”

看见没有，那紧箍咒是不是得勤念着点？

上一关唐僧发布指示是“三藏在那马上高叫：‘徒弟呵，你看那里山势崔巍，须是要仔细提防，恐又有魔障侵身也。’行者道：‘师父休得胡思乱想，只要定性存神，自然无事。’”（第三十六回）

平顶山那关是“师徒正行赏间，又见一山挡路。唐僧道：‘徒弟们仔细，前遇山高，恐有虎狼阻挡。’行者道：‘师父，出家人莫说在家话。你记得那乌巢和尚的《心经》云：“心无挂碍……”’”（第三十二回）

前面悟空总是得先教育唐僧两句，这回不当导师了，状态也就对了。

人家是师父，有句老话叫“天下无不是的父母”，这句话不是说爹妈干什么都对，而是说爹妈轮不着你教育，爹妈实在不对那就“小杖受，大杖走”，离开他就得了。人教人百言无用，事教人一次入心，你说再多次别瞎嘀咕，他该嘀咕还是嘀咕。

除了自己，你改变不了任何人，他嘀咕的时候你就别显得你能了，答应一声，回句“悟空镖局使命必达”就得了，跟嘀咕精废话简直浪费唾沫。

越往前走这山越惨，惨到师徒们都“悚惧”了的级别，“只见那山凹里，有一朵红云直冒到九霄空内，结聚了一团火气”，悟空看见后直接把唐僧推下马，开始一级警戒了。

这红光里的妖精也是奔着唐僧肉来的，而且是“朝朝在山间等候”，被悟空发现后变成了个被捆起来的七岁顽童，他大喊“救人”，想要勾引唐僧。

却说那孙大圣忽抬头再看处，只见那红云散尽，火气全无，便叫：“师父，请上马走路。”唐僧道：“你说妖怪来了，怎么又敢走路？”行者道：“我才然间见一朵红云从地而起，到空中结做一团火气，断然是妖精；这一会红云散了，想是个过路的妖精，不敢伤人。我们去耶！”八戒笑道：“师兄说话最巧，妖精又有个甚么过路的。”行者道：“你那里知道。若是那山那洞的魔王，设宴邀请那诸山各洞之精赴会，却就有东南西北四路的精灵都来赴会，故此他只有心赴会，无意伤人。此乃过路之妖精也。”

三藏闻言，也似信不信的，只得攀鞍在马，顺路奔山前进。正行时，只听得叫声“救人”。长老大惊道：“徒弟呀，这半山中，是那里甚么人叫？”行者上前道：“师父只管走路，莫缠甚么‘人轿’‘骡轿’‘明轿’‘睡轿’。这所在，就是打也没个人抬你。”唐僧道：“不是扛抬之‘轿’，乃是叫唤之‘叫’。”行者笑道：“我晓得，莫管闲事，且走路。”

三藏依言，策马又进，行不上一里之遥，又听得叫声“救人！”长老道：“徒弟，这个叫声，不是鬼魅妖邪；若是鬼魅妖邪，但有出声，无有回声。你听他叫一声，又叫一声，想必是个有难之人。我们可去救他一救。”行者道：“师父，今日且把这慈悲心略收起收起，待过了此山，再发慈悲罢。这去处凶多吉少，你知道那倚草附木之说，是物可以成精。诸般还可，只有一般蟒蛇，但修得年远日深，成了精魅，善能知人小名儿。他若在草科里或山凹中叫人一声，人不答应还可；若答应一声，他就把人元神绰去，当夜跟来，断然伤人性命。且走，且走！古人云‘脱得去，谢神明’，切不可听他。”

长老只得依他，又加鞭催马而去。行者心中暗想：“这泼怪不知在那里，只管

叫呵叫的。等我老孙送他一个‘卯酉星法’，教他两不见面。”好大圣，叫沙和尚前来：“拢着马，慢慢走着，让老孙解解手。”你看他让唐僧先行几步，却念个咒语，使个移山缩地之法，把金箍棒往后一指，他师徒过此峰头，往前走了，却把那怪物撇下。他再拽开步，赴上唐僧，一路奔山。只见那三藏，又听得那山背后叫声：“救人！”长老道：“徒弟呀，那有难的人大没缘法，不曾得遇着我们。我们走过他了，你听他在山后叫哩。”八戒道：“在便还在山前，只是如今风转了也。”行者道：“管他甚么转风不转风，且走路。”因此遂都无言语，恨不得一步蹿过此山，不题话下。

悟空发现红云散尽，火气全无后带大家重新上了路，跟大家解释说：可能是过路的妖精在作怪。八戒笑道：“师兄说话最巧，妖精又有个甚么过路的。”猪老二还是会抓住一切机会质疑猴子。悟空解释说：人家妖精也有聚会的事。“三藏闻言，也似信不信的，只得攀鞍在马，顺路奔山前进”，唐僧跟悟空的信任建立始终有问题，唐僧总是怀疑悟空会抓住一切机会抢他的权。大家刚往前走，就听见了喊“救人”的声音。悟空打岔，表示莫管闲事。走了一里地还是能听见，唐僧要救，悟空非常贴心地解释道：“师父，今日且把这慈悲心略收起收起，待过了此山，再发慈悲罢。这去处凶多吉少，你知道那倚草附木之说，是物可以成精。诸般还可，只有一般蟒蛇，但修得年远日深，成了精魅，善能知人小名儿。他若在草科里或山凹中叫人一声，人不答应还可；若答应一声，他就把人元神绰去，当夜跟来，断然伤人性命。且走，且走！古人云‘脱得去，谢神明’，切不可听他。”

无论解释态度还是回复内容，这都算是金牌回答，咱得给猴哥点个大赞！

悟空此时已经相当明确这妖怪是来糊弄师父的了，随后悟空先来了个“卯酉星法”，又使了个“移山缩地”之法，直接作弊，过了这个峰头，把那妖怪撇下了。

悟空成长了，无论是态度还是方式方法，他都不再一味硬刚了，这一声声的“救人”一看就是三打白骨精的翻版，真遇到了唐僧肯定得救，到时候打还是不打？索性想个办法让这老和尚别遇到。

悟空不是怕这妖怪，而是怕唐僧，妖怪遇到了就是个打，关键这师父是个凡僧，他有他的局限。

悟空被一次次的紧箍咒教育后知道妥协了，这也就对了，强极则辱，刚则易折，懂得低头和弯腰永远不是什么丢人的事。全书最牛的佛爷爷也有低头的时候，佛旨专门挑明了，罗汉输给青牛以后，让悟空去找太上老君；佛爷爷也有恶心到极致但还得装看不见的时候，小雷音寺都嘚瑟成什么样了，最后有任何实质追责吗？

没有人能一往无前，力量再大，能量再高，也得省着用，低头和妥协，是大智慧。

却说那妖精在山坡里，连叫了三四声，更无人到。他心中思量道：“我等唐僧，在此望见他，离不上三里，却怎么这半晌还不到？想是抄下路去了。”他抖一抖身躯，脱了绳索，又纵红光，上空再看。不觉孙大圣仰面一观，识得是妖怪，又把唐僧撮着脚推下马来道：“兄弟们，仔细，仔细！那妖精又来也！”慌得那八戒、沙僧各持钯棍，将唐僧又围护在中间。那精灵见了，在半空中称羡不已道：“好和尚！我才见那白面和尚坐在马上，却怎么又被他三人藏了？这一去，见面方知。先把那有眼力的弄倒了，方才捉得唐僧。不然呵，徒费心机难获物，枉劳情兴总成空。”即按下云头，却似前番变化，高吊在那松树梢头等候。这番却不上半里之地。

却说那孙大圣抬头再看，只见那红云又散，复请师父上马前行。三藏道：“你说妖精又来，如何又请走路？”行者道：“这还是个过路的妖精，不敢惹我们。”长老又怀怒道：“这个泼猴，十分弄我！正当有妖魔处，却说无事；似这般清平之所，却又来吓我，不时的嚷道有甚么妖精！虚多实少，不管轻重，将我㧐着脚捽下马来，如今却解说甚么过路的妖精！假若跌伤了我，却也过意不去！”这等，这等。行者道：“师父莫怪。若是跌伤了你的手足，却还好医治；若是被妖精捞了去，却何处跟寻？”三藏大怒，哏哏的要念“紧箍儿咒”，却是沙僧苦劝，只得上马又行。

还未曾坐得稳，又听得叫：“师父救人呵！”长老抬头看时，原来是个小孩童，赤条条的吊在树上。兜住缰，便骂行者道：“这泼猴多大惫懒！全无有一点儿善良之意，心心只是要撒泼行凶哩！我那般说叫唤的是个人声，他就千言万语只嚷是妖怪。你看那树上吊的不是个人么？”大圣见师父怪下来了，却又觌面看见模样，一则做不得手脚，二来又怕念“紧箍儿咒”，低着头，再也不敢回言，让唐僧到了树下。那长老将鞭梢指着问道：“你是那家孩儿？因有甚事，吊在此间？说与我，好救你。”噫！分明他是个精灵变化得这等，那师父却是个肉眼凡胎，不能相识。

那妖魔见他下问，越弄虚头，眼中噙泪叫道：“师父呀，山西去有一条枯松涧，涧那边有一庄村。我是那里人家。我祖公公姓红，只因广积金银，家私巨万，混名唤做红百万。年老归世已久，家产遗与我父。近来人事奢侈，家私渐废，改名叫做红十万，专一结交四路豪杰，将金银借放，希图利息。怎知那无籍之人，设骗了去呵，本利无归。我父发了洪誓，分文不借。那借金银人，身无活计，结成凶党，明火执杖，白日杀上我门，将我财帛尽劫掳，把我父亲杀了；见我母亲有些颜色，拐将去做甚么压寨夫人。那时节，我母亲舍不得我，把我抱在怀里，哭哀哀，战兢兢，跟随贼寇。不期到此山中，又要杀我。多亏母亲哀告，免教我刀下身亡，却将绳子吊我在树上，只教冻饿而死。那些贼将我母亲不知掠往那里去了。我在此已吊三日三夜，更没一个人来行走。不知那世里修积，今生得遇老师父。若肯舍大慈悲，救我一命回家，就典身卖命，也酬谢师恩，致使黄沙盖面，更不敢忘也。”

三藏闻言，认了真实，就教八戒解放绳索，救他下来。那呆子也不识人，便要上前动手。行者在旁，忍不住喝了一声道：“那泼物，有认得你的在这里哩！莫要只管架空捣鬼，说谎哄人！你既家私被劫，父被贼伤，母被人掳，救你去交与谁人？你将何物与我作谢？这谎脱节了耶！”那怪闻言，心中害怕，就知大圣是个能人，暗将他放在心上；却又战战兢兢，滴泪而言曰：“师父，虽然我父母空亡，家财尽绝，还有些田产未动，亲戚皆存。”行者道：“你有甚么亲戚？”妖怪道：“我外公家在山南，姑娘住居岭北。涧头李四是我姨夫，林内红三是我族伯。还有堂叔、堂兄，都住在本庄左右。老师父若肯救我，到了庄上，见了诸亲，将老师父拯救之恩，一一对众言说，典卖些田产，重重酬谢也。”

八戒听说，扛住行者道：“哥哥，这等一个小孩子家，你只管盘诘他怎的！他说得是，强盗只打劫他些浮财，莫成连房屋田产也劫得去？若与他亲戚们说了，我们纵有广大食肠，也吃不了他十亩田价。救他下来罢。”呆子只是想着吃食，那里管甚么好歹，把戒刀挑断绳索，放下怪来。那怪对唐僧马下，泪汪汪只情磕头。长老心慈，便叫：“孩儿，你上马来，我带你去。”那怪道：“师父呵，我手脚都吊麻了，腰胯疼痛，一则是乡下人家，不惯骑马。”唐僧叫八戒驮着，那妖怪抹了一眼道：“师父，我的皮肤都冻熟了，不敢要这位师父驮。他的嘴长耳大，脑后鬃硬，搠得我慌。”唐僧道：“教沙和尚驮着。”那怪也抹了一眼道：“师父，那些贼来打劫我家时，一个个都搽了花脸，带假胡子，拿刀弄杖的。我被他谎怕了，见这位晦气脸的师父，一发没了魂了，也不敢要他驮。”唐僧教孙行者驮着。行者呵呵笑道：“我驮，我驮。”

那怪物暗自欢喜，顺顺当当的要行者驮他。行者把他扯在路旁边试了一试，只好有三斤十来两重。行者笑道："你这个泼怪物，今日该死了，怎么在老孙面前捣鬼！我认得你是个'那话儿'呵。"妖怪道："师父，我是好人家儿女，不幸遭此大难，我怎么是个甚么'那话儿'？"行者道："你既是好人家儿女，怎么这等骨头轻？"妖怪道："我骨格儿小。"行者道："你今年几岁了？"那怪道："我七岁了。"行者笑道："一岁长一斤，也该七斤。你怎么不满四斤重么？"那怪道："我小时失乳。"行者说："也罢，我驮着你，若要尿尿把把，须和我说。"三藏才与八戒、沙僧前走，行者背着孩儿随后，一行径投西去。有诗为证：

道德高隆魔障高，禅机本静静生妖。
心君正直行中道，木母痴顽躧外趫。
意马不言怀爱欲，黄婆无语自忧焦。
客邪得志空欢喜，毕竟还从正处消。

这妖怪叫了会儿见没人来，纵红光上空再看，又被悟空发现了。悟空再次把唐僧推下马，一级警戒，妖怪随后依旧变成孩子吊在树上等他们。

红云散去，悟空再请师父上马，跟师父说还是个过路的妖精在捣乱。这时唐僧生气了，说悟空捉弄他，而且是"虚多实少，不管轻重"。你都弄疼我了，给我摔坏了咋办？

猴哥道："师父莫怪。若是跌伤了你的手足，却还好医治；若是被妖精捞了去，却何处跟寻？"

这话也没问题，但唐僧更生气了，觉得猴子拿他取乐，要念紧箍咒，沙僧苦劝之后才作罢，所谓"三藏大怒，哏哏的要念'紧箍儿咒'，却是沙僧苦劝，只得上马又行"。

沙僧此时已经知道大小王了，猴哥是必须团结的。你看猴哥这个保安当得有多难，领导什么都不懂，只知埋怨他，他知道正解却没有办法点破，这其实也是现实生活中的常态，该"他"的灾，他躲不过！

这回没走几步就看到妖怪小孩了，唐僧但凡长点脑子，就会琢磨明白这孩子肯定有问题！因为前面是他自己说的："徒弟呀，那有难的人大没缘法，不曾得遇着我们。我们走过他了，你听他在山后叫哩。"

刚才还在山后叫，现在又跑眼前了，你说这孩子是个啥？

随后唐僧把刚才两次摔下马的愤怒借着这个由头发泄出来了，所谓“兜住缰，便骂行者道：‘这泼猴多大惫懒！全无有一点儿善良之意，心心只是要撒泼行凶哩！我那般说叫唤的是个人声，他就千言万语只嚷是妖怪。你看那树上吊的不是个人么？’”

猴哥在紧箍咒的威慑下彻底蔫了。你牛你牛，所谓“大圣见师父怪下来了，却又觌面看见模样，一则做不得手脚，二来又怕念‘紧箍儿咒’，低着头，再也不敢回言”。

唐僧来到树下，他并没有第一时间给孩子解绳索，“那长老将鞭梢指着问道：‘你是那家孩儿？因有甚事，吊在此间？说与我，好救你。’”

态度真谈不上多好，拿着马鞭指人家，而且必须得问清楚了才能救，要是涉及官府，吓死唐僧他也不敢掺和，他这慈悲心又有多澎湃呢。

小妖怪说自己是被土匪打家劫舍了，唐僧一听踏实了，让八戒解绳索。悟空这时实在忍不住了，说：既然你家私被劫，父被贼伤，母被人掳，救你去交与谁人？你将何物与我作谢？

妖怪赶紧临时编故事，说家里还有亲戚。八戒这时候又来插嘴了，说：一个小孩子你就别问这么多了。这妖怪最终还是被救下来了，并且他还非得让悟空驮着。

悟空背起这孩子，发现不过三斤十来两重，彻底有谱了，这就是个妖怪。随后我们来看这首诗。

“道德高隆魔障高，禅机本静静生妖”，唐僧这道德模范又遇到妖怪了。

“心君正直行中道，木母痴顽躧外趫”，正直的猴哥开始走中庸之道了，八戒此时纯是棒槌！

“意马不言怀爱欲，黄婆无语自忧焦”，这句说的是小白龙和沙僧其实都已经看出来了这是妖怪，一场悲剧即将上演。

“客邪得志空欢喜，毕竟还从正处消”，这句预言了结局，小妖怪别得意，你终究空欢喜一场，要接受正道改造的小小强度了。

孙大圣驮着妖魔，心中埋怨唐僧不知艰苦：“行此险峻山场，空身也难走，却教老孙驮人。这厮莫说他是妖怪，就是好人，他没了父母，不知将他驮与何人，倒

不如掼杀他罢。”那怪物却早知觉了，便就使个神通，往四下里吸了四口气，吹在行者背上，便觉重有千斤。行者笑道：“我儿呵，你弄重身法压我老爷哩！”那怪闻言，恐怕大圣伤他，却就解尸出了元神，跳将起去，伫立在九霄空里。这行者，背上越重了。猴王发怒，抓过他来，往那路旁边赖石头上滑辣的一掼，将尸骸掼得相个肉饼一般；还恐他又无礼，索性将四肢扯下，丢在路两边，俱粉碎了。

那物在空中明明看着，忍不住心头火起道：“这猴和尚，十分惫懒！就作我是个妖魔，要害你师父，却还不曾见怎么下手哩，你怎么就把我这等伤损！早是我有算计，出神走了；不然，是无故伤生也。若不趁此时拿了唐僧，再让一番，越教他停留长智。”好怪物，就此半空里，弄了一阵旋风，呼的一声响喨，走石扬沙，诚然凶狠。好风：

淘淘怒卷水云腥，黑气腾腾闭日明。

岭树连根通拔尽，野梅带干悉皆平。

黄沙迷目人难走，怪石伤残路怎平。

滚滚团团平地暗，遍山禽兽发哮声。

刮得那三藏马上难存，八戒不敢仰视，沙僧低头掩面。孙大圣情知是怪物弄风，急纵步来赶时，那怪已骋风头将唐僧摄去了，无踪无影，不知摄向何方，无处跟寻。

一时间，风声暂息，日色光明。行者上前观看，只见白龙马战兢兢发喊声嘶，行李担丢在路下，八戒伏于崖下呻吟，沙僧蹲在坡前叫唤。行者喊：“八戒！”那呆子听见是行者的声音，却抬头看时，狂风已静，爬起来，扯住行者道：“哥哥，好大风呵！”沙僧却也上前道：“哥哥，这是一阵旋风。”又问：“师父在那里？”八戒道：“风来得紧，我们都藏头遮眼，各自躲风，师父也伏在马上的。”行者道：“如今却往那里去了？”沙僧道：“是个灯草做的，想是一风卷去也。”

行者道：“兄弟们，我等自此就该散了！”八戒道：“正是，趁早散了，各寻头路，多少是好。那西天路无穷无尽，几时能到得！”沙僧闻言，打了一个失惊，浑身麻木道：“师兄，你都说的是那里话！我等因为前生有罪，感蒙观世音菩萨劝化，与我们摩顶受戒，改换法名，皈依佛果，情愿保护唐僧上西方拜佛求经，将功折罪。今日到此，一旦俱休，说出这等各寻头路的话来，可不违了菩萨的善果，坏了自己的德行，惹人耻笑，说我们有始无终也！”行者道：“兄弟，你说的也是。奈何师

父不听人说。我老孙火眼金睛，认得好歹。才然这风，是那树上吊的孩儿弄的。我认得他是个妖精，你们不识，那师父也不识，认作是好人家儿女，教我驮着他走。是老孙算计要摆布他，他就弄个重身法压我；是我把他掼得粉碎，他想是又使解尸之法，弄阵旋风，把我师父摄去也。因此上怪他每每不听我说，故我意懒心灰，说各人散了。既是贤弟有此诚意，教老孙进退两难。八戒，你端的要怎的处？”八戒道：“我才自失口，乱说了几句，其实也不该散。哥哥，没及奈何，还信沙弟之言，去寻那妖怪，救师父去。”行者却回嗔作喜道：“兄弟们，还要来结同心，收拾了行李、马匹，上山找寻怪物，搭救唐僧去。”

悟空驮着这妖怪心中开始埋怨唐僧不知艰苦，随后决定一不做二不休，弄死这妖怪得了。妖怪也发现了自己很危险，于是给悟空加了千斤的重量，但悟空微微一笑，根本不当回事。妖怪有点虚了，于是解尸出了元神，很幸运，再晚跑一秒就该被猴哥弄死了。这妖怪在半空中弄了一阵旋风，呼的一声响亮，走石扬沙，让八戒不敢仰视，沙僧低头掩面。这俩废物依旧啥用没有，妖怪很轻松地就把唐僧抓走了。

悟空赶回去，发现八戒伏于崖下呻吟，沙僧蹲在坡前叫唤，气得大怒道：“兄弟们，我等自此就该散了！”

八戒表示无所谓：“正是，趁早散了，各寻头路，多少是好。那西天路无穷无尽，几时能到得！”

八戒这么说，一是因为人家有后路，这趟辛苦他不愿意挨了；二是因为刚才是他把妖怪放下来的，他怕猴子追责。

这话给没本事也没后路的沙僧差点吓死，那是“打了一个失惊，浑身麻木道：‘师兄，你都说的是那里话！我等因为前生有罪，感蒙观世音菩萨劝化，与我们摩顶受戒，改换法名，皈依佛果，情愿保护唐僧上西方拜佛求经，将功折罪。今日到此，一旦俱休，说出这等各寻头路的话来，可不违了菩萨的善果，坏了自己的德行，惹人耻笑，说我们有始无终也！’”

沙僧就差跪那儿求悟空看在菩萨的面子上咱接着走吧，哥，您再受累来来吧！

悟空叹道：这师父不听话，我说是个妖精他不信，你们也不认识。师父每每不听我说，所以我意懒心灰，说各人散了。贤弟有此诚意，真让老孙进退两难。八戒，你怎么说？

悟空接了沙僧的台阶，也罕见地没有急眼，而是给八戒递了台阶。

八戒多灵啊，见师兄不找他碴儿了赶紧说：我那是失口乱说了几句，其实也不该散。哥哥，咱救师父去吧。

悟空就此团结了队伍，回嗔作喜道："兄弟们，还要来结同心，收拾了行李、马匹，上山找寻怪物，搭救唐僧去。"

悟空真正的成长就是在乌鸡国之后，他对唐僧有敬畏了，也允许别人犯错了，也能理解没本事人的局限性了，方方面面开始有个大师兄的样子了。

三个人附葛扳藤，寻坡转涧，行经有五七十里，却也没个音信。那山上飞禽走兽全无，老柏乔松常见。孙大圣着实心焦，将身一纵，跳上那巅崄峰头，喝一声叫"变！"变作三头六臂，似那大闹天宫的本像，将金箍棒幌一幌，变作三根金箍棒，劈哩扑辣的，往东打一路，往西打一路，两边不住的乱打。八戒见了道："沙和尚，不好了！师兄是寻不着师父，恼出气心风来了！"

那行者打了一会，打出一伙穷神来，都披一片，挂一片，裩无裆，裤无口的，跪在山前叫："大圣，山神、土地来见。"行者道："怎么就有许多山神、土地？"众神叩头道："上告大圣，此山唤做'六百里钻头号山'。我等是十里一山神，十里一土地，共该三十名山神，三十名土地。昨日已此闻大圣来了，只因一时会不齐，故此接迟，致令大圣发怒，万望恕罪。"行者道："我且饶你罪名。我问你，这山上有多少妖精？"众神道："爷爷哑，只有得一个妖精，把我们头也摩光了，弄得我们少香没纸，血食全无，一个个衣不充身，食不充口，还吃得有多少妖精哩！"行者道："这妖精在山前住，是山后住？"众神道："他也不在山前山后。这山中有一条涧，叫做枯松涧。涧边有一座洞，叫做火云洞。那洞里有一个魔王，神通广大，常常的把我们山神、土地拿了去，烧火顶门，黑夜与他提铃喝号。小妖儿又讨甚么常例钱。"行者道："汝等乃是阴鬼之仙，有何钱钞？"众神道："正是没钱与他，只得捉几个山獐、野鹿，早晚间打点群精；若是没有相送，就要打拆庙宇，剥衣裳，搅得我等不得安生。万望大圣与我等剿除此怪，拯救山上生灵！"行者道："你等既受他节制，常在他洞下，可知他是那里妖精，叫做甚么名字？"众神道："说起他来，或者大圣也知道。他是牛魔王的儿子，罗刹女养的。他曾在火焰山修行了三百年，炼成‘三昧真火’，却也广大神通。牛魔王使他来镇守号山，乳名叫做红孩儿，号叫做圣婴大王。”

行者闻言，满心欢喜，喝退了土地、山神，却现了本像，跳下峰头，对八戒、沙僧道：“兄弟们放心，再不须思念。师父决不伤生，妖精与老孙有亲。”八戒笑道：“哥哥莫要说谎。你在东胜神洲，他这里是西牛贺洲，路程遥远，隔着万水千山，海洋也有两道，怎的与你有亲？”行者道：“刚才这伙人，都是本境土地、山神。我问他妖怪的原因，他道是牛魔王的儿子，罗刹女养的，名字唤做红孩儿，号圣婴大王。想我老孙五百年前大闹天宫时，遍游天下名山，寻访大地豪杰，那牛魔王曾与老孙结七兄弟。一般五六个魔王，止有老孙生得小巧，故此把牛魔王称为大哥。这妖精是牛魔王的儿子，我与他父亲相识，若论将起来，还是他老叔哩。他怎敢害我师父？我们趁早去来。”沙和尚笑道：“哥呀，常言道：‘三年不上门，当亲也不亲’哩。你与他相别五六百年，又不曾往还酒杯，又没有个节礼相邀，他那里与你认甚么亲耶？”行者道：“你怎么这等量人！常言道：‘一叶浮萍归大海，为人何处不相逢。’总然他不认亲，好道也不伤我师父。不望他相留酒席，必定也还我个囫囵唐僧。”

三兄弟各办虔心，牵着白马，马上驮着行李，找大路一直前进。无分昼夜，行了百十里远近，忽见一松林，分中有一条曲涧，涧下有碧澄澄的活水飞流。那涧梢头有一座石板桥，通着那厢洞府。行者道：“兄弟，你看那壁厢，有石崖磷磷，想必是妖精住处了。我等从众商议，那个管守行李、马匹，那个肯跟着我过去降妖。”八戒道：“哥哥，老猪没甚坐性，我随你去罢。”行者道：“好，好。”教沙僧：“将马匹、行李俱潜在树林深处，小心守护，待我两个上门去寻师父耶。”那沙僧依命。八戒相随，与行者各持兵器前来。正是：

未炼婴儿邪火胜，心猿木母共扶持。

毕竟不知一去吉凶何如，且听下回分解。

哥儿仨找了“五七十里”也没有线索，而且这山目前是飞禽走兽全无的状态，这里作者也埋了个伏笔，后面会交代为什么这山都成寂静岭了。悟空找不到线索，气得变成三头六臂开打，不想打出一伙穷神来，是真穷，所谓“披一片，挂一片，裩无裆，裤无口”的山神和土地，而且数量惊人，把悟空都惊到了，咋这么多山神、土地？

众穷神说这地方叫“六百里钻头号山”，十里一山神，十里一土地，总共六十个，专门伺候枯松涧火云洞的小魔王。这小子把山神、土地捉了去烧火顶门，黑夜与他提铃喝号，甚至连洞里的小妖都拿这帮山神、土地不当回事，要讨常例钱，不给就拆庙剥衣服，把他们卷得天天打猎交租，所以把这山都薅秃了。

这六十个山神、土地伺候妖怪是个什么概念呢?

在平顶山时悟空曾经叹过：“行者听见‘当值’二字，却也心惊，仰面朝天，高声大叫道：‘苍天！苍天！自那混沌初分，天开地辟，花果山生了我，我也曾遍访名师，传授长生秘诀。想我那随风变化，伏虎降龙，大闹天宫，名称大圣，更不曾把山神、土地欺心使唤。今日这个妖魔无状，怎敢把山神、土地唤为奴仆，替他轮流当值? 天啊！既生老孙，怎么又生此辈? ’”（第三十三回）

现在我们知道了，这是三清的烧炉童子拿土地去当值，联想一下，火云洞这妖怪也差不多这意思，因为山神、土地都是天庭基层神仙，普通妖怪吓死他也不敢乱用，而且这妖怪的背景或者说与背后大人物的关系要比平顶山的两个童子还要硬，六百里的山居然安排了六十个山神、土地伺候这位活祖宗。

悟空此时也算是有见识了，没有了上回那种破防的慨叹，于是问这妖怪的来历。众神说的这段话信息含量极大：“说起他来，或者大圣也知道。他是牛魔王的儿子，罗刹女养的。他曾在火焰山修行了三百年，炼成‘三昧真火’，却也广大神通。牛魔王使他来镇守号山，乳名叫做红孩儿，号叫做圣婴大王。”

1. 这妖怪是牛魔王之子，罗刹女养的。

2. 在火焰山修行了三百年，招牌绝技是三昧真火。

3. 是牛魔王派他来这座山的。

山神、土地说这话听上去貌似牛魔王特别牛，但我们看过原著的都知道，牛魔王就是个妖，他是后来被群殴后归顺佛家的。一个妖是绝对没有能力使唤六十个山神、土地的。做妖方面悟空是做到头了，他都没这排面，这妖怪的背景肯定不一般，而且是大大的不一般。还有，罗刹女和牛魔王住的地方是火焰山千里外的翠云山，这孩子却是在火焰山学的艺。他爹妈都不会用火，后面哪怕快被猴子逼死了也没用过火。

带着所有的疑问，我们接着往下看。

悟空打听完消息后相当欢喜，原来这孩子是牛魔王之子，他心里踏实了，认为这关不用打了。大家又行了百十里后来到了红孩儿的洞府，悟空带着八戒降妖叫阵去了。

第四十一回

心猿遭火败，木母被魔擒

善恶一时忘念，荣枯都不关心。

晦明隐现任浮沉，随分饥餐渴饮。

神静湛然常寂，昏冥便有魔侵。

五行蹭蹬破禅林，风动必然寒凛。

却说那孙大圣引八戒别了沙僧，跳过枯松涧，径来到那怪石崖前。果见有一座洞府，真个也景致非凡。但见：

回銮古道幽还静，风月也听玄鹤弄。

白云透出满川光，流水过桥仙意兴。

猿啸鸟啼花木奇，藤萝石蹬芝兰胜。

苍摇崖壑散烟霞，翠染松篁招彩凤。

远列巅峰似插屏，山朝涧绕真仙洞。

昆仑地脉发来龙，有分有缘方受用。

将近行到门前，见有一座石碣，上镌八个大字，乃是“号山枯松涧火云洞”。那壁厢一群小妖，在那里抡枪舞剑的跳风顽耍。孙大圣厉声高叫道：“那小的们，趁早去报与洞主知道，教他送出我唐僧师父来，免你这一洞精灵的性命！牙迸半个‘不’字，我就掀翻了你的山场，蹦平了你的洞府！”那些小妖闻得此言，慌忙急转身，各归洞里，关了两扇石门，到里边来报："大王，祸事了！"

却说那怪自把三藏拿到洞中，选剥了衣服，四马攒蹄捆在后院里，着小妖打干净水刷洗，要上笼蒸吃哩。急听得报声"祸事"，且不刷洗，便来前庭上问："有何祸事？"小妖道："有个毛脸雷公嘴的和尚，带一个长嘴大耳的和尚，在门前要甚么唐僧师父哩，但若牙迸半个'不'字，就要掀翻山场，踻平洞府。"魔王微微冷笑道："这是孙行者与猪八戒。他却也会寻哩。我拿他师父，自半山中到此，有百五十里，却怎么就寻上门来？"教："小的们，把管车的，推出车去！"那一班几个小妖，推出五辆小车儿来，开了前门。八戒望见道："哥哥，这妖精想是怕我们，推出车子，往那厢搬哩。"行者道："不是，且看他放在那里。"只见那小妖将车子按金、木、水、火、土安下，着五个看着，五个进去通报。那魔王问："停当了？"答应："停当了。"教："取过枪来。"有那一伙管兵器的小妖，着两个抬出一杆丈八长的火尖枪，递与妖王。

妖王抡枪拽步，也无甚么盔甲，只是腰间束一条锦绣战裙，赤着脚，走出门前。行者与八戒抬头观看，但见那怪物：

面如傅粉三分白，唇若涂朱一表才。
鬓挽青云欺靛染，眉分新月似刀裁。
战裙巧绣盘龙凤，形比哪吒更富胎。
双手绰枪威凛冽，祥光护体出门来。
哏声响若春雷吼，暴眼明如掣电乖。
要识此魔真姓氏，名扬千古唤红孩。

悟空带着八戒来到火云洞前，这火云洞与被薅秃了的山完全不同，规格和级别宛然一座神仙洞府。有玄鹤，有猿啸，有芝兰，有烟霞，有彩凤，而且作者明白地告诉我们这是仙洞，所谓"白云透出满川光，流水过桥仙意兴"，"远列巅峰似插屏，山朝涧绕真仙洞"。作者怕说不清楚这个洞府的级别，最后又点明了："昆仑地脉发来龙，有分有缘方受用"。

这是昆仑地脉来龙！这是有缘有分才能受用的！

再看这孩子的模样，这首诗就不截取了，全段都很重要。

"面如傅粉三分白，唇若涂朱一表才。

鬓挽青云欺靛染，眉分新月似刀裁。

战裙巧绣盘龙凤，形比哪吒更富胎。

双手绰枪威凛冽，祥光护体出门来。

哏声响若春雷吼，暴眼明如掣电乖。

要识此魔真姓氏，名扬千古唤红孩。”

“形比哪吒更富胎”，哪吒在西游宇宙中是佛祖造的“植物人”，这孩子比佛祖手工的来头更大，而且人家有祥光护体。

这样的洞府外加这个样貌，可以明言了，这孩子极极极极大概率不是牛魔王的孩子。

我们来搜集一下现有材料，大概推测一下红孩儿的来头。先说这孩子的物质条件：

1. 六十个山神、土地伺候这位小爷。

2. “昆仑地脉发来龙”的洞府。

这都不可能是牛魔王这个级别能拥有的，牛魔王跟悟空的岁数差不多大，活到现在也就一千多岁，后面红孩儿背书过，所谓“我父王平日吃人为生，今活勾有一千余岁，怎么如今又吃起斋来了？”

这个岁数的妖怪里悟空的动静算是闹得最大的了，而且从后面灭他时的断杀能够很明确地知道，牛魔王即便把吃奶的劲儿都使出来，也仅仅是物理意义上的强。他没有法宝和法力能降维打击敌人，也就是说，他没办法让牛人为我所用，所以也就不可能弄来红孩儿这个排面，如果能弄来的话，以老牛的招摇嘚瑟劲儿，他也得让土地、山神来伺候。

“形比哪吒更富胎”和“祥光护体出门来”，也证明这孩子跟牛魔王没有关系。因为无论是牛魔王还是罗刹女，都没有祥光，而且还有很关键的一点，红孩儿是在火焰山修行了三百年练成了三昧真火，所谓“他曾在火焰山修行了三百年，炼成‘三昧真火’”。要知道牛魔王和罗刹女的芭蕉洞在火焰山西南方的翠云山，有一千四百五六十里远。此时牛魔王和罗刹女还没分居，两人是住一块儿的，所谓“那公主有百万家私，无人掌管。二年前，访着牛魔王神通广大，情愿倒陪家私，招赘为夫。那牛王弃了罗刹，久不回顾”（第六十回）。牛魔王和罗刹女住那么远，为什么要让儿子去火焰山学艺，而且火焰山的条件可是相当不好的，所谓“那山离此有六十里远，正是西方必由之路，却有八百里火焰，四周围寸草不生。若过得山，就是铜脑盖，铁身躯，也要化成汁哩”。（第五十九回）

不是说红孩儿受不了苦，而是稍微有能耐的神仙都不会在那个地方待着！

火焰山那里有谁？

整个西游宇宙中，在火焰山露面的驻场代表只有一个火焰山土地。

这土地是哪儿来的？他原是兜率宫的道人。所谓“土地道：‘这火原是大圣放的。’行者怒道：‘我在那里？你这等乱谈！我可是放火之辈？’土地道：‘是你也认不得我了。此间原无这座山，因大圣五百年前大闹天宫时，被显圣擒了，压赴老君，将大圣安于八卦炉内，煅炼之后开鼎，被你蹬倒丹炉，落了几个砖来，内有余火，到此处化为火焰山。我本是兜率宫守炉的道人，当被老君怪我失守，降下此间，就做了火焰山土地也。’”（第六十回）

所以，这火焰山跟太上老君有关系！

再提前看看罗刹女那把最值钱的扇子，五万里外的灵吉菩萨能耳熟能详地介绍这个女妖怪，还介绍了她那把扇子，所谓“他的那芭蕉扇本是昆仑山后，自混沌开辟以来，天地产成的一个灵宝，乃太阴之精叶，故能灭火气。假若扇着人，要飘八万四千里，方息阴风”。（第五十九回）

芭蕉扇我们前面已经见过了，太上老君那儿也有一把，不过功能不同，那个是扇出火焰的。咱们暂且认为这扇子就是凑巧重名了，但老君还有一个宝贝貌似跟这芭蕉扇的产地相同，也就是紫金红葫芦。所谓“我这葫芦是混沌初分，天开地辟，有一位太上老祖，解化女娲之名，炼石补天，普救阎浮世界。补到乾宫夬地，见一座昆仑山脚下，有一缕仙藤，上结着这个紫金红葫芦，却便是老君留下到如今者”。（第三十五回）

这芭蕉扇和紫金红葫芦，是整本《西游记》原著中唯二产地牵扯到昆仑山的宝贝。敲重点，是唯二书中明言昆仑山出品的。再看红孩儿那“昆仑地脉发来龙，有分有缘方受用”的洞府，你还觉得只是巧合吗？

而且红孩儿叫啥，号“圣婴大王”，当年牛魔王确实也跟着猴子的风叫了个“平天大圣”，但自打悟空被降伏之后，老牛可就不叫这名字了，人家改叫了“大力王”。

老牛可是非常狂的，作为妖怪都给自己配上坐骑了，但涉及“圣”这个字时他依旧不敢叫，你猜为啥这孩子敢叫？

作者已经给足了暗示，跟那两个童子的九尾狐狸娘手里有老君勒袍的带一样，隐喻很深刻。

还是那句话，咱们只将作者的这些暗示摆在明面上，咱们也不下定论，任君品味。当然，你要说这红孩儿就是牛魔王的孩子，牛魔王就是这么厉害，他可以搞定数万里外的“昆仑地脉发来龙，有分有缘方受用”以及六十个山神、土地外加他都不会的三昧真火，咱也没意见。

那红孩儿怪出得门来，高叫道：“是甚么人，在我这里吆喝！”行者近前笑道：“我贤侄，莫弄虚头。你今早在山路旁高吊在松树梢头，是那般一个瘦怯怯的黄病孩儿，哄了我师父。我倒好意驮着你，你就弄风儿把我师父摄将来。你如今又弄这个样子，我岂不认得你？趁早送出我师父，不要白了面皮，失了亲情；恐你令尊知道，怪我老孙以长欺幼，不相模样。”那怪闻言，心中大怒，咄的一声喝道：“那泼猴头！我与你有甚亲情？你在这里满口胡柴，绰甚声经儿！那个是你贤侄？”行者道：“哥哥，是你也不晓得。当年我与你令尊做弟兄时，你还不知在那里哩！”那怪道：“这猴子，一发胡说！你是那里人，我是那里人，怎么得与我父亲做兄弟？”行者道：“你是不知。我乃五百年前大闹天宫的齐天大圣孙悟空是也。我当初未闹天宫时，遍游海角天涯，四大部洲，无方不到。那时节，专慕豪杰。你令尊叫做牛魔王，称为平天大圣，与我老孙结为七兄弟，让他做了大哥；还有个蛟魔王，称为覆海大圣，做了二哥；又有个大鹏魔王，称为混天大圣，做了三哥；又有个狮狔王，称为移山大圣，做了四哥；又有个猕猴王，称为通风大圣，做了五哥；又有个狨王，称为驱神大圣，做了六哥；惟有老孙身小，称为齐天大圣，排行第七。我老弟兄们那时节耍子时，还不曾生你哩！”

那怪物闻言，那里肯信，举起火尖枪就刺。行者正是那会家不忙，又使了一个身法闪过枪头，抡起铁棒骂道：“你这小畜生，不识高低！看棍！”那妖精也使身法，让过铁棒道：“泼猢狲，不达时务！看枪！”他两个也不论亲情，一齐变脸，各使神通，跳在云端里，好杀：

行者看见道："兄弟，你笑怎么？你好道有甚手段，擒得那妖魔，破得那火阵？这桩事，也是大家有益的事。常言道：'众毛攒毬。'你若拿得妖魔，救了师父，也是你的一件大功绩。"沙僧道："我也没甚手段，也不能降妖。我笑你两个都着了忙也。"行者道："我怎么着忙？"沙僧道："那妖精手段不如你，枪法不如你，只是多了些火势，故不能取胜。若依小弟说，以相生相克拿他，有甚难处？"行者闻言，呵呵笑道："兄弟说得有理。果然我们着忙了，忘了这事。若以相生相克之理论之，须是以水克火。却往那里寻些水来，泼灭这妖火，可不救了师父？"沙僧道："正是这般，不必迟疑。"行者道："你两个只在此间，莫与他索战，待老孙去东洋大海，求借龙兵，将些水来，泼息妖火，捉这泼怪。"八戒道："哥哥放心前去，我等理会得。"

好大圣！纵云离此地，顷刻到东洋。却也无心看玩海景，使个逼水法，分开波浪。正行时，见一个巡海夜叉相撞，看见是孙大圣，急回到水晶宫里报知。那老龙王敖广，即率龙子龙孙、虾兵蟹卒，一齐出门迎接，请里面坐。坐定，礼毕，告茶。行者道："不劳茶，有一事相烦。我因师父唐僧往西天拜佛取经，经过号山枯松涧火云洞，有个红孩儿妖精，号圣婴大王，把我师父拿了去。是老孙寻到洞边，与他交战，他却放出火来。我们禁不得他，想着水能克火，特来问你求些水去，与我下场大雨，泼灭了妖火，救唐僧一难。"那龙王道："大圣差了，若要求取雨水，不该来问我。"行者道："你是四海龙王，主司雨泽，不来问你，却去问谁？"龙王道："我虽司雨，不敢擅专，须得玉帝旨意，分付在那地方，要几尺几寸，甚么时辰起住；还要三官举笔，太乙移文，会定了雷公电母、风伯云童。俗语云：'龙无云而不行'哩。"行者道："我也不用着风云雷电，只是要些雨水灭火。"龙王道："大圣不用风云雷电，但我一人，也不能助力，着舍弟们同助大圣一功如何？"行者道："令弟何在？"龙王道："南海龙王敖钦，西海龙王敖闰，北海龙王敖顺。"行者笑道："我若再游过三海，不如上界去求玉帝旨意了。"龙王道："不消大圣去，只我这里撞动铁鼓金钟，他自顷刻而至。"行者闻其言道："老龙王，快撞钟鼓。"

须臾间，三海龙王拥至，问："大哥有何事命弟等？"敖广道："孙大圣在这里借雨，助力降妖。"三弟即引进见毕，行者备言借水之事。众神个个欢从，即点起：

鲨鱼骁勇为前部，鳠痴口大作先锋。
鲤元帅翻波跳浪，鯾提督吐雾喷风。

鲭太尉东方打哨，鲌都司西路催征。

红眼马郎南面舞，黑甲将军北下冲。

鳙把总中军掌号，五方兵处处英雄。

纵横机巧鼋枢密，妙算玄微龟相公。

有谋有智鼍丞相，多变多能鳖总戎。

横行蟹士轮长剑，直跳虾婆扯硬弓。

鲇外郎查明文簿，点龙兵出离波中。

诗曰：

四海龙王喜助功，齐天大圣请相从。

只因三藏途中难，借水前来灭火红。

悟空回去后说八戒不够意思，把兄弟撇了，八戒打个岔把这事岔了过去。哥儿仨技战术复盘时认为，无论是手段还是枪法这孩子都不行，就是会放火，在沙僧的建议下，悟空决定去找龙王借雨助战。

悟空来到东海，敖广率龙子龙孙、虾兵蟹卒一齐出门迎接。龙王把悟空请进宫，礼毕，告茶，听说悟空要借雨，差点把龙王吓死。

龙王详细地复述了之前泾河龙王拿脑袋拍给全体龙王看的专题纪录片。龙王说："我虽司雨，不敢擅专，须得玉帝旨意，分付在那地方，要几尺几寸，甚么时辰起住；还要三官举笔，太乙移文，会定了雷公电母、风伯云童。俗语云：'龙无云而不行'哩。"

理论上来讲，虽然龙王下雨用不着什么"雷公、电母、风伯、云童"，直接就能下，但是下雨还就得有前面这些仪式，因为严格来说下雨的权力掌握在玉帝手里，包括后文出现的相当牛的"五雷法"，也是需要玉帝传旨批条子的。

悟空强调：我就是要些雨水灭火，跟农业生产没有关系。随后龙王本着法不责众的原则喊来他的三个兄弟跟着他一块儿蹚这浑水。因为这属于间接动兵，还是有一定被追责的风险的。

那行者领着龙兵，不多时早到号山枯松涧上。行者道："敖氏昆玉，有烦远跡。此间乃妖魔之处，汝等且停于空中，不要出头露面。让老孙与他赌斗，若赢了他，

不须列位捉拿；若输与他，也不用列位助阵；只是他但放火时，可听我呼唤，一齐喷雨。”龙王俱如号令。

行者却按云头，入松林里，见了八戒、沙僧，叫声：“兄弟。”八戒道：“哥哥来得快哑！可曾请得龙王来？”行者道：“俱来了。你两个切须仔细，只怕雨大，莫湿了行李。待老孙与他打去。”沙僧道：“师兄放心前去，我等俱理会得了。”

行者跳过涧，到了门首，叫声：“开门！”那些小妖又去报道：“孙行者又来了。”红孩仰面笑道：“那猴子想是火中不曾烧了他，故此又来。这一来，切莫饶他，断然烧个皮焦肉烂才罢！”急纵身挺着长枪，教：“小的们，推出火车子来！”走出门前，对行者道：“你又来怎的？”行者道：“还我师父来！”那怪道：“你这猴头，忒不通变！那唐僧与你做得师父，也与我做得按酒，你还思量要他哩！莫想，莫想！”行者闻言，十分恼怒，掣金箍棒，劈头就打，那妖精使火尖枪急架相迎。这一场赌斗，比前不同。好杀：

怒发泼妖魔，恼急猴王将。这一个专救取经僧，那一个要吃唐三藏。心变没亲情，情疏无义让。这个恨不得捉住活剥皮，那个恨不得拿来生蘸酱。真个忒英雄，果然多猛壮。棒来枪架赌输赢，枪去棒迎争下上。举手相抡二十回，两家本事一般样。

那妖王与行者战经二十回合，见得不能取胜，虚幌一枪，急抽身，捏着拳头，又将鼻子捶了两下，却就喷出火来。那门前车子上烟火迸起，口眼中赤焰飞腾。孙大圣回头叫道：“龙王何在？”那龙王兄弟帅众水族，望妖精火光里喷下雨来。

好雨！真个是：

潇潇洒洒，密密沉沉。潇潇洒洒，如天边坠落星辰；密密沉沉，似海口倒悬浪滚。起初时如拳大小，次后来瓮泼盆倾。满地浇流鸭顶绿，高山洗出佛头青。沟壑水飞千丈玉，涧泉波涨万条银。三叉路口看看满，九曲溪中渐渐平。这个是唐僧有难神龙助，扳倒天河往下倾。

那雨淙淙大小，莫能止息那妖精的火势。原来龙王私雨，只好泼得凡火，妖精的三昧真火，如何泼得？好一似火上浇油，越泼越灼。大圣道：“等我捻着诀，钻入火中。”抡铁棒，寻妖要打。那妖见他来到，将一口烟劈脸喷来。行者急回头，熰得眼花雀乱，忍不住泪落如雨。原来这大圣不怕火，只怕烟。当年因大闹天宫时，被老君放在八卦炉中煅过一番。他幸在那巽位安身，不曾烧坏，只是风搅得烟来，把他熇做火眼金睛，故至今只是怕烟。那妖又喷一口，行者当不得，纵云头走了。那妖王却又收了火具，回归洞府。

这大圣一身烟火，暴躁难禁，径投于涧水内救火。怎知被冷水一逼，弄得火气攻心，三魂出舍。可怜气塞胸堂喉舌冷，魂飞魄散丧残生。慌得那四海龙王在半空里收了雨泽，高声大叫："天蓬元帅，卷帘将军！休在林中藏隐，且寻你师兄出来！"

八戒与沙僧听得呼他圣号，急忙解了马，挑着担，奔出林来，也不顾泥泞，顺涧边找寻。只见那上溜头，翻波滚浪，急流中淌下一个人来。沙僧见了，连衣跳下水中，抱上岸来，却是孙大圣身躯。噫！你看他踡跼四肢伸不得，浑身上下冷如冰。沙和尚满眼垂泪道："师兄，可惜了你亿万年不老长生客，如今化作个中途短命人！"

八戒笑道："兄弟莫哭。这猴子佯推死，吓我们哩。你摸他摸胸前，还有一点热气没有？"沙僧道："浑身都冷了，就有一点儿热气，怎的就得回生？"八戒道："他有七十二般变化，就有七十二条性命。你扯着脚，等我摆布他。"真个那沙僧扯着脚，八戒扶着头，把他拽个直，推上脚来，盘膝坐定。八戒将两手搓热，仵住他的七窍，使一个按摩禅法。原来那行者被冰水逼了，气阻丹田，不能出声。却幸得八戒按摸揉擦，须臾间，气透三关，转明堂，冲开孔窍，叫了一声："师父呵！"沙僧道："哥啊，你生为师父，死也还在口里。且苏醒，我们在这里哩。"行者睁开眼道："兄弟们在这里？老孙吃了亏也！"八戒笑道："你才方发昏的，若不是老猪救你呵，已此了帐了，还不谢我哩。"行者却才起身，仰面道："敖氏弟兄何在？"那四海龙王在半空中答应道："小龙在此伺候。"行者道："累你远劳，不曾成得功果，且请回去，改日再谢。"龙王帅水族泱泱而回，不在话下。

悟空在天上安排好四海龙王后再次叫阵，红孩儿做的第一件事依旧是叫了一声："小的们，推出火车子来！"

悟空如果心细的话应该发现端倪了，红孩儿非常看重这火车子，第一次交战时也是还没打就推车出来了。这火车子是红孩儿的保险，悟空如果在跟红孩儿对战时拔根毫毛去捣毁他这五行车，其实这小子的火也放不出那么凶的效果，这车子组的五行相生的火阵才是红孩儿的核心竞争力。

猴哥没注意这个细节，他觉得有了龙王的雨，这回就胜券在握了。随后两人开打，二十个回合后，红孩儿又是老套路，捏着拳头，将鼻子捶了两下，喷出火来。那门前车子上，烟火迸起，口眼中，赤焰飞腾。

悟空这时喊四海龙王下雨，雨下得相当凶，那是“扳倒天河往下倾”，但是，龙王的私雨灭不了这三昧真火，恰恰相反，相当于又给这妖怪装了个火焰放大器。雨水打在火上变成了火上浇油，越泼越灼，等于这次的火比上次还要大。

悟空依旧无所谓，这三昧火他根本不当回事。他捻着诀钻入火中要打红孩儿，但这次被红孩儿一口烟喷在脸上了。

猴哥不怕火，只怕烟，所谓“原来这大圣不怕火，只怕烟。当年因大闹天宫时，被老君放在八卦炉中煅过一番。他幸在那巽位安身，不曾烧坏，只是风搅得烟来，把他㸌做火眼金睛，故至今只是怕烟”。

哪怕被妖怪连喷两口烟，悟空依旧没被烧坏，但他随后投于涧水，被大冬天的冷水一逼，把这体表的火气都攻心里去了，直接三魂出舍，没气了。慌得四海龙王在半空喊：八戒、沙僧，别藏了，赶紧救你师兄来。沙僧发现猴哥时猴哥身体都僵了、凉了。

八戒和沙僧就此也分出了能力的高低。沙僧是纯混饭的棒槌，看见猴哥凉了已经哭上了。八戒笑了，表示猴哥死不了，因为他有七十二般变化就有七十二条性命，这变化就是专门躲灾用的，眼下这才哪儿到哪儿，不至于。

悟空前面给八戒递台阶的面子此时也有了回报，八戒把悟空归置好，做了个按摩推拿，把猴哥救回来了。

猴哥醒来的第一句话喊的是师父，真的好感人。

整个取经团队，终于有个团结一心的模样了。

沙僧搀着行者，一同到松林之下坐定。少时间，却定神顺气，止不住泪滴腮边，又叫：“师父啊！

忆昔当年出大唐，岩前救我出灾殃。

三山六水遭魔障，万苦千辛割寸肠。

托钵朝餐随厚薄，参禅暮宿或林庄。

一心指望成功果，今日安知痛受伤！”

沙僧道：“哥哥，且休烦恼。我们早安计策，去那里请兵助力，搭救师父耶。”

行者道："那里请救么？"沙僧道："当初菩萨分付，着我等保护唐僧，他曾许我们叫天天应，叫地地应。那里请救去。"行者道："想老孙大闹天宫时，那些神兵都禁不得我。这妖精神通不小，须是比老孙手段大些的，才降得他哩。天神不济，地煞不能，若要拿此妖魔，须是去请观音菩萨才好。奈何我皮肉酸麻，腰膝疼痛，驾不起筋斗云，怎生请得？"八戒道："有甚话分付，等我去请。"行者笑道："也罢，你是去得。若见了菩萨，切休仰视，只可低头礼拜。等他问时，你却将地名、妖名说与他，再请救师父之事。他若肯来，定取擒了怪物。"八戒闻言，即便驾了云雾，向南而去。

却说那个妖王，在洞里欢喜道："小的们，孙行者吃了亏去了。这一阵，虽不得他死，好道也发个大昏。咦，只怕他又请救兵来也。快开门，等我去看他请谁。"众妖开了门，妖精就跳在空里观看，只见八戒往南去了。妖精想着南边再无他处，断然是请观音菩萨，急按下云，叫："小的们，把我那皮袋寻出来。多时不用，只恐口绳不牢，与我换上一条，放在二门之下；等我去把八戒赚将回来，装于袋内，蒸得稀烂，犒劳你们。"原来那妖精有一个如意的皮袋。众小妖拿出来，换了口绳，安于洞门内不题。

却说那妖王久居于此，俱是熟游之地，他晓得那条路上南海去近，那条去远。他从那近路上，一驾云头，赶过了八戒，端坐在壁岩之上，变作一个假观世音模样，等候八戒。

那呆子正纵云行处，忽然望见菩萨。他那里识得真假？这才是见像作佛。呆子停云下拜道："菩萨，弟子猪悟能叩头。"妖精道："你不保唐僧去取经，却见我有何事干？"八戒道："弟子因与师父行至中途，遇着号山枯松涧火云洞，有个红孩儿妖精，他把我师父摄了去。是弟子与师兄等寻上他门，与他交战。他原来会放火，头一阵，不曾得赢；第二阵，请龙王助雨，也不能灭火。师兄被他烧坏了，不能行动，弟子来请菩萨。万望垂慈，救我师父一难。"妖精道："那火云洞洞主，不是个伤生的，一定是你们冲撞了他也。"八戒道："我不曾冲撞他，是师兄悟空冲撞他的。他变作一个小孩儿，吊在树上，试我师父。师父甚有善心，教我解下来，着师兄驮他一程。是师兄掼了他一掼，他就弄风儿，把师父摄去了。"妖精道："你起来，跟我进那洞里，见洞主，与你说个人情，你陪一个礼，把你师父讨出来罢。"八戒道：

"菩萨哑，若肯还我师父，就磕他一个头也罢。"

妖王道："你跟来。"那呆子不知好歹，就跟着，他径回旧路，却不向南洋海，随赴火云门。顷刻间，到了门首，妖精进去道："你休疑忌，他是我的故人。你进来。"呆子只得举步入门。众妖一齐呐喊，将八戒捉倒，装于袋内，束紧了口绳，高吊在驮梁之上。妖精现了本相，坐在当中道："猪八戒，你有甚么手段，就敢保唐僧取经，就敢请菩萨降我？你大睁着两个眼，还不认得我是圣婴大王哩！如今拿你，吊得三五日，蒸熟了赏赐小妖，权为案酒！"八戒听言，在里面骂道："泼怪物，十分无礼！若论你百计千方，骗了我吃，管教你一个个遭种头天瘟！"呆子骂了又骂，嚷了又嚷，不题。

悟空送走了敖氏兄弟，顺了顺气，随后开始哭。一方面是因为师父被抓了；另一方面是因为自己这回吃了大亏了，所谓"一心指望成功果，今日安知痛受伤"。准确地说，这也是悟空自出生以来唯一的一次感受到死亡的恐惧！八卦炉里那次是威胁，谈不上恐惧，猴哥巽位躲得好着呢，这次是被人家都干凉了。

无论你多牛，终归会有命门，会有"阿喀琉斯之踵"，天地本不全，凭什么你就没有血条呢？必须给你补上这死亡的恐惧！

沙僧劝悟空：别烦恼，咱请救兵去。悟空说：去请观音菩萨吧，但我现在皮肉酸麻，腰膝疼痛，驾不起筋斗云。八戒说：我去请。悟空嘱咐道："若见了菩萨，切休仰视，只可低头礼拜。等他问时，你却将地名、妖名说与他，再请救师父之事。他若肯来，定取擒了怪物。"

看看，悟空见狠人是多么有规矩，有心得。

八戒驾云雾南去，被红孩儿在空中发现了，红孩儿料定八戒是去请观音菩萨，随后抄近路赶上了八戒，变成了假菩萨来诓骗八戒。

这说明两件事：

1. 这孩子见过观音菩萨。

2. 这孩子极其狂妄，或者说极度有恃无恐，他不觉得自己惹不起观音菩萨。

这孩子变化后的行为做派甚至比悟空假装小妖时做得还要好，悟空每次变身没多久就露馅了。八戒是见过很多高级别神仙的，居然也没看出破绽来。你听人家说的第一句话："你不保唐僧去取经，却见我有何事干？"

领导日常追责反问开局，像不像？

再看第二句：“那火云洞洞主，不是个伤生的，一定是你们冲撞了他也。”

菩萨说话是不是就这口风？

最后一句是：“你起来，跟我进那洞里，见洞主，与你说个人情，你陪一个礼，把你师父讨出来罢。”

这孩子真是相当聪明，而八戒也实在太菜，他进洞后是被一群小妖给捆了的，给红孩儿都整纳闷了，你听人家原话：“猪八戒，你有甚么手段，就敢保唐僧取经，就敢请菩萨降我？”

从这里也能看出菩萨给取经团队配的这班子差到了什么地步！

却说孙大圣与沙僧正坐，只见一阵腥风刮面而过，他就打了一个喷嚏道：“不好，不好！这阵风凶多吉少。想是猪八戒走错路也。”沙僧道：“他错了路，不会问人？”行者道：“想是撞见妖精了。”沙僧道：“撞见妖精，他不会跑回？”行者道：“不停当。你坐在这里看守，等我跑过涧去，打听打听。”沙僧道：“师兄腰疼，只恐又着他手，等小弟去罢。”行者道：“你不济事，还让我去。”

好行者，咬着牙，忍着疼，捻着铁棒，走过涧，到那火云洞前，叫声：“妖怪！”那把门的小妖又急入里报：“孙行者又在门首叫哩！”那妖王传令叫拿，那伙小妖枪刀簇拥，齐声呐叫，即开门，都道：“拿住，拿住！”行者果然疲倦，不敢相迎，将身钻在路旁，念个咒语，叫“变！”即变做一个销金包袱。小妖看见，报道：“大王，孙行者怕了，只见说一声‘拿’字，慌得把包袱丢下走了。”妖王笑道：“那包袱也无甚么值钱之物，左右是和尚的破褊衫、旧帽子，背进来拆洗做补衬。”一个小妖果将包袱背进，不知是行者变的。行者道：“好了，这个销金包袱背着了！”那妖精不以为事，丢在门内。

好行者，假中又假，虚里还空，即拔一根毫毛，吹口仙气，变作个包袱一样；他的真身却又变作一个苍蝇儿，叮在门枢上。只听得八戒在那里哼哩哼的，声音不清，却似一个瘟猪。行者嘤的飞了去寻时，原来他吊在皮袋里也。行者叮在皮袋，又听得他恶言恶语骂道妖怪长，妖怪短：“你怎么假变作个观音菩萨，哄我回来，吊我在此，还说要吃我！有一日我师兄：

大展齐天无量法，满山泼怪等时擒。

解开皮袋放我出，筑你千钯方趁心！”

行者闻言，暗笑道：“这呆子，虽然在这里面受闷气，却还不倒了旗枪。老孙一定要拿了此怪。若不如此，怎生雪恨！”

正欲设法拯救八戒出来，只听得妖王叫道：“六健将何在？”时有六个小妖，是他知己的精灵，封为健将，都有名字：一个叫做云里雾，一个叫做雾里云，一个叫做急如火，一个叫做快如风，一个叫做兴烘掀，一个叫做掀烘兴。六健将上前跪下，妖王道：“你们认得老大王家么？”六健将道：“认得。”妖王道：“你与我星夜去请老大王来，说我这里捉唐僧蒸与他吃，寿延千纪。”六怪领命，一个个厮拖厮扯，径出门去了。行者嘤的一声，飞下袋来，跟定那六怪，躲离洞中。毕竟不知怎的请来，且听下回分解。

悟空跟沙僧正坐着呢，一阵腥风刮过，悟空打了一个喷嚏，随后判断八戒出事了。

悟空说他去火云洞打听打听，沙僧也不是从头到尾不出力的，很多时候人家挺踊跃的，这次就自告奋勇表示“师兄腰疼，只恐又着他手，等小弟去罢”，但是悟空确实已经看明白沙僧的能力了，说“你不济事，还让我去”。

你去了，那就成葫芦娃救爷爷了，将来还得费劲儿捞你，你现在最起码还能看着行李。

悟空变化后进了火云洞，听到八戒骂街，大概明白了情况，是红孩儿变成了假观音菩萨，也听见了八戒以他这个师兄为荣：你等着我师兄“大展齐天无量法，满山泼怪等时擒”吧！

八戒作为第一次交战的亲历者，他知道这红孩儿的真实本事是比不上悟空的，等悟空养好了伤，真就不一定破不了他的火阵。

悟空和八戒的关系，比较特殊。

最开始是八戒拿悟空当师兄，但悟空不拿人家八戒当师弟，方方面面都嫌弃人家；在四圣试禅心后二人矛盾公开；三打白骨精时双方关系彻底破裂；宝象国八戒临危受命去修补关系，悟空重回取经队伍后开始不断隐形报复八戒，平顶山和乌鸡国都是如此；但在红孩儿这关，作者安排了猴和猪的世纪大和解。

悟空早先给这头最看不上也最恨的猪递了台阶，给了面子，然后是这个之前与他积怨最多的师弟救了他的命。

哥儿俩从此也不再像之前那样明争暗斗了。

悟空此时听见他二师弟这么拿他当回事，连师父都被排在第二顺位了，第一反应是救八戒，所谓“行者闻言，暗笑道：‘这呆子，虽然在这里面受闷气，却还不倒了旗枪。老孙一定要拿了此怪。若不如此，怎生雪恨！’正欲设法拯救八戒出来”。

你什么时候见过这头猪有这个待遇啊！

取经队伍经历过一件件事之后，磨合得越来越好了。

要经历风雨啊，要通过一件件任务去锻炼才会成为好团队啊！

就在悟空想救八戒之时，听到红孩儿要请牛魔王来吃唐僧肉。

猴子占便宜的机会来了。

第四十二回

大圣殷勤拜南海，观音慈善缚红孩

话说那六健将出洞门，径往西南上，依路而走。行者心中暗想道："他要请老大王吃我师父，老大王断是牛魔王。我老孙当年与他相会，真个意合情投，交游甚厚。至如今我归正道，他还是邪魔。虽则久别，还记得他模样，且等老孙变作牛魔王，哄他一哄，看是何如。"好行者，躲离了六个小妖，展开翅，飞向前边，离小妖有十数里远近，摇身一变，变作个牛魔王；拔下几根毫毛，叫"变！"即变作几个小妖，在那山凹里驾鹰牵犬，搭弩张弓，充作打围的样子，等候那六健将。

那一伙厮拖厮扯，正行时，忽然看见牛魔王坐在中间，慌得兴烘掀、掀烘兴扑的跪下道："老大王爷爷在这里也。"那云里雾、雾里云、急如火、快如风都是肉眼凡胎，那里认得真假，也就一同跪倒磕头，道："爷爷，小的们是火云洞圣婴大王处差来，请老大王爷爷去吃唐僧肉，寿延千纪哩。"行者借口答道："孩儿们起来，同我回家去，换了衣服来也。"小妖叩头道："望爷爷方便，不消回府罢。路程遥远，恐我大王见责，小的们就此请行。"行者笑道："好乖儿女！也罢，也罢。向前开路，我和你去来。"六怪抖擞精神，向前喝路，大圣随后而来。

不多时，早到了本处。快如风、急如火撞进洞里："报大王，老大王爷爷来了。"妖王欢喜道："你们却中用，这等来的快。"即便叫："各路头目，摆队伍，开旗鼓，迎接老大王爷爷。"满洞群妖，遵依旨令，齐齐整整，摆将出去。这行者昂昂烈烈，挺胸脯，把身子抖了一抖，却将那架鹰犬的毫毛都收回身上，拽开大步，径步入门里，坐在南面当中。红孩儿当面跪下，朝上叩头道：“父王，孩儿拜揖。”行者道：“孩儿免礼。”那妖王四大拜，拜毕，立于下手。

行者道：“我儿，请我来有何事？”妖王躬身道：“孩儿不才，昨日获得一人，乃东土大唐和尚。常听得人讲，他是个十世修行之人，有人吃他一块肉，寿似蓬瀛不老仙。愚男不敢自食，特请父王同享唐僧之肉，寿延千纪。”行者闻言，打了个失惊，道：“我儿，是那个唐僧？”妖王道：“是往西天取经的人也。”行者道：“我儿，可是孙行者师父么？”妖王道：“正是。”行者摆手摇头道：“莫惹他，莫惹他！别的还好惹，孙行者是那样人哩！我贤郎，你不曾会他，那猴子神通广大，变化多端。他曾大闹天宫，玉皇上帝差十万天兵，布下天罗地网，也不曾捉得他。你怎么敢吃他师父！快早送出去还他，不要惹那猴子。他若打听你吃了他师父，他也不来和你打，他只把那金箍棒往山腰里搠个窟窿，连山都掬了去！我儿，弄得你何处安身，教我倚靠何人养老？”

妖王道：“父王说那里话，长他人志气，灭孩儿的威风。那孙行者共有兄弟三人，领唐僧在我半山之中，被我使个变化，将他师父摄来。他与那猪八戒当时寻到我的门前，讲甚么攀亲托熟之言，被我怒发冲天，与他交战几合，也只如此，不见甚么高作。那猪八戒刺斜里就来助战，是孩儿吐出三昧真火，把他烧败了一阵，慌得他去请四海龙王助雨，又不能灭得我三昧真火，被我烧了一个小发昏。连忙着猪八戒去请南海观音菩萨。是我假变观音，把猪八戒赚来，见吊在如意袋中，也要蒸他与众小的们吃哩。那行者今早又来我的门首吆喝，我传令教拿他，慌得他把包袱都丢下走了。却才相请父王来看看唐僧活像，方可蒸与你吃，延寿长生不老也。”

行者笑道：“我贤郎呵，你只知有三昧火赢得他，不知他有七十二般变化哩！”妖王道：“凭他怎么变化，我也认得，谅他决不敢进我门来。”行者道：“我儿，你虽然认得他，他却不变大的，如狼犺大象，恐进不得你门；他若变作小的，你却难认。”妖王道：“凭他变甚小的，我这里每一层门上，有四五个小妖把守，他怎生得入？”行者道：“你是不知。他会变苍蝇、蚊子、虼蚤，或是蜜蜂、蝴蝶并蟭蟟虫等项，又会变我模样，你却那里认得？”妖王道：“勿虑。他就是铁胆铜心，也不敢近我门来也。”

行者道："既如此说，贤郎甚有手段，实是敌得他过，方来请我吃唐僧的肉。奈何我今日还不吃哩。"妖王道："如何不吃？"行者道："我近来年老，你母亲常劝我作些善事。我想无甚作善，且持些斋戒。"妖王道："不知父王是长斋，是月斋？"行者道："也不是长斋，也不是月斋，唤做雷斋。每月只该四日。"妖王问："是那四日？"行者道："三辛逢初六。今朝是辛酉日，一则当斋，二来酉不会客。且等明日，我去亲自刷洗蒸他，与儿等同享罢。"

那妖王闻言，心中暗想道："我父王平日吃人为生，今活勾有一千余岁，怎么如今又吃起斋来了？想当初作恶多端，这三四日斋戒，那里就积得过来？此言有假，可疑，可疑！"即抽身走出二门之下，叫六健将来问："你们老大王是那里请来的？"小妖道："是半路请来的。"妖王道："我说你们来的快。不曾到家么？"小妖道："是不曾到家。"妖王道："不好了，着了他假也！这不是老大王！"小妖一齐跪下道："大王，自己父亲也认不得？"妖王道："观其形容动静都像，只是言语不像，只怕着了他假，吃了人亏。你们都要仔细：会使刀的，刀要出鞘；会使枪的，枪要磨明；会使棍的，使棍；会使绳的，使绳。待我再去问他，看他言语如何。若果是老大王，莫说今日不吃，明日不吃，便迟个月何妨；假若言语不对，只听我哏的一声，就一齐下手。"群魔各各领命讫。

这妖王复转身到于里面，对行者当面又拜。行者道："孩儿，家无常礼，不须拜。但有甚话，只管说来。"妖王伏于地下道："愚男一则请来奉献唐僧之肉，二来有句话儿上请。我前日闲行，驾祥光，直至九霄空内，忽逢着祖延道陵张先生。"行者道："可是做天师的张道陵么？"妖王道："正是。"行者问曰："有甚话说？"妖王道："他见孩儿生得五官周正，三停平等，他问我是几年那月那日那时出世。儿因年幼，记得不真。先生子平精熟，要与我推看五星。今请父王，正欲问此。倘或下次再得相会他，好烦他推算。"行者闻言，坐在上面暗笑道："好妖怪哑！老孙自归佛果，保唐师父，一路上也捉了几个妖精，不似这厮克剥。他问我甚么家长礼短，少米无柴的话说，我也好信口捏脓答他；他如今问我生年月日，我却怎么知道！"好猴王，也十分乖巧，巍巍端坐中间，也无一些儿惧色，面上反喜盈盈的笑道："贤郎请起。我因年老，连日有事不遂心怀，把你生时果偶然忘了。且等到明日回家，问你母亲便知。"

妖王道："父王把我八个字时常不离口论说，说我有同天不老之寿，怎么今日一旦忘了？岂有此理！必是假的！"哏的一声，群妖枪刀簇拥，望行者没头没脸的扎来。这大圣使金箍棒架住了，现出本像，对妖精道："贤郎，你却没理！那里儿子好打爷的？"那妖王满面羞惭，不敢回视。行者化金光，走出他的洞府。小妖道："大王，孙行者走了。"妖王道："罢，罢，罢！让他走了罢！我吃他这一场亏也！且关了门，莫与他打话，只来刷洗唐僧，蒸吃便罢。"

猴哥变作牛魔王来诈红孩儿了，他的这次cosplay（角色扮演）依旧挺拙劣的，是"离小妖有十数里远近，摇身一变，变作个牛魔王"，时间上还是有大问题，咋会那么凑巧离这么近？但红孩儿并没有反应过来，孩子就是孩子。

很快悟空又露出了第二个破绽，他"昂昂烈烈，挺胸脯，把身子抖了一抖，却将那架鹰犬的毫毛都收回身上，拽开大步，径步入门里，坐在南面当中"。他把道具直接收了，但红孩儿还是没反应过来，要是黑熊精，悟空此时已经露馅了。

猴哥落座后，爷儿俩开始唠吃唐僧的事。悟空说孙猴子不好惹，红孩儿说那猴子不叫事，然后悟空亲自泄密般地说了一句"我贤郎呵，你只知有三昧火赢得他，不知他有七十二般变化哩"。还怕人家不怀疑他是假的，又提醒道"你是不知。他会变苍蝇、蚊子、虼蚤，或是蜜蜂、蝴蝶并蟭蟟虫等项，又会变我模样，你却那里认得？"

直到他后来又编出吃斋做善事的理由，红孩儿终于怀疑了。他爹这千年来都是吃人为生，咋突然吃斋了，造了那么大的孽现在积福哪里还管用！

一头牛，按理来说应该吃素，但成精千年来一直吃的是人，这种凶恶造孽伤生之兽，最终的结果居然是被牵到灵山去了，包括之前吃人成瘾的八戒和沙僧，后来也都得了正果。唉，好多事真的难以评说。

红孩儿喊来六健将，询问是从哪儿请来的牛魔王，随后发现这是假的，于是向悟空问自己的八字。注意红孩儿试探悟空的话，所谓"我前日闲行，驾祥光，直至九霄空内，忽逢着祖延道陵张先生"，这孩子能说这话肯定是平时没少上天的，真是牛魔王的亲儿子，能有这个机会？拿天将们当什么了？而且他能说出张道陵的名字肯定是平时见过面的，这个张道陵在西游宇宙中可不简单，悟空说的"可是做天师的张道陵么"，是玉皇大帝麾下的张、葛、许、邱四大天师之一，普通的妖怪能有跟这种级别的神仙过话的机会？

悟空见糊弄不过去了，现出本相，化作金光跑路了。

却说那行者搴着铁棒，呵呵大笑，自涧那边而来。沙僧听见，急出林迎着道："哥啊，这半日方回，如何这等哂笑，想救出师父来也？"行者道："兄弟，虽不曾救得师父，老孙却得个上风来了。"沙僧道："甚么上风？"行者道："原来猪八戒被那怪假变观音哄将回来，吊于皮袋之内。我欲设法救援，不期他着甚么六健将去请老大王来吃师父肉。是老孙想着他老大王必是牛魔王，就变了他的模样，充将进去，坐在中间。他叫父王，我就应他；他便叩头，我就直受。着实快活！果然得了上风！"沙僧道："哥呵，你便图这般小便宜！恐师父性命难保！"行者道："不须虑，等我去请菩萨来。"沙僧道："你还腰疼哩。"行者道："我不疼了。古人云：'人逢喜事精神爽。'你看着行李、马匹，等我去。"沙僧道："你置下仇了，恐他害我师父。你须快去快来。"行者道："我来得快，只消顿饭时，就回来矣。"

好大圣！说话间，躲离了沙僧，纵筋斗云，径投南海。在那半空里，那消半个时辰，望见普陀山景。须臾，按下云头，直至落伽崖上。端肃正行，只见二十四路诸天迎着道："大圣，那里去？"行者作礼毕，道："要见菩萨。"诸天道："少停，容通报。"时有鬼子母诸天来潮音洞外："报于菩萨得知，孙悟空特来参见。"菩萨闻报，即命进去。

大圣敛衣皈命，捉定步，径入里边，见菩萨，倒身下拜。菩萨道："悟空，你不领金蝉子西方求经去，却来此何干？"行者道："上告菩萨，弟子保护唐僧前行，至一方，乃号山枯松涧火云洞。有一个红孩儿妖精，唤作圣婴大王，把我师父摄去。是弟子与猪悟能等寻至门前，与他交战。他放出三昧火来，我等不能取胜，救不出师父。急上东洋大海，请到四海龙王施雨水，又不能胜火，把弟子都熏坏了，稀乎丧了残生。"菩萨道："既他是三昧火，神通广大，怎么去请龙王，不来请我？"行者道："本欲来的，只是弟子被烟熏了，不能驾云，却教猪八戒来请菩萨。"菩萨道："悟能不曾来哑。"行者道："正是。未曾得到宝山，被那妖精假变做菩萨模样，把猪八戒又赚入洞中，现吊在一个皮袋里，也要蒸吃哩。"

菩萨听说，心中大怒，道："那泼妖敢变我的模样！"恨了一声，将手中宝珠

净瓶往海心里扑的一掼，諕得那行者毛骨竦然，即起身侍立下面，道："这菩萨火性不退，好是怪老孙说的话不好，坏了他的德行，就把净瓶掼了。可惜，可惜！早知送了我老孙，却不是一件大人事？"

悟空从火云洞回来后乐的哟，理由就是嘴上占便宜了。所谓"他叫父王，我就应他；他便叩头，我就直受。着实快活！果然得了上风！"

沙僧都罕见地对悟空进行了友善的批评："哥呵，你便图这般小便宜！恐师父性命难保！"

悟空表示：人逢喜事精神爽，我腰都不疼了，这就去请菩萨。

悟空来到落伽山，当他说到红孩儿假扮菩萨后出现了极其罕见的情况，菩萨怒了，带出样来了，所谓"菩萨听说，心中大怒，道：'那泼妖敢变我的模样！'恨了一声，将手中宝珠净瓶往海心里扑的一掼，諕得那行者毛骨竦然，即起身侍立下面。"

在西游宇宙中，菩萨也会大怒，也不是心如止水的。

作者披着宗教和神话的外衣，在写他想写的世间事。在领导最讨厌的事中，假其名目是能排第一档的，不仅仅因为这样做分散了领导的权力，而且领导的很多规则秩序会被破坏和打乱。那条线能动不能动？这个权力信号给出后会对环境和舆论产生怎样的解读？"假传圣旨"通常会破坏领导构建的生态，打乱长期以来的布局。

说不了，只见那海当中，翻波跳浪，钻出个瓶来。原来是一个怪物驮着出来。行者仔细看那驮瓶的怪物，怎生模样：

根源出处号帮泥，水底增光独显威。
世隐能知天地性，安藏偏晓鬼神机。
藏身一缩无头尾，展足能行快似飞。
文王画卦曾元卜，常纳庭台伴伏羲。
云龙透出千般俏，号水推波把浪吹。
条条金线穿成甲，点点装成彩玳瑁。
九宫八卦袍披定，散碎铺遮绿灿衣。
生前好勇龙王幸，死后还驮佛祖碑。

要知此物名和姓，兴风作浪恶乌龟。

那龟驮着净瓶，爬上崖边，对菩萨点头二十四点，权为二十四拜。行者见了，暗笑道："原来是管瓶的。想是不见瓶，就问他要。"菩萨道："悟空，你在下面说甚么？"行者道："没说甚么。"菩萨教："拿上瓶来。"这行者即去拿瓶。咦，莫想拿得他动。好便似蜻蜓撼石柱，怎生摇得半分毫？行者上前跪下，道："菩萨，弟子拿不动。"菩萨道："你这猴头，只会说嘴。瓶儿你也拿不动，怎么去降妖缚怪！"行者道："不瞒菩萨说，平日拿得动，今日拿不动。想是吃了妖精亏，筋力弱了。"菩萨道："常时是个空瓶，如今是净瓶抛下海去，这一时间，转过了三江五湖，八海四渎，溪源潭洞之间，共借了一海水在里面。你那里有架海的斤量？此所以拿不动也。"行者合掌道："是弟子不知。"

那菩萨走上前，将右手轻轻的提起净瓶，托在左手掌上。只见那龟点点头，钻下水去了。行者道："原来是个养家看瓶的夯货！"菩萨坐定道："悟空，我这瓶中甘露水浆，比那龙王的私雨不同，能灭那妖精的三昧火。待要与你拿了去，你却拿不动；待要着善财龙女与你同去，你却又不是好心，专一只会骗人。你见我这龙女貌美，净瓶又是个宝物，你假若骗了去，却那有工夫又来寻你？你须是留须些甚么东西作当。"行者道："可怜，菩萨这等多心！我弟子自秉沙门，一向不干那样事了。你教我留些当头，却将何物？我身上这件锦布直裰，还是你老人家赐的。这条虎皮裙子，能值几个铜钱？这根铁棒，早晚却要护身。但只是头上这个箍儿是个金的，却又被你弄了个方法儿，长在我头上，取不下来。你今要当头，情愿将此为当。你念个'松箍儿咒'，将此除去罢。不然，将何物为当？"菩萨道："你好自在啊！我也不要你的衣服、铁棒、金箍，只将你那脑后救命的毫毛拔一根与我作当罢。"行者道："这毫毛，也是你老大人家与我的，但恐拔下一根，就拆破群了，又不能救我性命。"菩萨骂道："你这猴子！你便一毛也不拔，教我这善财也难舍。"行者笑道："菩萨，你却也多疑。正是'不看僧面看佛面'，千万救我师父一难罢！"那菩萨：

逍遥欣喜下莲台，云步香飘上石崖。

只为圣僧遭瘴害，要降妖怪救回来。

孙大圣十分欢喜，请观音出了潮音仙洞。诸天大神都列在普陀岩上。菩萨道："悟空，过海。"行者躬身道："请菩萨先行。"菩萨道："你先过去。"行者磕头道：

“弟子不敢在菩萨面前施展。若驾筋斗云呵，掀露身体，恐菩萨怪我不敬。”菩萨闻言，即着善财龙女去莲花池里，劈一瓣莲花，放在石岩下边水上，教行者：“你上那莲花瓣儿，我渡你过海。”行者见了道：“菩萨，这花瓣儿又轻又薄，如何载得我起？这一蹦翻，跌下水去，却不湿了虎皮裙？走了硝，天冷怎穿！”菩萨喝道：“你且上去看！”行者不敢推辞，舍命往上跳。果然先是轻小，到上面比海船还大三分。行者欢喜道：“菩萨，载得我了。”菩萨道：“既载得，如何不过去？”行者道：“又没个篙桨篷桅，怎生得过？”菩萨道：“不用。”只把他一口气吹开吸拢，又着实一口气，吹过南洋苦海，得登彼岸。行者却脚踊实地，笑道：“这菩萨卖弄神通，把老孙这等呼来喝去，全不费力也！”

接下来这段是菩萨对悟空的“秀肌肉”专场。

菩萨将手中净瓶扔到了海中，钻出一只乌龟驮出净瓶，菩萨让悟空去拿，悟空死活拿不动，“好便似蜻蜓撼石柱，怎生摇得半分毫？”

悟空说自己被红孩儿烧虚了，菩萨说这净瓶现在装了一海的水，你只有搬山的能耐，没有架海的斤两。

言外之意，把瓶驮上来的老龟比悟空要牛得多。

而且书中介绍了这老龟的能耐，活脱脱六边形战士。

“根源出处号帮泥，水底增光独显威。”（出身不凡）

“世隐能知天地性，安藏偏晓鬼神机。”（具备谛听属性）

“藏身一缩无头尾，展足能行快似飞。”（具备博尔特属性，兔子可跑不过他）

“文王画卦曾元卜，常纳庭台伴伏羲。”（曾经有人类大佬背景）

“云龙透出千般俏，号水推波把浪吹。”（模样还挺俏，绝对上得了台面）

“条条金线穿成甲，点点装成彩玳瑁。”（自带金甲物理防御）

“九宫八卦袍披定，散碎铺遮绿灿衣。”（自带八卦法术防御）

“生前好勇龙王幸，死后还驮佛祖碑。”（倒霉就倒霉在这前半句了，咱们后面解释）

“要知此物名和姓，兴风作浪恶乌龟。”（这是“恶”乌龟，兴风作浪闹过海）

这么牛的一只神龟，是这样出场的：“那龟驮着净瓶，爬上崖边，对菩萨点头二十四点，权为二十四拜。”

这是多么大的规矩。

乌龟为什么这么恭敬？

肯定是被菩萨降服的，“死后还驮佛祖碑”嘛！

为啥他这工作用悟空的话说就是个看瓶子的夯货？

前面那句说了：“生前好勇龙王幸。”

他生前是跟龙王混的。

龙王在西游宇宙中是什么级别咱是清楚的，李逵再勇再是杀星下界，跟宋江混也是个喝毒酒的下场。这“兴风作浪恶乌龟”从最开始就跟错人了，被搞定后再没翻江倒海的机会了，不是每个人都有悟空的机会的，好多都被压了五百亿年。

再延伸一下，菩萨那个瓶子还得了吗？说是借了一海的水，实际上不就是一口气吸了一海的水吗？

这乌龟退下后菩萨又秀了下肌肉，对悟空说：你小胳膊小腿拿不动，本来我想让我的善财龙女跟你去一趟的，但又怕她太漂亮让你拐跑了。所谓“待要着善财龙女与你同去，你却又不是好心，专一只会骗人。你见我这龙女貌美，净瓶又是个宝物，你假若骗了去，却那有工夫又来寻你？”

言外之意，菩萨这落伽山的会计也有架海的斤两。

猴哥还拐人家，别一巴掌让人家丫头拍死吧。

观音菩萨的团队里这老龟、龙女、黑熊精，随便拎出来一个悟空都脑袋疼，更不要说还有没出场的二十四路诸天和捧珠龙女什么的，单是那条金鱼在水下单挑八戒和沙僧就很轻松。

菩萨对悟空的拿捏还没结束，悟空磕头道：“弟子不敢在菩萨面前施展。若驾筋斗云呵，掀露身体，恐菩萨怪我不敬。”

悟空此时已经彻底服了，菩萨让善财龙女去莲花池里劈一瓣莲花给悟空乘坐，悟空怕掉下去，随后是“菩萨喝道：‘你且上去看’”，猴哥跳上去发现这花瓣比海船还大三分。

看到没有，菩萨莲花池里的一瓣莲花都那么大道行，而后悟空是被菩萨吹过南海的，所谓“只把他一口气吹开吸拢，又着实一口气，吹过南洋苦海，得登彼岸”。

悟空此刻之后彻底明白了自己与菩萨的差距，“笑道：‘这菩萨卖弄神通，把老孙这等呼来喝去，全不费力也！’”

拿捏他跟拿捏个玩具一样。

那菩萨分付概众诸天，各守仙境，着善财龙女闭了洞门。他却纵祥云，躲离普陀岩，到那边叫：“惠岸何在？”惠岸乃托塔李天王第二个太子，俗名木叉是也，乃菩萨亲传授的徒弟，不离左右，称为护法惠岸。惠岸即对菩萨合掌伺候。菩萨道：“你快上界去见你父王，问他借天罡刀来一用。”惠岸道：“师父用着几何？”菩萨道：“全副都要。”

惠岸领命，即驾云头，径入南天门里，到云楼宫殿，见父王下拜。天王见了，问：“儿从何来？”木叉道：“师父是孙悟空请来降妖，儿拜上父王，将天罡刀借了一用。”天王即唤哪吒，将刀取三十六把，递与木叉。木叉对哪吒说：“兄弟，你回去多拜上母亲，我事紧急，等送刀来再磕头罢。”忙忙相别，按落祥光，径至南海，将刀捧与菩萨。

菩萨接在手中，抛将去，念个咒语，只见那刀化作一座千叶莲台。菩萨纵身上去，端坐在中间。行者在旁暗笑道：“这菩萨省使俭用。那莲花池里有五色宝莲台，舍不得坐将来，却又问别人去借。”菩萨道：“悟空，休言语，跟我来也。”却才都驾着云头，离了海上。白鹦哥展翅前飞，孙大圣与惠岸随后。

顷刻间，早见一座山头。行者道：“这山就是号山了。从此处到那妖精门首，约摸有四百余里。”菩萨闻言，即命住下祥云。在那山头上念一声“唵”字咒语，只见那山左山右，走出许多神鬼，却乃是本山土地众神，都到菩萨宝莲座下磕头。菩萨道：“汝等俱莫惊张。我今来擒此魔王，你与我把这团围打扫干净，要三百里远近地方，不许一个生灵在地。将那窝中小兽，窟内雏虫，都送在巅峰之上安生。”众神遵依而退。须臾间，又来回复。菩萨道：“既然干净，俱各回祠。”遂把净瓶扳倒，唿喇喇倾出水来，就如雷响。真个是：

漫过山头，冲开石壁。漫过山头如海势，冲开石壁似汪洋。黑雾涨天全水气，沧波影日幌寒光。遍崖冲玉浪，满海长金莲。菩萨大展降魔法，袖中取出定身禅。化做落伽仙景界，真如南海一般般。秀蒲挺出昙花嫩，香草舒开贝叶鲜。紫竹几竿鹦鹉歇，青松数簇鹧鸪喧。万叠波涛连四野，只闻风吼水漫天。

孙大圣见了，暗中赞叹道：“果然是一个大慈大悲的菩萨！若老孙有此法力，将瓶儿望山一倒，管甚么禽兽蛇虫哩！”菩萨叫：“悟空，伸手过来。”行者即忙敛袖，将左手伸出。菩萨拔杨柳枝，蘸甘露，把他手心里写一个“迷”字，教他：“捏着拳头，快去与那妖精索战，许败不许胜。引将来我这跟前，我自有法力收他。”

菩萨临走前先是让概众诸天各守仙境，又安排善财龙女闭了洞门，菩萨是“纵祥云，躲离普陀岩”。

为何要支开他们“躲离”呢？菩萨是要让惠岸去找李天王借全副天罡刀。

不能让属下发现领导降妖前要去别处求助，领导威严是极其关键的。

菩萨把天罡刀借到手后，念个咒语化作一座千叶莲台来收红孩儿了。菩萨在距离火云洞四百余里时就不动了，喊来了附近所有山神、土地，要求把三百里远近地方所有生灵都送到巅峰之上安生，然后开瓶放水，把这三百里变成了汪洋。

菩萨这是在干什么？

让红孩儿的火没有任何放大的可能。

为什么要如此谨慎？

因为这是菩萨亲征，只要是亲征就必须万全准备，不能有一丝不顺利，必须让领导赢得信手拈来！包括后面佛祖亲征狮驼岭，也是把灵山班子都带去了。一方面，佛祖是要让大家看看自己法力无边；另一方面，大鹏鸟有个绝技，他那翅膀扇得太快，佛祖亲征要是让他逃跑了，面子可就栽大了。权力的信心建立不易，但崩起来却轻松得很，用句《一代宗师》里的著名台词：面子不能沾一点灰尘，流了血，里子得收着，收不住，漏到了面子上，就是毁派灭门的大事。

场地布置完，菩萨让悟空去引红孩儿前来，“拔杨柳枝，蘸甘露，把他手心里写一个‘迷’字，教他：‘捏着拳头，快去与那妖精索战，许败不许胜。引将来我这跟前，我自有法力收他。’”

菩萨这话一方面是保证红孩儿必须来，另一方面是给足悟空面子：你的任务就是败，而且是我让你败的。

行者领命，返云光，径来至洞口，一只手使拳，一只手使棒，高叫道：“妖怪开门！”那些小妖又进去报道：“孙行者又来了！”妖王道：“紧关了门，莫睬他！”

行者叫道："好儿子，把老子赶在门外，还不开门！"小妖又报道："孙行者骂出那话儿来了！"妖王只教莫睬他。行者叫两次，见不开门，心中大怒，举铁棒，将门一下打了一个窟窿。慌得那小妖跌将进去，道："孙行者打破门了！"妖王见报几次，又听说打破前门，急纵身跳将出去，挺长枪，对行者骂道："这猴子，老大不识起倒！我让你得些便宜，你还不知尽足，又来欺我！打破我门，你该个甚么罪名？"行者道："我儿，你赶老子出门，你该个甚么罪名？"

那妖王羞怒，绰长枪劈胸便刺，这行者举铁棒架隔相还。一番搭上手，斗经四五个回合，行者捏着拳头，拖着棒，败将下来。那妖王立在山前道："我要刷洗唐僧去哩！"行者道："好儿子，天看着你哩！你来！"那妖精闻言，愈加嗔怒，喝一声，赶到面前，挺枪又刺。这行者抡棒又战几合，败阵又走。那妖王骂道："猴子，你在前有二三十合的本事，你怎么如今正斗时就要走了，何也？"行者笑道："贤郎，老子怕你放火。"妖精道："我不放火了，你上来。"行者道："既不放火，走开些，好汉子莫在家门前打人。"那妖精不知是诈，真个举枪又赶。行者拖了棒，放了拳头，那妖王着了迷乱，只情追赶。前走的如流星过度，后走的如弩箭离弦。

不一时，望见那菩萨了。行者道："妖精，我怕你了，你饶我罢。你如今赶至南海观音菩萨处，还不回去？"那妖王不信，咬着牙，只管赶来。行者将身一幌，藏在那菩萨的神光影里。这妖精见没了行者，走近前，睁圆眼，对菩萨道："你是孙行者请来的救兵么？"菩萨不答应。妖王撚转长枪，喝道："咄！你是孙行者请来的救兵么？"菩萨也不答应。妖精望菩萨劈心刺一枪来，那菩萨化道金光，径走上九霄空内。行者跟定道："菩萨，你好欺伏我罢了！那妖精再三问你，你怎么推聋妆痖，不敢做声，被他一枪搠走了，却把那个莲台都丢下耶！"菩萨只教："莫言语，看他再要怎的。"

此时行者与木叉俱在空中，并肩同看。只见那妖呵呵冷笑道："泼猴头，错认了我也！他不知把我圣婴当作个甚人，几番家战我不过，又去请个甚么脓包菩萨来，却被我一枪搠得无形无影去了，又把个宝莲台儿丢了。且等我上去坐坐。"好妖精，他也学菩萨盘手盘脚的坐在当中。行者看见道："好，好，好！莲花台儿好送人了！"菩萨道："悟空，你又说甚么？"行者道："说甚，说甚，莲台送了人了！那妖精坐放臀下，终不得你还要哩？"菩萨道："正要他坐哩。"行者道："他的身躯小巧，

比你还坐得稳当。”菩萨叫：“莫言语，且看法力。”

悟空来引红孩儿，从对话能看出红孩儿是不愿意离开自己大本营的，因为那五辆车对他助力巨大，但当悟空放了拳头后，红孩儿着了道，所谓“那妖王着了迷乱，只情追赶”。

从这里也能看出，红孩儿的法力跟菩萨差很多。

这里我们应该也很疑惑，明明差着巨大维度，明明眼下已经泽国了，收这孩子肯定不叫事了，菩萨为什么要整这么大阵仗，还要借刀来收？

一方面，菩萨要完全占理；另一方面，伤这孩子的法器要避免是自己的法宝，这些都在透露，菩萨在给看不见的那位大人物面子。

红孩儿来了以后，菩萨一句话都没说。红孩儿先刺了菩萨，然后又自己爬上了菩萨的莲台。

是这孩子欺负到菩萨头上了，菩萨才开始动法力收拾他的。

菩萨如此大费周章，其实也再次证明红孩儿的背后绝对不是那头牛那么简单。

菩萨这是打狗看主人。

他将杨柳枝往下指定，叫一声：“退！”只见那莲台花彩俱无，祥光尽散，原来那妖王坐在刀尖之上。即命木叉：“使降妖杵，把刀柄儿打打去来。”那木叉按下云头，将降魔杵如筑墙一般，筑了有千百余下。那妖精穿通两腿刀尖出，血流成注皮肉开。好怪物！你看他咬着牙，忍着疼，且丢了长枪，用手将刀乱拔。行者却道：“菩萨呵，那怪物不怕疼，还拔刀哩。”菩萨见了，唤上木叉：“且莫伤他生命。”却又把杨柳枝垂下，念声“唵”字咒语，那天罡刀都变做倒须勾儿，狼牙一般，莫能褪得。那妖精却才慌了，拔着刀尖，痛声苦告道：“菩萨，我弟子有眼无珠，不识你广大法力。千乞垂慈，饶我性命！再不敢恃恶，愿入法门戒行也。”

菩萨闻言，却与那行者、白鹦哥低下金光，到了妖精面前，问道：“你可受吾戒行么？”妖王点头滴泪道：“若饶性命，愿受戒行。”菩萨道：“你可入我门么？”妖王道：“果饶性命，愿入法门。”菩萨道：“既如此，我与你摩顶受戒。”就袖中取出一把金剃头刀儿，近前去，把那怪分顶剃了几刀，剃作一个太山压顶，与他留下三个顶搭，挽起三个窝角揪儿。行者在旁笑道：“这妖精大晦气！弄得不男不女，

不知像个甚么东西！”菩萨道：“你今既受我戒，我却也不慢你，称你做善财童子，如何？”那妖点头受持，只望饶命。菩萨却用手一指，叫声：“退！”撞的一声，天罡刀都脱落尘埃，那童子身躯不损。菩萨叫：“惠岸，你将刀送上天宫，还你父王。莫来接我，先到普陀岩会众诸天等候。”那木叉领命，送刀上界，回海不题。

却说那童子野性不定，见那腿疼处不疼，臀破处不破，头挽了三个揪儿，他走去绰起长枪，望菩萨道：“那里有甚真法力降我，原来是个掩样术法儿！不受甚戒，看枪！”

望菩萨劈脸刺来。恨得个行者抡铁棒要打。菩萨只叫：“莫打，我自有惩治。”却又袖中取出一个金箍儿来，道：“这宝贝，原是我佛如来赐我往东土寻取经人的金、紧、禁三个箍儿。紧箍儿，先与你戴了；禁箍儿，收了守山大神；这个金箍儿，未曾舍得与人，今观此怪无礼，与他罢。”好菩萨，将箍儿迎风一幌，叫声“变”，即变作五个箍儿，望童子身上抛了去；喝声“着”一个套在他头顶上，两个套在他左右手上，两个套在他左右脚上。菩萨道：“悟空，走开些，等我念念‘金箍儿咒’。”行者慌了道：“菩萨哑，请你来此降妖，如何却要咒我？”菩萨道：“这篇咒不是‘紧箍儿咒’，咒你的；是‘金箍儿咒’，咒那童子的。”行者却才放心，紧随左右，听得他念咒。菩萨捻着诀，默默的念了几遍。那妖精搓耳揉腮，攒蹄打滚。正是：

一句能通遍沙界，广大无边法力深。

毕竟不知那童子怎的皈依，且听下回分解。

当菩萨念咒语将天罡刀都变成狼牙般的倒须钩后，红孩儿就服了，然后嘴甜着呢，你听这孩子说话：“菩萨，我弟子有眼无珠，不识你广大法力。千乞垂慈，饶我性命！再不敢恃恶，愿入法门戒行也。”

这种拥有极大能量又极能惹祸的孩子遇到比他更牛的人普遍都能特别快地回头，不仅仅是西游宇宙中的悟空和红孩儿，其实现实生活中也是如此。

这种孩子都明白能量的含义，都对能够控制自己的力量展现出极大的乖巧与服从。

这孩子是自己说的，请求跟菩萨入门修行，随后菩萨给他摩顶受戒。你看菩萨说的话：“你今既受我戒，我却也不慢你，称你做善财童子，如何？”

这哪里是对妖怪说话，这是对需要照顾面子的特殊人物才会出现的柔软口风。

菩萨退了天罡刀的法术后，红孩儿又不服了，觉得自己是中了机关，还要再比试比试，这个时候，菩萨极其从容地拿出了金箍儿，直接一抛就搞定了。

从这个细节也能再次佐证，前面借刀表演这一大通，完完全全就是菩萨在钓鱼。菩萨一步步让自己成为弱势方，让别人觉得自己是被这孩子逼墙角之后才反击的。

佛祖给的最后一个箍儿就此有了主儿，红孩儿要感受金箍咒的小小震撼了。

就在菩萨念咒时，你看悟空在干啥？

“菩萨道：‘悟空，走开些，等我念念“金箍儿咒”。’行者慌了道：‘菩萨哑，请你来此降妖，如何却要咒我？’菩萨道：‘这篇咒不是“紧箍儿咒”，咒你的；是“金箍儿咒”，咒那童子的。’行者却才放心，紧随左右，听得他念咒。”

菩萨让悟空走开些，但悟空“紧随左右，听得他念咒”，最后逼得菩萨只能默念，所谓“菩萨捻着诀，默默的念了几遍”。

悟空对这种咒语极感兴趣，他很想听听，听见了也许将来自己就能破解或发明。

第四十三回

黑河妖孽擒僧去，西洋龙子捉鼍回

却说那菩萨念了几遍，却才住口，那妖精就不疼了。又正性起身看处，颈项里与手足上都是金箍，勒得疼痛，便就除那箍儿时，莫想褪得动分毫。这宝贝已此是见肉生根，越抹越痛。行者笑道："我那乖乖，菩萨恐你养不大，与你戴个颈圈镯头哩。"那童子闻此言，又生烦恼，就此绰起枪来，望行者乱刺。行者急闪身，立在菩萨后面，叫："念咒！念咒！"那菩萨将杨柳枝儿蘸了一点甘露，洒将去，叫声"合！"只见他丢了枪，一双手合掌当胸，再也不能开放。至今留了一个"观音扭"，即此意也。那童子开不得手，拿不得枪，方知是法力深微。没奈何，才纳头下拜。

菩萨念动真言，把净瓶欹倒，将那一海水依然收去，更无半点存留。对行者道："悟空，这妖精已是降了，却只是野心不定，等我教他一步一拜，只拜到落伽山，方才收法。你如今快早去洞中救你师父去来！"行者转身叩头道："有劳菩萨远涉，弟子当送一程。"菩萨道："你不消送，恐怕误了你师父性命。"行者闻言，欢喜叩别。那妖精早归了正果，五十三参，参拜观音。

且不题善菩萨收了童子。却说那沙和尚久坐林间，盼望行者不到，将行李捎在马上，一只手执着降妖宝杖，一只手牵着缰绳，出松林向南观看。只见行者欣喜而来，沙僧迎着道："哥哥，你怎么去请菩萨，此时才来？焦杀我也！"行者道："你还做梦哩。老孙已请了菩萨，降了妖怪。"行者却将菩萨的法力备陈了一遍。沙僧十分欢喜道："救师父去也！"他两个才跳过涧去，撞到门前，拴下马匹，举兵器齐打入洞里，剿净了群妖，解下皮袋，放出八戒来。那呆子谢了行者，道："哥哥，那妖精在那里？等我去筑他几钯，出出气来！"行者道："且寻师父去。"

三人径至后边，只见师父赤条条捆在院中哭哩。沙僧连忙解绳，行者即取衣服穿上。三人跪在面前道："师父吃苦了。"三藏谢道："贤徒啊，多累你等。怎生降得妖魔也？"行者又将请菩萨收童子之言备陈一遍。三藏听得，即忙跪下，朝南礼拜。行者道："不消谢他，转是我们与他作福，收了一个童子。"——如今说童子拜观音，五十三参，参参见佛，即此是也。——教沙僧将洞内宝物收了，且寻米粮，安排斋饭，管待了师父。那长老得性命，全亏孙大圣；取真经，只靠美猴精。

菩萨不再念咒，红孩儿开始扒金箍，但根本扒不动。红孩儿要把气撒在悟空身上，被菩萨拿杨柳枝蘸了一点甘露，把他的手焊死了，一双手合掌当胸，再也不能开放，留下一个"观音扭"。随后又被菩萨安排一步一拜，拜到落伽山的磕大头项目。作者在自己的西游宇宙中为善财童子五十三参也做了解释。

悟空和沙僧闯入火云洞剿净了群妖后，悟空第一时间救的是八戒，直到最后才来到赤条条搁那儿哭的唐僧跟前。

最后的镜头相当温馨，"沙僧连忙解绳，行者即取衣服穿上。三人跪在面前道：'师父吃苦了。'三藏谢道：'贤徒啊，多累你等。怎生降得妖魔也？'"

徒弟给师父留了面子，没提肉眼凡胎不识好人心的事，唐僧也给徒弟们道了谢。

这段故事的最后总结，是"那长老得性命，全亏孙大圣；取真经，只靠美猴精"，从这一关开始，作者官方给悟空定性为取经最关键人物了。

此关的解题过程，悟空很不悟空，他能忍得住唐僧的肉眼凡胎，能团结师兄弟给八戒台阶，能在明明自己早就发现妖怪却被唐僧冤枉后，平了事又不居功自傲，不再阴阳唐僧几句。能做到这样的悟空，和我们深爱的那个大师兄越来越像了！

师徒们出洞来，攀鞍上马，找大路，笃志投西。行了一个多月，忽听得水声振耳。三藏大惊道："徒弟哑，又是那里水声？"行者笑道："你这老师父，忒也多疑，做不得和尚。我们一同四众，偏你听见甚么水声。你把那《多心经》又忘了也？"唐僧道："《多心经》乃浮屠山乌巢禅师口授，共五十四句，二百七十个字。我当时耳

传，至今常念，你知我忘了那句儿？”行者道：“老师父，你忘了‘无眼耳鼻舌身意’。我等出家之人，眼不视色，耳不听声，鼻不嗅香，舌不尝味，身不知寒暑，意不存妄想，如此谓之祛褪六贼。你如今为求经，念念在意；怕妖魔，不肯舍身；要斋吃，动舌；喜香甜，嗅鼻；闻声音，惊耳；睹事物，凝眸。招来这六贼纷纷，怎生得西天见佛？”三藏闻言，默然沉虑道：“徒弟呵，我：

一自当年别圣君，奔波昼夜甚殷勤。
芒鞋踏破山头雾，竹笠冲开岭上云。
夜静猿啼殊可叹，月明鸟噪不堪闻。
何时满足三三行，得取如来妙法文？”

行者听毕，忍不住鼓掌大笑道：“这师父，原来只是思乡难息！若要那三三行满，有何难哉！常言道：‘功到自然成’哩！”八戒回头道：“哥啊，若照依这般魔障凶高，就走上千年，也不得成功！”沙僧道：“二哥，你和我一般拙口钝腮，不要惹大哥热擦。且只捱肩磨担，终须有日成功也。”

大家走了一个多月，唐僧听见水声振耳又大惊了。悟空又教育他师父：你又乱想了。悟空重申了“我等出家之人，眼不视色，耳不听声，鼻不嗅香，舌不尝味，身不知寒暑，意不存妄想”的宗旨（其实他自己也做不到，他那耳朵最爱听声），然后唐僧又作诗表达了这个经什么时候才能取到的疑惑，给悟空又听乐了，又说了一遍“功到自然成”。

就在两个月前，在宝林寺，唐僧当时据说悟了。

现在又倒退了。

时时勤拂拭，莫使有尘埃啊！

这时候八戒插嘴道：“哥啊，若照依这般魔障凶高，就走上千年，也不得成功！”然后你听沙僧说的话：“二哥，你和我一般拙口钝腮，不要惹大哥热擦。且只捱肩磨担，终须有日成功也。”

沙僧此时已经完全接纳自己在取经队伍中的定位了，能力确实有限，就当个长工就行了。咱哥哥够辛苦了，咱不让哥哥费心就是好弟弟。

师徒们正话间，脚走不停，马蹄正疾，见前面有一道黑水滔天，马不能进。四

众停立崖边，仔细观看。但见那：

层层浓浪，叠叠浑波。层层浓浪翻乌潦，叠叠浑波卷黑油。近观不照人身影，远望难寻树木形。滚滚一地墨，滔滔千里灰。水沫浮来如积炭，浪花飘起似翻煤。牛羊不饮，鸦鹊难飞。牛羊不饮嫌深黑，鸦鹊难飞怕渺弥。只是岸上芦蘋知绿茂，滩头花草斗青奇。湖泊江河天下有，溪源泽洞世间多。人生皆有相逢处，谁见西方黑水河！

唐僧下马道："徒弟，这水怎么如此浑黑？"八戒道："是那家泼了靛缸了。"沙僧道："不然，是谁家洗笔砚哩。"行者道："你们且休胡猜乱道，且设法保师父过去。"八戒道："这河若是老猪过去不难，或是驾了云头，或是下河负水，不消顿饭时，我就过去了。"沙僧道："若教我老沙，也只消纵云蹰水，顷刻而过。"行者道："我等容易，只是师父难哩。"三藏道："徒弟啊，这河有多少宽么？"八戒道："约摸有十来里宽。"三藏道："你三个计较，着那个驮我过去罢。"行者道："八戒驮得。"八戒道："不好驮。若是驮着腾云，三尺也不能离地。常言道：'背凡人重若丘山。'若是驮着负水，转连我坠下水去了。"

师徒们在河边正都商议，只见那上溜头，有一人棹下一只小船儿来。唐僧喜道："徒弟，有船来了。叫他渡我们过去。"沙僧厉声高叫道："棹船的，来渡人，来渡人！"船上人道："我不是渡船，如何渡人？"沙僧道："天上人间，方便第一。你虽不是渡船，我们也不是常来打搅你的。我等是东土钦差取经的佛子，你可方便方便，渡我们过去，谢你。"那人闻此言，却把船儿棹近崖边，扶着桨道："师父呵，我这船小，你们人多，怎能全渡？"三藏近前看了那船儿，原来是一段木头刻的，中间只有一个舱口，只好坐下两个人。三藏道："怎生是好？"沙僧道："这般呵，两遭儿渡罢。"八戒就使心术，要躲懒讨乖，道："悟净，你与大哥在这边看着行李、马匹，等我保师父先过去，却再来渡马。教大哥跳过去罢。"行者点头道："你说的是。"

那呆子扶着唐僧，那梢公撑开船，举棹冲流，一直而去。方才行到中间，只听得一声响喨，卷浪翻波，遮天迷目。那阵狂风十分利害！好风：

当空一片炮云起，中溜千层黑浪高。

两岸飞沙迷日色，四边树倒振天号。

翻江搅海龙神怕，播土扬尘花木凋。

呼呼响若春雷吼，阵阵凶如饿虎哮。

蟹鳖鱼虾朝上拜，飞禽走兽失窝巢。

五湖船户皆遭难，四海人家命不牢。

溪内渔翁难把钓，河间梢子怎撑篙？

揭瓦翻砖房屋倒，惊天动地太山摇。

这阵风，原来就是那棹船人弄的。他本是黑水河中怪物。眼看着那唐僧与猪八戒，连船儿淬在水里，无影无形，不知摄了那方去也。

这岸上，沙僧与行者心慌道："怎么好？老师父步步逢灾，才脱了魔障，幸得这一路平安，又遇着黑水迍邅！"沙僧道："莫是翻了船？我们往下溜头找寻去。"行者道："不是翻船。若翻船，八戒会水，他必然保师父负水而出。我才见那个棹船的有些不正气，想必就是这厮弄风，把师父拖下水去了。"沙僧闻言道："哥哥，何不早说。你看着马与行李，等我下水找寻去来。"行者道："这水色不正，恐你不能去。"沙僧道："这水比我那流沙河如何？去得，去得！"

好和尚，脱了褊衫，扎抹了手脚，抡着降妖宝杖，扑的一声，分开水路，钻入波中，大踏步行将进去。正走处，只听得有人言语。沙僧闪在旁边，偷睛观看，那壁厢有一座亭台，台门外横封了八个大字，乃是"衡阳峪黑水河神府"。又听得那怪物坐在上面道："一向辛苦，今日方能得物。这和尚乃十世修行的好人，但得吃他一块肉，便做长生不老人。我为他也等彀多时，今朝却不负我志。"教："小的们，快把铁笼抬出来，将这两个和尚囫囵蒸熟，具柬去请二舅爷来，与他暖寿。"沙僧闻言，按不住心头火起，掣宝杖将门乱打，口中骂道："那泼物，快送我唐僧师父与八戒二兄出来！"谎得那门内妖邪，急跑去报："祸事了！"老怪问："甚么祸事？"小妖道："外面有一个晦气色脸的和尚，打着前门骂，要人哩！"

那怪闻言，即唤："取披挂！"小妖抬出披挂，老妖结束整齐，手提一根竹节钢鞭走出门来。真个是凶顽毒像，但见：

方面圜睛霞彩亮，卷唇巨口血盆红。

几根铁线稀髯摆，两鬓朱砂乱发蓬。

形似显灵真太岁，貌如发怒狠雷公。

身披铁甲团花灿，头戴金盔嵌宝浓。

竹节钢鞭提手内，行时滚滚拽狂风。

生来本是波中物，脱去原流变化凶。

要问妖邪真姓字，前身唤做小鼍龙。

师徒们说话这工夫已经来到了黑水河前。这河总共十来里宽，算不上什么大河，与流沙河差着档次呢。哥儿仨正商量咋过河时，上游来了艘渡船，这回连悟空都没看出有什么问题，八戒直接带着唐僧上船了。

行至河中央，船夫起了阵狂风，把唐僧和八戒摄走了。

岸上的悟空和沙僧开始分析，要是普通的翻船事件，八戒会水，必然保师父负水而出，没出来，应该是遇到妖怪了。悟空说：那棹船的看着就有些不正气，大意了。沙僧相当积极道："哥哥，何不早说。你看着马与行李，等我下水找寻去来。"

悟空说："这水色不正，恐你不能去。"沙僧依旧踊跃道："这水比我那流沙河如何？去得，去得！"说完就下水了。

沙僧真不是偷奸耍滑的那种混子，他只是能力有限，他在力所能及的地方真的不藏奸。

沙僧下水了，知道了这妖怪洞府为"衡阳峪黑水河神府"；知道了这妖怪要吃唐僧是蓄谋已久，所谓"一向辛苦，今日方能得物。这和尚乃十世修行的好人，但得吃他一块肉，便做长生不老人。我为他也等彀多时，今朝却不负我志"；沙僧还知道了这妖怪有个二舅，要去拿唐僧给他二舅当寿礼。

沙僧难得怒了一把，把妖怪的门砸了，跟妖怪开打，随后作者用一首诗介绍说这是个凶顽毒像的小鼍龙。

所谓鼍龙，就是咱们国家一级保护动物扬子鳄，也称"猪婆龙"，注意这妖怪鳄鱼模样的长相，后面有大文章。

那怪喝道："是甚人在此打我门哩！"沙僧道："我把你个无知的泼怪！你怎么弄玄虚，变作梢公，架舡将我师父摄来？快早送还，饶你性命！"那怪呵呵笑道："这和尚不知死活！你师父是我拿了，如今要蒸熟了请人哩！你上来，与我见个雌雄！三合敌得我呵，还你师父；如三合敌不得，连你一发都蒸吃了，休想西天去也！"沙僧闻言大怒，抡宝杖劈头就打。那怪举钢鞭，急架相还。两个在水底下，这场好杀：

降妖杖与竹节鞭，二人怒发各争先。一个是黑水河中千载怪，一个是灵霄殿外旧时仙。那个因贪三藏肉中吃，这个为保唐僧命可怜。都来水底相争斗，各要功成两不然。杀得虾鱼对对摇头躲，蟹鳖双双缩首潜。只听水府群妖齐擂鼓，门前众怪乱争喧。好个沙门真悟净，单身独力展威权！跃浪翻波无胜败，鞭迎杖架两牵连。算来只为唐和尚，欲取真经拜佛天。

他二人战经三十回合，不见高低。沙僧暗想道："这怪物是我的对手，枉自不能取胜，且引他出去，教师兄打他。"这沙僧虚丢了个架子，拖着宝杖就走。那妖精更不赶来，道："你去罢，我不与你斗了。我且具柬帖儿去请客哩。"

沙僧气呼呼跳出水来，见了行者，道："哥哥，这怪物无礼！"行者问："你下去许多时才出来，端的是甚妖邪？可曾寻见师父？"沙僧道："他这里边有一座亭台，台门外横书八个大字，唤做'衡阳峪黑水河神府'。我闪在一旁边，听他在里面说话，教小的们洗刷铁笼，待要把师父与八戒蒸熟了，去请他舅爷来暖寿。是我发起怒来，就去打门。那怪物提一条竹节钢鞭走出来，与我斗了这半日，约有三十合，不分胜负。我却使个佯输法，要引他出来，着你助阵。那怪物乖得紧，他不来赶我，只要回去具柬请客。我才上来。"行者道："不知是个甚么妖邪？"沙僧道："那模样像一个大鳖，不然，便是个鼍龙也。"行者道："不知那个是他舅爷？"

说不了，只见那下湾里，走出一个老人，远远的跪下，叫："大圣，黑水河河神叩头。"行者道："你莫是那棹船的妖邪，又来骗我么？"那老人磕头滴泪道："大圣，我不是妖邪，我是这河内真神。那妖精旧年五月间，从西洋海趁大潮来于此处，就与小神交斗。奈我年迈身衰，敌他不过，把我坐的那衡阳峪黑水神府就占夺去住了，又伤了我许多水族。我却没奈何，径往海内告他。原来西海龙王是他的母舅，不准我的状子，教我让与他住。我欲启奏上天，奈何神微职小，不能得见玉帝。今闻得大圣到此，特来参拜投生，万望大圣与我出力报冤！"行者闻言道："这等说，西海龙王都该有罪。他如今摄了我师父与师弟，扬言要蒸熟了去请他舅爷暖寿。我正要拿他，幸得你来报信。这等，河神你陪着沙僧在此看守，等我去海中，先把那海龙王捉来，教他擒此怪物。"河神道："深感大圣大恩！"

行者即驾云，径至西洋大海。按筋斗，捻了避水诀，分开波浪。正然走处，撞见一个黑鱼精，捧着一个浑金的请书匣儿，从下溜头似箭如梭钻将上来，被行者扑个满面，掣铁棒分顶一下，可怜就打得脑浆迸出，腮骨查开，嗗都的一声，飘出水面。他却揭开匣儿看处，里边有一张简帖，上写着："愚甥鼍洁顿首百拜启上二舅爷敖老大人台下：向承佳惠，感感。今因获得二物，乃东土僧人，实为世间之罕物。甥不敢自用，因念舅爷圣诞在迩，特设菲筵，预祝千寿。万望车驾速临是荷！"行者笑道："这厮却把供状先递与老孙也！"

正才袖了帖子，往前再行。早有一个探海的夜叉，望见行者，急抽身撞上水晶宫报："大王，齐天大圣孙爷爷来了。"那龙王敖闰即领众水族出宫迎接道："大圣，请入小宫，少坐献茶。"行者道："我还不曾吃你的茶，你倒先吃了我的酒也！"龙王笑道："大圣一向皈依佛门，不动荤酒，却几时请我吃酒来？"行者道："你便不曾去吃酒，只是惹下一个吃酒的罪名了！"敖闰大惊道："小龙为何有罪？"行者袖中取出简帖儿递与龙王。

龙王见了，魂飞魄散，慌忙跪下叩头道："大圣恕罪！那厮是舍妹第九个儿子。因妹夫错行了风雨，刻减了雨数，被天曹降旨，着人曹官魏徵丞相梦里斩了。舍妹无处安身，是小龙带他到此，恩养成人。前年不幸，舍妹疾故，惟他无方居住，我着他在黑水河养性修真。不期他作此恶孽！小龙即差人去擒他来也。"行者道："你令妹共有几个贤郎？都在那里作怪？"龙王道："舍妹有九个儿子，那八个都是好的。第一个小黄龙，见居淮渎；第二个小骊龙，见住济渎；第三个青背龙，占了江渎；第四个赤髯龙，镇守河渎；第五个徒劳龙，与佛祖司钟；第六个稳兽龙，与神宫镇脊；第七个敬仲龙，与玉帝守擎天华表；第八个蜃龙，在大家兄处，砥据太岳。此乃第九个鼍龙，因年幼无甚执事，自旧年才着他居黑水河养性，待成名，别迁调用。谁知他不遵吾旨，冲撞大圣也。"

行者闻言笑道："你妹妹有几个妹丈？"敖闰道："只嫁得一个妹丈，乃泾河龙王。向年以此被斩，舍妹孀居于此，前年疾故了。"行者道："一夫一妻，如何生这几个杂种？"敖闰道："此正谓'龙生九种，九种各别'。"行者道："我才心中烦恼，欲将简帖为证，上奏天庭，问你个通同作怪、抢夺人口之罪。据你所言，是那厮不遵教诲，我且饶你这次，一则是看你昆玉分上；二来只该怪那厮年幼无知，你也不甚知情。你快差人擒来，救我师父，再作区处。"敖闰即唤太子摩昂："快点五百虾鱼壮兵，将小鼍捉来问罪！"一壁厢安排酒席，与大圣陪礼。行者道："龙王再勿多心，既讲开，饶了你便罢，又何须办酒？我今即与你令郎同去，一则老师父遭愆，二则我师弟盼望。”

沙僧和鼍龙开打，两人水平差不多，沙僧想引他出去，让猴哥打他，但鼍龙不上当，接着回去准备请客的事了。

沙僧跳出水跟猴哥汇报完情况，正在悟空琢磨哪里去找这怪物的二舅时，黑水河河神来叩头了，跟悟空说了一下情况：去年五月时这妖怪来的，把他打了一顿。他二舅就是西海龙王，人家一家子官官相护，不理他的状子，强者为尊该让这鼍龙，他又没资格再去别处告状。现在终于等到“取经巡查御史”的青天大老爷们来了！

悟空这回踏实了，闹了半天是龙王的外甥啊。这就好办了！他直接去了西海，路上还遇到了送请柬的黑鱼精，捎带脚连证据都凑齐了。进了龙宫，悟空差点把龙王给吓死，当龙王看见那个“简帖儿”后是魂飞魄散，慌忙跪下，叩头解释。

从这里也能看出，绝对不是这舅舅成心把鼍龙放到黑水河想要劫取经项目扬名立万的，龙王这个档次绝对不敢动一丁点取经这个项目的心思，吓都能吓死他。而且更不会为鼍龙的前程着想，特地安排他在此等候取经人，原因我们很快就会讲到。

西海龙王态度极好，说马上把他抓回来，捎带脚还说了这鼍龙的来历。这是他妹妹的第九子，他妹夫是泾河龙王，那蠢货死后他妹妹来投靠了他，他把这鼍龙恩养成人，前年他妹妹死了，后来他把鼍龙派到黑水河去了。

悟空此时对龙王也不再像之前那么吆五喝六了，人家毕竟帮过他，悟空随后的态度是“你令妹共有几个贤郎？都在那里作怪？”

是“贤郎”，这话一说就是不打算追责了。

龙王的介绍比较逗，说有九个，分别如下：

“第一个小黄龙，见居淮渎”（这是黄色的龙）

“第二个小骊龙，见住济渎”（这是黑色的龙）

“第三个青背龙，占了江渎”（这是青背的龙）

“第四个赤髯龙，镇守河渎”（这是赤色胡须的龙）

“第五个徒劳龙，与佛祖司钟；第六个稳兽龙，与神宫镇脊；第七个敬仲龙，与玉帝守擎天华表”（这些都看不出外貌，咱就不评价了）

“第八个蜃龙，在大家兄处，砥据太岳”（蜃属蛟，龙的近亲，体形较小，颜色

较暗，能吐气成海市蜃楼）

“此乃第九个鼍龙（扬子鳄），因年幼无甚执事，自旧年才着他居黑水河养性，待成名，别迁调用。谁知他不遵吾旨，冲撞大圣也。”

猴哥第一反应是你妹妹嫁了几个人？

敖闰表示就一个，猴哥疑惑，咋生了这几个“杂种”？

敖闰解释“龙生九种，九种各别”，猴哥也就没再往下说，给龙王留了面子。

神话故事中，龙生九子是龙跟九种不同动物生的，歧说颇多，其中一种说法如下：

老大囚牛，其母是牛，喜好音乐，通常琴头上会雕刻它；

老二睚眦，是龙和豺生的，好勇斗狠，总是嘴衔宝剑，怒目而视，通常刻于刀环、剑柄吞口；

老三嘲风，是龙和凤凰生的，这个娘比较高贵，所以嘲风通常安置在宫殿上；

老四蒲牢，是龙和蛤蟆生的，好鸣好吼，一般都刻在钟上；

老五狻猊，是龙和狮子生的，形如狮，喜烟好坐，一般出现在香炉上；

老六霸下，又名赑屃，通常是驮碑的，此君是龙与乌龟生的；

老七狴犴，是龙与老虎生的，这孩子生下来就好诉讼，一般刻在执法部门的门上；

老八负屃，这位是跟龙生的，所以就生了个龙模样，雅好斯文，通常盘在石碑顶上；

老九是螭吻，是龙和一条鱼生的，一般殿脊两端的吞脊兽就是它，通常是用来灭火的。

鼍龙能跟着敖闰他妹妹来到西海，说明他就是龙王妹妹生的，那这孩子是龙王妹妹跟谁生的呢？

肯定是扬子鳄。当然，扬子鳄又称猪婆龙，所以也有可能是跟猪生的。

再加上前面这些龙颜色都不同，泾河龙王头上的帽子可真不少。

作者相当有意思地将红孩儿和小鼍龙放在一前一后，也算是量大管饱地意有所指了，而且这泾河龙王和牛魔王其实某种意义上也挺像的，哥儿俩都挺招摇的。

所以说敖闰说的什么“因年幼无甚执事，自旧年才着他居黑水河养性，待成名，别迁调用”绝对不会是让他利用取经项目来成名，龙这个谁来都能踢两脚的物种绝对不敢碰“三界通知，十方拥护”的项目，哪怕冒险也绝对不会为了一个母亲都死了的外甥。

悟空给敖闰留足了面子，表示：本来想拿简帖为证上奏天庭的，但咱关系这么好，也是那小子年幼无知，你快给我把那小子抓回来吧，这事就算了。

敖闰赶紧派太子摩昂去抓小鼍龙，然后安排酒席给悟空赔礼，猴哥说：免了，别多心，咱这事过去了，我赶紧跟你儿子去救我师父去。

那老龙苦留不住，又见龙女捧茶来献。行者立饮他一盏香茶，别了老龙，随与摩昂领兵离了西海，早到黑水河中。行者道："贤太子，好生捉怪，我上岸去也。"摩昂道："大圣宽心。小龙子将他拿上来，先见了大圣，惩治了他罪名，把师父送上来，才敢带回海内，见我家父。"行者忻然相别，捏了避水诀，跳出波津，径到了东边崖上。沙僧与那河神迎着道："师兄，你去时从空而去，怎么回来却自河内而回？"行者把那打死鱼精，得简帖，见龙王，与太子同领兵来之事，备陈了一遍。沙僧十分欢喜。都立在岸边，候接师父不题。

却说那摩昂太子，着介士先到他水府门前，报与妖怪道："西海老龙王太子摩昂来也。"妖怪正坐，忽闻摩昂来，心中疑惑道："我差黑鱼精投简帖拜请二舅爷，这早晚不见回话，怎么舅爷不来，却是表兄来耶？"正说间，只见那巡河的小怪又来报："大王，河内有一枝兵，屯于水府之西，旗号上书着'西海储君摩昂小帅'。"妖怪道："这表兄却也狂妄！想是舅爷不得来，命他来赴宴。既是赴宴，如何又领兵劳士？咳，但恐其间有故。"教："小的们，将我的披挂钢鞭伺候，恐一时变暴。待我且出去迎他，看是何如。"众妖领命，一个个擦掌摩拳准备。

这鼍龙出得门来，真个见一枝海兵，扎营在右。只见：

征旗飘绣带，画戟列明霞。
宝剑凝光彩，长枪缨绕花。
弓弯如月小，箭插似狼牙。
大刀光灿灿，短棍硬沙沙。
鲸鳌并蛤蚌，蟹鳖共鱼虾。
大小齐齐摆，干戈似密麻。
不是元戎令，谁敢乱爬踏。

鼍怪见了，径至那营门前厉声高叫：“大表兄，小弟在此拱候，有请！”有一个巡营的螺螺，急至中军帐报：“千岁殿下，外有鼍龙叫请哩。”太子按一按顶上金盔，束一束腰间宝带，手提一根三棱简，拽开步跑出营去道：“你来请我怎么？”鼍龙进礼道：“小弟今早有简帖拜请舅爷，想是舅爷见弃，着表兄来的。兄长既来赴席，如何又劳师动众？不入水府，扎营在此，又贯甲提兵，何也？”太子道：“你请舅爷做甚？”妖怪道：“小弟一向蒙恩，赐居于此，久别尊颜，未得孝顺。昨日捉得一个东土僧人，我闻他是十世修行的元体，人吃了他，可以延寿。欲请舅爷看过，上铁笼蒸熟，与舅爷暖寿哩。”太子喝道：“你这厮，十分懵懂！你道僧人是谁？”妖精道：“他是唐朝来的僧人，往西天取经的和尚。”太子道：“你只知他是唐僧，不知他手下徒弟利害哩。”妖怪道：“他有一个长嘴的和尚，唤做个猪八戒，我也把他捉住了，要与唐和尚一同蒸吃。还有一个徒弟，唤做沙和尚，乃是一条黑汉子，晦气色脸，使一根宝杖。昨日与我在这门外讨师父，被我帅出河兵，一顿钢鞭，战得他败阵逃生，也不见怎的利害。”

太子道：“原来是你不知！他还有一个大徒弟，是五百年前大闹天宫，上方太乙金仙齐天大圣，如今保护唐僧往西天拜佛求经，是普陀岩大慈大悲观音菩萨劝善，与他改名，唤做孙悟空行者。你怎么没得做，撞出这件祸来！他又在我海内遇着你的差人，夺了请帖，径入水晶宫，拿捏我父子们有‘结连妖邪抢夺人口’之罪。你快把唐僧、八戒送上河边，交还了孙大圣，凭着我与他陪礼，你还好得性命；若有半个‘不’字，休想得全生居于此也！”

那怪鼍闻此言，心中大怒，道：“我与你嫡亲的姑表，你倒反护他人！听你所言，就教把唐僧送出，天地间那里有这等容易事也！你便怕他，莫成我也怕他？他若有手段，敢来我水府门前与我交战三合，我才与他师父；若敌不过，我就连他也拿来，一齐蒸熟。也没甚么亲人，也不去请客，自家关了门，教小的们唱唱舞舞，我坐在上面，自自在在，吃他娘不是！”

悟空来到黑水河时对摩昂的态度也相当像个场面人，那是“贤太子，好生捉怪，我上岸去也”。

亲爱的兄弟姐妹们，咱们爱的那个悟空慢慢出现啦！

小鼍龙听说他表兄带兵来的心里也嘀咕了。当他听说他表哥的旗号是“西海储君摩昂小帅”后，他说他表哥狂妄，接着就纳闷，为啥要带兵来，感觉可能有变故，于是全副武装去见他表哥了。

哥儿俩见面后，小鼍龙没觉得这事有多大，简直跟他爹一个德行，不知道关系厉害，摩昂赶紧给他讲道理，这和尚有两点不能吃：

1. 他大徒弟是五百年前大闹天宫那位。

2. 取经是观音菩萨组的项目。

你还不知道惹了多大的祸，现在证据都让人家拿着了，赶紧放人，我还能保你，你要是有半个“不”字，休想活命！

小鼍龙表示你说有两点不能吃，我告诉你有两点不能放：

1. 你怕他不意味着我怕他，咱这亲戚关系也就那么回事。

2. 你说他厉害，我没见过，所以我不信。

这个摩昂能被敖闰立为储君的原因是啥？

是这孩子不狂妄，知道天多高，地多厚，更明白龙族在西游宇宙是什么定位，所以他不至于把家门败了。他对悟空的回话是：“大圣宽心。小龙子将他拿上来，先见了大圣，惩治了他罪名，把师父送上来，才敢带回海内，见我家父。”他对小鼍龙也不是一上来就急眼，有里有面地给表弟讲道理，而且是给足了面子，所谓“原来是你不知！他还有一个大徒弟……凭着我与他陪礼，你还好得性命；若有半个‘不’字，休想得全生居于此也”。一方面不知者不罪，另一方面是哥哥我帮你去赔礼。

由此可见摩昂待人接物相当到位。

通常领导身边最狂妄、最不知天高地厚的不一定就是直系亲属，极有可能是一些表的、堂的，关系挺远的，又不清楚权力运行的规则，才会狗仗人势，天天不够他嘚瑟的。

太子见说，开口骂道：“这泼邪，果然无状！且不要教孙大圣与你对敌，你敢与我相持么？”那怪道：“要做好汉，怕甚么相持！”教：“取披挂！”呼唤一声，众小妖跟随左右，献上披挂，捧上钢鞭。

他两个变了脸，各逞英雄；传号令，一齐擂鼓。这一场，比与沙僧争斗，甚是不同，但见那：

旌旗照耀，戈戟摇光。这壁厢营盘解散，那壁厢门户开张。摩昂太子提金简，鼍怪抡鞭急架偿。一声炮响河兵烈，三棒锣鸣海士狂。虾与虾争，蟹与蟹斗。鲸鳌吞赤鲤，鳊鲌起黄鲿。鲨鲻吃鲞鲭鱼走，牡蛎擒蛏蛤蚌慌。少扬刺硬如铁棍，鲿司针利似锋芒。鳣鳟追白蟮，鲈鲙捉乌鲳。一河水怪争高下，两处龙兵定弱强。混战多时波浪滚，摩昂太子赛金刚。喝声金简当头重，拿住妖鼍作怪王。

这太子将三棱简闪了一个破绽，那妖精不知是诈，钻将进来，被他使个解数，把妖精右臂，只一简，打了个跳踵；赶上前，又一拍脚，跌倒在地。众海兵一拥上前，揪翻住，将绳子背绑了双手，将铁索穿了琵琶骨，拿上岸来，押至孙行者面前道："大圣，小龙子捉住妖鼍，请大圣定夺。"

行者与沙僧见了道："你这厮不遵旨令！你舅爷原着你在此居住，教你养性存身，待你名成之日，别有迁用。你怎么强占水神之宅，倚势行凶，欺心诳上，弄玄虚，骗我师父、师弟？我待要打你这一棒，奈何老孙这棒子甚重，略打打儿，就了了性命。你将我师父安在何处哩？"那怪叩头不住道："大圣，小鼍不知大圣大名。却才逆了表兄，骋强背理，被表兄把我拿住。今见大圣，幸蒙大圣不杀之恩，感谢不尽。你师父还捆在那水府之间，望大圣解了我的铁索，放了我手，等我到河中送他出来。"摩昂在旁道："大圣，这厮是个逆怪，他极奸诈，若放了他，恐生恶念。"沙和尚道："我认得他那里，等我寻师父去。"

他两个跳入水中，径至水府门前。那里门扇大开，更无一个小卒。直入亭台里面，见唐僧、八戒赤条条都捆在那里。沙僧即忙解了师父，河神亦随解了八戒，一家背着一个，出水面，径至岸边。猪八戒见那妖精锁绑在侧，急掣钯上前就筑，口里骂道："泼邪畜！你如今不吃我了？"行者扯住道："兄弟，且饶他死罪罢，看敖闰贤父子之情。"摩昂进礼道："大圣，小龙子不敢久停。既然救得师父，我带这厮去见家父。虽大圣饶了他死罪，家父决不饶他活罪，定有发落处置，仍回复大圣谢罪。"行者道："既如此，你领他去罢。多多拜上令尊，尚容面谢。"那太子押着那妖泼，投水中，帅领海兵，径转西洋大海不题。

却说那黑水河神，谢了行者道："多蒙大圣复得水府之恩！"唐僧道："徒弟呵，如今还在东岸，如何渡此河也？"河神道："老爷勿虑，且请上马，小神开路，引老爷过河。"那师父才骑了白马，八戒采着缰绳，沙和尚挑了行李，孙行者扶持左右。

只见河神作起阻水的法术，将上流挡住。须臾下流撤干，开出一条大路。师徒们行过西边，谢了河神，登崖上路。这正是：

禅僧有救朝西域，彻地无波过黑河。

毕竟不知怎生得拜佛求经，且听下回分解。

摩昂也不废话了，咱俩比画比画吧，这一动手便证明了扬子鳄完完全全就是没见识，屁大点本事还觉得自己很牛，没多久就被摩昂逮捕，押至猴哥面前，请求定夺了。

猴哥再问他话时，他又尿得不像样子了，你看这话说的："大圣，小鼍不知大圣大名。却才逆了表兄，骋强背理，被表兄把我拿住。今见大圣，幸蒙大圣不杀之恩，感谢不尽。你师父还捆在那水府之间，望大圣解了我的铁索，放了我手，等我到河中送他出来。"

真是没皮没脸！

摩昂在旁背书说：这厮是个逆怪，极奸诈，不能放。随后黑水河神跟沙僧下水救了唐僧和八戒。

八戒想弄死这小鼍龙，被悟空拉住，说："兄弟，且饶他死罪罢，看敖闰贤父子之情。"最后摩昂进礼重申西海态度：我带这厮去见家父，您大人大量饶了他死罪，家父决不饶他活罪，定有发落处置，到时候我们把处罚进行公示，给您一个满意的交代。

猴哥也很客气："多多拜上令尊，尚容面谢。"这话客气得都不像是悟空了。

还记得当年他戴紧箍之前对敖广是什么态度吗？

猴哥真的成长了。

第十章

香火祭祀，车迟国的“教皇实验”

第四十四回

法身元运逢车力，心正妖邪度脊关

诗曰：

求经脱瘴向西游，无数名山不尽休。

兔走乌飞催昼夜，鸟啼花落自春秋。

微尘眼底三千界，锡杖头边四百州。

宿水餐风登紫陌，未期何日是回头。

话说唐三藏，幸亏龙子降妖，黑水河神开路，师徒们过了黑水河，找大路一直西来。真个是迎风冒雪，戴月披星。行勾多时，又值早春天气。但见：

三阳转运，万物生辉。三阳转运，满天明媚开图画；万物生辉，遍地芳菲设绣茵。梅残数点雪，麦涨一川云。渐开水解山泉溜，尽放萌芽没烧痕。正是那太昊乘震，勾芒御辰。花香风气暖，云淡日光新。道旁杨柳舒青眼，膏雨滋生万象春。

师徒们在路上游观景色，缓马而行，忽听得一声吆喝，好便似千万人呐喊之声。唐三藏心中害怕，兜住马不能前进，急回头道："悟空，是那里这等响振？"八戒道："好一似地裂山崩。"沙僧道："也就如雷声霹雳。"三藏道："还是人喊马嘶。"孙行者笑道："你们都猜不着，且住，待老孙看是何如。"

好行者，将身一纵，踏云光，起在空中，睁眼观看。远见一座城池，又近觑，倒也祥光隐隐，不见甚么凶气纷纷。行者暗自沉吟道："好去处！如何有响声振耳？

那城中又无旌旗焖灼，戈戟光明，又不是炮声响振，何以若人马喧哗？”正议间，只见那城门外，有一块沙滩空地，攒簇了许多和尚，在那里扯车儿哩。原来是一齐着力打号，齐喊“大力王菩萨”，所以惊动唐僧。

行者渐渐按下云头，来看处，呀！那车子装的都是砖瓦木植土坯之类。滩头上坡坂最高，又有一道夹脊小路，两座大关，关下之路都是直立壁陡之崖，那车儿怎么拽得上去？虽是天色和暖，那些人却也衣衫蓝缕，看此像十分窘迫。行者心疑道：“想是修盖寺院。他这里五谷丰登，寻不出杂工人来，所以这和尚亲自努力。”正自猜疑未定，只见那城门里，摇摇摆摆走出两个少年道士来。你看他怎生打扮？但见他：

头戴星冠，身披锦绣。头戴星冠光耀耀，身披锦绣彩霞飘。足踏云头履，腰系熟丝绦。面如满月多聪俊，形似瑶天仙客娇。

那些和尚见道士来，一个个心惊胆战，加倍着力，恨苦的拽那车子。行者就晓得了：“咦！想必这和尚们怕那道士，不然呵，怎么这等着力拽扯？我曾听得人言，西方路上有个敬道灭僧之处，断乎此间是也。我待要回报师父，奈何事不明白，反惹他怪，道我这等一个伶俐之人，就不能探个实信。且等下去问得明白，好回师父话。”

你道他来问谁？好大圣，按落云头，去郡城脚下，摇身一变，变做个游方的云水全真，左臂上挂着一个水火篮儿，手敲着渔鼓，口唱道情词。近城门，迎着两个道士，当面躬身道：“道长，贫道起手。”那道士还礼道：“先生那里来的？”行者道：“我弟子——

云游于海角，浪荡在天涯。

今朝来此处，欲募善人家。

动问二位道长，这城中那条街上好道？那个巷里好贤？我贫道好去化些斋吃。”那道士笑道：“你这先生，怎么说这等败兴的话？”行者道：“何为败兴？”道士道：“你要化些斋吃，却不是败兴？”行者道：“出家人以乞化为由，却不化斋吃，怎生有钱买？”道士笑道：“你是远方来的，不知我这城中之事。我这城中，且休说文武官员好道，富民长者爱贤，大男小女见我等拜请奉斋，这般都不须挂齿，头一等就是万岁君王好道爱贤。”行者道：“我贫道一则年幼，二则是远方乍来，实是不知。烦二位道长，将这里地名、君王好道爱贤之事，细说一遍，足见同道之情。”

道士说：“此城名唤车迟国，宝殿上君王与我们有亲。”行者闻言，呵呵笑道：

"想是道士做了皇帝？"他道："不是。只因这二十年前，民遭亢旱，天无点雨，地绝谷苗，不论君臣黎庶，大小人家，家家沐浴焚香，户户拜天求雨。正都在倒悬捱命之处，忽然天降下三个仙长来，俯救生灵。"行者问道："是那三个仙长？"道士说："便是我家师父。"行者道："尊师甚号？"道士云："我大师父号做虎力大仙，二师父鹿力大仙，三师父羊力大仙。"行者问曰："三位尊师有多少法力？"道士云："我那师父，呼风唤雨，只在翻掌之间；指水为油，点石成金，却如转身之易。所以有这般法力，能夺天地之造化，换星斗之玄微。君臣相敬，与我们结为亲也。"行者道："这皇帝十分造化。常言道：'术动公卿。'老师父有这般手段，结了亲，其实不亏他。噫！不知我贫道可有星星缘法，得见那老师父一面哩？"道士笑曰："你要见我师父，有何难处！我两个是他靠胸贴肉的徒弟。我师父却又好道爱贤，只听见说个'道'字，就也接出大门。若是我两个引进你，乃吹灰之力。"

行者深深的唱个大喏道："多承举荐，就此进去罢。"道士说："且少待片时，你在这里坐下，等我两个把公事干了，来和你进去。"行者道："出家人无拘无束，自由自在，有甚公事？"道士用手指定那沙滩上僧人："他做的是我家生活，恐他躲懒，我们去点他一卯就来。"行者笑道："道长差了。僧道之辈，都是出家人，为何他替我们做活，伏我们点卯？"道士云："你不知道。因当年求雨之意，僧人在一边拜佛，道士在一边告斗，都请朝廷的粮偿。谁知那和尚不中用，空念空经，不能济事。后来我师父一到，唤雨呼风，拔济了万民涂炭。却才恼了朝廷，说那和尚无用，拆了他的山门，毁了他的佛像，追了他的度牒，不放他回乡，御赐与我们家做活，就当小厮一般。我家里烧火的也是他，扫地的也是他，顶门的也是他。因为后边还有住房未曾完备，着这和尚来拽砖瓦，拖木植，起盖房宇。只恐他贪顽躲懒，不肯拽车，所以着我两个去查点查点。"

行者闻言，扯住道士，滴泪道："我说我无缘，真个无缘，不得见老师父尊面！"道士云："如何不得见面？"行者道："我贫道在方上云游，一则是为性命，二则也为寻亲。"道士问："你有甚么亲？"行者道："我有一个叔父，自幼出家，削发为僧。向日年程饥馑，也来外面求乞。这几年不见回家，我念祖上之恩，特来顺便寻访。想必是羁迟在此等地方，不能脱身，未可知也。我怎的寻着他，见一面，才可与你进城。"道士云："这般却是容易。我两个且坐下，即烦你去沙滩上替我一查，只点

头目有五百名数目便罢。看内中那个是你令叔，果若有哑，我们看道中情分，放他去了，却与你进城，好么？”

开篇诗没有太多深意，更多的是作为作者对于前面一个大主题的分割线。野孩子们的故事在西游宇宙中算是都讲完了：顶级的野孩子能成为菩萨身边的善财童子，无论是当年的杨戬还是此时的红孩儿，只要你的血缘确实高不可攀，你终归会有个下限极高的未来；但如果你的血缘只是平平无奇，你生下来要修习的第一件事就是夹起自己并不值钱的尾巴。扬子鳄被抓回去后，其实这辈子的路也算是让自己走死一大半了：作为自己与西海龙王唯一纽带的亲娘死了，自己还叛了舅，甚至跟最该讨好的太子哥都翻了脸。你比那小白龙如何？

离开黑水河，师徒们接着走。又是一年春来到，师徒们一边走一边看景色，突然唐长老被一声吆喝吓住了，问悟空这是啥声音，悟空随后前去打探。

此时猴哥已经形成了一套自己的“课前预习”流程了。他先是跳在空中望气，这气就能说明大部分问题。猴哥一瞅这城池没问题，虽然不至于是特别旺的帝王气，倒也祥光隐隐，不见什么凶气纷纷。

望气没问题后悟空进入实地调查环节，看见一群和尚在拉大车，齐喊“大力王菩萨”，刚才把唐僧吓着的动静就是这帮和尚发出的。

注意这个大力王菩萨，后面我们会对照着说。

悟空并没有就此打住，而是继续思考，试图找出这帮和尚干苦力的原因，正琢磨着呢，城里走出来了两个少年道士，穿着是“头戴星冠，身披锦绣。头戴星冠光耀耀，身披锦绣彩霞飘。足踏云头履，腰系熟丝绦”。这身装扮有观音禅院的味道了，够有钱的，再看这两个道士的模样，那是“面如满月多聪俊，形似瑶天仙客娇”。

“形似瑶天仙客娇”，这用来形容男道士，可不是啥好话，是有点特殊指向意思的，咱们接着往后看。

和尚们看见道士都快吓死了，悟空得出了判断：之前听说西方路上有个敬道灭僧的地方，估计就是这儿了。只是如果就这么回报的话，事儿还是回得不明白，为啥这地方的和尚怕道士啊？就长老那性格得嘀咕很久，到时候还得埋汰人。随后悟空变成了一个游方的云水全真去亲自探探虚实。

悟空问这俩娇道士哪里能化斋，道士乐了，表示你这是瞧不起人了！化什么斋？

吃谁家是给他面子！咱道士在这城里是上等人，全国敬道，皇帝本人就是头号粉丝！

悟空随后问道："我贫道一则年幼，二则是远方乍来，实是不知。烦二位道长，将这里地名、君王好道爱贤之事，细说一遍，足见同道之情。"

猴哥共情能力越来越强了，他能进入自己变化的角色了。随后俩道士说："此城名唤车迟国，宝殿上君王与我们有亲。"

悟空以为是道士做了皇帝，道士说不是，二十年前车迟国民遭亢旱，天无点雨，地绝谷苗。不论君臣黎庶，大小人家，家家沐浴焚香，户户拜天求雨。就在人们要活不起的时候，来了三个大仙求来了雨，随后皇帝跟道士们结了亲。从目前的线索来看，这里是乌鸡国的翻版，也是干旱创造救国刚需、成功改变国教的事。

悟空想见见这仨大仙判断一下有没有买卖可做，俩年轻娇道士笑道很简单，"我两个是他靠胸贴肉的徒弟。我师父却又好道爱贤，只听见说个'道'字，就也接出大门。若是我两个引进你，乃吹灰之力"。

"靠胸贴肉"，你品味一下作者的用词。

作者在车迟国这一关算是对成书年代的那位"太上大罗天仙紫极长生圣智昭灵统元证应玉虚总掌五雷大真人玄都境万寿帝君"直接嘲讽了，对皇帝身边的道士进行了强烈的讽刺。

悟空深深地唱个大喏，俩小道士死前也算是享受到了西游宇宙中的罕见礼遇，跟玉皇大帝平级了。俩小道士表示见师父的事不急，等他俩把公事干完就走，这个公事，就是对和尚点卯。

随后猴哥又收集到了和尚做民工的原因：当年求雨时和尚吃着国家财政补贴却没求下雨来，朝廷说和尚无用，拆了山门，毁了佛像，追了度牒，御赐给了道人做奴。

这里没说是皇帝的主意还是那仨大仙的主意，暂时搁置，我们接着往后看。

悟空演戏演上瘾了，说自己云游其实有很大原因是寻亲，他叔父就是和尚，因为逃荒，好多年没回去了，估计就是被扣这儿了，自己想见见他再进城。

俩道士表示这个容易，尽管去吧，捎带脚帮他们点点卯，如果有悟空的叔叔，他们就看在同为道门的面子上放了他。

"靠胸贴肉"的权力就是大啊！

行者顶谢不尽，长揖一声，别了道士，敲着渔鼓，径往沙滩之上。过了双关，转下夹脊，那和尚一齐跪下磕头道：“爷爷，我等不曾躲懒，五百名半个不少，都在此扯车哩。”行者看见，暗笑道：“这些和尚被道士打怕了，见我这假道士，就这般悚惧。若是个真道士，好道也活不成了。”行者又摇手道：“不要跪，休怕。我不是监工的，我来此是寻亲的。”众僧们听说认亲，就把他圈子阵围将上来，一个个出头露面，咳嗽打响，巴不得要认出去，道：“不知那个是他亲哩。”行者认了一会，呵呵笑将起来。众僧道：“老爷不认亲，如何发笑？”行者道：“你们知我笑甚么？笑你这些和尚全不长俊！父母生下你来，皆因命犯华盖，妨爷克娘，或是不招姊妹，才把你舍断了出家。你怎的不遵三宝，不敬佛法，不去看经拜忏，却怎么与道士佣工，作奴婢使唤？”众僧道：“老爷，你来羞我们哩！你老人家想是个外边来的，不知我这里利害。”行者道：“果是外方来的，其实不知。你这里有甚利害？”

众僧滴泪道：“我们这一国君王，偏心无道，只喜得是老爷等辈，恼的是我们佛子。”行者道：“为何来？”众僧道：“只因呼风唤雨，三个仙长来此处，灭了我等；哄信君王，把我们寺拆了，度牒追了，不放归乡，亦不许补役当差，赐与那仙长家使用，苦楚难当！但有个游方道者至此，即请拜王领赏；若是和尚来，不分远近，就拿来与仙长家佣工。”行者道：“想必那道士还有甚么巧法术，诱了君王。若只是呼风唤雨，也都是旁门小法术耳，安能动得君心？”众僧道：“他会炼砂乾汞，打坐存神，点水为油，点石成金。如今兴盖三清观宇，对天地昼夜看经忏悔，祈君王万年不老，所以就把君心惑动了。”

行者道：“原来这般。你们都走了便罢。”众僧道：“老爷，走不脱！那仙长奏准君王，把我们画了影身图，四下里长川张挂。他这车迟国地界也宽，各府州县乡村店集之方，都有一张和尚图，上面是御笔亲题。若有官职的，拿得一个和尚，高升三级；无官职的，拿得一个和尚，就赏白银五十两，所以走不脱。且莫说是和尚，就是剪鬃、秃子、毛稀的，都也难逃。四下里快手又多，缉事的又广，凭你怎么也是难脱。我们没奈何，只得在此苦捱。”

行者道：“既然如此，你们死了便罢。”众僧道：“老爷，有死的。到处捉来与本处和尚，也共有二千余众，到此熬不得苦楚，受不得劳碌，忍不得寒冷，服不得水土，死了有六七百，自尽了有七八百，只有我这五百个不得死。”行者道：“怎么不得死？”众僧道：“悬梁绳断，刀刎不疼；投河的飘起不沉，服药的身安不损。”行者道：“你却造化，天赐汝等长寿哩！”众僧道：“老爷哑，你少了一个字儿，是‘长受罪’哩！我等日食三餐，乃是糙米熬得稀粥，到晚，就在沙滩上冒露安身，才合眼就有神人拥护。”行者道：“想是累苦了，见鬼么？”众僧道：“不是鬼，乃是六丁六甲、护教伽蓝。但至夜，就来保护。但有要死的，就保着不教他死。”行者道：“这些神却也没理，只该教你们早死早升天，却来保护怎的？”众僧道：“他在梦寐中劝解我们，教‘不要寻死，且苦捱着，等那东土大唐圣僧，往西天取经的罗汉。他手下有个徒弟，乃齐天大圣，神通广大，专秉忠良之心，与人间报不平之事，济困扶危，恤孤念寡。只等他来显神通，灭了道士，还敬你们沙门禅教哩’。”

行者闻得此言，心中暗笑道：“莫说老孙无手段，预先神圣早传名。”他急抽身，敲着渔鼓，别了众僧，径来城门口，见了道士。那道士迎着道：“先生，那一位是令亲？”行者道：“五百个都与我有亲。”两个道士笑道：“你怎么就有许多亲？”行者道：“一百个是我左邻，一百个是我右舍，一百个是我父党，一百个是我母党，一百个是我交契。你若肯把这五百人都放了，我便与你进去；不放，我不去了。”道士云：“你想有些风病，一时间就胡说了。那些和尚乃国王御赐，若放一二名，还要在师父处递了病状，然后补个死状，才了得哩。怎么说都放了？此理不通，不通！且不要说我家没人使唤，就是朝廷也要怪，他那里长要差官查勘，或时御驾也亲来点札，怎么敢放？”行者道：“不放么？”道士说：“不放！”行者连问三声，就怒将起来，把耳朵里铁棒取出，迎风捻了一捻，就碗来粗细，晃了一晃，照道士脸上一刮，可怜就打得头破血流身倒地，皮开颈折脑浆倾。

猴哥来到沙滩上的时候，和尚们一齐跪下磕头表示爷爷好，没敢偷懒，五百个都在这儿了，他们自己就把名点好了。等悟空说是来寻亲的，五百个和尚都争相表现，恨不得被他选走，随后悟空笑说：“父母生下你来，皆因命犯华盖，妨爷克娘，或是不招姊妹，才把你舍断了出家。你怎的不遵三宝，不敬佛法，不去看经拜忏，却怎么与道士佣工，作奴婢使唤？”所谓的“华盖”，是命理学中四柱的神煞之一，命犯华盖之人通常个性较为孤僻，不喜欢与人交往，有一定的才华和艺术气质，而且通常特别容易跟宗教结缘。

在这里特别注意一下，“华盖”这个词不是坏词，它有优势与劣势。在传统文化中，古人认为拥有华盖者很多时候会有独特的艺术气质和非凡的创造力，但通常也会因其性格在一些需要团队协作和人际交往的职业中受到局限。万事万物都是一体两面的，只有适合和不适合之分。但是“命犯华盖”，这句已经体现出作者的倾向性了，再结合“妨爷克娘，或是不招姊妹，才把你舍断了出家”，翻译一下就是你们这帮和尚生下来就是对家族起到副作用的，都是不招待见的。

作者在前面对道士骂了闲街，之后一碗水端平，对和尚也表达了自己的倾向。

随后众僧给猴哥又解释了一遍，说道：“只因呼风唤雨，三个仙长来此处，灭了我等；哄信君王，把我们寺拆了，度牒追了，不放归乡，亦不许补役当差，赐与那仙长家使用，苦楚难当！但有个游方道者至此，即请拜王领赏；若是和尚来，不分远近，就拿来与仙长家佣工。”

和尚面单方面说车迟国“敬道灭僧”是因为仨大仙主导了灭佛运动，咱们搜集证据，接着往后看。悟空纳闷：不就是呼风唤雨嘛，咋就能把皇帝给拿捏成这样？所谓“想必那道士还有甚么巧法术，诱了君王。若只是呼风唤雨，也都是旁门小法术耳，安能动得君心？”

因为悟空前面经过乌鸡国那关，也是一个降雨的事，人家的皇帝就没搞灭佛运动，咋这关升级了呢？

众僧说这仨大仙有“点水为油，点石成金”的增值能力，如今又“兴盖三清观宇，对天地昼夜看经忏悔，祈君王万年不老”，把让国王长生不老的业务也给接了，所以国王对和尚下了死手。

作者这里第一次透露出来这仨大仙敢这么明着开战的倚仗，他们的背后是三清。

和尚们介绍了一下仨大仙把路走得有多么绝：大仙给这帮和尚画了影身图，全国张挂，和尚如果跑了，就是各地官民的活财神，抓回去能兑奖。甚至你要是毛囊不好，在车迟国都混不下去，连剪鬃、秃子、毛稀的都被兑奖了。

随后猴哥表示，都这么欺负人了，你们就自尽呗。众僧表示被折磨死了六七百，自尽了七八百，但是目前他们这五百个人连自尽的机会都没有了，“悬梁绳断，刀刎不疼；投河的飘起不沉，服药的身安不损”，反正就是人家不让你死，你就得“长受罪”。

和尚们说夜里合眼就有神人拥护，这把悟空的疑问又勾起来了，问他们是不是累得见了鬼。众僧表示“不是鬼，乃是六丁六甲、护教伽蓝”。这帮神仙保护着和尚不死，还在梦中劝解他们曙光快来了，等着东土大唐圣僧到来，他那个徒弟是齐天大圣，“神通广大，专秉忠良之心，与人间报不平之事，济困扶危，恤孤念寡。只等他来显神通，灭了道士，还敬你们沙门禅教哩”。

至此猴哥明白了两件事：

1. 知道取经直播团队为什么要轮流上班了，不当值的时候都来车迟国执行副本任务了；

2. 上头领导批准了，他这关的任务是灭了道士。

猴哥听完这句话后乐的哟，人家一方面给他传威名，另一方面默许他砸道士场子。随后猴哥就来找那俩娇道士的碴儿了，他让那俩道士把五百和尚全放了，问了三遍后把俩道士打死了。

我们在这里回顾下前面和尚们喊的“大力王菩萨”。在元代的《西游记平话》中，这个大力王菩萨是猴哥取经结束后的职务职称，当时唐僧证果“梅檀佛如来”，孙行者证果“大力王菩萨”。这大概率是根据《佛说出生一切如来法眼遍照大力明王经》改编的，此经汇总说有一尊“大力明王菩萨”，身穿虎皮衣，手持金刚棒，神通广大，能降服龙王及一切魔王，并与须菩提尊者大有缘法。

来到明朝的西游宇宙中，作者继续安排须菩提这个解空第一人来当猴哥的师父，但最终安排猴哥做斗战胜佛，主要也是因为八戒、沙僧这俩确实贡献太少了。但作者依旧没有放弃“大力王菩萨”的设定，通过和尚们喊“大力王菩萨”并亲口说他们的救星是齐天大圣，作者在暗示，此时在佛祖心中，悟空最后就是菩萨级别的。

也就是说，此后的斗战胜佛，是悟空自己拼搏来的，是他的不断成长让佛爷爷改了主意。

从大闹天宫时我们就在说，作者在他的西游宇宙中强调一件事，那就是万事万物都是在动态变化的，顶级大佬们的顶层设计也会出现变数，事在人为。悟空看不上的“放屁添风”的八戒、沙僧，如果从更长的时间维度来看，绝对是悟空的贵人；如果黑熊精和黄鼠精进了取经队伍，最后他们仨绝对都是菩萨，因为那就体现不出悟空有多么能斗、能战、能胜，他的盖棺论定，就是一个“大力王”罢了。

那滩上僧人，远远望见他打杀了两个道士，丢了车儿，跑将上来道："不好了，不好了！打杀皇亲了！"行者道："那个是皇亲？"众僧把他簸箕阵围了，道："他师父，上殿不参王，下殿不辞主，朝廷常称做'国师兄长先生'。你怎么到这里闯祸？他徒弟出来监工，与你无干，你怎么把他来打死？那仙长不说是你来打死，只说是来此监工，我们害了他性命，我等怎了？且与你进城去，会了人命出来。"行者笑道："列位休嚷，我不是云水全真，我是来救你们的。"众僧道："你倒打杀人，害了我们，添了担儿，如何是救我们的？"行者道："我是大唐圣僧徒弟孙悟空行者，特特来此救你们性命。"众僧道："不是，不是！那老爷我们认得他。"行者道："又不曾会他，如何认得？"众僧道："我们梦中尝见一个老者，自言太白金星，常教诲我等，说那孙行者的模样，莫教错认了。"行者道："他和你怎么说来？"众僧道："他说那大圣：

磕额金睛幌亮，圆头毛脸无腮。咨牙尖嘴性情乖，貌比雷公古怪。惯使金箍铁棒，曾将天阙攻开。如今皈正保僧来，专救人间灾害。"

行者闻言，又嗔又喜，喜道"替老孙传名"，嗔道"那老贼惫懒，把我的元身都说与这伙凡人"。忽失声道："列位诚然认我不是孙行者。我是孙行者的门人，来此处学闯祸耍子的。那里不是孙行者来了？"用手向东一指，哄得众僧回头，他却现了本相。众僧们方才认得，一个个倒身下拜，道："爷爷，我等凡胎肉眼，不知是爷爷显化。望爷爷与我们雪恨消灾，早进城降妖从正也！"行者道："你们且跟我来。"众僧紧随左右。

那大圣径至沙滩上，使个神通，将车儿拽过两关，穿过夹脊，提起来，摔得粉碎。把那些砖瓦木植，尽抛下坡坂。喝教众僧："散！莫在我手脚边，等我明日见这皇帝，灭却道士！"众僧道："爷爷哑，我等不敢远走，但恐在官人拿住解来，却又吃打发赎，返又生灾。"行者道："既如此，我与你个护身法儿。"好大圣，把毫毛拔了一把，嚼得粉碎，每一个和尚与他一截，都教他："捻在无名指甲里，捻着拳头，只情走路。无人敢拿你便罢，若有人拿你，攒紧了拳头，叫一声'齐天大圣'，我就来护你。"众僧道："爷爷，倘若去得远了，看不见你，叫你不应，怎么是好？"行者道："你只管放心，就是万里之遥，可保全无事。"众僧有胆量大的，捻着拳头悄悄的叫声"齐天大圣"，只见一个雷公站在面前，手执铁棒，就是千军万马也不

能近身。此时有百十众齐叫，足有百十个大圣护持。众僧叩头道："爷爷果然灵显！"行者又分付："叫声'寂'字，还你收了。"真个是叫声"寂"，依然还是毫毛在那指甲缝里。众和尚却才欢喜逃生，一齐而散。行者道："不可十分远遁，听我城中消息。但有招僧榜出，就进城还我毫毛也。"五百个和尚东的东，西的西，走的走，立的立，四散不题。

这帮和尚远远望见悟空打杀了两个道士后活儿也不干了，第一时间跑过来把悟空围了，高喊道："不好了，不好了！打杀皇亲了！"这帮和尚怕悟空跑了，自己又要活受罪了。

悟空在这帮和尚的口中又知道了一个消息，这仨大仙此时已经是"上殿不参王，下殿不辞主，朝廷常称做'国师兄长先生'"的车迟国法王待遇了。

悟空表示别嘀咕啦，我就是那孙悟空。众僧说你别骗我们，人家太白金星梦里告诉过我们孙行者长啥样，不是你这模样！

你瞅太白金星多会做人情，你瞅他是怎么借这帮和尚的嘴给悟空示好的。前面说了长相不就完了，后面还得加上"惯使金箍铁棒，曾将天阙攻开。如今皈正保僧来，专救人间灾害"，给猴哥听乐了，感觉猴子那八万四千根毫毛都舒展开了。

你别信他那什么"又嗔又喜"，什么喜道"替老孙传名"，嗔道"那老贼惫懒，把我的元身都说与这伙凡人"，他前面碰见路边老头儿时都得给人家背一遍自己有多能耐，他是三界泄露自己原身第一名。他在那儿扭捏，就是不好意思了，就跟收了礼时对送礼那人说："嗐！你知道我不是这种人，还整这一套，下回可不许这样了啊……"

太白金星的背书也让悟空彻底放下心来，灭这车迟国的道士已经得到领导的默许了！

猴哥就此变回原身，还把毫毛拔了一把，嚼得粉碎，给每个和尚一截，都教他："捻在无名指甲里，捻着拳头，只情走路。无人敢拿你便罢，若有人拿你，攒紧了拳头，叫一声'齐天大圣'，我就来护你。"你瞅咱猴哥的能力，连嚼碎的毫毛都有喊一声就"只见一个雷公站在面前，手执铁棒，就是千军万马也不能近身"的效果！

悟空给了和尚们护身毛后嘱咐别远逃，等他的消息，有招僧榜出就进城还他毫毛。至此猴哥已经定下了方针，他要灭了这车迟国的道士。

却说那唐僧在路旁，等不得行者回话，教猪八戒引马投西，遇着些僧人奔走；将近城边，见行者还与十数个未散的和尚在那里。三藏勒马道："悟空，你怎么来打听个响声，许久不回？"行者引了十数个和尚对唐僧马前施礼，将上项事说了一遍。三藏大惊道："这般呵，我们怎了？"那十数个和尚道："老爷放心，孙大圣爷爷乃天神降的，神通广大，定保老爷无虞。我等是这城里敕建智渊寺内僧人。因这寺是先王太祖御造的，见有先王太祖神像在内，未曾拆毁；城中寺院，大小尽皆拆了。我等请老爷赶早进城，到我荒山安下。待明日早朝，孙大圣必有处置。"行者道："汝等说得是。也罢，趁早进城去来。"

那长老却才下马，行到城门之下。此时已太阳西坠。过吊桥，进了三层门里，街上人见智渊寺的和尚牵马挑包，尽皆回避。正行时，却到山门前。但见那门上高悬着一面金字大匾，乃"敕建智渊寺"。众僧推开门，穿过金刚殿，把正殿门开了。唐僧把袈裟披起，拜毕金身方入。众僧叫："看家的！"老和尚走出来，看见行者就拜道："爷爷，你来了？"行者道："你认得我是那个爷爷，就是这等呼拜？"那和尚道："我认得你是齐天大圣孙爷爷，我们夜夜梦中见你。太白金星常常来托梦，说道只等你来，我们才得性命。今日果见尊颜，与梦中无异。爷爷呀，喜得早来！再迟一两日，我等已俱做鬼矣！"行者笑道："请起，请起。明日就有分晓。"众僧安排了斋饭，他师徒们吃了，打扫干净方丈，安寝一宿。

唐僧越等越不见悟空，随后开路了，正看见猴哥和十几个未散的和尚。猴哥领着这帮和尚跟唐僧说了说情况，随后和尚们带着师徒四人来到了此时唯一还没拆的敕建智渊寺落脚。

"因这寺是先王太祖御造的，见有先王太祖神像在内，未曾拆毁"，这句话透露出来两件事：

1. 先王是崇佛的，甚至这寺里面还有太祖神像；

2. 先王是太祖，如今车迟国皇帝的爹打下了这江山。

车迟国和乌鸡国的节奏简直太像了，都是开国太祖崇佛，打下了天下，随后道士通过下雨来改变国家信仰。

从这里也能看出来，人家佛祖不光有传经的方案，还早就在西牛贺洲通过"入股"人间皇帝建国的方式来确定国家信仰了，只不过，人家道家手里这个下雨的"开关”实在是太立竿见影了。

二更时候，孙大圣心中有事，偏睡不着。只听得那里吹打，悄悄的爬起来，穿了衣服，跳在空中观看。原来是正南上，灯烛荧煌。低下云头，仔细再看，却乃是三清观道士禳星哩。但见那：

灵区高殿，福地真堂。灵区高殿，巍巍壮似蓬壶景；福地真堂，隐隐清如化乐宫。两边道士奏笙簧，正面高公擎玉简。宣理《消灾忏》，开讲《道德经》。扬尘几度尽传符，表白一番皆俯伏。咒水发檄，烛焰飘摇冲上界；查罡布斗，香烟馥郁透清霄。案头有供献新鲜，桌上有斋筵丰盛。

殿门前挂一联黄绫织锦的对句，上绣着二十二个大字，云：

雨顺风调，愿祝天尊无量法；

河清海晏，祈求万岁有余年。

行者见三个老道士披了法衣，想是那虎力、鹿力、羊力大仙。下面有七八百个散众，司鼓司钟，侍香表白，尽都侍立两边。行者暗自喜道："我欲下去与他混一混，奈何'单丝不线，孤掌难鸣'，且回去照顾八戒、沙僧，一同来耍耍。"

按落祥云，径至方丈中。原来八戒与沙僧通脚睡着。行者先叫悟净，沙和尚醒来道："哥哥，你还不曾睡哩？"行者道："你且起来，我和你受用些来。"沙僧道："半夜三更，口枯眼涩，有甚受用？"行者道："这城里果有一座三清观。观里道士们修醮，三清殿上有许多供养：馒头足有斗大，烧果有五六十斤一个，衬饭无数，果品新鲜。和你受用去来！"那猪八戒睡梦里听见说吃好东西，就醒了，道："哥哥，就不带挈我些儿？"行者道："兄弟，你要吃东西，不要大呼小叫，惊醒了师父。都跟我来。"

他两个套上衣服，悄悄的走出门前，随行者踏了云头，跳将起去。那呆子看见灯光，就要下手。行者扯住道："且休忙，待他散了，方可下去。"八戒道："他才念到兴头上，却怎么肯散？"行者道："等我弄个法儿，他就散了。"好大圣，捻着诀，念个咒语，往巽地上吸一口气，呼的吹去，便是一阵狂风，径直卷尽那三清殿上，把他些花瓶烛台，四壁上悬挂的功德，一齐刮倒，遂而灯火无光。众道士心惊胆战。虎力大仙道："徒弟们且散。这阵神风所过，吹灭了灯烛香花，各人归寝，明朝早起，多念几卷经文补数。"众道士果各退回。

这行者却引八戒、沙僧，按落云头，闯上三清殿。呆子不论生熟，拿过烧果来，张口就啃。行者掣铁棒，着手便打。八戒缩手躲过，道："还不曾尝着甚么滋味，就打！"行者道："莫要小家子行，且叙礼坐下受用。"八戒道："不羞！偷东西吃，还要叙礼！若是请将来，却要如何！"行者道："这上面坐的是甚么菩萨？"八戒笑道："三清也认不得，却认做甚么菩萨！"行者道："那三清？"八戒道："中间的是元始天尊，左边的是灵宝道君，右边的是太上老君。"行者道："都要变得这般模样，才吃得安稳哩。"

那呆子急了，闻得那香喷喷供养要吃，爬上高台，把老君一嘴拱下去，道："老官儿，你也坐得彀了，让我老猪坐坐。"八戒变做太上老君，行者变做元始天尊，沙僧变作灵宝道君，把原像都推下去。及坐下时，八戒就抢大馒头吃。行者道："莫忙哩！"八戒道："哥哥，变得如此，还不吃等甚？"行者道："兄弟呀，吃东西事小，泄漏天机事大。这圣像都推在地下，倘有起早的道士来撞钟扫地，或绊一个跟头，却不走漏消息？你把他藏过一边来。"八戒道："此处路生，摸门不着，却那里藏他？"行者道："我才进来时，那右手下有一重小门儿，那里面秽气触人，想必是个五谷轮回之所。你把他送在那里去罢。"

这呆子有些夯力量，跳下来，把三个圣像拿在肩膊上，扛将出来。到那厢，用脚登开门看时，原来是个大东厕，笑道："这个弼马温，着然会嘴弄舌，把个毛坑也与他起个道号，叫做甚么'五谷轮回之所'！"那呆子扛在肩上，且不丢了去，口里啯啯哝哝的祷道：

三清，三清，我说你听。远方到此，惯灭妖精。欲享供养，无处安宁。借你坐位，略略少停。你等坐久，也且暂下毛坑。你平日家受用无穷，做个清净道士；今日里不免享些秽物，也做个受臭气的天尊！

祝罢，烹的望里一捽，灒了半衣襟臭水，走上殿来。行者道："可藏得好么？"八戒道："藏便藏得好，只是灒起些水来，污了衣服，有此腌臢臭气，你休恶心。"行者笑道："也罢，你且来受用，但不知可得个干净身子出门哩。"

那呆子还变做老君。三人坐下，尽情受用。先吃了大馒头，后吃簇盘、衬饭、点心、拖炉、饼锭、油炸、蒸酥。那里管甚么冷热，任情吃起。原来孙行者不大吃烟火食，只吃几个果子，陪他两个。那一顿，如流星赶月，风卷残云，吃得罄尽。已此没得吃了，还不走路，且在那里闲讲，消食耍子。

噫，有这般事！原来那东廊下，有一个小道士，才睡下，忽然起来道："我的手铃儿忘记在殿上，若失落了，明日师父见责。"与那同睡者道："你睡着，等我寻去。"急忙中不穿底衣，止扯一领直裰，径到正殿中寻铃。摸来摸去，铃儿摸着了，正欲回头，只听得有呼吸之声。道士害怕，急拽步往外走时，不知怎的，蹰着一个荔枝核子，扑的滑了一跌，当的一声，把个铃儿跌得粉碎。猪八戒忍不住呵呵大笑出来，把个小道士諕走了三魂，惊回了七魄，一步一跌，撞到那方丈外，打着门叫："师公，不好了，祸事了！"

三个老道士还未曾睡，即开门问："有甚祸事？"他战战兢兢道："弟子忘失了手铃儿，因去殿上寻铃，只听得有人呵呵大笑，险些儿諕杀我也！"老道士闻言，即叫："掌灯来，看是甚么邪物？"一声传令，惊动那两廊道士，大大小小都爬起来，点灯着火，往正殿上观看。不知端的何如，且听下回分解。

二更的时候，悟空睡不着，跳在空中，发现正南灯火通明，三清观道士正在禳星。悟空低下云头仔细再看时，发现三个老道士披了法衣带着七八百个散众正在那儿忙活呢，悟空乐了，找碴儿的机会来了。不过猴哥这回学聪明了，吸取了人参果那关时的教训，法不责众，所以要喊着那俩兄弟一块去砸场子！

悟空喊起来八戒、沙僧，一齐到了三清观，八戒看见吃的就打算强上，被悟空拉住。悟空吹了口气，弄了场风把灯火都刮灭了，等虎力大仙散了场后，哥儿仨闯入了三清殿。

八戒进了殿就要吃，又被猴哥打了。猴哥表示要先叙礼然后坐下受用，随后问八戒："这上面坐的是甚么菩萨？"

这段对话相当有意味，八戒笑道："三清也认不得，却认做甚么菩萨！"行者道："那三清？"八戒道："中间的是元始天尊，左边的是灵宝道君，右边的是太上老君。"

猴哥那是不认识三清的人吗？当齐天大圣时就都认识了，尤其他和老君，那更是刻骨铭心的关系。八戒能认识，是因为他是天庭资深干部，知道道观的规矩，但猴哥不认识只能表明一件事：这像塑得根本就不像！

以这仨大仙兴道灭僧还有后面讨要圣水及豁出命去跟猴哥拼的虔诚劲儿，他们绝对不会允许三清的塑像不像的！

所以不像只说明了一件事：这仨大仙没见过三清！

咱们往后接着看。悟空说咱们都得变成这个样子才能吃，随后印证八戒师承的线索也出现了：悟空让八戒扛着仨圣像去了五谷轮回之所，八戒去了以后发现那里是茅房，然后八戒把三清像直接扔茅坑里了。

八戒的师父绝非三清，否则他绝对不敢这样，这也是咱们之前否定八戒师父是太上老君的最关键证据。

哥儿仨开吃，但都吃完后悟空却依旧不走，哥儿仨在殿上就唠上了，“已此没得吃了，还不走路，且在那里闲讲，消食耍子”。把塑像扔茅房了，把人家供品都吃了，还不走，啥目的？

那就是为了找碴儿了。

第四十五回

三清观大圣留名，车迟国猴王显法

却说孙大圣，左手把沙和尚捻一把，右手把猪八戒捻一把，他二人却就省悟，坐在高处，板着脸，不言不语。凭那些道士点灯着火，前后照看，他三个就如泥塑金妆一般模样。虎力大仙道："没有歹人，如何把供献都吃了？"鹿力大仙道："却像人吃的勾当，有皮的都剥了皮，有核的都吐出核，却怎么不见人形？"羊力大仙道："师兄勿疑。想是我们虔心志意，在此昼夜诵经，前后申文，又是朝廷名号，断然惊动天尊。想是三清爷爷圣驾降临，受用了这些供养。趁今仙从未返，鹤驾在斯，我等可拜告天尊，恳求些圣水金丹，进与陛下，却不是长生永寿，见我们的功果也。"虎力大仙道："说的是。"教："徒弟们动乐诵经，一壁厢取法衣来，等我步罡拜祷。"

那些小道士俱遵命，两班儿摆列齐整，当的一声磬响，齐念一卷《黄庭道德真经》。虎力大仙披了法衣，擎着玉简，对面前舞蹈扬尘，拜伏于地，朝上启奏道：

诚惶诚恐，稽首归依。臣等兴教，仰望清虚。灭僧鄙俚，敬道光辉。敕修宝殿，御制庭闱。广陈供养，高挂龙旗。通宵秉烛，镇日香馥。一诚达上，万敬虔归。今蒙降驾，未返仙车。望赐些金丹圣水，进与朝廷，寿比南极。

八戒闻言，心中忐忑，默对行者道："这是我们的不是。吃了东西，且不走路，直等这般祷祝，却怎么答应？"行者又捻一把，忽地开口叫声："晚辈小仙，且休拜祝。我等自蟠桃会上来的，不曾带得金丹圣水，待改日再来垂赐。"那些大小道士听见说出话来，一个个抖衣而战道：“爷爷哑，活天尊临凡，是必莫放，好歹求个长生的法儿！”鹿力大仙上前又拜云：

扬尘顿首，谨辨丹诚。微臣归命，俯仰三清。自来此界，兴道除僧。国王心喜，敬重玄龄。罗天大醮，彻夜看经。幸天尊之不弃，降圣驾而临庭。俯求垂念，仰望恩荣。是必留些圣水，与弟子们延寿长生。

沙僧捻着行者，默默的道：“哥哑，要得紧，又来祷告了。”行者道：“与他些罢。”八戒寂寂道：“那里有得？”行者道：“你只看着我，我有时，你们也都有了。”那道士吹打已毕，行者开言道：“那晚辈小仙，不须伏拜。我欲不留些圣水与你们，恐灭了苗裔；若要与你，又忒容易了。”众道闻言，一齐俯伏叩头道：“万望天尊念弟子恭敬之意，千乞喜赐些须。我弟子广宣道德，奏国王普敬玄门。”行者道：“既如此，取器皿来。”

那道士一齐顿首谢恩。虎力大仙恃强，就抬一口大缸，放在殿上；鹿力大仙端一砂盆，安在供桌之上；羊力大仙把花瓶摘了花，移在中间。行者道：“你们都出殿前，掩上格子，不可泄了天机，好留与你些圣水。”众道一齐跪伏丹墀之下，掩了殿门。

那行者立将起来，掀着虎皮裙，撒了一花瓶臊溺。猪八戒见了，欢喜道：“哥呵，我把你做这年兄弟，只这些儿不曾弄我。我才吃了些东西，道要干这个事儿哩。”那呆子揭衣服，忽喇喇就似吕梁洪倒下坂来，沙沙的溺了一砂盆。沙和尚却也撒了半缸。依旧整衣端坐在上道：“小仙，领圣水。”

那些道士推开格子，磕头礼拜谢恩，抬出缸去，将那瓶盆总归一处，教：“徒弟，取个钟子来尝尝。”小道士即便拿了一个茶钟，递与老道士。道士舀出一钟来，喝下口去，只情抹唇咂嘴。鹿力大仙道：“师兄，好吃么？”老道士努着嘴，道：“不甚好吃，有些酣醉之味。”羊力大仙道：“等我尝尝。”也喝了一口，道：“有些猪溺臊气。”行者坐在上面，听见说出这话儿来，已是识破了，道：“我弄个手段，索性留个名罢。”大叫云：

道号，道号，你好胡思！那个三清，肯降凡基？吾将真姓，说与你知。大唐僧众，奉旨来西。良宵无事，下降宫闱。吃了供养，闲坐嬉嬉。蒙你叩拜，何以答之？那里是甚么圣水，你们吃的都是我一溺之尿！

那道士闻得此言，拦住门，一齐动叉钯扫帚、瓦块石头，没头没脸往里面乱打。好行者！左手挟了沙僧，右手挟了八戒，闯出门，驾着祥光，径转智渊寺方丈。不敢惊动师父，三人又复睡下。

哥儿仨在那儿闲聊，动静大了，仨大仙回来了，看见满屋子的供品都没了，研究后认为是三清来了，仔细看羊力大仙这段话："师兄勿疑。想是我们虔心志意，在此昼夜诵经，前后申文，又是朝廷名号，断然惊动天尊。想是三清爷爷圣驾降临，受用了这些供养。趁今仙从未返，鹤驾在斯，我等可拜告天尊，恳求些圣水金丹，进与陛下，却不是长生永寿，见我们的功果也。"大仙对车迟国王相当看重，陛下长生永寿，能见他们的功果。

再看虎力大仙朝上启奏的内容："诚惶诚恐，稽首归依。臣等兴教，仰望清虚。灭僧鄙俚，敬道光辉。敕修宝殿，御制庭闱。广陈供养，高挂龙旗。通宵秉烛，镇日香馥。一诚达上，万敬虔归。今蒙降驾，未返仙车。望赐些金丹圣水，进与朝廷，寿比南极。"

这段话说了两件事：

1. "臣等兴教，仰望清虚。灭僧鄙俚，敬道光辉。"这是他们跟领导汇报工作的巨大功绩；

2. "望赐些金丹圣水，进与朝廷，寿比南极。"他们是保着这个皇帝的。

八戒听完祈祷后心中忐忑，默对猴哥道，咱吃完不跑路，现在让人堵这儿了，咋办？

随后，猴哥说话了，表示没带着这些，改天再说。

鹿力大仙上前又拜了一段："扬尘顿首，谨辨丹诚。微臣归命，俯仰三清。自来此界，兴道除僧。国王心喜，敬重玄龄。罗天大醮，彻夜看经。幸天尊之不弃，降圣驾而临庭。俯求垂念，仰望恩荣。是必留些圣水，与弟子们延寿长生。"

这段话也是说了两件事：

1. "微臣归命，俯仰三清。自来此界，兴道除僧。"还是兴道除僧的事。

2. 您看在我们这么努力的分儿上，留些圣水给弟子们延寿长生吧！

仨大仙上面这三段话，基本可以总结为两点：

1. 他们来车迟国的任务，就是兴道灭僧；

2. 这仨大仙就是小人物，他们最开始打着给朝廷要圣水的旗号，都不敢提自己，为啥？他们要让这皇帝长生，保证车迟国的道教信仰一直兴旺。

眼瞅他们又拜了，悟空给这帮大仙支了出去，他要撒尿了。

等他们喝了尿后，悟空开始留姓名，说我们是大唐僧众，奉旨来西。良宵无事，吃你们供养，你们还非得拜我们，只能给你们点尿报答了。注意猴哥的这句话："道号，道号，你好胡思！那个三清，肯降凡基？"

一方面，这是作者本人的宗教价值观体现，他已经多次表示磕头也是白磕，佛菩萨们看不见（西游宇宙中的作者价值观，佛弟子们别当真，小说而已）；另一方面，他是在说这仨大仙是小角色，没有见识：三清那么大的神仙怎么可能专门下凡到你的道观里？！

道士们闻言后很愤怒，报复方式是"拦住门，一齐动叉钯扫帚、瓦块石头，没头没脸往里面乱打"，猴哥拎着俩兄弟轻松撤退了。

通过这次夜闯三清观，作者完成了两项写作任务：

1. 猴哥找碴儿成功，为后面赌命剧情铺垫合理性；

2. 写明了仨大仙来车迟国的重要任务是兴道灭僧，但他们仅仅是小角色，这虎、鹿、羊并不是领导的"孽畜"，而是隔了好几层关系的弃子。

早是五鼓三点。那国王设朝，聚集两班文武，四百朝官，但见绛纱灯火光明，宝鼎香云叆叇。此时唐三藏醒来，叫："徒弟，徒弟，伏侍我倒换关文去来。"行者与沙僧、八戒急起身，穿了衣服，侍立左右，道："上告师父，这昏君信着那些道士，兴道灭僧，恐言语差错，不肯倒换关文。我等护持师父，都进朝去也。"

唐僧大喜，披了锦襕袈裟。行者带了通关文牒，教悟净捧着钵盂，悟能拿了锡杖，将行囊、马匹交与智渊寺僧看守。径到五凤楼前，对黄门官作礼，报了姓名，言是东土大唐取经的和尚来此倒换关文，烦为转奏。那阁门大使进朝，俯伏金阶，奏曰："外面有四个和尚，说是东土大唐取经的，欲将倒换关文，现在五凤楼前候旨。"国王闻奏，道："这和尚，没处寻死，却来这里寻死！那巡捕官员，怎么不拿他解来？"旁边闪过当驾的太师启奏道："东土大唐，乃南赡部洲，号曰中华大国，到此有万里之遥，路多妖怪。这和尚一定有些法力，方敢西来。望陛下看中华之远僧，且召

来验牒放行，庶不失善缘之意。”国王准奏，把唐僧等宣至金銮殿下。师徒们排列阶前，捧关文递与国王。

国王展开方看，又见黄门官来奏：“三位国师来也。”慌得国王收了关文，急下龙座，着近侍的设了绣墩，躬身迎接。三藏等回头观看，见那大仙摇摇摆摆，后带着一双丫髻蓬头的小童儿，往里直进。两班官控背躬身，不敢仰视。他上了金銮殿，对国王径不行礼。那国王道：“国师，朕未曾奉请，今日如何肯降？”老道士云：“有一事奉告，故来也。那四个和尚是那国来的？”国王道：“是东土大唐差去西天取经的，来此倒换关文。”那三道士鼓掌大笑道：“我说他走了，原来还在这里！”国王惊道：“国师有何话说？他才来报了姓名，正欲拿送国师使用，怎奈当驾太师所奏有理，朕因看远来之意，不灭中华善缘，方才召入验牒；不期国师有此问。想是他冒犯尊颜，有得罪处也？”道士笑云：“陛下不知。他昨日来的，在东门外打杀了我两个徒弟，放了五百个囚僧，捽碎车辆；夜间闯进观来，把三清圣像毁坏，偷吃了御赐供养。我等被他蒙蔽了，只道是天尊下降，求些圣水金丹，进与陛下，指望延寿长生；不期他遗些小便，哄瞒我等。我等各喝了一口，尝出滋味，正欲下手擒拿，他却走了。今日还在此间，正所谓‘冤家路儿窄’也！”那国王闻言发怒，欲诛四众。

到了转天早晨，唐僧起来要去倒换关文了，此时唐师父已经越来越有爷的范儿了，也别怪人家八戒总说自己是长工——唐师父可是醒来就叫：“徒弟，徒弟，伏侍我倒换关文去来。”

这回是哥儿仨起身，汇报给唐僧说这皇帝兴道灭僧，我们跟你一块去吧。

国王听说东土取经和尚来换关文的第一反应是，他们寻死来了是吧？！巡捕官员怎么没把这帮和尚抓来！这时候，太师站出来表示东土大唐跟我们不在一个大洲，号曰中华大国，相隔好几万里，但这一路有那么多妖怪，他们都平安无事，估计这和尚有法力，咱还是能抬抬手就抬抬手吧。

国王一琢磨也对，打算倒换关文，正要看呢，黄门官来奏说仨国师来了。看这国王的反应：“慌得国王收了关文，急下龙座，着近侍的设了绣墩，躬身迎接。”而且仨国师是摇摇摆摆往里直进，两班官员是“控背躬身，不敢仰视”，国师对国王是“上了金銮殿，对国王径不行礼”。

这仨国师已经成车迟国“教皇”了。

再看国王与大仙的对话。“那国王道：‘国师，朕未曾奉请，今日如何肯降？’老道士云：‘有一事奉告，故来也。’”也就是说，只要人家认为合适，人家可以随便来金銮殿给皇帝下批示。

如果唐僧他们没有来这儿一趟，再过些年，可能这车迟国王位的交接废立就要看这道教国师的了，新国王登基要干的第一件事就该是对三清宣誓效忠了。

看到仨国师要找东土和尚，国王都惊讶了，赶紧问他哪儿得罪咱们了。大仙笑道：他们打杀了我的两个徒弟；放了五百个囚僧；毁坏了三清圣像；偷吃了御赐供养；我们被蒙蔽，喝了人家的尿。

还是那句话，这仨国师不是什么厉害角色，像“我等被他蒙蔽了，只道是天尊下降，求些圣水金丹，进与陛下，指望延寿长生；不期他遗些小便，哄瞒我等。我等各喝了一口，尝出滋味，正欲下手擒拿，他却走了”这种话怎么能说呢！武大郎放风筝——出手就不高。

孙大圣合掌开言，厉声高叫道：“陛下暂息雷霆之怒，容僧等启奏。”国王道：“你冲撞了国师，国师之言，岂有差谬！”行者道：“他说我昨日到城外打杀他两个徒弟，是谁知证？我等且曲认了，着两个和尚偿命，还放两个去取经。他又说我捽碎车辆，放了囚僧，此事亦无见证，料不该死，再着一个和尚领罪罢了。他说我毁了三清，闹了观宇，这又是栽害我也。”国王道：“怎见栽害？”行者道：“我僧乃东土之人，乍来此处，街道尚且不通，如何夜里就知他观中之事？既遗下小便，就该当时捉住，却这早晚坐名害人。天下假名托姓的无限，怎么就说是我？望陛下回嗔详察。”那国王本来昏乱，被行者说了一遍，他就决断不定。

正疑惑之间，又见黄门官来奏：“陛下，门外有许多乡老听宣。”国王道：“有何事干？”即命宣来。宣至殿前，有三四十名乡老朝上叩头道：“万岁，今年一春无雨，但恐夏月干荒，特来启奏，请那位国师爷爷祈一场甘雨，普济黎民。”国王道：“乡老且退，就有雨来也。”乡老谢恩而出。

国王道：“唐朝僧众，朕敬道灭僧为何？只为当年求雨，我朝僧人更未尝求得一点，幸天降国师，拯援涂炭。你今远来，冒犯国师，本当即时问罪；姑且恕你，

敢与我国师赌胜求雨么？若祈得一场甘雨，济度万民，朕即饶你罪名，倒换关文，放你西去；若赌不过，无雨，就将汝等推赴杀场，典刑示众。”行者笑道：“小和尚也晓得些儿求祷。”

猴哥随后合掌，厉声高叫：陛下别急！听我说！他说我打死他的俩徒弟，证据呢？就算这事我等屈从招认了，不过两命赔两命，剩下俩接着取经。他说我打碎车辆，放了囚僧，证据呢？他说我毁了三清，闹了观宇，这就纯属栽赃了，我们是外地人，怎么知道你们道观在哪儿！再者说捉贼见赃，当时就该捉住贼赃，眼下这不扯淡嘛！

猴哥说这一堆，落脚点就在一件事上：你们这仨孬货根本捉不到爷的赃！

国王被猴哥说得正蒙呢，外面来了一群乡老来求雨，国王做主表示你们走吧，雨这就来。随后国王有了办法，说道：我当年敬道灭僧是有原因的！当年你们和尚尸位素餐，幸亏天降国师，拯援涂炭。你们之前的矛盾咱先放一边，敢赌胜求雨么？如果能祈得甘雨，济度万民，一切都好说，求不到就干掉你们！

国王最终将这场僧道间的矛盾再次聚焦到了求雨上。

无论是西牛贺洲，还是南赡部洲，说的其实还是华夏的那点事。自古这片土地的芸芸众生就是以灵者为先的，谁灵谁的香火就旺，无论是西游宇宙的佛道求雨之战，还是西游宇宙的龙王角色，都是这意思，只有风调雨顺才能让政权与社会运转起来。不下雨，老百姓就很难活下去，老百姓活不下去就会出现动荡，官府不仅收不上税，还得花大钱去解决问题，政权就完了。自古以来，一个地方要是干旱时间太长，当地官员会在老百姓的簇拥下把龙王像拖出来暴晒七日，要是七天内下雨了，那就给龙王爷磕头赔罪上大供；如果还是不下雨，还得给龙王上鞭刑。

一个下雨的事，就能让这个地区统治者决定翻不翻脸，说破大天不下雨，那你就别怪我不客气！只要能把雨下下来，那前面就都是误会，您老人家还是我们可爱的龙王爷！

老百姓倒并非对和尚、道士有这种期待，因为知道和尚、道士没那个本事。人王大于法王，如果法王真有办法下雨，那肯定是法王最牛！

西游宇宙里将佛道之争的人间战场安排到了降雨环节，是因为在西游宇宙中，佛道并非指真实的佛道两派，而更像是权力结构最上层的两派势力。他们对上追逐时间（把控权力位置），对下争夺香火（地方的税收分成）。

国王见说，即命打扫坛场，一壁厢教：“摆驾，寡人亲上五凤楼观看。”当时多官摆驾，须臾上楼坐了。唐三藏随着行者、沙僧、八戒，侍立楼下。那三道士陪国王坐在楼上。少时间，一员官飞马来报：“坛场诸色皆备，请国师爷爷登坛。”

那虎力大仙欠身拱手，辞了国王，径下楼来。行者向前拦住道：“先生那里去？”大仙道：“登坛祈雨。”行者道：“你也忒自重了，更不让我远乡之僧。也罢，这正是‘强龙不压地头蛇’。先生先去，必须对君前讲开。”大仙道：“讲甚么？”行者道：“我与你都上坛祈雨，知雨是你的，是我的？不见是谁的功绩了。”国王在上听见，心中暗喜，道：“那小和尚说话，倒有些筋节。”沙僧听见，暗笑道：“不知他一肚子筋节，还不曾拿出来哩！”大仙道：“不消讲，陛下自然知之。”行者道：“虽然知之，奈我远来之僧，未曾与你相会。那时彼此混赖，不成勾当。须讲开，方好行事。”大仙道：“这一上坛，只看我的令牌为号：一声令牌响，风来；二声响，云起；三声响，雷闪齐鸣；四声响，雨至；五声响，云散雨收。”行者笑道：“妙呵，我僧是不曾见！请了，请了！”

大仙拽开步进前，三藏等随后，径到了坛门外。抬头观看，那里有一座高台，约有三丈多高。台左右插着二十八宿旗号，顶上放一张桌子，桌上有一个香炉，炉中香烟霭霭。两边有两只烛台，台上风烛煌煌。炉边靠着一个金牌，牌上镌的是雷神名号。底下有五个大缸，都注着满缸清水，水上浮出杨柳枝。杨柳枝上，托着一面铁牌，牌上书的是雷霆都司的符字。左右有五个大桩，桩上写着五方蛮雷使者的名录。每一桩边，立两个道士，各执铁锤伺候着打桩。台后面有许多道士，在那里写作文书。正中间设一架纸炉，又有几个像生的人物，都是那执符使者、土地赞教之神。

那大仙走进去，更不谦逊，直上高台立定。旁边有个小道士，捧了几张黄纸书就的符字，一口宝剑，递与大仙。大仙执着宝剑，念动咒语，将一道符在烛上烧了。那底下两三个道士，拿过一个执符的像生，一道文书，亦点火焚之。那上面乒的一声令牌响，只见那半空里，悠悠的风色飘来。猪八戒口里作念道：“不好了，不好了！这道士果然有本事！令牌响了一下，果然就刮风！”行者道：“兄弟悄悄的，你们再莫与我说话，只管护持师父，等我干事去来。”

好大圣，拔下一根毫毛，吹口仙气，叫“变！”就变作一个假行者，立在唐僧手下。他的真身，出了元神，赶到半空中，高叫："那司风的是那个？"慌得那风婆婆捻住布袋，巽二郎扎住口绳，上前施礼。行者道："我保护唐朝圣僧西天取经，路过车迟国，与那妖道赌胜祈雨，你怎么不助老孙，返助那道士？我且饶你，把风收了。若有一些风儿，把那道士的胡子吹得动动，各打二十铁棒！"风婆婆道："不敢，不敢。"遂而没些风气。八戒忍不住乱嚷道："那先生请退！令牌已响，怎么不见一些风儿？你下来，让我们上去！"

那道士又执令牌，烧了符檄，扑的又打了一下，只见那空中云雾遮满。孙大圣又当头叫道："布云的是那个？"慌得那推云童子、布雾郎君当面施礼。行者又将前事说了一遍。那云童、雾子也收了云雾，放出太阳星耀耀，一天万里更无云。八戒笑道："这先儿只好哄这皇帝，搪塞黎民，全没些真实本事！令牌响了两下，如何又不见云生？"

那道士心中焦燥，仗宝剑，解散了头发，念着咒，烧了符，再一令牌打将下去。只见那南天门里，邓天君领着雷公、电母到当空，迎着行者施礼。行者又将前项事说了一遍，道："你们怎么来的志诚，是何法旨？"天君道："那道士五雷法是个真的。他发了文书，烧了文檄，惊动玉帝，玉帝掷下旨意，径至九天应元雷声普化天尊府下。我等奉旨前来，助雷电下雨。"行者道："既如此，且都住了，伺候老孙行事。"果然雷也不鸣，电也不灼。

那道士愈加着忙，又添香烧符念咒，打下令牌。半空中，又有四海龙王一齐拥至。行者当头喝道："敖广，那里去？"那敖广、敖顺、敖钦、敖闰上前施礼。行者又将前项事说了一遍，道："向日有劳，未曾成功；今日之事，望为助力。"龙王道："遵命，遵命！"行者又谢了敖闰道："前日亏令郎缚怪，搭救师父。"龙王道："那厮还锁在海中，未敢擅便，正欲请大圣发落。"行者道："凭你怎么处治了罢。如今且助我一功。那道士四声令牌已毕，却轮到老孙上去干事了。但我不会发符烧檄，打甚令牌，你列位却要助我行行。"

国王命令打扫坛场，很快就布置完了。

虎力大仙欠身拱手就准备上去，却被悟空拦住问规则，国王在上听见后是心中暗喜，道："那小和尚说话，倒有些筋节。"

能看出来，其实国王对仨大仙并非那么"一往情深"，他内心深处希望悟空这帮人是有水平的，他能从中制衡这三个越来越嚣张的大仙。

虎力大仙随后介绍了自己的求雨流程。“这一上坛，只看我的令牌为号：一声令牌响，风来；二声响，云起；三声响，雷闪齐鸣；四声响，雨至；五声响，云散雨收。”

前面乌鸡国那关粗略写的令牌降雨法被详细介绍，整个西游宇宙最牛的降雨级别出现了！没有时辰，没有点数，什么时候、什么雨量全听他令牌招呼，想下多久下多久！

看这个高台的布置，也是极尽讲究，涉及有二十八宿的旗号、有雷神名号的金牌、有书雷霆都司的铁牌、有五方蛮雷使者名录的五个大桩。等虎力大仙上去念了咒语，将一道符在烛上烧了，底下道士拿一道文书烧了，只听乒的一声令牌响，风就来了！

这虎力大仙拿出了自己这个级别根本不可能实现的法术！

悟空一看情形不对，赶紧出了元神，把风婆婆和巽二郎叫停了。虎力大仙又打了第二道令牌，空中又被云雾遮满了，悟空又把推云童子和布雾郎君叫停了。虎力大仙又打了第三道令牌，这次来高级人物了，南天门里，邓天君领着雷公、电母来了。雷部领导出现，这可不得了了。

悟空此时已经很纳闷了，问道：“你们怎么来的志诚？是何法旨？”

邓天君回了一段话：“那道士五雷法是个真的。他发了文书，烧了文檄，惊动玉帝，玉帝掷下旨意，径至九天应元雷声普化天尊府下。我等奉旨前来，助雷电下雨。”

至此，我们知道了五雷法是什么级别，也知道了玉帝当初为什么要搞蟠桃消失计划。

五雷法的流程和咒语一出现，玉帝是必须批的！而且是他不能过问时间、地点、雨量的那种，既“烧了文檄，惊动玉帝”，九天应元雷声普化天尊就得派雷将来配合。

所谓“九天应元雷声普化天尊”是雷部的最高天神，居于神霄玉清府，下设三省九司、三十六内院中司、东西华台、玄馆妙阁、四府六院及诸各司，各分曹局，掌管九天雷公将军、八方云雷将军、五方蛮雷使者、雷部总兵使者，诸司有三十六名雷公，代天打雷。

仨大仙供的是三清，他们背后肯定也是三清，也就是说，五雷法是三清对人间降雨的一个通行证，玉帝见到必须批准放行。

猴哥把雷部几人给拦住了。等第四道令牌打下，西游宇宙降雨最高排面出现——“四海龙王一齐拥至”。

至此，我们知道了五雷法背后的三清在整个天庭有着多么大的影响力，人家可以左右人间的政权兴旺，在玉帝对人间最关键的掌控权力上“开口子”。也就是说，虽然玉帝是三界共主，但是论天庭第一等的影响力，最牛的有四个，大罗天上那三个跟玉帝是共享降雨权的。

此外我们还知道了一件事，哪怕前面的风、云、雷都没有，四海龙王来了也是能降雨的。这也就意味着，实际上那仨是摆设，是冗员，比如“风婆婆捻住布袋，巽二郎扎住口绳”，这点儿活就能安排俩人。不过，哪怕掌管着雨的是龙王，但跟雷部一比，他们完全低到尘埃里。雷部是受玉帝直接管辖的，从后面青牛精那关时我们能看到，那些龙王是受水德星君的领导。

执行规则的人永远绕不过制定规则的人。

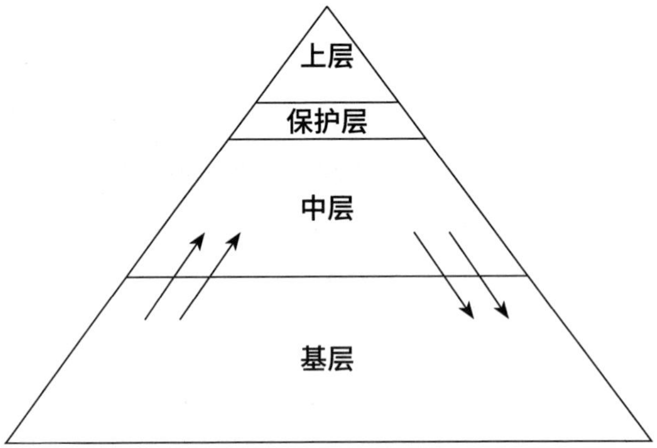

来看这张图。

既得利益者是希望自己永不堕落的，但在西游宇宙的三界中，上层建筑的份额比较有限，所以上层会设置一个针对中层的保护层。

上层通常对基层是比较友好的，因为两者中间隔着一层，基层不会明显威胁到自己。而且，上层掌握着生产资料和大数据，知道基层的实际能量有多大，所以上层最优的博弈策略，就是让基层能够时时刻刻看到上升为中层的希望，并且让一定比例的基层跨入中层行列。

上层对于中层的态度呢？同样也是要让他们看到希望，中层是三界上下沟通的桥梁，还是三界的重要建设者；但又不能让他们大规模地跃升，否则会对本层产生冲击，搞不好便给自己顶下去了。所以，上层不能不给机会，而是要把机会设计成本阶层能掌控的赛道，比如特殊资源的审批、考核指标的设定，要利用深深的“护城河”让这些打算往上冲的中层出于种种原因最终难以成功，还贡献了自己所有的资源。

顶尖的中层因为自带晋升上层的禀赋，是可以纳入上层自己的团队里来的：这种人通常要么一不留神就成参天大树了，要么闹翻的成本太高，还是收编的成本最低。纳入的方式一般有两种：要么通过联姻方式拉拢，要么通过入股方式合作随后控制。

上层对基层，最在乎的是稳定，是局面，是给予希望；上层对中层，最在乎的是安全距离。护城河与保护层的设立本质靠的是“生产资料”，方法是“制定规则”。你要按照规则去玩我设定好的游戏，这是上层最优的算法。

雷部比龙族高档，其实就是这个意思。

邓天君道：“大圣分付，谁敢不从！但只是得一个号令，方敢依令而行；不然，雷雨乱了，显得大圣无款也。”行者道：“我将棍子为号罢。”那雷公大惊道：“爷爷呀，我们怎吃得这棍子！”行者道：“不是打你们，但看我这棍子，往上一指，就要刮风。”那风婆婆、巽二郎没口的答应道：“就放风！”“棍子第二指，就要布云。”那推云童子、布雾郎君道：“就布云，就布云！”“棍子第三指，就要雷电皆鸣。”那雷公、电母道：“奉承，奉承！”“棍子第四指，就要下雨。”那龙王道：“遵命，遵命！”“棍子第五指，就要大日天晴，却莫违误。”

分付已毕，遂按下云头，把毫毛一抖，收上身来。那些人肉眼凡胎，那里晓得？行者遂在旁边高叫道：“先生请了，四声令牌俱已响毕，更没有风云雷雨，该让我了。”那道士无奈，不敢久占，只得下了台让他；努着嘴，径往楼上见驾。行者道：“等我跟他去，看他说些甚的。”只听得那国王问道：“寡人这里洗耳诚听，你那里

四声令响，不见风雨，何也？”道士云：“今日龙神都不在家。”行者厉声道：“陛下，龙神俱在家，只是这国师法不灵，请他不来。等和尚请来你看。”国王道：“即去登坛，寡人还在此候雨。”

行者得旨，急抽身到坛所，扯着唐僧道：“师父请上台。”唐僧道：“徒弟，我却不会祈雨。”八戒笑道：“他害你了。若还没雨，拿上柴蓬，一把火了帐！”行者道：“你不会求雨，好的会念经，等我助你。”那长老才举步登坛，到上面端然坐下，定性归神，默念那《密多心经》。正坐处，忽见一员官飞马来问：“那和尚，怎么不打令牌，不烧符檄？”行者高声答道：“不用！不用！我们是静功祈祷。”那官去回奏不题。

行者听得老师父经文念尽，却去耳朵内取出铁棒，迎风幌了一幌，就有丈二长短，碗来粗细。将棍望空一指，那风婆婆见了心忙，扯开皮袋，巽二郎解放口绳。只听得呼呼风响，满城中揭瓦翻砖，扬沙走石。看起来真个好风，却比寻常之风不同也。但见：

折柳伤花，摧林倒树。九重殿损壁崩墙，五凤楼摇梁撼柱。天边红日无光，地下黄砂有翅。演武厅前武将惊，会文阁内文官惧。三宫粉黛乱青丝，六院嫔妃蓬宝髻。侯伯金冠落绣缨，宰相乌纱去展翅。当驾有言不敢谈，黄门执本无由递。金鱼玉带不依班，象简罗衫无品叙。彩阁翠屏尽损伤，绿窗朱户皆狼狈。金銮殿瓦走砖飞，锦云堂门歪槅碎。这阵狂风果是凶，刮得那君王父子难相会。六街三市没人踪，万户千门皆紧闭！

正是那狂风大作。孙行者又显神通，把金箍棒钻一钻，望空又一指。只见那：

推云童子，布雾郎君。推云童子显神威，骨都都触石垂天；布雾郎君施法力，浓漠漠飞烟盖地。茫茫三市暗，冉冉六街昏。因风离海上，随雨出昆仑。顷刻漫天地，须臾蔽世尘。宛然如混沌，不见凤楼门。

此时昏雾朦胧，浓云叆叇。孙行者又把金箍棒钻一钻，望空又一指。慌得那：

雷公奋怒，电母生嗔。雷公奋怒，倒骑火兽下天关；电母生嗔，乱掣金蛇离斗府。唿喇喇施霹雳，震碎了铁叉山；淅沥沥闪红绡，飞出了东洋海。呼呼隐隐滚车声，烨烨煌煌飘稻米。万萌万物精神改，多少昆虫蛰已开。君臣楼上心惊骇，商贾闻声胆怯忙。

那沉雷护闪，乒乒乓乓，一似那地裂山崩之势，唬得那满城人，户户焚香，家家化纸。孙行者高呼："老邓，仔细替我看那贪赃坏法之官，忤逆不孝之子，多打死几个示众！"那雷越发振响起来。行者却又把铁棒望上一指。只见那：

龙施号令，雨漫乾坤。势如银汉倾天堑，疾似云流过海门。楼头声滴滴，窗外响潇潇。天上银河泻，街前白浪滔。淙淙如瓮检，滚滚似盆浇。孤庄将漫屋，野岸欲平桥。真个桑田变沧海，霎时陆岸滚波涛。神龙籍此来相助，抬起长江望下浇。

这场雨自辰时下起，只下到午时前后。下得那车迟城里里外外，水漫了街衢。那国王传旨道："雨彀了，雨彀了！十分再多，又渰坏了禾苗，返为不美。"五凤楼下听事官，策马冒雨来报："圣僧，雨彀了。"行者闻言，将金箍棒往上又一指。只见霎时间，雷收风息，雨散云收。国王满心欢喜，文武尽皆称赞，道："好和尚，这正是'强中更有强中手'！就是我国师求雨虽灵，若要晴，细雨儿还下半日，便不清爽；怎么这和尚要晴就晴，顷刻间杲杲日出，万里就无云也？"

国王教回銮，倒换关文，打发唐僧过去。正用御宝时，又被那三个道士上前阻住道："陛下，这场雨全非和尚之功，还是我道门之力。"国王道："你才说龙王不在家，不曾有雨；他走上去，以静功祈祷，就雨下来，怎么又与他争功，何也？"虎力大仙道："我上坛，发了文书，烧了符檄，击了令牌，那龙王谁敢不来？想是那方召请，风云雷雨五司俱不在，一闻我令，随赶而来；适遇着我下他上，一时撞着这个机会，所以就雨。从根算来，还是我请的龙下的雨，怎么算作他的功果？"那国王昏乱，听此言，却又疑惑未定。

行者近前一步，合掌奏道："陛下，这些旁门法术，也不成个功果，算不得我的他的。如今有四海龙王，见在空中，我僧未曾发放，他还不敢遽退。那国师若能叫得龙王现身，就算他的功劳。"国王大喜道："寡人做了二十三年皇帝，更不曾看见活龙是怎么模样。你两家各显法力，不论僧道，但叫得来的，就是有功，叫不出的有罪。"那道士怎么有那样本事？就叫，那龙王见大圣在此，也不敢出头。道士云："我辈不能，你是叫来。"

那大圣仰面朝空，厉声高叫："敖广何在？兄弟们都现原身来看！"那龙王听唤，即忙现了本身。四条龙在半空中度雾穿云，飞舞向金銮殿上。但见：

飞腾变化，绕雾盘云。玉爪垂钩白，银鳞舞镜明。髯飘素练根根爽，角耸轩昂挺挺清。磕额崔巍，圆睛幌亮。隐显莫能测，飞扬不可评。祷雨随时布雨，求晴即便天晴。这才是有灵有圣真龙像，祥瑞缤纷绕殿庭。

那国王在殿上焚香，众公卿在阶前礼拜。国王道："有劳贵体降临，请回，寡人改日醮谢。"行者道："列位众神，各自归去，这国王改日醮谢。"那龙王径自归海，众臣各各回天。这正是：

广大无边真妙法，至真了性劈旁门。

毕竟不知怎么除邪，且听下回分解。

这五雷法虽然很牛，但是有一个程序上的漏洞：没有正式公文，没有正式写明何时、何地、下多少雨水的公文。所以风雨雷电诸位到场后看到了级别更高的悟空，就听着悟空号令来下雨了，背后人物要找碴儿也只能找悟空，官方正式流程是追不了诸神责任的。

虎力大仙下台了，对国王说的借口是龙神不在家。猴哥说都在家，扯着唐僧上台求雨，对他师父说念经就成，随后悟空拿着棍子指天开始求雨，风、云、雷、雨四个环节都最大功率地开始表现，作者还借猴哥之口说出了自己的心愿："老邓，仔细替我看那贪赃坏法之官，忤逆不孝之子，多打死几个示众！"

这场雨自辰时下起，只下到午时前后，国王说够了，此时唐僧这帮人在官员口中已变成了"圣僧"。悟空随后将金箍棒往上又一指，霎时间，雷收风息，雨散云收。

国王乐了，亲自认可了"强中更有强中手"，最直观的体现就是本国国师如果想要天晴，"细雨儿还下半日"，没有和尚这瞬间就打住的本事。

这里也能看出来，哪怕这大仙会的是真的五雷法，龙王也是看人下菜碟的：反正雨下了，你又没有文书，只是个小把戏，那就给你改改点数！临走吐口唾沫骂骂闲街，狗仗人势的，把我们都调动了！回看五雷法供养香火的对象，我们会发现那些神仙都是雷部的，龙王什么供养都不会收到。

国王此时已经服了，要倒换关文打发唐僧，但仨道士不干，表示这雨能下还是靠的道门之力，之前神仙们不在家，回家后听见招呼就赶紧来了，让这帮和尚给撞上了。

悟空表示别扯那个，现在四海龙王都在空中，我没让他们走，他们就不敢走，那国师若能叫得龙王现身，就算他的功劳。

国王这时候说了这么一句话："寡人做了二十三年皇帝，更不曾看见活龙是怎么模样。你两家各显法力，不论僧道，但叫得来的，就是有功，叫不出的有罪。"

这里能再次看出来，国王想制衡一下三个大仙了：叫不出来的有罪。

与此同时，我们也知道了，国王在位二十三年，国师是二十年前来的，也就是说他们在这国王登基没多久的时候就来了。由此，我们也还原了车迟国的国教是怎样变更的。

车迟国太祖打下了天下，对佛教应该是极其虔诚的，证据就是"因这寺是先王太祖御造的，见有先王太祖神像在内，未曾拆毁"，先王是太祖，寺是御造，里面还有太祖神像。佛家或许帮着车迟国打下江山，夯实了国教，但等车迟国太祖死后，三清之一开始捣乱，先是让此地不下雨，随后派了"代言人"给了五雷法，授权大仙来车迟国砸佛教的场子。

道士叫不出来龙王，悟空不仅叫出来了，还赠送了额外惊喜，让龙王们现原身当"模特"。至此，仁大仙按理讲应该已经知道自己遇到的是什么级别的对手了，人家的人情和手腕不是他们这个级别所能想象的！

这个时候，该认㞞了。

但是，仁大仙并没有，人家有人家的算计！

第四十六回

外道弄强欺正法，心猿显圣灭诸邪

话说那国王见孙行者有呼龙使圣之法，即将关文用了宝印，便要递与唐僧，放行西路。那三个道士，慌得拜倒在金銮殿上启奏。那皇帝即下龙位，御手忙搀道："国师今日行此大礼，何也？"道士说："陛下，我等至此，匡扶社稷，保国安民，苦历二十年来；今日这和尚弄法力，抓了丢去，败了我们声名。陛下以一场之雨，就恕杀人之罪，可不轻了我等也？望陛下且留住他的关文，让我兄弟与他再赌一赌，看是何如。"

那国王着实昏乱，东说向东，西说向西，真个收了关文，道："国师，你怎么与他赌？"虎力大仙道："我与他赌坐禅。"国王道："国师差矣。那和尚乃禅教出身，必然先会禅机，才敢奉旨求经。你怎与他赌此？"大仙道："我这坐禅，比常不同，有一异名，教做'云梯显圣'。"国王道："何为'云梯显圣'？"大仙云："要一百张桌子，五十张作一禅台，一张一张叠将起去，不许手攀而上，亦不用梯凳而登，各驾一朵云头，上台坐下，约定几个时辰不动。"

国王见此有些难处，就便传旨问道："那和尚，我国师要与你赌'云梯显圣'坐禅，那个会么？"行者闻言，沉吟不答。八戒道："哥哥，怎么不言语？"行者道："兄弟，实不瞒你说，若是踢天弄井，搅海翻江，担山赶月，换斗移星，诸般巧事，我都干得；就是砍头剁脑，剖腹剜心，异样腾那，却也不怕；但说坐禅，我就输了。我那里有这坐性？你就把我锁在铁柱上，我也要上下爬踏，莫想坐得住。”三藏忽的开言道：“我会坐禅。”行者欢喜道：“却好！却好！可坐得多少时？”三藏道：“我幼年遇方上禅僧讲道，那性命根本上，定性存神，在死生关里，也坐二三个年头。”行者道：“师父若坐二三年，我们就不取经罢；多也不上二三个时辰，就下来了。”三藏道：“徒弟呀，却是不能上去。”行者道：“你上前答应，我送你上去。”那长老果然合掌当胸道：“贫僧会坐禅。”国王教传旨立禅台。国家有倒山之力，不消半个时辰，就设起两座台，在金銮殿左右。

那虎力大仙下殿，立于阶心，将身一纵，踏一朵席云，径上西边台上坐下。行者拔一根毫毛，变做假像，陪着八戒、沙僧，立于下面，他却作五色祥云，把唐僧撮起空中，径至东边台上坐下。他又敛祥光，变作一个蟭蟟虫，飞在八戒耳朵边道：“兄弟，仔细看着师父，再莫与老孙替身说话。”那呆子笑道：“理会得，理会得。”

却说那鹿力大仙，在绣墩上坐有多时，他两个在高台上不分胜负，这道士就助他师兄一功：将脑后短发拔了一根，捻着一团，弹将上去，径至唐僧头上，变作一个大臭虫，咬住长老。那长老先前觉痒，然后觉疼。原来坐禅的不许动手，动手算输。一时间疼痛难禁，他缩着头，就着衣襟擦痒。八戒道：“不好了，师父羊儿风发了！”沙僧道：“不是，是头风发了。”行者听见道：“我师父乃志诚君子，他说会坐禅，断然会坐；说不会，只是不会。君子家岂有谬乎？你两个休言，等我上去看看。”

好行者，嘤的一声，飞在唐僧头上，只见有豆粒大小一个臭虫，叮他师父，慌忙用手捻下，替师父挠挠接接。那长老不疼不痒，端坐上面。行者暗想道：“和尚头光，虱子也安不得一个，如何有此臭虫？想是那道士弄的玄虚，害我师父。哈哈，枉自也不见输赢，等老孙去弄他一弄！”

这行者飞将上去，在兽头上落下，摇身一变，变作一条七寸长蜈蚣，径来道士鼻凹里叮了一下。那道士坐不稳，一个筋斗翻将下去，几乎丧了性命，幸亏大小官员人多救起。国王大惊，即着当驾太师领他往文华殿里梳洗去了。行者仍驾祥云，将师父驮下阶前，已是长老得胜。

国王此时已经服了，准备倒换关文给唐僧，结果仨大仙“慌得拜倒在金銮殿上启奏”。已经好多年不拜倒的国师又拜了，果然就是需要有竞争啊！国王下龙位给大仙搀了起来，大仙说了自己的诉求：他们这二十年来匡扶社稷，保国安民，现在名声丢了，他们要再赌。“那国王着实昏乱，东说向东，西说向西，真个收了关文，道：‘国师，你怎么与他赌？’”

其实哪里是国王昏乱，你愿意赌那是好事啊！明眼人已经都看出来了，这伙和尚比你们强太多了，你们输得越多，吐出来的权力和威望越多。

虎力大仙表示要斗坐禅，这算是触碰悟空盲区了。猴哥正为难时，终于师父能有点用了，“三藏忽的开言道：‘我会坐禅。’”而且唐师父是“在死生关里，也坐二三个年头”的级别。这也意味着唐师父开始正视矛盾了，他开始担责了，取经团队在经过一关关的磨合后，都进步了。

随后比赛开始，鹿力大仙作弊变虫子咬唐僧，悟空发现后变作一条七寸长的蜈蚣，往虎力大仙鼻凹里叮了一下，显示这个虎力大仙成色的地方出现了，所谓“那道士坐不稳，一个筋斗翻将下去，几乎丧了性命”。

从高处摔下来，差点摔死，这点微末道行能在西游宇宙中有这么大的篇幅，纯纯是看五雷法的面子了。

那国王只教放行。鹿力大仙又奏道：“陛下，我师兄原有暗风疾，因到了高处，冒了天风，旧疾举发，故令和尚得胜。且留下他，等我与他赌‘隔板猜枚’。”国王道：“怎么叫做‘隔板猜枚’？”鹿力道：“贫道有隔板知物之法，看那和尚可能勾？他若猜得过我，让他出去；猜不着，凭陛下问拟罪名，雪我昆仲之恨，不污了二十年保国之恩也。”真个那国王十分昏乱，依此谗言，即传旨，将一朱红漆的柜子，命内官抬到宫殿，教娘娘放上件宝贝。须臾抬出，放在白玉阶前，教僧道：“你两家各赌法力，猜那柜中是何宝贝。”

三藏道：“徒弟，柜中之物，如何得知？”行者敛祥光，还变作蟭蟟虫，叮在唐僧头上道：“师父放心，等我去看来。”好大圣！轻轻飞到柜上，爬在那柜脚之下，见有一条板缝儿；他钻将进去，见一个红漆丹盘内，放一套宫衣，乃是山河社稷袄，乾坤地理裙。用手拿起来，抖乱了，咬破舌尖上，一口血，哨喷将去，叫声：“变！”即变作一件破烂流丢一口钟。临行又撒上一泡臊溺。却还从板缝里钻出来，飞在唐僧耳朵上道：“师父，你只猜是破烂流丢一口钟。”三藏道：“他教猜宝贝哩，‘流丢’

是件甚宝贝？”行者道：“莫管他，只猜着便是。”

唐僧进前一步，正要猜，那鹿力大仙道：“我先猜！那柜里是山河社稷袄，乾坤地理裙。”唐僧道：“不是，不是。柜里是件破烂流丢一口钟。”国王道：“这和尚无礼！敢笑我国中无宝，猜甚么流丢一口钟！”教：“拿了！”那两班校尉就要动手，慌得唐僧合掌高呼：“陛下，且赦贫僧一时，待打开柜看。端的是宝，贫僧领罪；如不是宝，却不屈了贫僧也？”国王教打开看。当驾官即开了，捧出丹盘来看，果然是件破烂流丢一口钟。

国王大怒道：“是谁放上此物？”龙座后面闪上三宫皇后道：“我主，是梓童亲手放的山河社稷袄，乾坤地理裙，却不知怎么变成此物！”国王道：“御妻请退，寡人知之。宫中所用之物，无非是缎绢绫罗，那有此甚么流丢？”教：“抬上柜来，等朕亲藏一宝贝，再试如何。”那皇帝即转后宫，把御花园里仙桃树上结得一个大桃子，有碗来大小，摘下放在柜内，又抬下叫猜。

唐僧道：“徒弟呵，又来猜了。”行者道：“放心，等我再去看看。”又嘤的一声飞将去，还从板缝儿钻进去。见是一个桃子，正合他意，即现了原身，坐在柜里将桃子一顿口啃得干干净净，连两边腮凹儿都啃净了，将核子安在里面。仍变蟭蟟虫飞将出去，叮在唐僧耳朵上道：“师父，只猜是个桃核子。”长老道：“徒弟呵，休要弄我。先前不是口快，几乎拿去典刑。这翻须猜宝贝方好，桃核子是甚宝贝？”行者道：“休怕，只管赢他便了。”

三藏正要开言，听得那羊力大仙道：“贫道先猜，是一颗仙桃。”三藏猜道：“不是桃，是个光桃核子。”那国王喝道：“是朕放的仙桃，如何是核？三国师猜着了。”三藏道：“陛下打开来看就是。”当驾官又抬上去打开，捧出丹盘，果然是一个核子，皮肉俱无。国王见了，心惊道：“国师，休与他赌斗了，让他去罢。寡人亲手藏的仙桃，如今只是一核子，是甚人吃了？想是有鬼神暗助他也。”八戒听说，与沙僧微微冷笑道：“还不知他是会吃桃子的积年哩！”

正话间，只见那虎力大仙从文华殿梳洗了，走上殿道：“陛下，这和尚有搬运抵物之术，抬上柜来，我破他术法，与他再猜。”国王道：“国师，还要猜甚？”虎力道：“术法只抵得物件，却不抵得人身。将这道童藏在里面，管教他抵换不得。”这小童果藏在柜里，掩上柜盖，抬将下去，教：“那和尚再猜，这三番是甚宝贝。”

三藏道："又来了！"行者道："等我再去看看。"嘤的又飞去，钻入里面，见是一个小童儿。好大圣，他却有见识。果然是腾那天下少，似这伶俐世间稀！他就摇身一变，变作个老道士一般容貌，进柜里叫声："徒弟。"童儿道："师父，你从那里来的？"行者道："我使遁法来的。"童儿道："你来有甚教诲？"行者道："那和尚看见你进柜来了，他若猜个道童，却又不输了？是特来和你计较计较，剃了头，我们猜和尚罢。"童儿道："但凭师父处治，只要我们赢他便了。若是再输与他，不但低了声名，又恐朝廷不敬重了。"行者道："说得是。我儿过来。赢了他，我重重赏你。"将金箍棒就变作一把剃头刀，搂抱着那童儿，口里叫道："乖乖，忍着疼，莫放声，等我与你剃头。"须臾，剃下发来，窝作一团，塞在那柜脚纥络里。收了刀儿，摸着他的光头道："我儿，头便像个和尚，只是衣裳不趁。脱下来，我与你变一变。"那道童穿的一领葱白色云头花绢绣锦沿边的鹤氅，真个脱下来，被行者吹一口仙气，叫："变！"即变做一件土黄色的直裰儿，与他穿了。却又拔下两根毫毛，变作一个木鱼儿，递在他手里，道："徒弟，须听着：但叫道童，千万莫出去；若叫和尚，你就与我顶开柜盖，敲着木鱼，念一卷佛经，钻出来，方得成功也。"童儿道："我只会念《三官经》《北斗经》《消灾经》。"行者道："你可会念佛？"童儿道："阿弥陀佛，那个不会念？"行者道："也罢，也罢，就念佛，省得我又教你。切记着，我去也。"还变蟭蟟虫钻出去，飞在唐僧耳轮边道："师父，你只猜是个和尚。"三藏道："这番也准赢了。"行者道："你怎么定得？"三藏道："经上有云，佛、法、僧三宝。和尚却也是一宝。"

正说处，只见那虎力大仙道："陛下，第三番是个道童。"只管叫，他那里肯出来。三藏合掌道："是个和尚。"八戒尽力高叫道："柜里是个和尚！"那童儿忽的顶开柜盖，敲着木鱼，念着佛，钻出来。喜得那两班文武，齐声喝采；谎得那三个道士，拑口无言。国王道："这和尚，足有鬼神辅佐！怎么道士入柜，就变做和尚？纵有待诏跟进去，也只剃得头便了，如何衣服也能趁体，口里又会念佛？国师呵，让他去罢！"

国王下令放行，鹿力大仙还是不服，要赌"隔板猜枚"。

从这个比试也能知道，仨国师真的没有什么正经本事，而且哪怕是比赛猜东西，这大仙也根本没有透视眼的本事。

无论是猜衣服还是猜桃子，都是悟空先搞的破坏，他后猜的。

猜衣服时，原文为：

好大圣！轻轻飞到柜上，爬在那柜脚之下，见有一条板缝儿；他钻将进去，见一个红漆丹盘内，放一套宫衣，乃是山河社稷袄，乾坤地理裙。用手拿起来，抖乱了，咬破舌尖上，一口血，哨喷将去，叫声："变！"即变作一件破烂流丢一口钟。临行又撒上一泡臊溺。却还从板缝里钻出来，飞在唐僧耳朵上道："师父，你只猜是破烂流丢一口钟。"三藏道："他教猜宝贝哩，'流丢'是件甚宝贝？"行者道："莫管他，只猜着便是。"

猜桃子时，原文为：

行者道："放心，等我再去看看。"又嘤的一声飞将去，还从板缝儿钻进去。见是一个桃子，正合他意，即现了原身，坐在柜里将桃子一顿口啃得干干净净，连两边腮凹儿都啃净了，将核子安在里面。仍变蟭蟟虫飞将出去，叮在唐僧耳朵上道："师父，只猜是个桃核子。"长老道："徒弟呵，休要弄我。先前不是口快，几乎拿去典刑。这翻须猜宝贝方好，桃核子是甚宝贝？"行者道："休怕，只管赢他便了。"

三藏正要开言，听得那羊力大仙道："贫道先猜，是一颗仙桃。"三藏猜道："不是桃，是个光桃核子。"

也就是说，鹿力大仙是提前从别的渠道知道里面放的是什么，背的答案，他如果真有神通，不可能看不到东西已经被猴哥调包了。

国王这时候已经有些恐惧了，毕竟那是他亲自放的桃子。这时，前面差点被摔死的虎力大仙回来了，表示别猜物，改猜人。悟空又变了个道士，剪了道童的头发，等改头换装的"小和尚"顶开柜盖，敲着木鱼，念着佛，钻出来时，"喜得那两班文武，齐声喝采；諕得那三个道士，拑口无言"。

这里也能看出来，这二十年道教的权力和影响力逐渐膨胀已经让统治阶层整体相当不满了，他们之前都不敢表态，如今见和尚那么牛，那么让国师丢脸，车迟国文武班子都在叫好。

虎力大仙道："陛下，左右是'棋逢对手，将遇良材'，贫道将钟南山幼时学的武艺，索性与他赌一赌。"国王道："有甚么武艺？"虎力道："弟兄三个，都有些神通。

会砍下头来，又能安上；剖腹剜心，还再长完；滚油锅里，又能洗澡。”国王大惊，道：“此三事，都是寻死之路！”虎力道：“我等有此法力，才敢出此朗言，断要与他赌个才休。”那国王叫道：“东土的和尚，我国师不肯放你，还要与你赌砍头、剖腹、下滚油锅洗澡哩。”

行者正变作蟭蟟虫往来报事，忽听此言，即收了毫毛，现出本相，哈哈大笑道：“造化，造化！买卖上门了！”八戒道：“这三件都是丧性命的事，怎么说买卖上门？”行者道：“你还不知我的本事。”八戒道：“哥哥，你只像这等变化腾那也勾了，怎么还有这等本事？”行者道：“我呵，

砍下头来能说话，剁了臂膊打得人。

斩去腿脚会走路，剖腹还平妙绝伦。

就似人家包匾食，一捻一个就囫囵。

油锅洗澡更容易，只当温汤涤垢尘。”

八戒、沙僧闻言，呵呵大笑。行者上前道：“陛下，小和尚会砍头。”国王道：“你怎么会砍头？”行者道：“我当年在寺里修行，曾遇着一个方上禅和子，教我一个砍头法，不知好也不好，如今且试试新。”国王笑道：“那和尚年幼，不知事。砍头那里好试新？头乃六阳之首，砍下即便死矣。”虎力道：“陛下，正要他如此，方才出得我们之气。”那昏君信他言语，即传旨教设杀场。一声传旨，即有羽林军三千，摆列朝门之外。国王教：“和尚先去砍头。”行者欣然应道：“我先去，我先去！”拱着手，高呼道：“国师，恕大胆，占先了。”拽回头，往外就走。唐僧一把扯住道：“徒弟呀，仔细些，那里不是耍处。”行者道：“怕他怎的！撒了手，等我去来。”

那大圣径至杀场里面，被刽子手挝住了，捆做一团，按在那土墩高处。只听喊一声“开刀！”搜的把个头砍将下来，又被刽子手一脚跌了去，好似滚西瓜一般，滚有三四十步远近。行者腔子中更不出血，只听得肚里叫声：“头来！”慌得鹿力大仙见有这般手段，即念咒语，教本坊土地神祇：“将人头扯住，待我赢了和尚，奏了国王，与你把小祠堂盖作大庙宇，泥塑像改作正金身。”原来那些土地神祇，因他有五雷法，也服他使唤，暗中真个把行者头按住了。行者又叫声：“头来！”那头一似生根，莫想得动。行者心焦，捻着拳，挣了一挣，将捆的绳子就皆挣断，喝声：“长！”搜的腔子内长出一个头来。諕得那刽子手个个心惊，羽林军人人胆战。

那监斩官急走入朝奏道：“万岁，那小和尚砍了头，又长出一颗来了。”八戒冷笑道：“沙僧，那知哥哥还有这般手段。”沙僧道：“他有七十二般变化，就有七十二个头哩。”

说不了，行者走来，叫声“师父”。三藏大喜道：“徒弟，辛苦么？”行者道：“不辛苦，倒好耍子。”八戒道：“哥哥，可用刀疮药么？”行者道：“你是摸摸看，可有刀痕？”那呆子伸手一摸，就笑得呆呆挣挣道：“妙哉，妙哉！却也长得完全，截疤儿也没些儿！”

兄弟们正都欢喜，又听得国王叫领关文：“赦你无罪。快去，快去！”行者道：“关文虽领，必须国师也赴曹砍砍头，也当试新去来。”国王道：“大国师，那和尚也不肯放你哩。你与他赌胜，且莫唬了寡人。”虎力也只得去，被几个刽子手也捆翻在地，幌一幌，把头砍下，一脚也踢将去，滚了有三十余步。他腔子里也不出血，也叫一声：“头来！”行者即忙拔下一根毫毛，吹口仙气，叫：“变！”变作一条黄犬跑入场中，把那道士头一口衔来，径跑到御水河边丢下，不题。

却说那道士连叫三声，人头不到，怎似行者的手段，长得出来？腔子中，骨都都红光迸出。可怜空有唤雨呼风法，怎比长生果正仙？须臾，倒在尘埃。众人观看，乃是一只无头的黄毛虎。

仨大仙还不认输，开始要玩死签赌命了，这句话相当重要：“虎力大仙道：‘陛下，左右是“棋逢对手，将遇良材”，贫道将钟南山幼时学的武艺，索性与他赌一赌。’”

虎力大仙是钟南山的背景，跟乌鸡国那个道士是一样的！乌鸡国那关时，我们说过，乌鸡国钟南山的全真是被文殊菩萨的狮子弄死了，从这里也能看出来，为什么乌鸡国和车迟国这两关的招数那么像，连国家困境都一样，求雨方式都是五雷法，“代言人”的背景都是钟南山。

品出来更深层次的意味了吗？还记得我们说过全真教供奉的太祖是谁来着吗？

是太上老君。

知道为什么车迟国的灭僧运动要做得那么不留余地了吧？太上老君有气啊！当年猴子蹬了他的炉子，玉帝打脸般让佛祖轻描淡写地把猴子收了，实在太打老君的脸了！人家有气，所以对你佛祖搞的每个项目捣乱！

随后进入砍头环节，悟空先被砍，头掉之后腔子不出血，肚里叫声：“头来！”

鹿力大仙开始念咒让土地控制住悟空脑袋。再次展现五雷法排面的地方出现了，所谓“原来那些土地神祇，因他有五雷法，也服他使唤，暗中真个把行者头按住了”。

因为这五雷法，土地居然敢按住大圣的脑袋！

这就是三清的地位！

悟空因为有七十二变，所以又长了个脑袋出来。此时国王已经不想再比了，制衡得差不多了。“又听得国王叫领关文：‘赦你无罪。快去，快去！’”

国王知道来了一伙真神，仨国师也现眼得差不多了，而且这仨国师也确实还有用——毕竟求二十年雨了，这事该到此为止了。但悟空要求那国师也必须得砍头！

国师被砍头后，腔子里也不出血，也叫一声：“头来！”但猴哥毫毛变的黄犬把国师的脑袋叼走，扔御水河边了。

这也算是应了那句老话，是正经的“虎落平阳被犬欺”，虎力三声头不到后身亡，现身变成了无头的黄毛虎。

那监斩官又来奏：“万岁，大国师砍下头来，不能长出，死在尘埃，是一只无头的黄毛虎。”国王闻奏，大惊失色，目不转睛，看那两个道士。鹿力起身道：“我师兄已是命倒禄绝了，如何是只黄虎！这都是那和尚惫懒，使的掩样法儿，将我师兄变作畜类！我今定不饶他，定要与他赌那剖腹剜心！”

国王听说，方才定性回神，又叫：“那和尚，二国师还要与你赌哩。”行者道：“小和尚久不吃烟火食，前日西来，忽遇斋公家劝饭，多吃了几个馍馍；这几日腹中作痛，想是生虫，正欲借陛下之刀，剖开肚皮，拿出脏腑，洗净脾胃，方好上西天见佛。”国王听说，教：“拿他赴曹。”那许多人搀的搀，扯的扯。行者展脱手道：“不用人搀，自家走去。但一件，不许缚手，我好用手洗刷脏腑。”国王传旨，教：“莫绑他手。”

行者摇摇摆摆，径至杀场。将身靠着大桩，解开衣带，露出肚腹。那刽子手将一条绳套在他膊项上，一条绳扎住他腿足，把一口牛耳短刀幌一幌，着肚皮下一割，搠个窟窿。这行者，双手爬开肚腹，拿出肠脏来，一条条理勾多时，依然安在里面，照旧盘曲；捻着肚皮，吹口仙气，叫：“长！”依然长合。

国王大惊，将他那关文捧在手中道：“圣僧莫误西行，与你关文去罢。”行者笑道：“关文小可，也请二国师剖剖剜剜何如？”国王对鹿力说：“这事不与寡人相干，

是你要与他做对头的。请去，请去。”鹿力道：“宽心，料我决不输与他。”

你看他也像孙大圣，摇摇摆摆，径入杀场。被刽子手套上绳，将牛耳短刀，嗖喇的一声，割开肚腹。他也拿出肝肠，用手理弄。行者即拔一根毫毛，吹口仙气，叫：“变！”变作一只饿鹰，展开翅爪，搜的把他五脏心肝尽情抓去，不知飞向何方受用。这道士弄做一个空腔破肚淋漓鬼，少脏无肠浪荡魂。那刽子手蹬倒大桩，拖尸来看。呀！原来是一只白毛角鹿。慌得那监斩官又来奏道：“二国师晦气，正剖腹时，被一只饿鹰将脏腑肝肠都刁去了，死在那里。原身是个白毛角鹿也。”国王害怕道：“怎么是个角鹿？”那羊力大仙又奏道：“我师兄既死，如何得现兽形？这都是那和尚弄术法，坐害我等。等我与师兄报仇者！”国王道：“你有甚么法力赢他？”羊力道：“我与他赌下滚油锅洗澡。”国王便教取一口大锅，满贮香油，教他两个赌去。行者道：“多承下顾，小和尚一向不曾洗澡，这两日皮肤燥痒，好歹烫烫去。”

那当驾官果安下油锅，架起干柴，燃着烈火，将油烧滚，教：“和尚先下去。”行者合掌道：“不知文洗武洗？”国王道：“文洗如何，武洗如何？”行者道：“文洗，不脱衣服，似这般叉着手，下去打个滚就起来，不许污坏了衣服，若有一点油腻，算输；武洗，要取一张衣架，一条手巾，脱了衣服，跳将下去，任意翻筋斗，竖蜻蜓，当耍而洗也。”国王对羊力说：“你要与他文洗武洗？”羊力道：“文洗，恐他衣服是药炼过的，隔油。武洗罢。”行者又上前道：“恕大胆，屡次占先了。”你看他，脱了布直裰，褪了虎皮裙，将身一纵，跳在锅内，翻波斗浪，就似负水一般顽耍。

八戒见了，咬着指头对沙僧道：“我们也错看了这猴子了！平时间劖言讪语，斗他耍子，怎知他有这般真实本事！”他两个唧唧哝哝，夸奖不尽。行者望见心疑道：“那呆子笑我哩！正是‘巧者多劳拙者闲’，老孙这般舞弄，他倒自在。等我作成他捆一绳，看他可怕。”正洗浴，打个氽子，淬在油锅底上，变作个枣核钉儿，再也不起来了。那监斩官近前又奏：“万岁，小和尚被滚油烹死了。”国王大喜，教捞上骨骸来看。刽子手将一把铁笊篱在油锅里捞。原来那笊篱眼稀，行者变得钉小，往往来来，从眼孔漏下去了，那里捞得着！又奏道：“和尚身微骨嫩，俱札化了。”

国王教：“拿三个和尚下去！”两边校尉见八戒面凶，先揪翻，把背心捆了。慌得三藏高叫：“陛下，赦贫僧一时。我那个徒弟，自从归教，历历有功，今日冲撞国师，死在油锅之内。奈何先死者为神，我贫僧怎敢贪生！正是天下官员，也管着天下百姓，陛下若教臣死，臣岂敢不死？只望宽恩，赐我半盏凉浆水饭，三张纸马，容到油锅前，烧此一陌纸，也表我师徒一念。那时再领罪也。”国王闻言道：“也是，那中华人多有义气。”命取些浆饭、黄钱与他。果然取了，递与唐僧。

唐僧教沙和尚同去。行至阶下，有几个校尉，把八戒揪着耳朵，拉在锅边。三藏对锅祝曰：“徒弟孙悟空！

自从受戒拜禅林，护我西来恩爱深。

指望同时成大道，何期今日你归阴！

生前只为求经意，死后还存念佛心。

万里英魂须等候，幽冥做鬼上雷音！”

八戒听见道：“师父，不是这般祝了。沙和尚，你替我奠浆饭，等我祷。”那呆子捆在地，气呼呼的道：

闯祸的泼猴子，无知的弼马温！该死的泼猴子，油烹的弼马温！猴儿了帐，马温断根！

孙行者在油锅底上听得那呆子乱骂，忍不住现了本相，赤淋淋的站在油锅底，道：“馕糟的夯货，你骂那个哩！”唐僧见了，道：“徒弟，唬杀我也！”沙僧道：“大哥，干净推佯死惯了！”慌得那两班文武上前来奏道：“万岁，那和尚不曾死，又在油锅里钻出来了。”监斩官恐怕虚诳朝廷，却又奏道：“死是死了，只是日期犯凶，小和尚来显魂哩。”

接下来鹿力接着要玩死签，要赌剖腹剜心，悟空依旧是轻松拿捏。等鹿力割开肚腹后，正在捋肠子时，猴哥毫毛变的鹰把鹿力的五脏心肝都抓走了，鹿力就此现形，是一只白毛角鹿。

羊力大仙要比下油锅洗澡，猴哥又跳下去了。八戒与沙僧对猴哥夸奖不尽，被猴哥看见，误以为是在笑他，于是他打算吓唬吓唬八戒，装死了。

悟空一“死”，国王下令拿了剩下的三个和尚，唐僧的全书最高光时刻出现。

“慌得三藏高叫：‘陛下，赦贫僧一时。我那个徒弟，自从归教，历历有功，今日冲撞国师，死在油锅之内。奈何先死者为神，我贫僧怎敢贪生！正是天下官员，也管着天下百姓，陛下若教臣死，臣岂敢不死？只望宽恩，赐我半盏凉浆水饭，三张纸马，容到油锅前，烧此一陌纸，也表我师徒一念。那时再领罪也。’”

唐僧敢担责了，唐僧不怕死了，唐僧心疼这只猴子了！

再看唐僧对悟空念的这首临别诗：

自从受戒拜禅林，护我西来恩爱深。

指望同时成大道，何期今日你归阴！

生前只为求经意，死后还存念佛心。

万里英魂须等候，幽冥做鬼上雷音！

经过前面一系列的磨合后，爷儿俩有真感情了。

八戒由于被抓了，对他猴哥气道："闯祸的泼猴子，无知的弼马温！该死的泼猴子，油烹的弼马温！猴儿了帐，马温断根！"

悟空听见这个马上"耳听怒"了，现了本相开骂八戒，车迟国的故事也即将收尾了。

行者闻言大怒，跳出锅来，揩了油腻，穿上衣服，掣出棒，挝过监斩官，着头一下，打做了肉团，道："我显甚么魂哩！"唬得众官连忙解了八戒，跪地哀告："恕罪，恕罪！"国王走下龙座，行者上殿扯住道："陛下不要走，且教你三国师也下下油锅去。"那皇帝战战兢兢道："三国师，你救朕之命，便下锅去，莫教和尚打我。"

羊力下殿，照依行者脱了衣服，跳下油锅，也那般支吾洗浴。行者放了国王，近油锅边，叫烧火的添柴，却伸手探了一把。哑！那滚油都冰冷。心中暗想道："我洗时滚热，他洗时却冷。我晓得了，这不知是那个龙王在此护持他哩。"急纵身跳在空中，念声"唵"字咒语，把那北海龙王唤来："我把你这个带角的蚯蚓，有鳞的泥鳅！你怎么助道士，冷龙护住锅底，教他显圣赢我！"唬得那龙王喏喏连声道："敖顺不敢相助。大圣原来不知：这个孽畜，苦修行了一场，脱得本壳，却只是五雷法真受，其余都蹦了旁门，难归仙道。这个是他在小茅山学来的'大开剥'。那两个已是大圣破了他法，现了本相。这一个也是他自己炼的冷龙，只好哄瞒世俗之人耍子，怎瞒得大圣！小龙如今收了他冷龙，管教他骨碎皮焦，显甚么手段！"行者道："趁早收了，免打！"那龙王化一阵狂风，到油锅边，将冷龙捉下海去。不题。

行者下来，与三藏、八戒、沙僧立在殿前。见那道士在滚油锅里打挣，爬不出来，滑了一跌，霎时间，骨脱皮焦肉烂。监斩官又来奏道："万岁，三国师炸化了也。"

那国王满眼垂泪，手扑着御案，放声大哭道：

人身难得果然难，不遇真传莫炼丹。

空有驱神咒水术，却无延寿保生丸。

圆明混，怎涅槃，徒用心机命不安。

早觉这般轻折挫，何如秘食稳居山！

这正是：

点金炼汞成何济，唤雨呼风总是空。

毕竟不知师徒们怎的维持，且听下回分解。

监斩官认为猴哥是死后显灵，被猴哥大怒一棒子打成了肉团。

猴哥在整个车迟国的表现堪称完美，临了被八戒的一通骂给破了功，一怒之下又杀人了。

破眼耳鼻舌身意这六贼是日日之功啊！

等羊力大仙再下油锅时，悟空发现油是冷的，便把北海龙王拘来了。此时猴哥还在气头上，骂道："我把你这个带角的蚯蚓，有鳞的泥鳅！你怎么助道士，冷龙护住锅底，教他显圣赢我！"

随后北海龙王再次提了一下仨大仙的背景："这个孽畜，苦修行了一场，脱得本壳，却只是五雷法真受，其余都蹁了旁门，难归仙道。这个是他在小茅山学来的'大开剥'。那两个已是大圣破了他法，现了本相。这一个也是他自己炼的冷龙，只好哄瞒世俗之人耍子，怎瞒得大圣！小龙如今收了他冷龙，管教他骨碎皮焦，显甚么手段！"

除了五雷法，别的都是小把戏，都不是正统师父教的，而是来自旁门，正统看不上。这也是为什么五雷法的级别那么高，来的掌管风雨雷电的神仙那么多，却都二话没说地帮悟空。

这仨大仙就是弃子。

等北海龙王收了冷龙后，羊力大仙就变成羊蝎子了。仨国师都死了，国王哭了，哭得相当伤心，因为今后他们国家再干旱时，没人能帮他了。

回顾整个车迟国这关，你初看会觉得这三个国师就像三个傻子：悟空都破了你那五雷法了，四海龙王都被召唤出来了，你认㞞不就完了吗？尤其你动手脚的猜东西环节都让人破解了，你还不觉得可怕吗？怎么就非得赌命呢！悟空这几个人早晚都会走，你们不还是国师吗？下次下雨灵点不就成了嘛！

不！他们没有选择，他们只能赌命。因为他们是太小太小的把戏了，小棋子永远是没有选择的。

如果他们真“识时务”了，那在布局下棋的人眼中，这三个“识时务”的小把戏从此永远不会再有上棋盘的机会。既然你们不肯献出你们的一切，那就出局吧，后面有的是“敢死队”。

这仨大仙真的傻吗？

没有背景，没有本事，他们能拼的还剩下什么呢？在现实世界中，人死如灯灭，在西游宇宙中呢？

还觉得这仨大仙傻吗？

这仨大仙用玩死签的方式向在背后传他们五雷法的人证明了一件事：我们棋子的忠心上不封顶。

在古代，七品以上才叫官，官是要站队的，无论是小棋子，还是高官身边的人，都要如此。

在古代，能力有问题，有的救；方向有问题，没的救。

第四十七回

圣僧夜阻通天水，金木垂慈救小童

却说那国王倚着龙床，泪如泉涌，只哭到天晚不住。行者上前高呼道：“你怎么这等昏乱！见放着那道士的尸骸，一个是虎，一个是鹿，那羊力是一个羚羊。不信时，捞上骨头来看。那里人有那样骷髅？他本是成精的山兽，同心到此害你。因见气数还旺，不敢下手。若再过二年，你气数衰败，他就害了你性命，把你江山一股儿尽属他了。幸我等早来，除妖邪，救了你命。你还哭甚？哭甚！急打发关文，送我出去。”国王闻此，方才省悟。那文武多官俱奏道：“死者果然是白鹿、黄虎，油锅里果是羊骨。圣僧之言，不可不听。”国王道：“既是这等，感谢圣僧。今日天晚，教太师且请圣僧至智渊寺。明日早朝，大开东阁，教光禄寺安排素净筵宴酬谢。”果送至寺里安歇。

次日五更时候，国王设朝，聚集多官，传旨：“快出招僧榜文，四门各路张挂。”一壁厢大排筵宴，摆驾出朝，至智渊寺门外，请了三藏等，共入东阁赴宴，不在话下。

却说那脱命的和尚，闻有招僧榜，个个欣然，都入城来寻孙大圣，交纳毫毛谢恩。这长老散了宴，那国王换了关文，同皇后嫔妃，两班文武，送出朝门。只见那些和尚跪拜道旁，口称：“齐天大圣爷爷，我等是沙滩上脱命僧人，闻知爷爷扫除妖孽，救拔我等，又蒙我王出榜招僧，特来交纳毫毛，叩谢天恩。”行者笑道：“汝等来了几何？”僧人道：“五百名，半个不少。”行者将身一抖，收了毫毛，对君臣僧俗人说道："这些和尚，实是老孙放了。车辆是老孙运转双门，穿夹脊捽碎了。那两个妖道，也是老孙打死了。今日灭了妖邪，方知是禅门有道。向后来，再不可胡为乱信，望你把三道归一，也敬僧，也敬道，也养育人才。我保你江山永固。"国王依言，感谢不尽，遂送唐僧出城去讫。

国王此时还陷在后面没有人帮着求雨的痛苦之中，是悟空提醒了他一句：你现在是气运旺，等过几年气数衰败时，这仨妖精会害了你性命，你这江山都是人家的，幸亏我等早来除妖邪救了你命，你还哭甚？

国王想到产权问题后瞬间不哭了，随后备宴款待唐僧一行，车迟国部分的最后一段话，是作者借助悟空的嘴总结道："今日灭了妖邪，方知是禅门有道。向后来，再不可胡为乱信，望你把三道归一，也敬僧，也敬道，也养育人才。我保你江山永固。"

作者借猴哥的嘴阐述了自己三教合一的思想与主张，也算是把这段对统治者的直白讽刺往回收了收。

国王还是好的，只那国师妖邪，作者也没说不敬道，道还是好思想，只不过被坏人利用了。正所谓：师徒取经过车迟，妖仙灭僧惑国君。行者斗法除妖孽，三教合一取真经。

这一去，只为殷勤经三藏，努力修持光一元。晓行夜住，渴饮饥餐，不觉的春尽夏残，又是秋光天气。一日，天色已晚，唐僧勒马道："徒弟，今宵何处安身也？"行者道："师父，出家人莫说那在家人的话。"三藏道："在家人怎么，出家人怎么？"行者道："在家人，这时候温床暖被，怀中抱子，脚后蹬妻，自自在在睡觉；我等出家人，那里能勾？便是要带月披星，餐风宿水，有路且行，无路方住。"八戒道："哥哥，你只知其一，不知其二。如今路多崄峻，我挑着重担，着实难走，须要寻个去处，好眠一觉，养养精神，明日方好捱担；不然，却不累倒我也？"行者道："趁月光再走一程，到有人家之所再住。"师徒们没奈何，只得相随行者往前又行。

不多时，只听得滔滔浪响。八戒道："罢了，来到尽头路了。"沙僧道："是一股水挡住也。"唐僧道："却怎生得渡？"八戒道："等我试之，看深浅何如。"三藏道："悟能，你休乱谈。水之浅深，如何试得？"八戒道："寻一个鹅卵石，抛在当中。若是溅起水泡来，是浅；若是骨都都沉下有声，是深。"行者道："你去试试看。"

那呆子在路旁摸了一块石头，望水中抛去，只听得骨都都泛起鱼津，沉下水底。他道：“深，深，深！去不得！”唐僧道：“你虽试得深浅，却不知有多少宽阔。”八戒道：“这个却不知，不知。”行者道：“等我看看。”

好大圣！纵筋斗云，跳在空中，定睛观看。但见那：

洋洋光浸月，浩浩影浮天。

灵派吞华岳，长流贯百川。

千层汹浪滚，万叠峻波颠。

岸口无渔火，沙头有鹭眠。

茫然浑似海，一望更无边。

急收云头，按落河边道：“师父，宽哩，宽哩，去不得！老孙火眼金睛，白日里常看千里，凶吉晓得，是夜里也还看三五百里。如今通看不见边岸，怎定得宽阔之数？”

三藏大惊，口不能言，声音哽咽道：“徒弟呵，似这等怎了？”沙僧道：“师父莫哭。你看那水边立的，可不是个人么。”行者道：“想是扳罾的渔人，等我问他去来。”拿了铁棒，两三步跑到面前看处，呀！不是人，是一面石碑。碑上有三个篆文大字，下边两行，有十个小字。三个大字，乃“通天河”，十个小字，乃“径过八百里，亘古少人行。”行者叫：“师父，你来看看。”三藏看见，滴泪道：“徒弟哑，我当年别了长安，只说西天易走；那知道妖魔阻隔，山水迢遥！”八戒道：“师父，你且听是那里鼓钹声音？想是做斋的人家。我们且去赶些斋饭吃，问个渡口寻舡，明日过去罢。”三藏马上听得，果然有鼓钹之声。“却不是道家乐器，足是我僧家举事。我等去来。”

行者在前引马，一行闻响而来。那里有甚正路，没高没低，漫过沙滩，望见一簇人家住处，约摸有四五百家，却也都住得好。但见：

倚山通路，傍岸临溪。处处柴扉掩，家家竹院关。沙头宿鹭梦魂清，柳外啼鹃喉舌冷。短笛无声，寒砧不韵。红蓼枝摇月，黄芦叶斗风。陌头村犬吠疏篱，渡口老渔眠钓艇。灯火稀，人烟静，半空皎月如悬镜。忽闻一阵白蘋香，却是西风隔岸送。

师徒四人过了车迟国再往前走，一口气从春走到了秋。这天天色已晚，唐僧勒马问今晚睡哪儿。

猴哥再次开始教育他师父，出家人莫说那在家人的话，咱就是要“带月披星，餐风宿水，有路且行，无路方住”。八戒表示挑着担子可给老猪累死了，快歇了吧，悟空不同意，要趁月光再走一程，到有人家之所再住，最终“师徒们没奈何，只得相随行者往前又行”。走了没多久，听见滔滔浪响，八戒高兴了：没路了，可算是能歇了。

八戒试了一下这大河的水，表示极深；悟空又眺望了一下宽度，他这双夜里能看三五百里的眼睛此时却看不到边岸。唐僧又要哭了，所谓“三藏大惊，口不能言，声音哽咽道：‘徒弟呵，似这等怎了？’”

沙僧赶紧安慰他“师父莫哭”，等悟空发现了石碑，知道了这是宽八百里的通天河后，唐僧还是没憋住，哭出来了，滴泪道：“徒弟哑，我当年别了长安，只说西天易走；那知道妖魔阻隔，山水迢遥！”

唉！这个脆弱的唐宝宝啊！

这时候，八戒听到了鼓钹声音，师徒四人跟着声音走，来到了一个类似于“桃花源”的地方，所谓“行者在前引马，一行闻响而来。那里有甚正路，没高没低，漫过沙滩，望见一簇人家住处，约摸有四五百家，却也都住得好”。

这四五百家人的聚居之处没有正路，师徒是“没高没低，漫过沙滩”，听着声音跟过来的。

这个村落的可疑之处被作者就此铺垫上了。

三藏下马，只见那路头上，有一家儿，门外竖一首幢幡，内里有灯烛荧煌，香烟馥郁。三藏道：“悟空，此处比那山凹河边，却是不同。在人间屋檐下，可以遮得冷露，放心稳睡。你都莫来，让我先到那斋公门首告求。若肯留我，我就招呼汝等；假若不留，你却休要撒泼。汝等脸嘴丑露，只恐諕了人，闯出祸来，却倒无住处矣。”行者道：“说得有理。请师父先去，我们在此守待。”

那长老才摘了斗笠，光着头，抖抖褊衫，拖着锡杖，径来到人家门外。见那门半开半掩，三藏不敢擅入。聊站片时，只见里面走出一个老者，项下挂着数珠，口念“阿弥陀佛”，径自来关门。慌得这长老合掌高叫：“老施主，贫僧问讯了。”那老者还礼道：“你这和尚，却来迟了。”三藏道：“怎么说？”老者道：“来迟无物了。

早来啊，我舍下斋僧，尽饱吃饭，熟米三升，白布一段，铜钱十文。你怎么这时才来？”三藏躬身道：“老施主，贫僧不是赶斋的。”老者道：“既不赶斋，来此何干？”三藏道：“我是东土大唐钦差往西天取经者。今到贵处，天色已晚，听得府上鼓钹之声，特来告借一宿，天明就行也。”那老者摇手道：“和尚，出家人休打诳语。东土大唐，到我这里，有五万四千里路，你这等单身，如何来得？”三藏道：“老施主见得最是。但我还有三个小徒，逢山开路，过水叠桥，保护贫僧，方得到此。”老者道：“既有徒弟，何不同来？”教：“请，请，我舍下有处安歇。”三藏回头叫声：“徒弟，这里来。”

那行者本来性急，八戒生来粗鲁，沙僧却也莽撞，三个人听得师父招呼，牵着马，挑着担，不问好歹，一阵风闯将进去。那老者看见，諕得跌倒在地，口里只说是：“妖怪来了，妖怪来了！”三藏搀起道：“施主莫怕，不是妖怪，是我徒弟。”老者战兢兢道：“这般好俊师父，怎么寻这样丑徒弟？”三藏道：“虽然相貌不终，却倒会降龙伏虎，捉怪擒妖。”老者似信不信的扶着唐僧慢走。

却说那三个凶顽，闯入厅房上，拴了马，丢下行李。那厅中原有几个和尚念经。八戒掬着长嘴，喝道：“那和尚，念的是甚么经？”那些和尚听见问了一声，忽然抬头：

观看外来人，嘴长耳朵大。

身粗背膊宽，声响如雷咋。

行者与沙僧，容貌更丑陋。

厅堂几众僧，无人不害怕。

阇黎还念经，班首教行罢。

难顾磬和铃，佛像且丢下。

一齐吹息灯，惊散光光乍。

跌跌与爬爬，门限何曾跨。

你头撞我头，似倒葫芦架。

清清好道场，翻成大笑话。

这兄弟三人，见那些人跌跌爬爬，鼓着掌哈哈大笑。那些僧越加悚惧，磕头撞脑，各顾性命，通跑净了。

三藏搀那老者，到厅堂上，灯火全无，三人嘻嘻哈哈的还笑。唐僧骂道：“这泼物，十分不善！我朝朝教诲，日日叮咛。古人云：‘不教而善，非圣而何？教而后善，非贤而何？教亦不善，非愚而何？’汝等这般撒泼，诚为至下至愚之类！走进门，不知高低，諕倒了老施主，惊散了念经僧，把人家好事都搅坏了，却不是堕罪与我？”说得他们不敢回言。那老者方信是他徒弟，急回头作礼道：“老爷，没大事，没大事。才然关了灯，散了花，佛事将收也。”八戒道：“既是了帐，摆出满散的斋来，我们吃了睡觉。”老者叫：“掌灯来，掌灯来！”家里人听得，大惊小怪道：“厅上念经，有许多香烛，如何又教掌灯？”几个僮仆出来看时，这个黑洞洞的，即便点火把灯笼，一拥而至。忽抬头见八戒、沙僧，慌得丢了火把，忽抽身关了中门，往里嚷道：“妖怪来了，妖怪来了！”

行者拿起火把，点上灯烛，扯过一张交椅，请唐僧坐在上面。他兄弟们坐在两旁，那老者坐在前面。正叙坐间，只听得里面门开处，又走出一个老者，拄着拐杖道：“是甚么邪魔，黑夜里来我善门之家？”前面坐的老者，急起身迎到屏门后道：“哥哥莫嚷，不是邪魔，乃东土大唐取经的罗汉。徒弟们相貌虽凶，果然是相恶人善。”那老者方才放下拄杖，与他四位行礼。礼毕，也坐了面前，叫：“看茶来，排斋。”连叫数声，几个僮仆，战战兢兢，不敢拢身。

八戒忍不住问道：“老者，你这盛价两边走怎的？”老者道：“教他们捧斋来侍奉老爷。”八戒道：“几个人伏侍？”老者道：“八个人。”八戒道：“这八个人伏侍那个？”老者道：“伏侍你四位。”八戒道：“那白面师父，只消一个人；毛脸雷公嘴的，只消两个人；那晦气脸的，要八个人；我得二十个人伏侍方彀。”老者道：“这等说，想是你的食肠大些。”八戒道：“也将就看得过。”老者道：“有人，有人。”七大八小，就叫出有三四十人出来。

那和尚与老者，一问一答的讲话，众人方才不怕。却将上面排了一张桌，请唐僧上坐；两边摆了三张桌，请他三位坐；前面一张桌，坐了二位老者。先排上素果品菜蔬，然后是面饭、米饭、闲食、粉汤，排得齐齐整整。唐长老举起箸来，先念一卷《启斋经》。

那呆子一则有些急吞，二来有些饿了，那里等唐僧经完，拿过红漆木碗来，把一碗白米饭扑的丢下口去，就了了。旁边小的道：“这位老爷，忒没算计，不笼馒头，怎的把饭笼了，却不污了衣服？”八戒笑道：“不曾笼，吃了。”小的道：“你不曾举口，怎么就吃了？”八戒道：“儿子们便说谎！分明吃了，不信，再吃与你看。”那小的们又端了碗，盛一碗递与八戒。呆子幌一幌，又丢下口去，就了了。众僮仆见了道："爷爷哑，你是'磨砖砌的喉咙，着实又光又溜'！"

那唐僧一卷经还未完，他已五六碗过手了，然后却才同举箸，一齐吃斋。呆子不论米饭面饭，果品闲食，只情一涝乱噇，口里还嚷："添饭，添饭！"渐渐不见来了。行者叫道："贤弟少吃些罢，也强似在山凹里忍饿，将就彀得半饱也好了。"八戒道："嘴脸！常言道：'斋僧不饱，不如活埋'哩。"行者教："收了家火，莫睬他！"二老者躬身道："不瞒老爷说，白日里倒也不怕，似这大肚子长老，也斋得起百十众；只是晚了，收了残斋，只蒸得一石面饭、五斗米饭与几桌素食，要请几个亲邻与众僧们散福。不期你列位来，唬得众僧跑了，连亲邻也不曾敢请，尽数都供奉了列位。如不饱，再教蒸去。"八戒道："再蒸去，再蒸去！"

唐僧去借住，见到一个来关门的老者，项下挂着数珠，口念"阿弥陀佛"。

第一个细节出现，说明这是个佛教徒。

老者说唐僧来晚了，眼下斋僧的东西都发没了。

第二个细节出现，说明他是个虔诚的佛教徒。

老者随后的一句话透露出此公非常有见识，他知道东土大唐到这里有五万四千里路。

仨徒弟现身后差点给老者吓死，以为来妖怪了。等四人入了屋子，厅中有几个念经的和尚，又被八戒都吓跑了，这把哥儿仨逗得哈哈大笑，随后唐僧骂道："这泼物，十分不善！我朝朝教诲，日日叮咛。古人云：'不教而善，非圣而何？教而后善，非贤而何？教亦不善，非愚而何？'汝等这般撒泼，诚为至下至愚之类！走进门，不知高低，唬倒了老施主，惊散了念经僧，把人家好事都搅坏了，却不是堕罪与我？"

效果很好，"说得他们不敢回言"，唐僧此时已经是取经团队毋庸置疑的领导了。

看到唐僧把仨"妖怪"骂得服服帖帖的，那老者"方信是他徒弟"，表示不碍事，佛事本来也该结束了，随后喊下人来掌灯，然而几个童仆也被八戒和沙僧吓得丢了火把，关了中门往里嚷道："妖怪来了，妖怪来了！"作者之前不是没安排过取经团队跟百姓见面，但此地的百姓却像是被妖怪吓破了胆一样。作者是在为后面的剧情铺垫合理性。

等到了斋僧环节，这个地方越发透露出邪门。这家人居然能一口气叫出来三四十个用人，而且大晚上能迅速操办出一桌菜，说明有着极殷实的家底，像八戒这种饭量的，人家白天能斋得起百十个。

一个连正路都没有的、区区几百户的村庄中的一家人，怎么会那么有钱！

一切的一切，显露出很多疑点。

话毕，收了家火桌席。三藏拱身谢了斋供，才问："老施主高姓？"老者道："姓陈。"三藏合掌道："这是我贫僧华宗了。"老者道："老爷也姓陈？"三藏道："是，俗家也姓陈。请问适才做的甚么斋事？"八戒笑道："师父问他怎的！岂不知道？必然是'青苗斋''平安斋''了场斋'罢了。"老者道："不是，不是。"三藏又问："端的为何？"老者道："是一场'预修亡斋'。"八戒笑得打跌道："公公忒没眼力！我们是扯谎架桥哄人的大王，你怎么把这谎话哄我！和尚家岂不知斋事？只有个'预修寄库斋''预修填还斋'，那里有个'预修亡斋'的？你家人又不曾有死的，做甚亡斋？"

行者闻言，暗喜道："这呆子乖了些也。老公公，你是错说了。怎么叫做预修亡斋？"那二位欠身道："你等取经，怎么不走正路，却蹡到我这里来？"行者道："走的是正路，只见一股水挡住，不能得渡；因闻鼓钹之声，特来造府借宿。"老者道："你们到水边，可曾见些甚么？"行者道："止见一面石碑，上书'通天河'三字，下书'径过八百里，亘古少人行'十字，再无别物。"老者道："再往上岸走走好的，离那碑记只有里许，有一座灵感大王庙，你不曾见？"行者道："未见。请公公说说，何为灵感？"

那两个老者一齐垂泪道："老爷呵，那大王：

感应一方兴庙宇，威灵千里祐黎民。

年年庄上施甘雨，岁岁村中落庆云。"

行者道："施甘雨，落庆云，也是好意思，你却怎么伤情烦恼，何也？"那老者蹬脚捶胸，哏了一声道："老爷呵！

虽则恩多还有怨，纵然慈惠却伤人。

只因好吃童男女，不是昭彰正直神。"

行者道："要吃童男女么？"老者哭道："正是。"行者道："想必轮到你家了？"老者道："今年正到舍下。我们这里有百家人家居住，此处属车迟国元会县所管，唤做陈家庄。这大圣，一年一次祭赛，要一个童男，一个童女，猪羊牲醴供献他。他一顿吃了，保我们风调雨顺；若不祭赛，就来降祸生灾。"

行者道："你府上几位令郎？"老者捶胸道："可怜，可怜！说甚么令郎，羞杀我等。这个是我舍弟，名唤陈清。老拙叫做陈澄。我今年六十三岁，他今年五十八岁，儿女上都艰难。我五十岁上还没儿子，亲友们劝我纳了一妾，没奈何，寻下一房，生得一女。今年才交八岁，取名唤做一秤金。"八戒道："好贵名。怎么叫做一秤金？"老者道："只因儿女艰难，修桥补路，建寺立塔，布施斋僧，有一本帐目，那里使三两，那里使四两；到生女之年，却好用过有三十斤黄金。三十斤为一秤，所以唤做一秤金。"行者道："那个的儿子么？"老者道："舍弟有个儿子，也是偏出，今年七岁了，取名唤做陈关保。"行者问："何取此名？"老者道："家下供养关圣爷爷，因在关爷之位下求得这个儿子，故名关保。我兄弟二人，年岁百二，止得这两人种，不期轮次到我家祭赛，所以不敢不献。故此父子之情，难割难舍，先与孩儿做个超生道场，故曰'预修亡斋'者，此也。"

三藏闻言，止不住腮边泪下，道："这正是古人云：'黄梅不落青梅落，老天偏害没儿人。'"行者笑道："等我再问他。老公公，你府上有多大家当？"二老道："颇有些儿。水田有四五十顷，旱田有六七十顷，草场有八九十处，水黄牛有二三百头，驴马有三二十匹，猪羊鸡鹅无数。舍下也有吃不着的陈粮，穿不了的衣服。家财产业，也尽得数。"行者道："你这等家业，也亏你省将起来的。"老者道："怎见我省？"行者道："既有这家私，怎么舍得亲生儿女祭赛？拚了五十两银子，可买一个童男；拚了一百两银子，可买一个童女，连绞缠不过二百两之数，可就留下自己儿女后代，却不是好？"二老滴泪道："老爷，你不知道。那大王甚是灵感，常来我们人家行走。"行者道："他来行走，你们看见他是甚么嘴脸？有几多长短？"二老道："不见其形，只闻得一阵香风，就知是大王爷爷来了，即忙满斗焚香，老少望风下拜。他把我们这人家，匙大碗小之事，他都知道；老幼生时年月，他都记得。只要亲生儿女，他方受用。不要说二三百两没处买，就是几千万两，也没处买这般一模一样同年同月的儿女。"

斋僧完毕，唐僧问这是什么斋事，老者表示是一场“预修亡斋”，并且问了唐僧团队一个问题：“你等取经，怎么不走正路，却蹡到我这里来？”

也就是说，这一关理论上来讲是意外的“副本”，在原计划中本不该出现，这也解释了为什么他们后面会遇到让上层神仙很不体面的孽畜。

猴哥表示我们走的就是正路，只不过被河给挡住了，跟着鼓钹之声来到了这里。老者借着通天河的石碑将话题引到了灵感大王庙，等悟空问何为灵感时，两个老者哭道：“感应一方兴庙宇，威灵千里祐黎民。年年庄上施甘雨，岁岁村中落庆云。”

这方圆千里的降雨都是灵感大王管理！

悟空纳闷，这是好事，你们哭什么？

老者跌脚捶胸道，天下没有白得的好处，他要吃童男童女呢！

接着，老者介绍说今年轮到他家出童男童女，此处属车迟国元会县所管，唤作陈家庄。“这大圣，一年一次祭赛，要一个童男，一个童女，猪羊牲醴供献他。他一顿吃了，保我们风调雨顺；若不祭赛，就来降祸生灾。”

随后老者介绍一秤金和陈关保时再次透露出殷实的家底。女孩八岁，是他家因儿女艰难，修桥补路，建寺立塔，布施斋僧，做了三十斤黄金的好事之后得的；他弟弟家的男孩七岁，是因为家中供养关圣爷爷，在关爷之位下求得了这个儿子，故名关保。

等猴哥再问这家的家产时，堪比四圣试禅心时的家产规模出现了：“水田有四五十顷，旱田有六七十顷，草场有八九十处，水黄牛有二三百头，驴马有三二十匹，猪羊鸡鹅无数。舍下也有吃不着的陈粮，穿不了的衣服。家财产业，也尽得数。”

通过之前的铺垫，我们知道这家有钱，但没想到居然这么有钱！

巨大的疑问也就此出现了：为什么会这么有钱？

这个疑问我们先按下不提，眼下有猴哥的疑问：你家那么有钱，为什么不买孩子？

两个老者表示，这个灵感大王堪比陈家庄的里正，整个陈家庄匙大碗小之事都知道，全庄老幼的生时年月都记得，只吃庄子人家的亲生儿女！

这说明，肯定有人家这么干过，随后被灵感大王发现了，转年降了灾，庄子从而形成了不要和大王耍心眼的共识。

又一个巨大疑问出现了。吃小孩我们能理解，在西游宇宙中，人肉跟年寿有关系，但只吃陈家庄亲生的孩子，这显然不是单纯跟年寿有关了，而属于服从性测试的范畴，已经不是简单的祭祀降雨的事了。

行者道："原来这等。也罢，也罢。你且抱你令郎出来我看看。"那陈清急入里面，将关保儿抱出厅上，放在灯前。小孩儿那知死活，笼着两袖果子，跳跳舞舞的吃着耍子。行者见了，默默念声咒语，摇身一变，变作那关保儿一般模样。两个孩儿搀着手，在灯前跳舞，諕得那老者慌忙跪下。唐僧道："老爷不当人子，不当人子。"这老者道："才然说话，怎么就变作我儿一般模样？叫他一声，齐应齐走！却折了我们年寿！请现本相，请现本相！"

行者把脸抹了一把，现了本相。那老者跪在面前道："老爷原来有这样本事！"行者笑道："可像你儿子么？"老者道："像，像，像！果然一般嘴脸，一般声音，一般衣服，一般长短。"行者道："你还没细看哩。取秤来称称，可与他一般轻重？"老者道："是，是，是，是一般重。"行者道："似这等可祭赛得过么？"老者道："忒好，忒好！祭得过了！"行者道："我今替这个孩儿性命，留下你家香烟后代，我去祭赛那大王去也。"那陈清跪地磕头道："老爷，果若慈悲替得，我送白银一千两，与唐老爷做盘缠，往西天去。"行者道："就不谢谢老孙？"老者道："你已替祭，没了你也。"行者道："怎的得没了？"老者道："那大王吃了。"行者道："他敢吃我？"老者道："不吃你，好道嫌腥？"行者笑道："任从天命，吃了我，是我的命短；不吃，是我的造化。我与你祭赛去。"

那陈清只管磕头相谢，又允送银五百两。惟陈澄也不磕头，也不说谢，只是倚着那屏门痛哭。行者知之，上前扯住道："大老，你这不允我，不谢我，想是舍不得你女儿么？"陈澄才跪下道："是舍不得。敢蒙老爷盛情，救替了我侄子也够了。但只是老拙无儿，止此一女，就是我死之后，他也哭得痛切，怎么舍得！"行者道："你快去蒸上五斗米的饭，整治些好素菜，与我那长嘴师父吃，教他变作你的女儿，我兄弟同去祭赛，索性行个阴骘，救你两个儿女性命，如何？"

那八戒听得此言，心中大惊，道："哥哥，你要弄精神，不管我死活，就要攀扯我。"行者道："贤弟，常言道：'鸡儿不吃无功之食。'你我进门，感承盛斋，你还嚷吃不饱哩，怎么就不与人家救些患难？”八戒道：“哥啊，变化的事情，我却不会哩。”行者道：“你也有三十六般变化，怎么不会？”三藏呼悟能：“你师兄说得最是，处得甚当。常言：‘救人一命，胜造七级浮屠。’一则感谢厚情，二来当积阴德。况凉夜无事，你兄弟耍耍去来。”八戒道：“你看师父说的话！我只会变山，变树，变石头，变赖象，变水牛，变大肚汉还可，若变小女儿，有几分难哩。”行者道：“老大，莫信他，抱出你令嫒来看看。”

陈澄急入里边，抱将一秤金女儿，到了厅上。一家子妻妾大小，不拘老幼内外，都出来磕头礼拜，只请救孩儿性命。那女儿头上戴一个八宝垂珠的花翠箍，身上穿一件红闪黄的纻丝袄，上套着一件官绿缎子棋盘领的披风，腰间系一条大红花绢裙，脚下踏一双虾蟆头浅红纻丝鞋，腿上穿两只绡金膝裤儿，也拿着果子吃哩。行者道：“八戒，这就是女孩儿。你快变的像他，我们祭赛去。”八戒道：“哥哑，似这般小巧俊秀怎变？”行者叫：“快些，莫讨打！”八戒慌了道：“哥哥，不要打，等我变了看。”

这呆子念动咒语，把头摇了几摇，叫“变！”真个变过头来，就也像女孩儿面目，只是呆子胖大狼犺不像。行者笑道：“再变变！”八戒道：“凭你打了罢！变不过来，奈何？”行者道：“莫成是丫头的头，和尚的身子？弄的这等不男不女，却怎生是好？你可布起罡来。”他就吹他一口仙气，果然即时把身子变过，与那女儿一般。便教：“二位老者，带你宝眷，同令郎、令爱进去，不要错了。一会家，我兄弟躲懒讨乖，走进去时难识认。你将好果子与他吃，不可教他哭叫，恐大王一时知觉，走了风汛。等我两人耍子去也！”

好大圣，分付沙僧保护唐僧：“我变作陈关保，八戒变作一秤金。”二人俱停当了，却问：“怎么供献？还是捆了去，是绑了去？蒸熟了去，是剁碎了去？”八戒道：“哥哥，莫要弄我，我没这个本事。”老者道：“不敢，不敢。只是用两个红漆丹盘，请二位坐在盘内，放在桌子上，着两个后生抬一张桌子，把你们抬上庙去。”行者道：“好，好，好！拿盘子出来，我们试试。”那老者即取出两个丹盘。行者与八戒坐上，四个后生抬起两张桌子，往天井里走走儿，又抬回放在堂上。行者欢喜道：“八戒，相这般子走走耍耍，我们也是上台盘的和尚了。”八戒道：“若是抬了去，还抬回来，两头抬到天明，我也不怕；只是抬到庙里，就要吃哩，这个却不是耍子！”行者道：

“你只看着我。划着吃我时，你就走了罢。”八戒道：“知他怎么吃哩？如先吃童男，我便好跑；如先吃童女，我却如何？”老者道：“常年祭赛时，我这里有胆大的，钻在庙后，或在供桌底下，看见他先吃童男，后吃童女。”八戒道：“造化，造化！”

兄弟正然谈论，只听得锣鼓喧天，灯火照耀，打开前门，叫：“抬出童男童女来！”这老者哭哭啼啼，那四个后生将他二人抬将出去。

端的不知性命何如，且听下回分解。

悟空叫出来陈关保，又变作了男娃的模样，问老者这样能替他家娃当祭品吗？

陈清表示要花一千五百两报答悟空。陈澄一看这个就哭上了，他还有个闺女需要救呢。悟空说：“你快去蒸上五斗米的饭，整治些好素菜，与我那长嘴师父吃，教他变作你的女儿，我兄弟同去祭赛，索性行个阴骘，救你两个儿女性命，如何？”

八戒慌了，表示哥你折腾你的，别攀扯我。悟空说，自古没有白吃的饭，你吃了人家的盛斋，还闹喊吃不饱，咋就不能给人家救些患难？

作者终于在八戒几次都跟吃冤家一样地吃人家供奉后，讲明了一个朴素的道理：天下没有白吃的午餐！

不要随便占便宜，不要总是吃人家的就吃到出汗，有的便宜是需要拿命还的。

这回连唐僧都向着悟空了，唐师父在不牵扯自己性命的救人一命方面从来都是比较踊跃的，他对悟能说：“你师兄说得最是，处得甚当。常言：‘救人一命，胜造七级浮屠。’一则感谢厚情，二来当积阴德。况凉夜无事，你兄弟耍耍去来。”

这是去当祭品被吃掉啊！在唐僧嘴里成“耍耍去来”了。

一秤金被抱出来后，作者通过对小丫头的穿着描写出了陈家究竟有多富裕，“那女儿头上戴一个八宝垂珠的花翠箍，身上穿一件红闪黄的纻丝袄，上套着一件官绿缎子棋盘领的披风，腰间系一条大红花绢裙，脚下踏一双虾蟆头浅红纻丝鞋，腿上穿两只绡金膝裤儿”，堪比《红楼梦》的笔法了。

八戒变完后相当害怕，悟空说灵感大王吃我时你就跑路，八戒说不行，你怎么知道会先吃你。陈家老头说，往年祭赛时有胆大的偷看过，是先吃童男，后吃童女。八戒正美的时候，我们注意看外面的动静：“只听得锣鼓喧天，灯火照耀，打开前门，叫：‘抬出童男童女来！’”

准确地说，都不由得你不送孩子吃，全庄的人都不会同意你得罪灵感老爷的！

客观来讲，灵感大王根本没有威逼吃谁家娃——这是陈家庄献祭的，也是陈家庄抬过来求我吃的。

你有没有发现上位方控制下位方的一种手段？

给下位者普惠的好处，但要牺牲少数下位者的利益，让广大下位者陷入内部矛盾中去互相争斗，这样坏人就不是上位者了。哪怕灵感大王吃人，陈家庄的乌合之众也只会认为：为了大家的利益，吃了你家的孩子又能怎么样！

乌合之众只看眼前，哪怕下一秒就轮到他被献祭，这一秒他也会享受并欢悦于献祭他人带来的快感。

定期让下位者内部争斗，是古代政治中经久不衰的循环手段。

第四十八回

魔弄寒风飘大雪，僧思拜佛履层冰

话说陈家庄众信人等，将猪羊牲醴与行者、八戒，喧喧嚷嚷，直抬至灵感庙里排下，将童男女设在上首。行者回头看见那供桌上香花蜡烛，正面一个金字牌位，上写“灵感大王之神”，更无别的神像。众信摆列停当，一齐朝上叩头道：“大王爷爷，今年今月，今日今时，陈家庄祭主陈澄等众信，年甲不齐，谨遵年例，供献童男一名陈关保，童女一名陈一秤金，猪羊牲醴如数，奉上大王享用。保佑风调雨顺，五谷丰登。”祝罢，烧了纸马，各回本宅不题。

那八戒见人散了，对行者道：“我们家去罢。”行者道：“你家在那里？”八戒道：“往老陈家睡觉去。”行者道：“呆子，又乱谈了。既允了他，须与他了这愿心才是哩。”八戒道：“你倒不是呆子，反说我是呆子！只哄他耍耍便罢，怎么就与他祭赛，当起真来！”行者道：“莫胡说。为人为彻。一定等那大王来吃了，才是个全始全终；不然，又教他降灾贻害，反为不美。”

正说间，只听得呼呼风响。八戒道：“不好了，风响是那话儿来了！”行者只叫：“莫言语，等我答应。”顷刻间，庙门外来了一个妖邪。你看他怎生模样：

金甲金盔灿烂新，腰缠宝带绕红云。

眼如晚出明星皎，牙似重排锯齿分。

足下烟霞飘荡荡，身边雾霭暖熏熏。

行时阵阵阴风冷，立处层层煞气温。

却似卷帘扶驾将，犹如镇寺大门神。

那怪物拦住庙门问道："今年祭祀的是那家？"行者笑吟吟的答道："承下问，庄头是陈澄、陈清家。"那怪闻答，心中疑似道："这童男胆大，言谈伶俐。常来供养受用的，问一声不言语；再问声，諕了魂；用手去捉，已是死人。怎么今日这童男善能应对？"怪物不敢来拿，又问："童男女，叫甚名字？"行者笑道："童男陈关保，童女一秤金。"怪物道："这祭赛乃常年旧规，如今供献，我当吃你。"行者道："不敢抗拒，请自在受用。"怪物听说，又不敢动手，拦住门喝道："你莫顶嘴！我常年先吃童男，今年倒要先吃童女！"八戒慌了道："大王，还照旧罢，不要吃坏例子。"

那怪不容分说，放开手，就捉八戒。呆子扑的跳下来，现了本相，掣钉钯，劈手一筑。那怪物缩了手，往前就走，只听得当的一声响。八戒道："筑破甲了！"行者也现本相，看处，原来是冰盘大小两个鱼鳞，喝声："赶上！"二人跳到空中。那怪物因来赴会，不曾带得兵器，空手在云端里问道："你是那方和尚？到此欺人，破了我的香火，坏了我的名声！"行者道："这泼物原来不知！我等乃东土大唐圣僧三藏奉钦差西天取经之徒弟。昨因夜寓陈家，闻有邪魔，假号灵感，年年要童男女祭赛，是我等慈悲，拯救生灵，捉你这泼物！趁早实实供来，一年吃两个童男女，你在这里称了几年大王，吃了多少男女？一个个算还我，饶你死罪！"那怪闻言就走，被八戒又一钉钯，未曾打着他。化一阵狂风，钻入通天河内。

行者道："不消赶他了，这怪想是河中之物。且待明日设法拿他，送我师父过河。"八戒依言，径回庙里，把那猪羊祭礼，连桌面一齐搬到陈家。此时唐长老、沙和尚，共陈家兄弟，正在厅中候信，忽见他二人将猪羊等物都丢在天井里。三藏迎来问道："悟空，祭赛之事何如？"行者将那称名赶怪、钻入河中之事说了一遍。二老十分欢喜，即命打扫厢房，安排床铺，请他师徒就寝不题。

我们来看看陈家庄的祭祀场景：抬着悟空、八戒和猪羊牲醴到庙里，供桌上摆有香花蜡烛，正面一个金字牌位，上写"灵感大王之神"。注意，这个庙里是没有神像的。

什么原因？

看过原文的读者都知道这鱼是从哪儿来的，那是绝对不能留下模样证据的！

陈家庄信众的叩头祈祷，表达得很直白：我们守祭祀规矩，请大王也按规矩保佑我们明年风调雨顺，五谷丰登。

人们走后不久，灵感大王来了，来看模样：

金甲金盔灿烂新，腰缠宝带绕红云。

眼如晚出明星皎，牙似重排锯齿分。

足下烟霞飘荡荡，身边雾霭暖熏熏。

行时阵阵阴风冷，立处层层煞气温。

却似卷帘扶驾将，犹如镇寺大门神。

这可不是对妖怪的惯常描写，这是护法金刚的模样，“犹如镇寺大门神”。之前陈家哥儿俩说灵感大王来的时候有香风，如今这描写又说足下有烟霞，身边有雾霭，这都是作者在暗示这个妖怪背后有靠山，“行时阵阵阴风冷，立处层层煞气温”又为后面妖怪能操纵下雪埋下了伏笔。

这怪物问“今年祭祀的是那家”，悟空对答如流，怪物心中疑惑道：“这童男胆大，言谈伶俐。常来供养受用的，问一声不言语；再问声，唬了魂；用手去捉，已是死人。怎么今日这童男善能应对？”

这个怪物相当有脑子，遇到不寻常的地方会分析。怪物吃之前还要念判词，表示“这祭赛乃常年旧规，如今供献，我当吃你”，突出一个“自愿、合理、公平、公正”。眼见童男还敢说话，灵感大王“又不敢动手，拦住门喝道：‘你莫顶嘴！我常年先吃童男，今年倒要先吃童女！’”

你细看从正果门里出来的妖怪，这帮“孽畜”都相当会动脑子，对细节变化的观察相当到位。

灵感大王要吃童女时，被八戒一钯子给筑下来两片鱼鳞，随后哥儿俩喝声“赶上”，跳到空中。灵感大王问道：“你是那方和尚？到此欺人，破了我的香火，坏了我的名声！”

每年童男童女的祭祀，是他的香火，人家打造的是陈家庄灵感信仰实验基地。

悟空透露取经的底子后，怪物化作一阵狂风钻入通天河里了。悟空表示这估计是河中之物，明天设法拿他吧！

却说那怪得命，回归水内，坐在宫中，默默无言。水中大小眷族问道："大王每年享祭回来欢喜，怎么今年烦恼？"那怪道："常年享毕，还带些余物与汝等受用，今日连我也不曾吃得，造化低，撞着一个对头，几乎伤了性命。"众水族问："大王，是那个？"那怪道："是一个东土大唐圣僧的徒弟，往西天拜佛求经者，假变男女，坐在庙里。我被他现出本相，险些儿伤了性命。一向闻得人讲，唐三藏乃十世修行好人，但得吃他一块肉，延寿长生。不期他手下有这般徒弟。我被他坏了名声，破了香火，有心要捉唐僧，只怕不得能彀。"

那水族中，闪上一个斑衣鳜婆，对怪物跬跬拜拜，笑道："大王，要捉唐僧，有何难处！但不知捉住他，可赏我些酒肉？"那怪道："你若有谋，合同用力，捉了唐僧，与你拜为兄妹，共席享之。"鳜婆拜谢了道："久知大王有呼风唤雨之神通，搅海翻江之势力，不知可会降雪？"那怪道："会降。"又道："既会降雪，不知可会作冷结冰？"那怪道："更会。"鳜婆鼓掌笑道："如此极易，极易！"那怪道："你且将极易之功讲来我听。"鳜婆道："今夜有三更天气，大王不必迟疑，趁早作法，起一阵寒风，下一阵大雪，把通天河尽皆冻结。着我等善变化者，变作几个人形，在于路口，背包持伞，担担推车，不住的在冰上行走。那唐僧取经之心甚急，看见如此人行，断然踏冰而渡。大王稳坐河心，待他脚踪响处，迸裂寒冰，连他那徒弟们一齐坠落水中，一鼓可得也！"那怪闻言，满心欢喜道："甚妙，甚妙！"即出水府，踏长空，兴风作雪，寒威凝冻成冰，不题。

却说唐长老师徒四人，歇在陈家。将近天晓，师徒们衾寒枕冷。八戒咳歌打战，睡不得，叫道："师兄，冷呵！"行者道："你这呆子，忒不长俊！出家人寒暑不侵，怎么怕冷？"三藏道："徒弟，果然冷。你看，就是那：

重衾无暖气，袖手似揣冰。此时败叶垂霜蕊，苍松挂冻铃。地裂因寒甚，池平为水凝。渔舟不见叟，山寺怎逢僧？樵子愁柴少，王孙喜炭增。征人须似铁，诗客笔如菱。皮袄犹嫌薄，貂裘尚恨轻。蒲团僵老衲，纸帐旅魂惊。绣被重裀，浑身战抖铃。"

师徒们都睡不得，爬起来，穿了衣服。开门看处，呀！外面白茫茫的，原来下雪哩。行者道："怪道你们害冷哩，却是这般大雪！"四人眼同观看，好雪。但见那：

彤云密布，惨雾重侵。彤云密布，朔风凛凛号空；惨雾重侵，大雪纷纷盖地。

真个是六出花片片飞琼，千林树株株带玉。须臾积粉，顷刻成盐。白鹦哥失素，皓鹤羽毛同。平添吴楚千江水，压倒东南几树梅。却便似战退玉龙三百万，果然如败鳞残甲满天飞。那里得东郭履，袁安卧，孙康映读；更不见子猷舟，王恭氅，苏武餐毡。但只是几家村舍如银砌，万里江山似玉团。柳絮漫桥，梨花盖舍。柳絮漫桥，桥边渔叟挂蓑衣；梨花盖舍，舍下野翁煨榾柮。客子难沽酒，苍头苦觅梅。洒洒潇潇裁蝶翅，飘飘荡荡剪鹅衣。团团滚滚随风势，叠叠层层道路迷。阵阵寒威穿小幕，飕飕冷气透幽帏。丰年祥瑞从天降，堪贺人间好事宜。

那场雪，纷纷洒洒，果如剪玉飞绵。师徒们叹玩多时，只见陈家老者，着两个僮仆，拆开道路，又两个送出热汤洗面。须臾，又送滚茶乳饼，又抬出炭火。俱到厢房，师徒们叙坐。长老问道："老施主，贵处时令，不知可分春夏秋冬？"陈老笑道："此间虽是僻地，但只风俗人物与上国不同，至于诸凡谷苗牲畜，都是同天共日，岂有不分四时之理？"三藏道："既分四时，怎么如今就有这般大雪，这般寒冷？"陈老道："此时虽是七月，昨日已交白露，就是八月节了。我这里常年八月间就有霜雪。"三藏道："甚比我东土不同，我那里交冬节方有之。"

正话间，又见僮仆来安桌子，请吃粥。粥罢之后，雪比早间又大，须臾，平地有二尺来深。三藏心焦垂泪。陈老道："老爷放心，莫见雪深忧虑。我舍下颇有几石粮食，供养得老爷们半生。"三藏道："老施主不知贫僧之苦。我当年蒙圣恩赐了旨意，摆大驾亲送出关，唐王御手擎杯奉饯，问道几时可回，贫僧不知有山川之险，顺口回奏：'只消三年，可取经回国。'自别后，今已七八个年头，还未见佛面，恐违了钦限，又怕的是妖魔凶狠，所以焦虑。今日有缘，得寓潭府，昨夜愚徒们略施小惠报答，实指望求一船只渡河；不期天降大雪，道路迷漫，不知几时才得功成回故土也！"陈老道："老爷放心。正是多的日子过了，那里在这几日？且待天晴化了冰，老拙倾家费产，必处置送老爷过河。"

只见一僮又请进早斋。到厅上吃毕，叙不多时，又午斋相继而进。三藏见品物丰盛，再四不安道："既蒙见留，只可以家常相待。"陈老道："老爷，感蒙替祭救命之恩，虽逐日设筵奉款，也难酬难谢。"

灵感大王回去后的表现很冷静，是"坐在宫中，默默无言"，人家在那儿盘算呢，直到被小的们追问，才说了情况：

1.“是一个东土大唐圣僧的徒弟，往西天拜佛求经者，假变男女，坐在庙里。我被他现出本相，险些儿伤了性命。”这对头比我本事大。

2.“一向闻得人讲，唐三藏乃十世修行好人，但得吃他一块肉，延寿长生。不期他手下有这般徒弟。”我听说过唐僧的“保健”功效。

3.“我被他坏了名声，破了香火，有心要捉唐僧，只怕不得能彀。”眼下为了香火也需要报复回去，但是怕他那徒弟。

逻辑清晰，思路明确。

水族中闪出一个斑衣鳜婆，说她有办法，灵感大王表示：你有谋略的话，咱俩就结拜为兄妹。随后作者借鳜婆之口，介绍了灵感大王有“呼风唤雨之神通，搅海翻江之势力”，还会“降雪”和“作冷结冰”。

这不是说灵感大王也会五雷法，他是金鱼成精，修出了这种手段。这就好比龙王都会降雨，后面我们会知道，在朱紫国那关，龙王吐口唾沫都能下雨，只不过不敢随便降雨罢了；但人家这条金鱼的后台硬，在陈家庄搞片儿百户的小“项目”，领导们不会在意。

灵感大王听到了冻冰引诱唐僧一行过河的计谋后大喜，出水府，踏长空，兴风作雪，凝冻成冰。

将近天晓，唐僧师徒被冻醒了，发现下起了鹅毛大雪。唐僧又哭了，表示取经已经有七八个年头了，刚走了一半，恐违了钦限，又怕妖怪凶狠。陈家则挺高兴，表示您就在这儿住着，等化了冰，我倾家荡产也给您送过河。

陈家是不希望取经这几位走的，因为问题还没除根儿呢。

此后大雪方住，就有人行走。陈老见三藏不快，又打扫花园，大盆架火，请去雪洞里闲耍散闷。八戒笑道：“那老儿忒没算计！春二三月好赏花园，这等大雪，又冷，赏玩何物？”行者道：“呆子不知事！雪景自然幽静。一则游赏，二来与师父宽怀。”陈老道：“正是，正是。”遂此邀请到园。但见：

景值三秋，风光如腊。苍松结玉蕊，衰柳挂银花。阶下玉苔堆粉屑，窗前翠竹吐琼芽。巧石山头，养鱼池内。巧石山头，削削尖峰排玉笋；养鱼池内，清清活水作冰盘。临岸芙蓉娇色浅，傍崖木槿嫩枝垂。秋海棠，全然压倒；腊梅树，聊发新枝。牡丹亭，海榴亭，丹桂亭，亭亭尽鹅毛堆积；放怀处，款客处，遣兴处，处处皆蝶翅铺漫。两边黄菊玉绡金，几树丹枫红间白。无数闲庭冷难到，且观雪洞冷如春。那里边放一个兽面象足铜火盆，热烘烘炭火才生；那上下有几张虎皮搭苫漆交椅，软温温纸窗铺设。

那壁上，挂几轴名公古画，却是那：

七贤过关，寒江独钓，叠嶂层峦团雪景；苏武餐毡，折梅逢使，琼林玉树写寒文。说不尽那家近水亭鱼易买，雪迷山径酒难沽。真个可堪容膝处，算来何用访蓬壶？

众人观玩良久，就于雪洞里坐下，对邻叟道取经之事，又捧香茶饮毕。陈老问："列位老爷，可饮酒么？"三藏道："贫僧不饮，小徒略饮几杯素酒。"陈老大喜，即命："取素果品，炖暖酒，与列位汤寒。"那僮仆即抬桌围炉，与两个邻叟，各饮了几杯，收了家火。

不觉天色将晚，又仍请到厅上晚斋，只听得街上行人都说："好冷天呵，把通天河冻住了！"三藏闻言道："悟空，冻住河，我们怎生是好？"陈老道："乍寒乍冷，想是近河边浅水处冻结。"那行人道："把八百里都冻的似镜面一般，路口上有人走哩。"三藏听说有人走，就要去看。陈老道："老爷莫忙。今日晚了，明日去看。"遂此别却邻叟，又晚斋毕，依然歇在厢房。

及次日天晓，八戒起来道："师兄，今夜更冷，想必河冻住也。"三藏迎着门，朝天礼拜道："众位护教大神，弟子一向西来，虔心拜佛，苦历山川，更无一声报怨；今至于此，感得皇天祐助，结冻河水，弟子空心权谢，待得经回，奏上唐皇，竭诚酬答。"礼拜毕，遂教悟净背马，趁冰过河。陈老又道："莫忙，待几日，雪融冰解，老拙这里办船相送。"沙僧道："就行也不是话，再住也不是话。口说无凭，耳闻不如眼见。我背了马，且请师父亲去看看。"陈老道："言之有理。"教："小的们，快去背我们六匹马来，且莫背唐僧老爷马。"就有六个小价跟随，一行人径往河边来看。真个是：

雪积如山耸，云收破晓晴。寒凝楚塞千峰瘦，冰结江湖一片平。朔风凛凛，滑冻棱棱。池鱼偎密藻，野鸟恋枯槎。塞外征夫俱坠指，江头梢子乱敲牙。裂蛇腹，断鸟足，果然冰山千百尺。万壑冷浮银，一川寒浸玉。东方自信出僵蚕，北地果然有鼠窟。王祥卧，光武渡，一夜溪桥连底固。曲沼结棱层，深渊重叠沍。通天阔水更无波，皎洁冰漫如陆路。

三藏与一行人到了河边，勒马观看，真个那路口上有人行走。三藏问道："施主，那些人上冰往那里去？"陈老道："河那边乃西梁女国。这起人都是做买卖的。我这边百钱之物，到那边可值万钱；那边百钱之物，到这边亦可值万钱。利重本轻，所以人不顾死生而去。常年家有五七人一船，或十数人一船，飘洋而过。见如今河道冻住，故舍命而步行也。"三藏道："世间事，惟名利最重。似他为利的舍死忘生，我弟子奉旨全忠，也只是为名，与他能差几何！"教："悟空，快回施主家，收拾行囊，叩背马匹，趁此层冰，早奔西方去也。"行者笑吟吟答应。

为了缓解唐僧的泣涕，陈家开始打扫花园，让唐僧赏雪，再看陈家这花园，依旧有顶级富豪的排面：有苍松、衰柳、翠竹、芙蓉、木槿、秋海棠、蜡梅、黄菊、丹枫；有假山，那是"削削尖峰排玉笋"，不是普通的假山，是奇石；还有养鱼池，那是"清清活水作冰盘"，不是普通的池子，是引来的活水；园子里有牡丹亭、海榴亭、丹桂亭，供人"放怀""款客""遣兴"；怕人冻着，还设了兽面象足铜火盆，里面放上热烘烘的炭火，椅子是虎皮搭苫漆交椅，甚至连四壁上挂的都是名公古画，而且都是应景的冬景风光画，估计人家库房里有四季的画，到了哪个季节就拿对应的画！

你可能又疑惑了：前面已经知道陈家有钱了，作者又炫技写这些东西干什么，表现他吃过见过？

千万不要这么想作者，他是大文豪，是有自尊心的，他绝对没有废笔，而是为了铺垫后面这件事，原文是：

三藏与一行人到了河边，勒马观看，真个那路口上有人行走。三藏问道："施主，那些人上冰往那里去？"陈老道："河那边乃西梁女国。这起人都是做买卖的。我这边百钱之物，到那边可值万钱；那边百钱之物，到这边亦可值万钱。利重本轻，所以人不顾死生而去。常年家有五七人一船，或十数人一船，飘洋而过。见如今河道冻住，故舍命而步行也。"

作者暗示读者，陈家能那么有钱，是因为做的是"国际贸易"。通天河两岸的特产价值差别巨大，利重本轻，对面的那个国家，叫西梁女国。

从对灵感大王的虔诚供奉来看，陈家庄是极其看重农业生产的。陈澄介绍时说过，他家的产业中有超高的农业比重，这么重农的地方同时做着一本万利的国际贸易，这是为什么呢？

你仔细想一下西梁女国有哪些是当地不值钱的，其实就通了。

西梁女国不值钱的是男孩。你再回想一下陈家有多少下人？大半夜的，可以轻松叫出三四十人，“老者道：‘有人，有人。’七大八小，就叫出有三四十人出来”。而且他家的产业是“水田有四五十顷，旱田有六七十顷，草场有八九十处，水黄牛有二三百头，驴马有三二十匹，猪羊鸡鹅无数。舍下也有吃不着的陈粮，穿不了的衣服”，这些都是需要大量劳动力来生产的。这样一串联，是不是就通了？

由于落胎泉被如意真仙霸占，西梁女国的绝大部分人哪怕怀了男胎也只能生下来。陈家庄去河对岸把西梁女国不要的男孩买过来，作为自己的人力资源，随后祈求灵感大王护佑风调雨顺，保证农业生产，从而走向了暴富的正循环。所以，为什么灵感大王只要陈家庄亲生的娃娃？

因为普通的娃娃在陈家庄绝对不稀缺，必须得是拿庄人的“心头肉”献祭才能完成信仰闭环！而且灵感大王绝对不是单纯保佑风调雨顺就够了，从“常年家有五七人一船，或十数人一船，飘洋而过。见如今河道冻住，故舍命而步行也”这句话能看出来，如果这河不上冻，运力是不够的，最多十多人一船而已。上了冻就不一样了，运力就提上来了，所以舍命步行。弄不好，灵感大王这一年的“天气服务套餐”中，还包括在每年的秋收后把河冻上，方便两边贸易。

听见陈家庄的人冒死搞国际贸易后，唐僧也说了一句剖析自己的话：“世间事，惟名利最重。似他为利的舍死忘生，我弟子奉旨全忠，也只是为名，与他能差几何！”

真的挺不容易的，唐僧能说出这句实话，不简单。

唐僧看见河冻上了，让徒弟快去收拾行囊马匹，赶紧走。此时悟空是笑吟吟答应的，他已经看出了唐僧的心情，他已经被紧箍咒折腾怕了。

掉河里就掉河里，猴哥的任务就是捞他。别躲灾，躲不过去，等着问题出现后去解题就得了。

沙僧道：“师父呵，常言道：‘千日吃了千升米。’今已托赖陈府上，且再住几日，待天晴化冻，办船而过。忙中恐有错也。”三藏道：“悟净，怎么这等愚见！若是正二月，一日暖似一日，可以待得冻解。此时乃八月，一日冷似一日，如何可便

望解冻！却不又误了半载行程？”八戒跳下马来：“你们且休讲闲口，等老猪试看，有多少厚薄。”行者道：“呆子，前夜试水，能去抛石；如今冰冻重漫，怎生试得？”八戒道：师兄不知。等我举钉钯钯他一下。假若筑破，就是冰薄，且不敢行；若筑不动，便是冰厚，如何不行？”三藏道：“正是，说得有理。”那呆子撩衣拽步，走上河边，双手举钯，尽力一筑，只听扑的一声，筑了九个白迹，手也振得生疼。呆子笑道：“去得，去得！连底都锢住了。”

三藏闻言，十分欢喜，与众同回陈家，只教收拾走路。那两个老者苦留不住，只得安排些干粮烘炒，做些烧饼馍馍相送。一家子磕头礼拜，又捧出一盘子散碎金银，跪在面前道：“多蒙老爷活子之恩，聊表途中一饭之敬。”三藏摆手摇头，只是不受，道：“贫僧出家人，财帛何用？就途中也不敢取出，只是以化斋度日为正事。收了干粮足矣。”二老又再三央求，行者用指尖儿捻了一小块，约有四五钱重，递与唐僧道：“师父，也只当些衬钱，莫教空负二老之意。”

猴子已经不张嘴了，倒是沙僧说了句提醒的话：“师父呵，常言道：‘千日吃了千升米。’今已托赖陈府上，且再住几日，待天晴化冻，办船而过。忙中恐有错也。”

沙僧很谨慎，但触了唐僧的逆鳞，唐僧直接骂道：“悟净，怎么这等愚见！”

等唐僧说完天会越来越冷的气象学小知识后，看咱们唐师父最喜欢的徒弟的表现：好不容易吃上了大户的八戒拿钉钯筑了下冰，随后笑道“去得，去得！连底都锢住了”。唐僧闻言，“十分欢喜，与众同回陈家，只教收拾走路”。

沙僧还是得跟他二师兄学啊！这里面的门道比通天河还深呢！

陈家老哥儿俩苦留不住，只得安排些干粮相送，临走时一家子磕头礼拜，又捧出一盘子散碎金银，跪在面前道：“多蒙老爷活子之恩，聊表途中一饭之敬。”

其实这一家子是绝对不想让唐僧师徒走人的，因为妖怪还没除去，人家会来报复的。但是，作者又用顶级的商人眼光和智慧，描写出陈家老哥儿俩这辈子算是彻底活明白了的觉悟：对方救了自家，自己就该相谢，降妖去根的事能彻底解决自然最好，既然解决不了，反正自己也尽力挽留了，留不住就该知天命，这四个老爷有那么大的本事，自己肯定是得罪不起的，不如留点面子，将来如果有缘重逢，再来张嘴。

作者在结尾处还会安排陈家老哥儿俩跟通天河的傻鼋再次出场，通过人和鼋的比较，让读者们品味什么叫做人的智慧。

遂此相向而别。径至河边冰上，那马蹄滑了一滑，险些儿把三藏跌下马来。沙僧道：“师父，难行！”八戒道：“且住，问陈老官讨个稻草来我用。”行者道：“要稻草何用？”八戒道：“你那里得知，要稻草包着马蹄，方才不滑，免教跌下师父来也。”陈老在岸上听言，急命人家中取一束稻草，却请唐僧上岸下马。八戒将草包裹马足，然后踏冰而行。

别陈老，离河边，行有三四里远近，八戒把九环锡杖递与唐僧道：“师父，你横此在马上。”行者道：“这呆子奸诈！锡杖原是你拿的，如何又叫师父拿着？”八戒道：“你不曾走过冰冻，不晓得。凡是冰冻之上，必有冷眼，倘或蹦着冷眼，脱将下去，若没横担之物，骨都的落水，就如一个大锅盖盖住，如何钻得上来！须是如此架住方可。”行者暗笑道：“这呆子倒是个积年走冰的！”果然都依了他。长老横担着锡杖，行者横担着铁棒，沙僧横担着降妖宝杖，八戒肩挑着行李，腰横着钉钯，师徒们放心前进。

这一直行到天晚，吃了些干粮，却又不敢久停，对着星月光华，观的冰冻上亮灼灼、白茫茫，只情奔走。果然是马不停蹄，师徒们莫能合眼，走了一夜。天明又吃些干粮，望西又进。

正行时，只听得冰底下扑喇喇一声响亮，险些儿唬倒了白马。三藏大惊道：“徒弟呀，怎么这般响亮？”八戒道：“这河忒也冻得结实，地冷响了，或者这半中间连底通锢住了也。”三藏闻言，又惊又喜，策马前进，趱行不题。

却说那妖邪，自从回归水府，引众精在于冰下。等候多时，只听得马蹄响处，他在底下，弄个神通，滑喇的迸开冰冻。慌得孙大圣跳上空中，早把那白马落于水内，三人尽皆脱下。那妖邪将三藏捉住，引群精径回水府，厉声高叫：“鳜妹何在？”老鳜婆迎门施礼道：“大王，不敢，不敢。”妖邪道：“贤妹何出此言！‘一言既出，驷马难追。’原说听从汝计，捉了唐僧，与你拜为兄妹。今日果成妙计，捉了唐僧，就好昧了前言？”教：“小的们！抬过案桌，磨快刀来，把这和尚剖腹剜心，剥皮剐肉，一壁厢响动乐器，与贤妹共而食之，延寿长生也。”鳜婆道：“大王，且休吃他，恐他徒弟们寻来吵闹。且宁耐两日，让那厮不来寻，然后剖开，请大王上坐，众眷族环列，吹弹歌舞，奉上大王，从容自在享用，却不好也？”那怪依言，把唐僧藏在宫后，使一个六尺长的石匣，盖在中间不题。

却说八戒、沙僧在水里捞着行囊，放在白马身上驮了，分开水路，涌浪翻波，负水而出。只见行者在半空中看见，问道：“师父何在？”八戒道：“师父姓‘陈’，名‘到底’了。如今没处找寻，且上岸再作区处。”原来八戒本是天蓬元帅临凡，他当年掌管天河八万水兵大众；沙和尚是流沙河内出身；白马本是西海龙孙，故此能知水性。大圣在空中指引，须臾回转东崖，晒刷了马匹，绘掠了衣裳。大圣云头按落，一同到那陈家庄上。

早有人报与二老道：“四个取经的老爷，如今只剩了三个来也。”兄弟即忙接出门外，果见衣裳还湿，道：“老爷们，我等那般苦留，却不肯住，只要这样方休。怎么不见三藏老爷？”八戒道：“不叫做三藏了，改名叫做‘陈到底’也。”二老垂泪道：“可怜，可怜！我说等雪融备舡相送，坚执不从，致令丧了性命！”行者道：“老儿，莫替古人耽忧。我师父管他不死长命。老孙知道，决然是那灵感大王弄法算计去了。你且放心，与我们浆浆衣服，晒晒关文，取草料喂着白马，等我弟兄寻着那厮，救出师父，索性剪草除根，替你一庄人除了后患，庶几永得安生也。”陈老闻言，满心欢喜，即命安排斋供。

兄弟三人，饱餐一顿，将马匹行囊交与陈家看守，各整兵器，径赴水边，寻师擒怪。正是：

误踏层冰伤本性，大舟脱漏怎周全？

毕竟不知怎么救得唐僧，且听下回分解。

唐僧四人就这样上了冰开走，走到灵感大王水府上方时，被人家搞定了。

灵感大王很兴奋，第一时间要跟出主意的老鳜婆结为兄妹，马不停蹄地要杀唐僧。

由此可见，他不知道唐僧取经的底细。

他如果知道这事是他的老大观音菩萨攒的局，吓死他他也不敢有动唐僧的心思，这关最后也会有时间线方面的证明。

最终，那鳜婆表示先别吃，留个后路，等他徒弟不来吵闹时再吃。再看灵感大王的安排：“那怪依言，把唐僧藏在宫后，使一个六尺长的石匣，盖在中间不题。”

在黑水河中，唐僧是被普通地捆在亭台里的，这次却被安排在了石匣里，其实相当莫名其妙。不过，不要怀疑作者的水平，他这么写肯定有用意，我们接着看。

哥儿仨在唐僧掉下去之后回到了岸边，陈家二老垂泪哭唐僧，这时候悟空表态道，他这回索性斩草除根，替一庄人除了后患，永得安生。“陈老闻言，满心欢喜，即命安排斋供。”

做人要有目的性，但这个目的性要看时势，要看缘分。火候不到，众口难调；火候过了，事情就焦。

后面师徒取经功成，再回陈家庄时，悟空对陈家庄的表态是：“行者笑道：‘此天赐耳，与我们何与？但自今以后，我们保佑你这一庄上人家，子孙繁衍，六畜安生，年年风调雨顺，岁岁雨顺风调。’”

斗战胜佛开金口了，要永保陈家庄。

什么叫会做人？这陈家老哥儿俩真的不简单。

第四十九回

三藏有灾沉水宅，观音救难现鱼篮

却说孙大圣与八戒、沙僧辞陈老，来至河边，道：“兄弟，你两个议定，那一个先下水。”八戒道：“哥呵，我两个手段不见怎的，还得你先下水。”行者道：“不瞒贤弟说，若是山里妖精，全不用你们费力；水中之事，我去不得。就是下海行江，我须要捻着避水诀，或者变化甚么鱼蟹之形，才去得；若是那般捻诀，却抡不得铁棒，使不得神通，打不得妖怪。我久知你两个惯水之人，我所以要你两个下去。”沙僧道：“哥呵，小弟虽是去得，但不知水底如何。我等大家都去。哥哥变作甚么模样，或是我驮着你，分开水道，寻着妖怪的巢穴，你先进去打听打听。若是师父不曾伤损，还在那里，我们好努力征讨；假若不是这怪弄法，或者渰死师父，或者被妖吃了，我等不须苦求，早早的别寻道路，何如？”行者道：“贤弟说得有理。你们那个驮我？”八戒暗喜道：“这猴子不知捉弄了我多少，今番原来不会水，等老猪驮他，也捉弄他捉弄！”呆子笑嘻嘻的叫道：“哥哥，我驮你。”行者就知有意，却便将计就计道：“是，也好，你比悟净还有些膂力。”

八戒就背着他，沙僧剖开水路，弟兄们同入通天河内。向水底下行有百十里远近，那呆子捉弄行者，行者随即拔下一根毫毛，变做假身，伏在八戒背上，真身变作一个猪虱子，紧紧的贴在他耳朵里。八戒正行，忽然打个踉踵，便故意把行者往前一掼，扑的跌了一跤。原来那个假身本是毫毛变的，却就飘起去，无影无形。沙僧道：“二哥，你是怎么说？不好生走路，就跌在泥里，便也罢了，却把大哥不知跌在那里去了！”八戒道：“那猴子不禁跌，一跌就跌化了。兄弟，莫管他死活，我和你且去寻师父去。”沙僧道：“不好，还得他来。他虽不知水性，他比我们乖巧。若无他来，我不与你去。”

行者在八戒耳朵里忍不住高叫道：“悟净，老孙在这里也！”沙僧听得笑道：“罢了，这呆子是死了！你怎么就敢捉弄他！如今弄得闻声不见面，却怎是好？”八戒慌得跪在泥里磕头道：“哥哥，是我不是了。待救了师父，上岸陪礼。你在那里做声？就唬杀我也！你请现原身出来，我驮着你，再不敢冲撞你了。”行者道：“是你还驮着我哩。我不弄你，你快走，快走！”那呆子絮絮叨叨，只管念诵着陪礼，爬起来，与沙僧又进。

行了又有百十里远近，忽抬头，望见一座楼台，上有“水鼋之第”四个大字。沙僧道：“这壁厢是妖精住处，我两个不知虚实，就骂上门索战？”行者道：“悟净，那门里外可有水么？”沙僧道：“无水。”行者道：“既无水，你再藏隐在左右，待老孙去打听打听。”

好大圣！爬离了八戒耳朵里，却又摇身一变，变作个长脚虾婆，两三跳，跳到门里。睁眼看时，只见那怪坐在上面，众水族摆列两边，有个斑衣鳜婆坐于侧手，都商议要吃唐僧。行者留心，两边寻找不见，忽看见一个大肚虾婆走将来，径往西廊下立定。行者跳到面前，称呼道：“姆姆，大王与众商议要吃唐僧，唐僧却在那里？”虾婆道：“唐僧被大王降雪结冰，昨日拿在宫后石匣中间，只等明日，他徒弟们不来吵闹，就奏乐享用也。”

行者闻言，演了一会，径直寻到宫后看，果有一个石匣，却像人家槽房里的猪槽，又似人间一口石棺材之样，量量只有六尺长短。却伏在上面听了一会，只听得三藏在里面嘤嘤的哭哩。行者不言语，侧耳再听，那师父挫得牙响，恨了一声道：

自恨江流命有愆，生时多少水灾缠。

出娘胎腹淘波浪，拜佛西天堕渺渊。

前遇黑河身有难，今逢冰解命归泉。

不知徒弟能来否，可得真经返故园？

行者忍不住叫道：“师父，莫恨水灾。经云：‘土乃五行之母，水乃五行之源。无土不生，无水不长。’老孙来了！”三藏闻得，道：“徒弟呵，救我耶！”行者道：“你

且放心，待我们擒住妖精，管教你脱难。”三藏道：“快些儿下手，再停一日，足足闷杀我也！”行者道：“没事，没事！我去也！”

急回头，跳将出去，到门外现了原身，叫：“八戒！”那呆子与沙僧近道：“哥哥，如何？”行者道：“正是此怪骗了师父。师父未曾伤损，被怪物盖在石匣之下。你两个快早斗战，让老孙先出水面。你若擒得他就擒，擒不得做个佯输，引他出水，等我打他。”沙僧道：“哥哥放心先去，待小弟们鉴貌辨色。”这行者捻着避水诀，钻出河中，停立岸边等候不题。

哥儿仨在河边，商量谁下水，八戒、沙僧哥儿俩都尿了，悟空表示：要不是水里的事，我就不跟你们废话了。最终谨慎的沙僧表示：我俩这本事就别提了，还得是您去，要不您变个什么，或者我们驮着您老，等寻着妖怪的巢穴后，哥哥先进去打听，若是师父没死咱就好好干，师父死了咱就拉倒。注意这句：“若是师父不曾伤损，还在那里，我们好努力征讨；假若不是这怪弄法，或者渰死师父，或者被妖吃了，我等不须苦求，早早的别寻道路，何如？”

沙僧可没提报仇的事。

可千万别得罪话少的人，这句“悟净，怎么这等愚见”可不是白说的，人家沙僧心里是记着的。

悟空问谁来驮他，八戒暗喜，要捉弄他猴哥，主动请求驮他。眼见平时最爱偷懒的家伙那么主动，悟空知道这小子要使坏，于是将计就计让八戒背着，等八戒要心眼摔他的时候，人家悟空早就跑了。

等八戒说出“那猴子不禁跌，一跌就跌化了。兄弟，莫管他死活，我和你且去寻师父去”后，沙僧让八戒知道了他在人家心中的分量：“若无他来，我不与你去。”

沙僧怎么可能不知道猴子没事，人家就是抓住机会，又一次对大哥表了忠心，等悟空说自己还在时，沙僧乐道：“罢了，这呆子是死了！你怎么就敢捉弄他！如今弄得闻声不见面，却怎是好？”吓得八戒慌得跪在泥里磕头赔礼。

三人来到水府，看到上有“水鼋之第”四个大字。第一次看的读者准会疑惑，这妖怪不是一只鼋吗？怎么让八戒打出鱼鳞来了呢？从这里我们也能看出来，这个灵感大王做事有多小心，他连洞府的名字都没换，不留任何证据！

悟空变化后进去打探，不出所料，唐僧依旧在哭，恨得咬牙作了一首自己命里跟水犯克的诗。悟空一看他这是嗔上了，赶紧叫道：“师父，莫恨水灾。经云：‘土乃五行之母，水乃五行之源。无土不生，无水不长。’老孙来了！”

唐僧听见悟空来了之后给出了指示，抓紧打妖怪，再过一天我就要闷死了。

悟空随后安排八戒和沙僧开打，打得过就擒，打不过就佯输引他出水，等猴哥打他。

你看那猪八戒行凶，闯至门前，厉声高叫：“泼怪物，送我师父出来！”慌得那门里小妖急报：“大王，门外有人要师父哩！”妖邪道：“这定是那泼和尚来了。”教：“快取披挂兵器来！”众小妖连忙取出。妖邪结束了，执兵在手，即命开门，走将出来。八戒与沙僧对列左右，见妖邪怎生披挂？好怪物！你看他：

头戴金盔晃且辉，身披金甲掣虹霓。
腰围宝带团珠翠，足踏烟黄靴样奇。
鼻准高隆如峤耸，天庭广阔若龙仪。
眼光闪灼圆还暴，牙齿铜锋尖又齐。
短发蓬松飘火焰，长须潇洒挺金锥。
口咬一枝青嫩藻，手拿九瓣赤铜锤。
一声咿哑门开处，响似三春惊蛰雷。
这等形容人世少，敢称灵显大王威。

妖邪出得门来，随后有百十个小妖，一个个抡枪舞剑，摆开两哨，对八戒道：“你是那寺里和尚？为甚到此喧嚷？”八戒喝道：“我把你这打不死的泼物！你前夜与我顶嘴，今日如何推不知来问我？我本是东土大唐圣僧之徒弟，往西天拜佛求经者。你弄玄虚，假做甚么灵感大王，专在陈家庄要吃童男童女，我本是陈清家一秤金，你不认得我么？”那妖邪道：“你这和尚甚没道理！你变做一秤金，该一个冒名顶替之罪。我倒不曾吃你，反被你伤了我手背。已是让了你，你怎么又寻上我的门来？”八戒道：“你既让我，却怎么又弄冷风，下大雪，冻结坚冰，害我师父？快早送我师父出来，万事皆休；牙迸半个‘不’字，你只看看手中钯，决不饶你！”妖邪闻言，微微冷笑道：“这和尚，卖此长舌，胡夸大口！果然是我作冷下雪冻河，摄你师父。你今嚷上门来，思量取讨，只怕这一番不比那一番了。那时节我因赴会，

不曾带得兵器，误中你伤。你如今且休要走，我与你交敌三合。三合敌得我过，还你师父；敌不过，连你一发吃了。”

八戒道：“好乖儿子！正是这等说，仔细看钯！”妖邪道：“你原来是半路上出家的和尚。”八戒道：“我的儿，你真个有些灵感，怎么就晓得我是半路出家的？”妖邪道：“你会使钯，想是雇在那里种园，把他钉钯拐将来也。”八戒道：“儿子！我这钯，不是那筑地之钯。你看：

巨齿铸就如龙爪，细金妆来似蟒形。

若逢对敌寒风洒，但遇相持火焰生。

能与圣僧除怪物，西方路上捉妖精。

轮动烟云遮日月，使开霞彩照分明。

筑倒太山千虎怕，掀翻大海万龙惊。

饶你威灵有手段，一筑须教九窟窿！”

那个妖邪那里肯信，举铜锤劈头就打。八戒使钉钯架住，道：“你这泼物，原来也是半路上成精的邪魔！”那怪道：“你怎么认得我是半路上成精的？”八戒道：“你会使铜锤，想是雇在那个银匠家扯炉，被你得了手，偷将出来的。”妖邪道：“这非打银之锤。你看：

九瓣攒成花骨朵，一竿虚孔万年青。

原来不比凡间物，出处还从仙苑名。

绿房紫菂瑶池老，素质清香碧沼生。

因我用功抟炼过，坚如钢锐彻通灵。

枪刀剑戟浑难赛，钺斧戈矛莫敢经。

总让你钯能利刃，汤着吾锤迸折钉！”

沙和尚见他两个攀话，忍不住近前，高叫道：“那怪物，休得浪言！古人云：‘口说无凭，做出便见。’不要走，且吃我一杖！”妖邪使锤杆架住，道：“你也是半路里出家的和尚。”沙僧道：“你怎么认得？”妖邪道：“你这模样，像一个磨博士出身。”沙僧道：“如何认得我像个磨博士？”妖邪道：“你不是磨博士，怎么会使赶面杖？”沙僧骂道：“你这业障！是也不曾见：

这般兵器人间少，故此难知宝杖名。

出自月宫无影处，梭罗仙木琢磨成。

外边嵌宝霞光耀，内里钻金瑞气凝。

先日也曾陪御宴，今朝秉正保唐僧。

西方路上无知识，上界宫中有大名。

唤做降妖真宝杖，管教一下碎天灵！”

那妖邪不容分说，三人变脸。这一场在水底下好杀：

铜锤宝杖与钉钯，悟能悟净战妖邪。一个是天蓬临世界，一个是上将降天涯。他两个，夹攻水怪施威武；这一个，独抵神僧势可夸。有分有缘成大道，相生相克秉恒沙。土克水，水干见底；水生木，木旺开花。禅法参修归一体，还丹炮炼伏三家。土是母，发金芽，金生神水产婴娃；水为本，润木华，木有辉煌烈火霞。攒簇五行皆别异，故然变脸各争差。看他那铜锤九瓣光明好，宝杖千丝彩绣佳。钯按阴阳分九曜，不明解数乱如麻。捐躯弃命因僧难，舍死忘生为释迦。致使铜锤忙不坠，左遮宝杖右遮钯。

三人在水底下斗经两个时辰，不分胜败。猪八戒料道不得赢他，对沙僧丢了个眼色，二人诈败佯输，各拖兵器，回头就走。那怪教：“小的们，扎住在此，等我追赶上这厮，捉将来与汝等凑吃。”咦！你看他如风吹败叶，似雨打残花，将他两个赶出水面。

那孙大圣在东岸上，眼不转睛，只看着河边水势。忽然见波浪翻腾，喊声号吼，八戒先跳上岸道：“来了，来了！”沙僧也到岸边道：“来了，来了！”那妖邪随后叫：“那里走！”才出头，被行者喝道：“看棍！”那妖邪闪身躲过，使铜锤急架相还。一个在河边涌浪，一个在岸上施威。搭上手，未经三合，那妖遮架不住，打个花，又淬于水里，遂此风平浪息。

八戒和沙僧叫阵后，作者再次描写了全副武装后灵感大王的扮相，都是场面词，就差直接说这妖怪有背景了。双方说了几句，进入“垃圾话”环节：灵感大王说八戒是个半路出家的，原来是个种园子的，把钉钯都拐来了；八戒则反击说灵感大王是偷了银匠家的铜锤。后面的诗句相当关键：原来不比凡间物，出处还从仙苑名。绿房紫药瑶池老，素质清香碧沼生。

在古代诗词中，“绿房”指代莲房，也就是荷花的莲蓬，“紫药”是紫色莲子之意，“瑶池”指的是王母娘娘的居所，大家都清楚，这个“老”是指时间长。“绿房紫药瑶池老”连起来的意思是在瑶池中长久存在的长着绿色莲蓬和紫色莲子的荷花，再加上前面那句“原来不比凡间物，出处还从仙苑名”，可见人家已经点名了，这兵器是用瑶池仙苑的莲花修成的。

看看观音菩萨恐怖的底蕴！人家莲花池里的莲花是瑶池里的仙品，正如我们在讲东华帝君时说过，全书除了帝君那里，只有菩萨这条金鱼的兵器能跟“瑶池”俩字扯上关系。你再细琢磨琢磨菩萨那“善治得仙树灵苗”的甘露水，是不是有一种“智力体操”般的美感？

中国人的审美讲究什么？

讲究藏，讲究层层拨开，顶级的园子讲究不要让人一眼看透，要一步一景，要别有洞天，讲究的是意境。

五百年了，祖宗们留下来的文字还在被我们品味，真的很伟大。

对沙和尚兵器的描述，也有一段诗，描写八戒和沙僧哥儿俩的诗更多是为了跟灵感大王的兵器的诗对仗，信息量不大。三人在水底下斗了两个时辰，不分胜败，灵感大王的水平也被测试出来了，菩萨池子里的金鱼就得天蓬元帅和卷帘大将俩人绑在一块才能应付，看看天上这些酒囊饭袋！八戒、沙僧诈败后，把灵感大王引到了水上，灵感大王和急眼的猴子之间却是天差地别的距离，“搭上手，未经三合，那妖遮架不住，打个花，又淬于水里”。

行者回转高崖道：“兄弟们，辛苦呵。”沙僧道：“哥呵，这妖精他在岸上觉得不济，在水底也尽利害哩！我与二哥左右齐攻，只战得个两平，却怎么处置，救师父也？”行者道：“不必疑迟，恐被他伤了师父。”八戒道：“哥哥，我这一去哄他出来，你莫做声，但只在半空中等候。估着他钻出头来，却使个捣蒜打，照他顶门上着着实实一下！纵然打不死他，好道也护疼发晕，却等老猪赶上一钯，管教他了帐！”行者道：“正是，正是。这叫做‘里迎外合’，方可济事。”他两个复入水中不题。

却说那妖邪败阵逃生，回归本宅。众妖接到宫中，鳜婆上前问道：“大王，赶那两个和尚到那方来？”妖邪道：“那和尚原来还有一个帮手。他两个跳上岸去，那帮手抡一条铁棒打我，我闪过，与他相持。也不知他那棍子有多少斤重，我的铜

锤莫想架得他住，战未三合，我却败回来也。”鳜婆道：“大王可记得那帮手是甚相貌？”妖邪道：“是一个毛脸雷公嘴，查耳朵，折鼻梁，火眼金睛和尚。”鳜婆闻说，打了一个寒噤道：“大王呵，亏了你识俊，逃了性命！若再三合，决然不得全生！那和尚我认得他。”妖邪道：“你认得他是谁？”鳜婆道：“我当年在东洋海内，曾闻得老龙王说他的名誉，乃是五百年前大闹天宫混元一气上方太乙金仙美猴王齐天大圣。如今归依佛教，保唐僧往西天取经，改名唤做孙悟空行者。他的神通广大，变化多端。大王，你怎么惹他！今后再莫与他战了。”

说不了，只见门里小妖来报：“大王，那两个和尚又来门外索战哩！”妖精道：“贤妹所见甚长，再不出去，看他怎么。”急传令，教：“小的们，把门关紧了。正是‘任君门外叫，只是不开门’。让他缠两日，性摊了回去时，我们却不自在受用唐僧也？”那小妖一齐都搬石头，塞泥块，把门闭好。八戒与沙僧连叫不出，呆子心焦，就使钉钯筑门。那门已是紧闭塞关，莫想能勾。被他七八钯筑破门扇，里面却都是泥土石块，高叠千层。沙僧见了，道：“二哥，这怪物惧怕之甚，闭门不出，我和你且回上河崖，再与大哥计较去来。”八戒依言，径转东岸。

那行者半云半雾，提着铁棒等哩。看见他两个上来，不见妖怪，即按云头，迎至岸边，问道：“兄弟，那话儿怎么不上来？”沙僧道：“那妖物紧闭宅门，再不出来见面；被二哥打破门扇看时，那里面都是些泥土石块，实实的叠住了。故此不能得战，却来与哥哥计议，再怎么设法去救师父。”行者道：“似这般，却也无法可治。你两个只在河岸上巡视着，不可放他往别处走了，待我去来。”八戒道：“哥哥，你往那里去？”行者道：“我上普陀岩拜问菩萨，看这妖怪是那里出身，姓甚名谁。寻着他的祖居，拿了他的家属，捉了他的四邻，却来此擒怪救师。”八戒笑道：“哥呵，这等干，只是忒费事，担搁了时辰了。”行者道：“管你不费事，不担搁！我去就来！”

哥儿仨展开复盘，八戒建议悟空就别喊那一嗓子“看棍”了，悄悄的成不成，半空照头一棒子不就完了嘛！随后八戒和沙僧哥儿俩再去诱敌，但灵感大王新认的这个妹妹真不得了，她之前在东海龙宫待过，听说过猴哥的威名，这鳜婆劝他别再跟猴子打了，人家灵感大王相当听劝，自己把门从里面给填死了。

猴哥看到这俩自行上来后，让他俩在河岸上巡视，自己去找菩萨，接下来的这句话可以看出猴哥做人做事的段位：“我上普陀岩拜问菩萨，看这妖怪是那里出身，姓甚名谁。寻着他的祖居，拿了他的家属，捉了他的四邻，却来此擒怪救师。”

此时的猴哥已经不是单纯打架了，哪怕去找菩萨，也不是让菩萨来降妖，那样没意思，人情都欠给菩萨了。他要去找菩萨问这怪的底细，然后抓人质来威胁怪物放人。

猴哥已经明白，把妖怪打死没意思，让妖怪背后的人物觉得亏欠才值钱，好不容易背靠上那么一棵大树，他现在是“猴假佛威”，必须往根上刨，落下这好大的人情。

好大圣，急纵祥光，躲离河口，径赴南海。那里消半个时辰，早望见落伽山不远。低下云头，径至普陀岩上。只见那二十四路诸天与守山大神、木叉行者、善财童子、捧玉龙女，一齐上前迎着施礼道：“大圣何来？”行者道：“有事要见菩萨。”众神道：“菩萨今早出洞，不许人随，自入竹林里观玩。知大圣今日必来，分付我等在此候接大圣。不可就见，请在翠岩前聊坐片时，待菩萨出来，自有道理。”行者依言，还未坐下，又见那善财童子上前施礼，道：“孙大圣，前蒙盛意，幸菩萨不弃收留，早晚不离左右，专侍莲花之下，甚得善慈。”行者知是红孩儿，笑道：“你那时节魔业迷心，今朝得成正果，才知老孙是好人也。”

行者久等不见，心焦道：“列位与我传报一声，若迟了，恐伤吾师之命。”诸天道：“不敢报。菩萨分付，只等他自出来哩。”行者性急，那里等得，急耸身往里便走。噫！

这个美猴王，性急能鹊薄。
诸天留不住，要往里边踔。
拽步入深林，睁眼偷觑着。
远观救苦尊，盘坐衬残箬。
懒散怕梳妆，容颜多绰约。
散挽一窝丝，未曾戴缨络。
不挂素蓝袍，贴身小袄缚。
漫腰束锦裙，赤了一双脚。
披肩绣带无，精光两臂膊。

玉手执钢刀，正把竹皮削。

行者见了，忍不住厉声高叫道："菩萨，弟子孙悟空志心朝礼。"菩萨教："外面俟候。"行者叩头道："菩萨，我师父有难，特来拜问通天河妖怪根源。"菩萨道："你且出去，待我出来。"行者不敢强，只得走出竹林，对众诸天道："菩萨今日又重置家事哩，怎么不坐莲台，不妆饰，不喜欢，在林里削篾做甚？"诸天道："我等却不知。今早出洞，未曾妆束，就入林中去了。又教我等在此接候大圣，必然为大圣有事。"行者没奈何，只得等候。

不多时，只见菩萨手提一个紫竹篮儿出林，道："悟空，我与你救唐僧去来。"行者慌忙跪下道："弟子不敢催促，且请菩萨着衣登座。"菩萨道："不消着衣，就此去也。"那菩萨撇下诸天，纵祥云腾空而去。孙大圣只得相随。

顷刻间，到了通天河界。八戒与沙僧看见，道："师兄性急，不知在南海怎么乱嚷乱叫，把一个未梳妆的菩萨逼将来也。"说不了，到了河岸。二人下拜道："菩萨，我等擅干，有罪，有罪！"

菩萨即解下一根束袄的丝绦，将篮儿拴定，提着丝绦，半踏云彩，抛在河中，往上溜头扯着，口念颂子道："死的去，活的住！死的去，活的住！"念了七遍，提起篮儿，但见那篮里亮灼灼一尾金鱼，还斩眼动鳞。菩萨叫："悟空，快下水救你师父耶。"行者道："未曾拿住妖邪，如何救得师父？"菩萨道："这篮儿里不是？"八戒与沙僧拜问道："这鱼儿怎生有那等手段？"菩萨道："他本是我莲花池里养大的金鱼，每日浮头听经，修成手段。那一柄九瓣铜锤，乃是一根未开的菡萏，被他运炼成兵。不知是那一日，海潮泛涨，走到此间。我今早扶栏看花，却不见这厮出拜，掐指巡纹，算着他在此成精，害你师父。故此未及梳妆，运神功，织个竹篮儿擒他。"

等猴哥来到落伽山普陀岩的时候，这欢迎阵仗就说明他这趟算是来对了，"只见那二十四路诸天与守山大神、木叉行者、善财童子、捧玉龙女，一齐上前迎着施礼"，落伽山工作人员都在门口迎着悟空，没错，就是来迎他的。菩萨今早出洞后不许人随，自己去了竹林里观玩，嘱咐他们专门来这里候接大圣，而且不能马上就见，菩萨知道大圣是猴脾气，所以给他好大的面子，请在翠岩前坐一会儿，等着菩萨出来。

悟空还没坐下，善财童子上前施礼道："孙大圣，前蒙盛意，幸菩萨不弃收留，早晚不离左右，专侍莲花之下，甚得善慈。"

甭管真的假的，反正红孩儿的心性开始被菩萨磨得有规矩、有模样了。

小树要砍，小孩要管，对孩子就得立规矩，由着孩子的所谓天性就是对孩子的不负责任。红孩儿正经是个有大福报的孩子，倒不仅是说他的能量大，而是说他有福缘，能够遇到菩萨来点化他。

猴叔也笑道：“你那时节魔业迷心，今朝得成正果，才知老孙是好人也。”

他看着这贤侄，满眼都是当年的自己。

悟空久等不见，担心唐僧死了，请求通报，但二十四诸天表示不敢报，菩萨说过的每个字都是金旨。

猴哥不管那个，直接闯进去了，看见一个没梳妆的菩萨正在削竹皮。猴哥忍不住厉声高叫道：“菩萨，弟子孙悟空志心朝礼。”菩萨还是让他在外面候着，猴哥不敢再说什么，走出竹林问众诸天，菩萨怎么成篾匠了？

诸天再次回复：“我等却不知。今早出洞，未曾妆束，就入林中去了。又教我等在此接候大圣，必然为大圣有事。”

不一会儿，菩萨手提一个紫竹篮儿出林，要与悟空去救唐僧。悟空慌忙跪下说不敢催促，请菩萨着衣登座，但菩萨说：“不消着衣，就此去也。”

无论是菩萨大清早起来就进林子里干活了，还是她连妆容都来不及打理就“顷刻间，到了通天河界”，都说明一件事：菩萨对于这事确实是没有预案的！

菩萨是能算出未来之事的，她肯定知道，如果自己穿戴利索了再去，唐僧就成馅儿了。

你可能会疑惑，菩萨既然算出来了，直接来通天河把那鱼喊出来不就完了？为什么要花时间编那个篮子？

往后看。

菩萨来到通天河后，操作如下：“解下一根束袄的丝绦，将篮儿拴定，提着丝绦，半踏云彩，抛在河中，往上溜头扯着，口念颂子道：‘死的去，活的住！死的去，活的住！’念了七遍，提起篮儿，但见那篮里亮灼灼一尾金鱼，还斩眼动鳞。”

菩萨为什么要编那个竹篮？

那个竹篮不是用来抓那金鱼的，是救那金鱼的，因为后来八戒、沙僧下水时发现，整个水府里的水怪鱼精都死了，所谓“八戒与沙僧分开水道，径往那水鼋之第找寻师父。原来那里边水怪鱼精，尽皆死烂”。

还记得前面作者埋下的唐僧被安在石匣中的伏笔吗？把他藏在石匣中是救了他，菩萨那口念的“死的去，活的住！死的去，活的住”的颂子绝对不是什么好话，是能在短短时间灭了整个水府的咒语。

菩萨的中心思想是：鱼，我还有用；把柄，我不想留。

三人问到这金鱼的手段，菩萨说：“他本是我莲花池里养大的金鱼，每日浮头听经，修成手段。那一柄九瓣铜锤，乃是一根未开的菡萏，被他运炼成兵。不知是那一日，海潮泛涨，走到此间。我今早扶栏看花，却不见这厮出拜，掐指巡纹，算着他在此成精，害你师父。故此未及梳妆，运神功，织个竹篮儿擒他。”

听经修成手段这事就当听个乐吧，连他那莲花都是瑶池出品的，这鱼要么是半路出家，要么就是菩萨教的，要么就是金鱼趁菩萨传别人手段时偷听到了。不过，“不知是那一日，海潮泛涨，走到此间”，金鱼在菩萨计划之外逃过来却不是虚言，因为全程菩萨都相当狼狈，急三火四地赶来，后面在时间上也有例证。

行者道：“菩萨，既然如此，且待片时，我等叫陈家庄众信人等，看看菩萨的金面。一则留恩，二来说此收怪之事，好教凡人信心供养。”菩萨道：“也罢，你快去叫来。”那八戒与沙僧一齐飞跑至庄前，高呼道：“都来看活观音菩萨！都来看活观音菩萨！”一庄老幼男女，都向河边，也不顾泥水，都跪在里面磕头礼拜。内中有善图画者传下影神，这才是鱼篮观音现身。当时菩萨自归南海。

收了金鱼后，悟空请求菩萨且待片刻，让陈家庄信众看看菩萨临凡的金面，目的是：“一则留恩，二来说此收怪之事，好教凡人信心供养。”

不要再喊猴哥了，喊猴主任，他已经开始为领导着想了！

八戒与沙僧一齐飞跑至庄前，喊来了陈家庄男女老幼。作者和前面处理红孩儿的善财童子五十三参一样，改编后将三十三观音像中的“鱼篮观音”加到了自己的西游宇宙中。

作者为了写《西游记》中的观音菩萨的形象，算是把能跟菩萨扯上关系的小动物都给虚构上了。还记得前面那个驮瓶子的老龟吗？那是拿龙头观音改编的，相传东海有一种头像龙、身像龟的怪物经常为害人间，菩萨大发慈悲之心，为民除害，将怪物降伏，跃上龙头怪物的背上现出宝相，随后被百姓塑了脚踏龙头怪物的观音菩萨像。

金鱼精是由鱼篮观音改编而来的，实际上跟鱼没有关系。相传陕右金沙滩上有一美艳女子提篮卖鱼，当地人都想娶她，她展开背诵经文大赛，最终嫁给了最能背诵的马郎。结果刚嫁进门，这女子就死了，而且迅速糜烂，等过了段时间后，有个僧人同这小马哥再看女子遗骸，发现她变成了一副黄金锁子骨。僧人说这是观音菩萨在点化小马哥，随后小马哥以这卖鱼女子的模样塑了鱼篮观音的像供奉。

后面还有一关讲的是文殊菩萨的狮子坐骑，那是由阿摩提观音改编的。阿摩提观音又称狮子无畏观音，是观音菩萨现出提棒骑狮宝相护法时的塑像。

观音三十三相之中，除了蛤蜊观音实在是没法改编，其他所有能跟小动物有关系的观音法相都被作者糅合进西游宇宙了，像杨柳观音（人参果那关出现），洒水观音（朱紫国救火）也都是“能改尽改”，都在西游宇宙中亮相了。

八戒与沙僧分开水路，径往那水黿之第找寻师父。原来那里边水怪鱼精，尽皆死烂。却入后宫，揭开石匣，驮着唐僧，出离波津，与众相见。那陈清兄弟叩头称谢道：“老爷不依小人劝留，致令如此受苦。”行者道：“不消说了。你们这里人家，下年再不用祭赛，那大王已此除根，永无伤害。陈老儿，如今才好累你，快寻一只船儿，送我们过河去也。”那陈清道：“有，有，有！”就教解板打船。众庄客闻得此言，无不喜舍。那个道“我买桅篷”，这个道“我办篙桨”，有的说“我出绳索”，有的说“我雇水手”。

正都在河边上吵闹，忽听得河中间高叫：“孙大圣，不要打船，花费人家财物，我送你师徒们过去！”众人听说，个个心惊，胆小的走了回家，胆大的战兢兢贪看。须臾，那水里钻出一个怪来。你道怎生模样？

方头人物非凡品，九助灵机号水仙。
曳尾能延千纪寿，潜身静隐百川渊。
翻波跳浪冲江岸，向日朝风卧海边。
养气含灵真有道，多年粉盖赖头黿。

那老黿又叫：“大圣，不要打船，我送你师徒过去！”行者抡着铁棒道：“我把

你这个孽畜！若到边前，这一棒就打死你！”老鼋道：“我感大圣之恩，情愿办好心送你师徒，你怎么返要打我？”行者道：“与你有甚恩惠？”老鼋道：“大圣，你不知。这底下水鼋之第乃是我的住宅，自历代以来，祖上传留到我。我因省悟本根，养成灵气，在此处修行，被我将祖居翻盖了一遍，立做一个水鼋之第。那妖邪乃九年前海啸波翻，他赶潮头，来于此处，仗逞凶顽，与我争斗。被他伤了我许多儿女，夺了我许多眷族。我斗他不过，将巢穴白白的被他占了。今蒙大圣至此搭救唐师父，请了观音菩萨，扫净妖氛，收去怪物，将第宅还归于我。我如今团圞老小，再不须挨土帮泥，得居旧舍。此恩重若丘山，深如大海。今不但我等蒙恩，只这一庄上人，免得年年祭赛，全了多少人家儿女。此诚所以谓一举而两得之恩也，敢不报答。”

行者闻言，心中暗喜，收了铁棒，道：“你端的是真实之情么？”老鼋道：“因大圣恩德洪深，怎敢虚谬？”行者道：“既是真情，你朝天赌咒。”那老鼋张着红口，朝天发誓道：“我若真情不送唐僧过此通天河，将身化为血水！”行者笑道：“你上来，你上来。”老鼋却才负近岸边，将身一纵，爬上河崖。众人近前观看，有四丈围圆的一个大白盖。行者道：“师父，我们上他身渡过去也。”三藏道：“徒弟呀，那层冰厚冻，尚且迍邅，况此鼋背，恐不稳便。”老鼋道：“师父放心。我比那层冰厚冻稳得紧哩，但歪一歪，不成功果！”行者道：“师父呵，凡诸众生，会说人话，决不打诳语。”教：“兄弟们，快牵马来。”

到了河边，陈家庄老幼男女，一齐来拜送。行者教把马牵在白鼋盖上，请唐僧站在马的颈项左边，沙僧站在右边，八戒站在马后，行者站在马前。又恐那鼋无礼，解下虎筋绦子，穿在老鼋的鼻之内，扯起来像一条缰绳。却使一只脚踏在盖上，一只脚登在头上，一只手执着铁棒，一只手扯着缰绳，叫道：“老鼋，慢慢走呵，歪一歪儿，就照头一下！”老鼋道：“不敢，不敢！”他却登开四足，踏水面如行平地。众人都在岸上焚香叩头，都念“南无阿弥陀佛”。这正是：真罗汉临凡，活菩萨出现。众人只拜的望不见形影方回。不题。

却说那师父驾着白鼋，那消一日，行过了八百里通天河界，干手干脚的登岸。三藏上崖，合手称谢道：“老鼋累你，无物可赠，待我取经回谢你罢。”老鼋道：“不劳师父赐谢。我闻得西天佛祖无灭无生，能知过去未来之事。我在此间整修行了一千三百余年，虽然延寿身轻，会说人话，只是难脱本壳。万望老师父到西天，与我问佛祖一声，看我几时得脱本壳，可得一个人身。”三藏响允道：“我问，我问。”那老鼋才淬水中去了。

行者遂伏侍唐僧上马，八戒挑着行囊，沙僧跟随左右，师徒们找大路一直奔西。这的是：

圣僧奉旨拜弥陀，水远山遥灾难多。

意志心诚不惧死，白鼋驮渡过天河。

毕竟不知此后还有多少路程，还有甚么凶吉，且听下回分解。

就在悟空张罗陈家庄百姓去寻船的时候，西游宇宙第一傻鼋上场了。

通天河的一只千年老鼋表示，我来送你们师徒过河，还讲了一下这金鱼精的前传。

1. 金鱼精住的水鼋之第是他的住宅。

2. “那妖邪乃九年前海啸波翻，他赶潮头，来于此处，仗逞凶顽，与我争斗。被他伤了我许多儿女，夺了我许多眷族。我斗他不过，将巢穴白白的被他占了。”这句相当关键，妖邪是九年前来的，唐僧前面在河冻结时说取经已有七八年（“自别后，今已七八个年头，还未见佛面”），也就是说此时是第七个整年，从贞观十三年九月开始算的话就是第八个年头。菩萨在贞观十二年领了佛旨，布置取经“项目”，正好是九年前，也就是说，这妖怪来通天河的时候，观音菩萨确实不在落伽山。

3. “此恩重若丘山，深如大海。”记住这老鼋的话。

悟空表现得极其谨慎，先是让老鼋朝天赌咒，随后“又恐那鼋无礼，解下虎筋绦子，穿在老鼋的鼻之内，扯起来像一条缰绳。却使一只脚踏在盖上，一只脚登在头上，一只手执着铁棒，一只手扯着缰绳，叫道：‘老鼋，慢慢走呵，歪一歪儿，就照头一下！’”

悟空这通小心其实是对的，信任是有限度的！赌咒发誓这种事只供参考，高欢、王世充随便发一个誓就能害死人。等他们取经回来时，悟空没把棒子拿手里，就遭这老鼋算计了。

唐僧一行驾着白鼋，不到一日行过了八百里通天河界，临走时唐僧表示等取经回来后再谢他，这时候老鼋提出了一个请求，说：“我在此间整修行了一千三百余年，虽然延寿身轻，会说人话，只是难脱本壳。万望老师父到西天，与我问佛祖一声，看我几时得脱本壳，可得一个人身。”

你这老鼋问“金蝉脱壳”的唐僧，什么时候能“脱壳”实在是太对口了。

“脱壳”是需要智慧的，是需要机缘的，是需要吃亏的。比如这唐僧，当初被贬下来的时候，绝对没人希望成为他。

你不是问啥时候能得个人身吗？

沙僧因为占着八百里流沙河得了个金身罗汉，你驮唐僧师父往返这八百里通天河，得个人身很难吗？

后面唐僧忘了帮你问这事，其实正是你“脱壳”的关键！让一位新晋佛祖欠下他的第一份愧疚，你知道这有多值钱吗？！

是佛祖告诉你什么时候得人身好，还是小佛祖向老佛祖求赐你一个机会好呢？

修行，是需要智慧的。

那么好的机会在你面前，你只需要厚道那么一点点！

老鼋啊，别琢磨人身的事了，你快在水里泡着吧！

第十一章

金砂均平物我的西天本愿，佛祖不能说破的六耳之谜

第五十回

情乱性从因爱欲，神昏心动遇魔头

诗曰：

心地频频扫，尘情细细除，莫教坑堑陷毗卢。常净常清净，方可论元初。

性烛须挑剔，曹溪任吸呼，勿令猿马气声粗。昼夜绵绵息，方显是功夫。

这一首词，牌名《南柯子》，单道着那唐三藏脱却通天河寒冰之灾，踏白鼋负登彼岸。师徒四众，顺着大路，望西而进，正遇严冬之景。但见那林光漠漠烟中淡，山骨棱棱水外清。师徒们正当行处，忽然又遇一座大山，阻住去道。路窄崖高，石多岭峻，人马难行。三藏在马上，兜住缰绳，叫声："徒弟。"那孙行者引猪八戒、沙和尚近前侍立，道："师父有何分付？"三藏道："你看前面山高，恐有虎狼作怪，妖兽伤人，今番是必仔细！"行者道："师父放心莫虑。我等兄弟三人，心和意合，归正求真，使出伤怪降妖之法，怕甚么虎狼妖兽！"三藏闻言，只得放怀前进。到于谷口，促马登崖，抬头仔细观看。好山：

嵯峨矗矗，峦削巍巍。嵯峨矗矗冲霄汉，峦削巍巍碍碧空。怪石乱堆如坐虎，苍松斜挂似飞龙。岭上鸟啼娇韵美，崖前梅放异香浓。涧水潺湲流出冷，巅云黯淡过来凶。又见那飘飘雪，凛凛风，咆哮饿虎吼山中。寒鸦拣树无栖处，野鹿寻窝没定踪。可叹行人难进步，皱眉愁脸把头蒙。

来到取经第五十回，西游宇宙的中分之战，标题是"情乱性从因爱欲，神昏心动遇魔头”，翻译一下就是因为爱欲，情乱神昏而遇到了魔头，初看可能感觉取经团队遇到男女问题了，其实“爱欲”这词的意思是情爱和贪欲，这一关是“贪”的关卡，当然，男女问题也在不远处招手了。准确地说，过了通天河来到西梁女国境内后，取经团队即将迎来最大考验，整个团队在西梁女国境内将“贪嗔痴慢疑”的佛门五毒全部沾染，将“杀盗淫妄酒”的佛门五戒除“淫”之外的部分都破掉，行过了五万四千里，刚到下半场，在扛腰的西梁女国剧情线上，取经团队将迎来最大考验。

开篇词很有味道，我逐句翻译一遍：

“心地频频扫，尘情细细除，莫教坑堑陷毗卢。”除六贼是一个长效工程，不要让我们的心被外界的事物所干扰从而产生各种欲望和烦恼，遮蔽了自己本自具足的佛性。

“常净常清净，方可论元初。”只有内心保持清净，才能去探寻真如本性，用西游宇宙最时髦的词来说，才能去讨论“源流”。

“性烛须挑剔，曹溪任吸呼，勿令猿马气声粗。”“性烛”说的是我们的自性之光，“须挑剔”说的是自性之光如同蜡烛，需要不断地挑剪烛芯让它燃烧得更加明亮。“曹溪”之前在书中出现过，是禅宗六祖慧能大师弘法的曹溪宝林寺，这里代指禅宗的修行方法是自然自在，不刻意做作。“勿令猿马气声粗”，不要心猿意马，要时刻觉察自己的内心状态，发现自己心浮气躁时要及时调整。

“昼夜绵绵息，方显是功夫。”白天黑夜二十四小时都能控制好自己的内心，这才是真正修行到家了。

整首词算是神秀那首“身是菩提树，心如明镜台，时时勤拂拭，勿使惹尘埃”的翻版，从作者的态度和写作内容来看，作者相信渐悟，相信量变产生质变，相信功到自然成。

这首词也预示了整个取经团队在取经过半之后，集体松懈了一回。

作者告诉我们这首词的词牌名是《南柯子》，寓意依旧相当深刻。“南柯子”是一个常见的词牌名，又名“南歌子”“风蝶令”等，来源于著名的南柯一梦，据李公佐的《南柯太守传》记载：淳于棼在槐树下睡觉，梦到自己到了大槐安国，被任命为南柯太守，还娶了公主为妻，享尽荣华富贵，后来邻国突然入侵，国王令他领兵出征。他由于根本不会打仗，被打得大败而逃，回来后发现公主已死，国王也不再信任他，把他罢免遣返。等美梦变成噩梦后，他突然醒了，发现槐树下有个蚁穴，估计那就是梦里的大槐安国，他叹道荣华富贵一场不过是南柯一梦。后人根据这个故事提炼出成语“南柯一梦”，比喻人生如梦，富贵得失无常。

作者在词中提醒要时刻扫除六贼，永远在修行路上后，又用词牌名提醒前面的泼天富贵和烟花风月都是大梦一场，一定要看破啊！

四人过了通天河，进入取经下半场，时间来到了严冬。他们来到一座高山前，唐僧给出了小心妖怪的指示，悟空作为徒弟代表，说：“师父放心莫虑。我等兄弟三人，心和意合，归正求真，使出伤怪降妖之法，怕甚么虎狼妖兽！”

此时悟空已经开悟了，已经变成那个我们喜爱的大师兄，说话办事已经有了章法，你瞅瞅，都会团结集体了。

师徒四众，冒雪冲寒，战澌澌行过那巅峰峻岭，远望见山凹中有楼台高耸，房舍清幽。唐僧马上欣然道：“徒弟呵，这一日又饥又寒，幸得那山凹里有楼台房舍，断乎是庄户人家，庵观寺院，且去化些斋饭，吃了再走。”行者闻言，急睁睛看，只见那壁厢凶云隐隐，恶气纷纷，回首对唐僧道：“师父，那厢不是好处。”三藏道：“见有楼台亭宇，如何不是好处？”行者笑道：“师父呵，你那里知道。西方路上，多有妖怪邪魔，善能点化庄宅。不拘甚么楼台房舍，铺阁亭宇，俱能指化了哄人。你知道‘龙生九种’，内有一种名‘蜃’。蜃气放光，就如楼阁浅池。若遇大江昏迷，蜃现此势。倘有鸟鹊飞腾，定来歇翅，那怕你上万论千，尽被他一气吞之。此意害人最重。那壁厢气色凶恶，断不可入。”

三藏道：“既不可入，我却着实饥了。”行者道：“师父果饥，且请下马，就在这平处坐下，待我别处化些斋来你吃。”三藏依言下马。八戒采定缰绳，沙僧放下行李，即去解开包裹，取出钵盂，递与行者。行者接钵盂在手，分付沙僧道：“贤弟，却不可前进，好生保护师父稳坐于此，待我化斋回来，再往西去。”沙僧领诺。行者又向三藏道：“师父，这去处少吉多凶，切莫要动身别往。老孙化斋去也。”唐僧道：“不必多言，但要你快去快来，我在这里等你。”行者转身欲行，却又回来道：“师父，我知你没甚坐性，我与你个安身法儿。”即取金箍棒，幌了一幌，将那平地下周围

画了一道圈子，请唐僧坐在中间；着八戒、沙僧侍立左右，把马与行李都放在近身。对唐僧合掌道：“老孙画的这圈，强似那铜墙铁壁。凭他甚么虎豹狼虫、妖魔鬼怪，俱莫敢近。但只不许你们走出圈外，只在中间稳坐，保你无虞；但若出了圈儿，定遭毒手。千万，千万！至祝，至祝！”三藏依言，师徒俱端然坐下。

师徒四人冒雪冲寒，行过了巅峰峻岭后，远望见山凹中有楼台高耸，房舍清幽，唐僧表示自己太饿了，让悟空快去化斋。

“老中医”悟空随后展开“望闻问切”的第一项技能，望气，“只见那壁厢凶云隐隐，恶气纷纷”，赶紧跟唐僧汇报那里不是个好地方。

唐僧问他怎么看不出来，悟空表示“西方路上，多有妖怪邪魔，善能点化庄宅”，知道“龙生九种”中有个叫“蜃”的吗？蜃最擅长的就是变化楼阁吸引别人，那壁厢气色凶恶，断不可入。

唐僧说那现在他饿了怎么办，悟空回复，他这就去化斋。走之前，悟空专门嘱咐沙僧道：“贤弟，却不可前进，好生保护师父稳坐于此，待我化斋回来，再往西去。”

悟空知道沙僧听话，八戒为了吃，什么事都能干出来。

走之前悟空再三嘱咐那去处少吉多凶，切莫动身别往，最后还不放心，所谓“行者转身欲行，却又回来道：‘师父，我知你没甚坐性，我与你个安身法儿。’即取金箍棒，幌了一幌，将那平地下周围画了一道圈子，请唐僧坐在中间；着八戒、沙僧侍立左右，把马与行李都放在近身。对唐僧合掌道：‘老孙画的这圈，强似那铜墙铁壁。凭他甚么虎豹狼虫、妖魔鬼怪，俱莫敢近。但只不许你们走出圈外，只在中间稳坐，保你无虞；但若出了圈儿，定遭毒手。千万，千万！至祝，至祝！’”

客观来讲，此时的悟空作为望气先知者已经把能做的全做了，态度上也没的说，要是说唯一有瑕疵的地方就是那句“师父，我知你没甚坐性”。但悟空此时还是没有深刻地明白一个道理，就是“命有定数”，阎王劝不住该死的鬼，很多东西你提醒了、再三叮嘱了，随后就该顺其自然，有的病灶必须让它发作出来，像最后这里画个圈其实属于多余了，这是强行干涉他人因果了。

你提醒了，然后看他怎么悟，这是大智慧；你通过限制他的行为去帮他躲灾，这就属于强行干涉因果，你自己会被反噬，你所保护的那个人的水平也不会提高。

当然，这个安身法充分地说明悟空已经懂得怎样去控制人了，但也说明悟空的智慧尚属于开蒙阶段，这个圈是他画的，而且是当着人家面画的，被控制的人群会有极强的逆反性，更关键的是在中文语境里，这个方式还有种称呼，叫画地为牢。

行者按起云头，寻庄化斋。一值南行，忽见那古树参天，乃一村庄舍。按下云头，仔细观看。但只见：

雪欺衰柳，冰结方塘。疏疏修竹摇青，郁郁乔松凝翠。几间茅屋半妆银，一座小桥斜砌粉。篱边微吐水仙花，檐下长垂冰冻箸。飒飒寒风送异香，雪漫不见梅开处。

行者随步观着庄景，只听得呀的一声，柴扉响处，走出一个老者，手拖藜杖，头顶羊裘，身穿破衲，足踏蒲鞋，拄着杖，仰身朝天道："西北风起，明日晴了。"说不了，后边跑出一个哈巴狗儿来，望着行者汪汪的乱吠。老者却才转过头来，看见行者捧着钵盂，打个问讯道："老施主，我和尚是东土大唐钦差上西天拜佛求经者。适路过宝方，我师父腹中饥馁，特造尊府，募化一斋。"

老者闻言，点头顿杖道："长老，你且休化斋，你走错路了。"行者道："不错。"老者道："往西天大路在那直北下，此间到那里有千里之遥，还不去找大路而行？"行者笑道："正是直北下。我师父现在大路上端坐，等我化斋哩。"那老者道："这和尚胡说了。你师父在大路上等你化斋，似这千里之遥，就会走路，也须得六七日；走回去，又要六七日，却不饿坏他也？"行者笑道："不瞒老施主说，我才然离了师父，还不尚一盏热茶之时，却就走到此处。如今化了斋，还要赶去作午斋哩。"老者见说，心中害怕道："这和尚是鬼，是鬼！"急抽身往里就走。行者一把扯住道："施主那里去？有斋快化些儿。"老者道："不方便，不方便！别转一家儿罢！"行者道："你这施主，好不会事！你说我离此有千里之遥，若再转一家，却不又有千里？真是饿杀我师父也。"那老者道："实不瞒你说，我家老小六七口，才淘了三升米下锅，还未曾煮熟。你且到别处转转再来。"行者道："古人云：'走三家，不如坐一家。'我贫僧在此等一等罢。"那老者见缠得紧，恼了，举藜杖就打。行者公然不惧，被他照光头上打了七八下，只当与他拂痒。那老者道："这是个撞头的和尚！"行者笑道："老官儿，凭你怎么打，只要记得杖明白，一杖一升米，慢慢量来。"那老者闻言，急丢了藜杖，跑进去把门关了，只嚷："有鬼，有鬼！"慌得那一家儿战战兢兢，把前后门俱关上。行者见他关了门，心中暗想："这老贼才说淘米下锅，不知是虚

是实。常言道：'道化贤良释化愚。'且等老孙进去看看。"好大圣，捻着诀，使个隐身遁法，径走入厨中看处，果然那锅里气腾腾的，煮了半锅干饭。就把钵盂往里一掗，满满的掗了一钵盂，即驾云回转。不题。

悟空按起云头，去了正南一户人家，见到一个老者后准备化斋。他说他是东土大唐钦差上西天拜佛求经的，老头儿不信说他走错了，这里离西方大路有千里之遥。悟空跟人家说自己会飞，其实纯属多余，人家观音菩萨是怎么跟凡人打交道的？是先变成凡人，最后露真身，一句话不说，信众就直接跪拜。你就变个小和尚模样说要化斋，等走时飞到天上，让人家觉得自己斋了个神仙，加强了信仰多好。

总体而言，悟空做人的方方面面还是得锻炼，取经取到这儿不也才取一半嘛！

老者说见鬼了，不搭理悟空了，悟空还非得在人家这里吃到，老者说："实不瞒你说，我家老小六七口，才淘了三升米下锅，还未曾煮熟。你且到别处转转再来。"也就是说，这家的家庭状况不好，是个贫苦人家，化斋讲究随缘，人家家境不好，你就别让人家雪上加霜了呗！你去陈家庄化呗，你驾云那么快，甚至可以让陈家庄成为西天取经项目组的专属食堂，毕竟你们在陈家庄解决了那么大的事，你让陈家庄排好班，每家轮一天，你到了点儿就一个跟头飞回来，拿了"外卖"再回去，多么省时省力！

人家说了自己家穷也不行，猴哥还就得在他家吃到，最终从人家家里偷了一钵盂米饭，所谓"好大圣，捻着诀，使个隐身遁法，径走入厨中看处，果然那锅里气腾腾的，煮了半锅干饭。就把钵盂往里一掗，满满的掗了一钵盂"。

也就是说，猴哥犯了"杀盗淫妄酒"这五戒中的偷盗戒了。

他犯戒的同时，他那俩兄弟也犯这戒了。

却说唐僧坐在圈子里，等待多时，不见行者回来，欠身怅望道："这猴子往那里化斋去了！"八戒在旁笑道："知他往那里耍子去来！化甚么斋，却教我们在此坐牢！"三藏道："怎么谓之坐牢？"八戒道："师父，你原来不知。古人划地为牢。他将棍子划个圈儿，强似铁壁铜墙，假如有虎狼妖兽来时，如何挡得他住？只好白白的送与他吃罢了。"三藏道："悟能，凭你怎么处治？"八戒道："此间又不藏风，又不避冷，若依老猪，只该顺着路往西且行。师兄化了斋，驾了云，必然来快，让他赶来。如有斋，吃了再走。如今坐了这一会，老大脚冷！”

三藏闻此言，就是晦气星进了。遂依呆子，一齐出了圈外。八戒牵了马，沙僧挑了担，那长老顺路步行前进。不一时，到了楼阁之所，却原来是坐北向南之家。门外八字粉墙，有一座倒垂莲升斗门楼，都是五色妆的。那门儿半开半掩。八戒就把马拴在门枕石鼓上，沙僧歇了担子，三藏畏风，坐于门槛之上。八戒道：“师父，这所在想是公侯之宅，相辅之家。前门外无人，想必都在里面烘火。你们坐着，让我进去看看。”唐僧道：“仔细些，莫要冲撞了人家。”呆子道：“我晓得。自从归正禅门，这一向也学了些礼数，不比那村莽之夫也。”

那呆子把钉钯撒在腰里，整一整青锦直裰，斯斯文文走入门里。只见是三间大厅，帘栊高控，静悄悄全无人迹，也无桌椅家火。转屏门往里又走，乃是一座穿堂。堂后有一座大楼，楼上窗格半开，隐隐见一顶黄绫帐幔。呆子道：“想是有人怕冷，还睡哩。”他也不分内外，拽步走上楼来。用手掀开看时，把呆子诡了一个踉踵。原来那帐里象牙床上，白媸媸的一堆骸骨，骷髅有巴斗大，腿挺骨有四五尺长。呆子定了性，止不住腮边泪落，对骷髅点头叹云：“你不知是：

那代那朝元帅体，何邦何国大将军。
当时豪杰争强胜，今日凄凉露骨筋。
不见妻儿来侍奉，那逢士卒把香焚？
谩观这等真堪叹，可惜兴王霸业人。”

八戒正才感叹，只见那帐幔后有火光一幌。呆子道：“想是有侍奉香火之人在后面哩。”急转步过帐观看，却是穿楼的窗扇透光。那壁厢有一张彩漆的桌子，桌子上乱搭着几件锦绣绵衣。呆子提起来看时，却是三件纳锦背心儿。他也不管好歹，拿下楼来，出厅房，径到门外道：“师父，这里全没人烟，是一所亡灵之宅。老猪走进里面，直至高楼之上，黄绫帐内有一堆骸骨。串楼旁有三件纳锦的背心，被我拿来了。也是我们一程儿造化，此时天气寒冷，正当用处。师父，且脱了褊衫，把他且穿在底下，受用受用，免得吃冷。”三藏道：“不可，不可！律云：‘公取窃取皆为盗。’倘或有人知觉，赶上我们，到了当官，断然是一个窃盗之罪。还不送进去，与他搭在原处！我们在此避风坐一坐，等悟空来时走路。出家人，不要这等爱小。”八戒道：“四顾无人，虽鸡犬亦不知之，但只我们知道，谁人告我？有何证见？就如拾得的一般，那里论甚么‘公取窃取’也！”三藏道：“你胡做呵！虽是人不知之，天何盖焉！玄帝垂训云：‘暗室亏心，神目如电。’趁早送去还他，莫爱非礼之物。”

那呆子莫想肯听，对唐僧笑道：“师父呵，我自为人，也穿了几件背心，不曾见这等纳锦的。你不穿，且等老猪穿一穿，试试新，护护脊背。等师兄来，脱了还他走路。”沙僧道：“既如此说，我也穿一件儿。”两个齐脱了上盖直裰，将背心套上。才紧带子，不知怎么立站不稳，扑的一跌。原来这背心儿赛过绑缚手，霎时间，把他两个背剪手贴心捆了。慌得个三藏跌足报怨，急忙忙前来解，那里便解得开！三个人在那里吆喝之声不绝，却早惊了魔头也。

话说那座楼房，果是妖精点化的，终日在此拿人。他在洞里正坐，忽闻得怨恨之声，急出门来看，果见捆住几个人了。妖魔即唤小妖，同到那厢，收了楼台房屋之形，把唐僧搀住，牵了白马，挑了行李，将八戒、沙僧一齐捉到洞里。老妖魔登台高坐，众小妖把唐僧推近台边，跪伏于地。妖魔问道：“你是那方和尚？怎么这般胆大，白日里偷盗我的衣服？”三藏滴泪告曰：“贫僧是东土大唐钦差往西天取经的。因腹中饥馁，着大徒弟去化斋未回，不曾依得他的言语，误撞仙庭避风。不期我这两个徒弟爱小，拿出这衣物。贫僧决不敢坏心，当教送还本处。他不听吾言，要穿此护护脊背，不料中了大王机会，把贫僧拿来。万望慈悯，留我残生，求取真经，永注大王恩情，回东土千古传扬也！”

那妖魔笑道：“我这里常听得人言，有人吃了唐僧一块肉，发白还黑，齿落更生。幸今日不请自来，还指望饶你哩！你那大徒弟叫做甚么名字？往何方化斋？”八戒闻言，即开口称扬道：“我师兄乃五百年前大闹天宫齐天大圣孙悟空也。”那妖魔听说是齐天大圣孙悟空，老大有些悚惧，口内不言，心中暗想道：“久闻那厮神通广大，如今不期而会。”教：“小的们，把唐僧捆了；将那两个解下宝贝，换两条绳子，也捆了。且抬在后边，待我拿住他大徒弟，一发刷洗，却好凑灶蒸吃。”众小妖答应一声，把三人一齐捆了，抬在后边；将白马拴在槽头，行李挑在屋里。众妖都磨兵器，准备擒拿行者不题。

唐僧等待多时，越等越饿，八戒开始拿悟空画的那个圈子做文章，说猴子去玩了，让咱们坐牢了，古人说画地为牢，他说他那棍子画个圈儿，强似铁壁铜墙，咋可能？假如虎狼妖兽来了，咋可能挡得住！

一听画地为牢，唐僧马上说："悟能，凭你怎么处治？"

八戒说这地方不藏风，不避冷，我们还是走起来吧，坐这儿半天，脚都要冻坏了。

唐僧一听就批准开拔了，被猴子嘱咐的沙僧却一句话也没说。

这是个识时务的老油条，老沙能看出来，师父喜欢那头猪，人家就愿意听那头猪的话，更关键的是唐僧也想走了，猴子在"画地为牢"后已经被看成反派人物了，自己也就别讨晦气了。

走了一会儿，他们走到了之前看到的那座楼阁之所，相当阔气恢宏，门儿半开半掩，唐僧没进去，八戒要去里面看看。唐僧指示莫要冲撞了人家，八戒回复道："我晓得。自从归正禅门，这一向也学了些礼数，不比那村莽之夫也。"

你瞅这头猪多么会说话，在师父的领导下，自己取得了巨大进步。

八戒进入屋子里，发现一点人气没有，直到进入一座楼上掀开了一顶黄绫帐幔，看到帐里象牙床上有一堆骸骨，竟给八戒看哭了。他还作了首诗，认为这堆白骨生前是个大将军，如今人死如灯灭，连个埋的地方都没有，富贵功名转头空，可惜兴王霸业人。

该说不说，八戒的诗作得挺有悟性的。八戒看到彩漆桌子上乱搭的几件锦绣绵衣后，马上兴奋了，直接拿下楼来，跟唐僧汇报了探路成果，这是个亡灵之宅，主人都变成骨头了，串楼旁有三件纳锦背心被我拿来了，正好抵御风寒。

唐僧随后给八戒普了一下法："律云：'公取窃取皆为盗。'倘或有人知觉，赶上我们，到了当官，断然是一个窃盗之罪。还不送进去，与他搭在原处！我们在此避风坐一坐，等悟空来时走路。出家人，不要这等爱小。"

八戒表示没人知道，唐僧则教育道，举头三尺有神明！赶紧还回去！

八戒展开了迂回之法：人家也不是忤逆师父，他从为人，也没穿过这么好的背心，他就试穿一下，试试新，护护脊背。等师兄来，脱了还他走路。

跟四圣试禅心时的骗色思路一样，我先穿上，后面还不还，那就在我了。

看到八戒给了个合理的台阶，沙僧也开了本回的第一回口："既如此说，我也穿一件儿。"随后哥儿俩法不责众地"试穿"了，其实也就是偷盗了。

注意，唐僧虽然没有穿这衣服，虽然进行了规劝，但并没有铁腕制止，没有明确规矩就是规矩，就是不能穿，所以这个盗窃的罪他也有份儿，他要负领导责任。

这回一开篇，取经团队全员犯了五戒中不偷盗的戒律了。

这俩穿上背心，跟四圣试禅心时一样，当即就被捆了，随后妖魔显形，楼阁变洞府，妖魔把这几个人扣下了。

妖魔的第一件事是先审，问为什么偷衣服。唐僧哭着说，他教育过这俩徒弟了，这俩徒弟也就是穿一会儿，本来要还回去的，“万望慈悯，留我残生，求取真经，永注大王恩情，回东土千古传扬也”。

妖魔笑道，唐僧你挺有名！此时消息传到这里，已经变成了“有人吃了唐僧一块肉，发白还黑，齿落更生”，重点是有人吃过了。这种以讹传讹对唐僧可是很不利的，因为这意味着在妖魔界已经传开有人成功吃到唐僧肉的假消息了，取经御史团队的威慑力堪忧啊。

等妖魔问出来，唐僧的大徒弟是五百年前大闹天宫的齐天大圣孙悟空时，他有些悚惧了。

这猴子是目前整个兜率宫“出品”系列，甚至老君自己都没能讨到便宜的存在，属实有点犯克，所以这兜率宫“司机”也嘀咕上了。

遇上了也就遇上了，让你看看什么样的妖魔才能当三清的司机！

却说孙行者，自南庄人家摄了一钵盂斋饭，驾云回返旧路，径至山坡平处，按下云头，早已不见唐僧，不知何往。棍划的圈子还在，只是人马都不见了。回看那楼台处所，亦俱无矣，惟见山根怪石。行者心惊道：“不消说了，他们定是遭那毒手也！”急依路看着马蹄，向西而赶。

行有五六里，正在凄怆之际，只闻得北坡外有人言语。看时，乃一个老翁，毡衣盖体，暖帽蒙头，足下踏一双半新半旧的油靴，手持着一根龙头拐棒，后边跟一个年幼的僮仆，折一枝腊梅花，自坡前念歌而走。

行者放下钵盂，觌面道个问讯，叫：“老公公，贫僧问讯了。”那老翁即便回礼道：“长老那里来的？”行者道：“我们东土来的，往西天拜佛求经。一行师徒四众。我因师父饥了，特去化斋，教他三众坐在那山坡平处相候。及回来不见，不知往那条路上去了。动问公公，可曾看见？”老者闻言，呵呵冷笑道：“你那三众，可有一个长嘴大耳的么？”行者道：“有，有，有！”“又有一个晦气色脸的，牵着一匹

白马，领着一个白脸的胖和尚么？”行者道：“是，是，是！”老翁道：“他们走错了路。你休寻他，各人顾命去也。”行者道：“那白脸者是我师父，那怪样者是我师弟。我与他共发虔心，要往西天取经，如何不寻他去！”老翁道：“我才然从此过时，看见他错走了路径，闯入妖魔口里去了。”行者道：“烦公公指教指教，是个甚么妖魔，居于何方，我好上门取索他等，往西天去也。”老翁道：“这座山叫做金㓹山，山前有个金㓹洞，那洞中有一个独角兕大王。那大王神通广大，威武高强。那三众那回断没命了。你若去寻，只怕连你也难保，不如不去之为愈也。我也不敢阻你，也不敢留你，只凭你心中度量。”

悟空回来后看见圈子还在，人没了，当时就知道他们肯定遭毒手了，行有五六里，他遇到了山神土地变化的老者，说那仨已经都入妖魔口里了，并得知了这山的情况。

作者这功力真的绝了，仅仅通过“这山叫做金㓹山，山前有个金㓹洞，那洞中有一个独角兕大王”这一句话就把妖怪的来历浓缩概括得不能再精准了：

1. 跟灵感大王来自灵感观世音菩萨那儿一样，这个“㓹”字已经隐喻人家的来处是兜率宫了。

2. “㓹”这个字又完美对应了这关的三界第一降维法宝，“兜”本意是指古人作战时戴的盔，引申义是做成兜形把东西拢住，也就是口袋。在这一关，猴子找来的所有进攻法宝都会被这个最强防御法宝拿捏，所有兵器都要进这个口袋。

3. 再看这个独角兕，兕是犀牛的意思，顾名思义，这个妖魔是头独角犀牛。

不过，咱们要结合后文来看，妖魔最终现形时是一只青牛的模样，所谓“又一扇，那怪物力软筋麻，现了本相，原来是一只青牛”，也就是说，这妖怪变化成了犀牛的样子，是为了掩人耳目。

行者再拜称谢道：“多蒙公公指教，我岂有不寻之理！”把这斋饭倒与他，将这空钵盂自家收拾。那老翁放下拐棒，接了钵盂，递与僮仆，现出本相，双双跪下叩头，叫：“大圣，小神不敢隐瞒。我们两个就是此山山神、土地，在此候接大圣。这斋饭连钵盂小神收下，让大圣身轻，好施法力。待救唐僧出难，将此斋还奉唐僧，方显得大圣至恭至孝。”行者喝道：“你这毛鬼讨打！既知我到，何不早迎？却又这般藏头露尾，是甚道理？”土地道：“大圣性急，小神不敢造次，恐犯威颜，故此隐像告知。”行者息怒道：“你且记打！好生与我收着钵盂，待我拿那妖精去来！”土地、山神遵领。

这大圣却才束一束虎筋绦，拽起虎皮裙，执着金箍棒，径奔山前找寻妖洞。转过山崖，只见那乱石磷磷，翠崖边有两扇石门，门外有许多小妖在那里抡枪舞剑。真个是：

烟云凝瑞，苔藓堆青。崚嶒怪石列，崎岖曲道萦。猿啸鸟啼风景丽，鸾飞凤舞若蓬瀛。向阳几树梅初放，弄暖千竿竹自青。陡崖之下，深涧之中。陡崖之下雪堆粉，深涧之中水结冰。两林松柏千年秀，几处山茶一样红。

这大圣观看不尽，拽开步，径至门前，厉声高叫道：“那小妖！你快进去与你那洞主说，我本是唐朝圣僧徒弟齐天大圣孙悟空。快教他送我师父出来，免教你等丧了性命！”

那伙小妖急入洞里报道：“大王，前面有一个毛脸勾嘴的和尚，称是齐天大圣孙悟空，来要他师父哩。”那魔王闻得此言，满心欢喜道：“正要他来哩！我自离了本宫，下降尘世，更不曾试试武艺。今日他来，必是个对手。”即命小妖们取出兵器。那洞中大小群魔，一个个精神抖擞，即忙抬出一根丈二长的点钢枪，递与老怪。老怪传令，教：“小的们！各要整齐，进前者赏，退后者诛！”众妖得令，随着老怪走出门来，叫道：“那个是孙悟空？”行者在旁闪过，见那魔王生得好不凶丑：

独角参差，双眸幌亮。顶上粗皮突，耳根黑肉光。舌长时搅鼻，口阔版牙黄。毛皮青似靛，筋挛硬如钢。比犀难照水，象牯不耕荒。全无喘月犁云用，倒有欺天振地强。两只焦筋蓝靛手，雄威直挺点钢枪。细看这等凶模样，不枉名称兕大王！

孙大圣上前道：“你孙外公在这里也！快早还我师父，两无毁伤；若道半个‘不’字，我教你死无葬身之地！”那魔喝道：“我把你这个大胆泼猴精！你有些甚么手段，敢出这般大言！”行者道：“你这泼物，是也不曾见我老孙的手段！”那妖魔道：“你师父偷盗我的衣服，实是我拿住了，如今待要蒸吃。你是个甚么好汉，就敢上我的门来取讨！”行者道：“我师父乃忠良正直之僧，岂有偷你甚么衣服之理！”妖魔道：“我在山路边点化一座仙庄，你师父潜入里面，心爱情欲，将我三领纳锦绵装背心儿偷穿在身，见有赃证，故此我才拿他。你今果有手段，即与我比势。假若三合敌得我，饶了你师之命；如敌不过我，教你一路归阴！”

行者笑道："泼物，不须讲口！但说比势，正合老孙之意。走上来，吃吾之棒！"那怪物那怕甚么赌斗，挺钢枪劈面迎来。这一场好杀。你看那：

金箍棒举，长杆枪迎。金箍棒举，亮烁烁似雷掣金蛇；长杆枪迎，明幌幌如龙离出海。那门前小妖擂鼓，排开阵势助威风；这壁厢大圣施功，使出纵横逞本事。他那里一杆枪，精神抖擞；我这里一条棒，武艺高强。正是英雄相遇英雄汉，果然对手才逢对手人。那魔王口喷紫气盘烟雾，这大圣眼放光华结绣云。只为大唐僧有难，两家无义苦争轮。

他两个战经三十合，不分胜负。那魔王见孙悟空棒法齐整，一往一来，全无些破绽，喜得他连声喝采道："好猴儿，好猴儿！真个是那闹天宫的本事！"这大圣也爱他枪法不乱，右遮左挡，甚有解数，也叫道："好妖精，好妖精！果然是一个偷丹的魔头！"二人又斗了一二十合。那魔王把枪尖点地，喝令小妖齐来。那些泼怪，一个个拿刀弄杖，执剑抡枪，把个孙大圣围在中间。行者公然不惧，只叫："来得好，来得好！正合吾意！"使一条金箍棒，前迎后架，东挡西除。那伙群妖，莫想肯退。行者忍不住焦躁，把金箍棒丢将起去，喝声"变！"即变作千百条铁棒，好便似飞蛇走蟒，盈空里乱落下来。那伙妖精见了，一个个魄散魂飞，抱头缩颈，尽往洞中逃命。

老魔王唏唏冷笑道："那猴不要无礼！看手段！"即忙袖中取出一个亮灼灼白森森的圈子来，望空抛起，叫声"着！"唿喇一下，把金箍棒收做一条，套将去了。弄得孙大圣赤手空拳，翻筋斗逃了性命。那妖魔得胜回归洞，行者朦胧失主张。这正是：

道高一尺魔高丈，性乱情昏错认家。

可恨法身无坐位，当时行动念头差。

毕竟不知这番怎么结果，且听下回分解。

土地现身接过刚化的斋后，悟空来到了金峨洞前。作者照例描写了一下山景洞景来暗示源流，虽然说"峻嶒怪石列，崎岖曲道萦"，但是"猿啸鸟啼风景丽，鸾飞凤舞若蓬瀛"，景色是很不错的，猴哥是"观看不尽"的，这是形容某个景象或事物非常美丽、壮观，让人看得不想离开。

作者提前告诉我们了，这妖怪不是野怪，是有后台的。

妖魔的模样是“比犀难照水，象牯不耕荒”的四不像，反正从模样上是看不出他来历的，这是在告诉读者，这妖怪在隐藏来历。随后两人进入盘道阶段，魔王说唐僧仨人偷了他的背心，悟空说不可能，说到最后还是得打，两人打了三十回合，不分胜负，这魔王见猴哥棍法齐整，全无破绽，喜得连声喝彩道：“好猴儿，好猴儿！真个是那闹天宫的本事！”

这句话证明了这妖怪是从天上来的。

注意这句话：“这大圣也爱他枪法不乱，右遮左挡，甚有解数，也叫道：‘好妖精，好妖精！果然是一个偷丹的魔头！’”

这句话是在说悟空已经隐约猜出这牛的来历了，前面说了这是金兜山的金兜洞，人家又说出了这猴子真有闹天宫的本事，此时猴哥已经猜到他估计是兜率宫太上老君系派来的了，毕竟天上跟他结了死仇的也就是老君系了，剩下的都犯不上，所以用“偷丹”俩字来诈这妖魔。

两人又斗了一二十合后，魔王喊来了小妖助战，悟空把金箍棒丢出，变成了千百条铁棒打小妖。马上到真假美猴王那关了，作者提前给读者预预热，再次给予大闹天宫的前情回顾，告诉我们这如意金箍棒在悟空手里是能复制的。

千百条金箍棒被妖魔从袖中取出的一个亮灼灼、白森森的圈子给套走了，悟空两手空空地跑路了。

这一回的回末诗说明，这一关里悟空的能力距离解题方案还差着维度、差着级别，是“道高一尺魔高丈，性乱情昏错认家”。

一丈是十尺，你悟空的本事在这圈子面前就是个零头！

你真以为三清一无是处，只是因为位置占得早，所以才能住在大罗天吗？

这回该让你见识见识什么叫降维打击了。

第五十一回

心猿空用千般计，水火无功难炼魔

话说齐天大圣空着手败了阵，来坐于金皘山后，扑梭梭两眼滴泪，叫道：“师父呵，指望和你：

佛恩有德有和融，同幼同生意莫穷。

同住同修同解脱，同慈同念显灵功。

同缘同相心真契，同见同知道转通。

岂料如今无主杖，空拳赤脚怎兴隆！”

大圣凄惨多时，心中暗想道：“那妖精认得我。我记得他在阵上夸奖道：‘真个是闹天宫之类！’这等呵，决不是凡间怪物，定然是天上凶星。想因思凡下界，又不知是那里降下来魔头，且须去上界查勘查勘。”

行者这才是以心问心，自张自主，急翻身纵起祥云，直至南天门外。忽抬头见广目天王当面迎着，长揖道：“大圣何往？”行者道：“有事要见玉帝。你在此何干？”广目道：“今日轮该巡视南天门。”说未了，又见那马、赵、温、关四大元帅，作礼道：“大圣，失迎。请待茶。”行者道：“有事哩。”遂辞了广目并四元帅，径入南天门里，直至灵霄殿外。果又见张道陵、葛仙翁、许旌阳、丘弘济四天师，并南斗六司、北斗七元，都在殿前迎着行者，一齐起手道：“大圣如何到此？”又问：“保唐僧之功完否？”行者道：“早哩，早哩！路遥魔广，才有一半之功。见如今阻住在金皘山金岘洞，有一个兕怪，把唐师父拿于洞里。是老孙寻上门，与他交战一场。那厮的神通广大，把老孙的金箍棒抢去了，因此难缚魔王。疑是上界那个凶星思凡下界，又不知是那里降来的魔头。老孙因此来寻寻玉帝，问他个钳束不严。”许旌阳笑道：“这猴头还是如此放刁！”行者道：“不是放刁。我老孙一生是这口儿紧些，才寻的着个头儿。”张道陵道：“不消多说，只与他传报便了。”行者道：“多谢！多谢！”

当时四天师传奏灵霄，引见玉陛。行者朝上唱个大喏道：“老官儿，累你，累你！我老孙保护唐僧往西天取经，一路凶多吉少，也不消说。于今来在金岘山金岘洞，有一兕怪，把唐僧拿在洞里，不知是要蒸，要煮，要晒。是老孙寻上他门，与他交战。那怪却说有些认得老孙，真是神通广大，把老孙的金箍棒抢去，因此难缚妖魔。疑是天上凶星思凡下界，为此老孙特来启奏，伏乞天尊垂慈洞鉴，降旨查勘凶星，发兵收剿妖魔，老孙不胜战栗屏营之至。”却又打个深躬道：“以闻。”旁有葛仙翁笑道：“猴子是何前倨后恭？”行者道：“不敢，不敢。不是甚前倨后恭，老孙于今是没棒弄了。”

自打学艺成功出道以来，悟空第一次遇到这么尴尬的情况，自己的金箍棒让人家套走了。悟空丢了家伙后首先是哭了，随后佛学气质又占领高地了，作了首诗，前面六句表达了对取经的珍惜，表达了佛祖的恩情永远还不完，最后一句落脚在“岂料如今无主杖，空拳赤脚怎兴隆”。

悟空从刚才妖怪嘴里说出的“真个是那闹天宫的本事”判断出这是个天上的妖精，随后悟空表演了整个西游宇宙中，他最懂文明讲礼貌的一次上天。

悟空见了玉帝后，先是朝上唱个大喏道：“老官儿，累你，累你！”随后说了下情况，后面这段话趣极了：“为此老孙特来启奏，伏乞天尊垂慈洞鉴，降旨查勘凶星，发兵收剿妖魔，老孙不胜战栗屏营之至。”他又打个深躬道：“以闻。”

旁边葛仙翁都笑了：“猴子是何前倨后恭？”

你今天咋嘴那么甜？

猴哥很实在，很质朴，道：“不敢，不敢。不是甚前倨后恭，老孙于今是没棒弄了。”

对比一下他上一次在平顶山时有求于天宫的态度：“好大圣，低头捻诀，念个咒语，叫那日游神、夜游神、五方揭谛神：‘即去与我奏上玉帝，说老孙皈依正果，保唐僧去西天取经，路阻高山，师逢苦厄；妖魔那宝，吾欲诱他换之，万千拜上，

将天借与老孙装闭半个时辰，以助成功。若道半声不肯，即上灵霄殿，动起刀兵！'”（第三十三回）

有棒子，就是“若道半声不肯，即上灵霄殿，动起刀兵”；

没棒子，就是“老孙不胜战栗屏营之至”“却又打个深躬道：‘以闻。’”

西游宇宙中，悟空的人生观、价值观永远没有变，力量的强弱是他衡量自己看人下菜碟的关键。

他对佛祖的态度是崇拜的，说起来时是“我佛如来”怎么怎么，刚刚哭的时候，第一句诗是“佛恩有德有和融”；他对菩萨的态度是敬畏的，说起来是“弟子孙悟空志心朝礼”；他对唐僧的态度是不看僧面看佛面的无奈，他害怕的是这紧箍背后的佛祖，所以被念了几次咒之后也不敢反抗，慢慢地只能学乖，躲着点唐师父忌讳的地方；他对天庭从来都是没有敬畏的，因为他还没见到天庭的真正实力，所以每次去那儿都是盛气凌人，这次没有金箍棒了，瞬间就低调了。

这告诉我们一个什么道理呢？

暴力威慑，是这个世界最直观、最现实的考量。

我认为“德不配位，必有灾殃”的中间少句话，应该是：德不配位，位不配刀，必有灾殃。

大圣这段反差其实反映的就是地球上千百年来的人类历史。无论古今，无论中外，说的都是刀的事，都是大圣那根棍子的事；无论帝王将相，还是街坊四邻，之所以会对你出刀，是因为对你有利可图。

你手里有一个州，皇帝的刀会砍你；

你手里有一座城，军阀的刀会砍你；

你手里有一块地，地主的刀会砍你；

你爹快不行了，恰巧你家有家产还是孤儿寡母，那你贪利的族人会砍你。

反过来说，如果他们对你收起了刀，那是因为担心对你出刀会给他们造成损失，或者说你能带来比他们砍出这一刀的更大的利益。

以一个最普通的百姓举例：

在古代，如果你是武松，不仅没人敢抢你家的地，老爷还得聘请你做都头，而且你要是没出差，你哥哥也死不了，你嫂子也绝对不敢找大官人。

哪怕是武大，他要是科举中第，大官人被砸了脑袋后还得给武大道歉，说是武大老爷冤。王干娘不仅不敢当中介，还得把那茶馆干股送给他，并大肆表示她是吃武大的炊饼长大的。

对咱们有什么启发呢？

无论是做财富的创造者还是财富的分配者，一定要让你的团队和围绕你的利益团体能够获利，并让他们背刺你的损失大于他们的所得，让你的敌人向你开战的损失大于他们的获利。

哪怕团队小到只是两口子，也是这样。

司马懿晚年看见张春华恶心，张春华闹喊要自杀，直到“诸子亦不食”，“帝惊而致谢”。

司马懿妥协的计算是什么呢？

“帝退而谓人曰：‘老物不足惜，虑困我好儿耳！’”

张春华跟司马懿风雨同舟一辈子，最后的那点面子是司马师和司马昭给的。

没这俩儿子，司马懿绝对会翻脸不认人。

无论你是什么人，你的善良，需要带一些锋芒。

羊温顺被看成是应该的，自古至今难见一个圣人夸羊这种动物，世界范围内的教派也罕见以羊为神仙或者图腾，无论中外，一只羊被薅羊毛、被杀了吃肉都是天经地义的。

一只虎，如果能控制住自己不滥杀，捎带着要是再能帮了人的忙，那就是“义虎”，时间长了也许就会成为虎神，甚至被立庙祭祀。

在民间的“四大门”——胡、黄、白、柳中，胡（狐狸）、黄（黄鼠狼）、柳（蛇）可都是肉食动物，唯一的杂食性动物白门，也就是刺猬，那也有一身的刺。夸人的那句“领头羊”，也是长角能顶人的羊。

你有刀但不砍出去的时候，你才配被称作善良。

同理，不要相信一个没能力害人的人有多善良，因为他并没有经过考验。

善良的价格是很高的。

宋义形容项羽是“猛如虎，狠如羊，贪如狼”。

羊这动物是很“狠”的，老话讲“牛食如浇，羊食如烧”，羊啃草时是往根上啃的，羊吃过草的地方常如火烧过一般。你看它那么温顺，但它对它唯一能“施暴”的土地却赶尽杀绝。

身怀利器，杀心自起，别高估人性。

踹寡妇门、刨绝户坟等，都是窝囊人才干的事。

无论创业者还是分配者，无论团队情还是恋爱观，当别人觉得伤害你的成本极低时，他砍向你的“刀”将不会有任何犹豫。

“做好人”和“穿上铠甲拿着刀做好人”并不冲突。

甚至那是做一个好人的前提。

铠甲和刀，可以不是你创造利益的工具，但绝对是你做个好人的成本。

见三岁孩童抱金砖于闹市，世人皆魔鬼；遇笑脸弥勒旁立护法韦驮，群魔皆圣贤。

彼时玉皇天尊闻奏，即忙降旨可韩司知道：“既如悟空所奏，可随查诸天星斗，各宿神王，有无思凡下界，随即覆奏施行以闻。”可韩丈人真君领旨，当时即同大圣去查。先查了四天门门上神王官吏；次查了三微垣垣中大小群真；又查了雷霆官将陶、张、辛、邓、苟、毕、庞、刘。最后才查三十三天，天天自在。又查二十八宿：东七宿，角、亢、氐、房、心、尾、箕，北七宿，斗、牛、女、虚、危、室、壁，西七宿，南七宿，宿宿安宁。又查了太阳、太阴、水、火、木、金、土七政，罗睺、计都、炁、孛四余。满天星斗，并无思凡下界。行者道：“既是如此，我老孙也不消上那灵霄宝殿，打搅玉皇大帝，深为不便。你自回旨去罢。我只在此等你回话便了。”那可韩丈人真君依命。孙行者等候良久，作诗纪兴曰：

风清云霁乐升平，神静星明显瑞祯。

河汉安宁天地泰，五方八极偃戈旌。

那可韩司丈人真君历历查勘，回奏玉帝道：“满天星宿不少，各方神将皆存，并无思凡下界者。”玉帝闻奏：“着孙悟空挑选几员天将下界擒魔去也。”四大天师奉旨意，即出灵霄宝殿，对行者道：“大圣呵，玉帝宽恩，言天宫无神思凡，着你挑选几员天将擒魔去哩。”行者低头暗想道：“天上将不如老孙者多，胜似老孙者少。想我闹天宫时，玉帝遣十万天兵，布天罗地网，更不曾有一将敢与我比手。向后来，

调了小圣二郎，方是我的对手。如今那怪物手段又强似老孙，却怎么得能勾取胜？”许旌阳道：“此一时，彼一时，大不同也。常言道，‘一物降一物’哩。你好违了旨意？但凭高见，选用天将，勿得迟疑误事。”行者道：“既然如此，深感上恩。果是不好违旨，一则老孙又不空走这遭，烦旌阳转奏玉帝，只教托塔天王与哪吒太子——他还有几件降妖兵器，且下界与那怪见一仗，以看如何。果若能擒得他，是老孙之幸；若不能，那时再作区处。”

真个那天师启奏玉帝，玉帝即令李天王父子率领众部天兵，与行者助力。那天王即奉旨来会行者。行者又对天师道：“蒙玉帝遣差天王，谢之不尽。还有一事，再烦转达：但得两个雷公使用，等天王战斗之时，教雷公在云端里下个雷楔，照顶门上锭死那妖魔，深为良计也。”天师笑道：“好，好，好。”天师又奏。玉帝传旨，教九天府下点邓化、张蕃二雷公，与天王合力缚妖救难。遂与天王、孙大圣径下南天门外。

玉帝看到今天猴子那么懂事也相当够意思，“即忙降旨”，派手下对诸天星斗、各宿神王进行了调查，我们看看玉帝的管辖范围：“先查了四天门门上神王官吏；次查了三微垣垣中大小群真；又查了雷霆官将陶、张、辛、邓、苟、毕、庞、刘。最后才查三十三天，天天自在。又查二十八宿：东七宿，角、亢、氐、房、心、尾、箕，北七宿，斗、牛、女、虚、危、室、壁，西七宿，南七宿，宿宿安宁。又查了太阳、太阴、水、火、木、金、土七政，罗睺、计都、炁、孛四余。满天星斗，并无思凡下界。”

差哪里呢？

差那三清天呗。

玉帝的手，伸不到三清那里。

猴哥发现诸天神仙都在外面等回话，所以这时没去印证自己对那头牛源流的猜测。玉帝都下了旨意，手中金箍棒都没有，怎么好意思去质疑领导不对？

等可韩司丈人真君回旨的过程又是好长时间，趁这工夫猴子还作了首诗。“孙行者等候良久，作诗纪兴曰：‘风清云霁乐升平，神静星明显瑞祯。河汉安宁天地泰，五方八极偃戈旌。’”

作者这是想表达什么？

猴子没有这棒子后，脾气变得稳当了，都不急了，哪怕“等候良久”，但依旧不着急，都有空自己哄自己玩了。

有没有这个棒子，对这只猴子的一整套“猿生”算法的改变就是这么大！

看看，西游宇宙是多么现实！

等等，作者说的仅仅是西游宇宙吗？

玉帝听说满天星宿神将无思凡下界的回奏之后，安排悟空挑选几员天将下界擒魔。四大天师奉旨出灵霄宝殿后对悟空表示玉帝让你挑天将擒魔，悟空的下句话再次说明了他之前不拿天宫当回事的根据：“天上将不如老孙者多，胜似老孙者少。想我闹天宫时，玉帝遣十万天兵，布天罗地网，更不曾有一将敢与我比手。向后来，调了小圣二郎，方是我的对手。如今那怪物手段又强似老孙，却怎么得能勾取胜？”

悟空说出“若道半声不肯，即上灵霄殿，动起刀兵”的依据就是觉得天宫无人，但许旌阳回复了一句意味深长的话：“此一时，彼一时，大不同也。常言道，‘一物降一物’哩。你好违了旨意？但凭高见，选用天将，勿得迟疑误事。”

后面的那句“一物降一物”是给你面子，前面那句“此一时，彼一时，大不同也”是关键，当年你能闹天宫是因为有人希望你能闹起来，还真觉得自己本事大了？都不好意思说你，一头牛就给你弄得这么狼狈！

悟空调了当初他交手过、能和他打得有来有回的李天王父子，并喊了俩雷公助战。看见没有？都是当初猴子闹天宫时能跟他一战的对手，对于没见过的战力，猴子确实想象不到。

顷刻而到。行者道：“此山便是金皘山，山中间乃是金皘洞。列位商议，却教那个先去索战？”天王停下云头，扎住天兵在于山南坡下，道：“大圣素知小儿哪吒曾降九十六洞妖魔，善能变化，随身有降妖兵器，须教他先去出阵。”行者道：“既如此，等老孙引太子去来。”

那太子抖擞雄威，与大圣跳在高山，径至洞口。但见那洞门紧闭，崖下无精。行者上前高叫：“泼魔，快开门！还我师父来也！”那洞里把门的小妖看见，急报道：“大王，孙行者领着一个小童男，在门前叫战哩！”那魔王道：“这猴子铁棒被我夺了，空手难争，想是请得救兵来也。”叫：“取兵器！”魔王绰枪在手，走到门外观

看。那小童男生得相貌清奇，十分精壮。真个是：

玉面娇容如满月，朱唇方口露银牙。
眼光掣电睛珠暴，额阔凝霞发髻髽。
绣带舞风飞彩焰，锦袍映日放金花。
环绦灼灼攀心镜，宝甲辉辉衬战靴。
身小声洪多壮丽，三天护教恶哪吒。

魔王笑道："你是李天王第三个孩儿，名唤做哪吒太子，却如何到我这门前呼喝？"太子道："因你这泼魔作乱，困害东土圣僧，奉玉帝金旨，特来拿你！"魔王大怒道："你想是孙悟空请来的。我就是那圣僧的魔头哩！量你这小儿曹有何武艺，敢出胡言！不要走，吃我一枪！"

这太子使斩妖剑劈手相迎。他两个搭上手，却才赌斗，那大圣急转山坡，叫："雷公何在？快早去着妖魔下个雷楔，助太子降伏来也！"邓、张二公即踏云光，正欲下手，只见那太子使出法来，将身一变，变作三头六臂，手持六般兵器，望妖魔砍来。那魔王也变作三头六臂，三柄长枪抵住。这太子又弄出降魔法力，将六般兵器抛将起去。是那六般兵器？却是砍妖剑、斩妖刀、缚妖索、降魔杵、绣球、火轮儿。大叫一声："变！"一变十，十变百，百变千，千变万，都是一般兵器，如骤雨冰雹，纷纷密密，望妖魔打将去。那魔王公然不惧，一只手取出那白森森的圈子来，望空抛起，叫声："着！"唿喇的一下，把六般兵器套将下来，慌得那哪吒太子赤手逃生。魔王得胜而回。

邓、张二雷公在空中暗笑道："早是我先看头势，不曾放了雷楔。假若被他套将去，却怎么回见天尊？"二公按落云头，与太子来山南坡下，对李天王道："妖魔果神通广大！"悟空在旁笑道："那厮神通也只如此。争奈那个圈子利害，不知是甚么宝贝，丢起来，善套诸物。"哪吒恨道："这大圣甚不成人！我等折兵败阵，十分烦恼，都只为你，你反喜笑，何也？"行者道："你说烦恼，终不然我老孙不烦恼？我如今没计奈何，哭不得，所以只得笑也。"天王道："似此怎生结果？"行者道："凭你等再怎计较，只是圈子套不去的，就可拿住他了。"天王道："套不去者，惟水火最利。常言道：'水火无情。'"行者闻言道："说得有理。你且稳坐在此，待老孙再上天走走来。"邓、张二公道："又去做甚的？"行者道："老孙这去，不消启奏玉帝，只到南天门里，上彤华宫，请荧惑火德星君来此放火，烧那怪物一场，或者连那圈子烧做灰烬，捉住妖魔。一则取兵器还汝等归天，二则可解脱吾师之难。”太子闻言甚喜，道：“不必迟疑，请大圣早去早来，我等只在此拱候。”

悟空带着天兵们下来了，头阵是哪吒上，作者借着魔王的视角再次写了哪吒清奇精壮的相貌，这个哪吒可不是我们印象中的可爱娃娃，他是“身小声洪多壮丽，三天护教恶哪吒”。

得是这“恶哪吒”，才能“降九十六洞妖魔”。

你再看佛祖培养的“相逢真对手，正遇本源流”（第四回）的这两位，无论是悟空还是哪吒，都是狠人。

魔王一见面又笑了，直接说明了哪吒的来历，这也再次缩小了范围，这妖怪就是从天上来的！既然三十三天找不到，那肯定就是从更上面的三清天来的！别处的妖魔不可能这么门儿清！

两方开打，当哪吒变成三头六臂时，这魔王也会变三头六臂。看看人家三清坐骑的高水平战力，哪吒很快跟悟空一样，也复制兵器轰炸敌人，结果又被魔王的圈子都套走了。

哪吒战败，众人商量一番，悟空觉得水火无情，对方总不至于能把水火都套走吧？便去彤华宫请火德星君助战来了。

行者纵起祥光，又至南天门外。那广目与四将迎道：“大圣如何又来？”行者道：“李天王着太子出师，只一阵，被那魔王把六件兵器都捞去了。我如今要到彤华宫请火德星君助阵哩。”四将不敢久留，让他进去。至彤华宫，只见火部众神即入报道：“孙悟空欲见主公。”那南方三炁火德星君整衣出门，迎进道：“昨日可韩司查点小宫，更无一人思凡。”行者道：“已知。但李天王与太子败阵，失了兵器，特来请你救援救援。”星君道：“那哪吒乃三坛海会大神，他出身时，曾降九十六洞妖魔，神通广大。若他不能，小神又怎敢望也？”行者道：“因与李天王计议，天地间至利者，惟水火也。那怪物有一个圈子，善能套人的物件，不知是甚么宝贝。故此说火能灭诸物，特请星君领火部到下方，纵火烧那妖魔，救我师父一难。”

火德星君闻言，即点本部神兵，同行者到金峨山南坡下，与天王、雷公等相见了。

天王道："孙大圣，你还去叫那厮出来，等我与他交战。待他拿动圈子，我却闪过，教火德帅众烧他。"行者笑道："正是，我和你去来。"火德共太子、邓张二公立于高峰之上，与他挑战。

这大圣到了金㟍洞口，叫声："开门！快早还我师父！"那妖又急通报道："孙悟空又来了！"那魔帅众出洞，见了行者道："你这泼猴！又请了甚么兵来耶？"这壁厢转上托塔天王，喝道："泼魔头！认得我么？"魔王笑道："李天王，想是要与你令郎报仇，欲讨兵器么？"天王道："一则报仇要兵器，二来是拿你救唐僧！不要走，吃我一刀！"那怪物侧身躲过，挺长枪随手相迎。他两个在洞前这场好杀！你看那：

天王刀砍，妖怪枪迎。刀砍霜光喷烈火，枪迎锐气迸愁云。一个是金㟍山生成的恶怪，一个是灵霄殿差下的天神。那一个因欺禅性施威武，这一个为救师灾展大轮。天王使法飞沙石，魔怪争强播土尘。播土能教天地暗，飞沙善着海江浑。两家努力争功绩，皆为唐僧拜世尊。

那孙大圣见他两个交战，即转身跳上高峰，对火德星君道："三炁用心者！"你看那个妖魔与天王正斗到好处，却又取出圈子来。天王看见，即拨祥光，败阵而走。这高峰上火德星君忙传号令，教众部火神一齐放火。这一场真个利害！好火：

经云："南方者，火之精也。"虽星星之火，能烧万顷之田。乃三炁之威，能变百端之火。今有火枪火刀，火弓火箭，各部神祇，所用不一。但见那半空中火鸦飞噪，满山头火马奔腾。双双赤鼠，对对火龙。双双赤鼠喷烈焰，万里通红；对对火龙吐浓烟，千方共黑。火车儿推出，火葫芦撒开。火旗摇动一天霞，火棒搅行盈地燎。说甚么宁戚鞭牛，胜强似周郎赤壁。这个是天火非凡真利害，烘烘㸌㸌火风红。

那妖魔见火来，全无恐惧，将圈子望空抛起，唿喇一声，把这火龙、火马、火鸦、火鼠、火枪、火刀、火弓、火箭，一圈子又套将下去，转回本洞，得胜收兵。

这火德星君，手执着一杆空旗，招回众将，会合天王等，坐于山南坡下，对行者道："大圣呵，这个凶魔真是罕见！我今折了火具，怎生是好？"行者笑道："不消报怨，列位且请宽坐坐，待老孙再去去来。"天王道："你又往那里去？"行者道："那怪物既不怕火，断然怕水。常言道：'水能克火。'等老孙去北天门里，请水德星君施布水势，往他洞里一灌，把魔王渰死，取物件还你们。"天王道："此计虽妙，但恐连你师父都渰杀也。”行者道：“没事。渰死我师，我自有个法儿教他活来。如今稽迟列位，甚是不当。”火德道：“既如此，且请行，请行。”

悟空来到了彤华宫，注意这句：“只见火部众神即入报道：‘孙悟空欲见主公。’”火德星君是彤华宫的宫主，是火部众神的主公，而且没有玉帝的明确旨意，悟空就请动了火德星君带着本部神兵来助战了。

也就是说，玉帝对三十三天的管理并非直通一线，各天宫的主公都有着极强的权威和自主性，要不为什么当初玉帝要搞“蟠桃消失计划”？玉帝要定期宣示领导力与存在感！

这回是李天王来挑战，人家魔王依旧认得，第一句话就是：“李天王，想是要与你令郎报仇，欲讨兵器么？”

哪吒也许没听出后面深意，但老李应该不至于，主要是涉及三清这一级别，没谁敢去捅破。

当然，哪吒打不过这头牛，老李就更没戏了。全部的希望寄托在火德星君处，众部火神一齐放火，随后的剧情发展再次证明了天庭还真就是个草台班子：火部众神没有一个是自己会喷火的，都是用的放火的法宝，当妖魔把火龙、火马、火鸦、火鼠、火枪、火刀、火弓、火箭都套走后，整个火部就瘫了。

但凡火部有一个红孩儿，都不至于丢脸成这样！那圈子能套走五行车，但没法儿套走人家红孩儿的嘴吧？

悟空又去找水德星君，要来淹死这妖魔，李天王说那不把你师父也淹死了？悟空表示没事，淹死了有办法活过来，反正只要不是吃了，就有办法。

好大圣，又驾筋斗云，径到北天门外。忽抬头，见多闻天王向前施礼道：“孙大圣何往？”行者道：“有一事要入乌浩宫见水德星君。你在此作甚？”多闻道：“今日轮该巡视。”正说处，又见那庞、刘、苟、毕四大天将进礼邀茶。行者道：“不劳，不劳，我事急矣！”遂别却诸神，直至乌浩宫，着水部众神即时通报。众神报道：“齐天大圣孙悟空来了。”水德星君闻言，即将查点四海五湖、八河四渎、三江九派并各处龙王俱遣退。整冠束带，接出宫门，迎进宫内道：“日昨可韩司查勘小宫，恐有本部之神思凡作怪，正在此点查江海河渎之神，尚未完也。”行者道：“那魔王不是江河之神，此乃广大之精。先蒙玉帝差李天王父子并两个雷公下界擒拿，被他弄个圈子，将六件神兵套去。老孙无奈，又上彤华宫请火德星君帅火部众神放火，又将火龙、火马等物一圈子套去。我想此物既不怕火，必然怕水，特来告请星君，施水势，与我捉那妖精，取兵器归还天将，吾师之难亦可救也。”

水德闻言，即令黄河水伯神王：“随大圣去助功。”水伯自衣袖中取出一个白玉盂儿，道：“我有此物盛水。”行者道：“看这盂儿，能盛几何？妖魔如何渰得？”水伯道：“不瞒大圣说，我这一盂，乃是黄河之水，半盂就是半河，一盂就是一河。”行者喜道：“只消半盂足矣。”遂辞别水德，与黄河神急离天阙。

那水伯将盂儿望黄河舀了半盂，跟行者至金峨山向南坡下，见了天王、太子、雷公、火德，具言前事。行者道：“不必细讲，且放水伯跟我去。待我叫开他门，不要等他出来，就将水往门里一倒，那怪物一窝子可都渰死。我却去捞师父的尸首，再救活不迟。”那水伯依命，紧随行者，转山坡，径至洞口，叫声：“妖怪开门！”那把门的小妖听得是孙大圣的声音，急又去报道：“孙悟空又来矣！”

那魔闻说，带了宝贝，绰枪就走；响一声，开了石门。这水伯将白玉盂向里一倾。那妖见是水来，撒了长枪，即忙取出圈子，撑住二门。只见那股水骨都都的只往外泛将出来，慌得孙大圣急纵筋斗，与水伯跳在高峰。那天王同众都驾云停于高峰之前观看。那水波涛泛涨，着实狂澜。好水！真个是：

一勺之多，果然不测。盖唯神功运化，利万物而流涨百川。只听得那潺潺声振谷，又见那滔滔势漫天。雄威响若雷奔走，猛涌波如雪卷颠。千丈波高漫路道，万层涛激泛山岩。泠泠如漱玉，滚滚似鸣弦。触石沧沧喷碎玉，回湍渺渺旋窝圆。低低凹凹随流荡，横涧平沟上下连。

行者见了心慌道：“不好呵！水漫四野，渰了民田，未曾灌在他的洞里，怎奈之何？”唤水伯急忙收水。水伯道：“小神只会放水，却不会收水。常言道：‘泼水难收。’”咦！那座山却也高峻，这场水只奔低流。须臾间，四散而归涧壑。又只见那洞外跳出几个小妖，在外边吆吆喝喝，伸拳捋袖，弄棒拈枪，依旧喜喜欢欢耍子。天王道：“这水原来不曾灌入洞内，枉费一场之功也！”

悟空又去北天门，进了乌浩宫去找水德星君，此时水德星君正在进行内部调查呢，从这里我们可以知道四海五湖、八河四渎、三江九派各处龙王都归水德星君管，水德星君见了悟空后表示，昨天查了宫里的人员都在，今天正点查江海河渎之神呢。

上过班的读者朋友看这段应该很有感触，凌霄殿下来的一个命令，到了部门里就不是小动作。

悟空讲了来龙去脉后，水德星君派了黄河水伯神王去帮忙。水伯放了水之后，独角兕依旧是拿出圈子来，直接撑住二门，任这黄河水势再大也进不了洞，而且再次证明了天宫是个草台班子：悟空看到水没有淹了洞而是漫了四野，让水伯收水，水伯借口“泼水难收”，给自己不会收水找了个理由。

这纯是能力问题，收红孩儿时，我们是见过菩萨收水的，所谓“菩萨念动真言，把净瓶欹倒，将那一海水依然收去，更无半点存留”（第四十三回）。由于海不归菩萨管，所以菩萨说自己“借”海水，而到了水部正神这儿，“天庭水资源”随意流失。

作者大概率在这里讽刺了一回黄河水伯：你要么只管放水不会收，让黄河泛滥；要么让“天庭水资源”随意流失，让黄河动不动就干涸，我们黄河这母亲河总闹灾情就是因为你能力有问题！

行者忍不住心中怒发，双手抡拳，闯至妖魔门首，喝道：“那里走！看打！”諕得那几个小妖丢了枪棒，跑入洞里，战兢兢的报道：“大王！打将来了！”魔王挺长枪，迎出门前道：“这泼猴老大惫懒！你几番家敌不过我，纵水火亦不能近，怎么又蹱将来送命？”行者道：“这儿子反说了哩！不知是我送命，是你送命！走过来，吃老外公一拳！”那妖魔笑道：“这猴儿勉强缠帐！我倒使枪，他却使拳。那般一个筋皵子拳头，只好有个核桃儿大小，怎么称得个锤子起也？罢，罢，罢！我且把枪放下，与你走一路拳看看！”行者笑道：“说得是，走上来！”

那妖撩衣进步，丢了个架子，举起两个拳来，真似打油的铁锤模样。这大圣展足那身，摆开解数，在那洞门前与那魔王递走拳势。这一场好打！咦！

拽开大四平，踢起双飞脚。韬胁劈胸墩，剜心摘胆着。仙人指路，老子骑鹤。饿虎扑食最伤人，蛟龙戏水能凶恶。魔王使个蟒翻身，大圣却施鹿解角。翘跟淬地龙，扭腕擎天橐。青狮张口来，鲤鱼跌子跃。盖顶撒花，绕腰贯索。迎风贴扇儿，急雨催花落。妖精便使观音掌，行者就对罗汉脚。长拳开阔自然松，怎比短拳多紧削？

两个相持数十回，一般本事无强弱。

他两个在那洞门前厮打，只见这高峰头，喜得个李天王厉声喝采，火德星鼓掌夸称。那两个雷公与哪吒太子，帅众神跳到跟前，都要来相助；这壁厢群妖摇旗擂鼓，舞剑抡刀一齐护。孙大圣见事不谐，将毫毛拔下一把，望空撒起，叫："变！"即变做三五十个小猴，一拥上前，把那妖缠住，抱腿的抱腿，扯腰的扯腰，抓眼的抓眼，挦毛的挦毛。那怪物慌了，急把圈子拿将出来。大圣与天王等见他弄出圈套，拨转云头，走上高峰逃阵。那妖把圈子往上抛起，唿喇的一声，把那三五十个毫毛变的小猴收为本相，套入洞中。得了胜，领兵闭门，贺喜而去。

这太子道："孙大圣还是个好汉！这一路拳，走得似锦上添花；使分身法，正是人前显贵。"行者笑道："列位在此远观，那怪的本事，比老孙如何？"李天王道："他拳松脚慢，不如大圣的紧疾。他见我们去时，也就着忙；又见你使出分身法来，他就急了，所以大弄个圈套。"行者道："魔王好治，只是圈子难降。"火德与水伯道："若还取胜，除非得了他那宝贝，然后可擒。"行者道："他那宝贝如何可得？只除是偷去来。"邓、张二公笑道："若要行偷礼，除大圣再无能者。想当年大闹天宫时，偷御酒，偷蟠桃，偷龙肝、凤髓及老君之丹，却是何等手段！今日正该在此处用也。"行者道："好说，好说！既如此，你们且等老孙打听去。"

好大圣，跳下峰头，私至洞口，摇身一变，变做个麻苍蝇儿。真个好秀溜！看他：

翎翅薄如竹膜，身躯小似花心。手足比毛更壮，星星眼窟明明。善自闻香逐气，飞时迅速乘风。称来刚压定盘星，可爱些些有用。

轻轻的飞在门上，爬到门缝边钻进去。只见那大小群妖，舞的舞，唱的唱，排列两旁；老魔王高坐台上，面前摆着些蛇肉鹿脯、熊掌驼峰、山蔬果品，有一把青磁酒壶，香喷喷的羊酪椰醪，大碗家宽怀畅饮。行者落于小妖丛里，又变做一个獾头精，慢慢的挨近台边。看勾多时，全不见宝贝放在何方。急抽身转至台后，又见那后厅上高吊着火龙吟啸，火马号嘶。忽抬头，见他的金箍棒靠在东壁，喜得他心痒难挝，忘记了更容变像，走上前拿了铁棒，现原身丢开解数，一路棒打将出去。慌得那群妖胆战心惊，老魔王措手不及，却被他推倒三个，放倒两个，打开一条血路，径出洞门。这才是：

魔头骄傲无防备，主杖还归与本人。

毕竟不知凶吉如何，且听下回分解。

看到找了那么多帮手都没能解决问题，猴哥怒了，双手抡拳开打，人家妖魔也不欺负他，双方比拳对打，“两个相持数十回，一般本事无强弱”，当悟空使出身外身法时，独角兕第一次慌了，急把圈子拿出来，又把悟空这些猴毛套走了。

虽然输了，但几个神仙都是说场面话的高手，哪吒和天王把猴哥夸得心喜，在天庭众神一通夸奖之后，猴哥兴奋地变个麻苍蝇进洞当贼去了。

悟空第一轮当贼，看见了金箍棒就憋不住了，妖怪的圈子顾不上了，众神的兵器也不管了，他抢了棒子就杀出来了，注意这段：“忽抬头，见他的金箍棒靠在东壁，喜得他心痒难挝，忘记了更容变像，走上前拿了铁棒，现原身丢开解数，一路棒打将出去。慌得那群妖胆战心惊，老魔王措手不及，却被他推倒三个，放倒两个，打开一条血路，径出洞门。”

悟空不敢再跟这独角兕正面对决，他抢了棒子赶紧跑路，太害怕自己这金箍棒再被人家套走。

至此我们也能明白，在悟空的心中，取经虽然非常重要，但没有这根金箍棒重要。

经取不成，以后躲着点猛男罢了；没有这根棒子，他往后走到哪里都变成了“前倨后恭”。

这可比要了他的命还痛苦。

第五十二回

悟空大闹金峨洞，如来暗示主人公

话说孙大圣得了金箍棒，打出门前，跳上高峰，对众神满心欢喜。李天王道：“你这场如何？”行者道：“老孙变化进他洞去，那怪物越发唱唱舞舞的，吃得胜酒哩，更不曾打听得他的宝贝在那里。我转他后面，忽听得马叫龙吟，知是火部之物。东壁厢靠着我的金箍棒，是老孙拿在手中，一路打将出来也。”众神道：“你的宝贝得了，我们的宝贝何时到手？”行者道：“不难，不难！我有了这根铁棒，不管怎的，也要打倒他，取宝贝还你。”

正讲处，只听得那山坡下锣鼓齐鸣，喊声振地。原来是兕大王帅众精灵来赶行者。行者见了，叫道：“好，好，好！正合我意！列位请坐，待老孙再去捉他。”好大圣，举铁棒劈面迎来，喝道：“泼魔那里去！看棍！”那怪使枪支住，骂道：“贼猴头！着实无礼！你怎么白昼劫我物件？”行者道：“我把你这个不知死的业畜！你倒弄圈套，白昼抢夺我物！那件儿是你的？不要走，吃老爷一棍！”那怪物抡枪隔架。这一场好战：

大圣施威猛，妖魔不顺柔。两家齐斗勇，那个肯干休！这一个铁棒如龙尾，那一个长枪似蟒头。这一个棒来解数如风响，那一个枪架雄威似水流。只见那彩雾朦朦山岭暗，祥云叆叆树林愁。满空飞鸟皆停翅，四海狼虫尽缩头。那阵上小妖呐喊，这壁厢行者抖擞。一条铁棒无人敌，打遍西方万里游。那杆长枪真对手，永镇金峨称上筹。相遇这场无好散，不见高低誓不休。

那魔王与孙大圣战经三个时辰，不分胜败。早又见天色将晚，妖魔支着长枪道：“悟空，你住了！天昏地暗，不是个赌斗之时，且各歇息歇息，明朝再与你比迸。”行者骂道：“泼畜休言！老孙的兴头才来，管甚么天晚！是必与你定个输赢！”那怪物喝一声，虚幌一枪，逃了性命，帅群妖收转干戈，入洞中，将门紧紧闭了。

这大圣拽棍方回。天神在岸头贺喜，都道：“是有能有力的大齐天，无量无边的真本事！”行者笑道：“承过奖，承过奖！”李天王近前道：“此言实非褒奖，真是一条好汉子！这一阵也不亚当时瞒地网罩天罗也！”行者道：“且休题夙话。那妖魔被老孙打了这一场，必然疲倦。我也说不得辛苦，你们都放怀坐坐，等我再进洞去打听他的圈子，务要偷了他的，捉住那怪，寻取兵器，奉还汝等归天。”太子道：“今已天晚，不若安眠一宿，明早去罢。”行者笑道：“这小郎不知世事！那见做贼的好白日里下手？似这等掏摸的，必须夜去夜来，不知不觉，才是买卖哩。”火德与雷公道：“三太子休言。这件事我们不知。大圣是个惯家熟套，须教他趁此时候，一则魔头困倦，二来夜黑无防。就请快去，快去！”

好大圣，笑唏唏的将铁棒藏了，跳下高峰，又至洞口。摇身一变，变作一个促织儿。真个：

嘴硬须长皮黑，眼明爪脚丫叉。风清月明叫墙涯，夜静如同人话。泣露凄凉景色，声音断续堪夸。客窗旅思怕闻他，偏在空阶床下。

登开大腿，三五跳，跳到门边，自门缝里钻将进去，蹲在那壁根下，迎着里面灯光，仔细观看。只见那大小群妖，一个个狼餐虎咽，正都吃东西哩。行者揲揲锤锤的叫了一遍。少时间，收了家火，又都去安排窝铺，各各安身。

约莫有一更时分，行者才到他后边房里。只听那老魔传令，教：“各门上小的醒睡，恐孙悟空又变甚么，私入家偷盗。”又有些该班坐夜的，涤涤托托，梆铃齐响。这大圣越好行事。钻入房门，见有一架石床，左右列几个抹粉搽胭的山精树鬼，展铺盖伏侍老魔，脱脚的脱脚，解衣的解衣。只见那魔王宽去衣服，左胳膊上白森森的套着那个圈子，原来像一个连珠琢头模样。你看他更不取下，转往上抹了两抹，紧紧的勒在胳膊上，方才睡下。

行者见了，将身一变，变作一个黄皮蛇蚤，跳上石床，钻入被里，爬在那怪的胳膊上，着实一口，叮的那怪翻身骂道："这些少打的奴才！被也不抖，床也不拂，不知甚么东西咬了我这一下！"他却把圈子又捋上两捋，依然睡下。行者爬上那圈子，又咬一口。那怪睡不得，又翻过身来道："剌闹杀我也！"

行者见他关防得紧，宝贝又随身不肯除下，料偷他的不得。跳下床来，还变做促织儿，出了房门，径至后面，又听得龙吟马嘶。原来那层门紧锁，火龙、火马都吊在里面。行者现了原身，走近门前，使个解锁法，念动咒语，用手一抹，扢扠一声，那锁双簧俱就脱略。推开门，闯将进去观看，原来那里面被火器照得明幌幌的，如白日一般。忽见东西两边斜靠着几件兵器，都是太子的砍妖刀等物，并那火德的火弓、火箭等物。行者映火光，周围看了一遍，又见那门背后一张石桌子上有一个篾丝盘儿，放着一把毫毛。

大圣满心欢喜，将毫毛拿起来，呵了两口热气，叫声："变！"即变作三五十个小猴。教他都拿了刀剑、杵索、球轮、及弓箭、枪车、葫芦、火鸦、火鼠、火马，一应套去之物，跨了火龙，纵起火势，从里面往外烧来。只听得烘烘焮焮，朴朴乒乓，好便似咋雷连炮之声。慌得那些大小妖精梦梦查查的，抱着被，朦着头，喊的喊，哭的哭，一个个走头无路，被这火烧死大半。美猴王得胜回来，只好有三更时候。

却说那高峰上李天王众位，忽见火光幌亮，一拥前来。见行者骑着龙，喝喝呼呼，纵着小猴，径上峰头，厉声高叫道："来收兵器！来收兵器！"火德与哪吒答应一声，这行者将身一抖，那把毫毛复上身来。哪吒太子收了他六件兵器，火德星君着众火部收了火龙等物，都笑吟吟赞贺行者不题。

却说那金皘洞里火焰纷纷，諕得个兕大王魂不附体，急欠身开了房门，双手拿着圈子，东推东火灭，西推西火消，满空中冒烟突火，执着宝贝跑了一遍，四下里烟火俱息。急忙收救群妖，已此烧杀大半，男男女女，收不上百十余丁。又查看藏兵之内，各件皆无。又去后面看处，见八戒、沙僧与长老还捆住未解，白龙马还在槽上，行李担亦在屋里。妖魔遂恨道："不知是那个小妖不仔细，失了火，致令如此！"旁有近侍的告道："大王，这火不干本家之事，多是个偷营劫寨之贼，放了那火部之物，盗了神兵去也。"老魔方然省悟道："没有别人，断乎是孙悟空那贼！怪道我临睡时不得安稳，想是那贼猴变化进来，在我这胳膊叮了两口。一定是要偷我的宝贝，见我抹勒得紧，不能下手，故此盗了兵器，纵着火龙，放此狠毒之心，意欲烧

杀我也。贼猴呵！你枉使机关，不知我的本事。我但带了这件宝贝，就是入大海而不能溺，赴火池而不能焚哩！这番若拿住那贼，只把刮了点垛，方趁我心！”

悟空得了棍子后跟众神说了一下情况，就在众神问他们的宝贝怎么办时，独角兕带队伍赶来了。两人再战，独角兕的实力完全展现出来，全力跟悟空打了三个时辰，不分胜败，而且这次悟空可没留手，因为李天王评价猴哥道：“此言实非褒奖，真是一条好汉子！这一阵也不亚当时瞒地网罩天罗也！”直到天色将晚，独角兕才露出弱点：他那双眼睛不行，打不了夜战。悟空那双眼睛虽然是弱点，但也有优势，人家夜里还能看三五百里呢，再加上本身没有血条、气力条限制，绝不可能放过怪物。最终独角兕“喝一声，虚幌一枪”，逃回洞中。

悟空回去后，群神的嘴像抹了蜜：“是有能有力的大齐天，无量无边的真本事！”悟空美得又进洞偷宝贝去了。

悟空这回变成了一个蟋蟀，想等独角兕睡觉之后去偷那圈子，但是这妖怪充分吸取了金角、银角的教训，宝贝不离身，睡觉之前还专门往上抹了两抹，紧紧地勒在胳膊上。悟空变成了跳蚤咬独角兕的胳膊，但是甭管悟空怎么折腾，人家就是宝贝不离身，牢牢遵循西游宇宙的铁律：法宝坚决不离身，只要自己不放手，谁来也没有用！

悟空眼看偷不成，只得去找群神的兵器。悟空用之前被套走的毫毛变了三五十个小猴拿上群神兵器，他自己“跨了火龙，纵起火势，从里面往外烧来”，把金峣洞的小妖烧死大半。

这场火再次展现了独角兕法宝的顶级神通：兕大王“双手拿着圈子，东推东火灭，西推西火消，满空中冒烟突火，执着宝贝跑了一遍，四下里烟火俱息”，随后独角兕还专门给这宝贝做了背书：“贼猴呵！你枉使机关，不知我的本事。我但带了这件宝贝，就是入大海而不能溺，赴火池而不能焚哩！”

这宝贝不仅能套万物，还自带芭蕉扇和辟水珠的效果。

太上老君这是真生气了，还真就治不了你孙悟空了？人家派司机下来“放大招”了！

说着话，懊恼多时，不觉的鸡鸣天晓。那高峰上太子得了六件兵器，对行者道：

“大圣，天色已明，不须怠慢。我们趁那妖魔挫了锐气，与火部等扶助你再去力战，庶几这次可擒拿也。”行者笑道：“说得有理。我们齐了心，耍子儿去耶！”

一个个抖擞威风，喜弄武艺，径至洞口。行者叫道：“泼魔出来！与老孙打者！”原来那里两扇石门被火器化成灰烬，门里边有几个小妖正然扫地撮灰。忽见众圣齐来，慌得丢了扫帚，撇下灰耙，跑入里又报道：“孙悟空领着许多天神，又在门外骂战哩！”那兕怪闻报大惊，扢迸迸钢牙咬响，滴溜溜环眼睁圆。挺着长枪，带了宝贝，走出门来，泼口乱骂道：“我把这个偷营放火的贼猴！你有多大手段，敢这等藐视我也！”行者笑脸儿骂道：“泼怪物！你要知我的手段，且上前来，我说与你听：

自小生来手段强，乾坤万里有名扬。
当时颖悟修仙道，昔日传来不老方。
立志拜投方寸地，虔心参见圣人乡。
学成变化无量法，宇宙长空任我狂。
闲在山前将虎伏，闷来海内把龙降。
祖居花果称王位，水帘洞里逞刚强。
几番有意图天界，数次无知夺上方。
御赐齐天名大圣，敕封又赠美猴王。
只因宴设蟠桃会，无简相邀我性刚。
暗闯瑶池偷玉液，私行宝阁饮琼浆。
龙肝凤髓曾偷吃，百味珍羞我窃尝。
千载蟠桃随受用，万年丹药任充肠。
天宫异物般般取，圣府奇珍件件藏。
玉帝访我有手段，即发天兵摆战场。
九曜恶星遭我贬，五方凶宿被吾伤。
普天神将皆无敌，十恶雄师不敢当。
威逼玉皇传旨意，灌江小圣把兵扬。
相持七十单二变，各弄精神个个强。
南海观音来助战，净瓶杨柳也相帮。

老君又使金刚套，把我擒拿到上方。

绑见玉皇张大帝，曹官拷较罪该当。

即差大力开刀斩，刀砍头皮火焰光。

百计千方算不死，将吾押赴老君堂。

六丁神火炉中炼，炼得浑身硬似钢。

七七数完开鼎看，我身跳出又凶张。

诸神闭户无遮挡，众圣商量把佛央。

其实如来多法力，果然智慧广无量。

手中赌赛翻筋斗，将山压我不能强。

玉皇才设安天会，西域方称极乐场。

压困老孙五百载，一些茶饭不曾尝。

当得金蝉长老临凡世，东土差他拜佛乡。

欲取真经回上国，大唐帝主度先亡。

观音劝我皈依善，秉教迦持不放狂。

解脱高山根下难，如今西去取经章。

泼魔休弄獐狐智，还我唐僧拜法王！”

那怪闻言，指着行者道：“你原来是个偷天的大贼！不要走，吃吾一枪！”这大圣使棒来迎。两个正自相持，这壁厢哪吒太子生嗔，火德星君发狠，即将那六件神兵、火部等物，望妖魔上抛来。孙大圣更加雄势。一边又雷公使掮，天王举刀，不分上下，一拥齐来。那魔头巍巍冷笑，袖子中暗暗将宝贝取出，撒手抛起空中，叫声：“着！”唿喇的一下，把六件神兵、火部等物、雷公、天王刀、行者棒，尽情又都捞去。众神灵依然赤手，孙大圣仍是空拳。妖魔得胜，回身叫：“小的们！搬石砌门，动土修造，从新整理房廊。待齐备了，杀唐僧三众来谢土，大家散福受用。”众小妖领命维持不题。

转过天来再次叫战，独角兕问猴哥有多大的手段，猴哥也算是第一次在三界众神面前说破了自己的师承：立志拜投方寸地，虔心参见圣人乡。

猴哥此时已经不怕他师父把他“剥皮锉骨，将神魂贬在九幽之处”“万劫不得翻身”了（第二回），因为闹天宫这事已经过去五百年了，已经盖棺论定掀篇儿了，上层人物想要的体体面面的效果也都达到了，所以他不怕了。

后面这一大段介绍自己的长诗就表达了一件事——抑道弘佛，天宫的所有宝贝我都吃过玩过，整个天宫都拿我没办法，最终“诸神闭户无遮挡，众圣商量把佛央。其实如来多法力，果然智慧广无量。手中赌赛翻筋斗，将山压我不能强。玉皇才设安天会，西域方称极乐场”。

作者借悟空之口说明了安天事件后灵山的地位是有所提升的，把他压山底下之后，“玉皇才设安天会，西域方称极乐场”，是“方称”，也算是前情回顾了，这关的故事算是对这五百年恩怨的一次终极了结。

作者这段诗，是请出本回终极强人之前的小垫场。双方再战，独角兕这次对他们进行了偷袭：“袖子中暗暗将宝贝取出，撒手抛起空中，叫声：‘着！’”又都套走了。

独角兕得胜后，回身对小的们指示：重新装修，装修完就吃唐僧！

人家也算是下最后通牒了：别在这儿跟我逗闷子了！赶紧找你这项目的老大去吧！

却说那李天王帅众回上高峰，火德怨哪吒性急，雷公怪天王放刁，惟水伯在旁无语。行者见他们面不厮睹，心有萦思，没奈何，怀恨强欢，对众笑道：“列位不须烦恼，自古道：‘胜败兵家之常。’我和他论武艺也只如此，但只是他多了这个圈子，所以为害，把我等兵器又套将去了。你且放心，待老孙再去查查他的脚色来也。”太子道：“你前启奏玉帝，查勘满天世界，更无一点踪迹，如今却又何处去查？”行者道：“我想起来，佛法无边，如今且上西天去问我佛如来，教他着慧眼观看大地四部洲，看这怪是那方生长，何处乡贯住居，圈子是件甚么宝贝。不管怎的，一定要拿他，与列位出气，还汝等欢喜归天。”众神道：“既有此意，不须久停。快去，快去！”

好行者，说声去，就纵筋斗云，早至灵山。落下祥光，四方观看。好去处：

灵峰疏杰，叠障清佳，仙岳顶巅摩碧汉。西天瞻巨镇，形势压中华。元气流通天地远，威风飞彻满台花。时闻钟磬音长，每听经声明朗。又见那青松之下优婆讲，翠柏之间罗汉行。白鹤有情来鹫岭，青鸾着意伫云亭。玄猴对对擎仙果，寿鹿双双献紫英。幽鸟声频如诉语，奇花色绚不知名。回峦盘绕重重顾，古道湾环处处平。正是清虚灵秀地，庄严大觉佛家风。

那行者正当点看山景，忽听得有人叫道："孙悟空，从那里来？往何处去？"急回头看，原来是比丘尼尊者。大圣作礼道："正有一事，欲见如来。"比丘尼道："你这个顽皮！既然要见如来，怎么不登宝刹，倒在这里看山？"行者道："初来贵地，故此大胆。"比丘尼道："你快跟我来也。"这行者紧随至雷音寺山门下，又见那八大金刚，雄纠纠的两边挡住。比丘尼道："悟空，暂候片时，等我与你奏上去来。"行者只得住立门外。那比丘尼至佛前合掌道："孙悟空有事，要见如来。"如来传旨令入，金刚才闪路放行。

行者低头礼拜毕。如来问道："悟空，前闻得观音尊者解脱汝身，皈依释教，保唐僧来此求经。你怎么独自到此，有何事故？"行者顿首道："上告我佛，弟子自秉迦持，与唐朝师父西来，行至金兜山金兜洞，遇着一个恶魔头，名唤兕大王，神通广大，把师父与师弟等摄入洞中。弟子向伊求取，没好意，两家比迸，被他将一个白森森的一个圈子，抢了我的铁棒。我恐他是天将思凡，急上界查勘不出。蒙玉帝差遣李天王父子助援，又被他抢了太子的六般兵器。又请火德星君放火烧他，又被他将火具抢去。又请水德星君放水渰他，一毫又渰他不着。弟子费若干精神气力，将那铁棒等物偷出，复去索战，又被他将前物依然套去，无法收降。因此特告我佛，望垂慈与弟子看看，果然是何物出身。我好去拿他家属四邻，擒此魔头，救我师父，合拱虔诚，拜求正果。"

如来听说，将慧眼遥观，早已知识，对行者道："那怪物我虽知之，但不可与你说。你这猴儿口敞，一传道是我说他，他就不与你斗，定要嚷上灵山，返遗祸于我也。我这里着法力助你擒他去罢。"行者再拜称谢道："如来助我甚么法力？"如来即令十八尊罗汉："开宝库取十八粒金丹砂，与悟空助力。"行者道："金丹砂却如何？"如来道："你去洞外叫那妖魔比试，演他出来；却教罗汉放砂陷住他，使他动不得身，拔不得脚，凭你揪打便了。"行者笑道："妙，妙，妙！趁早去来！"

那罗汉不敢迟延，即取金丹砂出门。行者又谢了如来。一路查看，止有十六尊罗汉，行者嚷道："这是那个去处，却卖放人！"众罗汉道："那个卖放？"行者道："原差十八尊，今怎么只得十六尊？"说不了，里边走出降龙、伏虎二尊，上前道："悟

空，怎么就这等放刁？我两个在后听如来分付话的。”行者道：“忒卖法！忒卖法！才自若嚷迟了些儿，你敢就不出来了。”众罗汉笑呵呵驾起祥云。

宝贝丢了以后，天庭的高级人物开始了推诿扯皮。火德星君怨哪吒性急，雷公怪天王放刁，只有水伯在旁无语，呵呵，为什么？级别低呗。

悟空强颜欢笑道，别急别急，自古胜败乃兵家常事，怪物就那个圈子厉害，但是佛法无边，他现在“且上西天问我佛如来，教他着慧眼观看大地四部洲，看这怪是那方生长，何处乡贯住居，圈子是件甚么宝贝。不管怎的，一定要拿他，与列位出气，还汝等欢喜归天”。

有里有面，无论是给援军的体面还是对佛祖的崇拜，都表达得恰到好处。

谁能想到，团结诸神、打圆场的居然是悟空！猴哥真的成长了！

悟空就这样被这个圈子逼着来到了拿圈子收拾他的灵山。

来到灵山以后，悟空正在看山景，比丘尼尊者问道：“你这个顽皮！既然要见如来，怎么不登宝刹，倒在这里看山？”

猴哥的回复是：“初来贵地，故此大胆。”

那是一丁点脾气都没有啊，对工作人员都是赔笑小跑的。

等悟空跟着来到雷音寺山门下时，他又被八大金刚挡住，直到如来传旨令入，金刚才闪路放行。猴哥在南天门的面子在这儿可是一点都没用啊，但猴哥安之若素，什么意见也没有，认为本该如此。

这就是暴力威慑的巨大力量，它能让最狂妄的人变成谦谦君子。

德与刀，缺一不可；文与武，不可偏废。

悟空进去后低头礼拜完毕，然后佛祖问话，悟空才敢答话。

佛祖慧眼遥观后知道了怎么回事，暗示悟空对手跟他是一个级别的：“那怪物我虽知之，但不可与你说。你这猴儿口敞，一传道是我说他，他就不与你斗，定要嚷上灵山，返遗祸于我也。”

人家做了局，派司机出头，佛祖不能直接把这事挑开。越是高级别的较量，越需要用棋子的博弈去分出胜负，兵对兵，将对将，自有规则。

大人物的战场在棋局，棋子们的战场在人间。

人家拿圈子套你，那我也要绕个圈解套。

如来最终派了十八尊罗汉开宝库取了十八粒“金丹砂”前去助力。

这金丹砂是从宝库里取出来的，根据佛祖的介绍，仅仅是“陷住”妖魔的作用，给这宝贝卖了个关子。等临行前，降龙、伏虎二尊罗汉出来慢了，再次为后文埋了个伏笔。

不多时，到了金峣山界。那李天王见了，帅众相迎，备言前事。罗汉道：“不必叙繁，快去叫他出来。”这大圣捻着拳头，来于洞口骂道：“腯泼怪物！快出来！与你孙外公见个上下！”那小妖又飞跑去报。魔王怒道：“这贼猴又不知请谁来猖獗也！”小妖道：“更无甚将，止他一人。”魔王道：“那根棒子已被我收来，怎么却又一人到此？敢是又要走拳？”随带了宝贝，绰枪在手，叫小妖搬开石块，跳出门来，骂道：“贼猴！你几番家不得便宜，就该回避，如何又来吆喝？”行者道：“这泼魔不识好歹！若要你外公不来，除非你服了降，陪了礼，送出我师父、师弟，我就饶你！”那怪道：“你那三个和尚已被我洗净了，不久便要宰杀，你还不识起倒！去了罢！”

行者听说“宰杀”二字，扢蹬蹬腮边火发，按不住心头之怒，丢了架手，抡着拳，斜行拗步，望妖魔使个挂面。那怪缠长枪，劈手相迎。行者左跳右跳，哄那妖魔。妖魔不知是计，赶离洞口南来。行者即招呼罗汉把金丹砂望妖魔一齐抛下，共显神通。好砂！正是那：

似雾如烟初散漫，纷纷蔼蔼下天涯。白茫茫到处迷人眼，昏漠漠飞时找路差。打柴的樵子失了伴，采药的仙童不见家。细细轻飘如麦面，粗粗翻复似芝麻。世界朦胧山顶暗，长空迷没太阳遮。不比嚣尘随骏马，难言轻软衬香车。此砂本是无情物，盖地遮天把怪拿。只为邪魔侵正道，阿罗奉法逞豪华。手中就有明珠现，等时刮得眼生花。

那妖魔见飞砂迷目，把头低了一低，足下就有三尺余深，慌得他将身一纵，跳在浮上一层，未曾立得稳，须臾又有二尺余深。那怪急了，拔出脚来，即忙取圈子往上一撇，叫声：“着！”唿喇的一下，把十八粒金丹砂又尽套去，拽回步，径归本洞。

那罗汉一个个空手停云。行者近前问道：“众罗汉，怎么不下砂了？”罗汉道：“适才响了一声，金丹砂就不见了。”行者笑道：“又是那话儿套将去了。”天王等众

道："这般难伏呵，却怎么捉得他！何日归天，何颜见帝也！"旁有降龙、伏虎二罗汉对行者道："悟空，你晓得我两个出门迟滞何也？"行者道："老孙只怪你躲避不来，却不知有甚话说。"罗汉道："如来分付我两个说：'那妖魔神通广大，如失了金丹砂，就教孙悟空上离恨天兜率宫太上老君处寻他的踪迹，庶几可一鼓而擒也。'"行者闻言道："可恨！可恨！如来却也闪赚老孙！当时就该对我说了，却不免教汝等远涉？"李天王道："既是如来有此明示，大圣就当早起。"

悟空再次叫阵叫出妖魔后，招呼罗汉放砂，通过对金丹砂的描写，我们知道了这到底是个什么宝贝。

"迷人眼""无情物""逞豪华""明珠现""眼生花"，而且能让人深陷其中，作者是在告诉我们，佛祖的这个法宝，是钱。

有一种论调说金丹砂就是金丹砂，什么金山什么钱，都是阴谋论，过度解读。

我以为，这是小说，而且这是中国古代的小说，如同苏州的园林般一步一景，不是像西方裸体雕塑那般开放、直接的美。我们的审美体现在旗袍，而非比基尼。我们的老祖宗说话也是话不说绝，留有余地让你去细品，是"直水无情，曲则有情"，自古都是"喜曲而忌直"，因为他们认为"吉气走曲，煞气走直""直为冲煞，曲则生吉"。作者将钱比作金丹砂，已经算是写得很直白了。

等妖魔把金丹砂套走之后，佛祖安排了降龙、伏虎二罗汉对悟空说，他们之所以出门迟滞，是因为佛祖对他们有交代。"如来分付我两个说：'那妖魔神通广大，如失了金丹砂，就教孙悟空上离恨天兜率宫太上老君处寻他的踪迹，庶几可一鼓而擒也。'"

佛祖面对跟自己一个级别的老君，用了两招：

1. 给面子。不仅看破不说破，还安排了十八罗汉输给你的司机。

2. 送大礼。直接掏钱认账，十八座金山都给你。

等我的人在大庭广众下输给你，你的司机还收了钱之后，我就能让猴子去找你了。

好行者，说声去，就纵一道筋斗云，直入南天门里。时有四大元帅擎拳拱手道："擒怪事如何？"行者且行且答道："未哩，未哩！如今有处寻根去也。"四将不敢留阻，让他进了天门。不上灵霄殿，不入斗牛宫，径至三十三天之外离恨天兜率宫前。见两仙童侍立，他也不通姓名，一直径走，慌得两童扯住道："你是何人？待往何处去？"行者才说："我是齐天大圣,欲寻李老君哩。"仙童道："你怎这样粗鲁？且住下，让我们通报。"行者那容分说，喝了一声，往里径走。忽见老君自内而出，撞个满怀。行者躬身唱个喏道："老官，一向少看。"老君笑道："这猴儿不去取经，却来我处何干？"行者道："取经取经,昼夜无停；有些阻碍,到此行行。"老君道："西天路阻，与我何干？"行者道："西天西天，你且休言；寻着踪迹，与你缠缠。"老君道："我这里乃是无上仙宫，有甚踪迹可寻？"

行者入里，眼不转睛，东张西看。走过几层廊宇，忽见那牛栏边一个童儿盹睡，青牛不在栏中。行者道："老官，走了牛也！走了牛也！"老君大惊道："这业畜，几时走了？"正嚷间,那童儿方醒,跪于当面道："爷爷,弟子睡着,不知是几时走的。"老君骂道："你这厮如何盹睡？"童儿叩头道："弟子在丹房里拾得一粒丹，当时吃了,就在此睡着。"老君道："想是前日炼得'七返火丹',吊了一粒,被这厮拾吃了。那丹吃一粒，该睡七日哩。那业畜因你睡着，无人看管，遂乘机走下界去，今亦是七日矣。"即查可曾偷甚宝贝。行者道："无甚宝贝,只见他有一个圈子,甚是利害。"

老君急查看时，诸般俱在，止不见了金刚琢。老君道："这业畜偷了我金刚琢去了！"行者道："原来是这件宝贝！当时打着老孙的是他！如今在下界张狂，不知套了我等多少物件！"老君道："这业畜在甚地方？"行者道："现在金峣山金峣洞。他捉了我唐僧进去，抢了我金箍棒。请天兵相助，又抢了太子的神兵。及请火德星君，又抢了他的火具。惟水伯虽不能淹死他，倒还不曾抢他物件。至请如来着罗汉下砂，又将金丹砂抢去。似你这老官，纵放怪物，抢夺伤人，该当何罪？"老君道："我那金刚琢，乃是我过函关化胡之器，自幼炼成之宝。凭你甚么兵器，水火俱莫能近他。若偷去我的芭蕉扇儿，连我也不能奈他何矣。"

大圣才欢欢喜喜，随着老君。老君执了芭蕉扇，驾着祥云同行。出了仙宫，南天门外，低下云头，径至金峣山界。见了十八尊罗汉、雷公、水伯、火德、李天王父子，备言前事一遍。老君道："孙悟空，还去诱他出来，我好收他。"

这行者跳下峰头,又高声骂道："腯泼业畜！趁早出来受死！"那小妖又去报知。老魔道："这贼猴又不知请谁来也。"急绰枪带宝，迎出门来。行者骂道："你这泼

魔，今番坐定是死了！不要走，吃吾一掌！”急纵身跳个满怀，劈脸打了一个耳瓜子，回头就跑。那魔抡枪就赶，只听得高峰上叫道：“那牛儿还不归家，更待何日？”那魔抬头看，见是太上老君，就諕得心惊胆战道：“这贼猴真个是个地里鬼！却怎么就访得我的主公来也？”

老君念个咒语，将扇子扇了一下，那怪将圈子丢来，被老君一把接住。又一扇，那怪物力软筋麻，现了本相，原来是一只青牛。老君将金刚琢吹口仙气，穿了那怪的鼻子，解下勒袍带，系于琢上，牵在手中。至今留下个拴牛鼻的拘儿，又名宾郎，职此之谓。老君辞了众神，跨上青牛背上：驾彩云，径归兜率院；缚妖怪，高升离恨天。

孙大圣才同天王等众打入洞里，把那百十个小妖尽皆打死，各取兵器。谢了天王父子回天，雷公入府，火德归宫，水伯回河，罗汉向西；然后才解放唐僧、八戒、沙僧，拿了铁棒。他三人又谢了行者，收拾马匹行装，师徒们离洞，找大路方走。

正走间，只听得路旁叫：“唐圣僧，吃了斋饭去。”那长老心惊，不知是甚人叫唤，且听下回分解。

悟空来到三十三天之外，离恨天兜率宫前，见两仙童侍立，他既不通姓名，一直径走，也不理两个仙童的拉扯，直接往里闯，随后跟太上老君撞个满怀。悟空对老君仅仅躬身唱个喏道：“老官，一向少看。”甚至自己把兜率宫查看了一遍。

他对老君不服、不在乎，所以就没有相应的尊重。

悟空发现牛走了后，我们先看这段：“正嚷间，那童儿方醒，跪于当面道：‘爷爷，弟子睡着，不知是几时走的。’老君骂道：‘你这厮如何盹睡？’童儿叩头道：‘弟子在丹房里拾得一粒丹，当时吃了，就在此睡着。’”

看牛的童儿是不知情的，老君只需要丢一颗“安眠药”就能达成自己的目标。他已经算定，这童儿绝对不会“拾丹不昧”。

大人物对人性早已洞察入微，这就好比观音菩萨算计泾河龙王和通天河老鼋一样。

再看老君的解释：“想是前日炼得‘七返火丹’，吊了一粒，被这厮拾吃了。那丹吃一粒，该睡七日哩。那业畜因你睡着，无人看管，遂乘机走下界去，今亦是七日矣。”老君说这是前日炼的七返火丹，这个前日不是说前天的意思，而是指前些日子，因为他后面说这丹是可睡七日的安眠药，所以这业畜下界七日了。

但是，这牛真是下界七日了吗？

这童子不是自然醒来的。“行者道：‘老官，走了牛也！走了牛也！’老君大惊道：‘这业畜，几时走了？’正嚷间，那童儿方醒。”

童子是被嚷醒的，不是到了七天自然醒的，而且这丹的功效也完全是老君单方面的陈说。

老君强调“七日”，更大程度上是要撇清他一环又一环，派手下下界折腾取经团队的责任，他要告诉悟空，这妖怪比金角和银角大王跑下去得还要早。

老君说丢的是金钢琢，那是他过函关化胡之器，这也再次点题佛道之争。

从大闹天宫老君拿出金刚琢引出“化胡为佛”并砸了猴子，亲身入局，到西天取经老君收回金刚琢再提“函关化胡”，笑把青牛牵转，这半本《西游记》的佛道之争，随着金刚琢的放与收，终于要告一段落了。由圈子开始，由圈子结束。由老君绕圈子找碴儿开始，由佛祖绕圈子低头结束。

老君跟着悟空来降这只拿捏了天庭和灵山的牛，或者说亲自来收这个拿捏了天庭和灵山的圈子了，注意老君喊牛的话：“那牛儿还不归家，更待何日？”

没有一丁点的追责和埋怨，估计回去后还要给这牛记大功的！

“老君念个咒语，将扇子扇了一下，那怪将圈子丢来，被老君一把接住。又一扇，那怪物力软筋麻，现了本相，原来是一只青牛。”至此，独角兕变回原形，是一只青牛。

“老君将金钢琢吹口仙气，穿了那怪的鼻子，解下勒袍带，系于琢上，牵在手中。”

老君对这只牛一点也不防着，又把金刚琢直接穿上牛鼻子了，这跟后面观音菩萨牵走赛太岁时的造型一样，紫金铃是要挂回业畜的脖子上的。

必须给司机一定的权限，不然咋去帮我办事呢？他能拿到我的宝贝，理由必须得合理。拿捏三界的这个圈子不过是我牛儿鼻子上的一个牵牛环，看给你们折腾的。

牛被牵走后，注意这段话中的次序：“孙大圣才同天王等众打入洞里，把那百十个小妖尽皆打死，各取兵器。谢了天王父子回天，雷公入府，火德归宫，水伯回河，罗汉向西；然后才解放唐僧、八戒、沙僧，拿了铁棒。”

灭净妖邪后，诸神各取兵器，悟空谢了各路神明回去后才解放唐僧、八戒、沙僧。

都是你们仨不听话，活该你们被多捆会儿。

第五十三回

禅主吞餐怀鬼孕，黄婆运水解邪胎

德行要修八百，阴功须积三千。

均平物我与亲冤，始合西天本愿。

魔兕刀兵不怯，空劳水火无愆。

老君降伏却朝天，笑把青牛牵转。

话说那大路旁叫唤者谁？乃金峣山山神、土地，捧着紫金钵盂，叫道："圣僧呵，这钵盂饭是孙大圣向好处化来的。因你等不听良言，误入妖魔之手，致令大圣劳苦万端，今日方救得出。且来吃了饭，再去走路。莫孤负孙大圣一片恭孝之心也。"三藏道："徒弟，万分亏你！言谢不尽！早知不出圈痕，那有此杀身之害。"行者道："不瞒师父说，只因你不信我的圈子，却教你受别人的圈子，多少苦楚！可叹，可叹！"骂八戒："都是你这业嘴业舌的夯货，弄师父遭此大难！着老孙翻天覆地，请天兵水火与佛祖丹砂，尽被他使一个白森森的圈子套去。如来暗示了罗汉，对老孙说出那妖的根原，才请老君来收伏，却是个青牛作怪。"三藏闻言，感激不尽道："贤徒，今番经此，下次定然听你分付。"遂此四人分吃那饭。那饭热气腾腾的，行者道："这饭多时了，却怎么还热？"土地跪下道："是小神知大圣功完，才自热来伺候。"须臾饭毕，收拾了钵盂，辞了土地、山神，那师父才攀鞍上马，过了高山。正是：涤虑洗心皈正觉，餐风宿水向西行。

来看开篇词。

德行要修八百，阴功须积三千。均平物我与亲冤，始合西天本愿。魔兕刀兵不怯，空劳水火无愆。老君降伏却朝天，笑把青牛牵转。

这首词改编于北宋张伯端的《西江月》，原词如下：

德行修逾八百，阴功积满三千。均齐物我与亲冤。始合神仙本愿。虎兕刀兵不害，无常火宅难牵。宝符降后去朝天。稳驾鸾车凤辇。

我们能看出来这段改编的重点：

1."均平物我与亲冤,始合西天本愿。""均平"是平衡之意,"物我"是外物与己身，也就是彼此的意思，"亲怨"就是亲人和仇人的意思。这段话合起来的意思是平衡彼此与矛盾，搁置争议，这是西天的真正愿望。

2. "老君降伏却朝天，笑把青牛牵转。"老君很满意结局，回去得给青牛奖励。

综上所述，青牛精这关是佛祖低头退让，花钱买过去的。

其实我们看取经团队前半程遇到的磨难，大部分都跟老君有关：黑熊精（取经后备力量,观音收服）、黄风怪（取经后备力量,遣回灵山）、四圣试禅心（菩萨的考验）、五庄观（地仙之祖，拉关系）、白骨精（纯野妖怪）、黄袍怪（老君派）、金银角（老君派）、乌鸡国（佛祖安排，但源出钟南山全真，背后大概率是老君派）、红孩儿（极大概率是老君派）、黑水河（档次极低的小把戏）、车迟国（会五雷法，从钟南山来的，背后大概率是老君派）、通天河（意外走到没有正路的陈家庄时遇到的菩萨的宠物）、青牛精（老君派），你看看，跟老君有关系的有多少！

这次佛祖拿出金丹砂，并派十八罗汉输了一场，这段五百年的佛道恩怨终于暂时平息了，此后老君虽然还是有时暗中捣一下乱，但明面上再也不下黑手了。

看看前半部书中的佛祖和老君斗得多么厉害，但其实从头到尾都是两个大佬的棋力比拼。甭管棋局上的棋子厮杀得多么凶狠，猴子被装进葫芦里过了生死关，车迟国的僧人二十年来都让人家百般揉搓，但两个下棋人却从来没有掉过一次脸，哪怕最后都挑明了，找到了佛祖那里，佛祖也得转一圈，给个大面子去终结这段五百年的纷争，给当初自己立身扬名时的"玉皇才设安天会，西域方称极乐场"画下一个句号。

这就是权力游戏的规则。

山神土地在妖怪被解决后，把悟空那碗饭端出来了，唐僧道：“徒弟，万分亏你！言谢不尽！早知不出圈痕，那有此杀身之害。”

悟空道：“不瞒师父说，只因你不信我的圈子，却教你受别人的圈子，多少苦楚！可叹，可叹！”

随后悟空教训了八戒，唐僧感激不尽地保证道：“贤徒，今番经此，下次定然听你分付。”

唐僧后面确实听了悟空的吩咐，但也埋下了巨大的误会。伟大的小说家啊，层层递进，绵绵不绝！

说完了这段上集故事的尾巴，我们来看这回的标题：禅主吞餐怀鬼孕，黄婆运水解邪胎。

通过标题，我们知道，唐长老怀孕了，但怀的是鬼孕，解的是邪胎。

行勾多时，又值早春天气，听了些：

紫燕呢喃，黄鹂睍睆。紫燕呢喃香嘴困，黄鹂睍睆巧音频。满地落红如布锦，偏山发翠似堆茵。岭上青梅结豆，崖前古柏留云。野润烟光淡，沙暄日色曛。几处园林花放蕊，阳回大地柳芽新。

正行处，忽遇一道小河，澄澄清水，湛湛寒波。唐长老勒过马观看，远见河那边有柳阴垂碧，微露着茅屋几椽。行者遥指那厢道：“那里人家，一定是摆渡的。”三藏道：“我见那厢也是这般，却不见船只，未敢开言。”八戒旋下行李，厉声高叫道：“摆渡的，撑船过来！”连叫几遍，只见那柳阴里面，咿咿哑哑的撑出一只船儿。不多时，相近这岸。师徒们仔细看了那船儿，真个是：

短棹分波，轻桡泛浪。橄堂油漆彩，艎板满平仓。船头上铁缆盘窝，船后边舵楼明亮。虽然是一苇之航，也不亚泛湖浮海。纵无锦缆牙樯，实有松桩桂楫。固不如万里神舟，真可渡一河之隔。往来只在两崖边，出入不离古渡口。

那船儿须臾顶岸。那梢子叫云：“过河的，这里去。”三藏纵马近前看处，那梢子怎生模样：

头裹锦绒帕，足踏皂丝鞋。身穿百纳绵裆袄，腰束千针裙布裩。手腕皮粗筋力硬，眼花眉皱面容衰。声音娇细如莺啭，近观乃是老裙钗。

行者走近船边道："你是摆渡的？"那妇人道："是。"行者道："梢公如何不在，却着梢婆撑船？"妇人微笑不答，用手拖上跳板。沙和尚将行李挑上去，行者扶着师父上跳，然后顺过船来，八戒牵上白马，收了跳板。那妇人撑开船，摇动桨，顷刻间过了河，身登西岸。

长老教沙僧解开包，取几文钱钞与他。妇人更不争多寡，将缆拴在傍水的桩上，笑嘻嘻径入庄屋里去了。三藏见那水清，一时口渴，便着八戒："取钵盂舀些水来我吃。"那呆子道："我也正要些儿吃哩。"即取钵盂舀了一钵，递与师父。师父吃了有一少半，还剩了多半，呆子接来，一气饮干，却扶侍三藏上马。

师徒们找路西行，不上半个时辰，那长老在马上呻吟道："腹痛。"八戒随后道："我也有些腹痛。"沙僧道："想是吃冷水了。"说未毕,师父声唤道："疼的紧！"八戒也道："疼得紧！"他两个疼痛难禁，渐渐肚子大了。用手摸时，似有血团肉块，不住的骨冗骨冗乱动。三藏正不稳便，忽然见那路旁有一村舍，树梢头挑着两个草把。行者道："师父,好了。那厢是个卖酒的人家。我们且去化他些热汤与你吃，就问可有卖药的，讨贴药与你治治腹痛。"

三藏闻言甚喜，却打白马。不一时，到了村舍门口下马。但只见那门儿外，有一个老婆婆，端坐在草墩上绩麻。行者上前打个问讯道："婆婆，贫僧是东土大唐来的。我师父乃唐朝御弟,因为过河,吃了河水,觉肚腹疼痛。"那婆婆喜哈哈的道："你们在那边河里吃水来？"行者道："是在此东边清河水吃的。"那婆婆欣欣的笑道："好耍子！好耍子！你都进来，我与你说。"

行者即搀唐僧，沙僧即扶八戒，两人声声唤唤，腆着肚子，一个个只疼得面黄眉皱，入草舍坐下。行者只叫："婆婆，是必烧些热汤与我师父，我们谢你。"那婆婆且不烧汤，笑唏唏跑走后边叫道："你们来看！你们来看！"那里面蹼踈蹼踏的又走出两三个半老不老的妇人，都来望着唐僧洒笑。行者大怒，喝了一声，把牙一嗟，唬得那一家子跌跌蹡蹡，往后就走。行者上前扯住那老婆子道："快早烧汤，我饶了你！"那婆子战兢兢的道："爷爷哑，我烧汤也不济事，也治不得他两个肚疼。你放了我，等我说。"行者放了他，他说："我这里乃是西梁女国。我们这一国尽是女人，更无男子，故此见了你们欢喜。你师父吃的那水不好了。那条河唤做子母河。我那国王城外，还有一座迎阳馆驿，驿门外有一个照胎泉。我这里人，但得

年登二十岁以上，方敢去吃那河里水。吃水之后，便觉腹痛有胎。至三日之后，到那迎阳馆照胎水边照去。若照得有了双影，便就降生孩儿。你师吃了子母河水，以此成了胎气也，不日要生孩子。热汤怎么治得？”

师徒四人过了金岘山后没走多久，开春了，这个季节映衬了这一关。

师徒四人来到了西行路上的倒数第二条河的关卡，其实这不过是一道小河而已，却让唐僧受了取经路上最大的一场罪。

师徒们在叫摆渡人的时候，发现这个摆渡的居然是个上了年纪的女人，悟空问：“梢公如何不在，却着梢婆撑船？”老妇人微笑不答。这河也算是窄到了一定程度，老妇人撑开船，摇动桨，顷刻间过了河，唐僧让沙僧给钱，那老妇人也不在意多少，拴了船后就回屋去了。

唐僧看见刚过的这条河水清，让八戒舀些水来吃，就此和八戒喝了水。不到半个时辰，唐僧和八戒都闹喊肚子疼，甚至肚子都大了，用手摸时感觉肚子里似乎都有胎了。

取经四人来到了一个村舍求助，店门口的老婆婆听说他们喝了河水后笑道：“好耍子！好耍子！你都进来，我与你说。”

四人进屋后，那老婆婆不光自己笑，还喊来了两三个半老不老的妇人一块笑，把悟空逼急了，上手段吓唬后，老婆婆果然能好好说话了。

1. 这是西梁女国。这一国尽是女人，没有男子，所以她见了他们欢喜。

2. 那河叫子母河，国都城外有一座迎阳馆驿，驿门外有一个照胎泉能分辨男女，这河里的水有帮人生孩子的功效，而且是速生，喝水就有胎，三天后就能看男女。注意这句“若照得有了双影，便就降生孩儿”，也就是说，如果不是双影，是个男孩，就不生。

知道为什么说唐僧怀的是鬼孕了吧，正常孩儿是十月怀胎，一朝分娩，他这是个什么速度啊！不是鬼孕邪胎是什么？！

更加细思极恐的是，整个西梁女国的人都是这么生出来的。

也就是说，唐僧他们来到了西行路上最邪门的一个鬼邪之国，这一国上自国王，下至百姓，都是鬼孕邪胎。

三藏闻言，大惊失色道：“徒弟呵，似此怎了？”八戒扭腰撒胯的哼道：“爷爷呀，要生孩子！我们却是男身，那里开得产门？如何脱得出来？”行者笑道：“古人云：‘瓜熟自落。’若到那个时节，一定从胁下裂个窟窿，钻出来也。”八戒见说，战兢兢，忍不得疼痛道：“罢了，罢了！死了，死了！”沙僧笑道：“二哥莫扭，莫扭！只怕错了养儿肠，弄做个胎前病。”那呆子越发慌了，眼中噙泪，扯着行者道：“哥哥，你问这婆婆，看那里有手轻的稳婆，预先寻下几个，这半会一阵阵的动荡得紧，想是摧阵疼。快了，快了！”沙僧又笑道：“二哥，既知摧阵疼，不要扭动，只恐挤破浆包耳。”

三藏哼着道：“婆婆呵，你这里可有医家？教我徒弟去买一帖堕胎药吃了，打下胎来罢。”那婆子道：“就有药也不济事。只是我们这正南街上有一座解阳山，山中有一个破儿洞，洞里有一眼落胎泉。须得那井里水吃一口，方才解下胎气。却如今取不得水了，向年来了一个道人，称名如意真仙，把那破儿洞改作聚仙庵，护住落胎泉水，不肯善赐与人；但欲求水者，须要花红表里，羊酒果盘，志诚奉献，只拜求得他一碗儿水哩。你们这行脚僧，怎么得许多钱财买办？但只可挨命待时而生产罢了。”行者闻得此言，满心欢喜道：“婆婆，你这里到那解阳山有几多路程？”婆婆道：“有三千里。”行者道：“好了，好了！师父放心，待老孙取些水来你吃。”

好大圣，分付沙僧道：“你好仔细看着师父。若这家子无礼，侵哄师父，你拿出旧时手段来，妆龚虎谎他，等我取水去。”沙僧依命。只见那婆子端出一个大瓦钵来，递与行者道：“拿这钵头儿去，是必多取些来，与我们留着急用。”行者真个接了瓦钵，出草舍，纵云而去。那婆子才望空礼拜道：“爷爷哑！这和尚会驾云。”才进去叫出那几个妇人来，对唐僧磕头礼拜，都称为罗汉菩萨。一壁厢烧汤办饭，供奉唐僧不题。

八戒此时已经近乎崩溃，让悟空去找手轻的接生婆，倒是唐僧这次相当罕见地居然没有哭，而是问有没有打胎药。

也就是说，长老自己要犯杀戒，而且是杀自己腹中的胎儿。

那老婆婆表示，正南三千里有一座解阳山（消解阳气之山），山中有一个破儿洞（堕娃洞），洞里有一眼落胎泉（打胎泉），那里的水可以打胎。但是那落胎泉目前打不了水了，被一个叫如意真仙的道人占了，他要挣这给人流产的钱，想求这泉水需要花红表礼，羊酒果盘，志诚奉献，才能求来一碗。

从这里能明白为什么河对岸的陈家庄那么富裕了，要感谢如意真仙。

女儿国的规矩是不能有男娃，但这子母河却是男娃女娃都可以怀上的。过去有这落胎泉时，一去照胎泉检查后就知道生不生了，但如意真仙控住了落胎泉后，由于成本太高、路程太远，女儿国国民只能无论男女都生下来，生了是女孩就留下，男孩就贱卖给陈家庄这帮进行“国际贸易”的倒爷。

如意真仙以为自己搞了垄断贸易，实际上百姓注定会核算成本后寻找出路的。他堪称八百里通天河对岸陈家庄的财神爷，傻傻地以为自己占了便宜，其实是为陈家庄做了嫁衣裳。

悟空听完解题办法就去取水了，临行前那婆子端出一个大瓦钵递给悟空，让他多弄点回来。等悟空纵云而去，那几个妇人都对唐僧磕头礼拜，烧汤办饭。

所以，对凡人不用说教，一个显圣就搞定了。

却说那孙大圣筋斗云起，少顷间，见一座山头阻住云角，即按云光，睁睛看处，好山！但见那：

幽花摆锦，野草铺蓝。涧水相连落，溪云一样闲。重重谷壑藤萝密，远远峰峦树木繁。鸟啼雁过，鹿饮猿攀。翠岱如屏嶂，青崖似髻鬟。尘埃滚滚真难到，泉石涓涓不厌看。每见仙童采药去，常逢樵子负薪还。果然不亚天台景，胜似三峰西华山。

这大圣正然观看那山不尽，又只见背阴处有一所庄院，忽闻得犬吠之声。大圣下山，径至庄所，却也好个去处。看那：

小桥通活水，茅舍倚青山。

村犬汪篱落，幽人自往还。

不时来至门首，见一个老道人盘坐在绿茵之上。大圣放下瓦钵，近前道问讯。那道人欠身还礼道：“那方来者？至小庵有何勾当？”行者道：“贫僧乃东土大唐钦差西天取经者。因我师父误饮了子母河之水，如今腹疼肿胀难禁，问及土人，说是结成胎气，无方可治。访得解阳山破儿洞有落胎泉，可以消得胎气，故此特来拜见如意真仙，求些泉水，搭救师父。累烦老道指引指引。”那道人笑道：“此间就是破儿洞，今改为聚仙庵了。我却不是别人，即是如意真仙老爷的大徒弟。你叫做甚么名字？待我好与你通报。”行者道：“我是唐三藏法师的大徒弟，贱名孙悟空。”那

道人问曰："你的花红酒礼都在那里？"行者道："我是个过路的挂搭僧，不曾办得来。"道人笑道："你好痴哑！我老师父护住山泉，并不曾白送与人。你回去办将礼来，我好通报；不然请回，莫想，莫想！"行者道："人情大似圣旨。你去说我老孙的名字，他必然做个人情，或者连井都送我也。"

那道人闻此言，只得进去通报。却见那真仙抚琴，只待他琴终，方才说道："师父，外面有个和尚，口称是唐三藏大徒弟孙悟空，欲求落胎泉水救他师父。"那真仙不听说便罢，一听得说个悟空名字，却就怒从心上起，恶向胆边生；急起身，下了琴床，脱了素服，换上道衣，取一把如意钩子，跳出庵门，叫道："孙悟空何在？"行者转头，观见看真仙打扮：

头戴星冠飞彩艳，身穿金缕法衣红。
足下云鞋堆锦绣，腰间宝带绕玲珑。
一双纳锦凌波袜，半露裙襕闪绣绒。
手拿如意金钩子，镈利杵长若蟒龙。
凤眼光明眉菂竖，钢钗尖利口翻红。
额下髯飘如烈火，鬓边赤发短蓬松。
形容恶似温元帅，争奈衣冠不一同。

行者见了，合掌作礼道："贫僧便是孙悟空。"那先生笑道："你真个是孙悟空，却是假名托姓者？"行者道："你看先生说话。常言道：'君子行不更名，坐不改姓。'我便是悟空，岂有假托之理！"先生道："你可认得我么？"行者道："我因归正释门，秉诚僧教，这一向登山涉水，把我那幼时的朋友也都疏失，未及拜访，少识尊颜。适间问道子母河西乡人家，言及先生乃如意真仙，故此知之。"那先生道："你走你的路，我修我的真，你来访我怎的？"行者道："因我师父误饮了子母河水，腹疼成胎，特来仙府拜求一碗落胎泉水，救解师难也。"

那先生努目道："你师父可是唐三藏么？"行者道："正是，正是。"先生咬牙恨道："你们可曾会着一个圣婴大王么？"行者道："他是号山枯松涧火云洞红孩儿妖怪的绰号。真仙问他怎的？"先生道："是我之舍侄。我乃牛魔王的兄弟。前者家兄处有信来报我，称说唐三藏的大徒弟孙悟空惫懒，将他害了。我这里正没处寻你报仇，你倒来寻我，还要甚么水哩！"行者赔笑道："先生差了。你令兄也曾与我做朋友，幼年间也曾拜七弟兄。但只是不知先生尊府，有失拜望。如今令侄得了好处，现随着观音菩萨做了善财童子，我等尚且不如，怎么反怪我也？”

先生喝道：“这泼猴狲！还弄巧舌！我舍侄还是自在为王好，还是与人为奴好？不得无礼！吃我这一钩！”大圣使铁棒架住道：“先生莫说打的话，且与些泉水去也。”那先生骂道：“泼猴狲！不知死活！如若三合敌得我，与你水去；敌不过，只把你剁为肉酱，方与我侄子报仇。”大圣骂道：“我把你不识起倒的业障！既要打，走上来看棍！”那先生如意钩劈手相还。二人在聚仙庵好杀：

圣僧误食成胎水，行者来寻如意仙。那晓真仙原是怪，倚强护住落胎泉。及至相逢讲仇隙，争持决不遂如然。言来语去成僝僽，意恶情凶要报冤。这一个因师伤命来求水，那一个为侄亡身不与泉。如意钩强如蝎毒，金箍棒狠似龙巅。当胸乱刺施威猛，着脚斜钩展妙玄。阴手棍丢伤处重，过肩钩起近头鞭。锁腰一棍鹰持雀，压顶三钩螂捕蝉。往往来来争胜败，返返复复两回还。钩挛棒打无前后，不见输赢在那边。

那先生与大圣战经十数合，敌不得大圣。这大圣越加猛烈，一条棒似滚滚流星，着头乱打。先生败了筋力，倒拖着如意钩，往山上走了。

大圣不去赶他，却来庵内寻水。那个道人早把庵门关了。大圣拿着瓦钵，赶至门前，尽力气一脚，踢破庵门，闯将进去。见那道人伏在井栏上，被大圣喝了一声，举棒要打，那道人往后跑了。却才寻出吊桶来，正要打水，又被那先生赶到前边，使如意钩子把大圣钩着脚一跌，跌了个嘴砸地。大圣爬起来，使铁棒就打。他却闪在旁边，执着钩子道：“看你可取得我的水去！”大圣骂道：“你上来，你上来！我把你这个业障，直打杀你！”那先生也不上前拒敌，只是禁住了，不许大圣打水。大圣见他不动，却使左手抡着铁棒，右手使吊桶，将索子才突鲁鲁的放下。他又来使钩，大圣一只手撑持不得，又被他一钩钩着脚，扯了个踉踵，连索子通跌下井去了。大圣道：“这厮却是无礼！”爬起来，双手抡棒，没头没脸的打将上去。那先生依然走了，不敢迎敌。大圣又要去取水，奈何没有吊桶，又恐怕来钩扯，心中暗暗想道：“且去叫个帮手来。”

悟空来到了解阳山，从这山景能看出来，这是座没有什么灵力的山，没有瑞兽，对比的也是天台山和华山这种人间名胜。悟空在背阴处看到了如意真仙的庄院，形容是“小桥通活水，茅舍倚青山。村犬汪篱落，幽人自往还”，也是个普通人家的样子。

综上描写，我们能知道，这就是个小把戏。

悟空跟门首老道人盘道，人家要他的花红、酒礼，悟空说，你跟你师父说我的名字，他弄不好连那井都得送给我。如意真仙听说孙悟空的名字后怒了，取了兵器，跳出庵门道：“孙悟空何在？”

悟空此时已经没有当初的火气了，合掌作礼道：“贫僧便是孙悟空。”

如意真仙问：“你可认得我么？”悟空回答道：“我因归正释门，秉诚僧教，这一向登山涉水，把我那幼时的朋友也都疏失，未及拜访，少识尊颜。适间问道子母河西乡人家，言及先生乃如意真仙，故此知之。”。

猴哥的火气已经退得差不多了，是只成熟稳重猴了，这个真仙则尚属于不知道姓什么的阶段，他说他是牛魔王兄弟，牛魔王给他写信说唐三藏的大徒弟孙悟空把红孩儿给害了！人家正要找孙悟空报仇呢！

悟空听见这个依旧赔笑道：“先生差了。你令兄也曾与我做朋友，幼年间也曾拜七弟兄。但只是不知先生尊府，有失拜望。如今令侄得了好处，现随着观音菩萨做了善财童子，我等尚且不如，怎么反怪我也？”

猴哥依旧是摆事实讲道理，能不打绝对不打，能妥善解决绝对不扩大事态，但如意真仙道：“这泼猴狲！还弄巧舌！我舍侄还是自在为王好，还是与人为奴好？不得无礼！吃我这一钩！”

这真仙说了一句大实话：红孩儿正果是与人为奴。

哪怕对面撕破脸了，悟空依旧只使铁棒架住道：“先生莫说打的话，且与些泉水去也。”直到对手非得打，悟空才真正亮明态度开打。

悟空能够克制自己了。

十数合后，那如意真仙就不敌跑路了，悟空要拿吊桶取水，又被如意真仙拿如意钩子把脚钩得一跌，随后，悟空要打他就跑，悟空取水他就钩，于是悟空决定回去喊沙僧。

好大圣，拨转云头，径至村舍门首，叫一声：“沙和尚。”那里边三藏忍痛呻吟，猪八戒哼声不绝。听得叫唤，二人欢喜道：“沙僧啊，悟空来也。”沙僧连忙出

门接着道："大哥，取水来了？"大圣进门，对唐僧备言前事。三藏滴泪道："徒弟呵，似此怎了？"大圣道："我来叫沙兄弟与我同去，到那庵边，等老孙和那厮敌斗，教沙僧乘便取水来救你。"三藏道："你两个没病的都去了，丢下我两个有病的，教谁伏侍？"那个老婆婆在旁道："老罗汉只管放心。不须要你徒弟，我家自然看顾伏侍你。你们早间到时，我等实有爱怜之意；却才见这位菩萨云来雾去，方知你是罗汉菩萨。我家决不敢复害你。"

行者咄的一声道："汝等女流之辈，敢伤那个？"老婆子笑道："爷爷哑，还是你们有造化，来到我家；若到第二家，你们也不得囫囵了！"八戒哼哼的道："不得囫囵是怎么的？"婆婆道："我一家儿四五口，都是有几岁年纪的，把那风月事尽皆休了，故此不肯伤你。若还到第二家，老小众大，那年小之人，那个肯放过你去！就要与你交合。假如不从，就要害你性命，把你们身上肉都割了去，做香袋儿哩。"八戒道："若这等我决无伤。他们都是香喷喷的，好做香袋；我是个臊猪，就割了肉去，也是臊的，故此可以无伤。"行者笑道："你不必说嘴，省些力气好生产也。"那婆婆道："不必迟疑，快求水去。"行者道："你家可有吊桶？借个使使。"那婆子即往后边取出一个吊桶，又窝了一条索子，递与沙僧。沙僧道："带两条索子去，恐一时井深要用。"

悟空回来喊沙僧时，发现唐僧和八戒已经极度痛苦，他俩毕竟没有子宫，那胎不知道正长在哪儿。唐僧对悟空哭道："你两个没病的都去了，丢下我两个有病的，教谁伏侍？"

没点长进，跟当年丢马时一个德行，没人伺候就不行。

这时候，老婆婆说道别担心，她家肯定会伺候好他们，他们刚来时老婆婆确实"有爱怜之意"，但是看见这位菩萨云来雾去，她们就不敢害唐僧师徒了。

这句话，让悟空产生了巨大疑问："汝等女流之辈，敢伤那个？"

这老婆子笑着道出了西梁鬼邪女国有多可怕，大意是：我家四五口，都上岁数了，已经无心风月事了。你们要是去别家，"老小众大，那年小之人，那个肯放过你去！就要与你交合。假如不从，就要害你性命，把你们身上肉都割了去，做香袋儿哩"。

说到这里，我们提前看下一回的标题：法性西来逢女国，心猿定计脱烟花。

"逢女国"对仗后面的"脱烟花"，这个烟花可不是炮仗，是烟花之地的意思，烟花之地在古代就是青楼，古代管那种不正当交易称作“买春”。

再看“老小众大，那年小之人，那个肯放过你去！就要与你交合”这一句，在古代哪里有那么浪荡的群体，作者设置这关是什么寓意呢？

这一关对取经人的考验就是让这四位和尚在遍地烟花的花柳之国穿梭一回！

这关的终极考验是什么？

看第五十五回的标题：色邪淫戏唐三藏，性正修持不坏身。

顶级的色邪好好戏弄了一把唐僧，给唐师父的信仰考核增加了难度。

沙僧接了桶索，即随大圣出了村舍，一同驾云而去。那消半个时辰，却到解阳山界。按下云头，径至庵外。大圣分付沙僧道：“你将桶索拿了，且在一边躲着，等老孙出头索战。你待我两人交战正浓之时，你乘机进去，取水就走。”沙僧谨依言命。

孙大圣掣了铁棒，近门高叫：“开门！开门！”那守门的看见，急入里通报道：“师父，那孙悟空又来了也！”那先生心中大怒道：“这泼猴！老大无状！一向闻他有些手段，果然今日方知。他那条棒真是难敌。”道人道：“师父，他的手段虽高，你亦不亚，与他正是个对手。”先生道：“前面两回，被他赢了。”道人道：“前两回虽赢，不过是一猛之性；后面两次打水之时，被师父钩他两跌，却不是相比肩也？先既无奈而去，今又复来，必然是三藏胎成身重，埋怨得紧，不得已而来也，决有慢他师之心。管取我师决胜无疑。”

真仙闻言，喜孜孜满怀春意，笑盈盈一阵威风，挺如意钩子，走出门来，喝道：“泼猴狲！你又来做甚？”大圣道：“我来只是取水。”真仙道：“泉水乃吾家之井，凭是帝王宰相，也须表里羊酒来求，方才仅与些须；况你又是我的仇人，擅敢白手来取！”大圣道：“真个不与？”真仙道：“不与，不与！”大圣骂道：“泼业瘴！既不与水，看棍！”丢一个架子，抢个满怀，不容说，着头便打。那真仙侧身躲过，使钩子急架相还。这一场比前更胜。好杀：

金箍棒，如意钩，二人奋怒各怀仇。飞砂走石乾坤暗，播土扬尘日月愁。大圣救师来取水，妖仙为侄不容求。两家齐努力，一处赌安休。呀牙争胜负，切齿定刚柔。添机见，越抖擞，喷云暧雾鬼神愁。朴朴兵兵钩棒响，喊声哮吼振山丘。狂风滚滚催林木，杀气纷纷过斗牛。大圣愈争愈喜悦，真仙越打越绸缪。有心有意相争战，不定存亡不罢休。

他两个在庵门外交手，跳跳舞舞的，斗到山坡之下，恨苦相持不题。

却说那沙和尚提着吊桶，闯进门去，只见那道人在井边挡住道："你是甚人？敢来取水！"沙僧放下吊桶，取出降妖宝杖，不对话，着头便打。那道人躲闪不及，把左臂膊打折，道人倒在地下挣命。沙僧骂道："我要打杀你这业畜，争奈你是个人身。我还怜你，饶你去罢。让我打水！"那道人叫天叫地的爬到后面去了。沙僧却才将吊桶向井中满满的打了一吊水，走出庵门，驾起云雾，望着行者喊道："大哥，我已取了水去也！饶他罢，饶他罢！"

大圣听得，方才使铁棒支住钩子道："你听老孙说：我本待斩尽杀绝，争奈你不曾犯法；二来看你令兄牛魔王的情上。先头来，我被钩了两下，未得水去；才然来，我是个调虎离山计，哄你出来争战，却着我师弟取水去了。老孙若肯拿出本事来打你，莫说你是一个甚么如意真仙，就是再有几个，也打死了。正是打死不如放生，且饶你，教你活几年耳。已后再有取水者，切不可勒掯他。"那妖仙不识好歹，演一演，就来钩脚。被大圣闪过钩头，赶上前喝声："休走！"那妖仙措手不及，推了一个蹼辣，挣踏不起。大圣夺过如意钩来，折为两段，总拿着，又一抉，抉作四段，掷之于地道："泼业畜！再敢无礼么？"那妖仙战战兢兢，忍辱无言。这大圣笑呵呵驾云而起。有诗为证，诗曰：

真铅若炼须真水，真水调和真汞乾。

真汞真铅无母气，灵砂灵药是仙丹。

婴儿枉结成胎像，土母施功不费难。

推倒旁门宗正教，心君得意笑容还。

悟空跟沙僧又来到了解阳山，这如意真仙本来都认㞞了，表示"他那条棒真是难敌"，但被徒弟的几个彩虹屁就给夸得不知道姓什么了，又出来跟猴哥对打。这次对打是"大圣愈争愈喜悦，真仙越打越绸缪"，等沙僧取走水后，悟空跟这如意真仙交了实底：

1. 你不算什么，我要是真想杀你，再来几个你这样的也一起打死了；

2. 我饶你的原因是，一来你确实没有犯法，二来看你令兄牛魔王的情面上。

但是那妖仙不识好歹，还要用老办法来钩脚。这回悟空使了真手段，直接把那如意钩夺来折为两段，又一折，折作四段，掷之于地道："泼业畜！再敢无礼么？"

看到这里，我们大概率会有疑问：如意真仙这么弱，之前悟空为什么不直接打服他再去取水，或者拔根猴毛去取水呢？

这里大概率是作者的有意安排，进入烟花之国的第一难就是造杀业，虽然杀的是邪胎，但那毕竟也是"孩子"，所以取经这四个人的手，谁也不能干净，唐僧、八戒打胎，悟空、沙僧找水。

继上一关集体造偷盗业（唐僧毕竟没能事实终止，要负领导责任），这一关几人集体造了杀业。

大圣纵着祥光，赶上沙僧。得了真水，喜喜欢欢，回于本处。按下云头，径来村舍。只见猪八戒腆着肚子，倚在门枋上哼哩。行者悄悄上前道："呆子，几时占房的？"呆子慌了道："哥哥莫取笑，可曾有水来么？"行者还要耍他，沙僧随后就到，笑道："水来了！水来了！"三藏忍痛欠身道："徒弟呀，累了你们也！"那婆婆却也欢喜，几口儿都出礼拜道："菩萨呀，却是难得，难得！"即忙取个花磁盏子，舀了半盏儿，递与三藏道："老师父，细细的吃，只消一口就解了胎气。"八戒道："你不用盏子，连吊桶等我喝了罢。"那婆子道："老爷爷，諕杀人罢了！若吃了这吊水，好道连肠子肚子都化尽了！"吓得呆子不敢胡为，也只吃了半盏。

那里有顿饭之时，他两个腹中绞痛，只听毂辘毂辘三五阵肠鸣。肠鸣之后，那呆子忍不住大小便齐流。唐僧也忍不住要往静处解手。行者道："师父啊，切莫出风地里去，怕人子，一时冒了风，弄做个产后之疾。"那婆婆即取两个净桶来，教他两个方便。须臾间，各行了几遍，才觉住了疼痛，渐渐的销了肿胀，化了那血团肉块。那婆婆家又煎些白米粥与他补虚。八戒道："婆婆，我的身子实落，不用补虚。你且烧些汤水与我洗个澡，却好吃粥。"沙僧道："哥哥，洗不得澡，坐月子的人弄了水浆致病。"八戒道："我又不曾大生，左右只是个小产，怕他怎的？洗洗儿干净。"真个那婆子烧些汤，与他两个净了手脚。唐僧才吃两盏儿粥汤，八戒就吃了十数碗，还只要添。行者笑道："夯货，少吃些！莫弄做个沙包肚，不相模样。"八戒道："没事，没事！我又不是母猪，怕他做甚？"那家子真个又去收拾煮饭。

老婆婆对唐僧道："老师父，把这水赐了我罢。"行者道："呆子，不吃水了？"八戒道："我的肚腹也不疼了，胎气想是已行散了，洒然无事，又吃水何为？"行者道："既是他两个都好了，将水送你家罢。"那婆婆谢了行者，将余剩之水盛于瓦礶之中，埋在后边地下，对众老小道："这礶水勾我的棺材本也。"众老小无不欢喜，整顿斋饭，调开桌凳。唐僧们吃了斋，消消停停，将息了一宿。

次日天明，师徒们谢了婆婆家，出离村舍。唐三藏攀鞍上马，沙和尚挑着行囊，孙大圣前边引路，猪八戒拢了缰绳。这才是：

洗净口业身干净，销化凡胎体自然。

毕竟不知到国界中还有甚么理会，且听下回分解。

悟空、沙僧回来后给唐僧和八戒两人喝了落胎泉的水，一顿饭时间后，两人腹中绞痛，这胎是从肠道里化出来的。

从这里其实也能看出来，如果没有这落胎泉，唐僧和八戒大概率是活不了了，肯定给肠子胀破了。这也再次坐实了这就是邪胎，只要喝了这水，就是要他的命。

老婆婆对唐僧道："老师父，把这水赐了我罢。"

人家问的是领导，但悟空这时候问了八戒一句："呆子，不吃水了？"

最后是悟空批准将这水给了这一家子，悟空过了青牛精这关后，借着"只因你不信我的圈子，却教你受别人的圈子"的碴儿开始当家做主了，这也给后面的误会矛盾铺垫上了。

次日天明，造了杀业、闯过鬼孕邪胎之关的师徒四人动身前往烟花之国。

第五十四回

法性西来逢女国，心猿定计脱烟花

话说三藏师徒别了村舍人家，依路西进，不上三四十里，是那西梁国界。唐僧在马上指道："悟空，前面城池相近，市井上人语喧哗，想是西梁女国。汝等须要仔细，谨慎规矩，切休放荡情怀，紊乱法门教旨。"三人闻言，谨遵言命。

言未尽，却至东关厢街口。那里人都是长裙短袄，粉面油头，不分老少，尽是妇女。正在两街上做买做卖，忽见他四众来时，一齐都鼓掌呵呵，整容欢笑道："人种来了！人种来了！"慌得那三藏勒马难行。须臾间，就塞满街道，惟闻笑语。八戒口里乱嚷道："我是个销猪！我是个销猪！"行者道："呆子，莫胡谈！拿出旧嘴脸便是。"八戒真个把头摇上两摇，竖起一双蒲扇耳，扭动莲蓬吊搭唇，发一声喊，把那些妇女们谎得跌跌爬爬。有诗为证，诗曰：

圣僧拜佛到西梁，国内衡阴世少阳。
农士工商皆女辈，渔樵耕牧尽红妆。
娇娥满路呼人种，幼妇盈街接粉郎。
不是悟能施丑相，烟花围困苦难当。

因此众皆恐惧，不敢上前，一个个都捻手矬腰，摇头咬指，战战兢兢，排塞街旁路下，都看唐僧。孙大圣却也弄出丑相开路，沙僧也妆婴虎维持。八戒采着马，掬着嘴，摆着耳朵。一行前进，又见那市井上房屋齐整，铺面轩昂，一般有卖盐卖米，酒肆茶坊。鼓角楼台通货殖，旗亭候馆挂帘栊。

师徒们转弯抹角，忽见有一女官侍立街下，高声叫道："远来的使客，不可擅入城门。请投馆驿，注名上簿，待下官执名奏驾，验引放行。"三藏闻言，下马观看，那衙门上有一匾，上书"迎阳驿"三字。长老道："悟空，那村舍人家传言是实，果有迎阳之驿。"沙僧笑道："二哥，你却去照胎泉边照照看，可有双影？"八戒道："莫弄我！我自吃了那盏儿落胎泉水，已是打下胎来了，还照他怎的？"三藏回头分付道："悟能，谨言，谨言！"遂上前与那女官作礼。

女官引路，请他们都进驿内，正厅坐下，即唤看茶。又见那手下人，尽是三绺梳头、两截穿衣之类。你看他拿茶的也笑。少顷茶罢，女官欠身问曰："使客何来？"行者道："我等乃东土大唐王驾下钦差上西天拜佛求经者。我师父便是唐王御弟，号曰唐三藏。我乃他大徒弟孙悟空。这两个是我师弟猪悟能、沙悟净。一行连马五口。随身有通关文牒，乞为照验放行。"那女官执笔写罢，下来叩头道："老爷恕罪。下官乃迎阳驿驿丞，实不知上邦老爷，知当远接。"拜毕起身，即令管事的安排饮馔，道："爷爷们宽坐一时，待下官进城启奏我王，倒换关文，打领给送老爷们西进。"三藏欣然而坐。不题。

且说那驿丞整了衣冠，径入城中五凤楼前，对黄门官道："我是迎阳馆驿丞，有事见驾。"黄门即时启奏。降旨传宣至殿，问曰："驿丞有何事来奏？"驿丞道："微臣在驿，接得东土大唐王御弟唐三藏。有三个徒弟，名唤孙悟空、猪悟能、沙悟净，连马五口，欲上西天拜佛取经。特来启奏主公，可许他倒换关文放行？"女王闻奏，满心欢喜，对众文武道："寡人夜来梦见金屏生彩艳，玉镜展光明，乃是今日之喜兆也。"众女官拥拜丹墀道："主公，怎见得是今日之喜兆？"女王道："东土男人，乃唐朝御弟。我国中自混沌开辟之时，累代帝王更不曾见个男人至此。幸今唐王御弟下降，想是天赐来的。寡人以一国之富，愿招御弟为王，我愿为后，与他阴阳配合，生子生孙，永传帝业，却不是今日之喜兆也？"众女官拜舞称扬，无不欢悦。

驿丞又奏道："主公之论，乃万代传家之好。但只是御弟三徒凶恶，不成相貌。"女王道："卿见御弟怎生模样？他徒弟怎生凶丑？"驿丞道："御弟相貌堂堂，丰姿英俊，诚是天朝上国之男儿，南赡中华之人物。那三徒却是形容狞恶，相貌如精。"女王道："既如此，把他徒弟与他领给，倒换关文，打发他往西天，只留下御弟，

有何不可？”众官拜奏道：“主公之言极当，臣等钦此钦遵。但只是匹配之事，无媒不可。自古道：‘姻缘配合凭红叶，月老夫妻系赤绳。’”女王道：“依卿所奏，就着当驾太师作媒，迎阳驿丞主婚，先去驿中与御弟求亲。待他许可，寡人却摆驾出城迎接。”那太师、驿丞领旨出朝。

西进三四十里后,四人进入西梁女国的国都,所有西梁女国的妇女鼓掌兴奋道：“人种来了！人种来了！”而且是“须臾间，就塞满街道，惟闻笑语”，唐僧都走不动马了。

八戒变出猪脸把她们都给吓退了，诗句再次提醒读者：“不是悟能施丑相，烟花围困苦难当。”这是“烟花围困”，作者虽然没有直接贬低西梁女国，但话里话外可不是什么好话，我就不翻译了，都能看得懂这说的是什么，而且“烟花们”即便被吓退了，也并没有被吓跑，而是“因此众皆恐惧，不敢上前，一个个都捻手矬腰，摇头咬指，战战兢兢，排塞街旁路下，都看唐僧”，依旧不走，在那儿看唐僧，最终逼着三个徒弟在取经路上放肆展现嘴脸吓唬着人，开路往前走。

走着走着，师徒四人来到了“迎阳驿”，说得多直白，这个国家对于性的渴望超乎寻常且直接明白。

女官将师徒四人引入驿内后，悟空说出了四人的身份，他们是东土大唐王驾下钦差上西天拜佛求经者。他师父便是唐王御弟，号曰唐三藏。这女官执笔写罢后态度相当卑贱，下来叩头道：“老爷恕罪。下官乃迎阳驿驿丞，实不知上邦老爷，知当远接。”

有没有进了风月场所的既视感?

迎阳馆驿丞随后来见国王，奏说：“微臣在驿，接得东土大唐王御弟唐三藏。有三个徒弟，名唤孙悟空、猪悟能、沙悟净，连马五口，欲上西天拜佛取经。特来启奏主公，可许他倒换关文放行？”

再看作者对女王的描写。“女王闻奏，满心欢喜，对众文武道：‘寡人夜来梦见金屏生彩艳，玉镜展光明，乃是今日之喜兆也。’”

女王直接就“满心欢喜”了，接着看她欢喜的理由：“东土男人，乃唐朝御弟。我国中自混沌开辟之时，累代帝王更不曾见个男人至此。幸今唐王御弟下降，想是天赐来的。寡人以一国之富，愿招御弟为王，我愿为后，与他阴阳配合，生子生孙，永传帝业，却不是今日之喜兆也？”

这句话细思极恐。女王说“我国中自混沌开辟之时，累代帝王更不曾见个男人至此”，这意味着什么？

之前所有来西梁女国的“人种”在见到国王前就被满国的“烟花们”私自“核销”了。

国王终于见到了一个男的，还是唐朝御弟，在大庭广众下表态想跟唐僧结合，直到驿丞说他那仨徒弟吓人时，女王才想起来问唐御弟的相貌。

国王不是电视剧里演的那样看见唐师父后才一见钟情，而是听说是个男的就心猿意马。

驿丞汇报了唐僧相貌堂堂之后，女王直接就拍板让太师做媒，迎阳驿丞主婚，去找唐僧求亲去了。

文中方方面面都透露出了女王极其随便的态度，这回的最后写了这么一句：“脱得烟花网，又遇风月魔。”作者是暗喻女王招夫就是“烟花网”。

再想想上一回的标题：禅主吞餐怀鬼孕，黄婆运水解邪胎。知道为什么作者说西梁女国满国都是鬼孕邪胎了吧？

却说三藏师徒们在驿厅上正享斋饭，只见外面人报：“当驾太师与我们本官老姆来了。”三藏道：“太师来，却是何意？”八戒道：“怕是女王请我们也。”行者道：“不是相请，定是说亲。”三藏道：“悟空，假如不放，强逼成亲，却怎么是好？”行者道：“师父只管允他，老孙自有处治。”

言未了，二女官早至，对长老下拜。长老一一还礼道：“贫僧出家人，有何德能，敢劳大人下拜？”那太师见长老相貌轩昂，心中暗喜道：“我国中实有造化，这个男子却也做得我王之夫。”二官拜毕，起来侍立左右道：“御弟爷爷，万千之喜了！”三藏道：“我出家人，喜从何来？”太师躬身道：“此处乃西梁女国，国中自来没个男子。今幸御弟爷爷降临，臣奉我王旨意，特来求亲。”三藏道：“善哉，善哉。我贫僧只身来到贵地，又无儿女相随，止有顽徒三个，不知大人求的是那个亲事？”驿丞道：“下官才进朝启奏，我王十分欢喜道，夜来得一吉梦，梦见金屏生彩艳，玉镜展光明。知御弟乃中华上国男儿，我王愿以一国之富，招赘御弟爷爷为夫，

坐南面称孤，我王愿为帝后。传旨着太师作媒，下官主婚，故此特来求这亲事也。”三藏闻言，低头不语。太师道：“大丈夫遇时不可错过。似此招赘之事，天下虽有；托国之富，世上实稀。请御弟速允，庶好回奏。”长老越加痴痖。

八戒在旁，掬着碓挺嘴叫道：“太师，你去上覆国王：我师父乃久修得道的罗汉，决不爱你托国之富，也不爱你倾国之容，快些儿倒换关文，打发他往西去，留我在此招赘，如何？”太师闻说，胆战心惊，不敢回话。驿丞道：“你虽是个男身，但只形容丑陋，不中我王之意。”八戒笑道：“你甚不通变。常言道：‘粗柳簸箕细柳斗，世上谁见男儿丑？’”行者道：“呆子，勿得胡谈！任师父尊意，可行则行，可止则止。莫要担阁了媒妁工夫。”

三藏道：“悟空，凭你怎么说好？”行者道：“依老孙说，你在这里也好。自古道，‘千里姻缘似线牵’哩，那里再有这般相应处？”三藏道：“徒弟，我们在这里贪图富贵，谁去西天取经？却不望坏了我大唐之帝主也。”太师道：“御弟在上，微臣不敢隐言。我王旨意，原只教求御弟为亲，教你三位徒弟赴了会亲筵宴，关付领给，倒换关文，往西天取经去哩。”行者道：“太师说得有理。我等不必作难，情愿留下师父，与你主为夫。快换关文，打发我们西去。待取经回来，好到此拜爷娘，讨盘缠回大唐也。”那太师与驿丞对行者作礼道：“多谢老师玉成之恩。”八戒道：“太师，切莫要‘口里摆菜碟儿’。既然我们许诺，且教你主先安排一席，与我们吃杯肯酒，如何？”太师道：“有，有，有，就教摆设筵宴来也。”那驿丞与太师欢天喜地，回奏女主不题。

却说唐长老一把扯住行者，骂道：“你这猴头，弄杀我也！怎么说出这般话来，教我在此招婚，你们西天拜佛？我就死也不敢如此！”行者道：“师父放心。老孙岂不知你性情，但只是到此地，遇此人，不得不将计就计。”三藏道：“怎么叫做将计就计？”行者道：“你若使住法儿不允他，他便不肯倒换关文，不放我们走路。倘或意恶心毒，喝令多人割了你肉，做甚么香袋呵，我等岂有善报？一定要使出降魔荡怪的神通。你知我们的手脚又重，器械又凶，但动动手儿，这一国的人尽打杀了。他虽然阻当我等，却不是怪物妖精，还是一国人身。你又平素是个好善慈悲的人，在路上一灵不损；若打杀无限的平人，你心何忍！诚为不善了也。”

三藏听说，道：“悟空，此论最善。但恐女主招我进去，要行夫妇之礼，我怎肯丧元阳，败坏了佛家德行；走真精，坠落了本教人身？”行者道：“今日允了亲事，他一定以皇帝礼摆驾出城接你。你更不要推辞，就坐他凤辇龙车，登宝殿，面南坐下，问女王取出御宝印信来，宣我们兄弟进朝，把通关文牒用了印，再请女王写个手字花押，佥押了交付与我们。一壁厢教摆筵宴，就当与女王会喜，就与我们送行。待筵宴已毕，再叫排驾，只说送我们三人出城，回来与女王配合。哄得他君臣欢悦，更无阻挡之心，亦不起毒恶之念。却待送出城门，你下了龙车凤辇，教沙僧伺候左右，伏侍你骑上白马，老孙却使个定身法儿，教他君臣人等皆不能动。我们顺大路只管西行，行得一昼夜，我却念个咒，解了术法，还教他君臣们苏醒回城。一则不伤了他的性命，二来不损了你的元神。这叫做‘假亲脱网’之计，岂非一举两全之美也？”三藏闻言，如醉方醒，似梦初觉，乐以忘忧，称谢不尽道：“深感贤弟高见。”四众同心合意，正自商量不题。

唐僧师徒正吃饭呢，听说当驾太师来了。此时悟空经过前面那老婆婆的介绍和这一路的“烟花们”的围观已经判断出来了，太师来的目的“不是相请，定是说亲”。唐僧问猴哥如果对方要强迫他该怎么办，猴哥说：“师父只管允他，老孙自有处治。”

等驿丞说了想招唐僧为皇帝之后，是“三藏闻言，低头不语”；当太师说这种“托国之富，世上实稀”时，“长老越加痴痖”。

唐师父这时候应该是被当皇帝的富贵考验到了，因为人家没说翻脸的话，没说不给他倒换关文，没有任何威胁，就是单纯给好处，是求亲，是让他当国王，但唐僧没表态。明明可以说不行的嘛，人家万一觉得强扭的瓜不甜就放弃了呢？他跟猴哥说的是：“悟空，假如不放，强逼成亲，却怎么是好？”猴哥回复的是：“师父只管允他，老孙自有处治。”人家强迫你，你答应后猴哥再想办法，眼下你什么也不说，这就有问题了。

八戒在旁边又一次表态，想替师父“受罪”，说：“我师父乃久修得道的罗汉，决不爱你托国之富，也不爱你倾国之容，快些儿倒换关文，打发他往西去，留我在此招赘，如何？”

悟空看出来有问题了，骂八戒道：“呆子，勿得胡谈！任师父尊意，可行则行，可止则止。莫要担阁了媒妁工夫。”

唐僧回复的是：“悟空，凭你怎么说好？”

唐僧是什么意思？

他虽然貌似没表态，但这话已经很有指向性了，上一关他不听猴子话离开那圈时是这么说的：“悟能，凭你怎么处治？”跟他刚才对悟空说的话像不像？

悟空替他师父说了“千里姻缘似线牵”，但你瞅唐僧的回答：“徒弟，我们在这里贪图富贵，谁去西天取经？却不望坏了我大唐之帝主也。”

他自己是不是佛弟子这事已经不在考虑范畴了，只是说大唐皇帝怎么办，要知道四圣试禅心时他可不是那么说的，当时他喝退了八戒道：“你这个业畜！我们是个出家人，岂以富贵动心，美色留意，成得个甚么道理！”（第二十三回）

这才是正确回答，他们是出家人！

太师说女王就求御弟为亲，三位徒弟赴了会亲筵宴就可以继续取经，悟空就替唐僧应下了。等人家走了之后，“却说唐长老一把扯住行者，骂道：‘你这猴头，弄杀我也！怎么说出这般话来，教我在此招婚，你们西天拜佛？我就死也不敢如此！’”

你要是真不同意，你怎么不早说呢！还是那句话，人家之前没逼你，没说狠话，你不同意完全可以直说嘛，不行再使权宜之计呗！当然不否认唐僧现在很可能又意志坚定了，但这是他思想斗争后的结果，前面的思想其实是有些滑坡的。

悟空随后跟唐僧交了底：师父放心。老孙岂不知你性情，但只是到此地，遇此人，不得不将计就计。咱们来的这个地方是个烟花魔窟，如果你不答应，她要是意恶心毒，把你肉割了做香袋，我们做徒弟的到时候肯定得动手。但我们手脚又重，器械又凶，动手的话，这一国的人尽打杀了。毕竟是一国的人身，你又平素是个好善慈悲的人，在路上一灵不损，我要是打杀了，你又不忍。

唐僧听完后夸奖猴哥说得好，但是如果假戏真做，要行夫妻之事怎么办？悟空表示：我们先允了亲事，她毕竟不能在公开场合强迫你，咱等通关文牒盖完，筵宴完毕，你再说送我们三人出城回来与她相好，哄得她们君臣欢悦，放松警惕。等出城后我们就跑路，我使定身法，一昼夜后再解，一则不伤了她的性命，二来不损了你的元神，假亲脱网，两难自解！

唐僧闻言，“如醉方醒，似梦初觉，乐以忘忧，称谢不尽道：‘深感贤弟高见。’”

客观来讲，悟空这个办法其实相当于让唐僧合法地结了婚，合法地成为西梁女国国主，只是没有履行夫妻责任罢了。

却说那太师与驿丞不等宣诏，直入朝门白玉阶前奏道："主公佳梦最准，鱼水之欢就矣。"女王闻奏，卷珠帘，下龙床，启樱唇，露银齿，笑盈盈娇声问曰："贤卿见御弟怎么说来？"太师道："臣等到驿，拜见御弟毕，即备言求亲之事。御弟还有推托之辞，幸亏他大徒弟慨然见允，愿留他师父与我王为夫，面南称帝。只教先倒换关文，打发他三人西去，取得经回，却到此拜认爷娘，讨盘费回大唐也。"女王笑道："御弟再有何说？"太师奏道："御弟不言，愿配我主。只是他那二徒弟，先要吃席肯酒。"

女王闻言，即传旨教光禄寺排宴，一壁厢排大驾出城迎接夫君。众女官即钦遵王命，打扫宫殿，铺设庭台。一班儿摆宴的火速安排，一班儿摆驾的流星整备。你看那西梁国，虽是妇女之邦，那鸾舆不亚中华之盛。但见：

六龙喷彩，双凤生祥。六龙喷彩扶车出，双凤生祥驾辇来。馥郁异香蔼，氤氲瑞气开。金鱼玉佩多官拥，宝髻云鬟众女排。鸳鸯掌扇遮鸾驾，翡翠珠帘影凤钗。笙歌音美，弦管声谐。一片欢情冲碧汉，无边喜气出灵台。三檐罗盖摇天宇，五色旌旗映玉阶。此地自来无合卺，女王今日配男才。

不多时，大驾出城，早到迎阳馆驿。忽有人报三藏师徒道："驾到了。"三藏闻言，即与三徒整衣出厅迎驾。女王卷帘下辇道："那一位是唐朝御弟？"太师指道："那驿门外香案前穿襕衣者便是。"女王闪凤目，簇蛾眉，仔细观看，果然一表非凡。你看他：

丰姿英伟，相貌轩昂。齿白如银砌，唇红口四方。顶平额阔天仓满，目秀眉清地阁长。两耳有轮真杰士，一身不俗是才郎。好个妙龄聪俊风流子，堪配西梁窈窕娘。

女王看到那心欢意美之处，不觉淫情汲汲，爱欲恣恣，展放樱桃小口，呼道："大唐御弟，还不来占凤乘鸾也？"三藏闻言，耳红面赤，羞答答不敢抬头。

猪八戒在旁掬着嘴，饧眼观看，那女王却也袅娜。真个：

眉如翠羽，肌似羊脂。脸衬桃花瓣，鬟堆金凤丝。秋波湛湛妖娆态，春笋纤纤娇媚姿。斜亸红绡飘彩艳，高簪珠翠显光辉。说甚么昭君貌美，果然是赛过西施。柳腰微展鸣金珮，莲步轻移动玉肢。月里嫦娥难到彼，九天仙子怎如斯。宫妆巧样非凡类，诚如王母降瑶池。

那呆子看到好处，忍不住口嘴流涎，心头鹿撞，一时间骨软筋麻，好便似雪狮子向火，不觉的都化去也。

只见那女王走近前来，一把扯住三藏，悄语娇声，叫道："御弟哥哥，请上龙车，和我同上金銮宝殿，匹配夫妇去来。"这长老战兢兢，立站不住，似醉如痴。行者在侧，叫道："师父不必太谦，请共师娘上辇。快快倒换关文，等我们取经去罢。"长老不敢回言，把行者抹了两抹，止不住落下泪来。行者道："师父切莫烦恼。这般富贵不受用，还待怎么哩？"三藏没及奈何，只得依从。揩了眼泪，强整欢容，移步近前，与女主：

同携素手，共坐龙车。那女主喜孜孜欲配夫妻，这长老忧惶惶只思拜佛。一个要洞房花烛交鸳侣，一个要西宇灵山见世尊。女帝真情，圣僧假意。女帝真情，指望和谐同到老；圣僧假意，牢藏情意养元神。一个喜见男身，恨不得白昼并头谐伉俪；一个怕逢女色，只思量即时脱网上雷音。二人和会同登辇，岂料唐僧各有心。

太师与驿丞不等宣诏就去找国王上奏道："主公佳梦最准，鱼水之欢就矣。"

这是什么虎狼之词？！这是个什么国家？！

女王很激动，听说八戒要吃筵席，赶紧安排大酒席并要去迎阳馆驿亲自迎唐僧。国王看见唐僧后，反应很直接。"女王看到那心欢意美之处，不觉淫情汲汲，爱欲恣恣，展放樱桃小口，呼道：'大唐御弟，还不来占凤乘鸾也？'"

唐师父哪听过这种虎狼之词，那是"耳红面赤，羞答答不敢抬头"。作者借八戒视角写了女王有多么好看："月里嫦娥难到彼，九天仙子怎如斯。宫妆巧样非凡类，诚如王母降瑶池。"顶级考验来了！八戒光看都心荡神摇了，那是"一时间骨软筋麻，好便似雪狮子向火，不觉的都化去也"。

看到唐僧不说话，女王第二句虎狼之词出现。"一把扯住三藏，悄语娇声，叫道：'御弟哥哥，请上龙车，和我同上金銮宝殿，匹配夫妇去来。'"

唐师父应该是又被考验到了，毕竟女王实在是太好看了。"这长老战兢兢，立站不住，似醉如痴。"

悟空表示师父别谦虚啦，赶紧共师娘上辇，快快倒换关文，等我们取经去罢。听见"取经"俩字，唐僧更是"不敢回言，把行者抹了两抹，止不住落下泪来"。

唐师父应该是五味杂陈的，他取经的信念绝对是足的，但眼下这考验也绝对是大的，能当国王不说，还有赛西施压貂蝉的顶级大美女投怀送抱。唉！人世间对于男人的两个最大考验绑在一块轮着番地上场，这种纠结到极致的感情和听见“取经”俩字后的落泪反应实在是太绝了。

当然，唐师父上了龙车后，诗句显示他又一次经受住了考验，回到了“圣僧假意，牢藏情意养元神”和“一个怕逢女色，只思量即时脱网上雷音”的状态。但还是那句话，唐师父的态度不是一上来就非常坚定的，而是在考验中经过了自己内心斗争之后才过了这关，这其实也才是正常世界里心性升级的一个状态，是要有挣扎和煎熬的，在境界考验来临时，是需要内心深刻斗争的。

那些文武官，见主公与长老同登凤辇，并肩而坐，一个个眉花眼笑，拨转仪从，复入城中。孙大圣才教沙僧挑着行李，牵着白马，随大驾后边同行。猪八戒往前乱跑，先到五凤楼前，嚷道：“好自在，好见成呀！这个弄不成，这个弄不成！吃了喜酒进亲才是！”諕得些执仪从引导的女官，都不敢前进，一个个回至驾边道：“主公，那一个长嘴大耳的，在五凤楼前嚷道，要喜酒吃哩。”女主闻奏，与长老倚香肩，偎并桃腮，开檀口，悄声叫道：“御弟哥哥，长嘴大耳的是你那个高徒？”三藏道：“是我第二个徒弟。他生得食肠宽大，一生要图口肥，须是先安排些酒食与他吃了，方可行事。”女主急问：“光禄寺安排筵宴完否？”女官奏道：“已设完了，荤素两样，在东阁上哩。”女王又问：“怎么两样？”女官奏道：“臣恐唐朝御弟与高徒等平素吃斋，故有荤素两样。”女王却又笑吟吟偎着长老的香腮道：“御弟哥哥，你吃素吃荤？”三藏道：“贫僧吃素，但是未曾戒酒。须得几杯素酒，与我二徒弟吃些。”

说未了，太师启奏：“请赴东阁会宴。今宵吉日良辰，就可与御弟爷爷成亲。明日天开黄道，请御弟爷爷登宝殿，面南改年号即位。”女王大喜，即与长老携手相搀，下了龙车，共入端门。但见那：

风飘仙乐下楼台，阊阖中间翠辇来。

凤阙大开光蔼蔼，皇宫不闭锦排排。

麒麟殿内炉烟袅，孔雀屏边房影回。

亭阁峥嵘如上国，玉堂金马更奇哉。

既至东阁之下，又闻得一派笙歌声韵美，又见那两行红粉貌妖娆。正中堂排设两般盛宴：左边上首是素筵，右边上首是荤筵，下两路尽是单席。那女王敛袍袖，十指尖尖，奉着玉杯，便来安席。行者近前道："我师徒都是吃素。先请师父坐了左手素席，转下三席，分左右，我兄弟们好坐。"太师喜道："正是，正是。师徒如父子也，不可并肩。"众女官连忙调了席面。女王一一传杯，安了他弟兄三位。行者又与唐僧丢个眼色，教师父回礼。三藏下来，却也擎玉杯，与女王安席。那些文武官朝上拜谢了皇恩，各依品从，分坐两边，才住了音乐请酒。

那八戒那管好歹，放开肚子，只情吃起。也不管甚么玉屑米饭、蒸饼、糖糕、蘑菇、香蕈、笋芽、木耳、黄花菜、石花菜、紫菜、蔓菁、芋头、萝菔、山药、黄精，一骨辣噇了个罄尽。呷了六七杯酒，口里嚷道："看添换来！拿大觥来！再吃几觥，各人干事去。"沙僧道："好筵席不吃，还要干甚事？"呆子笑道："古人云：'造弓的造弓，造箭的造箭。'我们如今招的招，嫁的嫁，取经的还去取经，走路的还去走路。莫只管贪杯误事，快早儿打发关文。正是'将军不下马，各自奔前程'。"女王闻说，即命取大杯来。近侍官连忙取几个鹦鹉杯、鸬鹚杓、金叵罗、银凿落、玻璃盏、水晶盆、蓬莱碗、琥珀钟，满斟玉液，连注琼浆。果然都各饮一巡。

唐僧被接进了城，八戒赶紧快跑，嚷嚷要吃喜酒，意思是你们千万别着急，必须吃了喜酒才能配。所谓"好自在，好见成呀！这个弄不成，这个弄不成！吃了喜酒进亲才是！"

这个时候，你看看唐师父的待遇。"女主闻奏，与长老倚香肩，偎并桃腮，开檀口，悄声叫道：'御弟哥哥，长嘴大耳的是你那个高徒？'"

烟花女王已经倚靠在唐师父肩上了，开始考验唐僧了，两句话说完，"女王却又笑吟吟偎着长老的香腮道：'御弟哥哥，你吃素吃荤？'"

正讨论着酒席的事呢，太师估计看出来了女王的急迫，奏请他们去东阁会宴，表示今宵吉日良辰，就可成亲，明天就请御弟爷爷登殿，面南称帝！

核心就是一句话：今天必须得把事办了！

随后就到了吃席环节，注意这句："行者又与唐僧丢个眼色，教师父回礼。三藏下来，却也擎玉杯，与女王安席。"也就是说，唐僧也端杯下来打圈敬酒了，这一关，师徒四人又一块破了酒戒。

三藏欠身而起，对女王合掌道："陛下，多蒙盛设，酒已勾了。请登宝殿，倒换关文，赶天早送他三人出城罢。”女王依言，携着长老，散了筵宴，上金銮宝殿，即让长老即位。三藏道：“不可，不可！适太师言过，明日天开黄道，贫僧才敢即位称孤。今日即印关文，打发他去也。”女王依言，仍坐了龙床，即取金交椅一张，放在龙床左首，请唐僧坐了。叫：“徒弟们，拿上通关文牒来。”大圣便教沙僧解开包袱，取出关文。大圣将关文双手捧上。

那女王细看一番，上有大唐皇帝宝印九颗，下有宝象国印、乌鸡国印、车迟国印。女王看罢，娇滴滴笑语道：“御弟哥哥又姓陈？”三藏道：“俗家姓陈，法名玄奘。因我唐王圣恩，认为御弟，赐姓我为唐也。”女王道：“关文上如何没有高徒之名？”三藏道：“三个顽徒不是我唐朝人物。”女王道：“既不是你唐朝人物，为何肯随你来？”三藏道：“大的个徒弟，乃是东胜神洲傲来国人氏；第二个乃西牛贺洲乌斯庄人氏；第三个乃流沙河人氏。他三人都因罪犯天条，南海观世音菩萨解脱他苦，秉善皈依，将功折罪，情愿保护我上西天取经。皆是途中收得，故此未注法名在牒。”女王道：“我与你添注法名，好么？”三藏道：“但凭陛下尊意。”女王即令取笔砚来，浓磨香翰，饱润香毫，牒文之后，写上孙悟空、猪悟能、沙悟净三人名讳。却才取出御印，端端正正印了，又画个手字花押，传将下去。孙大圣接了，教沙僧包裹停当。

那女王又赐出碎金散银一盘，下龙床递与行者道：“你三人将此权为路费，早上西天。待汝等取经回来，寡人还有重谢。”行者道：“我们出家人不受金银，途中自有乞化之处。”女王见他不受，又取出绫锦十匹，对行者道：“汝等行色匆匆，裁制不及，将此路上做件衣服遮寒。”行者道：“出家人穿不得绫锦，自有护体布衣。”女王见他不受，教：“取御米三升，在路权为一饭。”八戒听说个“饭”字，便就接了，捎在包袱之中。行者道：“兄弟，行李见今沉重，且倒有气力挑米？”八戒笑道：“你那里知道，米好的是个日消货，只消一顿饭就了帐也。”遂此合掌谢恩。

三藏道：“敢烦陛下相同贫僧送他三人出城，待我嘱付他们几句，教他好生西去。我却回来与陛下永受荣华，无挂无牵，方可会鸾交凤友也。”女王不知是计，便传旨摆驾，与三藏并倚香肩，同登凤辇，出西城而去。满城中都盏添净水，炉列真香，一则看女王鸾驾，二来看御弟男身。没老没小，尽是粉容娇面、绿鬓云鬟之辈。不多时，大驾出城，到西关之外。

行者、八戒、沙僧同心合意，结束整齐，径迎着銮舆，厉声高叫道：“那女王不必远送，我等就此拜别！”长老慢下龙车，对女王拱手道：“陛下请回，让贫僧取经去也。”女王闻言，大惊失色，扯住唐僧道：“御弟哥哥，我愿将一国之富招你为夫，明日高登宝位，即位称君，我愿为君之后，喜筵通皆吃了，如何却又变卦？”八戒听说，发起个风来，把嘴乱扭，耳朵乱摇，闯至驾前，嚷道：“我们和尚家，和你这粉骷髅做甚夫妻！放我师父走路！”那女王见他那等撒泼弄丑，諕得魂飞魄散，跌入辇驾之中。

沙僧却把三藏抢出人丛，伏侍上马。只见那路旁闪出一个女子，喝道：“唐御弟，那里走！我和你耍风月儿去来！”沙僧骂道：“贼辈无知！”掣宝杖劈头就打。那女子弄阵旋风，呜的一声，把唐僧摄将去了，无影无踪，不知下落何处。咦！正是：

脱得烟花网，又遇风月魔。

毕竟不知那女子是人是怪，老师父的性命得死得生，且听下回分解。

看八戒吃得差不多了，唐僧欠身而起，注意这句，他对女王合掌道：“陛下，多蒙盛设，酒已勾了。请登宝殿，倒换关文，赶天早送他三人出城罢。”

此时唐僧用的还是出家人的合掌礼，注意这个动作，马上会有对比。

女王想当天就传位，唐僧说明天日子好，到了明天才敢称帝。随后女王打开通关文牒，看到关文上只有唐僧一个人的名字，问三个徒弟的名字怎么没有，唐僧说这仨都是半路出家收的。由于此时唐僧要留在这儿跟她婚配了，女王帮忙在牒文后写上了孙悟空、猪悟能、沙悟净三人名讳，盖了御印，画了个手字花押。

这事本身其实没有什么，但后面却阴差阳错地因为“那一夜”，让唐师父产生了巨大误会。

唐僧最后跟女王说要送送仨徒弟，他再嘱咐几句，所谓“无挂无牵，方可会鸾交凤友也”。唐师父也算是被西梁女国文化感染了，嘴里抹了蜜，口中说出了妄语。

等送行到了西关，“长老慢下龙车，对女王拱手道：‘陛下请回，让贫僧取经去也。’”

注意，唐僧用的是拱手礼，而不是出家人的合掌礼，也就是说，唐僧是认这门亲的。媒人也有，喜筵也吃了，程序上都走齐了，唐僧此时不是出家人对女王的无情挥别，而是在家人对新媳妇拱手表态，我去忙事业啦！

作者为什么安排了唐僧最后的这个拱手礼呢？

其实还是在提醒读者，在整个西梁女国的考验中，唐僧并非自始至终都那么坚定，他经过深刻思想斗争后，识大体地拱手拜别。人家对于成婚这事是认账的。

男人最难过的两关，一个是功名利禄，另一个是美人风月，唐师父算是在顶级的难关中挣脱出来了。不过代价也相当惨重，唐僧自从过了通天河，进入西梁女国国境后,为了脱离这个“烟花网”已经相继犯下了“七宗罪”,佛门八戒中的七戒已破。

1. 不杀生。(子母河堕胎。)

2. 不偷盗。(过了通天河就是西梁女国国境，金峨山偷衣服，悟空化斋偷饭，这是破的第一戒。)

3. 不妄语。(师徒四人一直在说谎，且唐僧也出现了言辞轻浮的现象。)

4. 不饮酒。(喜宴时破。)

5. 不坐卧高广大床。(喜宴时破。)

6. 不着华鬘璎珞。(金峨山破，八戒和沙僧穿了人家好衣服，唐僧未制止。)

7. 不习歌舞伎乐。(喜宴时破。)

涉及佛门核心五戒的“杀盗淫妄酒”中，杀、盗、妄、酒是师徒四人全部都有份儿的破戒，一起打的邪胎，一起偷的盗，一起说的谎，一起喝的酒。

为了过这烟花欲望的“淫”关，其他四戒已破。

就在沙僧把唐僧抢出人丛，服侍上马时，路旁闪出一个女子，喝道：“唐御弟，那里走！我和你要风月儿去来！”沙僧依旧是个放屁添风，唐僧被妖怪弄阵旋风轻松摄走了。

结尾的那句“脱得烟花网，又遇风月魔”是在告诉读者，这关的考验还没有结束，要来最直接的了。前面的“烟花网”属于隐晦的，这次来的是“风月魔”。

翻译一下，就是大色魔。

第五十五回

色邪淫戏唐三藏，性正修持不坏身

却说孙大圣与猪八戒正要使法定那些妇女，忽闻得风响处，沙僧嚷闹，急回头时，不见了唐僧。行者道："是甚人来抢师父去了？"沙僧道："是一个女子，弄阵旋风，把师父摄去也。"行者闻言，唿哨跳在云端里，用手搭凉篷，四下里观看。只见一阵灰尘，风滚滚，往西北上去了。急回头叫道："兄弟们，快驾云，同我赶师父去来！"八戒与沙僧即把行囊捎在马上，响一声，都跳在半空里去。

慌得那西梁国君臣女辈，跪在尘埃，都道："是白日飞升的罗汉，我主不必惊疑。唐御弟也是个有道的禅僧。我们都有眼无珠，错认了中华男子，枉费了这场神思。请主公上辇回朝也。"女王自觉惭愧，多官都一齐回国不题。

唐僧丢了，沙僧和八戒连他丢哪儿了都不知道，还得是猴哥，跳到云端用最强鹰眼发现灰尘风滚滚地往西北方向去了。哥儿仨驾云跳到半空去追妖怪，随后作者意味深长地写了这段话："慌得那西梁国君臣女辈，跪在尘埃，都道：'是白日飞升的罗汉，我主不必惊疑。唐御弟也是个有道的禅僧。我们都有眼无珠，错认了中华男子，枉费了这场神思。请主公上辇回朝也。'女王自觉惭愧，多官都一齐回国不题。"

什么意思？

其实师徒根本不用集体说谎话，对付凡人根本没必要多言，只需要显个圣就能拿捏，而且这是早在第五十三回老婆婆一家那里，悟空腾云去解阳山时就已经印证的道理了。作者早就通过剧情铺垫了解题方法，对付烟花之地，只需要提醒人家双方不是一个维度的，就足以吓死对方，让她自惭形秽了。那女王提亲之时，唐僧只需要表示不同意，说他们是佛弟子，徒弟比较能吃，受累多给他们做点饭，再喊句“八戒，你长十丈让人家看看该给你做多少饭”，还有“别让人家再跑去给国王回话了，悟空你驾云去送一趟”。

那国王不仅不会意乱情迷，还得塑像供养，祈求圣僧保西梁女国江山永固。

如果你真的坚定，烟花罗网是可以被瞬间斩破的，但是，圣僧再“圣”也是人，境界是需要拿事来检验的，我相信此后唐师父再遇到怎样的功名利禄和美女娇娥也不会被影响到，因为他经历过了，斗争过了，挣扎过了，他突破了对于男人来讲人世间的顶级考验。此时的唐师父如果说一句“本来无一物，何处惹尘埃”，我是会相信的，但当初刚出国门发下弘誓大愿的唐师父能这么说，我是不相信的。

却说孙大圣兄弟三人腾空踏雾，望着那阵旋风，一直赶来。前至一座高山，只见灰尘息静，风头散了，更不知怪向何方。兄弟们按落云雾，找路寻访。忽见一壁厢青石光明，却似个屏风模样。三人牵着马转过石屏，石屏后有两扇石门，门上有六个大字，乃是“毒敌山琵琶洞”。八戒无知，上前就使钉钯筑门。行者急止住道：“兄弟莫忙！我们随旋风赶便赶到这里，寻了这会，方遇此门，又不知深浅如何，倘不是这个门儿，却不惹他见怪？你两个且牵了马，还转石屏前立等片时，待老孙进去打听打听，察个有无虚实，却好行事。”沙僧听说，大喜道：“好，好，好！正是粗中有细，果然急处从宽。”他二人牵马回头。

孙大圣显个神通，捻着诀，念个咒语，摇身一变，变作蜜蜂儿，真个轻巧！你看他：

翅薄随风软，腰轻映日纤。

嘴甜曾觅蕊，尾利善降蟾。

酿蜜巧何浅，投衙礼自谦。

如今施巧计，飞舞入门檐。

行者自门瑕处钻将进去，飞过二层门里。只见正当中花亭子上，端坐着一个女怪，左右列几个彩衣绣服丫髻两揫的女童，都欢天喜地，正不知讲论甚么。这

行者轻轻的飞上去，叮在那花亭槅子上。侧耳才听，又见两个总角蓬头女子，捧两盘热腾腾的面食，上亭来道：“奶奶，一盘是人肉馅的荤馍馍，一盘是邓沙馅的素馍馍。”那女怪笑道：“小的们，扶出唐御弟来。”几个彩衣绣服的女童走向后房，把唐僧扶出。那师父面黄唇白，眼红泪滴。行者在暗中嗟叹道：“师父中毒了！”

那怪走下花亭，露春葱十指纤纤，扯住长老道：“御弟宽心。我这里虽不是西梁女国的宫殿，不比富贵奢华，其实却也清闲自在，正好念佛看经。我与你做个道伴儿，真个是百岁和谐也。”三藏不语。那怪道：“且休烦恼。我知你在女国中赴宴之时，不曾进得饮食。这里荤素馍馍两盘，凭你受用些儿压惊。”三藏沉思默想道：“我待不说话，不吃东西，此怪比那女王不同。女王还是人身，行动以礼；此怪乃是妖神，恐为加害，奈何？我三个徒弟不知我困陷在这里，倘或加害，却不枉丢性命？”以心问心，无计所奈，只得强打精神，开口道：“荤的何如，素的何如？”女怪道：“荤的是人肉馅馍馍，素的是邓沙馅馍馍。”三藏道：“贫僧吃素。”那怪笑道：“女童，看热茶来，与你家长爷爷吃素馍馍。”一女童果捧着香茶一盏，放在长老面前。那怪将一个素馍馍劈破，递与三藏。三藏将个荤馍馍囫囵递与女怪。女怪笑道：“御弟，你怎么不劈破与我？”三藏合掌道：“我出家人，不敢破荤。”那女怪道：“你出家人不敢破荤，怎么前日在子母河边吃水高？今日又好吃邓沙馅？”三藏道：“水高船去急，沙陷马行迟。”

行者在格子上听着两个言语相攀，恐怕师父乱了真性，忍不住，现了本相，掣铁棒喝道：“业畜无礼！”那女怪见了，口喷一道烟光，把花亭子罩住，教：“小的们，收了御弟！”他却拿一柄三股钢叉，跳出亭门，骂道：“泼猴惫懒！怎敢私入吾家，偷窥我容貌！不要走，吃老娘一叉！”这大圣使铁棒架住，且战且退。

兄弟三人找到了毒敌山琵琶洞，从这个名字开始，作者就铺垫上了。

“毒敌山”说明这一关的妖魔是个玩毒的高手，“琵琶洞”得结合前面作者说这是个风月魔来看，风月魔是色魔的意思，而琵琶是下图这样的。

你说这个琵琶洞是什么样子。

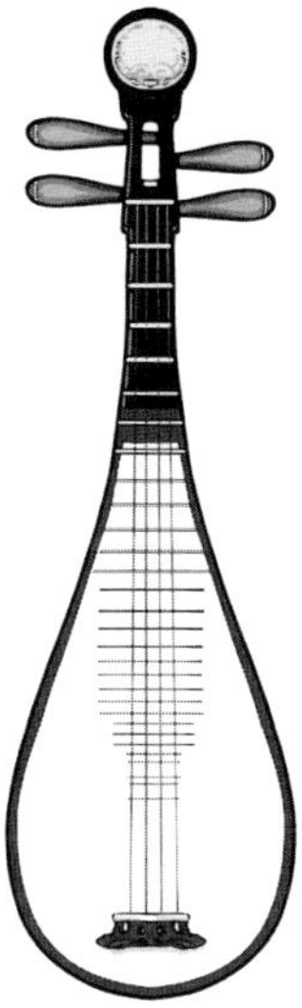

八戒上前就要使钉钯筑门，被猴哥拦住说他们还不知道深浅，他先进去打听打听，查查虚实。

这里已经能发现，猴哥办事已经形成成熟路径了，甭管什么妖魔，先探探底，知己知彼方可百战不殆。沙僧一如既往地拍大师兄马屁，大喜道：“好，好，好！正是粗中有细，果然急处从宽。”

悟空变成了蜜蜂钻进了洞里，看见唐僧时，唐僧已经“面黄唇白，眼红泪滴”，悟空叹道：“师父中毒了！”

作者通过这个细节，继“毒敌山”后再次暗示了这个妖怪是个很厉害的毒物。因为这妖怪很快就拉扯住唐僧，表达了想跟他过日子做伴的诉求，她是不会特意给唐僧下毒的，估计就是身上毒性太大，唐僧被她碰了后就已经中毒了。

妖怪跟唐僧说话，唐师父没搭理，这妖怪说道：“且休烦恼。我知你在女国中赴宴之时，不曾进得饮食。这里荤素馍馍两盘，凭你受用些儿压惊。”这妖怪一直在西梁女国中观察唐僧。

这妖孽不在西梁女国动手，而是出了西梁女国国境才动手的原因，我们后面讲。

唐僧本来是打算不说话、不吃东西的，但是担心这妖怪气急害了他，于是强打精神开口答话：“荤的何如，素的何如？”

女怪道："荤的是人肉馅馍馍，素的是邓沙馅馍馍。"这个邓沙是澄（dèng）沙的通假，也就是经过笊篱过滤、纱布澄洗后的细红豆沙。

唐僧表示自己吃素，女怪把一个素馍馍劈破，也就是掰开了递与三藏，唐僧则是将一个荤馍馍囫囵递与女怪。

女怪笑道："御弟，你怎么不劈破与我？"

唐僧合掌说："我出家人，不敢破荤。"

那女怪道："你出家人不敢破荤，怎么前日在子母河边吃水高？今日又好吃邓沙馅？"

这句话的意思是，你说你慈悲，是个出家人，连肉馍馍都不敢掰开，怎么喝了子母河的水、杀了你肚子里的孩子时，眼都不眨一下呢？现在又跟我说吃豆沙馅的馍馍！而且，这句话还颇有挑逗意味，你瞅瞅他们吃的这东西。

唐僧回复道："水高船去急，沙陷马行迟。"

这句的意思是，我喝子母河的水是因为取经心切，眼下吃这豆沙馅也是没办法，是陷在这里了，不得不吃。

理论上来讲，唐僧跟这女妖的对话谈不上什么可让人担心的，但是猴哥对感情这东西从来就摸不准脉，他当初在乌鸡国时还根本听不懂什么"冷如冰"和"事不兴"呢。（行者微微笑道："若是那般冷呵，想是个甚么冰冷的东西变的。不打紧，不打紧！等我老孙与你扫荡。"）

猴哥认为他师父跟妖怪已经谈出感情，都对上诗了，于是现了本相跟妖怪打了起来。

二人打出洞外。那八戒、沙僧正在石屏前等候，忽见他两人争持，慌得八戒将白马牵过道："沙僧，你只管看守行李、马匹，等老猪去帮打帮打。"好呆子，双手举钉钯，赶上前叫道："师兄靠后，让我打这泼贱！"那怪见八戒来，他又使个手段，呼了一声，鼻中出火，口内生烟，把身子抖了一抖，三股叉飞舞冲迎。那女怪也不知有几只手，没头没脸的滚将来。这行者与八戒，两边攻住。那怪道："孙悟空，你好不识进退！我便认得你，你是不认得我。你那雷音寺里佛如来，也还怕我哩！量你这两个毛人，到得那里！都上来，一个个仔细看打！"这一场怎见得好战：

女怪威风长，猴王气概兴。天蓬元帅争功绩，乱举钉钯要显能。那一个手多叉紧烟光绕，这两个性急兵强雾气腾。女怪只因求配偶，男僧怎肯泄元精。阴阳不对相持斗，各逞雄才恨苦争。阴静养荣思动动，阳收息卫爱清清。致令两处无和睦，叉钯铁棒赌输赢。这个棒有力，钯更能，女怪钢叉丁对丁。毒敌山前三不让，琵琶洞外两无情。那一个喜得唐僧谐凤侣，这两个必随长老取真经。惊天动地来相战，只杀得日月无光星斗更。

三个战斗多时，不分胜负。那女怪将身一纵，使出个倒马毒桩，不觉的把大圣头皮上扎了一下。行者叫声："苦啊！"忍耐不得，负痛败阵而走。八戒见事不谐，拖着钯彻身而退。那怪得了胜，收了钢叉。

行者抱头皱眉苦面，叫声："利害！利害！"八戒到跟前问道："哥哥，你怎么正战到好处，却就叫苦连天的走了？"行者抱着头只叫："疼！疼！疼！"沙僧道："想是你头风发了。"行者跳道："不是！不是！"八戒道："哥哥，我不曾见你受伤，却头疼，何也？"行者哼哼的道："了不得！了不得！我与他正然打处，他见我破了他的叉势，他就把身子一纵，不知是件甚么兵器，着我头上扎了一下，就这般头疼难禁，故此败了阵来。"八戒笑道："只这等静处常夸口，说你的头是修炼过的，却怎么就不禁这一下儿？"行者道："正是。我这头，自从修炼成真，盗食了蟠桃、仙酒、老子金丹；大闹天宫时，又被玉帝差大力鬼王、二十八宿，押赴斗牛宫外处斩，那些神将使刀斧锤剑，雷打火烧；及老子把我安在八卦炉，煅炼四十九日，俱未伤损。今日不知这妇人用的是甚么兵器，把老孙头弄伤也！"沙僧道："你放了手，等我看看。莫破了？"行者道："不破！不破！"八戒道："我去西梁国讨个膏药你贴贴。"行者道："又不瘇不破，怎么贴得膏药？"八戒笑道："哥啊，我的胎前产后病倒不曾有，你倒弄了个脑门痈了。"沙僧道："二哥且休取笑。如今天色晚矣，大哥伤了头，师父又不知死活，怎的是好？"

行者哼道："师父没事。我进去时，变作蜜蜂儿飞入里面，见那妇人坐在花亭子上。少顷，两个丫鬟捧两盘馍馍：一盘是人肉馅荤的，一盘是邓沙馅素的。又着两个女童扶师父出来，吃一个压惊，又要与师父做甚么道伴儿。师父始初不与那妇人答话，也不吃馍馍；后见他甜言美语，不知怎么就开口说话，却说吃素的。那妇人就将一个素的劈开，递与师父。师父将个囫囵荤的递与那妇人。妇人道：'怎不劈破？’师父道：‘出家人不敢破荤。’那妇人道：‘既不破荤，前日怎么在子母河边饮水高？今日又好吃邓沙馅？’师父不解其意，答他两句道：‘水高船去急，沙陷马行迟。’我在格子上听见，恐怕师父乱性，便就现了原身，掣棒就打。他也使神通，喷出烟雾，叫‘收了御弟’，就抡钢叉与老孙打出洞来也。”

沙僧听说，咬指道：“这泼贱，也不知从那里就随将我们来，把上项事都知道了。”八戒道：“这等说，便我们安歇不成。莫管甚么黄昏半夜，且去他门上索战，嚷嚷闹闹，搅他个不睡，莫教他捉弄了我师父。”行者道：“头疼，去不得！”沙僧道：“不须索战。一则师兄头疼，二来我师父是个真僧，决不以色空乱性。且就在山坡下闭风处，坐这一夜，养养精神，待天明再作理会。”遂此，三个弟兄拴牢白马，守护行囊，就在坡下安歇不题。

悟空和妖精打出了洞外，八戒难得勇敢了一次，冲出去跟悟空二打一。见八戒冲出来，妖怪首先使了一个“鼻中出火，口内生烟”的手段，这可不简单，继红孩儿之后，我们又见到会放火放烟的妖魔了，这比天庭火部的草台班子可强太多了。又打了一会儿，那怪喊了一句意味深长的话：“孙悟空，你好不识进退！我便认得你，你是不认得我。你那雷音寺里佛如来，也还怕我哩！量你这两个毛人，到得那里！都上来，一个个仔细看打！”

这句话其实说明了一个问题，此怪刚刚来到此地为妖。

悟空到目前为止只去过一次雷音寺，就是不久前降服青牛精的时候。我们接着往后看。

这妖怪的能力是极高的，能以一敌二，而且还能战斗多时，不分胜负，最后这妖怪在悟空识破她的叉势后使出绝招“倒马毒桩”把猴哥头皮给扎了一下。猴哥那铜头铁脑也禁不起这妖怪的一扎，忍耐不得，负痛败阵而走，八戒随后也跑路了。

八戒回去后问悟空，你眼看要打赢她了，咋突然叫苦连天地走了？

八戒这句话证明妖魔的倒马毒桩速度极快。悟空说那妖怪见他破了她的叉势，把身子一纵，不知使了件什么兵器扎了他的头，头疼难禁，故此败了阵来。

连猴哥都没看清那是个什么。猴哥还纳闷自己自打出道以来，脑袋被雷打火烧都没有伤损，她那是个什么兵器呢？

其实作者这里还是用了隐晦的描写，后面观音菩萨说“扎人痛者是尾上一个钩子，唤做‘倒马毒’”，明明是个钩子，而且菩萨没说“桩”字，为什么作者这里写的是“那女怪将身一纵，使出个倒马毒桩”呢？这个“桩”字有什么用意呢？

估计跟前面的琵琶洞一样，作者想形象地说一下这风月魔的战术特点。“倒”字我们先单拎出来，“马毒桩”估计是想说“马步桩”。

一个女魔头，以马步桩的模样“倒”了的时候，是个什么样子？

“倒马毒桩”大概率是作者在突出风月魔的招数比较露骨，毕竟是最淫一关。

风月魔的“倒马毒桩”把悟空这经过刀斧锤剑、雷打火烧乃至八卦炉锻造的铜头铁脑都给打败了的剧情设定，还是作者在提醒读者们一个质朴的道理：色字头上一把刀！

再看悟空对洞里情况的复述：“师父没事。我进去时，变作蜜蜂儿飞入里面，见那妇人坐在花亭子上。少顷，两个丫鬟捧两盘馍馍：一盘是人肉馅荤的，一盘是邓沙馅素的。又着两个女童扶师父出来，吃一个压惊，又要与师父做甚么道伴儿。师父始初不与那妇人答话，也不吃馍馍；后见他甜言美语，不知怎么就开口说话，却说吃素的。那妇人就将一个素的劈开，递与师父。师父将个囫囵荤的递与那妇人。妇人道：‘怎不劈破？’师父道：‘出家人不敢破荤。’那妇人道：‘既不破荤，前日怎么在子母河边饮水高？今日又好吃邓沙馅？’师父不解其意，答他两句道：‘水高船去急，沙陷马行迟。’我在格子上听见，恐怕师父乱性，便就现了原身，掣棒就打。”

悟空判断唐僧坚持不住了的依据是：“师父始初不与那妇人答话，也不吃馍馍；后见他甜言美语，不知怎么就开口说话，却说吃素的。”

其实唐僧真没有，他在西梁女国估计内心有过挣扎，但对这妖怪真不至于，尤其“人肉馅”仨字一说出来，估计长老都被吓坏了。

八戒还想再去妖怪门上索战，“嚷嚷闹闹，搅他个不睡，莫教他捉弄了我师父”，但悟空表示自己头疼去不了，沙僧鉴于自己和八戒放屁添风的战斗力，总结道：“不须索战。一则师兄头疼，二来我师父是个真僧，决不以色空乱性。且就在山坡下闭风处，坐这一夜，养养精神，待天明再作理会。”

猴哥头疼，那就指望师父您老人家自己坚强面对，总之别指望猪二沙三，确实没那个能力。

却说那女怪放下凶恶之心，重整欢愉之色。叫："小的们，把前后门都关紧了。"又使两个支更防守行者，但听门响，即时通报。却又教女童："将卧房收拾齐整，掌烛焚香，请唐御弟来，我与他交欢。"遂把长老从后边搀出。那女怪弄出十分娇媚之态，携定唐僧道："常言'黄金未为贵，安乐值钱多'。且和你做会夫妻儿，耍子去也。"这长老咬定牙关，声也不透。欲待不去，恐他生心害命，只得战兢兢跟着他，步入香房。却如痴如痖，那里抬头举目，更不曾看他房里是甚床铺幔帐，也不知有甚箱笼梳妆。那女怪说出的雨意云情，亦漠然无听。好和尚，真是那：

目不视恶色，耳不听淫声。他把这锦绣娇容如粪土，金珠美貌若灰尘。一生只爱参禅，半步不离佛地。那里会惜玉怜香，只晓得修真养性。那女怪，活泼泼春意无边；这长老，死丁丁禅机有在。一个似软玉温香，一个如死灰槁木。那一个展鸳衾，淫兴浓浓；这一个束褊衫，丹心耿耿。那个要贴胸交股和鸾凤，这个要面壁归山访达摩。女怪解衣，卖弄他肌香肤腻；唐僧敛衽，紧藏了糙肉粗皮。女怪道："我枕剩衾闲何不睡？"唐僧道："我头光服异怎相陪？"那个道："我愿作前朝柳翠翠。"这个道："贫僧不是月阇黎。"女怪道："我美若西施还袅娜。"唐僧道："我越王因此久埋尸。"女怪道："御弟，你记得'宁教花下死，做鬼也风流'？"唐僧道："我的真阳为至宝，怎肯轻与你这粉骷髅！"

他两个散言碎语的，直斗到更深，唐长老全不动念。那女怪扯扯拉拉的不放，这师父只是老老成成的不肯。他缠到有半夜时候，把那怪弄得恼了，叫："小的们，拿绳来！"可怜将一个心爱的人儿，一条绳捆的像个猱狮模样。又教拖在房廊下去，却吹灭银灯，各归寝处。

一夜无词，不觉的鸡声三唱。那山坡下孙大圣欠身道："我这头疼了一会，到如今也不疼不麻，只是有些作痒。"八戒笑道："痒便再教他扎一下何如？"行者啐了一口道："放，放，放！"八戒又笑道："放，放，放！我师父这一夜倒浪，浪，浪！"沙僧道："且莫斗口。天亮了，快赶早儿捉妖怪去。"行者道："兄弟，你只管在此守马，休得动身。猪八戒跟我去。"

那呆子抖擞精神，束一束皂锦直裰，相随行者，各带了兵器，跳上山崖，径至石屏之下。行者道："你且立住，只怕这怪物夜里伤了师父，先等我进去打听打听。倘若被他哄了，丧了元阳，真个亏了德行，却就大家散伙；若不乱性情，禅心未动，却好努力相持，打死精灵，救师西去。”八戒道：“你好痴啊！常言道：‘干鱼可好与猫儿作枕头？’就不如此，也要抓你几把是。”行者道：“莫胡疑乱说，待我看去。”

好大圣，转石屏，别了八戒，摇身还变个蜜蜂儿，飞入门里。见那门里有两个丫鬟，头枕着梆铃，正然睡哩。却到花亭子观看，那妖精原来弄了半夜，都辛苦了，一个个都不知天晓，还睡着哩。行者飞来后面，隐隐的只听见唐僧声唤。忽抬头，见那步廊下，四马攒蹄，捆着师父。行者轻轻的叮在唐僧头上，叫：“师父。”唐僧认得声音，道：“悟空来了？快救我命！”行者道：“夜来好事如何？”三藏咬牙道：“我宁死也不肯如此！”行者道：“昨日我见他有相怜相爱之意，却怎么今日把你这般挫折？”三藏道：“他把我缠了半夜，我衣不解带，身未沾床。他见我不肯相从，才捆我在此。你千万救我取经去也！”他师徒们正然问答，早惊醒了那个妖精。妖精虽是下狠，却还有流连不舍之意。一觉翻身，只听见“取经去也”一句，他就滚下床来，厉声高叫道：“好夫妻不做，却取甚么经去！”

妖怪回去后要跟唐僧洞房花烛，唐师父打出了自己在西游宇宙中最骁勇的一战，将自己的禅定功夫发挥到了极致，那是“目不视恶色，耳不听淫声”，总之女怪已经对长老展现春光了，已经“解衣”了，在那儿“卖弄他肌香肤腻”了，但唐僧把自己越裹越严实，还赛起了诗，越赛诗唐师父越正气浩然，也收起了自己软弱的一面，表态道：“我的真阳为至宝，怎肯轻与你这粉骷髅！”

这邪淫的终极试炼，考验唐僧的是什么呢？

考验的其实是唐僧一直以来最弱的地方，胆量。

你总怕妖怪害你，这关人家不是要吃你，是要婚配。你要是从了，妖怪就不害你了，你的命肯定保住了，你也有理由，是被强迫的嘛！

但是，唐师父打出了自己在西游宇宙的代表之战，闲言碎语斗至深夜！把妖怪斗急了，把唐师父给捆了。

这倒马毒桩的毒性，以猴哥的水平一夜就扛过去了，不疼了，就还有些痒。八戒说再扎一下咋样，悟空啐了一口道：“放，放，放！”

那意思是“你放屁”。

八戒又笑道：“放，放，放！我师父这一夜倒浪，浪，浪！”

在八戒的认知里，师父应该是扛不住了。

悟空带着八戒又来到了琵琶洞。悟空对八戒表示先等等，他先进去看看，如果师父夜里已经被妖怪强迫了，那大家就散伙拉倒，如果师父坚持住了，就接着打妖怪。

八戒再次拿自己的认知回复道："你好痴啊！常言道：'干鱼可好与猫儿作枕头？'就不如此，也要抓你几把是。"

八戒这定力，就不用多说了。

悟空变成蜜蜂再进洞，发现妖怪都睡着了，唐僧此时正被四马攒蹄地捆着，随后悟空问了开启下一回故事的问题。

行者道："夜来好事如何？"

他没有先解释自己被妖怪给扎了，而是调侃心极重地问昨夜好事如何。猴子问出这句话的时候，唐僧就怒了，在唐僧的视角中，这等于昨夜猴子不连夜救人是在等自己跟那妖怪洞房！

三藏咬牙道："我宁死也不肯如此！"

等唐僧解释完，悟空又问了句加深唐僧错误判断的话："昨日我见他有相怜相爱之意，却怎么今日把你这般挫折？"

这句话，在唐僧视角中，是猴子已经看出来了妖怪对自己有交合之心，然后就在外面等着这妖怪勾引他破戒。

随后唐僧极度用力地解释道："他把我缠了半夜，我衣不解带，身未沾床。他见我不肯相从，才捆我在此。你千万救我取经去也！"

唐师父强烈自证表态自己没被玷污，尤其这句"你千万救我取经去也"，这时唐僧认为猴子已经要撇下他去取经了，猴子这是下了个套要让女妖精当黑手。好啊，你个死猴子，通关文牒上刚有了你的名字，你就以为我是多余的了！你是大师兄！我这个师父没了，你就能拿取经首功了！

要不为什么说西游宇宙的作者没有废笔呢，环环相扣，要是前面没有女王在通关文牒上补的那几个字，唐僧在这里也不至于误会。

行者慌了，撇却师父，急展翅飞将出去。现了本相，叫声："八戒。"那呆子转过石屏道："那话儿成了否？"行者笑道："不曾，不曾。老师父被他摩弄不从，恼了捆在那里。正与我诉说前情，那怪惊醒了，我慌得出来也。"八戒道："师父曾说

甚来？”行者道：“他只说衣不解带，身未沾床。”八戒笑道：“好，好，好！还是个真和尚。我们救他去。”

呆子粗卤，不容分说，举钉钯，望他那石头门上尽力气一钯，唿喇喇筑做几块。谎得那几个枕梆铃睡的丫鬟，跑至二层门外，叫声：“开门！前门被昨日那两个丑男人打破了！”那女怪正出房门，只见四五个丫鬟跑进去报道：“奶奶，昨日那两个丑男人又来把前门已打碎矣！”那怪闻言，即忙叫小的们烧汤洗面梳妆，叫：“把御弟连绳抬在后房收了，等我打他去！”

好妖精，走出来，举着三股叉，骂道：“泼猴！野彘！老大无知！你怎敢打破我门！”八戒骂道：“滥淫贱货！你倒困陷我师父，返敢硬嘴！我师父是你哄将来做老公的？快快送出，饶你！敢再说半个‘不’字，老猪一顿钯，连山也筑倒你的！”那怪那容分说，抖擞身躯，依前弄法，鼻口喷烟冒火，举钢叉就刺八戒。八戒侧身躲过，着钯就筑。孙大圣使铁棒，并力相帮。那怪又弄神通，也不知是几只手，左右遮拦。交锋三五个回合，不知是甚兵器，把八戒嘴唇上大扎了一下。那呆子拖着钯，侮着嘴，负痛逃生。行者却也有些醋他，虚丢一棒，败阵而走。那怪得胜而回，叫小的们搬石块垒叠了前门不题。

却说沙和尚正在坡前放马，只听得那里猪哼。忽抬头，见八戒侮着嘴哼将来。沙僧道：“怎的说？”八戒哼道：“了不得！了不得！疼，疼，疼！”说不了，行者也到跟前，笑道：“好呆子呵！昨日咒我是脑门痈，今日却也弄做个瘇嘴瘟了。”八戒哼道：“难忍，难忍！疼得好利害，利害！”

三人正然难处，只见一个老妈妈儿，左手提着青竹篮儿，自南山路上挑菜而来。沙僧道：“大哥，那妈妈来得近了，等我问他个信儿，看这个是甚妖精，是甚兵器，这般伤人。”行者道：“你且住，等老孙问他去来。”行者急睁睛看，只见头直上有祥云盖顶，左右有香雾笼身。行者认得，急叫：“兄弟们，还不来叩头！那妈妈是菩萨来也。”慌得猪八戒忍疼下拜，沙和尚牵马躬身，孙大圣合掌跪下，叫声：“南无大慈大悲救苦救难灵感观世音菩萨。”

那菩萨见他每认得元光，即踏祥云，起在半空，现了真像：原来是鱼篮之像。行者赶到空中，拜告道：“菩萨恕弟子失迎之罪。我等努力救师，不知菩萨下降。今遇魔难难收，万望菩萨搭救搭救。”菩萨道：“这妖精十分利害。他那三股叉是生

成的两只钳脚；扎人痛者是尾上一个钩子，唤做‘倒马毒’。本身是个蝎子精。他前者在雷音寺听佛谈经，如来见了，不合用手推他一把，他就转过钩子，把如来左手中拇指上扎了一下。如来也疼难禁，即着金刚拿他。他却在这里。若要救得唐僧，除是别告一位方好，我也是近他不得。”行者再拜道：“望菩萨指示指示，别告那位去好，弟子即去请他也。”菩萨道：“你去东天门里光明宫，告求昴日星官，方能降伏。”言罢，化作一道金光，径回南海。

师徒俩正聊着呢，妖怪醒了，她仅仅高叫了一声，悟空就跑路了，被未知恐惧扎怕了。等跑出来后他跟八戒说师父没被玷污，八戒举钉钯把石门筑成几块，妖怪出来后“鼻口喷烟冒火”，举着叉子开战，这次仅仅三五个回合就把八戒的嘴扎了，八戒跑路后，猴哥应该是又没看见人家怎么发的功，也跑路了。

哥儿仨正犯难的时候，一个左手提青竹篮的老妈妈来了。悟空看到老妈妈“头直上有祥云盖顶，左右有香雾笼身”，赶紧喊道：“兄弟们，还不来叩头！那妈妈是菩萨来也。”慌得猪八戒忍疼下拜，沙和尚牵马躬身，孙大圣合掌跪下，叫声：“南无大慈大悲救苦救难灵感观世音菩萨。”

多么乖巧的猴子！

菩萨一看被猴子认出来了，就现了真像，菩萨显的是鱼篮之像，说明这关挺紧急，再不干预可能该出事了。在通天河那关时我们说过，鱼篮像是菩萨来不及梳妆的紧急工作形象，菩萨估计是跟通天河那关时一样看出来现在形势相当危急，赶紧过来给提示了。

悟空拜求菩萨搭救，随后观音菩萨说出了这妖怪的来历：

1. 这是个蝎子精，扎你们的是她尾上的一个钩子，“唤做‘倒马毒’”。

2. “他前者在雷音寺听佛谈经，如来见了，不合用手推他一把，他就转过钩子，把如来左手中拇指上扎了一下。如来也疼难禁，即着金刚拿他。他却在这里。”

这段话能证明蝎子精来这里为妖并没多久，理由有二：一是菩萨说的是“前者”，而不是“当年”或者“向年”；二是如来派了金刚来拿她，不可能时间过去很久还没有消息或者不了了之，这是伤害如来佛祖的大案子，这是情节极其严重的“特大案件”，不可能成为悬案，所以只可能是短时间内的事。

这段话还能解释蝎子来到这里，以及她一直观察取经团队、不在西梁女国下手的原因。

她在灵山听经，估计是因为资格不够等理由，佛祖不让她听经。而且她听经的位置绝对是不合适的，离佛祖近到他可以随手推她一把的地步。这自然不会是佛祖安排的，因为讲经说法是在大庭广众之下的公共行为，估计风月魔无论是位置还是举动都失了规矩，因此被佛祖推了一把。她急了，连佛祖都敢蜇，怨毒之下来到了刚刚佛祖向太上老君低头送金丹砂的项目这里，想捣乱搞破坏。在西梁女国不动手是因为如果唐僧在国内破了戒，她就省事了；她继续隐姓埋名，等看到西梁女国国王难不住唐僧，她才亲自出手展开报复。

3. 这蝎子把佛祖给蜇了，金刚能下手，菩萨却不能下手，因为金刚是保镖，菩萨是高层，涉及和领导直接对比的事必须避免。而且菩萨跟悟空说这事的时候是在半空中说的，所谓“那菩萨见他每认得元光，即踏祥云，起在半空”，注意保密，此处更无六耳，只有悟空一个人知道，这事毕竟不体面，要注意维护佛祖的形象。

4. 悟空应该去找昴日星官降这蝎子。

孙大圣才按云头，对八戒、沙僧道：“兄弟放心，师父有救星了。”沙僧道：“是那里救星？”行者道：“才方菩萨指示，教我告请昴日星官。老孙去来。”八戒侮着嘴哼道：“哥啊，就问星官讨些止疼的药饵来。”行者笑道：“不须用药，只似昨日疼过夜就好了。”沙僧道：“不必烦叙，快早去罢。”

好行者，急忙驾筋斗云，须臾到东天门外。忽见增长天王当面作礼道：“大圣何往？”行者道：“因保唐僧西方取经，路遇魔障缠身，要到光明宫见昴日星官走走。”忽又见陶、张、辛、邓四大元帅，也问何往。行者道：“要寻昴日星官去降怪救师。”四大帅道：“星官今早奉玉帝旨意，上观星台巡札去了。”行者道：“可有这话？”辛天君道：“小将等与他同至斗牛宫，岂敢说假？”陶天君道：“今已许久，或将回矣。大圣还先去光明宫；如未回，再去观星台可也。”大圣遂喜，即别他们。至光明宫门首，果是无人，复抽身就走，只见那壁厢有一行兵士摆列，后面星官来了。那星官还穿的是拜驾朝衣，一身金缕。但见他：

冠簪五岳金光彩，笏执山河玉色琼。

袍挂七星云叆叇，腰围八极宝环明。

叮当珮响如敲韵，迅速风声似摆铃。

翠羽扇开来昴宿，天香飘袭满门庭。

前行的兵士看见行者立于光明宫外，急转身报道："主公，孙大圣在这里也。"那星官敛云雾整束朝衣，停执事分开左右，上前作礼道："大圣何来？"行者道："专来拜烦救师父一难。"星官道："何难？在何地方？"行者道："在西梁国毒敌山琵琶洞。"星官道："那山洞有甚妖怪，却来呼唤小神？"行者道："观音菩萨适才显化，说是一个蝎子精，特举先生方能治得，因此来请。"星官道："本欲回奏玉帝，奈大圣至此，又感菩萨举荐，恐迟误事，小神不敢请献茶，且和你去降妖精，却再来回旨罢。"

大圣甚喜，即同出东天门，直至西梁国。望见毒敌山不远，行者指道："此山便是。"星官按下云头，同行者至石屏前山坡之下。沙僧见了道："二哥起来，大哥请得星官来了。"那呆子还侮着嘴道："恕罪，恕罪！有病在身，不能行礼。"星官道："你是个修行之人，何病之有？"八戒道："早间与那妖精交战，被他着我唇上扎了一下，至今还疼哩。"星官道："你上来，我与你医治医治。"呆子才放了手，口里哼哼啧啧道："千万治治，待好了谢你。"那星官用手把嘴唇上摸了一摸，吹一口气，就不疼了。呆子欢喜下拜道："妙啊！妙啊！"行者笑道："烦星官也把我头上摸摸。"星官道："你未遭毒，摸他何为？"行者道："昨日也曾遭过，只是过了夜才不疼，如今还有些麻痒，只恐发天阴，也烦治治。"星官真个也把头上摸了一摸，吹口气，也就解了余毒，不麻不痒了。八戒发狠道："哥哥，去打那泼贱去！"星官道："正是，正是。你两个叫他出来，等我好降他。"

行者与八戒跳上山坡，又至石屏之后。呆子口里乱骂，手似捞钩，一顿钉钯，把那洞门外垒叠的石块爬开。闯至一层门，又一钉钯，将二门筑得粉碎。慌得那门里小妖飞报："奶奶，那两个丑男人又把二层门也打碎了！"那怪正教解放唐僧，讨素茶饭与他吃哩，听见打破二门，即便跳出花亭子，抡叉来刺八戒。八戒使钉钯迎架；行者在旁，又使铁棒来打。那怪赶至身边，要下毒手，行者与八戒识得方法，回头就走。

那怪赶过石屏之后，行者叫声："昴宿何在？"只见那星官立于山坡之上，现出本相，原来是一只双冠子大公鸡。昂起头来，约有六七尺高，对着妖精叫了一声，那怪即时就现了本像，原来是个琵琶来大小的一个蝎子精。这星官再叫一声，那怪浑身酥软，死在坡前。有诗为证：

花冠绣颈若团缨，爪硬距长目怒睛。

踊跃雄威全五德，峥嵘壮势羡三鸣。

岂如凡鸟啼茅屋，本是天星显圣名。

毒蝎枉修人道行，还原反本见真形。

八戒上前，一只脚踏住那怪的胸前道："业畜！今番使不得倒马毒了。"那怪动也不动，被呆子一顿钉钯，捣作一团烂酱。那星官复聚金光，驾云而去。行者与沙僧朝天谢道："有累，有累！改日赴宫拜酬。"

三人谢毕，却才收拾行李、马匹，都进洞里。见那大小丫鬟两边跪下，拜道："爷爷，我们不是妖邪，都是西梁国女人，前者被这妖精摄来的。你师父在后边香房里坐着哭哩。"行者闻言，仔细观看，果然不见妖气。遂入后边，叫道："师父！"那唐僧见众齐来，十分欢喜道："贤弟，累及你们了！那妇人何如也？"八戒道："那厮原是个大母蝎子。幸得观音菩萨指示，大哥去天宫里请得那昴日星官下降，把那厮收伏，才被老猪筑做个泥了。方敢深入到此，得见师父之面。"

唐僧谢之不尽。又寻些米面，安排了饭食，吃了一顿。把那些摄将来的女子赶下山，指与回家之路。点上一把火，把几间房宇烧毁干净。请唐僧上马，找寻大路西行。正是：

割断尘缘离色相，推干金海悟禅心。

毕竟不知几年上才得成真，且听下回分解。

悟空去找了昴日星官，说："观音菩萨适才显化，说是一个蝎子精，特举先生方能治得，因此来请。"星官道："本欲回奏玉帝，奈大圣至此，又感菩萨举荐，恐迟误事，小神不敢请献茶，且和你去降妖精，却再来回旨罢。"

这段话说明了取经团队规格之高，观音菩萨分量之重，昴日星官都能先斩后奏。因为这可不是普通的下界降妖，星官是不知道这蝎子精背景的。按理讲，猴子都打不过的妖怪肯定大有来头，普通的妖物哪可能混那么厉害，但星官看到观音菩萨的推荐和蝎子精挡着取经路后，就直接放弃去玉帝那儿备案，跟着来了。

昴日星官来了之后，仅仅用手往八戒和悟空被扎的病灶处摸了一摸、吹一口气，就解毒了，天克的威力是多么强大！

等悟空和八戒把妖怪引出来后，昴日星官仅仅是立于山坡上，现出六七尺高的双冠子大公鸡本相，对妖精叫了一声，那怪即时就现了本相，星官再叫一声，那怪直接就浑身酥软，死在坡前了。

将这个蝎子设定为“风月魔”，其实也属于作者的“量身定做”，因为这关的收尾，必须是昴日星官。

从传统文化上来讲，公鸡属阳，具有刚正之气，因打鸣报晓的作用，象征着光明和秩序。在风水学里，公鸡被认为可以驱散引起烂桃花的“阴邪”之气。昴日星官的这两声打鸣，也意味着唐僧冲破了烟花网，斩掉了风月魔，顺利地通过了“淫”的关卡！回末诗句也点题道：割断尘缘离色相，推干金海悟禅心。

不过，虽然“淫”这关过了，但取经队伍却代价惨重，唐僧对悟空起了巨大疑心。

师徒四人通过佛门五戒的巨大考验之后，该迎来佛门五毒“贪嗔痴慢疑”的终极大考了。

第五十六回

神狂诛草寇，道昧放心猿

诗曰：

灵台无物谓之清，寂寂全无一念生。

猿马牢收休放荡，精神谨慎莫峥嵘。

除六贼，悟三乘，万缘都罢自分明。

色除永灭超真界，坐享西方极乐城。

话说唐三藏咬钉嚼铁，以死命留得一个不坏之身；感蒙行者等打死蝎子精，救出琵琶洞。一路无词，又早是朱明时节。但见那：

薰风时送野兰香，濯雨才晴新竹凉。

艾叶满山无客采，蒲花盈涧自争芳。

海榴娇艳游蜂乱，溪柳阴浓黄雀狂。

长路那能包角黍，龙舟应吊汨罗江。

他师徒们行赏端阳之景，虚度中天之节，忽又见一座高山阻路。长老勒马回头叫道："悟空，前面有山，恐又生妖怪，是必谨防！"行者等道："师父放心。我等皈命投诚，怕甚妖怪！"长老闻言甚喜，加鞭催骏马，放辔趱飞龙。须臾，上了山崖，举头观看。真个是：

顶巅松柏接云青，石壁荆榛挂野藤。万丈崔巍，千层悬削。万丈崔巍峰岭峻，千层悬削壑崖深。苍苔碧藓铺阴石，古桧高槐结大林。林深处，听幽禽，巧声睍睆实堪吟。涧内水流如泻玉，路旁花落似堆金。山势恶，不堪行，十步全无半步平。狐狸麋鹿成双遇，白鹤玄猿作对迎。忽闻虎啸惊人胆，鹤鸣振耳透天庭。黄梅红杏堪供食，野草闲花不识名。

四众进山，缓行良久，过了山头，下西坡，乃是一段平阳之地。猪八戒卖弄精神，教沙和尚挑了担子，他双手举钯，上前赶马。那马更不惧他，凭那呆子嗒笞笞的赶，只是缓行不紧。行者道："兄弟，你赶他怎的？让他慢慢走罢了。"八戒道："天色将晚，自上山行了这一日，肚里饿了，大家走动些，寻个人家化些斋吃。"行者闻言道："既如此，等我教他快走。"把金箍棒幌一幌，喝了一声。那马溜了缰，如飞似箭，顺平路往前去了。你说马不怕八戒，只怕行者，何也？行者五百年前曾受玉帝封在大罗天御马监养马，官名"弼马温"，故此传留至今，是马皆惧猴子。那长老挽不住缰绳，只扳紧着鞍轿，让他放了一路辔头，有二十里向开田地，方才缓步而行。

先看一下本回的标题：神狂诛草寇，道昧放心猿。

"神狂"表示情绪癫狂、冲动，"诛草寇"就是指悟空这回中杀的那些草寇，这句话从字面上很好理解，猴哥又冲动杀人了。

后半句相当一语双关。"道昧"是说修行路上出现了迷惑和蒙昧的问题，"道昧放心猿"一方面是说悟空没有控制好自己的这颗心，另一方面暗讽唐僧也出现了错误，他的修行方向也有问题了，他赶走并放出了心猿心中的恶。

再看开篇诗。"灵台无物"是心无挂碍，"灵台无物谓之清，寂寂全无一念生"说的就是心中空灵平静，无念头产生；"猿马牢收休放荡，精神谨慎莫峥嵘"类似的话前面已经出现过很多次了，说的是要时刻拴住心猿意马的想法，守住这颗心；"除六贼，悟三乘，万缘都罢自分明"，时时刻刻除掉"眼耳鼻舌身意"这六贼，了悟三乘之道，把万缘都放下，自然智慧通透、事事分明。开篇诗再次提了修心这件事，作者通过开篇标题和开篇诗在反复强调一件事——在这回中，取经团队出了大问题！

正文第一句话说明了唐僧在琵琶洞里经受了怎样的考验，"咬钉嚼铁，以死命留得一个不坏之身"，唐僧豁出性命保下了自己的节操，为什么唐师父需要靠自己呢?

因为猴哥的脑瓜让蝎子精扎了。

但是隔天师徒两人的对话，配合着女王之前在通关文牒上写上了仨徒弟的名字的事，让唐僧产生误会了，觉得猴子要利用色魔挤掉他取经头功的位置。

误会会让嗔恨放肆生长，只要稍被提醒，就会如江海决堤般汹涌扑来。

取经团队走到端阳节时遇到了一座高山阻路，这座山相当险，"顶巅松柏接云青，石壁荆榛挂野藤。万丈崔巍，千层悬削。万丈崔巍峰岭峻，千层悬削壑崖深"，"山势恶，不堪行，十步全无半步平"，看到这么一座山，你肯定觉得得出事了吧。

没有！这师徒四人进山是"缓行良久"，慢慢悠悠地走，遇到这么险的山却啥事都没有。过了西坡是一段平阳之地，八戒开始作妖了，举钯子赶马，马不搭理他，依旧缓行不紧。悟空问他赶马干吗，八戒说天色将晚，在这山上走了一天饿了，咱们快走去化斋，随后悟空一吓唬，白马就跑了。作者将马怕猴子的民间说法就此加了进来，说是因为悟空做过弼马温，其实就是白龙怕悟空罢了。

作者这段内容应该是借鉴了冯道劝谏后唐明宗李嗣源的那段话，冯道说他当年在太原做河东掌书记，奉使中山，过井陉之险时因为担心马惊，一路都很警惕，什么事都没有，等出了井陉进了河北平原就松懈了，然后他就摔伤了。凡是处在危地的人，忧虑深远就能获得保全；处于安全环境的人，祸患往往在疏忽时发生啊！(《新五代史》:"天成、长兴之间，岁屡丰熟，中国无事。道尝戒明宗曰：'臣为河东掌书记时，奉使中山，过井陉之险，惧马蹶失，不敢怠于衔辔；及至平地，谓无足虑，遽跌而伤。凡蹈危者虑深而获全，居安者患生于所忽，此人情之常也。'")

小白龙这"意马"被"心猿"一赶给放走了，这也预示着后面肯定没有什么好事。

崇山峻岭里，走得很小心，啥事没有；

平阳大道中，不再加小心，祸事将至。

要修好自己这颗心啊！不要为外在境界所转！要时时刻刻如履薄冰啊！

正走处，忽听得一棒锣声，路两边闪出三十多人，一个个枪刀棍棒，挡住路口道："和尚那里走！"諕得个唐僧战兢兢坐不稳，跌下马来，蹲在路旁草科里，只叫："大王饶命，大王饶命！"那为头的两个大汉道："不打你，只是有盘缠留下！"长

老方才省悟，知他们是一伙强人，却欠身抬头观看。但见他：

一个青脸獠牙欺太岁，一个暴睛环眼赛丧门。鬓边红发如飘火，颏下黄须似插针。他两个头戴虎皮花磕脑，腰系貂裘彩战裙。一个手中执着狼牙棒，一个肩上横担抡挞藤。果然不亚巴山虎，真个犹如出水龙。

三藏见他这般凶恶，只得走起来，合掌当胸道："大王，贫僧是东土唐王差往西天取经者。自别了长安，年深日久，就有些盘缠，也使尽了。出家人专以乞化为由，那得个财帛？万望大王方便方便，让贫僧过去罢！"那两个贼帅众向前道："我们在这里起一片虎心，截住要路，专要些财帛，甚么方便方便！你果无财帛，快早脱下衣服，留下白马，放你过去！"三藏道："阿弥陀佛。贫僧这件衣服，是东家化布，西家化针，零零碎碎化来的。你若剥去，可不害杀我也？只是这世里做得好汉，那世里变畜生哩！"

那贼闻言大怒，掣大棍上前就打。这长老口内不言，心中暗想道："可怜！你只说你的棍子，还不知我徒弟的棍子哩！"那贼那容分说，举着棍没头没脸的打来。长老一生不会说谎，遇着这急难处，没奈何，只得打个诳语道："二位大王，且莫动手。我有个小徒弟，在后面就到，他身边有几两银子，把与你罢。"那贼道："这和尚也是吃不得亏的，且捆起来。"众贼一齐下手，把一条绳捆了，高高吊在树上。

却说三个撞祸精随后赶来，八戒呵呵大笑道："师父去得好快，不知在那里等我们哩。"忽见长老在树上，他又说："你看师父，等便罢了，却又有这般心肠，爬上树去，扯着藤儿打秋千耍子哩！"行者看了道："呆子，莫乱谈。师父吊在那里不是？你两个慢来，等我去看看。"

好大圣，急登高坡细看，认得是伙强人，心中暗喜道："造化，造化！买卖上门了！"即转步摇身一变，变做个干干净净的小和尚，穿一领缁衣，年纪只有二八，肩上背着一个蓝布包袱。拽开步，来到前边，叫道："师父，这是怎么说话？这都是些甚么歹人？"三藏道："徒弟呀，还不救我下来，还问甚的！"行者道："是干甚勾当的？"三藏道："这一伙拦路的，把我截住，要买路钱。因身边无物，却把我吊在这里，只等你来计较计较。不然，把这匹马送与他罢。"行者呀的笑道："师父不济。天下也有和尚，似你这样皮松的却少。唐太宗差你往西天见佛，谁教你把这龙马送人？"三藏道："徒弟呵，似这般吊起来打着要，怎生是好？"行者道："你怎的与他说来？”三藏道：“他打的我急了，没奈何，把你供出来也。”行者道：“师父，你好没搭煞。你供我怎的？”三藏道：“我说你身边有些盘缠，且教道莫打我，是一时救难的话儿。”行者道：“好道好，承你抬举，正是这样供。若肯一个月供得七八十遭，老孙越有买卖。”

那伙贼见行者与他师父讲话，撒开势，围将上来道：“小和尚，你师父说你腰里有盘缠，趁早拿出来，饶你们性命！若道半个‘不’字，就都送了你的残生！”行者放下包袱道：“列位长官不要嚷。盘缠有些，在此包袱。不多，只有马蹄金二十来锭，粉面银二三十锭，散碎的未曾见数。要时就连包儿拿去，切莫打我师父。古书云：‘德者，本也；财者，末也。’此是末事，我等出家人自有化处。若遇着个斋僧的长者，衬钱也有，衣服也有，能用几何？只望放下我师父来，我就一并奉承。”那伙贼闻言，都甚欢喜道：“这老和尚悭吝，这小和尚倒还慷慨。”教：“放下来！”那长老得了性命，跳上马，顾不得行者，操着鞭，一路跑回旧路。

唐僧“意马四驰”，撞上了三十多个强盗，不过人家也算盗亦有道。“那为头的两个大汉道：‘不打你，只是有盘缠留下！’”

唐僧表示自己没钱，这帮盗贼还是比较有规矩，表示：“你果无财帛，快早脱下衣服，留下白马，放你过去！”

眼看这伙强盗说话并不狠，唐僧胆子也大起来了。该说不说，唐僧经过琵琶洞的试炼后真是有进步了，都敢跟强盗们讲轮回报应了，他说你们抢了我这出家人的衣服，下辈子是要报应成畜生的。

人家一听大怒，举着大棍子打他来了。这时候唐僧撒了个谎，说徒弟有钱，你等他来要钱吧。随后俩贼把他绑了，吊在树上。

三个撞祸精赶来了，八戒看见唐僧被绑树上，说唐僧在打秋千呢。他其实从来没把唐僧当一回事过，就是领导在的时候装得好，而悟空看见对方是一伙强盗后，心中暗喜道：“造化，造化！买卖上门了！”

悟空此时就动杀心了，说了在遇到妖怪时的话。

悟空变成了个十六岁的小和尚走了过去，先问道：“师父，这是怎么说话？这都是些甚么歹人？”

仅仅这一句，又让唐僧回忆起琵琶洞的往事了，他说道：“徒弟呀，还不救我下来，还问甚的！”

唐僧要的是态度，是“你快救我，救完我再说这是什么事，我吊在这儿算是怎么回事！”

猴哥没搭理他，继续问：“是干甚勾当的？”

这还用问吗！谁都能看出来是强盗！

猴哥依旧想拿捏一下唐僧，让他知道，没有自己他一步也走不动。唐僧说这是一伙拦路的强盗，他说悟空有钱，要不把这白马送给他们吧。

从这句“因身边无物，却把我吊在这里，只等你来计较计较。不然，把这匹马送与他罢”已经能看出来，唐僧在跟悟空发脾气了，说你要没本事救我，快把马给人家吧。

悟空随后开始嘲笑他师父，从这句“师父不济。天下也有和尚，似你这样皮松的却少。唐太宗差你往西天见佛，谁教你把这龙马送人”已经能看出来了，悟空又对他师父不恭敬了，有段时间没念紧箍咒了，再加上女王在通关文牒上加的那三个名字，算是打开了潘多拉魔盒，唐僧这张“取经入场券”确实贬值了。

唐僧再次问：“徒弟呵，似这般吊起来打着要，怎生是好？”

其实就是再次问悟空：你到底什么时候才把我放下来。

悟空依旧盘问唐僧跟这伙强盗是怎么说的，唐僧说：“他打的我急了，没奈何，把你供出来也。”

悟空跟他师父算是聊上了，说：“师父，你好没搭煞。你供我怎的？”“没搭煞”的意思是说做事的态度很随便，这话的意思还是埋怨他师父。

唐僧回道：“我说你身边有些盘缠，且教道莫打我，是一时救难的话儿。”这句话已经是在跟悟空解释道歉了，解释自己情非得已，姿态非常低。

但是，悟空依旧没拿唐僧当回事，道：“好道好，承你抬举，正是这样供。若肯一个月供得七八十遭，老孙越有买卖。”

这话相当讽刺。我们再回顾一下，前面这段话是悟空在那儿不紧不慢地看着唐僧吊在树上的情况下说的话，唐僧从最开始问悟空怎么不救他，到最后已经是道歉的语气了，你可以想象一下唐僧心中此时有多愤怒。

直到强盗围过来问悟空的时候，悟空才让强盗们放了唐僧，最后也正是强盗们把唐僧放下来的。

一番对话过后，唐僧已经怒如潮水了。

行者忙叫道："走错路了。"提着包袱就要追去。那伙贼拦住道："那里走？将盘缠留下，免得动刑！"行者笑道："说开盘缠，须三分分之。"那贼头道："这小和尚忒乖，就要瞒着他师父留起些儿。也罢，拿出来看。若多时，也分些与你背地里买果子吃。"行者道："哥哑，不是这等说。我那里有甚盘缠。说你两个打劫别人的金银，是必分些与我。"那贼闻言大怒，骂道："这和尚不知死活！你倒不肯与我，反问我要！哇，看打！"抡起一条扢挞藤棍，照行者光头上打了七八下。行者只当不知，且满面陪笑道："哥呀，若是这等打，就打到来年打罢春，也是不当真的。"那贼大惊道："这和尚好硬头！"行者笑道："不敢，不敢，承过奖了，也将就看得过。"那贼那容分说，两三个一齐乱打。行者道："列位息怒，等我拿出来。"

好大圣，耳中摸一摸，拔出一个绣花针儿道："列位，我出家人，果然不曾带得盘缠，只这个针儿送你罢。"那贼道："晦气呀，把一个富贵和尚放了，却拿住这个穷秃驴！你好道会做裁缝，我要针做甚的？"行者听说不要，就拈在手中，幌了一幌，变作碗来粗细的一条棍子。那贼害怕道："这和尚生得小，倒会弄术法儿。"行者将棍子插在地下道："列位拿得动，就送你罢。"两个贼上前抢夺，可怜就如蜻蜓撼石柱，莫想禁动半分毫。这条棍本是如意金箍棒，天秤称的，一万三千五百斤重，那伙贼怎么知得。大圣走上前，轻轻的拿起，丢一个蟒翻身，拗步势，指着强人道："你都造化低，遇着我老孙了！"那贼上前来，又打了五六十下。行者笑道："你也打得手困了，且让老孙打一棒儿，却休当真。"你看他展开棍子幌一幌，有井栏粗细，七八丈长短，荡的一棍，把一个打倒在地，嘴唇揾土，再不做声。那一个开言骂道："这秃厮老大无礼！盘缠没有，转伤我一个人！"行者笑道："且消停，且消停！待我一个个打来，一发教你断了根罢！"荡的又一棍，把第二个又打死了。諕得那众喽啰撇枪弃棍，四路逃生而走。

悟空先是装模作样地想跑，被强盗拦住后，那就怨不了他了。当悟空说要把打劫的钱平分后，强盗怒了，抡起扢挞藤棍打悟空，照悟空头上打了七八下，发现打不动悟空后，又"两三个一齐乱打"。悟空给了他们最后一次生路，把金箍棒拿出来了插在地下，让他们拿，其实这帮贼在拿不动的时候就应该跑路了，但一贼上前又打了悟空五六十下，这回悟空动了手，晃一晃，金箍棒变成了“井栏粗细，七八丈长短”，也就是二十多米长。已经打死了一个，眼看都这情况了，还有个贼在那儿骂猴哥呢！他也被猴哥打死了，剩下的喽啰撇枪弃棍、四路逃生，猴哥也没有追击。

此时的猴哥比当初除六贼时可谨慎多了，当初是除恶务尽，是“諕得这六个贼四散逃走，被他拽开步团团赶上，一个个尽皆打死”，现在贼人跑了也就跑了。

其实从善恶来讲，很难讲对错，当初的除恶务尽是错误吗？对被抢劫的百姓来讲，那是最大的善！

却说唐僧骑着马，往东正跑，八戒、沙僧拦住道：“师父往那里去？错走路了。”长老兜马道：“徒弟呵，趁早去与你师兄说，教他棍下留情，莫要打杀那些强盗。”八戒道：“师父住下，等我去来。”呆子一路跑到前边，厉声高叫道：“哥哥，师父教你莫打人哩！”行者道：“兄弟，那曾打人？”八戒道：“那强盗往那里去了？”行者道：“别个都散了，只是两个头儿在这里睡觉哩。”八戒笑道：“你两个遭瘟的！好道是熬了夜，这般辛苦，不往别处睡，却睡在此处！”呆子行到身边看看道：“倒与我是一起的干净，张着口睡，淌出些粘涎来了。”行者道：“是老孙一棍子打出豆腐来了。”八戒道：“人头上又有豆腐？”行者道：“打出脑子来了！”

八戒听说打出脑子来，慌忙跑转去对唐僧道：“散了伙也！”三藏道：“善哉！善哉！往那条路上去了？”八戒道：“打也打得直了脚，又会往那里去走哩！”三藏道：“你怎么说散伙？”八戒道：“打杀了，不是散伙，是甚的？”三藏问：“打的怎么模样？”八戒道：“头上打了两个大窟窿。”三藏教：“解开包，取几文衬钱，快去那里讨两个膏药，与他两个贴贴。”八戒笑道：“师父好没正经。膏药只好贴得活人的疮瘇，那里好贴得死人的窟窿。”三藏道：“真打死了？”就恼起来，口里不住的絮絮叨叨，猢狲长，猴子短。兜转马，与沙僧、八戒至死人前，见那血淋淋的倒卧山坡之下。

这长老甚不忍见，即着八戒：“快使钉钯筑个坑子埋了。我与他念卷《倒头经》。”八戒道：“师父左使了人也。行者打杀人，还该教他去烧埋，怎么教老猪做土工？”行者被师父骂恼了，喝着八戒道：“泼懒夯货！趁早儿去埋，迟了些儿，就是一棍！”

呆子慌了，往山坡下筑了有三尺深，下面都是石脚石根，搁住钯齿。呆子丢了钯，便把嘴拱，拱到软处，一嘴有二尺五，两嘴有五尺深。把两个贼尸埋了，盘作一个坟堆。三藏叫："悟空，取香烛来！待我祷祝，好念经。"行者努着嘴道："好不知趣！这半山之中，前不爬村，后不着店，那讨香烛？就有钱也无处去买。"三藏恨恨的道："猴头过去！等我撮土焚香祝告。"这是三藏离鞍悲野冢，圣僧善念祝荒坟。祝云：

拜惟好汉，听祷原因：念我弟子，东土唐人。奉太宗皇帝旨意，上西方求取经文。适来此地，逢尔多人。不知是何府何州何县，都在此山内结党成群。我以好话，哀告殷勤。尔等不听，返善生嗔。却遭行者，棍下伤身。切念尸骸暴露，吾随掩土盘坟。折青竹为光烛，无光彩，有心勤；取顽石作施食，无滋味，有诚真。你到森罗殿下兴词，倒树寻根。他姓孙，我姓陈，各居异姓。冤有头，债有主，切莫告我取经僧人。

八戒笑道："师父推得干净。他打时却也没有我们两个。"三藏真个又撮土祝告道："好汉告状，只告行者，也不干八戒、沙僧之事。"大圣闻言，忍不住笑道："师父，你老人家忒没情义！为你取经，我费了多少殷勤劳苦，如今打死这两个毛贼，你倒教他去告老孙！虽是我动手打，却也只是为你！你不往西天取经，我不与你做徒弟，怎么会来这里？会打杀人？索性等我祝他一祝。"揝着铁棒，望那坟上捣了三下道："遭瘟的强盗，你听着！我被你前七八棍，后七八棍，打得我不疼不痒的，触恼了性子，一差二误，将你打死了。尽你到那里去告，我老孙实是不怕。玉帝认得我，天王随得我。二十八宿惧我，九曜星官怕我。府县城隍跪我，东岳天齐怖我。十代阎君曾与我为仆从，五路猖神曾与我当后生。不论三界五司，十方诸宰，都与我情深面熟，随你那里去告！"

三藏见说出这般恶话，却又心惊道："徒弟呀，我这祷祝，是教你体好生之德，为良善之人，你怎么就认真起来？"行者道："师父，这不是好耍子的勾当，且和你赶早寻宿去。"那长老只得怀嗔上马。

唐僧跑走后看见八戒和沙僧，第一件事是让这俩徒弟去跟悟空传达"棍下留情"的指示，等八戒赶到时，悟空说有俩已经把脑子打出来了，八戒听说后，又开始起负面作用了，他慌忙跑转，对唐僧道："散了伙也！"等唐僧问为什么散伙时，八戒又说："打杀了，不是散伙，是甚的？"

悟空自打红孩儿那关跟八戒"世纪大和解"后，其实对这个二师弟正经不错，但八戒自打过了通天河，进入取经下半场后，就没起什么好作用，金峨山是他阴阳“画地为牢”后惹的祸，眼下又扩大事态。唐僧听说真打死人了后就恼了，口里不住地絮絮叨叨，“猢狲长，猴子短”地就开始骂上了。

唐僧还是老思路，他不担责，不思考长远的事，只要他没受损失，多大的祸害都能放过，他考虑的是，别因为他造杀业。

唐僧看见血淋淋的死人后，让八戒筑个坑埋了，他要念卷《倒头经》。八戒埋怨是行者打了人，怎么让老猪干土工。唐僧当然不敢直接骂悟空，毕竟刚才是他把猴子供出来的，只能支使八戒。悟空此时被唐僧骂恼了，他不敢反驳唐师父，随后也拿八戒撒了气，表示埋得慢了就给他来一棍子。

八戒被暴力威慑后乖得很，很快搞定了坟。唐僧让悟空取香烛来，他好祷祝，悟空努着嘴回道：“好不知趣！这半山之中，前不爬村，后不着店，那讨香烛？就有钱也无处去买。”

悟空心中是不服的，在他心中，这顶多算是防卫过当。可唐僧怒了，恨恨地道：“猴头过去！等我撮土焚香祝告。”

唐僧的悼词主打一个推卸责任，这起杀债算不到他头上：

1. 我好好跟你说了，你们不听，然后才遇到了行者，他杀死了你们。“我以好话，哀告殷勤。尔等不听，返善生嗔。却遭行者，棍下伤身。”

2. 我慈悲地给了你们埋身之处。“切念尸骸暴露，吾随掩土盘坟。折青竹为光烛，无光彩，有心勤；取顽石作施食，无滋味，有诚真。”

3. 你去阎王那里告状就告那姓孙的。“你到森罗殿下兴词，倒树寻根。他姓孙，我姓陈，各居异姓。冤有头，债有主，切莫告我取经僧人。”

八戒随后补刀道：“师父推得干净。他打时却也没有我们两个。”那意思是“你给我们也念进去啊”，随后唐僧真的就又补了一段“只告行者”，八戒、沙僧与此也没关系。你看看这话多让人生气，所谓“三藏真个又撮土祝告道：‘好汉告状，只告行者，也不干八戒、沙僧之事。’”

唐僧这句话说出口，其实目的已经很明确了，他要搞事情！

悟空听见以后忍不住笑了，说了两件事：

1. “师父，你老人家忒没情义！为你取经，我费了多少殷勤劳苦”，言外之意是师父你也太白眼狼了！

2.“如今打死这两个毛贼，你倒教他去告老孙！虽是我动手打，却也只是为你！”言外之意是，有本事你别供出我来，有本事你别让我救你啊！

随后悟空也在那坟前聊了两句，主旨就是让他随便告。“玉帝认得我，天王随得我。二十八宿惧我，九曜星官怕我。府县城隍跪我，东岳天齐怖我。十代阎君曾与我为仆从，五路猖神曾与我当后生。不论三界五司，十方诸宰，都与我情深面熟，随你那里去告！”

这段话又给唐僧吓着了，猴子太厉害了，现在自己是镇不住这只猴子了，主要是找不到念紧箍咒的碴儿了，于是赶紧哄道：“徒弟呀，我这祷祝，是教你体好生之德，为良善之人，你怎么就认真起来？”

翻译一下：我就那么一说，你怎么还急了呢。

悟空随后岔开话题，开路了，唐僧此时已经是嗔恨状态了，所谓“那长老只得怀嗔上马”，琵琶洞里的怀疑和被绑树上的愤怒已经在他心中掀起滔天巨浪了。

唐师父可不是多么大度的人，他的心里只能容下他自己，猴子很快要倒霉了。

孙大圣有不睦之心，八戒、沙僧亦有嫉妒之意，师徒都面是背非。依大路向西正走，忽见路北下有一座庄院。三藏用鞭指定道：“我们到那里借宿去。”八戒道：“正是。”遂行至庄舍边，下马看时，却也好个住场。但见：

野花盈径，杂树遮扉。远岸流山水，平畦种麦葵。蒹葭露润轻鸥宿，杨柳风微倦鸟栖。青柏间松争翠碧，红蓬映蓼斗芳菲。村犬吠，晚鸡啼，牛羊食饱牧童归。爨烟结露黄粱熟，正是山家入暮时。

长老向前，忽见那村舍门里走出一个老者，即与相见，道了问讯。那老者问道：“僧家从那里来？”三藏道：“贫僧乃东土大唐钦差往西天求经者。适路过宝方，天色将晚，特求檀府，告宿一宵。”老者笑道：“你贵处到我这里，程途迢递，怎么涉水登山，独自到此？”三藏道：“贫僧还有三个顽徒同来。”老者问：“高徒何在？”三藏用手指道：“那大路旁立的便是。”老者猛抬头，看见他每面貌丑陋，急回身往里就走，被三藏扯住道：“老施主，千万慈悲，告借一宿。”老者战兢兢钳口难言，摇着头，摆着手道：“不像，不像人模样！是几，是几个妖精！”三藏陪笑道：“施

主切休恐惧。我徒弟生得是这等相貌，不是妖精。”老者道：“爷爷哑，一个夜叉，一个马面，一个雷公！”行者闻言，厉声高叫道：“雷公是我孙子，夜叉是我重孙，马面是我玄孙哩！”那老者听见，魂散魄飞，面容失色，只要进去。三藏搀住他，同到草堂，陪笑道：“老施主，不要怕他。他都是这等粗鲁，不会说话。”

正劝解处，只见后面走出一个婆婆，携着五六岁的一个小孩儿道：“爷爷，为何这般惊恐？”老者才叫：“妈妈，看茶来。”那婆婆真个丢了孩儿，入里面捧出两杯茶来。茶罢，三藏却转下来，对婆婆作礼道：“贫僧是东土大唐差往西天取经的。才到贵处，拜求尊府借宿，因是我三个徒弟貌丑，老家长见了虚惊也。”婆婆道：“见貌丑的就这等虚惊，若见了老虎豺狼，却怎么好？”老者道：“妈妈哑，人面丑陋还可，只是言语一发諕人。我说他像夜叉、马面、雷公，他吆喝道，雷公是他孙子，夜叉是他重孙，马面是他玄孙。我听此言，故此悚惧。”唐僧道：“不是，不是。像雷公的，是我大徒孙悟空；像马面的，是我二徒猪悟能；像夜叉的，是我三徒沙悟净。他们虽是丑陋，却也秉教沙门，皈依善果，不是甚么恶魔毒怪，怕他怎的。”

公婆两个闻说他名号，皈正沙门之言，却才定性回惊，教：“请来，请来。”长老出门叫来，又分付道：“适才这老者甚恶你等，今进去相见，切勿抗礼，各要尊重些。”八戒道：“我俊秀，我斯文，不比师兄撒泼。”行者笑道：“不是嘴长、耳大、脸丑，便也是一个好男子。”沙僧道：“莫争讲，这里不是那抓乖弄俏之处。且进去，且进去。”一齐把行囊、马匹都到草堂上，普同唱了个喏，坐定。那妈妈儿贤慧，即便携转小儿，分付煮饭，安排一顿素斋他师徒吃了。

渐渐晚了，又掌起灯来，都在草堂上闲叙。长老才问：“施主高姓？”老者道：“姓杨。”又问年纪。老者道：“七十四岁。”又问：“几位令郎？”老者道：“止得一个。适才妈妈携的是小孙。”长老：“请令郎相见拜揖。”老者道：“那厮不中拜。老拙命苦，养不着，他如今不在家了。”三藏道：“何方生理？”老者点头而叹：“可怜，可怜！若肯何方生理，是吾之幸也！那厮专生恶念，不务本等，专好打家截道，杀人放火，相交的都是些狐群狗党。自五日之前出去，至今未回。”三藏闻说，不敢言喘，心中暗想道：“或者悟空打杀的就是也。”长老神思不安，欠身道：“善哉，善哉。如此贤父母，何生恶逆儿。”行者近前道：“老官儿，似这等不良不肖、奸盗邪淫之子，连累父母，要他何用！等我替你寻他来打杀了罢。”老者道：“我待也要送了他，奈

何再无以次人丁，总是不才，一定还留他与老汉掩土。”沙僧与八戒笑道：“师兄莫管闲事，你我不是官府。他家不肯，与我何干。且告施主，见赐一束草儿，在那厢打铺睡觉，天明走路。”老者即起身，着沙僧到后园里拿两个稻草，教他每在园中草团瓢内安歇。行者牵了马，八戒挑了行李，同长老俱到团瓢内安歇不题。

这段开篇是：“孙大圣有不睦之心，八戒、沙僧亦有嫉妒之意，师徒都面是背非。”这句太关键了。

“不睦”在古代有特殊含义，你听说过十恶不赦吧？说的是中国古代十种为常赦所不原的重大犯罪，罪名如下：谋反，谋大逆，谋叛，恶逆，不道，大不敬，不孝，不睦，不义，内乱。

“不睦”属于十恶之一，是谋杀、殴打、告发直系亲属及家族尊长的行为。

也就是说，后面“假猴子”打唐僧的伏笔，作者此时已经埋下了。猴哥这时已经存了“十恶”的心了。刚才他那番满天神仙都惧怕他的话也让八戒、沙僧体会到了“人比人得死”的感受，这俩兄弟也开始嫉妒他了。

师父怀嗔，师兄不睦，师弟嫉妒，这种状态的团队肯定要出事了。

一行人西走到了一座庄院后，唐僧说要借宿，通过景色描写能看出来这是一户好人家。唐僧去借宿，老者看见仨徒弟觉得那是仨妖精，又说是夜叉、马面、雷公。猴哥怒了，厉声高叫道：“雷公是我孙子，夜叉是我重孙，马面是我玄孙哩！”

猴哥又急了，从这里也能看出来，猴哥现在的状态不太好，心有点静不下来了。

唐僧好说歹说，表示自己不是坏人，给老两口稳住了。被允许进门后，唐僧专门嘱咐徒弟们进去后千万尊重些，我们看一下仨徒弟说的话：

八戒道：“我俊秀，我斯文，不比师兄撒泼。”潜台词：我是乖宝宝，猴子不是东西。

行者笑道：“不是嘴长、耳大、脸丑，便也是一个好男子。”潜台词：我是人，猪不是人。

沙僧道：“莫争讲，这里不是那抓乖弄俏之处。且进去，且进去。”潜台词：你俩别扯淡了。

哥儿仨不再兄友弟恭了。

唐僧几人进屋后和主人家聊家常，老者说他有个儿子不是个好东西，专好打家劫道、杀人放火，五天前走了，至今未回。

唐僧一方面担心这人是被悟空打死的，一方面叹道“贤父母为何生恶逆儿”来化解尴尬。悟空这时候插话道，这种缺德孩子连累父母，要他何用！“等我替你寻他来打杀了罢。”老者说自己也起过杀心，但就这一个儿子，还指望这孩子将来给他送终。

作者在暗示悟空此时被唐僧敲打了一通后心情不好，杀心很重，想找个机会宣泄一下。

却说那伙贼内果有老杨的儿子。自天早在山前被行者打死两个贼首，他们都四散逃生。约摸到四更时候，又结了一伙，在门前打门。老者听得门响，即披衣道：“妈妈，那厮回来也。”妈妈道：“既来，你去开门，放他来家。”老者方才开门，只见那一伙贼都嚷道：“饿了，饿了！”这老杨的儿子忙入里面，叫起妻子来打米煮饭。却厨下无柴，往后园里拿柴，到厨房里问妻子道：“后园白马是那里的？”妻子道：“是东土取经的和尚，昨晚至此借宿，公公婆婆管待他一顿晚斋，教他在草团瓢内睡哩。”

那厮闻言，走出草堂，拍手打掌笑道：“兄弟们，造化，造化！冤家在我家里也！”众贼道：“那个冤家？”那厮道：“却是打死我们头儿的和尚，来我家借宿，现睡在草团瓢里。”众贼道：“却好，却好！拿住这些秃驴，一个个剁成肉酱，一则得那行囊、白马，二来与我们头儿报仇！”那厮道：“且莫忙。你们且去磨刀，等我煮饭熟了，大家吃饱些，一齐下手。”真个那些贼磨刀的磨刀，磨枪的磨枪。

那老儿听得此言，悄悄的走到后园，叫起唐僧四位道：“那厮领众来了，知得汝等在此，意欲图害。我老拙念你远来，不忍伤害，快早收拾行李，我送你往后门出去罢。”三藏听说，战兢兢的叩头谢了老者，即唤八戒牵马，沙僧挑担，行者拿了九环锡杖。老者开后门放他去了，依旧悄悄的来前睡下。

却说那厮们磨快了刀枪，吃饱了饭食，时已五更天气，一齐来到园中看处，却不见了。即忙点灯着火，寻勾多时，四无踪迹。但见后门开着，都道：“从后门走了！走了！”发一声喊，赶将上来。

一个个如飞似箭，直赶到东方日出，却才望见唐僧。那长老忽听得喊声，回头观看，后面有二三十人，枪刀簇簇而来，便教：“徒弟啊，贼兵追至，怎生奈何！”行者道：“放心，放心！老孙了他去来！”三藏勒马道：“悟空，切莫伤人，只諕退他便罢。”行者那肯听信，急掣棒回首相迎道：“列位那里去？”众贼骂道：“秃厮无礼，还我大王的命来！”那厮每圈子阵把行者围在中间，举枪刀乱砍乱搠。这大圣把金箍棒幌一幌，碗来粗细，把那伙贼打得星落云散，挡着的就死，挽着的就亡；磕着的骨折，擦着的皮伤；乖些的跑脱几个，痴些的都见阎王。

三藏在马上见打倒许多人，慌的放马奔西。猪八戒、沙和尚紧随鞭镫而去。行者问那不死带伤的贼人道：“那个是那杨老儿的儿子？”那贼哼哼的告道：“爷爷，那穿黄的是。”行者上前，夺过刀来，把个穿黄的割下头来，血淋淋提在手中。收了铁棒，拽开云步，赶到唐僧马前，提着头道：“师父，这是杨老儿的逆子，被老孙取将首级来也。”三藏见了，大惊失色，慌得跌下马来，骂道：“这泼猢狲，諕杀我也！快拿过，快拿过！”八戒上前，将人头一脚踢下路旁，使钉钯筑些土盖了。

沙僧放下担子，搀着唐僧道：“师父请起。”那长老在地下正了性，口中念起“紧箍儿咒”来，把个行者勒得耳红面赤，眼胀头昏，在地下打滚，只叫：“莫念！莫念！”那长老念勾有十余遍，还不住口。行者翻筋斗，竖蜻蜓，其痛难禁，只叫：“师父饶我罪罢！有话便说！莫念！莫念！”三藏却才住口道：“没话说，我不要你跟了，你回去罢！”行者忍疼磕头道：“师父，怎的就赶我去耶？”三藏道：“你这泼猴，可恶太甚！不是个取经之人！昨日在山坡下打死那两个贼头，我已怪你不仁；及晚了，到老者之家，蒙他赐斋借宿，又蒙他开后门放我等逃了性命，虽然他的儿子不肖，与我无干，也不该枭他首级；况又杀死多人，坏了多少生命，伤了天地多少和气！屡次劝你，更无一毫善念，要你何为？快走，快走！免得又念真言。”行者害怕，只教：“莫念，莫念！我去也！”说声去，一路筋斗云，无影无踪，遂不见了。咦！这正是：

心有凶狂丹不熟，神无定位道难成。

毕竟不知那大圣投向何方，且听下回分解。

打劫唐僧的那伙贼里有老杨的儿子，半夜四更时候带着群盗回来了，问后园白马是谁的，知道了唐僧一行来到了他家。这傻孩子走出草堂，拍手打掌笑道：“兄弟们，造化，造化！冤家在我家里也！”

记吃不记打！忘了那俩贼头是怎么死的了！

这伙贼决定吃饱后下手杀掉师徒四人，老汉听见了这些话，悄悄地走到后园叫起唐僧四位，从后门把他们放走了。

五更时，这帮盗贼发现唐僧四人跑了，随后主动送死来了。

天亮时，二三十人枪刀簇簇地追过来了，唐僧又问：“徒弟啊，贼兵追至，怎生奈何！”

悟空表示：“放心！放心！老孙了他去来！”

唐僧专门勒马嘱咐道：“悟空，切莫伤人，只诡退他便罢。”但是此时悟空已经收不住了，所谓“行者那肯听信，急掣棒回首相迎道：‘列位那里去？’”

众贼还在那儿骂呢，结果差不多都被猴哥打死了，再看唐僧的状态：“三藏在马上见打倒许多人，慌的放马奔西。猪八戒、沙和尚紧随鞭镫而去。”

他不是东返回来劝阻悟空，而是奔西赶紧跑路，表示这事跟他没关系。

真是“慈悲”！

他要是真的慈悲，就不应该走，而是跟猴子一起等强盗，在猴子要杀人时念紧箍咒，让八戒、沙僧吓退这帮贼人就得了。

所以唐僧不是真慈悲，是形式主义的假慈悲。

猴哥对唐僧示威般地问那些不死带伤的贼人，哪个是杨老儿的儿子，随后专门割下杨老头之子的头，血淋淋地提在手中，赶到唐僧马前，道：“师父，这是杨老儿的逆子，被老孙取将首级来也。”

这就是示威，我就要杀了他。

猴子也是分不清大小王了，太嘚瑟了。

唐僧直接被吓得跌下马来，随后念出了西游宇宙中的倒数第二次的紧箍咒。唐僧这次堪称起了杀心，差点把猴子念死，而且八戒、沙僧根本不劝，猴子反复求饶后唐僧表态：“没话说，我不要你跟了，你回去罢！”

唐僧终于借着猴子杀人的碴儿出了这口恶气：我开除你！我看你再敢拿捏我，再跟我嘚瑟！

悟空还纳闷为什么赶他呢，唐僧给出了判决书，核心罪过有二：

1. 杀伤人命；

2. 屡教不改。

悟空实在是受不了那紧箍咒，驾云跑路了，本回的最后总结是“心有凶狂丹不熟，神无定位道难成”。

核心的罪过是猴子的，他确实有点任性，该拿紧箍咒让他知道知道谁是大小王。

第五十七回

真行者落伽山诉苦，假猴王水帘洞誊文

却说孙大圣恼恼闷闷，起在空中。“欲待回花果山水帘洞，恐本洞小妖见笑，笑我出乎尔反乎尔，不是个大丈夫之器；欲待要投奔天宫，又恐天宫内不容久住；欲待要投海岛，却又羞见那三岛诸仙；欲待要奔龙宫，又不伏气求告龙王。”真个是无依无倚，苦自忖量道：“罢，罢，罢！我还去见我师父，还是正果。”

遂按下云头，径至三藏马前侍立道：“师父，恕弟子这遭，向后再不敢行凶，一一受师父教诲。千万还得我保你西天去也。”唐僧见了，更不答应，兜住马，即念“紧箍儿咒”。颠来倒去，又念有二十余遍，把大圣咒倒在地，箍儿陷在肉里有一寸来深浅，方才住口道：“你不回去，又来缠我怎的？”行者只教：“莫念！莫念！我是有处过日子的，只怕你无我，去不得西天。”三藏发怒道：“你这猢狲，杀生害命，连累了我多少，如今实不要你了！我去得去不得，不干你事！快走，快走！迟了些儿，我又念真言，这番决不住口，把你脑浆都勒出来哩！”大圣疼痛难忍，见师父更不回心，没奈何，只得又驾筋斗云，起在空中。忽然省悟道：“这和尚负了我心，我且向普陀崖告诉观音菩萨去来。”

悟空在空中想了想出路，又回来跟唐僧认错了，对前面唐僧的审判做了两项表态：

1.“向后再不敢行凶”，杀人这事再不会出现了；

2.“一一受师父教诲”，你说什么就是什么，我服了。

按理讲，这样就行了，教育的目的达到了，毕竟后面还得指望他打妖怪。但唐僧这回对猴子是下狠手了，他是个极度自私的人，前面他误会猴子有取代他的想法，猴子已经属于不可饶恕了，这威胁了他的正果金身。被吊树上这件事再次证实了他的判断，猴子确实不拿他当回事了，因此唐僧借着猴子杀人的碴儿先下手为强，狠手做绝。猴哥来认错，唐僧把紧箍咒活活念了二十余遍，生生念得那箍儿陷在肉里有一寸左右，也就是半径三点三厘米，相当于猴哥的脑袋被勒进去了将近七厘米！

猴哥那脑袋一共才多大啊！唐僧实在是太狠了！

唐僧念完之后才说了话：“你不回去，又来缠我怎的？”

悟空表示别念别念，他有地方待，只怕唐僧无他，去不得西天。

你看唐僧发怒的这段话：“你这猢狲，杀生害命，连累了我多少，如今实不要你了！我去得去不得，不干你事！快走，快走！迟了些儿，我又念真言，这番决不住口，把你脑浆都勒出来哩！”

唐僧主要表达了两点：

1. 你连累我；

2. 我肯定不要你了，再废话我要念“死”你。

没错！他要杀悟空，“这番决不住口，把你脑浆都勒出来哩！”

悟空突然省悟了，去找菩萨了，注意这段话：“大圣疼痛难忍，见师父更不回心，没奈何，只得又驾筋斗云，起在空中。忽然省悟道：‘这和尚负了我心，我且向普陀崖告诉观音菩萨去来。’”

其中有两个重点：

1.“忽然省悟”，里面有个“悟”字，猴子的思维又要迭代升级了；

2.“这和尚负了我心”，他没必要再留情面了。

好大圣，拨回筋斗，那消一个时辰，早至南洋大海。住下祥光，直至落伽山上，撞入紫竹林中。忽见木叉行者迎面作礼道：“大圣何往？”行者道：“要见菩萨。”木叉即引行者至潮音洞口，又见善财童子作礼道：“大圣何来？”行者道：“有事来告菩萨。”善财听见一个“告”字，笑道：“好刁嘴猴儿，还像当时我拿住唐僧被你欺哩！我菩萨是个大慈大悲、大愿大乘、救苦救难、无边无量的圣善菩萨，有甚不是处，你要告他？”行者满怀闷气，一闻此言，心中怒发，咄的一声，把善财童子喝了个倒退，道：“这个背义忘恩的小畜生，着实愚鲁！你那时节作怪成精，我请菩萨收了你，皈正迦持，如今得这等极乐长生，自在逍遥，与天同寿，还不拜谢老孙，转倒这般侮慢！我是有事来告求菩萨，却怎么说我刁嘴要告菩萨？”善财陪笑道：“还是个急猴子。我与你作笑耍子，你怎么就变脸了？”

正讲处，只见白鹦哥飞来飞去，知是菩萨呼唤，木叉与善财遂向前引导至宝莲下。行者望见菩萨，倒身下拜，止不住泪如泉涌，放声大哭。菩萨教木叉与善财扶起，道：“悟空，有甚伤感之事，明明说来。莫哭，莫哭，我与你救苦消灾也。”行者垂泪再拜道：“当年弟子为人，曾受那个气来！自蒙菩萨解脱天灾，秉教沙门，保护唐僧往西天拜佛求经，我弟子舍身拼命，救解他的魔障，就如老虎口里夺脆骨，蛟龙背上揭生鳞。只指望归真正果，洗业除邪。怎知那长老背义忘恩，直迷了一片善缘，更不察皂白之苦！”菩萨道：“且说那皂白原因来我听。”行者即将那打杀草寇前后始终，细陈了一遍。却说唐僧因他打死多人，心生怨恨，不分皂白，遂念“紧箍儿咒”，赶他几次。上天无路，入地无门，特来告诉菩萨。菩萨道：“唐三藏奉旨投西，一心要秉善为僧，决不轻伤性命。似你有无量神通，何苦打死许多草寇。草寇虽是不良，到底是个人身，不该打死，比那妖禽怪兽、鬼魅精魔不同。那个打死，是你的功绩；这人身打死，还是你的不仁。但祛退散，自然救了你师父。据我公论，还是你的不善。”

行者噙泪叩头道：“纵是弟子不善，也当将功折罪，不该这般逐我。万望菩萨舍大慈悲，将‘松箍儿咒’念念，褪下金箍，交还与你，放我仍往水帘洞逃生去罢。”菩萨笑道：“‘紧箍儿咒’本是如来传我的。当年差我上东土寻取经人，赐我三件宝贝，乃是锦襕袈裟、九环锡杖、金紧禁三个箍儿，秘受与咒语三篇，却无甚么‘松箍儿咒’。”行者道：“既如此，我告辞菩萨去也。”菩萨道：“你辞我往那里去？”行者道：“我上西天拜告如来，求念‘松箍儿咒’去也。”菩萨道：“你且住，我与你看看祥晦如何。”行者道：“不消看，只这样不祥也勾了。”菩萨道：“我不看你，看唐僧的祥晦。”

好菩萨，端坐莲台，运心三界，慧眼遥观，遍周宇宙，霎时间开口道：“悟空，你那师父顷刻之际就有伤身之难，不久便来寻你。你只在此处，待我与唐僧说，教

他还同你去取经，了成正果。”孙大圣只得皈依，不敢造次，侍立于宝莲台下不题。

悟空来到了落伽山后，红孩儿刚跟他开个玩笑，就被猴哥骂了一通“这个背义忘恩的小畜生”。估计是预感到了什么，菩萨派了白鹦哥飞来，通知悟空进去，悟空见了菩萨后跟见了妈妈一样，那是“倒身下拜，止不住泪如泉涌，放声大哭”，菩萨也真的就像个妈妈一样让木叉与善财扶起猴哥，道：“悟空，有甚伤感之事，明明说来。莫哭，莫哭，我与你救苦消灾也。”

真温暖啊，我都感动得快哭了，南无大慈大悲救苦救难灵感观世音菩萨。

悟空垂泪再拜后，控诉唐僧背义忘恩，把来龙去脉跟菩萨说了一遍。菩萨听完之后说，草寇到底是个人身，不该打死，吓唬走了不就完了，确实是你的不善。

悟空随后噙泪叩头表示，纵是弟子不善，也当将功折罪，不该这般逐他，万望菩萨，舍大慈悲，将“松箍儿咒”念念，他好褪下金箍，交还与菩萨，放他仍往水帘洞逃生去。

菩萨笑了，说这是佛祖传给她的，当初就没有什么松箍咒。悟空就要去西天找佛祖，菩萨说且住，她端坐莲台，运心三界，慧眼遥观，遍周宇宙，随后对悟空说：“悟空，你那师父顷刻之际就有伤身之难，不久便来寻你。你只在此处，待我与唐僧说，教他还同你去取经，了成正果。”

菩萨是支持悟空取得正果的，并表态她会亲自跟唐僧说不让他开除悟空，而且菩萨是能看到未来的，她明确说明唐僧顷刻之际就会有伤身之难，还会来寻悟空，也就是说，其实后面菩萨都是在陪悟空演戏。

却说唐长老自赶回行者，教八戒引马，沙僧挑担，连马四口奔西。走不上五十里远近，三藏勒马道：“徒弟，自五更时出了村舍，又被那弼马温着了气恼，这半日饥又饥，渴又渴，那个去化些斋来我吃？”八戒道：“师父且请下马，等我看可有邻近的庄村化斋去也。”三藏闻言，滚下马来。呆子纵起云头，半空中仔细观看，一望尽是山岭，莫想有个人家。八戒按下云来，对三藏道：“却是没处化斋。一望之间，全无庄舍。”三藏道：“既无化斋之处，且得些水来解渴也可。”八戒道：“等我去南山涧下取些水来。”沙僧即取钵盂，递与八戒。八戒托着钵盂，驾起云雾而去。那长老坐在路旁，等勾多时，不见回来。可怜口干舌苦难熬，有诗为证。诗曰：

保神养气为之精，情性原来一禀形。

心乱神昏诸病作，形衰精败道元倾。

三花不就空劳碌，四大萧条枉费争。

土水无功金水绝，法身疏懒几时成。

沙僧在旁，见三藏饥渴难忍，八戒又取水不来，只得稳了行囊，拴牢了白马，道：“师父，你自在着，等我去催水来。”长老含泪无言，但点头相答。沙僧急驾云光，也向南山而去。

那师父独炼自熬，得之太甚。正在怆惶之际，忽听得一声响亮，諕得长老欠身看处，原来是孙行者跪在路旁，双手捧着一个磁杯道：“师父，没有老孙，你连水也不能勾哩！这一杯好凉水，你且吃口水解渴，待我再去化斋。”长老道：“我不吃你的水！立地渴死，我当任命。不要你了，你去罢！”行者道：“无我你去不得西天也。”三藏道：“去得去不得，不干你事！泼猢狲，只管来缠我做甚！”那行者变了脸，发怒生嗔，喝骂长老道：“你这个狠心的泼秃，十分贱我！”抡铁棒，丢了磁杯，望长老脊背上砑了一下。那长老昏晕在地，不能言语，被他把两个青毡包袱提在手中，驾筋斗云，不知去向。

离了悟空后，唐僧连饭都吃不上。八戒的云走不了远路，唐僧饿了一天后就打蔫儿了，我们看看这首形容他的诗：

“保神养气为之精，情性原来一禀形。”保神养气让自己处于精纯的状态，人的性情和身体是一体的。看看唐僧现在这副德行，讽刺唐僧处理悟空这件事是不对的。

“心乱神昏诸病作，形衰精败道元倾。”当人的心思混乱、精神昏沉的时候，各种疾病就会发作，疾病影响身体，身体衰弱后精气神也会随之衰败，修行的境界就会崩塌。

“三花不就空劳碌，四大萧条枉费争。”如果精、气、神三者不能融合升华，如果不能达到“三花聚顶”的境界，那么之前折腾的那些就都白费了。“四大”指地、水、火、风，在佛教概念中代表构成物质世界的基本元素，这里可以引申为身体的各个方面。如果身体各方面处于衰败萧条的状态，那么所有的争斗、追求都是枉费心机。

前三句表达的意思都是身和心是一体的，心修不好会导致整体的崩塌。

“土木无功金水绝，法身疏懒几时成。”这句是在形容取经团队的状态，沙僧、八戒是土和木，纯属放屁添风，悟空、唐僧这对金和水已经把关系断绝了，唐僧这个挨不了饿、受不了罪的疏懒法身，别指望自己能把这经取成了。

八戒取水久去不来，沙僧去催水了。“沙僧在旁，见三藏饥渴难忍，八戒又取水不来，只得稳了行囊，拴牢了白马，道：‘师父，你自在着，等我去催水来。’”估计是唐僧又叨叨了，沙僧听不下去了，随后唐僧“含泪无言，但点头相答”。又哭了，这个“哭吧精”！

正在唐僧渴得受不了的时候，猴哥捧着一个磁杯来了，表示要是没他，唐僧连一口水都喝不到，让唐僧先解渴，他再去化斋。

唐僧很倔强，一丁点余地不留，来回就一句话：不要你了！

悟空至此撕破脸骂道：“你这个狠心的泼秃，十分贱我！”骂完之后还拿棒子“望长老脊背上砑了一下”，注意这个“砑”字，原意是用卵形或弧形的石块碾压或摩擦皮革、布帛使其紧实光亮，在宋代韵书《集韵》中解释为“砑，碾也”。猴哥不是一棒子打死了唐僧，而是碾了一下，以唐僧那细皮嫩肉的状态，劲儿稍微大一点，估计就打死了，唐僧被砑了一下后昏过去了，从这里也能看出来，猴哥对唐僧是有敬畏的，他仅仅想教育一下唐僧，随后提着包袱走了。

却说八戒托着钵盂，只奔山南坡下。忽见山凹之间，有一座草舍人家。原来在先看时，被山高遮住，未曾见得；今来到边前，方知是个人家。呆子暗想道：“我若是这等丑嘴脸，决然怕我，枉劳神思，断然化不得斋饭。须是变好，须是变好。”好呆子，捻着诀，念个咒，把身摇了七八摇，变作一个食痨病黄胖和尚，口里哼哼啧啧的，挨近门前，叫道：“施主，厨中有剩饭，路上有饥人。贫僧是东土来，往西天取经的。我师父在路饥渴了，家中有锅巴冷饭，千万化些儿救口。”原来那家子男人不在，都去插秧种谷去了，只有两个女人在家，正才煮了午饭，盛起两盆，却收拾送下田，锅里还有些饭与锅巴，未曾盛了。那女人见他这等病容，却又说东土往西天去的话，只恐他是病昏了胡说，又怕跌倒死在门首，只得烘烘翕翕，将些剩饭锅巴满满的与了一钵。呆子拿转来，现了本像，径回旧路。

正走间，听得有人叫“八戒”。八戒抬头看时，却是沙僧，站在山崖上喊道：“这里来，这里来！”及下崖，迎至面前道：“这涧里好清水不舀，你往那里去的？”

八戒笑道："我到这里，见山凹子有个人家，我去化了这一钵干饭来了。"沙僧道："饭也用着，只是师父渴得紧了，怎得水去？"八戒道："要水也容易，你将衣襟来兜着这饭，等我使钵盂去舀水。"

二人欢欢喜喜，回至路上。只见三藏面磕地，倒在尘埃，白马撒缰，在路旁长嘶跑跳，行李担不见踪迹。慌得八戒跌脚捶胸，大呼小叫道："不消讲，不消讲！这还是孙行者赶走的余党，来此打杀师父，抢了行李去了！"沙僧道："且去把马拴住。"只叫："怎么好？怎么好？这诚所谓'半途而废，中道而止'也！"叫一声"师父"，满眼抛珠，伤心痛哭。八戒道："兄弟且休哭。如今事已到此，取经之事，且莫说了。你看着师父的尸灵，等我把马骑到那个府州县乡村店集，卖几两银子，买口棺木，把师父埋了，我两个各寻道路散伙。"

沙僧实不忍舍，将唐僧扳转身体，以脸温脸，哭一声："苦命的师父！"只见那长老口鼻中吐出热气，胸前温暖。连叫："八戒，你来！师父未伤命哩！"这呆子才近前扶起。长老苏醒，呻吟一会，骂道："好泼猢狲，打杀我也！"沙僧、八戒问道："是那个猢狲？"长老不言，只是叹息，却讨水吃了几口，才说："徒弟，你们刚去，那悟空更来缠我。是我坚执不收，他遂将我打了一棒，青毡包袱却抢去了。"八戒听说，咬响口中牙，发起心头火道："叵耐这泼猴子，怎敢这般无礼！"教沙僧道："你伏侍师父，等我到他家讨包袱去！"沙僧道："你且休发怒。我们扶师父到那山凹人家，化些热茶汤，将先化的饭热热，调理师父，再去寻他。"

八戒依言，把师父扶上马，拿着钵盂，兜着冷饭，直至那家门首。只见那家止有个老婆子在家，忽见他们，慌忙躲过。沙僧合掌道："老母亲，我等是东土唐朝差往西天去者。师父有些不快，特拜府上，化口热茶汤，与他吃饭。"那妈妈道："适才有个食痨病和尚，说是东土差来的，已化斋去了，又有个甚么东土的，我没人在家，请别转转。"长老闻言，扶着八戒下马，躬身道："老婆婆，我弟子有三个徒弟，合意同心，保护我上天竺国大雷音拜佛求经。只因我大徒弟，唤孙悟空，一生凶恶，不遵善道，是我逐回。不期他暗暗走来，着我背上打了一棒，将我行囊、衣钵抢去。如今要着一个徒弟寻他取讨，因在那空路上不是坐处，特来老婆婆府上，权安息一时。待讨将行李来就行，决不敢久住。"那妈妈道："刚才一个食痨病黄胖和尚，他化斋去了，也说是东土往西天去的，怎么又有一起？"八戒忍不住笑道："就是我。

因我生得嘴长耳大，恐你家害怕，不肯与斋，故变作那等模样。你不信，我兄弟衣兜里不是你家锅巴饭？”

那妈妈认得果是他与的饭，遂不拒他，留他们坐了。却烧了一罐热茶，递与沙僧泡饭。沙僧即将冷饭泡了，递与师父。师父吃了几口，定性多时道：“那个去讨行李？”八戒道：“我前年因师父赶他回去，我曾寻他一次，认得他花果山水帘洞。等我去，等我去。”长老道：“你去不得。那猢狲原与你不和，你又说话粗鲁，或一言两句之间有些差池，他就要打你。着悟净去罢。”沙僧应承道：“我去，我去。”长老又分付沙僧道：“你到那里，须看个头势。他若肯与你包袱，你就假谢谢拿来；若不肯，切莫与他争竞，径至南海菩萨处，将此情告诉，请菩萨去问他要。”沙僧一一听从，向八戒道：“我今寻他去，你千万莫僝僽，好生供养师父。这人家亦不可撒泼，恐他不肯供饭。我去就回。”八戒点头道：“我理会得。但你去讨得讨不得，趁早回来，不要弄做‘尖担担柴两头脱’也。”沙僧遂捻了诀，驾起云光，直奔东胜神洲而去。真个是：

身在神飞不守舍，有炉无火怎烧丹。
黄婆别主求金老，木母延师奈病颜。
此去不知何日返，这回难量几时还。
五行生克情无顺，只待心猿复进关。

八戒此时正在化斋，之前被山遮住，没看见人家，所以耽误了工夫。作者安排这段剧情主要是为了解释八戒为什么去了这么久，随后八戒看见了沙僧，哥儿俩端着水，兜着饭，“欢欢喜喜，回至路上”。你看看，讨个饭的活儿，最终“葫芦娃救爷爷”般去了俩人，把饭讨回来了就算立了大功了，看给他俩乐的。品味出差距了吗？

真不怨猴哥看不起你俩啊！

回去后，哥儿俩看见唐僧躺在那儿，沙僧哭得很伤心，八戒很冷静，已经安排卖马买棺材、葬师父散伙了。

唐僧的爱徒，就是这么个模样。

对你甜言蜜语的、对你嘴上尊重的，真不一定对你的人生有什么价值。当然，你可能会说情绪价值也是价值。但相信我，一个人如果还处在特别需要情绪价值的阶段，大概率不会有大出息。

做出大事业的人物，他的那颗心早就炼明白了，这世上能指望的只有自己，最坚强的后盾也永远是自己的那颗心，什么情绪价值都不如和自己的灵魂去交心。

警惕甜言蜜语，它对我们的价值仅限于听个乐，你可千万别入了心。

沙僧对唐僧是有真感情的，他以脸温脸，哭一声："苦命的师父！"他是真的感激唐僧救他脱苦的，八戒就仅仅是找了份工作。沙僧发现唐僧没死，喊八戒过来，"这呆子才近前扶起"。

作者的态度很明确，这头猪这些年对这个团队里的所有人，没有感情。

唐僧醒了之后，说是悟空打了他、抢了包袱。我们看职场人八戒的表演，人家第一个如喊口号般表态。"八戒听说，咬响口中牙，发起心头火道：'叵耐这泼猴子，怎敢这般无礼！'教沙僧道：'你伏侍师父，等我到他家讨包袱去！'"

就他那德行，他敢去翻了脸的猴子那里要包袱？吓死他！

但是，不耽误人家在唐僧醒了以后，变成一个急领导之所急的职场人。

仔细观察剧情中的这些细节和对话，人物形象就是在这个过程中不断立体的。你看沙僧说了些什么："你且休发怒。我们扶师父到那山凹人家，化些热茶汤，将先化的饭热热，调理师父，再去寻他。"

先保师父的命，别光喊口号，这才是真爱。

师徒三人来到了刚才化斋的那家歇脚。唐僧问谁去讨行李，八戒说他去，唐僧说他不行，他跟那猴子不和，去了得让人打死，让悟净去。临走，唐僧又嘱咐沙僧道：他给你的话你就假谢谢；不给你的话你就去南海找菩萨。沙僧出发前嘱咐八戒说千万长点心。我们来看转场诗的最后一句：五行生克情无顺，只待心猿复进关。

五行差了金就成不了事，剧情想要往下推进，就必须等那猴子回来。

那沙僧在半空里行经三昼夜，方到了东洋大海。忽闻波浪之声，低头观看。真个是黑雾涨天阴气盛，沧溟衔日晓光寒。他也无心观玩，望仙山渡过瀛洲，向东方直抵花果山界。乘海风，踏水势，又多时，却望见高峰排戟，峻壁悬屏。即至峰头，按云找路，下山寻水帘洞。步近前，只听得一派喧声，见那山中无数猴精，滔滔乱嚷。沙僧又近前仔细再看，原来是孙行者高坐石台之上，双手扯着一张纸，朗朗的念道：

东土大唐王皇帝李，驾前敕命御弟圣僧陈玄奘法师，上西方天竺国娑婆灵山大雷音寺，专拜如来佛祖求经。朕因促病侵身，魂游地府，幸有阳数臻长，感冥君放送回生，广陈善会，修建度亡道场。盛蒙救苦救难观世音菩萨金身出现，指示西方有佛有经，可度幽亡超脱。特着法师玄奘，远历千山，询求经偈。倘过西邦诸国，不灭善缘，照牒施行。

大唐贞观一十三年秋吉日，御前文牒。

自别大国以来，经度诸邦，中途收得大徒弟孙悟空行者，二徒弟猪悟能八戒，三徒弟沙悟净和尚。

念了从头又念。沙僧听得是通关文牒，止不住近前厉声高叫："师兄，师父的关文，你念他怎的？"那行者闻言，急抬头，不认得是沙僧，叫："拿来！拿来！"众猴一齐围绕，把沙僧拖拖扯扯，拿近前来，喝道："你是何人？擅敢近吾仙洞！"沙僧见他变了脸，不肯相认，只得朝上行礼道："上告师兄，前者实是师父性暴，错怪了师兄，把师兄咒了几遍，逐赶回家。一则弟等未曾劝解，二来又为师父饥渴，去寻水化斋。不意师兄好意复来，又怪师父执法不留，遂把师父打倒，昏晕在地，将行李抢去。后救转师父，特来拜兄。若不恨师父，还念昔日解脱之恩，同小弟将行李回见师父，共上西天，了此正果；倘怨恨之深，不肯同去，千万把包袱赐弟。兄在深山，乐桑榆晚景，亦诚两全其美也。"

行者闻言，呵呵冷笑道："贤弟，此论甚不合我意。我打唐僧，抢行李，不因我不上西方，亦不因我爱居此地；我今熟读了牒文，我自己上西方拜佛求经，送上东土，我独成功，教那南赡部洲人，立我为祖，万代传名也。"沙僧笑道："师兄言之欠当。自来没个孙行者取经之说。我佛如来，造下三藏真经，原着观音菩萨，向东土寻取经人求经，要我们苦历千山，询求诸国，保护那取经人。菩萨曾言，取经人乃如来门生，号曰金蝉长老。只因他不听佛祖谈经，贬下灵山，转生东土，教他果正西方，复修大道。遇路上该有这般魔障，解脱我等三人，与他做护法。兄若不得唐僧去，那个佛祖肯传经与你！却不是空劳一场神思也？"那行者道："贤弟，你原来懞懂，但知其一，不知其二。谅你说你有唐僧，同我保护，我就没有唐僧？我这里另选个有道的真僧在此，老孙独力扶持，有何不可？已选明日起身去矣。你不信，待我请来你看。"叫："小的们，快请老师父出来！"果跑进去，牵出一匹白马，请出一个唐三藏，跟着一个八戒，挑着行李；一个沙僧，拿着锡杖。

这沙僧见了大怒道：“我老沙行不更名，坐不改姓，那里又有一个沙和尚！不要无礼，吃我一杖！”好沙僧，双手举降妖杖，把一个假沙僧劈头一下打死，原来这是一个猴精。那行者恼了，抡金箍棒，帅众猴把沙僧围了。沙僧东冲西撞，打出路口，纵云雾逃生道：“这泼猴如此惫懒，我告菩萨！”

那行者见沙僧打死一个猴精，把沙和尚逼得走了，他也不来追赶。回洞教小的们把打死的妖尸拖在一边，剥了皮，取肉煎炒，将椰子酒、葡萄酒，同群猴都吃了。另选一个会变化的妖猴，还变一个沙和尚，从新教道，要上西方不题。

沙僧飞了三昼夜才飞到东海，唉，这就是水平的差距。等沙僧来到花果山时，他发现猴哥正坐在石台之上念通关文牒，沙僧近前厉声高叫：“师兄，师父的关文，你念他怎的？”我们来看这段话：“那行者闻言，急抬头，不认得是沙僧，叫：‘拿来！拿来！’众猴一齐围绕，把沙僧拖拖扯扯，拿近前来，喝道：‘你是何人？擅敢近吾仙洞！’”

这个行者不认得沙僧，记住这个欲盖弥彰的设定。

沙僧见猴哥变脸，朝上行礼，表示：师兄您老要是不恨师父就跟我回去，恨的话就把包袱赐给我。悟空的反应是他要自己去拜佛求经，沙僧笑了，说没有这个金蝉长老转世的唐僧，哪个佛祖肯给他经呢！悟空回道自己已经有个取经团队了。猴哥叫：“小的们，快请老师父出来！”“果跑进去，牵出一匹白马，请出一个唐三藏，跟着一个八戒，挑着行李；一个沙僧，拿着锡杖。”

也就是说，这个悟空早就认识沙僧，前面“那行者闻言，急抬头，不认得是沙僧”一句是欲盖弥彰。

沙僧一见有人要冒充自己后很生气，直接打死了假沙僧，假沙僧现形后变成了猴精。悟空带着猴子把沙僧围了，沙僧东冲西撞，打出路口，纵云雾逃走了。

悟空允许沙僧逃走而不去追赶，只有一种可能，他知道沙僧要去哪里，他允许沙僧去那里。

如果说真的有一个什么六耳猕猴要搞事情，那么他的第一件事应该是把真的取经团队都干掉，然后自己迅速顶包，让如来打掉了牙往肚子里咽，只能承认他这假团队把这“三界通知，十方拥护”的项目先做完，而不是留唐僧活口并放任沙僧跑路，把这事闹大。

下面这段剧情，是很多人认为确实有一个假猴子的依据。

“那行者见沙僧打死一个猴精，把沙和尚逼得走了，他也不来追赶。回洞教小的们把打死的妖尸拖在一边，剥了皮，取肉煎炒，将椰子酒、葡萄酒，同群猴都吃了。”

这其实不能算作明确他是六耳猕猴的借口，因为不光这“假行者”吃了，群猴也都吃了，没见他们有什么心理负担，只能说这是一个支撑性相当弱的旁证，这个旁证在前面的论据和后面的论据面前，显得无足轻重。

沙僧一驾云离了东海，行经一昼夜，到了南海。正行时，早见落伽山不远。急至前，低停云雾观看。好去处！果然是：

包乾之奥，括坤之区。会百川而浴日滔星，归众流而生风漾月。潮发腾凌大鲲化，波翻浩荡巨鳌游。水通西北海，浪合正东洋。四海相连同地脉，仙方洲岛各仙宫。休言满地蓬莱，且看普陀云洞。好景致！山头霞彩壮元精，岩下祥风漾月晶。紫竹林中飞孔雀，绿杨枝上语灵鹦。琪花瑶草年年秀，宝树金莲岁岁生。白鹤几番朝顶上，素鸾数次到山亭。游鱼也解修真性，跃浪穿波听讲经。

沙僧徐步落伽山，玩看仙境。只见木叉行者当面相迎道：“沙悟净，你不保唐僧取经，却来此何干？”沙僧作礼毕道：“有一事特来朝见菩萨，烦为引见引见。”木叉情知是寻行者，更不题起，即先进去。对菩萨道：“外有唐僧的小徒弟沙悟净朝拜。”孙行者在台下听见，笑道：“这定是唐僧有难，沙僧来请菩萨的。”即命木叉门外叫进。这沙僧倒身下拜，拜罢，抬头正欲告诉前事，会见孙行者站在旁边，等不得说话，就掣降妖杖望行者劈头便打。这行者更不回手，彻身躲过。沙僧口里乱骂道：“我把你个犯十恶造反的泼猴！你又来影瞒菩萨哩！”菩萨喝道：“悟净不要动手！有甚事先与我说。”

沙僧收了宝杖，再拜台下，气冲冲的对菩萨道：“这猴一路行凶，不可数计。前日在山坡下，打杀两个剪路的强人，师父怪他，不期晚间就宿在贼窝主家里，又把一伙贼人尽情打死，又血淋淋提一个人头来与师父看。师父唬得跌下马来，骂了他几句，赶他回来。分别之后，师父饥渴太甚，教八戒去寻水，久等不来，又教我去寻他。不期孙行者见我二人不在，复回来把师父打一铁棍，将两个青毡包袱抢去。我等回来，将师父救醒，特来他水帘洞寻他讨包袱。不想他变了脸，不肯认我，将

师父关文念了又念。我问他念了做甚，他说不保唐僧，他要自上西天取经，送上东土，算他的功果，立他为祖，万古传扬。我又说：'没唐僧，那肯传经与你？'他说他选了一个有道的真僧。及请出，果是一匹白马，一个唐僧，后随着八戒、沙僧。我道：'我便是沙和尚，那里又有个沙和尚？'是我赶上前，打了他一宝杖，原来是个猴精。他就帅众拿我，是我特来告诉菩萨。不知他会使筋斗云，预先到此处，又不知他将甚巧语花言，影瞒菩萨也。"

菩萨道："悟净，不要赖人。悟空到此，今已四日。我更不曾放他回去。他那里有另请唐僧自去取经之事？"沙僧道："见如今水帘洞有一个孙行者，怎敢欺诳？"菩萨道："既如此，你休发急，教悟空与你同去花果山看看。是真难灭，是假易除，到那里自见分晓。"这大圣闻言，即与沙僧辞了菩萨。这一去，到那：

花果山前分皂白，水帘洞口辨真邪。

毕竟不知如何分辨，且听下回分解。

沙僧驾云离了东海后，又走了一昼夜才到南海，正在那儿散步看景。木叉明明知道他来干什么，却依旧当面相迎道："沙悟净，你不保唐僧取经，却来此何干？"

这就是上位者的语式，多体会。

沙僧来到菩萨面前，刚看见悟空就相当勇猛地拿着降妖杖开打，还骂道："我把你个犯十恶造反的泼猴！你又来影瞒菩萨哩！"

沙僧这反应真的挺厉害，在沙僧的视角下，这是悟空的云快，提前来告刁状，自己此时如果辩驳就落了后手，他必须表达出极度的愤慨把局面优势拉到自己这里才好张嘴，所以他得先急眼，得动家伙，反正菩萨在这里，他又不会被猴子打死。

被菩萨喝住后，沙僧收了宝杖，再拜台下，气冲冲地对菩萨说了悟空被赶走的来龙去脉，整个过程还算还原，但是他第一句话的定性让人极度心凉："这猴一路行凶，不可数计。"

沙僧这话实在是有点丧良心，大师兄怎么就"一路行凶，不可数计"了？

沙僧还不知道已经有两个孙悟空了。当他在花果山看到假沙僧时，他也被触及了底线，跟猴子划清界限了。菩萨做证表示那个不是悟空，悟空已经在这里四天了，菩萨根本没放他走，并安排悟空跟着沙僧同回花果山去看看情况。

第五十八回

二心搅乱大乾坤，一体难修真寂灭

这行者与沙僧，拜辞了菩萨，纵起两道祥光，离了南海。原来行者筋斗云快，沙和尚仙云觉迟，行者就要先行。沙僧扯住道："大哥，不必这等藏头露尾，先去安排，待小弟与你一同走。"大圣本是良心，沙僧却有疑意。真个二人同驾云而去。不多时，果见花果山。按下云头，二人洞外细看。果见一个行者，高坐石台之上，与群猴饮酒作乐，模样与大圣无异，也是黄发金箍，金睛火眼；身穿也是锦布直裰，腰系虎皮裙；手中也拿一条儿金箍铁棒；足下也踏一双麂皮靴；也是这等毛脸雷公嘴，朔腮别土星，查耳额颅阔，獠牙向外生。

这大圣怒发，一撒手，撇了沙和尚，掣铁棒上前骂道："你是何等妖邪，敢变我的相貌，敢占我的儿孙，擅居吾仙洞，擅作这威福！"那行者见了，公然不答，也使铁棒来迎。二行者在一处，果是不分真假。好打哑：

两条棒，二猴精，这场相敌不非轻。都要护持唐御弟，各施功绩立英名。真猴实受沙门教，假妖虚称佛子情。盖为神通多变化，无真无假两相平。一个是混元一气齐天圣，一个是久炼千灵缩地精。这个是如意金箍棒，那个是随心铁杆兵。隔架遮拦无胜败，撑持抵敌没输赢。先前交手洞门外，少顷争持在半空。

他两个各踏云光，跳斗上九霄云内。沙僧在旁，不敢下手，见他每战此一场，诚然难认真假；欲待拔刀相助，又恐伤了真的。忍耐良久，且纵身跳下山崖，使降

妖宝杖，打近水帘洞外，惊散群妖，掀翻石凳，把饮酒食肉的器皿尽情打碎。寻他的青毡包袱，四下里全然不见。原来他水帘洞，本是一股瀑布飞泉遮挂洞门，远看似一条白布帘儿，近看乃是一股水脉，故曰水帘洞。沙僧不知进步来历，故此难寻。即便纵云赶到九霄云里，抡着宝杖，又不好下手。大圣道："沙僧，你既助不得力，且回覆师父，说我等这般这般，等老孙与此妖打上南海落伽山菩萨前，辨个真假。"道罢，那行者也如此说。沙僧见两个相貌、声音，更无一毫差别，皂白难分，只得依言，拨转云头，回覆唐僧不题。

这一回的标题相当关键，"二心搅乱大乾坤，一体难修真寂灭"。这一回的文眼并没有落在真与假上，而是落在了"二心"和"一体"上。

两个猴子天上人间、冥府灵山地折腾了一大通，是"二心"在作乱，这个"二心"并非指悟空和所谓六耳猕猴的两颗心，我认为，如果真的有六耳猕猴一说，那么标题应该是"真假搅乱大乾坤，二心难修真寂灭"，而文中此回标题的落脚点是"一体"。

这句标题的意思是，一个人如果存在二心就难以修成正果。

落脚点在于悟空的一体二心。

从标题开始，作者就已经暗示了，哪里有什么真假孙悟空，不过是悟空自导自演，把唐僧打了、把事情闹大，自己重新回到取经队伍中罢了。

悟空跟沙僧离开南海，沙僧担心悟空云快，做手脚，于是扯住猴哥，跟他慢慢走。二人到了花果山时，发现一个一模一样的悟空正在那儿与群猴饮酒作乐，悟空怒发，撇了沙和尚，掣铁棒上前开骂，假悟空不回话，两个猴子直接进入开战环节。

后面的这段介绍再次表明作者的用意：真猴实受沙门教，假妖虚称佛子情。盖为神通多变化，无真无假两相平。

上一句刚说了"真猴"和"假妖"，马上就告诉你，这是"无真无假"的。

沙僧看见俩猴子打起来了，看了一会儿也不知道该帮哪个，就去找包袱。由于他不知道水帘洞的奥秘，所以也找不到包袱，只能又回来看俩猴子打架。悟空安排沙僧去回复唐僧现在的情况，自己要跟假猴子去落伽山分出个真假。

你看那两个行者，且行且斗，直嚷到南海，径至落伽山，打打骂骂，喊声不绝。早惊动护法诸天，即报入潮音洞里道："菩萨，果然两个孙悟空打将来也。"那菩萨

与木叉行者、善财童子、龙女降莲台，出门喝道：“那业畜，那里走！”这两个递相揪住道：“菩萨，这厮果然像弟子模样。才自水帘洞打起，战斗多时，不分胜负。沙悟净肉眼愚蒙，不能分识，有力难助，是弟子教他回西路去回师父。我与这厮打到宝山，借菩萨慧眼，与弟子认个真假，辨明邪正。”道罢，那行者也如此说一遍。众诸天与菩萨都看良久，莫想能认。菩萨道：“且放了手，两边站下，等我再看。”果然撒手，两边站定。这边说“我是真的”，那边说“他是假的”。

菩萨唤木叉与善财上前，悄悄分付：“你一个帮住一个，等我暗念‘紧箍儿咒’，看那个害疼的便是真，不疼的便是假。”他二人果各帮一个。菩萨暗念真言，两个一齐喊疼，都抱着头，地下打滚，只叫：“莫念！莫念！”菩萨不念，他两个又一齐揪住，照旧嚷斗。菩萨无计奈何，即令诸天、木叉上前助力。众神恐伤真的，亦不敢下手。菩萨叫声“孙悟空”，两个一齐答应。妙！菩萨道：“你当年官拜弼马温，大闹天宫时，神将皆认得你，你且上界去分辨回话。”这大圣谢恩，那行者也谢恩。

二人扯扯拉拉，口里不住的嚷斗，径至南天门外。慌得那广目天王帅马、赵、温、关四大天将，及把门大小众神，各使兵器挡住道：“那里走！此间可是争斗之处？”大圣道：“我因保护唐僧往西天取经，在路上打杀贼徒，那三藏赶我回去，我径到普陀崖，见观音菩萨诉苦。不想这妖精几时就变作我的模样，打倒唐僧，抢去包袱。有沙僧至花果山寻讨，只见那妖精占了我的巢穴。后到普陀崖告请菩萨，又见我侍立台下，沙僧诳说是我驾筋斗云，又先在菩萨处遮饰。菩萨却是个正明，不听沙僧之言，命我同他到花果山看验。原来这妖精果像老孙模样。才自水帘洞打到落伽山，见菩萨，菩萨也难识认。故打至此间，烦诸天眼力，与我认个真假。”道罢，那行者也似这般这般，说了一遍。众天神看勾多时，也不能辨。他两个吆喝道：“你们既不能认，让开路，等我们去见玉帝。”

众神搪抵不住，放开天门，直至灵霄宝殿。马元帅同张、葛、许、丘四天师奏道：“下界有一般两个孙悟空，打进天门，口称见主。”说不了，两个直嚷进来，諕得那玉帝即降立宝殿，问曰：“你两个因甚事擅闹天宫，嚷至朕前寻死！”大圣口称：“万岁！万岁！臣今皈命，秉教沙门，再不敢欺心诳上，只因这个妖精变作臣的模样……”如此如彼，把前情备陈了一遍，“望乞与臣辨个真假。”那行者也如此陈了一遍。玉帝即传旨宣托塔李天王，教：“把‘照妖镜’来，照这厮谁真谁假，教他假灭真存。”

天王即取镜照住，请玉帝同众神观看。镜中乃是两个孙悟空的影子，金箍、衣服，毫发不差。玉帝亦辨不出，赶出殿外。这大圣呵呵冷笑，那行者也哈哈欢喜，揪头抹颈，复打出天门，坠落西方路上道：“我和你见师父去，我和你见师父去！”

两个悟空一边走一边打，嚷到南海后，观音菩萨看了半天也看不出真假，随后菩萨唤木叉与善财上前，悄悄吩咐他俩一人抓住一个，等菩萨暗念紧箍咒时，“看那个害疼的便是真，不疼的便是假”。等菩萨暗念时，两个一齐喊疼。

至此，其实假悟空是真悟空用身外身法变出来的假身这件事已经能确定了，因为菩萨“暗念真言”，是没有征兆的，也就是说那个紧箍咒对俩猴子都有效果，如果真的有假猴子，他是绝对复制不出来这个紧箍咒的。佛祖的无上法宝他能复制出来戴上，还对得上那个真言？要是真那么厉害就不用假扮这个孙悟空了，直接以所谓“六耳猕猴”的本相去灵山应聘就行了！

早在大闹天宫时期，猴哥跟哪吒对打时，作者就已经铺垫了悟空能复制本体的能力，所谓“三太子与悟空各骋神威，斗了个三十回合。那太子六般兵变做千千万万，孙悟空金箍棒变作万万千千，半空中似雨点流星，不分胜负。原来悟空手疾眼快，正在那混乱之时，他拔下一根毫毛，叫声：‘变！’就变做他的本相，手挺着棒，演着哪吒。他的真身却一纵，赶至哪吒脑后，着左膊上一棒打来”。当时我们就说，悟空能复制金箍棒，悟空变的本相能达到“演着哪吒”的水平，注意这毫毛斗着的是“那太子六般兵变做千千万万”,能跟猴哥打成“半空中似雨点流星，不分胜负”的哪吒。

菩萨念完紧箍咒后，把两个猴子支到天上去了。两个悟空又打到了南天门，对满天神将做了一番前情叙述，核心思想就是：这妖精变作我的模样，打倒唐僧、抢去包袱，这事我有菩萨做证，目前菩萨也难以识认，所以我们打到这里，让诸天做个鉴别。

话说到这份儿上了，其实能管这事的神仙也就没有几个了。五方五老的观音菩萨都管不了这事，谁还敢管呢？这不是打菩萨脸嘛！

玉帝听四大天师说“下界有一般两个孙悟空，打进天门，口称见主”后，相当重视，相当狠地问道：“你两个因甚事擅闹天宫，嚷至朕前寻死！”从这里也能看出来，猴哥的战斗力确实是让玉帝相当忌惮的，当年一个猴子就够难应付的了。再看猴哥此时的回答："万岁！万岁！臣今皈命，秉教沙门，再不敢欺心诳上，只因这个妖精变作臣的模样……"如此如彼，陈述了一遍前情，最后道："望乞与臣辨个真假。"

还是那句话，西游宇宙的孙悟空已经全身心地拥抱皇权统治阶级了，是"再不敢欺心诳上"了。猴哥的反抗精神要在几百年后才被认识到。

玉帝把这事推到了佛门派系的李天王那里，让他拿照妖镜来判断。这照妖镜在文殊菩萨那里也出现过，能直接照出来妖怪的本相，当初那青毛狮子在文殊菩萨的照妖镜下就能看出来原形，所谓"那菩萨袖中取出照妖镜，照住了那怪的原身。行者才招呼八戒、沙僧，齐来见了菩萨，却将镜子里看处，那魔王生得好不凶恶：眼似琉璃盏，头若炼砂缸。浑身三伏靛，四爪九秋霜。搭拉两个耳，一尾扫帚长。青毛生锐气，红眼放金光。匾牙排玉板，圆须挺硬枪。镜里观真像，原是文殊一个狮猁王"。

注意，不是这照妖镜一照就能把狮子打回原形，而是能在镜子中看见它的本相，是菩萨跟悟空聊完后，那青毛狮子才现的原形。"行者道：'既如此，收了去罢。若不是菩萨亲来，决不饶他性命。'那菩萨却念个咒，喝道：'畜生，还不皈正，更待何时！"那魔王才现了原身。'"

也就是说，照妖镜的功能是照出妖魔变化的原形。

照妖镜照住两个猴子，依旧是两个孙悟空的影子，这其实也再次说明了假悟空分明就是真悟空的分身，因为六耳猕猴再牛，也是悟空的一种变化，那不是他的本体，他不可能脱离照妖镜的功能设定。

玉帝一看照妖镜也搞不定，直接把这俩猴子赶出了大殿，俩猴子又去找了唐僧。

却说那沙僧，自花果山辞他两个，又行了三昼夜，回至本庄，把前事对唐僧说了一遍。唐僧自家悔恨道："当时只说是孙悟空打我一棍，抢去包袱，岂知却是妖精假变的行者！"沙僧又告道："这妖又假变一个长老，一匹白马，又有一个八戒，挑着我们包袱，又有一个变作是我。我忍不住恼怒，一杖打死，原是一个猴精，因此惊散。又到菩萨处诉告，菩萨着我与师兄又同去识认，那妖果与师兄一般模样。我难助力，故先来回覆师父。"三藏闻言，大惊失色。八戒哈哈大笑道："好，好，好！

应了这施主家婆婆之言了！他说有几起取经的，这却不又是一起？”那家老老小小都来问沙僧道：“你这几日往何处讨盘缠去的？”沙僧笑道：“我往东胜神洲花果山寻大师兄取讨行李，又到南海落伽山拜见观音菩萨，却又到花果山，方才转回至此。”那老者又问：“往返有多少路程？”沙僧道：“约有二十余万里。”老者道：“爷爷哑，似这几日就走了这许多路，只除是驾云，方能勾得到！”八戒道：“不是驾云，怎得过海？”沙僧道：“我们那算得走路，若是我大师兄，只消一二日可往回也。”那家子听言，都说是神仙。八戒道：“我们虽不是神仙，神仙还是我们的晚辈哩。”

正说间，只听半空中喧哗乱嚷，慌得都出来看，却是两个行者打将来。八戒见了，忍不住手痒道：“等我去认认看。”好呆子，急纵身跳起，望空高叫道：“师兄莫嚷，我老猪来也！”那两个一齐应道：“兄弟，来打妖精！来打妖精！”那家子又惊又喜道：“是几位腾云驾雾的罗汉歇在我家，就是发愿斋僧的，也斋不着这等好人！”更不计较茶饭，愈加恭养。又说：“这两个行者，只怕斗出不好来，地覆天翻，作祸在那里！”三藏见那老者当面是喜，背后是忧，即开言道：“老施主放心，莫生忧叹。贫僧收伏了徒弟，去恶归善，自然谢你。”那老者满口回答道：“不敢，不敢。”沙僧道：“施主休讲。师父可坐在这里，等我和二哥去，一家扯一个来，到你面前，你就念念那话儿，看那个害疼的，就是真的；不疼的，就是假的。”三藏道：“言之极当。”

沙僧果起在半空道：“二位住了手，我同你到师父面前辨个真假去。”这大圣放了手，那行者也放了手。沙僧搀住一个叫道：“二哥，你也搀住一个。”果然搀住，落下云头，径至草舍门外。三藏见了，就念“紧箍儿咒”。二人一齐叫苦道：“我们这等苦斗，你还咒我怎的？莫念！莫念！”那长老本心慈善，遂住了口不念，却也不认得真假。他两个挣脱手，依然又打。这大圣道：“兄弟们，保着师父，等我与他打到阎王前折辨去也。”那行者也如此说。二人抓抓挜挜，须臾，又不见了。

八戒道：“沙僧，你既到水帘洞看见假八戒挑着行李，怎么不抢将来？”沙僧道：“那妖精见我使宝杖打他假沙僧，他就乱围上来要拿，是我顾性命走了。及告菩萨，与行者复至洞口，他两个打在空中，是我去掀翻他的石凳，打散他的小妖，只见一股瀑布泉水流，竟不知洞门开在何处，寻不着行李，所以空手回覆师命也。”八戒道：“你原来不晓得。我前年请他去时，先在洞门外相见，后被我说泛了他，他就跳下

去洞里换衣来时，我看见他将身往水里一钻。那一股瀑布水流就是洞门，想必那怪将我们包袱收在那里面也。”三藏道：“你既知此门，你可趁他都不在，可先到他洞里取出包袱，我们往西天去罢。他就来，我也不用他了。”八戒道：“我去。”沙僧说：“二哥，他那洞前有千数小猴，你一人恐弄化不过，反为不美。”八戒笑道：“不怕，不怕。”急出门，纵着云雾，径上花果山寻取行李不题。

沙僧自花果山走后又行了三昼夜才回去，他这来回花果山和落伽山加一块儿，走了十天，水平和猴哥对比，真的是有巨大差距啊！等唐僧听沙僧说假扮悟空的妖怪要自己组团取经时，那是“大惊失色”，他害怕了。他知道自己团队的水平有多差。

借住的人家问沙僧这几天去哪儿了，沙僧回道：“我们那算得走路，若是我大师兄，只消一二日可往回也。”

听听，沙僧又喊“大师兄”了。悟空引入了一个虚假的第三方后，自己的价值瞬间就高起来了。

这和“难！难！难！道最玄，莫把金丹作等闲”的智慧呼应上了。这段时间猴子膨胀了，不守规矩，唐僧念念咒没问题，教育猴子是他当师父的责任，但是直接开除人家，断了人家前程，这就太阴毒了。这回和白骨精那回还不一样，上一次开除悟空时，的的确确他并没有立多少功，就是个跑腿的，此时取经路都过半了，悟空救了师父多少回，既然唐僧选择把路走绝了，那就得用用手段，让他知道自己的斤两。

水能载舟，亦能覆舟，师徒两人都应该有个度。

等俩猴子打过来后，沙僧建议唐僧用紧箍咒来测试，结果还是不好使，两个悟空又打去地府了。

唐僧除了念紧箍咒，根本没有能力测试真假，菩萨都没能测出来。那么悟空为什么要来唐僧这里呢？

因为耳听为虚，必须要让唐僧眼见为实，将来才好“破镜重圆”。

但是唐僧这厮真的是恨透了猴子，八戒跟沙僧说水帘洞的事时，唐僧是这么说的：“你既知此门，你可趁他都不在，可先到他洞里取出包袱，我们往西天去罢。他就来，我也不用他了。”

他依旧没琢磨明白八戒、沙僧这俩人到底是什么水平。这一关为什么他会被猴子打了一棒子？还不是因为他们连化斋都化成了“葫芦娃救爷爷”嘛！

唐僧此时已经有点陷入魔障了，面对威胁他正果金身的猴子，他已经怀着“哪怕这蛋糕做不成，也不愿意让蛋糕做大”的态度了。

却说那两个行者，又打嚷到阴山背后，諕得那满山鬼战战兢兢，藏藏躲躲。有先跑的，撞入阴司门里，报上森罗宝殿道：“大王，背阴山上有两个齐天大圣打将来也！”慌得那第一殿秦广王传报与二殿楚江王、三殿宋帝王、四殿卞城王、五殿阎罗王、六殿平等王、七殿泰山王、八殿都市王、九殿忤官王、十殿转轮王。一殿转一殿，霎时间十王会齐。又着人飞报与地藏王。尽在森罗殿上，点聚阴兵，等擒真假。

只听得那强风滚滚，惨雾漫漫，二行者一翻一滚的打至森罗殿下。阴君近前挡住道：“大圣有何事，闹我幽冥？”这大圣道：“我因保唐僧西天取经，路过西梁国，至一山，有强贼截劫我师，是老孙打死几个，师父怪我，把我逐回。我随到南海菩萨处诉告，不知那妖精怎么就绰着口气，假变作我的模样，在半路上打倒师父，抢夺了行李。师弟沙僧，向我本山取讨包袱，这妖假立师名，要往西天取经。沙僧逃遁至南海见菩萨，我正在侧。他备说原因，菩萨又命我同他至花果山观看，果被这厮占了我巢穴。我与他争辨到菩萨处，其实相貌、言语等俱一般，菩萨也难辨真假。又与这厮打上天堂，众神亦果难辨。因见我师，我师念‘紧箍咒’试验，与我一般疼痛。故此闹至幽冥，望阴君与我查看生死簿，看假行者是何出身，快早追他魂魄，免教二心沌乱。”那怪亦如是说一遍。

阴君闻言，即唤管簿判官一一从头查勘，更无个假行者之名。再看毛虫文簿，那猴子一百三十条，已是孙大圣幼年得道之时，大闹阴司，消死名一笔勾之，自后来凡是猴属，尽无名号。查看毕，当殿回报。阴君各执笏，对行者道：“大圣，幽冥处既无名号可查，你还到阳间去折辨。”

正说处，只听得地藏王菩萨道：“且住，且住。等我着谛听与你听个真假。”原来那谛听是地藏菩萨经案下伏的一个兽名。他若伏在地下，一霎时，将四大部洲山川社稷、洞天福地之间，裸虫、鳞虫、毛虫、羽虫、昆虫、天仙、地仙、神仙、人仙、鬼仙，可以照鉴善恶，察听贤愚。那兽奉地藏钧旨，就于森罗庭院之中，俯伏在地。

须臾，抬起头来，对地藏道：“怪名虽有，但不可当面说破，又不能助力擒他。”地藏道：“当面说出便怎么？”谛听道：“当面说出，恐妖精恶发，搔扰宝殿，致令阴府不安。”又问：“何为不能助力擒拿？”谛听道：“妖精神通，与孙大圣无二。幽冥之神，能有多少法力？故此不能擒拿。”地藏道：“似这般，怎生祛除？”谛听道：“佛法无边。”地藏早已省悟，即对行者道：“你两个形容如一，神通无二，若要辨明，须到雷音寺释迦如来那里，方得明白。”两个一齐嚷道：“说的是，说的是！我和你西天佛祖之前折辨去！”那十殿阴君送出，谢了地藏，回上翠云宫，着鬼使闭了幽冥关隘不题。

两个悟空又打到了地府，十殿阎罗都被惊动了。悟空又说了一遍情况，让他们查生死簿上有没有个“假行者”之名——怎么可能查得到。本来阎王都已经下定论说幽冥处无名号可查，管不了这事，但此时地府主管负责人地藏王把这事揽过来了，表示他的谛听伏在地下只需要一霎时就能将“四大部洲山川社稷、洞天福地之间，裸虫、鳞虫、毛虫、羽虫、昆虫、天仙、地仙、神仙、人仙、鬼仙”的善恶照鉴，贤愚察听。

接下来的这段，堪称顶级下属给自己的能力镀金并为糊涂领导完美纠错的经典案例。

谛听听完后对地藏菩萨道：“怪名虽有，但不可当面说破，又不能助力擒他。”

这意思是他知道谁是假的，但是管不了这事。

一方面显示了自己的能力，另一方面又暗示他领导，这事您再想想，是不是草率了。

地藏菩萨还在那儿纳闷呢，问道：“当面说出便怎么？”

谛听道：“当面说出，恐妖精恶发，搔扰宝殿，致令阴府不安。”

这句话其实已经说明了没有什么假妖怪一说，因为猴哥能跟他打个不分胜负，真要是有这妖怪，他又能折腾多大的事？

这个回答并不能让地藏菩萨满意，又问：“何为不能助力擒拿？”

谛听道：“妖精神通，与孙大圣无二。幽冥之神，能有多少法力？故此不能擒拿。”

这句话已经是谛听的借口了，妖精神通既然与孙大圣无二，那你只要出手就是助力，这算是什么理由。

地藏菩萨依旧在问："似这般，怎生祛除？"谛听言："佛法无边。"

直到谛听说出了这句话，地藏才"早已省悟"。

谛听不敢明说有两个原因：

1. 观音菩萨和天庭都处理不了的事，地府就能处理得了吗？显得你有能耐吗？

2. 如果说破了假猴子是悟空的分身，这幽冥地府可就真完了，猴子非把自己的毛薅秃了灭地府的口，"妖精神通，与孙大圣无二"并不可怕，可怕的是两个孙大圣目标一致，针对地府。此话只要一出，就没有回旋余地了，悟空这经往后还怎么取呢？佛祖这项目不就砸锅了吗？！

顶级下属挽救了糊涂领导，地藏菩萨最终把俩猴子支到灵山去了，这出闹剧也该结束了。

看那两个行者，飞云奔雾，打上西天。有诗为证：

人有二心生祸灾，天涯海角致疑猜。

欲思宝马三公位，又忆金銮一品台。

南征北讨无休歇，东挡西除未定哉。

禅门须学无心诀，静养婴儿结圣胎。

他两个在那半空里扯扯拉拉，抓抓挜挜，且行且斗，直嚷至大西天灵鹫仙山雷音宝刹之外。早见那四大菩萨、八大金刚、五百阿罗、三千揭谛、比丘尼、比丘僧、优婆塞、优婆夷诸大圣众，都到七宝莲台之下，静听如来说法。那如来正讲到这：

不有中有，不无中无。不色中色，不空中空。非有为有，非无为无。非色为色，非空为空。空即是空，色即是色。色无定色，色即是空。空无定空，空即是色。知空不空，知色不色。名为照了，始达妙音。

概众稽首皈依。流通诵读之际，如来降天花，普散缤纷，即离宝座，对大众道："汝等俱是一心，且看二心竞斗而来也。"

两个猴子飞云奔雾打上了西天，见佛之前，作者再次以诗点明主旨：人有二心生祸灾，天涯海角致疑猜。

这场祸灾，是因为二心产生的。

唐僧怀疑猴子有二心，想挤掉自己的取经"头马"资格从而痛下杀手；猴子随后也变出了二心，打了唐僧一下，画了个圈，给自己讨回了前程。

两只猴子边打边走，嚷至大西天灵鹫仙山雷音宝刹之外，相当凑巧，此时佛门全体都在灵山听佛讲法，四大菩萨、八大金刚、五百阿罗、三千揭谛、比丘尼、比丘僧、优婆塞、优婆夷诸大圣众都在七宝莲台之下凝聚意志，静听佛法。佛祖讲的内容如下：不有中有，不无中无。不色中色，不空中空。非有为有，非无为无。非色为色，非空为空。空即是空，色即是色。色无定色，色即是空。空无定空，空即是色。知空不空，知色不色。名为照了，始达妙音。

这段讲的是“空”与“色”的关系，在佛教术语中，“色”主要是指物质现象，包括我们通过眼、耳、鼻、舌、身等感官所能感知到的一切事物。“空”是指事物的本质是空性，提醒人们不要被事物的表象所迷惑。佛祖肯定了“空”本身的空性特质及“色”作为表象存在的自身特性，随后又指出“色”并没有固定不变的外在，它也会不断变化，也就是“色即是空”；“空”也并非固定不变，不是绝对的空无，它能通过种种因缘在现象层面呈现出“色”的样子，也就是“空即是色”。这段内容主要体现了佛教里色空不二，二者相互转化、相互依存的核心观念，表示万事万物的表象和本质都是存在深邃联系的。当真正明白“空”并非绝对的空无，“色”也并非实在不变的色相时，你的境界也就到了。

这段佛理是佛祖在开示诸人，看实物不要看表象。刚讲完这段，佛祖对大众道：“汝等俱是一心，且看二心竞斗而来也。”这句话是对标题“二心搅乱大乾坤，一体难修真寂灭”的再次点题，“二心竞斗”是对前面“汝等俱是一心”的呼应，猴子的两颗心来了。

佛祖没有把这事定成真与假，要解决这事，起手就是将两颗心变成一颗心。

大众与目看之，果是两个行者，吆天喝地，打至雷音胜境。慌得那八大金刚上前挡住道：“汝等欲往那里去？”这大圣道：“妖精变作我的模样，欲至宝莲台下，烦如来为我辨个虚实也。”众金刚抵挡不住，直嚷至台下，跪于佛祖之前，拜告道：“弟子保护唐僧，来造宝山，求取真经，一路上炼魔缚怪，不知费了多少精神。前至中途，偶遇强徒劫掳，委是弟子二次打伤几个，师父怪我赶回，不容同拜如来金身。弟子无奈，只得投奔南海，见观音诉苦。不期这个妖精假变弟子声音、相貌，将师父打倒，

把行李抢去。师弟悟净寻至我山，被这妖假捏巧言，说有真僧取经之故。悟净脱身至南海，备说详细。观音知之，遂令弟子同悟净再至我山。因此两人比并真假，打至南海，又打到天宫，又曾打见唐僧，打见冥府，俱莫能辨认。故此大胆轻造，千乞大开方便之门，广垂慈悯之念，与弟子辨明邪正，庶好保护唐僧，亲拜金身，取经回东土，永扬大教。”

大众听他两张口一样声俱说一遍，众亦莫辨。惟如来则通知之。正欲道破，忽见南下彩云之间，来了观音，参拜我佛。我佛合掌道：“观音尊者，你看那两个行者，谁是真假？”菩萨道：“前日在弟子荒境，委不能辨。他又至天宫、地府，亦俱难认。特来拜告如来，千万与他辨明辨明。”如来笑道：“汝等法力广大，只能普阅周天之事，不能遍识周天之物，亦不能广会周天之种类也。”菩萨又请示周天种类，如来才道：“周天之类，有五仙，乃天、地、神、人、鬼；有五虫，乃裸、鳞、毛、羽、昆。这厮非天、非地、非神、非人、非鬼，亦非裸、非鳞、非毛、非羽、非昆。又有四猴混世，不入十类之种。”菩萨道：“敢问是那四猴？”如来道：

第一是灵明石猴，通变化，识天时，知地利，移星换斗；第二是赤尻马猴，晓阴阳，会人事，善出入，避死延生；第三是通臂猿猴，拿日月，缩千山，辨休咎，乾坤摩弄；第四是六耳猕猴，善聆音，能察理，知前后，万物皆明。此四猴者，不入十类之种，不达两间之名。我观假悟空，乃六耳猕猴也。此猴若立一处，能知千里外之事，凡人说话，亦能知之，故此善聆音，能察理，知前后，万物皆明。与真悟空同像同音者，六耳猕猴也。

那猕猴闻得如来说出他的本像，胆战心兢，急纵身跳起来就走。如来见他走时，即令大众下手。早有四菩萨、八金刚、五百阿罗、三千揭谛、比丘僧、比丘尼、优婆塞、优婆夷、观音、木叉，一齐围绕。孙大圣也要上前。如来道：“悟空休动手，待我与你擒他。”那猕猴毛骨悚然，料着难脱，即忙摇身一变，变作个蜜蜂儿，往上便飞。如来将金钵盂撇起去，正盖着那蜂儿落下来。大众不知，以为走了。如来笑云：“大众休言。妖精未走，见在我这钵盂之下。”大众一发上前，把钵盂揭起，果然现了本像，是一个六耳猕猴。孙大圣忍不住，抡起铁棒，劈头一下打死。至今绝此一种。

如来不忍，道声：“善哉，善哉。”大圣道：“如来不该慈悯他。他打伤我师父，抢夺我包袱，依律问他个得财伤人，白昼抢夺，也该个斩罪哩。”如来道：“你自快去保护唐僧，来此求经罢。”大圣叩头谢道：“上告如来得知：那师父定是不要我。我此去若不收留，却不又劳一番神思！望如来方便，把‘松箍儿咒’念一念，褪下这个金箍，交还如来，放我还俗去罢。”如来道：“你休乱想，切莫要刁。我教观音送你去，不怕他不收。好生保护他去，那时功成归极乐，汝亦坐莲台。”那观音在旁听说，即合掌谢了圣恩，领悟空辄驾云而去。随后木叉行者、白鹦哥，一同赶上。

不多时，到了中途草舍人家。沙和尚看见，急请师父拜门迎接。菩萨道：“唐僧，前日打你的，乃假行者六耳猕猴也。幸如来知识，已被悟空打死。你今须是收留悟空，一路上魔障未消，必得他保护你，才得到灵山见佛取经，再休嗔怪。”三藏叩头道：“谨遵教旨。”正拜谢时，只听得正东上狂风滚滚，众目视之，乃猪八戒背着两个包袱驾风而至。呆子见了菩萨，倒身下拜道：“弟子前日别了师父，至花果山水帘洞寻得包袱，果见一个假唐僧、假八戒，都被弟子打死，原是两个猴身。却入里，方寻着包袱。当时查点，一物不少。却驾风转此。更不知两行者下落如何？”菩萨把如来识怪之事说了一遍。那呆子十分欢喜，称谢不尽。师徒们拜谢了，菩萨回海，都依旧合意同心，洗冤解怒。又谢了那村舍人家，整束行囊、马匹，找大路而行。正是：

中道分离乱五行，降妖聚会合元明。

神归心舍禅方定，六识袪降丹自成。

毕竟这去不知三藏几时得面佛求经，且听下回分解。

俩猴子打到门口时，八大金刚根本拦不住。悟空嚷至台下，跪于佛祖之前，随后做了整个《西游记》中最精彩的工作汇报，没有之一。

1.“弟子保护唐僧，来造宝山，求取真经。”

潜台词：充分肯定领导安排这一工作的意义，灵山是宝山，取的是真经。一辈子都不怎么说软话的猴子到了佛祖这里跟宝宝一样，而且是跪拜着说，什么时候能见悟空在别处有这种造型。

满天下悟空的恭敬最值钱，什么时候都是物以稀为贵。

2.“一路上炼魔缚怪，不知费了多少精神。”

潜台词：为了佛爷爷安排的事业，猴子算是豁出命了，佛爷爷安排的事最重要。

3.“前至中途，偶遇强徒劫掳，委是弟子二次打伤几个，师父怪我赶回，不容同拜如来金身。”

潜台词：弱化自己的过错，是打伤不是打死，看看他这小机灵鬼，是师父不允许他来拜佛祖金身了。

谁说猴子不会说话？得看对谁说！

猴哥将取经的最终目的归结成了“拜如来金身”。取经不重要，拜谁最重要。

4.“弟子无奈，只得投奔南海，见观音诉苦。不期这个妖精假变弟子声音、相貌，将师父打倒，把行李抢去。师弟悟净寻至我山，被这妖假捏巧言，说有真僧取经之故。悟净脱身至南海，备说详细。观音知之，遂令弟子同悟净再至我山。”

潜台词：佛爷爷，猴子没把局面惹到不可收拾，他有不在场证明。

5.“因此两人比并真假，打至南海，又打到天宫，又曾打见唐僧，打见冥府，俱莫能辨认。”

潜台词：猴子满世界嚷嚷了一遍，别人都不够级别，得佛祖出手。

6.“故此大胆轻造，千乞大开方便之门，广垂慈悯之念，与弟子辨明邪正，庶好保护唐僧，亲拜金身，取经回东土，永扬大教。”

最后是句总结，人家猴哥基本上没说假猴子的事，说的都是自己的工作详情和与唐僧的矛盾问题，最终请求的是“辨明邪正”，跟假猴子没关系。

是辨明邪正，不是真假。

佛祖，您看我这一路降妖除魔是邪是正？

人家也没说什么撂挑子不干的狠话，明明确确地说了想继续为佛爷爷效力，拜金身，传大教。

归根结底，就是悟空打了唐僧，然后跟佛祖说：佛爷爷，我对您安排的事业尽心竭力，您得管管那不懂规矩的二弟子！

佛祖随后问观音菩萨：你认得出吗？

菩萨表示自己没这个能力，还得是佛祖您。

随后佛祖笑道：“汝等法力广大，只能普阅周天之事，不能遍识周天之物，亦不能广会周天之种类也。”佛祖开始帮猴子圆谎了，说有混世四猴，不入十类之种，分别为：灵明石猴，赤尻马猴，通臂猿猴，六耳猕猴。

佛祖说假猴子是六耳猕猴。“此猴若立一处，能知千里外之事，凡人说话，亦能知之，故此善聆音，能察理，知前后，万物皆明。”

我们单纯用常识思考一下就知道怎么可能有这种动物，他要是真这么厉害，绝对能天天在千里之外听佛祖和老君这种级别的最高秘法，那早就变成另一个佛祖了，怎么可能愿意去假扮一只猴子！

更逗的是，跟悟空一样本事的六耳猕猴事后被悟空很轻松地打死了，所谓“大众一发上前，把钵盂揭起，果然现了本像，是一个六耳猕猴。孙大圣忍不住，抡起铁棒，劈头一下打死。至今绝此一种”。

既然一样本事，怎么可能被一棒打死？前面打了那么久都没事，现在一棒子就打死了。怎么这么逗呢？怎么死得就那么恰到好处呢？重回取经队伍的任务刚完成，悟空就安排他“领盒饭”了，一个活口都不留！

“至今绝此一种”其实也是一句潜台词：这事从此死无对证了。

不会再有这么一只六耳猕猴来证明这段故事的真假了。

佛祖处理完这事后，告诉悟空：“你自快去保护唐僧，来此求经罢。”此话一出，悟空的地位算是彻底稳了，这是佛祖让他回的取经队伍。猴哥试着要价，叩头谢道：“上告如来得知：那师父定是不要我。我此去若不收留，却不又劳一番神思！望如来方便，把‘松箍儿咒’念一念，褪下这个金箍，交还如来，放我还俗去罢。”

言外之意，我这次重新上岗需要您派个领导送我，给我站站台。

佛祖道：“你休乱想，切莫要刁。我教观音送你去，不怕他不收。好生保护他去，那时功成归极乐，汝亦坐莲台。”

佛祖在对撒娇的猴子说：你的辛苦我都知道，你脑子开窍了我也知道，你这次绕了一圈表忠心我也都听见了，现在你比当年闹天宫时懂事多了，好好干，取经回来我给你个坐莲台的身份。

佛祖没说让悟空成佛，仅仅说了“功成归极乐，汝亦坐莲台”。

前面我们说的观音菩萨、文殊菩萨都有莲台，这句话的意思是，悟空可以有菩萨及以上的高级身份，但佛祖这句话没说死，是什么级别还得看悟空后面的表现，佛祖永远保留着最终解释权。

对于这回取经团队离心离德、闹出人命甚至互相把路走死了的事，佛祖是怎么处理的？有没有纠结于打杀强盗和打死“六耳猕猴”的善恶？有没有说破悟空这绕了一大圈的套路和小聪明？

并没有。

什么事最重要?

取经最重要，普度更多人更重要，把佛法传出去最重要。

为了让这一趟顺利走下来，背后需要沟通多少势力。

你唐僧这次要负主要领导责任，你那点小心思以为大家不知道吗?为什么给你紧箍咒?你可以随时教育猴子，但是你没有资格开除猴子。觉得自己受到了威胁，就能下手就这么黑，直接断人家的前程吗?猴子是佛祖批准、观音选拔，拨到你这儿任职的，你有什么资格开除人家?你拿我灵山当什么了!

佛祖对这位取经的最大功臣给予了面子和承诺，过去的就都过去了，一切向前看，把佛法传给东土这事最重要。

这一关，佛祖用的智慧是“善意的谎言”和“论功给前途”。

观音菩萨带着悟空来到了唐僧这里，菩萨亲自定性了两件事:

1.“唐僧，前日打你的，乃假行者六耳猕猴也。幸如来知识，已被悟空打死。”

唐僧，前面这事过去了，掀篇了，悟空也算为你报仇了。

2.“你今须是收留悟空，一路上魔障未消，必得他保护你，才得到灵山见佛取经，再休嗔怪。”

孙悟空你必须收下,你是他入灵山的“门票”,但他如今也是你入灵山的“门票”!

这句话说完，其实也算是给唐僧吃了定心丸。

取经的关键是“他保护你”，你是核心，谁也取代不了你。与此同时，没有这保镖你也走不到西天，你俩是互相成就。

从此你俩是“取经传奇”，是组合，在猴子的保护下，你才能自由地飞翔;在你灿烂光辉的照耀下，猴子才能永恒地徜徉。西天的方向照耀在你们俩心上，辽远的边疆随你们去远方!

唐僧听完后叩头表示“谨遵教旨”。

正拜谢着，八戒也打死了假唐僧、假八戒，带着包袱从花果山回来了，至此师徒四人团圆，皆大欢喜。

看这句话:“菩萨回海，都依旧合意同心，洗冤解怒。”

为啥能“合意同心，洗冤解怒”?

其实是佛祖对唐僧这张“门票”和悟空这个主角进行了确权绑定，你俩绑在一块，就都有光明的未来。

再看回末诗句：

1.“中道分离乱五行”，“中道”是佛道思想中注意避免极端的修行观念，明面意思是偏离了中正平衡的大道，五行之间的和谐秩序就会被打乱。

对照故事内容是指取经半路队伍散了，师徒四人一马的“五行”一旦缺了一个就会出现动乱。

2.“降妖聚会合元明”，“降妖”象征降服人内心的杂念、欲望，“聚会合元明”是说将这些被降伏的杂念转化为清明的觉知，回归本元。

对照故事内容是说，消灭二心、师徒再聚一起时，师徒就又回到正确的道路上了。

3.“神归心舍禅方定”，当人的精神回归到内心本真之后，禅定的状态才能真正达成。

对照故事内容就是，象征着心的悟空回到队伍后，这个取经的队伍才能安定；更深一层次是当悟空和唐僧都不内耗时，取经才重新回到正轨。

4.“六识祛降丹自成”，“六识”就是眼耳鼻舌身意这“六贼”，降服六贼后内丹才能修成，再次提醒了人心如心猿意马，需要紧缚牢拴莫外寻，需要时时勤拂拭，勿使惹尘埃，除六贼的行动要永远坚持下去！

真假悟空之后，整个西梁女国关卡终于结束了。

这个国家的故事相当凶险，堪称整个西游宇宙考验的顶梁之关，在金峣山、女儿国、真假悟空三关中，取经队伍“贪（贪衣服）、嗔（唐僧嗔猴子）、痴（痴即无明，是对世间的真相、因果规律等的愚昧无知，唐僧对强盗、对悟空都是大痴）、慢（猴子傲慢）、疑（唐僧怀疑猴子不安好心）”五毒俱全，佛祖在取经过程中总共出手三次，其中两次都是在西梁女国境内。

金峣山关卡象征着整个西游宇宙最大的“利益”之争，佛祖通过低头给面子和花钱收买，帮助师徒过了这关。

女儿国关卡象征着整个西游宇宙最大的“淫欲”考验，佛祖帮不了，只能靠唐僧自己，就跟悟空当年在八卦炉和紫金葫芦里一样，这是在闯生死关，闯过了也就闯过了。唐僧靠自己冲破了烟花网和风月魔，但整个西行团队也在这个过程中损失惨重，“杀盗淫妄酒”五戒破了四戒。

真假悟空关卡，悟空对权力的理解到了成熟阶段，从这一刻开始，猴哥具备了进入高级正果圈层的能力和见识，遇到问题知道绕一个圈来解决，知道要引入第三方，也正是在猴哥会用脑子深入思考后，佛祖钦定了一个高级岗位给他，并用“善意的谎言”和“论功给前途”调和折中，把取经队伍又给团结到一起了。

第十二章

妖仙僭越，野生精怪的最终结局

第五十九回

唐三藏路阻火焰山，孙行者一调芭蕉扇

若干种性本来同，海纳无穷。千思万虑终成妄，般般色色和融。有日功完行满，圆明法性高隆。休教差别走西东，紧锁牢鞴。收来安放丹炉内，炼得金乌一样红。朗朗辉辉娇艳，任教出入乘龙。

话表三藏遵菩萨教旨，收了行者，与八戒、沙僧剪断二心，锁鞴猿马，同心戮力，赶奔西天。说不尽光阴似箭，日月如梭。历过了夏月炎天，却又值三秋霜景。但见那：

薄云断绝西风紧，鹤鸣远岫霜林锦。光景正苍凉，山长水更长。征鸿来北塞，玄鸟归南陌。客路怯孤单，衲衣容易寒。

首先来看开篇词，前两句“若干种性本来同，海纳无穷。千思万虑终成妄，般般色色和融”是说诸多事物的本质其实是相同的，人心中的千万思虑最后通常都是虚妄，世间万物呈现出的现象都是可以相互融合的。

“有日功完行满，圆明法性高隆”，如果有一天修行的功夫够了，圆满了，开悟了，就能明确看清世间万事万物的智慧本真了。

“休教差别走西东，紧锁牢鞴。收来安放丹炉内，炼得金乌一样红。朗朗辉辉娇艳，任教出入乘龙。”这句依旧说的是要修自己的这颗心，要把自己的意根牢牢看守住，不要有那么多的分别心，将自己的内心修炼得像太阳一样纯粹光亮，那就到了超凡神通、自在逍遥的状态了。

这首词对前面的西梁女国修心大考验做了个总结，主旨就是全书反复宣讲的修心，文眼为“千思万虑终成安”。唐僧你别自己胡琢磨，这个取经项目里，除如来佛祖之外没有任何一个人能否定掉你，你永远是第一位的，你要做的就是从头到尾坚心前来，永远对你的佛祖师父虔诚拥护，剩下的都不是你该操心的，以你的能力你也操不了那个心；猴子你也别胡琢磨，你的未来是什么也完全取决于如来佛祖，你要做的就是尽心尽力地把这趟镖给保到灵山，你这完全是“不看僧面看佛面”，所以别总跟唐僧嘚瑟，也别总挖空心思显摆自己，别折腾，做好你的本职工作，直到“有日功完行满，圆明法性高隆”的那一天。

此词过后，取经团队“剪断二心，锁鞴猿马，同心戮力，赶奔西天”了。这支队伍又会合了，所谓的内心芥蒂去除了吗?

怎么可能！那永远是心中的刺！尤其猴子永远不可能忘了这和尚对他有多狠！

但是佛祖已经用顶级智慧把他们摆平了：你们都是为了前程，都有着光明的未来，一切的一切，都看我的佛面！取经都取到这个时候了，你们几个居然还没琢磨明白取这趟经的意义，还在这儿内耗，有这么复杂吗?

再告诉你们一遍，是我佛造经传极乐，观音奉旨上长安！

取经项目的最终解释权归灵山所有！

师徒四众进前行处，渐觉热气蒸人。三藏勒马道：“如今正是秋天，却怎返有热气？”八戒道：“原来不知。西方路上有个斯哈哩国，乃日落之处，俗呼为‘天尽头’。若到申酉时，国王差人上城，擂鼓吹角，混杂海沸之声。日乃太阳真火，落于西海之间，如火淬水，接声滚沸；若无鼓角之声混耳，即振杀城中小儿。此地热气蒸人，想必到日落之处也。”大圣听说，忍不住笑道：“呆子莫乱谈。若论斯哈哩国，正好早哩。似师父朝三暮二的，这等担阁，就从小至老，老了又小，老小三生，也还不到。”八戒道：“哥呵，据你说，不是日落之处，为何这等酷热？”沙僧道：“想是天时不正，秋行夏令故也。”

他三个正都争讲，只见那路旁有座庄院，乃是红瓦盖的房舍，红砖砌的垣墙，红油门扇，红漆板榻，一片都是红的。三藏下马道：“悟空，你去那人家问个消息，看那炎热之故何也。”

大圣收了金箍棒，整肃衣裳，扭捏作个斯文气象，绰下大路，径至门前观看。那门里忽然走出一个老者。但见他：

穿一领黄不黄、红不红的葛布深衣，带一顶青不青、皂不皂的篾丝凉帽。手中拄一根弯不弯、直不直暴节竹杖，足下踏一双新不新、旧不旧𩋫靸𩍐鞋。面似红铜，须如白练。两道寿眉遮碧眼，一张哈口露金牙。

那老者猛抬头，看见行者，吃了一惊，拄着竹杖喝道："你是那里来的怪人？在我这门首何干？"行者答礼道："老施主，休怕我。我不是甚么怪人，贫僧是东土大唐钦差上西方求经者。师徒四人适至宝方，见天气蒸热，一则不解其故，二来不知地名，特拜问指教一二。"那老者却才放心，笑云："长老勿罪。我老汉一时眼花，不识尊颜。"行者道："不敢。"老者又问："令师在那条路上？"行者道："那南首大路上立的不是？"老者教："请来，请来。"行者欢喜，把手一招，三藏即同八戒、沙僧，牵白马、挑行李，近前都对老者作礼。

取经团队走过了夏天入了秋，却越走越热，唐僧很疑惑，这回是八戒先科普了一下斯哈哩国的神话，说西方路上有个斯哈哩国，为日落之处，俗呼为"天尽头"。每到申酉太阳落山时，就会出现太阳真火落于西海"如火淬水，接声滚沸"的效果，此时，城中必须对着日落之处擂鼓吹角，混杂海沸之声，否则小孩都会被震死。说到这里，不得不佩服老祖宗们的智慧，这是现今降噪耳机的原理，通过降噪系统产生与外界噪声相位相反的声波，其与外界噪声相互抵消，从而达到降噪的效果。

八戒刚说完，悟空就笑了，得到如来亲口承诺的悟空再也不怕他师父了，趁机阴阳道：似师父朝三暮二地这样耽搁，就算走三辈子也走不到那里。

唐僧是这个态度："悟空，你去那人家问个消息，看那炎热之故何也。"

只要我不尴尬，尴尬的就是别人。唐僧对猴子的态度变成"鸵鸟"了，凑合过吧。

当菩萨说出那句"你今须是收留悟空，一路上魔障未消，必得他保护你，才得到灵山见佛取经，再休嗔怪"之后，紧箍咒这个武器就算是被唐僧用废了。

佛祖给唐僧你紧箍儿是让你教育他的，你没有资格开除他，一旦把路走死了，佛祖就得出面，用极其金贵的佛面去弥合这个关系裂缝。最终佛祖几乎是半明牌地提前对悟空透了底：好猴儿，看我面子，佛爷爷疼爱你，给你撑腰。这其实也算压缩了佛祖对悟空的利用余地，因为悟空已经通过佛祖的态度知道了自己的分量。

唐僧被阴阳完也不敢还嘴，还派悟空去问情况，其实也是想让悟空在凡人那里吃个闭门羹，但人家猴哥收了金箍棒，整肃衣裳，“扭捏作个斯文气象”地去问情况了。当老者第一反应是拄着拐杖喝道：“你是那里来的怪人？在我这门首何干？”时，猴哥答礼道：“老施主，休怕我。我不是甚么怪人，贫僧是东土大唐钦差上西方求经者。师徒四人适至宝方，见天气蒸热，一则不解其故，二来不知地名，特拜问指教一二。”一整套问询相当体面，甚至老者把师徒四人都请进了屋。

所以，外貌这个东西虽然会让人通过第一印象下判断，但谈吐和举止才是内在核心。

猴哥在最开始那三百年，身为一个温暖纯真的小悟空时，其实就掌握了应对世间万事万物的最正确的方式：“我无性。人若骂我，我也不恼；若打我，我也不嗔，只是陪个礼儿就罢了。一生无性。”如今阅遍千帆后，他开始把当年的功夫和智慧都拾起来了。

当年看山是山，后来看山不是山，最后看山还是山。

老者见三藏丰姿标致，八戒、沙僧相貌奇稀，又惊又喜，只得请入里坐，教小的们看茶，一壁厢办饭。三藏闻言，起身称谢道：“敢问公公，贵处遇秋，何返炎热？”老者道：“敝地唤做火焰山，无春无秋，四季皆热。”三藏道：“火焰山却在那边？可阻西去之路？”老者道：“西方却去不得。那山离此有六十里远，正是西方必由之路，却有八百里火焰，四周围寸草不生。若过得山，就是铜脑盖，铁身躯，也要化成汁哩。”三藏闻言，大惊失色，不敢再问。

只见门外一个少年男子，推一辆红车儿，住在门旁，叫声：“卖糕！”大圣拔根毫毛，变个铜钱，问那人买糕。那人接了钱，不论好歹，揭开车儿上衣裹，热气腾腾，拿出一块糕递与行者。行者托在手中，好似火里烧的灼炭，煤炉内的红钉。你看他左手倒在右手，右手换在左手，只道：“热，热，热！难吃，难吃！”那男子笑道：“怕热莫来这里。这里是这等热。”行者道：“你这汉子，好不明理。常言道：‘不冷不热，五谷不结。’他这等热得狠，你这糕粉，自何而来？”那人道：“若知糕粉米，敬求铁扇仙。”行者道：“铁扇仙怎的？”那人道：“铁扇仙有柄芭蕉扇。求得来，一扇息火，二扇生风，三扇下雨。我们就布种，及时收割，故生五谷养生；

不然，诚寸草不能生也。”

行者闻言，急抽身走入里面，将糕递与三藏道：“师父放心，且莫隔年焦着。吃了糕，我与你说。”长老接糕在手，向本宅老者道：“公公请糕。”老者道：“我家的茶饭未奉，敢吃你糕？”行者笑道：“老人家，茶饭倒不必赐。我问你，铁扇仙在那里住？”老者道：“你问他怎的？”行者道：“适才那卖糕人说此仙有柄芭蕉扇，求将来，一扇息火，二扇生风，三扇下雨。你这方布种收割，才得五谷养生。我欲寻他讨来，扇息火焰山过去，且使这方依时收种，得安生也。”老者道：“故有此说。你们却无礼物，恐那圣贤不肯来也。”三藏道：“他要甚礼物？”老者道：“我这里人家，十年拜求一度。四猪四羊，花红表里，异香时果，鸡鹅美酒，沐浴虔诚，拜倒那仙山，请他出洞，至此施为。”行者道：“那山坐落何处？唤甚地名？有几多里数？等我问他要扇子去。”老者道：“那山在西南方，名唤翠云山。山中有一仙洞，名唤芭蕉洞。我这里众姓人等去拜仙山，往回要走一月，计有一千四百五六十里。”行者笑道：“不打紧，就去就来。”那老者道：“且住，吃些茶饭，办些干粮，须得两人做伴。那路上没有人家，又多狼虎，非一日可到。莫当耍子。”行者笑道：“不用，不用。我去也！”说一声，忽然不见。那老者慌张道：“爷爷哑，原来是腾云驾雾的神人也！”

唐僧四人进了屋后，得知六十里外有个火焰山，此地为西方必由之路，“却有八百里火焰，四周围寸草不生。若过得山，就是铜脑盖，铁身躯，也要化成汁哩”。

一听这个，唐僧大惊失色，不敢再问了。这时候旁边有个卖糕的人，猴哥使用了欺负小孩的诈骗手段，拔根毫毛变铜钱去买人家的糕，打听到了这个按理讲应该五谷不生的地方却有糕吃的原因。原来这里有个铁扇仙，她有柄芭蕉扇，“求得来，一扇息火，二扇生风，三扇下雨”。火焰山地区农民随后就会布种收割，可得五谷养生。

猴哥随后进屋问怎么找铁扇仙，老者说他们去不得，因为他们没钱。这里的人家每十年才能凑一回份子去求扇子，而且此扇远在西南方一千四百五六十里之外的翠云山芭蕉洞。

通过前面红孩儿那关，我们知道，铁扇仙是牛魔王的媳妇。从落胎泉那里开始，我们可以发现牛氏集团这些年的发展蒸蒸日上，还都是垄断行业：他本家靠着那把扇子吃着火焰山的红利，不掏钱就不给扇扇子；他兄弟如意真仙控制着西梁女国唯一的打胎机构，垄断着无痛流产的买卖。

虽说是垄断，但老牛他们和盐铁这种隐形巨头垄断比起来，就显得段位太低了，因为垄断得一点都不体面，痛感太强：一个是挣意外怀孕的钱，一个是挣老百姓水深火热的钱，纯属拔毛型生意，人们在巨大痛苦时若不忍受剥削，就活不下去，实在太缺德。

这种缺德钱挣多了，早晚出事！

而且这种垄断的收益其实相当低，你看铁扇公主收的那点分红："我这里人家，十年拜求一度。四猪四羊，花红表里，异香时果，鸡鹅美酒，沐浴虔诚，拜倒那仙山，请他出洞，至此施为。"看看这点东西，剥削得有意思吗？

但凡牛魔王两口子有点智慧，这活儿应该怎么干？

应该年年主动来火焰山扇扇子，让当地老百姓们年年有地种、有饭吃，把火焰山地区的"蛋糕"做大，然后让当地百姓心甘情愿地给他们立庙，给他们供奉，看看人家灵感大王是怎么干的。

等后面线索不断揭开时，我们会发现，牛魔王两口子是相当小家子气，且没有什么智慧的家伙。

与此同时，我们还要注意，铁扇仙的这柄芭蕉扇，是"一扇息火，二扇生风，三扇下雨"。注意，这扇子能帮助下雨，还是帮助农业生产的那种下雨。

看过前面内容的朋友们都知道，这在西游宇宙中意味着什么。

天庭控制人间的渠道，是怎么撕开这条小口子的呢？铁扇仙是怎么做到的呢？

且不说这家子供奉唐僧加倍，却说那行者霎时径到翠云山。按住祥光，正自找寻洞口，忽然闻得丁丁之声，乃是山林内一个樵夫伐木。行者即趁步至前，又闻得他道：

云际依依认旧林，断崖荒草路难寻。

西山望见朝来雨，南涧归时渡处深。

猴哥起飞后来到了翠云山，在找洞的过程中见到了一个伐木的樵夫。这个樵夫相当有文化，吟诵的是欧阳修的《樵者》："云际依依认旧林，断崖荒草路难寻。西山望见朝来雨，南涧归时渡处深。"这首诗相当有寓意。

“云际依依认旧林，断崖荒草路难寻。”在云际间，诗人依稀辨认出曾经熟悉的树林，但此时已经断崖荒草丛生，道路难寻。

这是说牛和猴子的关系早就很一般了。

“西山望见朝来雨，南涧归时渡处深。”在西山看到早晨下的雨水，在归途中发现南涧的渡口处水已经很深了。雨和深涧的变化象征着人生的无常和命运的不可预测以及人们的无能为力。

这是说牛和猴子的命运都已经脱离了自己的掌控，充满了未知性，只能无奈地接受命运的安排。

作者借樵夫之口，通过欧阳修失意时的一首诗点明了牛和猴子此时的关系，并预言了牛和猴子的命运。

猴子此时“已知悔了，但愿大慈悲指条门路，情愿修行”（第八回），但那头牛却依旧傻傻地看不清楚、活不明白。

你想做主，你想自在为王，你不想与人为奴，但轮得到你做主吗？

行者近前作礼道：“樵哥，问讯了。”那樵子撇了柯斧，答礼道：“长老何往？”行者道：“敢问樵哥，这可是翠云山？”樵子道：“正是。”行者道：“有个铁扇仙的芭蕉洞在何处？”樵子笑道：“这芭蕉洞虽有，却无个铁扇仙，只有个铁扇公主，又名罗刹女。”行者道：“人言他有一柄芭蕉扇，能熄得火焰山。敢是他么？”樵子道：“正是，正是。这圣贤有这件宝贝，善能熄火，保护那方人家，故此称为铁扇仙。我这里人家，用不着他，只知他叫做罗刹女，乃大力牛魔王妻也。”

行者闻言，大惊失色，心中暗想道：“又是冤家了！当年伏了红孩儿，说是这厮养的。前在那解阳山破儿洞，遇他叔子，尚且不肯与水，要作报仇之意，今又遇他父母，怎生借得这扇子耶？”樵子见行者沉思默虑，嗟叹不已，便笑道：“长老，你出家人，有何忧疑？这条小路儿向东去，不尚五六里，就是芭蕉洞，休得心焦。”行者道：“不瞒樵哥说，我是东土唐朝差往西天求经的唐僧大徒弟。前年在火云洞，曾与罗刹之子红孩儿有些言语。但恐罗刹怀仇不与，故生忧疑。”樵子道：“大丈夫见貌辨色，只以求扇为名，莫认往时之溲话，管情借得。”行者闻言，深深唱个大喏道：“谢樵哥教诲，我去也。”

等悟空问樵夫铁扇仙的芭蕉洞在何处时，樵夫笑道：“这芭蕉洞虽有，却无个铁扇仙，只有个铁扇公主，又名罗刹女。”她就是大力牛魔王妻。

这句话相当关键，当地樵夫是不承认什么“铁扇仙”的，她算什么仙！她叫铁扇公主，又名罗刹女。在后面的第三人称描写中，作者是不承认什么铁扇公主的，通篇都说的是罗刹女。

这个罗刹女是什么呢？

罗刹在佛经中相当常见，男罗刹为黑身、朱发、绿眼，女罗刹则如绝美妇人，专食人之血肉，《佛本行集经》《慧琳音义》等经卷中均有记载，比如《慧琳音义》卷七载：“罗刹娑，梵语也，古云罗刹，讹也（中略）乃暴恶鬼名也。男即极丑，女即甚姝美，并皆食啖于人。”卷二十五载：“罗刹，此云恶鬼也。食人血肉，或飞空、或地行，捷疾可畏。”

所以她根本不是什么铁扇仙，而是“食人血肉”、不顾火焰山百姓生死的恶鬼。

“罗刹女”这仨字也算是为这个恶鬼的模样背书，“甚姝美”。

美就对了，不美的话，她那儿子才不会有六十个山神土地伺候呢。

猴哥听说是牛魔王的媳妇，大惊失色，暗想遇到冤家了。连那樵夫都看出来了悟空的脸色改变，问他在嘀咕什么，猴哥说自己跟她家有些仇，随后人家樵夫劝他大丈夫能屈能伸，见貌辨色，只以求扇为名，别提当年的事。

悟空相当感谢，深深唱个大喏道：“谢樵哥教诲，我去也。”

悟空对凡夫也能低头了，能从万事万物中汲取能量了。当他把姿态放低时，心中的大海也就能容纳百川了。

遂别了樵夫，径至芭蕉洞口。但见那两扇门紧闭牢关，洞外风光秀丽。好去处！正是那：

山以石为骨，石作土之精。烟霞含宿润，苔藓助新青。嵯峨势耸欺蓬岛，幽静花香若海瀛。几树乔松栖野鹤，数株衰柳语山莺。诚然是千年古迹，万载仙踪。碧梧鸣彩凤，活水隐苍龙。曲径荜萝垂挂，石梯藤葛攀笼。猿啸翠岩忻月上，鸟啼高树喜晴空。两林竹荫凉如雨，一径花浓没绣绒。时见白云来远岫，略无定体漫随风。

行者上前叫：“牛大哥，开门，开门！”呀的一声，洞门开了，里边走出一个

毛儿女，手中提着花篮，肩上担着锄子。真个是一身蓝缕无妆饰，满面精神有道心。行者上前迎着，合掌道："女童，累你转报公主一声。我本是取经的和尚，在西方路上难过火焰山，特来拜借芭蕉扇一用。"那毛女道："你是那寺里和尚？叫甚名字？我好与你通报。"行者道："我是东土来的，叫做孙悟空和尚。"

那毛女即便回身，转于洞内，对罗刹跪下道："奶奶，洞门外有个东土来的孙悟空和尚，要见奶奶，拜求芭蕉扇，过火焰山一用。"那罗刹听见"孙悟空"三字，便似撮盐入火，火上浇油，骨都都红生脸上，恶狠狠怒发心头。口中骂道："这泼猴！今日来了！"叫："丫鬟，取披挂，拿兵器来！"随即取了披挂，拿两口青锋宝剑，整束出来。行者在洞外闪过偷看，怎生打扮？只见他：

头裹团花手帕，身穿纳锦云袍。腰间双束虎筋绦，微露绣裙偏绡。凤嘴弓鞋三寸，龙须膝裤金销。手提宝剑怒声高，凶比月婆容貌。

那罗刹出门高叫道："孙悟空何在？"行者上前躬身施礼道："嫂嫂，老孙在此奉揖。"罗刹咄的一声道："谁是你的嫂嫂！那个要你奉揖！"行者道："尊府牛魔王，当初曾与老孙结义，乃七兄弟之亲。今闻公主是牛大哥令正，安得不以嫂嫂称之？"罗刹道："你这泼猴！既有兄弟之亲，如何坑陷我子？"行者佯问道："令郎是谁？"罗刹道："我儿是号山枯松涧火云洞圣婴大王红孩儿，被你倾了。我们正没处寻你报仇，你今上门纳命，我肯饶你？"行者满脸陪笑道："嫂嫂原来不察理，错怪了老孙。你令郎因是捉了师父，要蒸要煮，幸亏了观音菩萨收他去，救出我师。他如今现在菩萨处，做善财童子，实受了菩萨正果，不生不灭，不垢不净，与天地同寿，日月同庚。你倒不谢老孙保命之恩，返怪老孙，是何道理？"

罗刹道："你这个巧嘴的泼猴！我那儿虽不伤命，再怎生得到我的跟前，几时能见一面？"行者笑道："嫂嫂要见令郎，有何难处？你且把扇子借我，扇息了火，送我师父过去，我就到南海菩萨处，请他来见你，就送扇子还你，有何不可？那时节，你看他可曾损伤一毫。如有些须之伤，你也怪得有理；如比旧时标致，还当谢我。"罗刹道："泼猴少要饶舌！伸过头来，等我砍上几剑！若受得疼痛，就借扇子与你；若忍耐不得，教你早见阎君！"行者叉手向前笑道："嫂嫂切莫多言。老孙伸着光头，任尊意砍上多少，但没气力便罢。是必借扇子用用。"

那罗刹不容分说，双手抡剑，照行者头上乒乒乓乓砍有十数下，这行者全不认真。罗刹害怕，回头要走。行者道："嫂嫂那里去？快借我使使！"那罗刹道："我的宝贝，原不轻借。"行者道："既不肯借，吃你老叔一棒！"好猴王，一只手扯住，一只手去耳内掣出棒来，幌一幌，有碗来粗细。那罗刹挣脱手，举剑来迎。行者随又抡棒便打。两个在翠云山前，不论亲情，却只讲仇隙。这一场好杀：

裙钗本是修成怪，为子怀仇恨泼猴。行者虽然生狠怒，因师路阻让娥流。先言拜借芭蕉扇，不展骁雄耐性柔。罗刹无知抡剑砍，猴王有意说亲由。女流怎与男儿斗，到底男刚压女流。这个金箍铁棒多凶猛，那个霜刃青锋甚紧绸。劈面打，照头丢，恨苦相持不罢休。左挡右遮施武艺，前迎后架骋奇谋。却才斗到沉酣处，不觉西方坠日头。罗刹忙将真扇子，一扇挥动鬼神愁。

那罗刹女与行者相持到晚，见行者棒重，却又解数周密，料斗他不过，即便取出芭蕉扇，幌一幌，一扇阴风，把行者扇得无影无形，莫想收留得住。这罗刹得胜回归。

悟空来到芭蕉洞前。我们看看景色描写，那是风光秀丽好去处，是"嵯峨势耸欺蓬岛，幽静花香若海瀛"，是"千年古迹，万载仙踪"，祥瑞动物有野鹤、山莺、彩凤、苍龙，这和罗刹女的人物设定产生了巨大偏差，因为这处景色描写整体是在隐晦告诉读者，这里面住的人物不是恶鬼，她是有正果背景背书的。

此时猴哥还不知道牛魔王已经跟罗刹女分居了，上前喊："牛大哥，开门，开门！"

悟空并没有变化来求扇子，他选择了直面问题。

芭蕉洞的工作人员毛儿女出来了，对她的外貌描写是"一身蓝缕无妆饰，满面精神有道心"，连小的们都是"有道心"，这还是作者在暗示读者，这洞里面的人物不是什么没有主人的野妖怪。

猴哥合掌让女童转报说他是来借扇子过火焰山的，叫作孙悟空和尚。听见"孙悟空"这仨字后，罗刹女暴怒，拿着兵器就杀出来了。

准确地说，自此女登场，作者对她的称呼一直是"罗刹"，作者并没有强调什么铁扇仙或者什么铁扇公主，而是强调"罗刹"这俩字。

我们看看这位妇女的容貌："头裹团花手帕，身穿纳锦云袍。腰间双束虎筋绦，微露绣裙偏绡。凤嘴弓鞋三寸，龙须膝裤金销。手提宝剑怒声高，凶比月婆容貌。"

"月婆"有两个含义，一个是指月子里的产妇，一个是民间对月亮神的俗称。

很明显罗刹女不是正在坐月子的形象，说她是月亮神的模样，再次证明罗刹女的容貌相当美，因为月亮是西游宇宙里的美女出产地，哪怕人家发怒逞凶，那也是“凶美凶美”的。

随后这罗刹出门，问孙悟空在哪儿，悟空上前躬身施礼喊“嫂嫂”，跟罗刹女攀亲戚。罗刹女问：“既有兄弟之亲，如何坑陷我子？”悟空假装不知道，问她儿子是谁，罗刹女说：“我儿是号山枯松涧火云洞圣婴大王红孩儿，被你倾了。我们正没处寻你报仇，你今上门纳命，我肯饶你？”

猴哥说现在这孩子在菩萨处做善财童子，“实受了菩萨正果，不生不灭，不垢不净，与天地同寿，日月同庚”，但罗刹女根本不在乎，表示自己再也见不到这孩子的事很重要，又说要是悟空伸出头让她砍上几剑，她就借扇子。这买卖谈到了悟空的舒适区，可罗刹女砍了十多次后不认账了，我们看猴哥说的话：“嫂嫂那里去？快借我使使！”“既不肯借，吃你老叔一棒！”真是画面感十足啊！

打了一会儿，罗刹女一看孙悟空的棒子厉害，就取出扇子了，那是“一扇阴风，把行者扇得无影无形，莫想收留得住”。

这扇子是西游宇宙的第二等级法宝，属于让对手有劲使不出来的降维打击，悟空凭借本身的能力是搞不定的。

这也产生了一个疑问：这么牛的扇子，是从哪儿来的呢？

那大圣飘飘荡荡，左沉不能落地，右坠不得存身。就如旋风翻败叶，流水淌残花。滚了一夜，直至天明，方才落在一座山上，双手抱住一块峰石。定性良久，仔细观看，却才认得是小须弥山。大圣长叹一声道：“好利害妇人！怎么就把老孙送到这里来了？我当年曾记得在此处告求灵吉菩萨，降黄风怪，救我师父。那黄风岭至此直南上，有三千余里，今在西路转来，乃东南方隅，不知有几万里。等我下去问灵吉菩萨一个消息，好回旧路。”

正踌躇间，又听得钟声响亮，急下山坡，径至禅院。那门前道人，认得行者的形容，即入里面报道：“前年来请菩萨去降黄风怪的那个毛脸大圣又来了。”菩萨知是悟空，连忙下宝座，相迎入内，施礼道：“恭喜！取经来耶？”悟空答道：“正好未到，早哩，早哩！”灵吉道：“既未曾得到雷音，何以回顾荒山？”行者道：“自

上年蒙盛情，降了黄风怪，一路上不知历过多少苦楚。今到火焰山，不能前进，询问土人，说有个铁扇仙芭蕉扇，扇得火灭，老孙特去寻访。原来那仙是牛魔王的妻，红孩儿的母。他说我把他儿子做了观音菩萨的童子，不得常见，恨我为仇，不肯借扇，与我争斗。他见我的棒重难撑，遂将扇子把我一扇，扇得我悠悠荡荡，直至于此，方才落住。故此轻造禅院，问个归路。此处到火焰山，不知有多少里数？”

灵吉笑道：“那妇人唤名罗刹女，又叫做铁扇公主。他的那芭蕉扇本是昆仑山后，自混沌开辟以来，天地产成的一个灵宝，乃太阴之精叶，故能灭火气。假若扇着人，要飘八万四千里，方息阴风。我这山到火焰山，只有五万余里。此还是大圣有留云之能，故止住了；若是凡人，正好不得住也。”行者道：“利害，利害！我师父却怎生得度那方？”灵吉道：“大圣放心。此一来，也是唐僧的缘法，合教大圣成功。”行者道：“怎见成功？”灵吉道：“我当年受如来教旨，赐我一粒定风丹，一柄飞龙杖。飞龙杖已降了风魔，这定风丹尚未曾见用，如今送了大圣，管教那厮扇你不动。你却要了扇子，扇息火，却不就立此功也？”行者低头作礼，感谢不尽。那菩萨即于衣袖中取出一个锦袋儿，将那一粒定风丹与行者安在衣领里边，将针线紧紧缝了。送行者出门道：“不及留款。往西北上去，就是罗刹的山场也。”

猴哥被这扇子硬控了一夜，所谓“那大圣飘飘荡荡，左沉不能落地，右坠不得存身。就如旋风翻败叶，流水淌残花。滚了一夜，直至天明，方才落在一座山上，双手抱住一块峰石”。你的物理战力再强，只要遇到了高一个维度的法宝降维打击你，就肯定挡不住。

猴哥看了看，这是一扇子给他扇到小须弥山了，随后去见了灵吉菩萨，说了说火焰山的事。注意这段话：“今到火焰山，不能前进，询问土人，说有个铁扇仙芭蕉扇，扇得火灭，老孙特去寻访。原来那仙是牛魔王的妻，红孩儿的母……”灵吉笑道：“那妇人唤名罗刹女，又叫做铁扇公主。他的那芭蕉扇本是昆仑山后，自混沌开辟以来，天地产成的一个灵宝，乃太阴之精叶，故能灭火气。假若扇着人，要飘八万四千里，方息阴风。我这山到火焰山，只有五万余里。此还是大圣有留云之能，故止住了；若是凡人，正好不得住也。”

悟空仅仅提了“铁扇仙芭蕉扇”“牛魔王的妻，红孩儿的母”，灵吉菩萨就相当详细地讲明了那妇人叫罗刹女，那扇子的来历，乃至那扇子的功能。

这个罗刹女可真是有名啊，连五万里外的灵吉菩萨都有耳闻！有趣，是因为老牛的名头呢？还是因为伺候红孩儿的六十个山神土地的新闻呢？

芭蕉扇的来历已经被道明了：“他的那芭蕉扇本是昆仑山后，自混沌开辟以来，天地产成的一个灵宝，乃太阴之精叶，故能灭火气。”

线索都给了，我们对西游宇宙的所有文字检索一下吧，在第三十五回“外道施威欺正性，心猿获宝伏邪魔”中，我们看到了如下文字：

1.“我这葫芦是混沌初分，天开地辟，有一位太上老祖，解化女娲之名，炼石补天，普救阎浮世界。补到乾宫夬地，见一座昆仑山脚下，有一缕仙藤，上结着这个紫金红葫芦，却便是老君留下到如今者。”

2.“这扇也不是凡间常有之物，也不是人工造就之物，乃是自开辟混沌以来产成的珍宝之物。”

在整个西游宇宙中，明确写明由昆仑山产出的宝贝就是老君的紫金红葫芦和罗刹女的芭蕉扇。

是老君一块拿的呢，还是老君去昆仑山时眼睛不好使，拿了紫金红葫芦却没看见这昆仑山后的“太阴之精叶”呢？

而且罗刹女的芭蕉扇是“自混沌开辟以来，天地产成的一个灵宝”，老君的芭蕉扇是“自开辟混沌以来产成的珍宝之物”。

个别字不同，完全一个意思。

是不是很凑巧？

综上，你觉得罗刹女这把扇子，还有伺候她儿子的六十个山神土地都是从哪儿来的呢？

很多人说这是阴谋论，可能人家说的也对，毕竟西游宇宙的作者没有明确写明罗刹女的芭蕉扇乃太上老君所赐。

但是，我想你应该明白咱们的老祖宗们说话都是比较含蓄的，讲究的是藏，是一步一景，把话说明白就没意思了。

当然，写到这里时作者依旧藏着线索，我们接着往下看。

灵吉菩萨把当初如来给他破黄风怪时的定风丹给了猴哥，至此猴哥对所有木系攻击与法术全部免疫了。无论是雷击还是风吹，他都不怕了。

行者辞了灵吉，驾筋斗云，径返翠云山，顷刻而至。使铁棒打着洞门，叫道：“开门，开门！老孙来借扇子使使哩！”慌得那门里女童即忙来报：“奶奶，借扇子的又来了！”罗刹闻言，心中悚惧道：“这泼猴，真有本事！我的宝贝扇着人，要去八万四千里方能停止，他怎么才吹去就回来也？这番等我一连扇他两三扇，教他找不着归路。”急纵身，结束整齐，双手提剑，走出门来道：“孙行者，你不怕我，又来寻死！”行者笑道：“嫂嫂勿得悭吝，是必借我使使。保得唐僧过山，就送还你。我是个志诚有余的君子，不是那借物不还的小人。”

罗刹又骂道：“泼猴狲！好没道理，没分晓！夺子之仇，尚未报得，借扇之意，岂得如心！你不要走，吃我老娘一剑！”大圣公然不惧，使铁棒劈手相迎。他两个往往来来，战经五七回合，罗刹女手软难抡，孙行者身强善敌。他见事势不谐，即取扇子，望行者扇了一扇，行者巍然不动。行者收了铁棒，笑吟吟的道：“这番不比那番，任你怎么扇来，老孙若动一动，就不算汉子！”那罗刹又扇两扇，果然不动。罗刹慌了，急收宝贝，转回走入洞里，将门紧紧关上。

行者见他闭了门，却就弄个手段，拆开衣领，把定风丹噙在口中，摇身一变，变作一个蟭蟟虫儿，从他门隙处钻进。只见罗刹叫道：“渴了，渴了，快拿茶来！”近侍女童即将香茶一壶，沙沙的满斟一碗，冲起茶末漕漕。行者见了欢喜，嘤的一翅，飞在茶末之下。那罗刹渴极，接过茶，两三气都吃了。行者已到他肚腹之内，现原身，厉声高叫道：“嫂嫂，借扇子我使使！”罗刹大惊失色，叫：“小的们，关了前门否？”俱说：“关了。”他又说：“既关了门，孙行者如何在家里叫唤？”女童道：“在你身上叫哩。”罗刹道：“孙行者，你在那里弄术哩？”行者道：“老孙一生不会弄术，都是些真手段，实本事，已在尊嫂尊腹之内耍子，已见其肺肝矣。我知你也饥渴了，我先送你个坐碗儿解渴！”却就把脚往下一登。那罗刹小腹之中疼痛难禁，坐于地下叫苦。行者道：“嫂嫂休得推辞，我再送你个点心充饥！”又把头往上一顶。那罗刹心痛难禁，只在地上打滚，疼得他面黄唇白，只教：“孙叔叔饶命！”

行者却才收了手脚道：“你才认得叔叔么？我看牛大哥情上，且饶你性命，快将扇子拿来我使使！”罗刹道：“叔叔，有扇，有扇！你出来，拿了去！”行者道：“拿扇子我看了出来。”罗刹即叫女童拿一柄芭蕉扇，执在旁边。行者探到喉咙之上见了道："嫂嫂，我既饶你性命，不在腰肋之下搠个窟窿出来，还自口出。你把口张三张儿。"那罗刹果张开口。行者还作个蟭蟟虫，先飞出来，叮在芭蕉扇上。那罗刹不知，连张三次，叫："叔叔出来罢。"行者化原身，拿了扇子叫道："我在此间不是？谢借了，谢借了！"拽开步，往前便走。小的们连忙开了门，放他出洞。

这大圣拨转云头，径回东路。霎时按下云头，立在红砖壁下。八戒见了，欢喜道："师父，师兄来了，来了！"三藏即与本店老者同沙僧出门接着，同至舍内。把芭蕉扇靠在旁边道："老官儿，可是这个扇子？"老者道："正是，正是。"唐僧喜道："贤徒有莫大之功，求此宝贝，甚劳苦了。"行者道："劳苦倒也不说。那铁扇仙你道是谁？那厮原来是牛魔王的妻，红孩儿的母，名唤罗刹女，又唤铁扇公主。我寻到洞外借扇，他就与我讲起仇隙，把我砍了几剑。是我使棒吓他，他就把扇子扇了我一下，飘飘荡荡，直刮到小须弥山。幸见灵吉菩萨，送了我一粒定风丹，指与归路。复至翠云山，又见罗刹女。罗刹女又使扇子，扇我不动，他就回洞。是老孙变作一个蟭蟟虫，飞入洞去。那厮正讨茶吃，是我又钻在茶末之下，到他肚里，做起手脚。他疼痛难禁，不住口的叫我做'叔叔饶命'，情愿将扇借与我。我却饶了他，拿将扇来。待过了火焰山，仍送还他。"三藏闻言，感谢不尽。

师徒们俱拜辞老者，一路西来，约行有四十里远近，渐渐酷热蒸人。沙僧只叫："脚底烙得慌！"八戒又道："爪子烫得痛！"马比寻常又快，只因地热难停，十分难进。行者道："师父且请下马，兄弟们莫走，等我扇息了火，待风雨之后，地土冷些，再过山去。"行者果举扇，径至火边，尽力一扇，那山上火光烘烘腾起；再一扇，更着百倍；又一扇，那火足有千丈之高，渐渐烧着身体。行者急回，已将两股毫毛烧尽，径跑至唐僧面前，叫："快回去，快回去！火来了，火来了！"

那师父爬上马，与八戒、沙僧，复东来有二十余里，方才歇下道："悟空，如何了呀？"行者丢下扇子道："不停当，不停当！被那厮哄了！"三藏听说，愁促眉尖，闷添心上，止不住两泪浇流，只道："怎生是好！"八戒道："哥哥，你急急忙忙叫回去，是怎么说？"行者道："我将扇子扇了一下，火光烘烘；第二扇，火气愈盛；第三扇，火头飞有千丈之高。若是跑得不快，把毫毛都烧尽矣！"八戒笑道："你常说雷打不伤，火烧不损，如今何又怕火？"行者道："你这呆子，全不知事！那时节用心防备，故此不伤；今日只为扇息火光，不曾捣捻避火诀，又未使护身法，所以把两股毫毛烧了。”沙僧道：“似这般火盛，无路通西，怎生是好？”八戒道：“只拣无火处走便罢。”三藏道：“那方无火？”八戒道：“东方、南方、北方俱无火。”又问：“那方有经？”八戒道：“西方有经。”三藏道：“我只欲往有经处去哩。”沙僧道：“有经处有火，无火处无经，诚是进退两难。”

师徒每正自胡谈乱讲，只听得有人叫道：“大圣不须烦恼，且来吃些斋饭再议。”四众回看时，见一老人，身披飘风氅，头顶偃月冠，手持龙头杖，足踏铁靿靴；后带着一个雕嘴鱼腮鬼，鬼头上顶着一个铜盆，盆内有些蒸饼糕糜、黄粮米饭，在于西路下，躬身道：“我本是火焰山土地，知大圣保护圣僧，不能前进，特献一斋。”行者道：“吃斋小可，这火光几时灭得，让我师父过去？”土地道：“要灭火光，须求罗刹女，借芭蕉扇。”行者去路旁拾起扇子道：“这不是？那火光越扇越着，何也？”土地看了笑道：“此扇不是真的，被他哄了。”行者道：“如何方得真的？”那土地又控背躬身，微微笑道：“若还要借真芭蕉，须是寻求大力王。”

毕竟不知大力王有甚缘故，且听下回分解。

猴哥又来到了芭蕉洞前，罗刹女这回准备给猴哥加加量，多扇几扇子，但被已经有了定风丹的悟空破了法宝。

哪怕是第二层级的法宝也有大小之分，这芭蕉扇是里面最初级的，和老君那葫芦、圈儿还差着级别。

罗刹女关了门，猴哥变作一个蟭蟟虫儿飞进洞中，随着罗刹女的茶强行进入了嫂嫂的肚里，大闹她的肚子，把罗刹女疼得面黄唇白，只叫“孙叔叔饶命”。罗刹女同意借扇子后，悟空饶了她，不在腰肋下搠个窟窿出来，还从她口中出来。

悟空还是不够狠，后面有个狠人说他被吸进了孔雀肚子后可不是从嘴里出来的。

悟空回到了取经团队后说了说情况，等来到火焰山扇扇子时才发现借来的扇子是假的，三扇子之后，那火足有千丈之高。猴哥忘了捻避火诀、使护身法，连毫毛都被烧了。

正在唐师父日常“愁促眉尖，闷添心上，止不住两泪浇流”的时候，火焰山关卡最后一个关键人物火焰山土地来了！

火焰山土地告诉了猴哥两件事：

1. 你这是假扇子；

2. “若还要借真芭蕉，须是寻求大力王。”这一关的关键，是牛魔王。

第六十回

牛魔王罢战赴华筵，孙行者二调芭蕉扇

土地说：“大力王即牛魔王也。”行者道：“这山本是牛魔王放的火，假名火焰山？”土地道：“不是，不是。大圣若肯赦小神之罪，方敢直言。”行者道：“你有何罪？直说无妨。”土地道：“这火原是大圣放的。”行者怒道：“我在那里？你这等乱谈！我可是放火之辈？”土地道：“是你也认不得我了。此间原无这座山，因大圣五百年前大闹天宫时，被显圣擒了，压赴老君，将大圣安于八卦炉内，煅炼之后开鼎，被你蹬倒丹炉，落了几个砖来，内有余火，到此处化为火焰山。我本是兜率宫守炉的道人，当被老君怪我失守，降下此间，就做了火焰山土地也。”猪八戒闻言恨道：“怪道你这等打扮，原来是道士变的土地。”

上一回火焰山土地说需要找大力王，这回开头说“大力王即牛魔王也”，猴哥以为这山是牛魔王放的火，火焰山土地给猴子讲了一段往事：火焰山的纵火犯就是猴子自己，他当年蹬倒了丹炉，落下几个砖来，内有余火，到此处化为火焰山。

天上的几块有余火的砖到了人间就变成了八百里火焰，这就是天威经过层层放大后到了地方的效果。

再来看这句：“我本是兜率宫守炉的道人，当被老君怪我失守，降下此间，就做了火焰山土地也。”

明明跟这道人没有一丁点关系，明明是老君自己大意了，他自己都没有避开，被猴子摔了个倒栽葱，但这道人却成了替罪羊。其实这就是权力场的运行规则。

只要出了事故，就必须有人把这个责任担了。

很多时候，出了问题需要有人担责，你连拒绝的选项都没有，甚至还得自觉自愿地把责任揽过去，就跟这火焰山土地一样，五百多年来在这儿被烤着不说，还让红孩儿在这儿修炼出了三昧真火。

火焰山土地出场后，完整的逻辑链条也就串联起来了：

1. 老君的紫金红葫芦和罗刹女的芭蕉扇都是昆仑山出品；

2. 老君的芭蕉扇和罗刹女的芭蕉扇都是“自开辟混沌以来”的宝贝；

3. 罗刹女的儿子红孩儿的洞府是“昆仑地脉发来龙，有分有缘方受用”，又和昆仑山有关；

4. 红孩儿的名字是“圣婴大王”，猴哥被判了之后，牛魔王一直被称呼为“大力王”，他再没敢用“圣”，他不敢用，但红孩儿敢用；

5. 红孩儿是“祥光护体出门来”，罗刹女居住的翠云山上有一大群祥瑞；

6. 红孩儿有六十个山神土地伺候着；

7. 红孩儿修炼三昧真火的地方在火焰山，但他家却在千里之外的翠云山，而且整个火焰山地区唯一出现过的神仙就是被老君处罚下来的这个火焰山土地。

这七条线索串联在一块儿，还想让作者怎么写得更明显一点？

这是顶级作者，人家是有技巧的，名作是要讲留白的。当然，还是跟当时分析红孩儿时的那段话一样，你要是说这红孩儿就是牛魔王的孩子，牛魔王就是这么厉害，他可以搞定“昆仑地脉发来龙，有分有缘方受用”的洞府、六十个山神土地，外加他都不会的三昧真火，罗刹女的扇子跟太上老君一丁点关系也没有，我也没意见。

我提供我解读的角度，大家各取所需。

行者半信不信道：“你且说，早寻大力王何故？”土地道：“大力王乃罗刹女丈夫。他这向撇了罗刹，现在积雷山摩云洞。有个万岁狐王，那狐王死了，遗下一个女儿，叫做玉面公主。那公主有百万家私，无人掌管，二年前，访着牛魔王神通广大，情愿倒陪家私，招赘为夫。那牛王弃了罗刹，久不回顾。若大圣寻着牛王，拜求来此，方借得真扇。一则扇息火焰，可保师父前进；二来永除火患，可保此地生灵；

三者赦我归天，回缴老君法旨。”行者道：“积雷山坐落何处？到彼有多少程途？”土地道：“在正南方。此间到彼有三千余里。”行者闻言，即分付八戒、沙僧保护师父，又教土地陪伴勿回，随即忽的一声，渺然不见。

猴哥问为什么非要让他找那大力王，土地说大力王目前跟罗刹女分居两年了，现在正在正南三千余里的积雷山摩云洞，给有着百万家私的玉面公主当上门女婿，猴哥寻着牛王，拜求来此才能借得真扇。我们看这段话：“一则扇息火焰，可保师父前进；二来永除火患，可保此地生灵；三者赦我归天，回缴老君法旨。”

“永除火患”是他归天回缴老君法旨的达成条件。

当个领导身边的工作人员多么不容易，出了事后背了锅，被罚下来，还得陪红孩儿炼三昧真火。回天的道路相当清晰，但那把扇子他就是不敢张嘴去要，只能等上五百年由别的势力破局。

那里消半个时辰，早见一座高山凌汉。按落云头，停立巅峰之上观看，真是好山：

高不高，顶摩碧汉；大不大，根扎黄泉。山前日暖，岭后风寒。山前日暖，有三冬草木无知；岭后风寒，见九夏冰霜不化。龙潭接涧水长流，虎穴依崖花放早。水流千派似飞琼，花放一心如布锦。湾环岭上湾环树，扢扠石外扢扠松。真个是高的山，峻的岭，陡的崖，深的涧，香的花，美的果，红的藤，紫的竹，青的松，翠的柳。八节四时颜不改，千年万古色如龙。

大圣看勾多时，步下尖峰，入深山，找寻路径。正自没个消息，忽见松阴下有一女子，手折了一枝香兰，袅袅娜娜而来。大圣闪在怪石之旁，定睛观看，那女子怎生模样：

娇娇倾国色，缓缓步移莲。貌若王嫱，颜如楚女。如花解语，似玉生香。高髻堆青𩮀碧鸦，双睛蘸绿横秋水。湘裙半露弓鞋小，翠袖微舒粉腕长。说甚么暮雨朝云，真个是朱唇皓齿。锦江滑腻蛾眉秀，赛过文君与薛涛。

那女子渐渐走近石边，大圣躬身施礼，缓缓而言曰：“女菩萨何往？”那女子失曾观看，听得叫问，却是抬头，忽见大圣的相貌丑陋，老大心惊，欲退难退，欲行难行，只得战兢兢勉强答道：“你是何方来者？敢在此间问谁？”大圣沉思道：“我若说出取经求扇之事，恐这厮与牛王有亲，且只以假亲托意，来请魔王之言而答方

可。”那女子见他不语，变了颜色，怒声喝道：“你是何人？敢来问我！”大圣躬身陪笑道：“我是翠云山来的，初到贵处，不知路径。敢问菩萨，此间可是积雷山？”那女子道：“正是。”大圣道：“有个摩云洞，坐落何处？”那女子道：“你寻那洞做甚？”大圣道：“我是翠云山芭蕉洞铁扇公主请牛魔王的。”

那女子一听铁扇公主请牛魔王之言，心中大怒，彻耳根子通红，泼口骂道：“这贱婢，着实无知！牛王自到我家，未及二载，也不知送了他多少珠翠金银、绫罗缎匹，年供柴，月供米，自自在在受用，还不识羞，又来请他怎的！”大圣闻言，情知是玉面公主，故意掣出金箍棒，大喝一声道：“你这泼贱！将家私买住牛王，诚然是陪钱嫁汉。你倒不羞，却敢骂谁！”那女子见了，諕得魂散魂飞，没好步乱蹁金莲，战兢兢回头便走。这大圣吆吆喝喝，随后相跟。原来穿过松阴，就是摩云洞口。女子跑进去，扑的把门关了。大圣却才收了金箍棒，停步看时，好所在：

树林森密，崖削崚嶒。薜萝阴冉冉，兰蕙味馨馨。流泉漱玉穿修竹，巧石知机带落英。烟霞笼远岫，日月照云屏。龙吟虎啸，鹤唳莺啼。一片清幽真可爱，琪花瑶草景常明。不亚天台仙洞，胜如海上蓬瀛。

且不言行者这里观看景致，却说那女子，跑得粉汗淋淋，諕得兰心吸吸，径入书房里面。原来牛魔王正在那里静玩丹书。这女子没好气，倒在怀里，抓耳挠腮，放声大哭。牛王满面陪笑道：“美人休得烦恼，有甚话说？”那女子跳天索地，口中骂道：“泼魔害杀我也！”牛王笑道：“你为甚事骂我？”女子道：“我因父母无依，招你护身养命。江湖中说你是条好汉，原来是个惧内的慵夫！”牛王闻说，将女子抱住道：“美人，我有那些不是处，你且慢慢说来，我与你陪礼。”女子道：“适才我在洞外，闲步花阴，折兰采蕙，忽有一个毛脸雷公嘴的和尚，猛地前来施礼，把我吓了个呆挣。及定性问是何人，他说是铁扇公主央他来请牛魔王的。被我说了两句，他倒骂了我一场，将一根棍子，赶着我打。若不是走得快些，几何被他打死！这不是招你为祸？害杀我也！”牛王闻言，却与他整容陪礼，温存良久，女子方才息气。魔王却发狠道：“美人在上，不敢相瞒。那芭蕉洞虽是僻静，却清幽自在。我山妻自幼修持，也是个得道的女仙，却是家门严谨，内无一尺之童，焉得有雷公嘴的男子央来？这想是那里来的妖怪，或者假绰名声，至此访我。等我出去看看。”

悟空来找老牛了，从这座山的描写就能看出来这里没什么道行，就是个景色不错但没有什么祥瑞背书的地方。悟空正在那儿找山洞,发现了一个女子,模样是“娇娇倾国色，缓缓步移莲”，正经不错。

猴哥对这女子恭然施礼，缓缓而言，但他担心这女子跟牛魔王有亲，怕说自己来借扇子之后人家气急，就说是翠云山芭蕉洞铁扇公主央来请牛魔王的。

猴哥在人际关系方面从来都想得很单纯，这是什么地方？是妾室的地盘！怎么能说是正妻差来的呢!

这女子一听是正妻差来的,马上怒了,她“彻耳根子通红,泼口骂道：‘这贱婢，着实无知！牛王自到我家，未及二载，也不知送了他多少珠翠金银、绫罗缎匹，年供柴，月供米，自自在在受用，还不识羞，又来请他怎的！’”

这女子就是玉面公主了，而且从这句话能看出来，牛魔王相当知道家里和外面的利益不同，仅仅两年时间已经拿走了不少东西给家里，玉面公主很生气。

猴哥一看找到正主了，便拿出棒子开始吓唬，公主跑回了洞中。我们来看此时牛魔王在干什么，他在“静玩丹书”。

“丹书”狭义上指用朱砂书写的书籍或文件，在古代，朱砂被视为具有特殊功效与神圣意义的物质，常被用于书写重要的文书、记录或道经等。广义上的“丹书”也可指代珍贵、重要的典籍，“静玩丹书”就是说，牛魔王在这里品味经典呢。

不过，从老牛的所作所为来看，他这经典应该是都读到牛肚子里去了，真是没长智慧。

玉面公主撒娇大哭,并激怒老牛,说他是个惧内的慵夫。我们来看老牛的态度：“牛王闻说,将女子抱住道：‘美人,我有那些不是处,你且慢慢说来,我与你陪礼。’”

当玉面公主说自己差点被他正妻派来请他的和尚打死后，我们再看老牛的态度，那是“牛王闻言，却与他整容陪礼，温存良久，女子方才息气”。

等狐狸被哄好了以后，老牛才发狠道：“美人在上，不敢相瞒。那芭蕉洞虽是僻静，却清幽自在。我山妻自幼修持，也是个得道的女仙，却是家门严谨，内无一尺之童，焉得有雷公嘴的男子央来？这想是那里来的妖怪，或者假绰名声，至此访我。等我出去看看。”

另一本四大名著《水浒传》中，有个“潘驴邓小闲”的说法，这个“小”字的功夫在老牛这里算是凸显得淋漓尽致了。

作者这是在教我们男女情感沟通的真谛。女性最在乎的是什么？是情绪价值，是你的态度！对与错反而不那么重要了，把她捧在手心里才最重要！

从最开始，老牛就知道那个人不可能是铁扇公主派来请他的，但是依旧是哄美人哄得没完没了，直到她情绪稳定了才说出自己的判断。

实际上，这个也能延伸一下，应用在日常工作中。当领导对你发怒时，哪怕自己被冤枉了，也要照顾到领导的面子和情绪，出了事第一时间去想怎么补救，让领导看到你在乎领导的情绪，在乎领导的安排，所有的解释，可以等领导消了气以后再说。

好魔王，拽开步，出了书房，上大厅取了披挂，结束了，拿了一条混铁棍，出门高叫道："是谁人在我这里无状？"行者在旁，见他那模样与五百年前又大不同。只见：

头上戴一顶水磨银亮熟铁盔，身上贯一付绒穿锦绣黄金甲，足下踏一双卷尖粉底麂皮靴，腰间束一条攒丝三股狮蛮带。一双眼，光如明镜，两道眉，艳似红霓。口若血盆，齿排铜板。吼声响震山神怕，行动威风恶鬼慌。四海有名称混世，西方大力号魔王。

这大圣整衣上前，深深的唱个大喏道："长兄，还认得小弟么？"牛王答礼道："你是齐天大圣孙悟空么？"大圣道："正是，正是。一向久别未拜，适才到此，问一女子，方得见兄，丰采果胜常，可贺也！"牛王喝道："且休巧舌！我闻你闹了天宫，被佛祖降压在五行山下，近解脱天灾，保护唐僧西天见佛求经，怎么在号山枯松涧火云洞把我小儿牛圣婴害了？正在这里恼你，你却怎么又来寻我？"大圣作礼道："长兄勿得误怪小弟。当时令郎捉住吾师，要食其肉，小弟近他不得，幸观音菩萨欲救吾师，劝他归正。现今做了善财童子，比兄长还高，享极乐之门堂，受逍遥之永寿，有何不可，返怪我耶？"牛王骂道："这个乖嘴的猢狲！害子之情，被你说过；你才欺我爱妾，打上我门，何也？"大圣笑道："我因拜谒长兄不见，向那女子拜问，不知就是二嫂嫂。因他骂了我几句，是小弟一时粗卤，惊了嫂嫂。望长兄宽恕宽恕。"牛王道："既如此说，我看故旧之情，饶你去罢。"

大圣道："既蒙宽恩，感谢不尽，但尚有一事奉渎，万望周济周济。"牛王骂道：

“这猢狲不识起倒！饶了你，倒还不走，反来缠我！甚么周济周济？”大圣道：“实不瞒兄长。小弟因保唐僧西进，路阻火焰山，不能前进。询问土人，知尊嫂罗刹女有一柄芭蕉扇，欲求一用。昨到旧府奉拜嫂嫂，嫂嫂坚执不借，是以特求长兄。望兄长开天地之心，同小弟到大嫂处一行，千万借扇，扇灭火焰，保得唐僧过山，即时完璧。”牛王闻言，心如火发，咬响钢牙骂道：“你说你不无礼，你原来是借扇之故，一定先欺我山妻，山妻想是不肯，故来寻我，且又赶我爱妾。常言道：‘朋友妻，不可欺；朋友妾，不可灭。’你既欺我妻，又灭我妾，多大无礼！上来吃我一棍！”大圣道：“哥要说打，弟也不惧。但求宝贝，是我真心。万乞借我使使。”牛王道：“你若三合敌得我，我着山妻借你；如敌不过，打死你与我雪恨！”大圣道：“哥说得是。小弟这一向疏懒，不曾与兄相会，不知这几年武艺比昔日如何，我兄弟们请演演棍看。”这牛王那容分说，掣混铁棍，劈头就打。这大圣持金箍棒，随手相迎。两个这场好斗：

金箍棒，混铁棍，变脸不以朋友论。那个说：“正怪你这猢狲害子情！”这个说：“你令郎已得道休嗔狠！”那个说：“你无知怎敢上我门？”这个说：“我有因特地来相问。”一个要求扇子保唐僧，一个不借芭蕉忒鄙吝。语去言来识旧情，无家无义皆生忿。牛王棍起赛蛟龙，大圣棒迎神鬼遁。初时争斗在山前，后来齐驾祥云进。半空之内显神通，五彩光中施妙运。两条棍响振天关，不见输赢皆傍寸。

这大圣与那牛王斗经百十回合，不分胜负。正在难解难分之际，只听得山峰上有人叫道：“牛爷爷，我大王多多拜上，幸赐早临，好安座也。”牛王闻说，使浑铁棍支住金箍棒，叫道：“猢狲！你且住了，等我去一个朋友家赴会来者！”言毕，按下云头，径至洞里，对玉面公主道：“美人，才那雷公嘴的男子，乃孙悟空猢狲，被我一顿棍打走了，再不敢来。你放心耍子，我到一个朋友处吃酒去也。”他才卸了盔甲，穿一领鸦青剪绒袄子，走出门，跨上辟水金睛兽，着小的们看守门庭，半云半雾，一直向西北方而去。

老牛穿着披挂出来了，从这套拉风体面的披挂能看出来，老牛是个讲究人，如今人家也是走精致讲究路线了。悟空相当有诚意，“整衣上前，深深的唱个大喏道：‘长兄，还认得小弟么？’”

来看牛魔王的反应：“牛王答礼道：‘你是齐天大圣孙悟空么？’”

真是个体面人，等猴哥恭维了老牛几句后，老牛喝道：“且休巧舌！我闻你闹了天宫，被佛祖降压在五行山下，近解脱天灾，保护唐僧西天见佛求经，怎么在号山枯松涧火云洞把我小儿牛圣婴害了？正在这里恼你，你却怎么又来寻我？”

不出意外，来到了红孩儿的追责环节，然后猴哥作礼回复了善财童子的正式岗位问题，再看老牛回复：“这个乖嘴的猢狲！害子之情，被你说过；你才欺我爱妾，打上我门，何也？”

悟空解释说：“是小弟一时粗卤，惊了嫂嫂。望长兄宽恕宽恕。”牛王道：“既如此说，我看故旧之情，饶你去罢。”

也就是说红孩儿这篇已经掀过去了。

呵呵，你说老牛跟红孩儿有多少感情？

再往后看，猴哥说了借扇子的事后，我们来看老牛的反应。“牛王闻言，心如火发，咬响钢牙骂道：‘你说你不无礼，你原来是借扇之故，一定先欺我山妻，山妻想是不肯，故来寻我，且又赶我爱妾。常言道：“朋友妻，不可欺；朋友妾，不可灭。”你既欺我妻，又灭我妾，多大无礼！上来吃我一棍！’”

老牛不是一直那么大度的，孩子的事可以不追究，但你欺负我女人不行！猴子仅仅说了借扇子的事，欺负罗刹女的事完全是老牛想象的，光是想象，老牛就气急了，这里也能再品品老牛在不在意那个红孩儿。

悟空还是提借扇子的事，随后两人开战。老牛本事不错，罕有跟猴哥对战百回合以上还不分胜负的妖魔，正打得难解难分之际，山峰上有人喊老牛赴宴，随后老牛使浑铁棍支住金箍棒，表示“我先吃席去了”，撇下猴子回洞了。

回洞后老牛先是又糊弄了狐狸，然后卸了盔甲换了休闲装去吃席，注意这句“走出门，跨上辟水金睛兽”，他居然还有个坐骑。

有坐骑在西游宇宙中代表很高的阶级，高级别神仙才配坐骑呢！他这个没背景的野妖怪居然也给自己准备了一个坐骑，纯纯是膨胀到不知道姓什么了！

这是与整个正果系统内的大神仙为敌！

就一个问题：你老牛算是个什么东西！

大圣在高峰上看着，心中暗想道：“这老牛不知又结识了甚么朋友，往那里去赴会。等老孙跟他走走。”好行者，将身幌一幌，变作一阵清风赶上，随着同走。

不多时，到了一座山中，那牛王寂然不见。大圣聚了原身，入山寻看，那山中有一面清水深潭，潭边有一座石碣，碣上有六个大字，乃“乱石山碧波潭”。大圣暗想道：“老牛决然下水去了。水底之精，若不是蛟精，定是龙精、鱼精，或龟鳖鼋鼍之精。等老孙也下水去看看。”

好大圣，捻着诀，念个咒语，摇身一变，变作一个螃蟹，不大不小的，有三十六斤重，扑的跳在水中，径沉潭底。忽见一座珍珑剔透的牌楼，楼下拴着那个辟水金睛兽。进牌楼里面，却就没水。大圣爬进去仔细观看时，只见那壁厢一派音乐之声，但见：

朱宫贝阙，与世不殊。黄金为屋瓦，白玉作门枢。屏开玳瑁甲，槛砌珊瑚珠。祥云瑞蔼辉莲座，上接三光下八衢。非是天宫并海藏，果然此处赛蓬壶。高堂设宴罗宾主，大小官员冠冕珠。忙呼玉女捧牙槃，催唤仙娥调律吕。长鲸鸣，巨蟹舞，鳖吹笙，鼍击鼓，骊颔之珠照樽俎。鸟篆之文列翠屏，虾须之帘挂廊庑。八音迭奏杂仙韶，宫商响彻遏云霄。青头鲈妓抚瑶瑟，红眼马郎品玉箫。鳜婆顶献香獐脯，龙女头簪金凤翘。吃的是天厨八宝珍羞味，饮的是紫府琼浆熟酝醪。

那上面坐的是牛魔王，左右有三四个蛟精，前面坐着一个老龙精，两边乃龙子龙孙、龙婆龙女。正在那里觥筹交错之际，孙大圣一直走将上去，被老龙看见，即命：“拿下那个野蟹来！”龙子龙孙一拥上前，把大圣拿住。大圣忽作人言，叫：“饶命！饶命！”老龙道：“你是那里来的野蟹？怎么敢上厅堂，在尊客之前横行乱走？快早供来，免汝死罪！”好大圣，假捏虚词，对众供道：

生自湖中为活，傍崖作窟权居。盖因日久得身舒，官受横行介士。踏草拖泥落索，从来未习行仪。不知法度冒王威，伏望尊慈恕罪！

坐上众精闻言，都拱身对老龙作礼道：“蟹介士初入瑶宫，不知王礼，望尊公饶他去罢。”老龙称谢了众精，即教：“放了那厮，且记打，外面伺候。”大圣应了一声，往外逃命，径至牌楼之下，心中暗想道：“这牛王在此贪杯，那里等得他散？就是散了，也不肯借扇与我。不如偷了他的金睛兽，变做牛魔王，去哄那罗刹女，骗他扇子，送我师父过山为妙。”

好大圣，即现本像，将金睛兽解了缰绳，扑一把跨上雕鞍，径直骑出水底。到于潭外，将身变作牛王模样。打着兽，纵着云，不多时，已至翠云山芭蕉洞口，叫

声："开门！"那洞门里有两个女童，闻得声音开了门，看见是牛魔王嘴脸，即入报："奶奶，爷爷来家了。"那罗刹听言，忙整云鬟，急移莲步，出门迎接。这大圣下雕鞍，牵进金睛兽，弄大胆，诓骗女佳人。罗刹女肉眼认他不出，即携手而入，着丫鬟设座看茶。一家子见是主公，无不敬谨。

老牛去吃席了，猴哥化风跟上，走到乱石山碧波潭时老牛下水了，里面有个龙宫。

注意这个地方，这是乱石山，是个破山，还有个潭，什么叫潭？深而静的小水池叫潭，海、江、河、湖、泽之后才是潭，看看这个小级别。

从老牛交朋友的咖位就能看出来，他纯属武大郎放风筝——出手就不高。

但是，对这么个按理讲应该不算什么的水府，诗句的描写却显得相当不一般，"黄金为屋瓦，白玉作门枢。屏开玳瑁甲，槛砌珊瑚珠""非是天宫并海藏，果然此处赛蓬壶"，甚至"大小官员冠冕珠"。这里的装修相当正式，而且歌舞酒席的规格排场很大，甚至连酒席的菜品都很上档次，"吃的是天厨八宝珍羞味，饮的是紫府琼浆熟酝醪"。

一个乱石山的潭龙王，怎么会有这么大的规格和排面？

虽然还没到祭赛国，但作者其实已经在此铺垫下一关的剧情了，从牛魔王到荆棘岭，说的都是妖仙膨胀僭越后不得善终的故事。

猴哥眼看老牛喝起来没完没了，决定偷了辟水金睛兽变成牛魔王去骗扇子，注意这句话："好大圣，即现本像，将金睛兽解了缰绳，扑一把跨上雕鞍，径直骑出水底。到于潭外，将身变作牛王模样。打着兽，纵着云。"

什么意思？

猴哥是以本相骑的辟水金睛兽，等出了潭外才想起来变成牛魔王的模样。

也就是说，牛魔王这坐骑是个傻冤家，谁都能骑走。

从这里也能明白，牛魔王根本就没琢磨明白权力的意义，他看大神仙都骑个坐骑，觉得挺拉风，他也安排个傻冤家显摆显摆，实际上大神仙的坐骑都必须是得力的干将，是贴身的嫡系，是下了界能把地方各势力摁在那儿告饶的！看看牛魔王的那个坐骑，有意思吗？

他那膨胀的虚荣心早该让猴子教育教育了！

须臾间，叙及寒温。牛王道：“夫人久阔。”罗刹道：“大王万福。”又云：“大王宠幸新婚，抛撇奴家，今日是那阵风儿吹你来的？”大圣笑道：“非敢抛撇，只因玉面公主招后，家事繁冗，朋友多顾，是以稽留在外。却也又治得一个家当了。”又道：“近闻悟空那厮保唐僧将近火焰山界，恐他来问你借扇子。我恨那厮害子之仇未报，但来时，可差人报我，等我拿他分尸万段，以雪我夫妻之恨。”罗刹闻言，滴泪告道：“大王，常言说：‘男子无妇财无主，女子无夫身无主。’我的性命险些儿被这个猢狲害了！”大圣听得，故意发怒骂道：“那泼猴几时过去了？”罗刹道：“还未去。昨日到我这里借扇子，我因他害孩儿之故，披挂了，抡宝剑出门，就砍那猢狲。他忍着疼，叫我做嫂嫂，说大王曾与他结义。”大圣道：“是，五百年前曾拜为七兄弟。”罗刹道：“被我骂也不敢回言，砍也不敢动手。后被我一扇子扇去，不知在那里寻得个定风法儿，今早又在门外叫唤。是我又使扇扇，莫想得动。急抡剑砍时，他就不让我了。我怕他棒重，就走入洞里，紧关上门。不知他又从何处钻在我肚腹之内，险被他害了性命！是我叫他几声叔叔，将扇与他去也。”大圣又假意捶胸道：“可惜！可惜！夫人错了。怎么就把这宝贝与那猢狲？恼杀我也！”

罗刹笑道：“大王息怒。与他的是假扇，但哄他去了。”大圣问：“真扇在于何处？”罗刹道：“放心！放心！我收着哩。”叫丫鬟整酒，接风贺喜，遂擎杯奉上道：“大王，燕尔新婚，千万莫忘结发，且吃一杯乡中之水。”大圣不敢不接，只得笑吟吟举觞在手道：“夫人先饮。我因图治外产，久别夫人，早晚蒙护守家阑，权为酬谢。”罗刹复接杯斟起，递与“大王”道：“自古道：‘妻者，齐也。’夫乃养身之父，谢甚么？”他两人谦谦讲讲，方才坐下巡酒。大圣不敢破荤，只吃几个果子，与他言言语语。

酒至数巡，罗刹觉有半酣，色情微动，就和孙大圣挨挨擦擦，搭搭拈拈。携着手，软语温存；并着肩，低声俯就。将一杯酒，你喝一口，我喝一口，却又哺果。大圣假意虚情，相陪相笑，没奈何，也与他相倚相偎。果然是：

钓诗钩，扫愁帚，破除万事无过酒。男儿立节放襟怀，女子忘情开笑口。面赤似夭桃，身摇如嫩柳。絮絮叨叨话语多，捻捻掐掐风情有。时见掠云鬟，又见抡尖手。几番常把脚儿跷，数次每将衣袖抖。粉项自然低，蛮腰渐觉扭。合欢言语不曾丢，酥胸半露松金钮。醉来真个玉山颓，饧眼摩娑几弄丑。

大圣见他这等酣然，暗自留心，挑斗道：“夫人，真扇子你收在那里？早晚仔细，但恐孙行者变化多端，却又来骗去。”罗刹笑嘻嘻的，口中吐出，只有一个杏叶儿大小，递与大圣道：“这个不是宝贝？”大圣接在手中，却又不信。暗想着：“这些些儿，怎生扇得火灭？怕又是假的。”罗刹见他看着宝贝沉思，忍不住上前，将粉面揾在行者脸上，叫道：“亲亲，你收了宝贝吃酒罢，只管出神想甚么哩？”大圣就趁脚儿跷，问他一句道：“这般小小之物，如何扇得八百里火焰？”罗刹酒陶真性无忌惮，就说出方法道：“大王，与你别了二载，你想是昼夜贪欢，被那玉面公主弄伤了神思，怎么自家的宝贝事情也都忘了？只将左手大指头，捻着那柄儿上第七缕红丝，念一声‘呬嘘呵吸嘻吹呼’，即长一丈二尺长短。这宝贝变化无穷，那怕他八万里火焰，可一扇而消也。”

大圣闻言，切切记在心上。却把扇儿也噙在口里，把脸抹一抹，现了本像，厉声高叫道：“罗刹女！你看看我可是你亲老公？就把我缠了这许多丑勾当，不羞！不羞！”那女子一见是孙行者，慌得推翻桌席，跌倒尘埃，羞愧无比，只叫：“气杀我也！气杀我也！”

猴哥骑着傻冤家回翠云山了，罗刹女很开心，通过两人的对话可以得知，人家两口子的关系可没僵死，罗刹女知道老牛是去外面给她赚钱了，根本没有什么怨恨之意。等罗刹女讲了讲悟空骗假扇子的事后，猴哥把话题引到了真扇子上，罗刹女表示放心放心，来，先喝点酒。

看看作者的用词：“酒至数巡，罗刹觉有半酣，色情微动，就和孙大圣挨挨擦擦，搭搭拈拈。携着手，软语温存；并着肩，低声俯就。”

“几番常把脚儿跷，数次每将衣袖抖。粉项自然低，蛮腰渐觉扭。合欢言语不曾丢，酥胸半露松金钮。”

罗刹女“醉来真个玉山颓，饧眼摩娑几弄丑”，装作喝多，揉眼做鬼脸地给猴哥发出信号。

猴哥看到她“这等酣然”，那是“暗自留心，挑斗道：‘夫人，真扇子你收在那里？’”

作者用“挑斗”这个词来形容两人热火朝天的状态，随后罗刹女从口中吐出了芭蕉扇。

猴哥见到芭蕉扇时其实已经该被拆穿了，因为他跟不认识一样，但西游宇宙的铁律开始发威：自家的宝贝一定要藏起来！只要离了手就一定会被抢！

罗刹女此时已经情动，“将粉面揾在行者脸上，叫道：‘亲亲，你收了宝贝吃酒罢，只管出神想甚么哩？’”又“酒陶真性无忌惮”，把芭蕉扇的运用咒语说了。

说句题外话，“呬嘘呵吸嘻吹呼”是作者借鉴的我国古代流传下来的六字诀养生吐纳法，通过六字的不同发音口型，唇齿喉舌的用力不同，以牵动不同的脏腑经络气血的运行。不过这个咒语的借鉴有点改动，原本六字中没有“吸”，而有“呬”，即“吹、呼、唏、呵、嘘、呬”，六字各有功效，所谓“吹以去热，呼以去风，唏以去烦，呵以下气，嘘以散滞，呬以解极”。

猴哥听完诀窍后也把扇子噙在口里，把脸抹一抹，现了本相，厉声高叫道：“罗刹女！你看看我可是你亲老公？就把我缠了这许多丑勾当，不羞！不羞！”

猴哥本尊亲自认定了：“把我缠了这许多丑勾当”。

罗刹女此时已经陷入被骗色后的混沌模样，“慌得推翻桌席，跌倒尘埃，羞愧无比，只叫：‘气杀我也！气杀我也！’”

这大圣不管他死活，捽脱手，拽大步径出了芭蕉洞。正是：无心贪美色，得意笑颜回。将身一纵，踏祥云，跳上高山。将扇子吐出来，演演方法。将左手大指头，捻着那柄上第七缕红丝，念了一声“呬嘘呵吸嘻吹呼”，果然长了有一丈二尺长短。拿在手中，仔细看了一看，比前番假的果是不同。只见祥光幌幌，瑞气纷纷，上有三十六缕红丝，穿经度络，表里相联。原来行者只讨了个长的方法，不曾讨他个小的口诀，左右只是那等长短。没奈何，只得搴在肩上，找旧路而回。不题。

却说那牛魔王，在碧波潭底与众精散了筵席，出得门来，不见了辟水金睛兽。老龙王聚众精问道：“是谁偷放牛爷的金睛兽也？”众精跪下道：“没人敢偷。我等俱在筵前供酒捧盘，供唱奏乐，更无一人在前。”老龙道：“家乐儿断乎不敢，可曾有甚生人进来？”龙子龙孙道：“适才安座之时，有个蟹精到此，那个便是生人。”牛王闻说，顿然省悟道：“不消讲了！早间贤友着人邀我时，有个孙悟空保唐僧取经，路遇火焰山难过，曾问我求借芭蕉扇。我不曾与他，他和我赌斗一场，未分胜负。我却丢了他，径赴盛会。那猴子千般伶俐，万样机关。断乎是那厮变作蟹精，来此打探消息，偷了我兽，去山妻处，骗了那一把芭蕉扇儿也！”众精见说，一个个胆战心惊，问道：“可是那大闹天宫的孙悟空么？”牛王道：“正是。列公若在西天路上有不是处，切要躲避他些儿。”老龙道：“似这般说，大王的骏骑，却如之何？”牛王笑道：“不妨，不妨。列公各散，等我赶他去来。”

遂而分开水路，跳出潭底，驾黄云，径至翠云山芭蕉洞。只听得罗刹女跌脚捶胸，大呼小叫。推开门，又见辟水金睛兽拴在下边。牛王高叫：“夫人，孙悟空那厢去了？”众女童看见牛魔，一齐跪下道：“爷爷来了！”罗刹女扯住牛王，磕头撞脑，口里骂道：“泼老天杀的！怎么这般不谨慎，着那猢狲偷了金睛兽，变作你的模样，到此骗我！”牛王切齿道：“猢狲那厢去了？”罗刹捶着胸膛骂道：“那泼猴赚了我的宝贝，现出原身走了。气杀我也！”牛王道：“夫人保重，勿得心焦。等我赶上猢狲，夺了宝贝，剥了他皮，锉碎他骨，摆出他的心肝，与你出气！”叫：“拿兵器来！”女童道：“爷爷的兵器不在这里。”牛王道：“拿你奶奶的兵器来罢。”侍婢将两把青锋宝剑捧出。牛王脱了那赴宴的鸦青绒袄，束一束贴身的小衣，双手绰剑，走出芭蕉洞，径奔火焰山上赶来。正是那：

忘恩汉骗了痴心妇，烈性魔来近木叉人。

毕竟不知此去吉凶如何，且听下回分解。

猴哥骗完罗刹女后很兴奋，把芭蕉扇拿出来试了试，这扇子“比前番假的果是不同。只见祥光幌幌，瑞气纷纷，上有三十六缕红丝，穿经度络，表里相联”。上有祥光和瑞气，这个宝贝真的不一般，根本不像牛魔王两口子这个级别能拿到手的东西。

老牛散了席后发现辟水金睛兽没了，猜出来是猴子骗走了。注意老牛这句话：“列公若在西天路上有不是处，切要躲避他些儿。”

这也算是给下一关埋下了伏笔。

老牛回到芭蕉洞时，罗刹女正在跌脚捶胸，大呼小叫，看见老牛后开启“狂骂模式”。老牛依旧是“情绪价值小达人”，先哄媳妇，保证抓住猴子弄死，给她出气，随后提着罗刹女的两把剑往火焰山追来。

回末诗句“忘恩汉骗了痴心妇，烈性魔来近木叉人”，不是说猴子是忘恩汉，猴子变的牛魔王才是那忘恩汉。木叉人也不是落伽山的惠岸，木叉提婆是玄奘大师的印度名字，译为“解脱天”，木叉人是木叉提婆的徒弟之意。

第六十一回

猪八戒助力破魔王，孙行者三调芭蕉扇

话表牛魔王赶上孙大圣，只见他肩膊上掮着那柄芭蕉扇，怡颜悦色而行。魔王大惊道："猢狲原来把运用的方法儿也叨餂得来了。我若当面问他索取，他定然不与。倘若扇我一扇，要去十万八千里远，却不遂了他意？我闻得唐僧在那大路上等候，他二徒弟猪精，三徒弟沙流精，我当年做妖怪时也曾会他，且变作猪精的模样，反骗他一场。料猢狲以得意为喜，必不详细提防。"好魔王，他也有七十二变，武艺也与大圣一般，只是身子狼犺些，欠钻疾，不活达些；把宝剑藏了，念个咒语，摇身一变，即变作八戒一般嘴脸。抄下路，当面迎着大圣叫道："师兄，我来也！"

这大圣果然欢喜。古人云"得胜的猫儿欢似虎"也，只倚着强能，更不察来人的意思。见是个八戒的模样，便就叫道："兄弟，你往那里去？"牛魔王绰着经儿道："师父见你许久不回，恐牛魔王手段大，你敌他不过，难得他的宝贝，教我来迎你的。"行者笑道："不必费心，我已得了手了。"牛王又问道："你怎么得的？"行者道："那老牛与我战经百十合，不分胜负。他就撇了我，去那乱石山碧波潭底，与一伙蛟精、龙精饮酒。是我暗跟他去，变作个螃蟹，偷了他所骑的辟水金睛兽，变了老牛的模样，径至芭蕉洞，哄那罗刹女。那女子与老孙结了一场干夫妻，是老孙设法骗将来的。"牛王道："却是生受了。哥哥劳碌太甚，可把扇子我拿。"孙大圣那知真假，也虑不及此，遂将扇子递与他。

原来那牛王，他知那扇子收放的根本，接过手，不知捻个甚么诀儿，依然小似一片杏叶。现出本像，开言骂道："泼猢狲！认得我么？"行者见了，心中自悔道："是我的不是了！"恨了一声，跌足高呼道："咦！逐年家打雁，今却被小雁儿鹐了眼睛！"狠得他爆躁如雷，掣铁棒劈头便打。那魔王就使扇子扇他一下，不知那大圣先前变蟭蟟虫入罗刹女腹中之时，将定风丹噙在口里，不觉的咽下肚里，所以五脏皆牢，皮骨皆固，凭他怎么扇，再也扇他不动。牛王慌了，把宝贝丢入口中，双手抡剑就砍。那两个在那半空中，这一场好杀：

齐天孙大圣，混世泼牛王。只为芭蕉扇，相逢各骋强。粗心大圣将人骗，大胆牛王把扇诓。这一个金箍棒起无情义，那一个霜刃青锋有智量。大圣施威喷彩雾，牛王放泼吐毫光。齐斗勇，两不良，咬牙锉齿气昂昂。播土扬尘天地暗，飞砂走石鬼神藏。这个说："你敢无知反骗我！"那个说："我妻许你共相将！"言村语泼，性烈情刚。那个说："你哄人妻女真该死，告到官司有罪殃！"伶俐的齐天圣，凶顽的大力王。一心只要杀，更不待商量。棒打剑迎齐努力，有些松慢见阎王。

牛魔王赶上猴哥后，远远看见猴哥肩上掮着芭蕉扇，他也用了计谋，变作八戒模样。为了安排这段反骗芭蕉扇的内容，作者说牛魔王当年会过唐僧的二徒弟猪精、三徒弟沙流精来铺垫合理性。这里也被很多人解读说猴哥当年结交的朋友都是些"塑料朋友"，牛魔王会八戒和沙僧，都没去看看猴哥，其实这倒还真不是，猴哥是被五方揭谛特殊看管的，一方面防止老君派的人趁机弄死他，另一方面防止他的老朋友去揭了山上压帖。

老牛变作了八戒，成功骗了"得胜的猫儿欢似虎"的悟空，把扇子拿了回来。西游宇宙的法宝铁律依旧在熠熠生辉，法宝离了手，就不再是猴子的了！

兄弟就不会骗你了吗？派你们取这趟经的李世民对这个事就有不同看法。

猴哥看到扇子被骗回去后居然会自我反省了，这句"是我的不是了"也算证明了猴哥的巨大成长，随后两人开战。

这次老牛算是跟猴子没完了，因为猴子刚才在给老牛讲诈骗过程中说"那女子与老孙结了一场干夫妻"，这实在太容易让人联想了！猴子你到底是怎么"结了一场干夫妻"的？跟你拼了！

且不说他两个相斗难分。却表唐僧坐在途中，一则火气蒸人，二来心焦口渴，对火焰山土地道："敢问尊神，那牛王法力如何？"土地道："那牛王神力不小，法力无边，正是孙大圣的敌手。"三藏道："悟空是个会走路的，往常家二千里路一霎时便回，怎么如今去了一日？断是与牛王赌斗。"叫："悟能、悟净，你两个那一个去迎你师兄一迎？倘或遇敌，就当用力相助，求得扇子来，解我烦躁，早早过山赶路去也。"八戒道："今日天晚，我想着要去接他，但只是不认得积雷山路。"土地道："小神认得。且教卷帘将军与你师父做伴，我与你去来。"三藏大喜道："有劳尊神，功成再谢。"

那八戒抖擞精神，束一束皂锦直裰，搴着钯，即与土地纵起云雾，径向东方而去。正行时，忽听得喊杀声高，狂风滚滚。八戒按住云头看时，原来孙行者与牛王厮杀哩。土地道："天蓬不上前，还待怎的？"呆子掣钉钯，厉声高叫道："师兄，我来也！"行者恨道："你这夯货，误了我多少大事！"八戒道："师父教我来迎你，因认不得山路，商议良久，教土地引我，故此来迟。如何误了大事？"行者道："不是怪你来迟。这泼牛十分无礼！我向罗刹处弄得扇子来，却被这厮变作你的模样，口称迎我，我一时欢悦，转把扇子递在他手，他却现了本像，与老孙在此比并，所以误了大事也。"

八戒闻言大怒，举钉钯当面骂道："我把你这血皮胀的遭瘟！你怎敢变作你祖宗的模样骗我师兄，使我兄弟不睦！"你看他没头没脸的使钉钯乱筑。那牛王一则是与行者斗了一日，力倦神疲；二则是见八戒的钉钯凶猛，遮架不住，败阵就走。只见那火焰山土地，帅领阴兵当面挡住道："大力王且住手！唐三藏西天取经，无神不保，无天不祐，三界通知，十方拥护。快将芭蕉扇来，扇息火焰，教他无灾无障，早过山去；不然，上天责你罪谴，定遭诛也。"牛王道："你这土地，全不察理！那泼猴夺我子，欺我妾，骗我妻，番番无道，我恨不得囫囵吞他下肚，化作大便喂狗，怎么肯将宝贝借他！"言未了，八戒早又赶上，骂道："我把你个结心癀！快拿出扇来，饶你性命！"那牛王只得回头，使宝剑又战八戒。孙大圣举棒相帮。这一场在那里好杀：

成精豕，作怪牛，兼上偷天得道猴。禅性自来能战炼，必当用土合元由。钉钯九齿尖还利，宝剑双锋快更柔。铁棒卷舒为主使，土神助力结丹头。三家刑克相争竞，各展雄才要运筹。捉牛耕地金钱长，唤豕归炉木气收。心不在焉何作道，神常守舍要拴猴。胡一嚷，苦相求，三般兵刃响搜搜。钯筑剑伤无好意，金箍棒起有因由。只杀得星不光兮月不皎，一天寒雾黑悠悠！

那魔王奋勇争强，且行且斗，斗了一夜，不分上下。早又天明，前面是他的积雷山摩云洞口，他三个与土地、阴兵，又喧哗振耳，惊动那玉面公主，唤丫鬟看是那里人嚷。只见守门小妖来报："是我家爷爷与昨日那雷公嘴汉子并一个长嘴大耳的和尚同火焰山土地等众厮杀哩！"玉面公主听言，即命外护的大小头目，各执枪刀助力。前后点起七长八短，有百十余口，一个个卖弄精神，拈枪弄棒，齐告："大王爷爷，我等奉奶奶内旨，特来助力也。"牛王大喜道："来得好！来得好！"众妖一齐上前乱砍。八戒措手不及，倒拽着钯，败阵而走。大圣纵筋斗云，跳出重围。众阴兵亦四散奔生。老牛得胜，聚群妖归洞，紧闭了洞门不题。

在这哥儿俩斗的过程中，唐僧越等越心焦口渴，想派八戒或沙僧去帮悟空。八戒说自己不认识，但火焰山土地表示：我认识，来来来，我带路！

两人纵起云雾没多久就看见猴哥和老牛正杀得狂风滚滚。八戒来帮忙了，当听说老牛变成了自己的模样后，八戒更生气了，点了"狂暴"属性，作为生力军进入战场。

其实从"那牛王一则是与行者斗了一日，力倦神疲；二则是见八戒的钉钯凶猛，遮架不住，败阵就走"也能看出来，老牛是打不过悟空的，他确实能顶得住悟空一天时间，但此时他已经力倦神疲了，而猴哥是没有"血条"的，如果再斗一日呢？

就在老牛想跑路的时候，火焰山土地不愧是从兜率宫出来的，人家哪怕被贬下来也跟普通土地不一样，西游宇宙独一份的土地率阴兵拦了路，对老牛说出了那句著名的话："大力王且住手！唐三藏西天取经，无神不保，无天不祐，三界通知，十方拥护。"

土地已经跟老牛明牌了，这个项目规格有多高你难道还不明白吗？快交扇子，别作死！

但是老牛的脾气上来了，脑子真的不好使了，他纠结于"那泼猴夺我子，欺我妾，骗我妻，番番无道"，说来说去其实就是面子问题，这事还真就过不去了。

老牛逞雄又杀了一夜，奋勇争强，且行且斗，和他们打到了积雷山摩云洞。

从这里也能看出来，老牛真是知道家里外面的区别，知道谁的分量重，把祸事引到了狐狸这里。积雷山的百十余口小妖助阵后，放屁添风的八戒马上就败阵了，这场战斗也就此告一段落。

行者道："这厮骁勇！自昨日申时前后与老孙战起，直到今夜，未定输赢，却得你两个来接力。如此苦斗半日一夜，他更不见劳困。才这一伙小妖，却又莽壮。他将洞门紧闭不出，如之奈何？"八戒道："哥哥，你昨日巳时离了师父，怎么到申时才与他斗起？你那两三个时辰在那里的？"行者道："别你后，顷刻就到这座山上，见一个女子问讯，原来就是他爱妾玉面公主。被我使铁棒唬他一唬，他就跑进洞，叫出那牛王来。与老孙劖言劖语，嚷了一会。又与他交手，斗了有一个时辰。正打处，有人请他赴宴去了。是我跟他到那乱石山碧波潭底，变作一个螃蟹，探了消息，偷了他辟水金睛兽，假变牛王模样，复至翠云山芭蕉洞，骗了罗刹女，哄得他扇子。出门试演试演方法，把扇子弄长了，只是不会收小。正掮了走处，被他假变做你的嘴脸，反骗了去，故此耽阁两三个时也。"八戒道："这正是俗语云：'大海里翻了豆腐船，汤里来，水里去。'如今难得他扇子，如何保得师父过山？且回去，转路走他娘罢！"

土地道："大圣休焦恼，天蓬莫懈怠。但说转路，就是入了旁门，不成个修行之类。古语云'行不由径'，岂可转走？你那师父在正路上坐着，眼巴巴只望你们成功哩！"行者发狠道："正是，正是。呆子莫要胡谈！土地说得有理，我们正要与他：

赌输赢，弄手段，等我施为地煞变。自到西方无对头，牛王本是心猿变。今番正好会源流，断要相持借宝扇。趁清凉，息火焰，打破顽空参佛面。行满超升极乐天，大家同赴龙华宴。"

那八戒闻言，便生努力，殷勤道：

是是是！去去去！管甚牛王会不会。木生在亥配为猪，牵转牛儿归土类。申下生金本是猴，无刑无克多和气。用芭蕉，为水意，焰火消除成既济。昼夜休离苦尽功，功完赶赴盂兰会。

战后悟空盘点总结，承认老牛骁勇并讲了讲这段时间的来龙去脉。八戒想转路走，话刚一出口，都没用猴哥骂他，火焰山土地赶紧接茬了："天蓬莫懈怠。但说转路，就是人了旁门，不成个修行之类。”

想要戴罪立功的人最懂猴哥的心情，一句话就拿捏了悟空：咱们这是修正果，遇到这种黑恶势力必须把他铲除！咱们要是转了路就是向黑恶势力低头了，到时候别说修正果了，咱们自己都会被惩治。

猴哥高调表态，必须把老牛这关过了。在猴哥这段宣言中，有句话需要拿出来说说，也就是这句“牛王本是心猿变。今番正好会源流”。

我们没有必要把它解读为牛魔王是猴哥变出来的，这俩属于一个源流，牛也是佛祖安排的之类，因为这句话不是作者以第三人称角度写的，而是从悟空口中说的，所谓“行者发狠道：‘正是，正是。呆子莫要胡谈！土地说得有理，我们正要与他：赌输赢，弄手段，等我施为地煞变。自到西方无对头，牛王本是心猿变。今番正好会源流……’”

这跟我们前面说的那些重点“源流”的出场是不一样的。比如第一回标题是“灵根育孕源流出，心性修持大道生”；又如讲猴哥西游是“这一去，正是那：天产仙猴道行隆，离山驾筏趁天风。飘洋过海寻仙道，立志潜修建大功。有分有缘休俗愿，无忧无虑会元龙。料应必遇知音者，说破源流万法通”；再如第四回讲悟空和哪吒的开战，“这场斗，真个是地动山摇，好杀也：六臂哪吒太子，天生美石猴王，相逢真对手，正遇本源流”。这些都是作者以第三人称视角给我们透露剧情，而悟空说的“源流”，则是从他自己的角度。

所以这并非作者在给我们暗示，而是悟空说眼前牛王这关是他心中所起的魔障所变，这回必须往源流方向追根溯源，断了根，非得把这硬茬给铲了。

随后八戒也表态了，也念了一段在此关中相当重要的诗，翻译一下就是，他是木，牛是土，猴是金，“用芭蕉，为水意，焰火消除成既济”，这一关算是五行俱全了，必须直面解题！

他两个领着土地阴兵一齐上前，使钉钯，抡铁棒，乒乒乓乓，把一座摩云洞的前门打得粉碎。諕得那外护头目战战兢兢，闯入里边报道：“大王！孙悟空率众打破前门也！”那牛王正与玉面公主备言其事，懊恨孙行者哩。听说打破前门，十分发怒，急披挂，拿了铁棍，从里面骂出来道：“泼猢狲！你是多大个人儿，敢

这等上门撒泼，打破我门扇！”八戒近前乱骂道：“泼老剥皮！你是个甚样人物，敢量那个大小！不要走，看钯！”牛王喝道：“你这个馕糟食的夯货，不见怎的！快叫那猴儿上来！”行者道：“不知好歹的饷草！我昨日还与你论兄弟，今日就是仇人了。仔细吃我一棒！”那牛王奋勇而迎。这场比前番更胜，三个英雄厮混在一处。好杀：

钉钯铁棒逞神威，同帅阴兵战老牺。牺牲独展凶强性，遍满同天法力恢。使钯筑，着棍擂，铁棒英雄又出奇。三般兵器叮当响，隔架遮拦谁让谁？他道他为首，我道我夺魁。土兵为证难分解，水土相煎上下随。这两个说：“你如何不借芭蕉扇！”那一个道：“你焉敢欺心骗我妻！赶妾害儿仇未报，敲门打户又惊疑！”这个说：“你仔细提防如意棒，擦着些儿就破皮！”那个说：“好生躲避钯头齿，一伤九孔血淋漓！”牛魔不怕施威猛，铁棍高擎有见机。翻云覆雨随来往，吐雾喷风任发挥。恨苦这场都拼命，各怀恶念喜相持。丢架手，让高低，前迎后挡总无亏。兄弟二人齐努力，单身一棍独施为。卯时战到辰时后，战罢牛魔束手回。

他三个舍死忘生，又斗有百十余合。八戒发起呆性，仗着行者神通，举钯乱筑。牛王遮架不住，败阵回头，就奔洞门。却被土地、阴兵拦住洞门，喝道：“大力王，那里走！吾等在此！”那老牛不得进洞，急抽身，又见八戒、行者赶来，慌得卸了盔甲，丢了铁棍，摇身一变，变做一只天鹅，望空飞走。行者看见笑道：“八戒，老牛去了。”那呆子漠然不知，土地亦不能晓，一个个东张西觑，只在积雷山前后乱找。行者指道：“那空中飞的不是？”八戒道：“那是一只天鹅。”行者道：“正是老牛变的。”土地道：“既如此，却怎么好？”行者道：“你两个打进此门，把群妖尽情剿除，拆了他的窝巢，绝了他的归路，等老孙与他赌变化去。”那八戒与土地依言，攻破洞门不题。

这大圣收了金箍棒，捻诀念咒，摇身一变，变作一个海东青。搜的一翅，钻在云眼里，倒飞下来，落在天鹅身上，抱住颈项嗛眼。那牛王也知是孙行者变化，急忙抖抖翅，变作一只黄鹰，反来嗛海东青。行者又变作一个乌凤，专一赶黄鹰。牛王识得，又变作一只白鹤，长唳一声，向南飞去。行者立定，抖抖翎毛，又变作一只丹凤，高鸣一声。那白鹤见凤是鸟王，诸禽不敢妄动，刷的一翅，淬下山崖，将身一变，变作一只香獐，乜乜些些，在崖前吃草。行者认得，也就落下翅来，变作一只饿虎，剪尾跑蹄，要来赶獐作食。魔王慌了手脚，又变作一只金钱花斑的大豹，要伤饿虎。行者见了，迎着风，把头一幌，又变作一只金眼狻猊，声如霹雳，铁额铜头，复转身要食大豹。牛王着了急，又变作一个人熊，放开脚，就来擒那狻猊。行者打个滚，就变作一只赖象，鼻似长蛇，牙如竹笋，撒开鼻子，要去卷那人熊。

牛王嘻嘻的笑了一笑，现出原身——一只大白牛：头如峻岭，眼若闪光，两只角似两座铁塔，牙排利刃。连头至尾，有千余丈长短，自蹄至背，有八百丈高下。对行者高叫道："泼猢狲！你如今将奈我何？"行者也就现了原身，抽出金箍棒来，把腰一躬，喝声叫"长"，长得身高万丈，头如泰山，眼如日月，口似血池，牙似门扇，手执一条铁棒，着头就打。那牛王硬着头，使角来触。这一场，真个是撼岭摇山，惊天动地。有诗为证：

道高一尺魔千丈，奇巧心猿用力降。

若得火山无烈焰，必须宝扇有清凉。

黄婆大志扶元老，木母留情扫荡妖。

和睦五行归正果，炼魔涤垢上西方。

他两个大展神通，在半山中赌斗，惊得那过往虚空一切神众与金头揭谛、六甲六丁、一十八位护教伽蓝都来围困魔王。那魔王公然不惧，你看他东一头，西一头，直挺挺、光耀耀的两只铁角，往来抵触；南一撞，北一撞，毛森森、筋暴暴的一条硬尾，左右敲摇。孙大圣当面迎，众多神四面打。牛王急了，就地一滚，复本像，便投芭蕉洞去。行者也收了法象，与众多神随后追袭。那魔王闯入洞里，闭门不出。众神把一座翠云山围得水泄不通。

悟空和八戒领着土地、阴兵一齐上前，把摩云洞洞门打碎。这次猴哥宣布和老牛恩断义绝，他们今后再不是兄弟，是仇人了。

又斗了百十余回合后，八戒"猪仗猴势"把老牛打败阵了。老牛想回洞，但火焰山土地拦住洞门喝道："大力王，那里走！吾等在此！"

老牛根本就不敢惹这位兜率宫下来的领导，卸了盔甲，丢了铁棍，摇身一变，变作一只天鹅望空飞走。接下来进入了老牛和悟空赌斗变化的环节，悟空变化为各种动物赶着老牛，满眼都是当年二郎神赶自己的影子。

正义的一方感觉真好啊！当年那位捉了自己的故人也快返场了。

老牛变来变去，最终现出了原身，原来他是一只大白牛：“头如峻岭，眼若闪光，两只角似两座铁塔，牙排利刃。连头至尾，有千余丈长短，自蹄至背，有八百丈高下。”

至此老牛已经落下风了，因为他的原身没有手，不过就是体形大而已，况且他远没有猴哥大，人家猴哥法天象地后，“长得身高万丈，头如泰山，眼如日月，口似血池，牙似门扇，手执一条铁棒，着头就打”。

猴哥法天象地的大小超老牛原身的十倍，老牛不过八百丈，人家万丈，而且人家棒子依旧如意大小，此时老牛只能“硬着头，使角来触”了。

正在两人大展神通之时，整个西游宇宙中“谁最遭人恨”的评选落下帷幕了——牛魔王摘得桂冠。所谓“惊得那过往虚空一切神众与金头揭谛、六甲六丁、一十八位护教伽蓝都来围困魔王”，“过往虚空一切神众”都来帮场子了，取经摄像组都不管唐僧，直接来打牛了，你说他这傻冤家是多么遭人恨！

老牛打了一会儿扛不住了，恢复本相，投奔他最后的归宿芭蕉洞了。群神随后把翠云山围得水泄不通。

这是当年猴哥偷了仙桃、吃了仙丹、闹了天宫的待遇，但猴哥正经是有巨大获得感的，偷桃偷丹也不亏，你说你老牛得了什么好处，被这么挤对呢？

还狂吗？还整什么坐骑吗？

虚荣和虚名啊！

正都上门攻打，忽听得八戒与土地、阴兵嚷嚷而至。行者见了问道：“那摩云洞事体如何？”八戒笑道：“那老牛的娘子被我一钯筑死，剥开衣看，原来是个玉面狸精。那伙群妖，俱是些驴骡犊特、獾狐狢獐、羊虎麋鹿等类，已此尽皆剿戮。又将他洞府房廊放火烧了。土地说他还有一处家小，住居此山，故又来这里扫荡也。”行者道：“贤弟有功，可喜！可喜！老孙空与那老牛赌变化，未曾得胜。他变做无大不大的白牛，我变了法天象地的身量，正和他抵触之间，幸蒙诸神下降，围困多时，他却复原身，走进洞去矣。”八戒道：“那可是芭蕉洞么？”行者道：“正是，正是！罗刹女正在此间。”八戒发狠道：“既是这般，怎么不打进去，剿除那厮，问他要扇子，倒让他停留长智，两口儿叙情！”

好呆子，抖擞威风，举钯照门一筑，忽辣的一声，将那石崖连门筑倒了一边。

慌得那女童忙报："爷爷，不知甚人，把前门都打坏了！"牛王方跑进去，喘嘘嘘的，正告诉罗刹女与孙行者夺扇子赌斗之事。闻报，心中大怒，就口中吐出扇子，递与罗刹女。罗刹女接扇在手，满眼垂泪道："大王，把这扇子送与那猢狲，教他退兵去罢。"牛王道："夫人呵，物虽小而恨则深。你且坐着，等我再和他比并去来。"

那魔王重整披挂，又选两口宝剑，走出门来。正遇着八戒使钯筑门，老牛更不打话，掣剑劈脸便砍。八戒举钯迎着，向后倒退了几步。出门来，早有大圣抡棒当头。那牛魔即驾狂风，跳离洞府，又都在那翠云山上相持。众多神四面围绕，土地、阴兵左右攻击。这一场又好杀哩：

云迷世界，雾罩乾坤。飒飒阴风砂石滚，巍巍怒气海波浑。重磨剑二口，复挂甲全身。结冤深似海，怀恨越生嗔。你看齐天大圣因功迹，不讲当年老故人。八戒施威求扇子，众神护法捉牛君。牛王双手无停息，左遮右挡弄精神。只杀得那过鸟难飞皆敛翅，游鱼不跃尽潜鳞；鬼泣神嚎天地暗，龙愁虎怕日光昏。

那牛王拼命捐躯，斗经五十余合，抵敌不住，败了阵，往北就走。早有五台山秘摩岩神通广大泼法金刚阻住，喝道："牛魔，你往那里去！我蒙释迦牟尼佛祖差来，布列天罗地网，至此擒汝也！"正说间，随后有大圣、八戒、众神赶来。那魔王慌转身向南而走，又撞着峨眉山清凉洞法力无量胜至金刚挡住，喝道："吾奉佛旨在此，正要拿你也！"牛王心慌脚软，急抽身往东便走，却逢着须弥山摩耳崖毗卢沙门大力金刚迎住，喝道："老牛何往！我蒙如来密令，教来捕获你也！"牛王又悚然而退，向西就走，又遇着昆仑山金霞岭不坏尊王永住金刚敌住，喝道："这厮又将安走？我领西天大雷音寺佛老亲言，在此把截，谁放你也！"那老牛心惊胆战，悔之不及。见那四面八方都是佛兵天将，真个似罗网高张，不能脱命。

正在怆惶之际，又闻得行者帅众赶来，他就驾云头，望上便走。却好有托塔李天王并哪吒太子，领鱼肚药叉、巨灵神将漫住空中，叫道："慢来，慢来！吾奉玉帝旨意，特来此剿除你也！"牛王急了，依前摇身一变，还做一只大白牛，使两只铁角，去触天王。天王使刀来砍，随后孙行者又到，哪吒太子厉声高叫："大圣，衣甲在身，不能为礼。愚父子昨日见佛如来发檄奏闻玉帝，言唐僧路阻火焰山，孙大圣难伏牛魔王。玉帝传旨，特差我父王领众助力。"行者道："这厮神通不小！又变作这等身躯，却怎奈何？"太子笑道："大圣勿疑，你看我擒他。"

这太子即喝一声“变！”变作三头六臂，飞身跳在牛王背上，使斩妖剑望颈项上一挥，不觉得把个牛头斩下。天王收刀，却才与行者相见。那牛王腔子里又钻出一个头来，口吐黑气，眼放金光。被哪吒又砍一剑，头落处，又钻出一个头来。一连砍了十数剑，随即长出十数个头。哪吒取出火轮儿，挂在那老牛的角上，便吹真火，焰焰烘烘，把牛王烧得张狂哮吼，摇头摆尾。才要变化脱身，又被托塔天王将照妖镜照住本像，腾那不动，无计逃生，只叫：“莫伤我命！情愿归顺佛家也！”哪吒道：“既惜身命，快拿扇子出来！”牛王道：“扇子在我山妻处收着哩。”

猴哥正要攻打芭蕉洞，听见八戒和火焰山土地带队来了。猴哥问了问摩云洞的事，此时那玉面公主已经被八戒打死了。八戒也是有意思，“那老牛的娘子被我一钯筑死，剥开衣看，原来是个玉面狸精”，打死了不算完，得剥开衣服看看。万年狐王留下的这点家产到底没能多传二年，不仅被剿灭干净，连洞府房廊都被放火烧了。

妖就是妖，没有正果保护，什么都不是，只要跟正果产生了冲突，注定灰飞烟灭。这只傻狐狸，招夫不知道招个低调、智慧、有眼力见儿的。

悟空跟八戒讲了讲他这儿的情况，并引导八戒去打破芭蕉洞的洞门。

牛魔王其实可以随便打，但对芭蕉洞动手还是有风险的。看这芭蕉洞外的景色，之前我们说过这不是普通妖怪住的地方，再加上那柄祥光瑞气的扇子，俗话说“打狗还得看主人”，罗刹女并不好惹。连五万里之外的灵吉菩萨都知道这罗刹女的详细来历，虚空过往诸神，谁不知道她是怎么回事？

八戒打破大门后，老牛吐出扇子给了罗刹女，要再去杀他们，其实罗刹女此时已经㞞了，愿意交扇子让猴子退兵，但老牛算是跟他们杠上了。老牛在全方位立体包围下打了五十多回合，扛不住了，他没有三头六臂，没法三百六十度无死角输出，于是准备逃跑。也是在这个时候，佛祖对这头老牛开展了最后的宣判。

老牛往北走，五台山秘摩岩神通广大泼法金刚奉如来佛祖命令阻住；往南走，峨眉山清凉洞法力无量胜至金刚奉佛旨挡住；往东走，须弥山摩耳崖毗卢沙门大力金刚蒙如来密令迎住；往西走，昆仑山金霞岭不坏尊王永住金刚领佛老亲言敌住。当四神山金刚现身说了奉佛祖之命后，“那老牛心惊胆战，悔之不及”。

不牛了？不犟了？不杠了？判你了，你知道悔改了？

佛祖这种级别的超级大佬，干任何事都要讲究体面，讲究顺理成章。从后面老牛归顺的那句话可以看出，其实佛家之前找过他，但老牛仗着头顶那把芭蕉扇，想活个自由自在而不同意归顺佛家。这次老牛不给扇子，属于严重阻碍“天庭灵山特别行动——唐三藏取经项目”，这个项目“无神不保，无天不祐，三界通知，十方拥护”，此时法办了他属于合情合理、顺理成章。

老牛“心惊胆战，悔之不及”，终于意识到这不是简单的恩怨了，他快要被宏大的项目碾为齑粉了。

老牛被四面八方的佛兵天将挡住后，只能往天上跑，但天上此时也已经被“托塔李天王并哪吒太子，领鱼肚药叉、巨灵神将漫住空中”，玉帝也传旨了，要剿除他。

老牛又变回了之前的那头大白牛，跟李天王开战，此时猴哥赶到，从哪吒的表述中我们知道了玉帝降旨的原因：“愚父子昨日见佛如来发檄奏闻玉帝，言唐僧路阻火焰山，孙大圣难伏牛魔王。玉帝传旨，特差我父王领众助力。”看看，佛祖借着取经项目的正义性，从玉帝那儿也要来了背书，这回是光明正大地要惩办老牛了。

最终老牛是怎样被擒的呢?

哪吒直接飞身跳在牛王背上，使斩妖剑砍了他十几个脑袋，又把火轮儿挂在牛角上拿真火烧。我们可能会疑惑为什么那么简单，其实归根结底就是老牛被法宝降维打击了。老李的照妖镜能照住本相，老牛只是一头大白牛，没有手，也无法再变化，他又不像猴哥一直以一米三的个儿示人，连手都没有，人家哪吒可不是想怎么砍就怎么砍。

老牛也没有猴哥的铜头铁臂，最终叫道：“莫伤我命！情愿归顺佛家也！”

唉，老牛啊老牛，被正义行动肃清的你此时已经到了价值最低的时刻。

领导曾经找过你，但你不情愿，最后弄得非常不体面，下令抓你的是佛祖。

本来老牛有着很好的本钱。牛为“丑”，“丑”为金库，金为西方，老牛天生的本相又是顶天立地的大白牛，白色为金，还是天生西方的体面。

这长千丈、高八百丈的大白牛要是当个灵山的守山大神，绝对双方都有面子。

但老牛现在没这待遇了，佛祖钦定的铁案，派的仅仅是金刚级别，他这辈子的事业也就只能止步于此了。

希望他不久后看到那只猴子坐着莲台串门时，能够心态平和。

哪吒见说，将缚妖索子解下，跨在他那颈项上，一把拿住鼻头，将索穿在鼻孔里，用手牵来。孙行者却会聚了四大金刚、六丁六甲、护教伽蓝、托塔天王、巨灵神将并八戒、土地、阴兵，簇拥着白牛，回至芭蕉洞口。老牛叫道："夫人，将扇子出来，救我性命！"罗刹听叫，急卸了钗环，脱了色服，挽青丝如道姑，穿缟素似比丘，双手捧那柄丈二长短的芭蕉扇子，走出门。又见有金刚众圣与天王父子，慌忙跪在地下，磕头礼拜道："望菩萨饶我夫妻之命，愿将此扇奉承孙叔叔成功去也！"行者近前接了扇，同大众共驾祥云，径回东路。

却说三藏与沙僧，立一会，坐一会，盼望行者，许久不回，何等忧虑！忽见祥云满空，瑞光满地，飘飘飖飖，盖众神行将近。这长老害怕道："悟净，那壁厢是何处神兵来也？"沙僧认得道："师父啊，那是四大金刚、金头揭谛、六甲六丁、护教伽蓝与过往众神。牵牛的是哪吒三太子，拿镜的是托塔李天王，大师兄执着芭蕉扇，二师兄并土地随后，其余的都是护卫神兵。"三藏听说，换了毗卢帽，穿了袈裟，与悟净拜迎众圣，称谢道："我弟子有何德能，敢劳列位尊圣临凡也！"四大金刚道："圣僧喜了，十分功行将完。吾等奉佛旨差来助汝，汝当竭力修持，勿得须臾怠惰。"三藏叩齿叩头，受身受命。

孙大圣执着扇子，行近山边，尽气力挥了一扇，那火焰山平平息焰，寂寂除光。行者喜喜欢欢，又扇一扇，只闻得习习潇潇，清风微动。第三扇，满天云漠漠，细雨落霏霏。有诗为证：

火焰山遥八百程，火光大地有声名。

火煎五漏丹难熟，火燎三关道不清。

时借芭蕉施雨露，幸蒙天将助神功。

牵牛归佛休颠劣，水火相联性自平。

此时，三藏解燥除烦，清心了意，四众皈依。谢了金刚，各转宝山。六丁六甲，升空保护。过往神祇四散。天王、太子牵牛径归佛地回缴。止有本山土地押着罗刹女，在旁伺候。行者道："那罗刹，你不走路，还立在此等甚？"罗刹跪道："万望大圣垂慈，将扇子还了我罢。"八戒喝道："泼贱人，不知高低！饶了你的性命就够了，

还要讨甚么扇子！我们拿过山去，不会卖钱买点心吃？费了这许多精神力气，又肯与你？雨濛濛的，还不回去哩！”罗刹再拜道：“大圣原说扇息了火还我。今此一场，诚悔之晚矣。只因不倜傥，致令劳师动众。我等也修成人道，只是未归正果，见今真身现象归西，我再不敢妄作。愿赐本扇，从立自新，修身养命去也。”土地道：“大圣，趁此女深知息火之法，断绝火根，还他扇子；小神居此苟安，拯救这方生民，求些血食，诚为恩便。”

行者道：“我当时问着乡人说，这山扇息火，只收得一年五谷，便又火发，如何始得除根？”罗刹道：“要是断绝火根，只消连扇四十九扇，永远再不发了。”行者闻言，执扇子使尽筋力，望山头连扇四十九扇。那山上大雨淙淙。果然是宝贝：有火处下雨，无火处天晴。他师徒们立在这无火处，不遭雨湿。坐了一夜，次早才收拾马匹行李，把扇子还了罗刹。又道：“老孙若不与你，恐人说我言而无信。你将扇子回山，再休生事。看你得了人身，饶你去罢。”那罗刹接了扇子，念个咒语，捏做个杏叶儿，噙在口里，拜谢了众圣，隐姓修行，后来也得了正果，经藏中万古流名。罗刹、土地俱感激谢恩，随后相送。行者、八戒、沙僧保着三藏，遂此前进。真个是身体清凉，足下滋润。诚所谓：

坎离既济真元合，水火均平大道成。

毕竟不知几年才回东土，且听下回分解。

老牛被哪吒用缚妖索穿了鼻子，唉，后面的牛生也就这个待遇了，被某个童儿拴在某个圈里，驮着某位神仙东来西往，但愿他驮的不是那只猴子吧。

满天神将来到芭蕉洞前，当老牛求罗刹女拿出扇子救命时，她很识时务地捧了出来。其实在老牛刚回来、猴子带着神将们围了山洞的时候，罗刹女就已经看出来不对了，当时就准备交扇子了。此时她更是相当聪明地“急卸了钗环，脱了色服，挽青丝如道姑，穿缟素似比丘，双手捧那柄丈二长短的芭蕉扇子，走出门。又见有金刚众圣与天王父子，慌忙跪在地下，磕头礼拜道：‘望菩萨饶我夫妻之命，愿将此扇奉承孙叔叔成功去也！’”

穿着低调到不能再低调，求饶姿态也是让人根本没办法再跟她追究，甚至之前她一口一骂的“猢狲”也变作了“孙叔叔”，这个女人不一般。

猴哥接了扇子带着群神回到火焰山，唐僧换了毗卢帽，穿了袈裟跟沙僧拜迎众圣称谢。四大金刚看到未来的领导也提前报喜道："圣僧喜了，十分功行将完。吾等奉佛旨差来助汝，汝当竭力修持，勿得须臾怠惰。"

猴哥扇了三扇子，火焰山下雨了。至此，火焰山剿匪行动圆满收官，群神尽散，李天王和哪吒牵牛径归佛地回缴，该给老牛提升思想认识了。

众人都走了之后，火焰山土地押着罗刹女在旁伺候。

这俩不走，是因为各自还有没了结的事。

罗刹女想要回扇子，猴哥怎么可能愿意给，但这个聪明女人只说了一点，就让猴哥还回了扇子，"大圣原说扇息了火还我"，齐天大圣怎么可能说话不算数嘛。

此时的火焰山土地赶紧跟上来，说了五百年来日思夜想的一句话："大圣，趁此女深知息火之法，断绝火根，还他扇子；小神居此苟安，拯救这方生民，求些血食，诚为恩便。"

从老君八卦炉里掉下来的砖生起的火，永熄火焰的办法却被这罗刹女知道，一切尽在不言中。

猴哥望山头连扇四十九扇后，火焰山山火就此作罢，他将扇子还给了罗刹女，此女最终的结局是"隐姓修行，后来也得了正果，经藏中万古流名"。

作者将罗刹女在佛经宇宙中的待遇也放进了自己的西游宇宙，在《法华经》中，有十名罗刹女最终成为护法，所谓"尔时，有罗刹女等，一名蓝婆，二名毗蓝婆，三名曲齿，四名华齿，五名黑齿，六名多发，七名无厌足，八名持璎珞，九名皋帝，十名夺一切众生精气。是十罗刹女，与鬼子母并其子及眷属，俱诣佛所，同声白佛言：'世尊，我等亦欲拥护读诵受持《法华经》者，除其衰患。若有伺求法师短者，令不得便。'"

无论怎样，牛魔王和罗刹女的结局已经比压龙山集团强太多了。

火焰山一关结束，也意味着自红孩儿开始的象征着西行路上的火焰难关尽数走过，至此老君系的所有关卡也已经全部过完了。

来看最后的这句诗：坎离既济真元合，水火均平大道成。

看到"均平"俩字，感觉熟悉吗？

整个西游宇宙中，"均平"两字只出现了两次，这是第二次。

上一次出现，是第五十三回老君收了青牛精："德行要修八百，阴功须积三千。

均平物我与亲冤，始合西天本愿。魔兕刀兵不怯，空劳水火无愆。老君降伏却朝天，笑把青牛牵转。”

奎木狼，金银角，青牛精，这条明线走完，出现了“均平”；

红孩儿，如意仙，芭蕉扇，这条暗线走完，再次出现了“均平”。

作者的文字考究吗？

这就是咱们老祖宗留下的四大名著之一的含金量！

第六十二回

涤垢洗心惟扫塔，缚魔归正乃修身

十二时中忘不得，行功百刻全收。五年十万八千周，休教神水调，莫纵火光愁。水火调停无损处，五行联络如钩。阴阳和合上云楼，乘鸾登紫府，跨鹤赴瀛洲。

这一篇词，牌名《临江仙》。单道唐三藏师徒四众，水火既济，本性清凉，借得纯阴宝扇，扇息燥火遥山。不一日，行过了八百之程，师徒们散诞逍遥，向西而去。正值秋末冬初时序，见了些：

野菊残英落，新梅嫩蕊生。村村纳禾稼，处处食香羹。平林木落远山现，曲涧霜浓幽壑清。应钟气，闭蛰营。纯阴阳月帝元溟，盛水德舜日怜晴。地气下降，天气上升。虹藏不见影，池沼渐生冰。悬崖挂索藤花败，松竹凝寒色更青。

我简单说一下开篇词。“十二时中忘不得，行功百刻全收。”“十二时”指的是一天十二个时辰，“百刻”是古代对时间更细致的划分，强调的就是时时刻刻都得紧缚牢拴，莫外寻。“五年十万八千周，休教神水调，莫纵火光愁。”“五年十万八千周”是一种虚指，表达长时间的积累修行之意。在漫漫修行路上，要注意保持体内的精气神水不枯竭，不要放纵体内的阳火过盛以致产生不良情绪。“水火调停无损处，五行联络如钩。”水为阴柔，火为阳刚，“水火调停”就是要让体内的水火两种力量调节到和谐平衡的状态，使其相互制约、相互促进，不出现偏颇和损伤。“五行联络如钩”是说要让五行之间如钩子一样紧密连接，五行运转绵绵不绝。

“阴阳和合上云楼，乘鸾登紫府，跨鹤赴瀛洲。”当体内阴阳二气达到和谐统一的状态时，你就得道成仙了。

这首词算是对前面一关师徒四人完成了阴阳调和的阶段性总结，毕竟词后跟着说：“单道唐三藏师徒四众，水火既济，本性清凉，借得纯阴宝扇，扇息燥火遥山。”在这史诗级的“冰与火之歌”挑战后，兜率宫的所有副本就此通关，悟空后面该忙着处理佛门的内部事务矛盾了。

在见大量佛妖之前，作者还安排了两关妖仙僭越的小把戏进行过渡。作者要把“小人物膨胀”的事说透，看看那些找不准定位的嚣张小人物最后都是什么下场。

四众行勾多时，前又遇城池相近。唐僧勒住马，叫徒弟：“悟空，你看那厢楼阁峥嵘，是个甚么去处？”行者抬头观看，乃是一座城池。真个是：

龙蟠形势，虎踞金城。四垂华盖近，百转紫墟平。玉石桥栏排巧兽，黄金台座列贤明。真个是神州都会，天府瑶京。万里邦畿固，千年帝业隆。蛮夷拱服君恩远，海岳潮元圣会盈。御阶洁净，辇路清宁。酒肆歌声闹，花楼喜气生。未央宫外长春树，应许朝阳彩凤鸣。

行者道：“师父，那座城池是一国帝王之所。”八戒笑道：“天下府有府城，县有县城，怎么就知是帝王之所？”行者道：“你不知帝王之居，与府县自是不同。你看他四面有十数座门，周围有百十余里，楼台高耸，云雾缤纷。非帝京邦国，何以有此壮丽？”沙僧道：“哥哥眼明，虽识得是帝王之处，却唤做甚么名色？”行者道：“又无牌匾旌号，何以知之？须到城中询问，方可知也。”

长老策马，须臾到门。下马过桥，进门观看，只见六街三市，货殖通财；又见衣冠隆盛，人物豪华。正行时，忽见有十数个和尚，一个个披枷戴锁，沿门乞化，着实的蓝缕不堪。三藏叹道：“兔死狐悲，物伤其类。”叫：“悟空，你上前去问他一声，为何这等遭罪？”行者依言，即叫：“那和尚，你是那寺里的？为甚事披枷戴锁？”众僧跪倒道：“爷爷，我等是金光寺负屈的和尚。”行者道：“金光寺坐落何方？”众僧道：“转过隅头就是。”行者将他带在唐僧前问道：“怎生负屈？你说我听。”众僧道：“爷爷，不知你们是那方来的，我等似有些面善。不敢在此奉告，请到荒山，具说苦楚。”长老道：“也是。我们且到他那寺中去，仔细询问缘由。”

同至山门，门上横写七个金字“敕建护国金光寺”。师徒们进得门来观看，但见那：

古殿香灯冷，虚廊叶扫风。凌云千尺塔，养性几株松。满地落花无客过，檐前蛛网任攀笼。空架鼓，枉悬钟，绘壁尘多彩像朦。讲座幽然僧不见，禅堂静矣鸟常逢。凄凉堪叹息，寂寞苦无穷。佛前虽有香炉设，灰冷花残事事空。

三藏心酸，止不住眼中出泪。众僧们顶着枷锁，将正殿推开，请长老上殿拜佛。长老进殿，奉上心香，叩齿三匝。却转于后面，见那方丈檐柱上，又锁着六七个小和尚，三藏甚不忍见。及到方丈，众僧俱来叩头，问道：“列位老爷像貌不一，可是东土大唐来的么？”行者笑道：“这和尚有甚未卜先知之法？我每正是。你怎么认得？”众僧道：“爷爷，我等有甚未卜先知之法，只是痛负了屈苦，无处分明，日逐家只是叫天叫地。想是惊动天神，昨日夜间，各人都得一梦，说有个东土大唐来的圣僧，救得我等性命，庶此冤苦可伸。今日果见老爷这般异像，故认得也。”

入冬了，师徒四人来到了一座城，猴哥打眼一看就知道这里是个帝都。咱们打眼一看就知道这又要隐喻老朱家的事，来看这段形容：“龙蟠形势，虎踞金城。四垂华盖近，百转紫墟平。玉石桥栏排巧兽，黄金台座列贤明。真个是神州都会，天府瑶京。万里邦畿固，千年帝业隆。”

“龙蟠虎踞”几乎是南京的专属形容词，还是“神州都会，天府瑶京”，而且形容的是“万里邦畿固，千年帝业隆”，这就明摆着说的是“六朝金粉地”的南京城了。明朝是两京一十三省，来看看作者这次要表达什么。

一进城，能看出来国家富庶，商旅鼎盛，人民富足，但是很快十多个披枷戴锁、沿门乞化的和尚让我们抓住重点了，这个国家估计也灭上佛了。

唐僧看见后不忍心，命悟空去问问什么情况。和尚们在大庭广众之下不敢说为什么，带着唐僧一众去了他们的金光寺。

到了山门口，门上横写的七个金字“敕建护国金光寺”再次给出了线索，这寺是国王敕建的，这个国家至少曾经信过佛，进寺后的冷清凄凉样子也让人越来越觉得这是又一个车迟国的剧本。

等众僧问出“列位老爷像貌不一，可是东土大唐来的么？”的问题后，悟空笑了，眼看着越来越像车迟国了。

众僧说他们昨天夜里都做了一个梦，说有个东土大唐来的圣僧能救他们性命，洗刷冤苦。

这回托梦的人没说齐天大圣，说的是东土圣僧，轮到唐僧接活儿了。在悟空通过假猴子事件得到承诺后，佛祖开始往唐僧身上加业绩了。虽然活儿还是猴子干，但不再让猴子领衔了，佛祖的二弟子无论怎样都必须是取经“主要责任人”！这是兹事体大的灵山体面！

三藏闻言大喜道：“你这里是何地方？有何冤屈？”众僧跪告道：“此城名唤祭赛国，乃西邦大去处。当年有四夷朝贡：南月陀国，北高昌国，东西梁国，西本钵国，年年进贡美玉明珠，娇妃骏马。我这里不动干戈，不去征讨，他那里自然拜为上邦。”三藏道：“既拜为上邦，想是你这国王有道，文武贤良。”众僧道：“爷爷，文也不贤，武也不良，国君也不是有道。我这金光寺，自来宝塔上祥云笼罩，瑞蔼高升。夜放霞光，万里有人曾见；昼喷彩气，四国无不同瞻。故此以为天府神京，四夷朝贡。只是三年之前孟秋朔日，夜半子时，下了一场血雨。天明时，家家害怕，户户生悲。众公卿奏上国王，不知天公甚事见责。当时延请道士打醮，和尚看经，答天谢地。谁晓得我这寺里黄金宝塔污了，这两年外国不来朝贡。我王欲要征伐，众臣谏道：我寺里僧人偷了塔上宝贝，所以无祥云瑞蔼，外国不朝。昏君更不察理，那些赃官将我僧众拿了去，千般拷打，万样追求。当时我这里有三辈和尚，前两辈已被拷打不过，死了；如今又捉我辈，问罪枷锁。老爷在上，我等怎敢欺心，盗取塔中之宝！万望爷爷怜念，方以类聚，物以群分，舍大慈大悲，广施法力，拯救我等性命！”

三藏闻言，点头叹道：“这桩事，暗昧难明。一则是朝廷失政，二来是汝等有灾。既然天降血雨，污了宝塔，那时节何不启本奏君，致令受苦？”众僧道：“爷爷，我等凡人，怎知天意？况前辈俱未辨得，我等如何处之？”三藏道：“悟空，今日甚时分了？”行者道：“有申时前后。”三藏道：“我欲面君倒换关文，奈何这众僧之事不得明白，难以对君奏言。我当时离了长安，在法门寺里立愿：上西方，逢庙烧香，遇寺拜佛，见塔扫塔。今日至此，遇有受屈僧人，乃因宝塔之累。你与我办一把新笤帚，待我沐浴了，上去扫扫，即看这污秽之事何如，不放光之故何如，访看端的，方好面君奏言，解救他每这苦难也。”

唐僧听说他的立功机会来了，乐的哟。“三藏闻言大喜道：‘你这里是何地方？

有何冤屈？'”众僧随后跪告了情况，此城是西邦大国祭赛国，之前有南月陀、北高昌、东西梁、西本钵这四国年年进贡美玉明珠和娇妃骏马，祭赛国年年什么都不用干，也不用去打他们，他们自然就会乖乖送来。（这里提前说句下一关会说到的题外话，西牛贺洲虽然不发达，但不意味着每个国家只有一条路能通，哪怕有十年才能熄灭一次山火的火焰山阻路，也不耽误西梁女国年年朝贡祭赛国，所谓“当年有四夷朝贡：南月陀国，北高昌国，东西梁国，西本钵国，年年进贡美玉明珠，娇妃骏马”。所以不要疑惑为什么师徒西走没遇到本钵国。）

唐僧听完，以为是国王有道、文武贤良，但众僧表示这君王的文武水平都一般，这个国家之所以牛，是因为这金光寺的宝塔上“祥云笼罩，瑞蔼高升。夜放霞光，万里有人曾见；昼喷彩气，四国无不同瞻”。纯是靠这个塔，才有了这个国际地位。这国家连名字都叫“祭赛国”，“祭”表示祭祀，“赛”则为酬神之意，这个词之前在灵感大王那关出现过。

之所以目前和尚们活不下去了，是因为三年前孟秋朔日，也就是七月初一的夜半子时下了一场血雨，随后这寺里的黄金宝塔污了，这塔不再绽放光芒了，外国也就不来朝贡了。国王因此开始追责，众臣都说是寺里的和尚偷了塔宝，寺里三辈和尚已经被打死两辈了，就剩他们这最小的一茬了。

讲到这里，提前说说作者在这一关的隐喻，注意和尚们说的这句话：“爷爷，文也不贤，武也不良，国君也不是有道。我这金光寺，自来宝塔上祥云笼罩，瑞蔼高升。夜放霞光，万里有人曾见；昼喷彩气，四国无不同瞻。故此以为天府神京，四夷朝贡。”

这句话翻译一下就是：这个国家的君臣都不成器，只不过靠这佛宝的光芒才让国家有了四方朝贡的地位。

再往深里说一句，就是大明这个国家在西游成书那个年代的实力根本配不上“天府神京，四夷朝贡”的地位，只不过靠着祖上的光芒在那儿吓唬人。

大明的祖上是谁呢？

一共有两个，一个是太祖朱元璋，一个是被朱厚熜在嘉靖十七年（1538）改了庙号的成祖朱棣。

朱元璋最早的职业是啥呢？

是和尚。

这金光寺放光的塔宝是啥呢?

后面我们会知道，是舍利。(“前年与老龙来此，显大法力，下了一阵血雨，污了宝塔，偷了塔中的舍利子佛宝。”)

舍利是啥呢?

是指高僧遗体火化后结成的珠状物，后来也泛指佛、高僧的遗骨。

作者是在暗喻这大明还能够四方来朝的原因,是和尚太祖的光芒还在遗泽后辈。

这个“夜放霞光,万里有人曾见;昼喷彩气,四国无不同瞻”的金光宝塔也有原型，说的是朱棣为了纪念他爹和他亲妈而建造的南京大报恩寺琉璃塔(毁灭于1856年太平天国的“天京事变”)。

这大报恩寺名义上是朱棣为了朱元璋和马皇后建的，实际上是朱棣为了报他亲妈的恩。

因为他是篡位上台，所以他这辈子都被“正统性”的心魔所控制，他不敢认他亲妈，必须宣称他是马皇后的孩子才能更大程度地凸显自己的正统性，但他内心深处对于亲妈的愧疚之情也使得大报恩寺的规格成为史上之最——直接是按皇宫规制建造的，光这个琉璃塔就耗资了二百余万两白银，自建成至衰毁，一直是中国南方最高的建筑，也是世界建筑史上的奇迹。塔身内外共设置一百四十六盏长明灯，昼夜通明，灯盏分布于各层檐角，配合琉璃砖表面的反光效果，形成“灯火璀璨如星汉”的奇观，塔灯每日耗油达六十四斤，夜晚时灯光可照彻数十里外。

朱棣为他爹和他亲妈建的这个大报恩寺中的宝塔里面供奉着老爹的政治遗产(可见作者的功底是多么深厚)。在两个“祖”政治遗产的“双剑合璧”之下，大明能够继续威慑其他国家。在舍利(太祖政治遗产)被偷了，下了一场血雨(道士治国)后，国家就变为二流了!

听出讽刺了吗?说你呢，道士皇帝!别瞅别人!说的就是你嘉靖!

唐僧随后难得地展现了他的担当，表示:“我欲面君倒换关文，奈何这众僧之事不得明白，难以对君奏言。”这就是说，这事唐师父准备管到底了。随后他借着当年在法门寺立愿逢庙烧香、遇寺拜佛、见塔扫塔的由头，要了把新笤帚要去扫塔，要亲自看看这污秽之事到底是个什么情况。

这些枷锁的和尚听说，连忙去厨房取把厨刀，递与八戒道："爷爷，你将此刀打开那柱子上锁的小和尚铁锁，放他去安排斋饭香汤，伏侍老爷进斋沐浴。我等且上街化把新笤帚来，与老爷扫塔。"八戒笑道："开锁有何难哉？不用刀斧，教我那一位毛脸老爷，他是开锁的积年。"行者真个近前，使个解锁法，用手一抹，几把锁俱退落下。那小和尚俱跑到厨中，净刷锅灶，安排茶饭。三藏师徒们吃了斋，渐渐天昏。只见那枷锁的和尚，拿了两把笤帚进来，三藏甚喜。正说处，一个小和尚点了灯来请洗澡。此时满天星月光辉，谯楼上更鼓齐发。正是那：

四壁寒风起，万家灯火明。

六街关户牖，三市闭门庭。

钓艇归深树，耕犁罢短绳。

樵夫柯斧歇，学子诵书声。

三藏沐浴毕，穿了小袖褊衫，束了环绦，足下换一双软公鞋，手里拿一把新笤帚，对众僧道："你等安寝，待我扫塔去来。"行者道："塔上既被血雨所污，又况日久无光，恐生恶物。一则夜静风寒，又没个伴侣，自去恐有差池，老孙与你同上如何？"三藏道："甚好，甚好。"两人各持一把，先到大殿上，点起琉璃灯，烧了香，佛前拜道："弟子陈玄奘，奉东土大唐差往灵山参见我佛如来取经。今至祭赛国金光寺，遇本僧言宝塔被污，国王疑僧盗宝，衔冤取罪，上下难明。弟子竭诚扫塔，望我佛威灵，早示污塔之原因，莫致凡夫之冤屈。"祝罢，与行者开了塔门，自下层望上而扫。只见这塔，真是：

峥嵘倚汉，突兀凌空。正唤做五色琉璃塔，千金舍利峰。梯转如穿窖，门开似出笼。宝瓶影射天边月，金铎声传海上风。但见那虚檐拱斗，作成巧石穿花凤；绝顶留云，造就浮屠绕雾龙。远眺可观千里外，高登似在九霄中。层层门上琉璃灯，有尘无火；步步檐前白玉阑，积垢飞虫。塔心里，佛座上，香烟尽绝；窗棂外，神面前，蛛网牵朦。炉中多鼠粪，盏内少油镕。只因暗失中间宝，苦杀僧人命落空。三藏发心将塔扫，管教重见旧时容。

唐僧用帚子扫了一层，又上一层。如此扫至第七层上，却又二更时分，那长老渐觉困倦。行者道："困了，你且坐下，等老孙替你扫罢。"三藏道："这塔是多少层数？”行者道：“怕不有十三层哩。”长老耽着劳倦道：“是必扫了，方趁本愿。”又扫了三层，腰酸腿痛，就于十层上坐倒道：“悟空，你替我把那三层扫净下来罢。”行者抖擞精神，登上第十一层，霎时又上到第十二层。正扫处，只听得塔顶上有人言语。行者道：“怪哉，怪哉。这早晚有三更时分，怎么得有人在这顶上言语？断乎是邪物也。且看看去。”

好猴王！轻轻的挟着笤帚，撒起衣服，钻出前门，踏着云头观看。只见第十三层塔心里，坐着两个妖精，面前放一盘嘎饭，一只碗，一把壶，在那里猜拳吃酒哩。行者使个神通，丢了笤帚，掣出金箍棒，拦住塔门喝道：“好怪物！偷塔上宝贝的原来是你！”两个怪物慌了，急起身，拿壶拿碗乱掼，被行者横铁棒拦住道：“我若打死你，没人供状。”只把棒逼将去。那怪贴在壁上，莫想挣扎得动，口里只叫：“饶命，饶命！不干我事！自有偷宝贝的在那里也。”

行者使个拿法，一只手抓将过来，径拿下第十层塔中。报道：“师父，拿住偷宝贝的贼了！”三藏正自盹睡，忽闻此言，又惊又喜道：“是那里拿来的？”行者把怪物揪到面前跪下，道：“他在塔顶上猜拳吃酒耍子，是老孙听得喧哗，一纵云跳到顶上拦住，未曾着力。但恐一棒打死，没人供状，故此轻轻捉来。师父可取他个口词，看他是那里妖精，偷的宝贝在于何处。”

那怪物战战兢兢，口叫“饶命”，遂从实供道：“我两个是乱石山碧波潭万圣龙王差来巡塔的。他叫做奔波儿灞，我叫做灞波儿奔；他是鲇鱼怪，我是黑鱼精。因我万圣老龙生了一个女儿，就唤做万圣公主。那公主花容月貌，有二十分人才，招得一个驸马，唤做九头驸马，神通广大。前年与老龙来此，显大法力，下了一阵血雨，污了宝塔，偷了塔中的舍利子佛宝。公主又去大罗天上灵虚殿前，偷了王母娘娘的九叶灵芝草，养在那潭底下，金光霞彩，昼夜光明。近日闻得有个孙悟空，往西天取经，说他神通广大，沿路上专一寻人的不是，所以这些时，常差我等来此巡拦。若还有那孙悟空到时，好准备也。”行者闻言，嘻嘻冷笑道：“那业畜等，这等无礼，怪道前日请牛魔王在那里赴会！原来他结交这伙泼魔，专干不良之事！”

说未了，只见八戒与两三个小和尚，自塔下提着两个灯笼走上来道：“师父扫了塔，不去睡觉，在这里讲甚么哩？”行者道：“师弟，你来正好。塔上的宝贝，乃是万圣老龙偷了去。今着这两个小妖巡塔，探听我等来的消息，却才被我拿住也。”

八戒道："叫做甚么名字，甚么妖精？"行者道："才然供了口词，一个叫做奔波儿灞，一个叫做灞波儿奔；一个是鲇鱼怪，一个是黑鱼精。"八戒掣钯就打，道："既是妖精，取了口词，不打死待何时？"行者道："你不知。且留着活的，好去见皇帝讲话，又好做作眼，去寻贼追宝。"

好呆子，真个收了钯，一家一个都抓下塔来。那怪只叫"饶命"，八戒道："正要你鲇鱼、黑鱼做些鲜汤，与那负冤屈的和尚吃哩！"两三个小和尚喜喜欢欢，提着灯笼引长老下了塔。一个先跑报众僧道："好了，好了！我们得见青天了！偷宝贝的妖怪，已是爷爷们捉将来矣！"行者教："拿铁索来，穿了琵琶骨，锁在这里。汝等看守，我们睡觉去，明日再做理会。"那些和尚都紧紧的守着，让三藏们安寝。

唐僧沐浴完毕，准备去扫塔，这时候猴哥给唐师父递了个台阶，说这塔万一有个恶物什么的怎么办，"老孙与你同上如何？"

猴哥没有直接跟在后面，毕竟唐僧难得积极一把，话说多了显得要抢唐僧功劳，但他又不能放任唐师父被妖怪拐走，于是问一句，看看唐师父的意思。

唐僧其实也害怕，说了句"甚好，甚好"，两人开始一层层地扫塔了。在这里解释一下大家可能会产生的疑问，为什么不从上往下扫塔，从下往上扫，不是前面扫完后面就脏了吗？这塔已经很久没扫了，是需要一层层地往上打通的，扫塔活动是扫完一层，把灰尘污垢归到一个地方后再往上走，而不是把上面一层的灰不断地扫到下面一层来。你可以把扫塔想象成给别墅做卫生，其实没有必要纠结是先做最上面一层还是先做最底下一层。

唐僧扫到第七层时就累了，又强撑了三层，在第十层时让猴哥去把剩下三层扫完。等猴哥扫到第十二层的时候，听见塔顶有人言语，于是他踏着云头观察第十三层，发现塔心里坐着两个妖精在那儿猜拳吃酒。随后猴哥捉拿了这俩，送到了唐僧处，俩妖怪招供了，信息量很大。

1. 俩妖怪是鱼精，是乱石山碧波潭万圣龙王差来巡塔的。

上一个故事的熟人出现了，我们知道了那个小小地方的潭龙王居然叫万圣龙王。结合之前描述的排场，我们已经初步预判他跟牛魔王一样，也是膨胀虚荣的德行了。

2. 老龙有个公主，极美丽，是"十分人才"的双倍，所谓"那公主花容月貌，有二十分人才"。

这里划重点，这公主美得出奇，后面要考。

3. 偷塔宝的是老龙和新招的神通广大的九头驸马。

4. 偷塔宝的目的是给他的龙宫装修，目的是让那龙宫“金光霞彩，昼夜光明”。为此那公主还去偷了王母娘娘的九叶灵芝草，注意这句话：“公主又去大罗天上灵虚殿前，偷了王母娘娘的九叶灵芝草，养在那潭底下。”

小小潭龙王的女儿能去大罗天偷王母娘娘的东西？

她背后肯定有靠山！否则别谈去什么大罗天了！

5. 俩妖怪之所以会出现在这儿，是因为老龙从牛魔王那儿得到消息后天天嘀咕“沿路上专一寻人的不是”的孙悟空，派他们来巡拦，打听孙悟空到没到。

这一会儿工夫，八戒也从塔下上来了，一行人把两个妖精锁了，准备明天去见皇帝。

不觉的天晓。长老道：“我与悟空入朝，倒换关文去来。”长老即穿了锦襕袈裟，戴了毗卢帽，整束威仪，拽步前进。行者也束一束虎皮裙，整一整锦布直裰，取了关文同去。八戒道：“怎么不带这两个妖贼去？”行者道：“待我们奏过了，自有驾帖着人来提他。”遂行至朝门外。看不尽那朱雀黄龙，清都绛阙。三藏到东华门，对阁门大使作礼道：“烦大人转奏，贫僧是东土大唐差去西天取经者，意欲面君，倒换关文。”那黄门官果与通报，至阶前奏道：“外面有两个异容异服僧人，称言南赡部洲东土唐朝差往西方拜佛求经，欲朝我王，倒换关文。”国王闻言，传旨教宣。

长老即引行者入朝。众文武见了行者，无不惊怕。有的说是猴和尚，有的说是雷公嘴和尚，个个悚然，不敢久视。长老在阶前舞蹈山呼的行拜，大圣叉着手，斜立在旁，公然不动。长老启奏道：“臣僧乃南赡部洲东土大唐国差来拜西方天竺国大雷音寺佛求取真经者，路经宝方，不敢擅过，有随身关文，乞倒验方行。”那国王闻言大喜，传旨教：“宣唐朝圣僧上金銮殿，安绣墩赐坐。”长老独自上殿，先将关文捧上，然后谢恩敢坐。那国王将关文看了一遍，心中喜悦道：“似你大唐王有疾，能选高僧，不避路途遥远，拜佛取经。寡人这里和尚，专心只是做贼，败国倾君！”三藏闻言，合掌道：“怎见得败国倾君？”国王道：“寡人这国乃是西域上邦，常有四夷朝贡，皆因国内有个金光寺，寺内有座黄金宝塔，塔上有光彩冲天。近被本寺贼僧暗窃了其中之宝，三年无有光彩，外国这三年也不来朝，寡人心痛恨之。”

三藏合掌笑道：“万岁，‘差之毫厘，失之千里’矣。贫僧昨晚到于天府，一进城门，就见十数个枷纽之僧。问及何罪，他道是金光寺负冤屈者。因到寺细审，更不干本寺僧人之事。贫僧至夜扫塔，已获却偷宝之妖贼矣。”国王大喜道：“妖贼安在？”三藏道：“现被小徒锁在金光寺里。”那国王急降金牌：“着锦衣卫，快到金光寺取妖贼来，寡人亲审。”三藏又奏道：“万岁，虽有锦衣卫，还得小徒去方可。”国王道：“高徒在那里？”三藏用手指道：“那玉阶旁立者便是。”国王见了，大惊道：“圣僧如此丰姿，高徒怎么这等像貌？”孙大圣听见了，厉声高叫道：“陛下！‘人不可貌相，海水不可斗量。’若爱丰姿者，如何捉得妖贼也？”国王闻言，回惊作喜道：“圣僧说的是。朕这里不选人材，只要获贼得宝归塔为上。”再着当驾官看车盖，教锦衣卫：“好生伏侍圣僧去取妖贼来。”

那当驾官即备大轿一乘，黄伞一柄，锦衣卫点起校尉，将行者八抬八绰，大四声喝路，径至金光寺。自此惊动满城百姓，无处无一人不来看圣僧及那妖贼。八戒、沙僧听得喝道，只说是国王差官，急出迎接，原来是行者坐在轿上。呆子当面笑道：“哥哥，你得了本身也！”行者下了轿，搀着八戒道：“我怎么得了本身？”八戒道：“你打着黄伞，抬着八人轿，却不是猴王之职分？故说你得了本身。”行者道：“且莫取笑。快解下两个妖物，押见国王。”沙僧道：“哥哥，也带挈小弟带挈。”行者道：“你只在此看守行李马匹。”那枷锁之僧道：“爷爷们都去承受皇恩，等我们在此看守。”行者道：“既如此，等我去奏过国王，却来放你。”

八戒揪着一个妖贼，沙僧揪着一个妖贼，孙大圣依旧坐了轿，摆开头踏，将两个妖怪押赴当朝。须臾，至白玉阶，对国王道：“那妖贼已取来了。”国王遂下龙床，与唐僧及文武多官同目视之。那怪一个是暴腮乌甲，尖嘴利牙；一个是滑皮大肚，巨口长须，虽然是有足能行，大抵是变成的人像。国王问曰：“你是何方贼怪，那处妖精？几年侵吾国土，何年盗我宝贝？一伙共有多少贼徒，都唤做甚么名字？从实一一供来！”二怪朝上跪下，颈内血淋淋的，更不知疼痛，供：

三载之外，七月初一，有个万圣龙王，帅领许多亲戚，住居在本国东南，离此处路有百十，潭号碧波，山名乱石。生女多娇，妖娆美色，招赘一个九头驸马，神通无敌。他知你塔上珍奇，与龙王合伴做贼，先下血雨一场，后把舍利偷讫。见如今照耀龙宫，纵黑夜明如白日。公主施能，寂寂密密，又偷了王母灵芝，在潭中温养宝物。我两个不是贼头，乃龙王差来小卒。今夜被擒，所供是实。

国王道："既取了供，如何不供自家名字？"那怪道："我唤做奔波儿灞，他唤做灞波儿奔；奔波儿灞是个鲇鱼怪，灞波儿奔是个黑鱼精。"国王教锦衣卫好生收监，传旨："赦了金光寺众僧的枷锁，快教光禄寺排宴，就于麒麟殿上谢圣僧获贼之功，议请圣僧捕擒贼首。"

光禄寺即时备了荤素两样筵席，国王请唐僧四众上麒麟殿叙坐，问道："圣僧尊号？"唐僧合掌道："贫僧俗家姓陈，法名玄奘；蒙君赐姓唐，贱号三藏。"国王又问："圣僧高徒何号？"三藏道："小徒俱无号，第一个名孙悟空，第二个名猪悟能，第三个名沙悟净。此乃南海观世音菩萨起的名字。因拜贫僧为师，贫僧又将悟空叫做行者，悟能叫做八戒，悟净叫做和尚。"国王听毕，请三藏坐了上席，孙行者坐了侧首左席，猪八戒、沙和尚坐了侧首右席，俱是素果素菜、素茶素饭。前面一席荤的，坐了国王；下首有百十席荤的，坐了文武多官。众臣谢了君恩，告了师罪，坐定。国王把盏，三藏不敢饮酒，他三个各受了安席酒。下边只听得管弦齐奏，乃是教坊司动乐。你看八戒放开食颡，真个是虎咽狼吞，将一席果菜之类吃得罄尽。少顷间，添换汤饭又来，又吃得一毫不剩；巡酒的来，又杯杯不辞。这场筵席，直乐到午后方散。

三藏谢了盛宴。国王又留住道："这一席聊表圣僧获怪之功。"教光禄寺："快番席到建章宫里，再请圣僧定捕贼首、取宝归塔之计。"三藏道："既要捕贼取宝，不劳再宴。贫僧等就此辞王，就擒妖捉怪去也。"国王不肯，一定请到建章宫，又吃了一席。国王举酒道："那位圣僧帅众出师，降妖捕贼？"三藏道："教大徒弟孙悟空去。"大圣拱手应承。国王道："孙长老既去，用多少人马，几时出城？"八戒忍不住高声叫道："那里用甚么人马！又那里管甚么时辰！趁如今酒醉饭饱，我共师兄去，手到擒来！"三藏甚喜道："八戒这一向勤谨啊！"行者道："既如此，着沙弟保护师父，我两个去来。"那国王道："二位长老既不用人马，可用兵器？"八戒笑道："你家的兵器，我们用不得。我弟兄自有随身器械。"国王闻说，即取大觥来，与二位长老送行。孙大圣道："酒不吃了，只教锦衣卫把两个小妖拿来，我们带了他去作眼。"国王传旨，即时提出。二人挟着两个小妖，驾风头，使个摄法，径上

东南去了。噫！他那：

君臣一见腾风雾，才识师徒是圣僧。

毕竟不知此去如何擒获，且听下回分解。

唐僧转天带着猴哥入朝去倒换关文了，唐僧一如既往地遵守人间规矩，对国王“在阶前舞蹈山呼的行拜”。听完唐师父相当体面的外交辞令后，“那国王闻言大喜”，从这里是能看出来国王态度的，人家并不灭佛憎僧，只是恨金光寺的和尚。

一番对话后，唐僧说目前已经抓到了偷宝妖贼，国王传旨命锦衣卫“八抬八绰”地抬着猴哥，“大四声喝路”地去金光寺拿贼。

猴哥带着八戒、沙僧将两个鱼精拎到了大殿上，国王审问后，两个鱼精说明了情况，在前面对猴哥说的那些线索之外，又补充了两点：

1. 放光的塔宝是舍利，所谓“他知你塔上珍奇，与龙王合伴做贼，先下血雨一场，后把舍利偷讫”。

2. 公主偷王母娘娘的灵芝是为了温养那舍利，所谓“公主施能，寂寂密密，又偷了王母灵芝，在潭中温养宝物”。

其实这伙傻冤家折腾这一大通，不过是为了“见如今照耀龙宫，纵黑夜明如白日”。之所以说他们是傻冤家，是因为他们为了这个可笑目的居然触动了一个国家的信仰根基，信仰的背后是大量的香火，那是闹着玩的吗？为了保养这“电灯泡”，甚至又偷到了王母娘娘的头上，类似于偷电缆卖破烂，一伙纯纯的傻冤家，不知天高地厚啊！

情况查明后，国王赦了金光寺众僧的枷锁，并叫光禄寺排宴于麒麟殿上，谢圣僧获贼之功。席上，国王希望这几个外来的和尚帮着定捕贼首、取宝归塔。随后我们看唐僧的表态：“既要捕贼取宝，不劳再宴。贫僧等就此辞王，就擒妖捉怪去也。”

呵呵，他要去擒妖捉怪。

虽说唐师父依旧派的是悟空，但这是领导居中调动嘛！总之唐僧这回要揽头功了。

第六十三回

二僧荡怪闹龙宫，群圣除邪获宝贝

却说祭赛国王与大小公卿，见孙大圣与八戒腾风驾雾，提着两个小妖飘然而去，一个个朝天礼拜道："话不虚传，今日方知有此辈神仙活佛！"又见他远去无踪，却拜谢三藏、沙僧道："寡人肉眼凡胎，只知高徒有力量拿住怪贼便了，岂知乃腾云驾雾之上仙也。"三藏道："贫僧无些法力，一路上多亏这三个小徒。"沙僧道："不瞒陛下说，我大师兄乃齐天大圣皈依。他曾大闹天宫，使一条金箍棒，十万天兵无一个对手。只闹得太上老君害怕，玉皇大帝心惊。我二师兄乃天蓬元帅果正，他也曾掌管天河八万水兵大众。惟我弟子无法力，乃卷帘大将受戒。愚弟兄若干别事无能，若说擒妖缚怪，拿贼捕亡，伏虎降龙，踢天弄井，以至搅海翻江之类，略通一二。这腾云驾雾，唤雨呼风，与那换斗移星，担山赶月，特余事耳，何足道哉！"国王闻言，愈十分加敬，请唐僧上坐，口口称为"老佛"，将沙僧等皆称为"菩萨"。满朝文武欣然，一国黎民顶礼不题。

却说孙大圣与八戒，驾着狂风，把两个小妖提到乱石山碧波潭，住定云头，将金箍棒吹了一口仙气，叫"变！"变作一把戒刀，将一个黑鱼精割了耳朵，鲇鱼怪割了下唇，撇在水里，喝道："快早去对那万圣龙王报知，说我齐天大圣孙爷爷在此，着他即送祭赛国金光寺塔上的宝贝出来，免他一家性命；若迸半个'不'字，我将这潭水搅净，教他一门儿老幼遭诛！"那两个小妖得了命，负痛逃生，拖着锁索，淬入水内。諕得那些鼋鼍龟鳖、虾蟹鱼精都来围住问道："你两个为何拖绳带索？"一个掩着耳，摇头摆尾；一个侮着嘴，跌脚捶胸，都嚷嚷闹闹，竟上龙王宫殿报："大王，祸事了！"

那万圣龙王正与九头驸马饮酒，忽见他两个来，即停杯问何祸事。那两个即告道："昨夜巡拦，被唐僧、孙行者扫塔捉获，用铁索拴锁。今早见国王，又被那行者与猪八戒抓着我两个，一个割了耳朵，一个割了嘴唇，抛在水中，着我来报，要索那塔顶宝贝。"遂将前后事细说了一遍。那老龙听说是孙行者齐天大圣，諕得魂不附体，魄散九霄，战兢兢对驸马道："贤婿啊，别个来还好计较；若果是他，却不善也！"驸马笑道："太岳放心，愚婿自幼学了些武艺，四海之内，也曾会过几个豪杰，怕他做甚！等我出去与他交战三合，管取那厮缩首归降，不敢仰视。"

好妖怪，急纵身披挂了，使一般兵器，叫做月牙铲，步出宫，分开水道，在水面上叫道："是甚么齐天大圣！快上来纳命！"行者与八戒立在岸边观看，那妖精怎生打扮：

戴一顶烂银盔，光欺白雪；贯一副兜鍪甲，亮敌秋霜。上罩着锦征袍，真个是彩云笼玉；腰束着犀纹带，果然像花蟒缠金。手执着月牙铲，霞飞电掣；脚穿着猪皮靴，水利波分。远看时一头一面，近睹处四面皆人。前有眼，后有眼，八方通见；左也口，右也口，九口俱言。一声吆喝长空振，似鹤飞鸣贯九宸。

他见无人对答，又叫一声："那个是齐天大圣？"行者按一按金箍，理一理铁棒，道："老孙便是。"那怪道："你家居何处，身出何方？怎生得到祭赛国，与那国王守塔；却大胆获我头目，又敢行凶，上吾宝山索战？"行者骂道："你这贼怪，原来不识你孙爷爷哩！你上前听我道：

老孙祖住花果山，大海之间水帘洞。自幼修成不坏身，玉皇封我齐天圣。只因大闹斗牛宫，天上诸神难取胜。当请如来展妙高，无边智慧非凡用。为翻筋斗赌神通，手化为山压我重。整到如今五百年，观音劝我方逃命。大唐三藏上西天，远拜灵山求佛颂。解脱吾身保护他，炼魔净怪从修行。路逢西域祭赛城，屈害僧人三代命。我等慈悲问旧情，乃因塔上无光映。吾师扫塔探分明，夜至三更天籁静。捉住鱼精取实供，他言汝等偷宝珍。合伴为盗有龙王，公主连名称万圣。血雨浇淋塔上光，将他宝贝偷来用。殿前供状更无虚，我奉君言驰此境。所以相寻索战征，不须再问孙爷姓。快将宝贝献还他，免汝老少全家命。敢若无知骋胜强，教你水涸山颓都蹭蹬！”

那驸马闻言，微微冷笑道：“你原来是取经的和尚，没要紧罗织管事！我偷他的宝贝，你取佛的经文，与你何干，却来厮斗！”行者道：“这贼怪甚不达理！我虽不受国王的恩惠，不食他的水米，不该与他出力；但是你偷他的宝贝，污他的宝塔，屡年屈苦金光寺僧人，他是我一门同气，我怎么不与他出力，辨明冤枉？”驸马道：“你既如此，想是要行赌斗。常言道：‘武不善作。’但只怕起手处，不得留情。一时间伤了你的性命，误了你去取经！”行者大怒，骂道：“这泼贼怪，有甚强能，敢开大口！走上来，吃老爷一棒！”那驸马更不心慌，把月牙铲架住铁棒。就在那乱石山头，这一场真个好杀：

妖魔盗宝塔无光，行者擒妖报国王。小怪逃生回水内，老龙破胆各商量。九头驸马施威武，披挂前来展素强。怒发齐天孙大圣，金箍棒起十分刚。那怪物，九个头颅十八眼，前前后后放毫光；这行者，一双铁臂千斤力，蔼蔼纷纷并瑞祥。铲似一阳初现月，棒如万里遍飞霜。他说你无干休把不平报！我道你有意偷宝真不良！那泼贱，少轻狂，还他宝贝得安康！棒迎铲架争高下，不见输赢练战场。

他两个往往来来，斗经三十余合，不分胜负。猪八戒立在山前，见他每战到酣美之处，举着钉钯，从妖精背后一筑。原来那怪九个头，转转都是眼睛，看得明白，见八戒在背后来时，即使铲镈架着钉钯，铲头抵着铁棒。又耐了六七合，挡不得前后齐攻，他却打个滚，腾空跳起，现了本像，乃是一个九头虫。观其形像十分恶，看此身模怕杀人。他生得：

毛羽铺锦，团身结絮。方圆有丈二规模，长短似鼋鼍样致。两只脚尖利如钩，九个头攒环一处。展开翅极善飞扬，纵大鹏无他力气；发起声远振天涯，比仙鹤还能高厉。眼多闪灼幌金光，气傲不同凡鸟类。

猪八戒看见心惊道：“哥啊！我自为人，也不曾见这等个恶物！是甚血气生此禽兽也？”行者道：“真个罕有，真个罕有！等我赶上打去！”好大圣，急纵祥云，跳在空中，使铁棒照头便打。那怪物大显身，展翅斜飞，搜的打个转身，掠倒山前；半腰里又伸出一个头来，张开口，如血盆相似，把八戒一口咬着鬃，半拖半扯，捉下碧波潭水内而去。及至龙宫外，还变作前番模样，将八戒掷之于地，叫：“小的们何在？”那里面鲭白鲤鳜之鱼精，龟鳖鼋鼍之介怪，一拥齐来，道声：“有！”驸马道：“把这个和尚绑在那里，与我巡拦的小卒报仇！”众精推推嚷嚷，抬进八戒去时，那老龙王欢喜迎出道：“贤婿有功，怎生捉他来也？”那驸马把上项缘故说了一遍，老龙即命排酒贺功不题。

悟空和八戒腾风驾雾提着两个小妖飘然而去后，祭赛国国王和大小官员开始拜谢唐僧和沙僧了。沙僧介绍了下齐天大圣和天蓬元帅的威名,唐僧被国王称为了“老佛”，沙僧升格为了“菩萨”，满朝文武欣然，一国黎民顶礼。

在一次次跟凡人打交道的过程中，取经团队也慢慢摸索出来诀窍了。不用说，直接做，他们是神明，跟凡人哪儿来那么多话，一飞起来凡人就跪下去了。

猴哥和八戒来到碧波潭后，把俩小妖一个割了耳朵，一个割了下唇，撇在水里，让他俩去报信。老龙听说是孙行者齐天大圣来砸场子后已经被唬得魂不附体、魄散九霄，毕竟老牛已经被孙行者送进去接受教育了。老龙战战兢兢地跟他那驸马商量这回遇到的是惹不起的事，但驸马笑了，他认为自己三回合能干掉猴子，拿着月牙铲就出来对战了。

这妖怪出水后不认识猴哥，猴哥随后作了一段诗给他普及了一下：前半段说天上诸神不是他的对手，佛法无边让他回头是岸；后半段说他们是受祭赛国国王之托来跟妖怪开战的，他不是“战争贩子”，师出有名，赶紧把宝贝拿来，不拿的话予以剿灭。

驸马说猴哥不好好取经，多管闲事，猴哥则说自己跟那金光寺僧人一门同气，总之猴哥来回来去宣称正义、师出有名，之后两人开战。等打起来后，猴哥发现这妖怪有九个头颅十八只眼,前前后后放毫光,而且颇有些本事,跟猴哥斗经三十余合，不分胜负。八戒想偷袭，结果人家九头怪眼多看得清楚，及时架住。又打了六七回合，这怪物挡不住二人夹攻，随后打个滚腾空跳起，现出九头虫本相。

准确地说，这妖怪是个大鸟的模样，所谓“两只脚尖利如钩，九个头攒环一处。展开翅极善飞扬，纵大鹏无他力气；发起声远振天涯，比仙鹤还能高厉。眼多闪灼幌金光，气傲不同凡鸟类”。极丑，丑出了风格，八戒赞言：“哥啊！我自为人，也不曾见这等个恶物！是甚血气生此禽兽也？”

猴哥接着打，九头虫展翅斜飞打个转身后避过猴哥，来扑八戒了。八戒这回被人家偷袭了，九头虫“半腰里又伸出一个头来，张开口，如血盆相似，把八戒一口咬着鬃，半拖半扯，捉下碧波潭水内而去”。

捉了八戒后九头虫回潭了，老龙还在那儿欢喜呢，还要排酒贺功。这个傻冤家啊，都死到临头了还不知道怎么回事呢，这猪顶什么用？那猴子还在外头呢！你前面没听说他抓那牛时是什么样的动静和场面吗？

没有个眉眼高低，监察御史们都到眼前了，也不掂量一下自己的分量！

却说孙行者见妖精擒了八戒，心中惧道：“这厮恁般利害！我待回朝见师，恐那国王笑我；待要开言骂战，怎奈我又单身，况水面之事不惯。且等我变化了进去，看那怪把呆子怎生摆布，若得便，且偷他出来干事。”好大圣，捻着诀，摇身一变，还变做一个螃蟹，淬于水内，径至牌楼之前。原来这条路是他前番袭牛魔王盗金睛兽走熟了的。直至那宫阙之下，横爬过去。又见那老龙王与九头虫合家儿欢喜饮酒。行者不敢相近，爬过东廊之下，见几个虾精蟹精，纷纷纭纭耍子。行者听了一会言谈，却就学语学话问道：“驸马爷爷拿来的那长嘴和尚，这会死了不曾？”众精道：“不曾死，缚在那西廊下哼的不是？”

行者听说，又轻轻的爬过西廊，真个那呆子绑在柱上哼哩。行者近前道：“八戒，认得我么？”八戒听得声音，知是行者，道：“哥哥，怎么了！反被这厮捉住我也！”行者四顾无人，将钳咬断索子叫走。那呆子脱了手道：“哥哥，我的兵器被他收了，又奈何？”行者道：“你可知道收在那里？”八戒道：“当被那怪拿上宫殿去了。”行者道：“你先去牌楼下等我。”八戒逃生，悄悄的溜出。行者复身爬上宫殿观看，左首下有光彩森森，乃是八戒的钉钯放光。使个隐身法，将钯偷出，到牌楼下，叫声：“八戒，接兵器！”呆子得了钯，便道：“哥哥，你先走，等老猪打进宫殿。若得胜，就捉住他一家子；若不胜，败出来，你在这潭岸上救应。”行者大喜，只教仔细。八戒道：“不怕他。水里本事，我略有些儿。”行者丢了他，负出水面不题。

这八戒束了皂直裰，双手缠钯，一声喊，打将进去。慌得那大小水族，奔奔波波跑上宫殿，吆喝道：“不好了！长嘴和尚挣断绳，反打进来了！”那老龙与九头虫并一家子俱措手不及，跳起来，藏藏躲躲。这呆子不顾死活，闯入宫殿，一路钯，

筑破门扇，打破桌椅，把些吃酒的家火之类，尽皆打碎。有诗为证：

木母遭逢水怪擒，心猿不舍苦相寻。

暗施巧计偷开锁，大显神威怒恨深。

驸马忙携公主躲，龙王战栗绝声音。

水宫绛阙门窗损，龙子龙孙尽没魂。

这一场，被八戒把玳瑁屏打得粉碎，珊瑚树掼得凋零。那九头虫将公主安藏在内，急取月牙铲，赶至前宫，喝道："泼夯豕彘，怎敢欺心，惊吾眷属！"八戒骂道："这贼怪，你焉敢将我捉来！这场不干我事，是你请我来家打的！快拿宝贝还我，回见国王了事；不然，决不饶你一家命也！"那怪那肯容情，咬定牙齿，与八戒交锋。那老龙才定了神思，领龙子龙孙，各执枪刀，齐来攻取。八戒见事体不谐，虚幌一钯，撤身便走。那老龙帅众追来。须臾，撺出水中，都到潭面上翻腾。

却说孙行者立于潭岸等候，忽见他每追赶八戒，出离水中，就半踏云雾，掣铁棒，喝声"休走"，只一下，把个老龙头打得稀烂。可怜血溅潭中红水泛，尸飘浪上败鳞浮。得那龙子龙孙各各逃命，九头驸马收龙尸转宫而去。

猴哥看见八戒被抓进水里后有点犯难，水里的活儿他不擅长，随后又变成只螃蟹熟门熟路地去探情况了。

此时老龙王正在欢喜地喝他这辈子最后一顿酒，整个龙宫很松懈，悟空轻松地放了八戒并帮他找回了钉钯。八戒在兵器拿到手后也有一肚子气，他是不服那九头虫的，自己是被他腰里伸出来的脑袋咬住偷袭的，于是自告奋勇去砸水晶宫的场子。

老猪冲进水晶宫后一路钯，筑破门扇，打破桌椅，把玳瑁屏打得粉碎，珊瑚树掼得凋零，给老龙最在乎的装修带来惨痛一击。等九头虫将公主安藏好，回过头来与八戒交锋后，老龙才定了神思，领龙子龙孙，各执枪刀，齐来攻取，八戒马上跑路，并送了猴哥在整个西游宇宙中，在岸上打赢水里妖怪的唯一功绩。猴哥终于在岸边成功地打了一回埋伏，把那傻冤家老龙杀死了。龙子龙孙各各逃命，九头驸马收了龙尸，又退回水中。

行者与八戒且不追袭，回上岸，备言前事。八戒道："这厮锐气挫了！被我那一路钯打进去时，打得落花流水，魂散魄飞。正与那驸马厮斗，却被老龙王赶着，

却亏了你打死。那厮们回去，一定停丧挂孝，决不肯出来。今又天色晚了，却怎奈何？”行者道：“管甚么天晚！乘此机会，你还下去攻战，务必取出宝贝，方可回朝。”那呆子意懒情疏，徉徉推托。行者催逼道：“兄弟不必多疑，还像刚才引出来，等我打他。”

两人正自商量，只听得狂风滚滚，惨雾阴阴，忽从东方径往南去。行者仔细观看，乃二郎显圣，领梅山六兄弟，架着鹰犬，挑着狐兔，抬着獐鹿，一个个腰挎弯弓，手持利刃，纵风雾踊跃而来。行者道：“八戒，那是我七圣兄弟，倒好留请他们，与我助战。若得成功，倒是一场大机会也。”八戒道：“既是兄弟，极该留请。”行者道：“但内有显圣大哥，我曾受他降伏，不好见他。你去拦住云头，叫道：‘真君，且略住住，齐天大圣在此进拜。’他若听见是我，断然住了。待他安下，我却好见。”

悟空和八戒把万圣老龙打死后，天黑了，八戒犯懒想下班了，猴哥正在做八戒的思想工作，发现重要角色登场了——南赡部洲灌江口的二郎神带着梅山六兄弟来到了这六七万里之外的碧波潭打猎。很逗。

我们接着看后面，原因马上就会抽丝剥茧地出来了。

行者道：“八戒，那是我七圣兄弟，倒好留请他们，与我助战。若得成功，倒是一场大机会也。”

谁说猴哥狂得没边，他和二郎神与梅山兄弟上次见面时正以性命相搏呢！而且按理讲，他和二郎神那是“一天二地仇，三江四海恨”，他的那些猴子猴孙可大半都直接死在灌江口军团手上，上次两人见面时，二郎神的灌江口集团堪称团灭了孙悟空的花果山集团。别以为猴哥对此一无所知，白骨精那关他被唐师父赶走、回花果山看到破败景象时，他问过，所谓“大圣道：‘我当时共有四万七千群猴，如今都往那里去了？’群猴道：‘自从爷爷去后，这山被二郎菩萨点上火，烧杀了大半。我们蹲在井里，钻在涧内，藏于铁板桥下，得了性命。及至火灭烟消，出来看时，又没花果养赡，难以存活，别处又去了一半……’”（第二十八回）

连诗句都是这么说的：可恨二郎将我灭，堪嗔小圣把人欺。行凶掘你先灵墓，无干破尔祖坟基。

有人说猴哥对二郎神是感恩的，因为二郎神毕竟给他留根了，没杀完。请仔细看下原文，活下来的是“蹲在井里，钻在涧内，藏于铁板桥下”的，相当于藏进保命的安全屋了，不是人家放过的，人家把所有能找到的都弄死了，甚至为了断根，连山都给烧了，要将漏网之鱼们饿死。

灌江口集团跟猴哥的日常操作一样，先杀再烧，人家可并没有留情。也就是说，对猴哥来说，二郎神有剿灭断根之恨，但是，面对这么一个绝大多数人绝对化解不了的冤仇，猴哥是怎么处理的?

猴哥知道，二郎神的能力和自己在伯仲之间，人家还有六个副手，还有支“雇佣兵军团”，这是自己目前打不过的势力。看看咱猴哥多乖巧：八戒，那是我七圣兄弟。

七个断根灭族的仇人，在猴哥这里是轻飘飘的一句“那是我七圣兄弟”。

你说《西游记》连续剧为什么要改编?

太现实了！别说孩子们接受不了，有的成年人可能一辈子都到不了能看懂原著的心理年龄!

猴哥定性这些人是七圣兄弟后，八戒道：“既是兄弟，极该留请。”猴哥道：“但内有显圣大哥，我曾受他降伏，不好见他。你去拦住云头，叫道：‘真君，且略住住，齐天大圣在此进拜。’他若听见是我，断然住了。待他安下，我却好见。”

老大永远不能第一个出场，前面必须得派小弟们去打点，去把场子撑起来，才显得把对方和自己当回事。

那呆子急纵云头，上山拦住，厉声高叫道：“真君，且慢车驾，有齐天大圣请见哩。”那爷爷见说，即传令，就停住六兄弟，与八戒相见毕，问：“齐天大圣何在？”八戒道：“现在山下听呼唤。”二郎道：“兄弟每，快去请来。”六兄弟乃是康、张、姚、李、郭、直，各各出营叫道：“孙悟空哥哥，大哥有请。”行者上前，对众作礼，遂同上山。

二郎爷爷迎见，携手相搀，一同相见，道：“大圣，你去脱大难，受戒沙门，刻日功完，高登莲座，可贺！可贺！”行者道：“不敢。向蒙莫大之恩，未展斯须之报。虽然脱难西行，未知功行何如。今因路遇祭赛国，答救僧灾，在此擒妖索宝。偶见兄长车驾，大胆请留一助。未审兄长自何而来，肯见爱否？”二郎笑道：“我因闲暇无事，同众兄弟采猎而回。幸蒙大圣不弃留会，足感故旧之情。若命协力降妖，

敢不如命。却不知此地是何怪贼？”六圣道：“大哥忘了？此间是乱石山，山下乃碧波潭万圣之龙宫也。”二郎惊讶道：“万圣老龙却不生事，怎么敢偷塔宝？”行者道：“他近日招了一个驸马，乃是九头虫成精。他郎丈两个做贼，将祭赛国下了一场血雨，把金光寺塔顶舍利佛宝偷来。那国王不解其意，苦拿着僧人拷打。是我师父慈悲，夜来扫塔，当被我在塔上拿住两个小妖，是他差来巡探的。今早押赴朝中，实实供招了。那国王就请我师收降，师命我等到此。先一场战，被九头虫腰里伸出一个头来，把八戒衔了去；我却又变化下水，解了八戒。才然大战一场，是我把老龙打死，那厮每收尸挂孝去了。我两个正议索战，却见兄长仪仗降临，故此轻渎也。”

二郎道：“既伤了老龙，正好与他攻击，使那厮不能措手，却不连窝巢都灭绝了？”八戒道：“虽是如此，奈天晚何？”二郎道：“兵家云‘征不待时’，何怕天晚！”康、姚、郭、直道：“大哥莫忙，那厮家眷在此，料无处去。孙二哥也是贵客，猪刚鬣又归了正果，我们营内有随带的酒肴，教小的们取火，就此铺设：一则与二位贺喜，二来也当叙情。且欢会这一夜，待天明索战何迟？”二郎大喜道：“贤弟说得极当。”却命小校安排。行者道：“列位盛情，不敢固却。但自做和尚，都是斋戒，恐荤素不便。”二郎道：“有素酒，果品也是素的。”众兄弟在星月光前，幕天席地，举杯叙旧。

八戒去打了前站，厉声高叫道：“真君，且慢车驾，有齐天大圣请见哩。”

二郎神听见后传令六兄弟停住，与八戒相见后问：“齐天大圣何在？”

八戒道：“现在山下听呼唤。”

一看对方姿态做得这么足，二郎神也明白了，前面的事猴哥自己掀篇了，是识时务的俊杰，于是他让梅山兄弟们去把猴哥请来。

双方都体面，见面就好谈事了。

“行者上前，对众作礼，遂同上山。二郎爷爷迎见，携手相搀，一同相见，道：‘大圣，你去脱大难，受戒沙门，刻日功完，高登莲座，可贺！可贺！’”你看看这场面，二郎神携手相搀，那句话的意思是：恭喜大圣啊！难关过去了！眼看就有灵山的工作岗位了！哥哥为你高兴啊！

没有永远的朋友，也没有永远的敌人，时过境迁了，要学会笑着向前看。猴哥这么拜见就是表示：您断根灭族那事我都忘了，我打不过你，你是我哥哥。你听猴哥说的话："不敢。向蒙莫大之恩，未展斯须之报。"

唉，再叹一声。猴子表示：自己被你抓走，差点被老君烧死，被压了五百年的事，一个字咱都不提，是哥哥你成全！没有哥哥给我摁在那儿、捆在那儿，穿了我的琵琶骨，还有那英俊的小狗狗咬我腿肚子，我哪有这机会啊，莫大之恩啊！

猴哥接着说："虽然脱难西行，未知功行何如。今因路遇祭赛国，答救僧灾，在此擒妖索宝。偶见兄长车驾，大胆请留一助。未审兄长自何而来，肯见爱否？"

这哥儿俩的对话都不能翻译，必须看原文。你看看猴哥求人办事这张嘴，就问你，服吗？你还真觉得猴哥是个狂得没边的愣猴子吗？咱们讲过太多猴哥求人办事的场面了，对本门派的领导、对外门派的领导，猴哥的分寸火候从来极佳，此时二郎神出现在附近了，是敌是友呢？不好说，万一再给我打一顿呢？

虽说是血海深仇，但毕竟好几百年了嘛，一笑而过啦！向前看啦！事业最重要啦！猴哥用极软的话说出了自己的疑问："偶见兄长车驾，大胆请留一助。未审兄长自何而来，肯见爱否？"

你跟这碧波潭有没有关系？这是不是你的产业？是不是？

二郎笑道："我因闲暇无事，同众兄弟采猎而回。幸蒙大圣不弃留会，足感故旧之情。若命协力降妖，敢不如命。却不知此地是何怪贼？"

妥了，二郎神本尊定性了，这事可以干，这里不是灌江口的产业，连是什么妖怪都不知道。但是，最逗的一句话来了，原文写道："六圣道：'大哥忘了？'"这可是原文！"大哥忘了？此间是乱石山,山下乃碧波潭万圣之龙宫也。"二郎惊讶道："万圣老龙却不生事，怎么敢偷塔宝？"

梅山六兄弟说的那句"大哥忘了"，点出了二郎神的此地无银三百两，哥儿个回去估计得被罚站，太多嘴了！

二郎神可不是不知道怎么回事。二郎神在南赡部洲的灌江口，此地为西牛贺洲的碧波潭，打个猎跑那么远？怎么可能这么凑巧！

这句话，让悟空听出来了。

哦，还是有关系，但是答应帮着除妖，说明二郎神有难言之隐。

二郎神和这里有什么关系呢？这地方有什么特殊的？

其实前面的那些疑惑已经都串起来了，还记得万圣龙王那个很不一般的闺女吗？

那是十分美丽的双倍，二十分的容貌！原话是“因我万圣老龙生了一个女儿，就唤做万圣公主。那公主花容月貌，有二十分人才”，而且俩鱼精不止一次说了这丫头有多好看，在国王那儿还说：“潭号碧波，山名乱石。生女多娇，妖娆美色。”

还记得这丫头敢去大罗天上偷王母娘娘的九叶灵芝草吗？

就凭她？她待的那破地方叫乱石山，而且是山上的潭，就一块巴掌大的地方，但凡她爹有点本事，她能守在这里？

她也不可能把这一路上的天庭安保人员都给贿赂了，人数太多了。

整个章节串下来，唯一和天庭有关系的，是和玉帝有亲戚关系、早就认识万圣老龙的二郎神。

所以你说二郎神为什么答应降妖呢？这丫头作死的事情已经闹大了，长得再好看也是个炸弹！

猴哥给二郎神介绍了一下他们揽祭赛国这事的缘由：是老龙和九头虫偷了塔宝，国王请我们来的，不是我们成心找碴儿，二郎哥您别往心里去。眼下老龙已经被打死了，我们正商量索战，“却见兄长仪仗降临，故此轻渎也”。

猴哥这些词，太讨人喜欢了！

二郎神听完表态“连窝巢都灭绝”“征不待时”，梅山兄弟们说：“大哥莫忙，那厮家眷在此，料无处去。孙二哥也是贵客，猪刚鬣又归了正果，我们营内有随带的酒肴，教小的们取火，就此铺设：一则与二位贺喜，二来也当叙情。且欢会这一夜，待天明索战何迟？”

这是梅山兄弟们对前面说错话的补救，如果二郎神有想放的人，这一夜正好安排，否则打完了妖怪再吃庆功宴也一样，叫停行动的饭局是有用意的。

猴哥其实是想推这顿饭的，说自己吃素，他担心夜长梦多，但二郎表示“有素酒，果品也是素的”，总之这顿饭算是吃上了。

不过猴哥的担心多余了，二郎神并没有想放过谁，转过天来，肇事者都在。

唉！某些心思不正的人，千万不要以为你暗中拴住了某位有大能量的人物就觉得自己拥有了权力，最聪明的做法就是力所能及地在安全的领域不显山不露水。如果让你暗中依附的大人物感觉到麻烦，甚至危险，你的结局会相当悲惨的。

正是寂寞更长，欢娱夜短，早不觉东方发白。那八戒几钟酒吃得兴抖抖的道：“天将明了，等老猪下水去索战也。”二郎道：“元帅仔细，只要引他出来，我兄弟每好下手。”八戒笑道：“我晓得，我晓得。”你看他敛衣缠钯，使分水法，跳将下去，径至那牌楼下，发声喊，打入殿内。此时，那龙子披了麻，看着龙尸哭，龙孙与那驸马在后面收拾棺材哩。这八戒骂上前，手起处，钯头着重，把个龙子夹脑连头一钯，筑了九个窟窿。得那龙婆与众往里乱跑，哭道：“长嘴和尚又把我儿打死了！”

那驸马闻言，即使月牙铲，带龙孙往外杀来。这八戒举钯迎敌，且战且退，跳出水中。这岸上齐天大圣与七兄弟一拥上前，枪刀乱下，把个龙孙剁成几断肉饼。那驸马见不停当，在山前打个滚，又现了本像，展开翅，旋绕飞腾。二郎即取金弓，安上银弹，扯满弓，往上就打。那怪急铩翅，掠到山边，要咬二郎；半腰里才伸出一个头来，被那头细犬攛上去，汪的一口，把头血淋淋的咬将下来。那怪物负痛逃生，径投北海而去。

八戒便要赶去，行者止住道：“且莫赶他，正是‘穷寇勿追’。他被细犬咬了头，必定是多死少生。等我变做他的模样，你分开水路，赶我进去，寻那公主，哄他宝贝来也。”二郎与六圣道：“不赶他倒也罢了，只是遗这种类在世，必为后人之害。”至今有个九头虫滴血，是遗种也。

那八戒依言，分开水路，行者变作怪物前走，八戒吆吆喝喝后追。渐渐追至龙宫，只见那万圣公主道：“驸马，怎么这等慌张？”行者道：“那八戒得胜，把我赶将进来，觉道不能敌他。你快把宝贝好生藏了！”那公主急忙难识真假，即于后殿里取出一个浑金匣子来，递与行者道：“这是佛宝。”又取出一个白玉匣子，也递与行者道：“这是九叶灵芝。你拿这宝贝藏去，等我与猪八戒斗上两三合，挡住他。你将宝贝收好了，再出来与他合战。”行者将两个匣儿收在身边，把脸一抹，现了本像道：“公主，你看我可是驸马么？”公主慌了，便要抢夺匣子，被八戒跑上去，着肩一钯，筑倒在地。还有一个老龙婆，撤身就走，被八戒扯住，举钯才筑，行者道：“且住！莫打死他，留个活的，好去国内见功。”遂将龙婆提出水面。行者随后捧着两个匣子上岸，对二郎道：“感兄长威力，得了宝贝，扫净妖贼也。”二郎道：“一则是那国王洪福齐天，二则是贤昆玉神通无量，我何功之有？”兄弟每俱道：“孙二哥既以功成，我每就此告别。”行者感谢不尽，欲留同见国王。诸公不肯，遂帅众回灌口去讫。

转过天来，八戒下水去索战了，二郎神依旧体面周全，表示“元帅仔细，只要引他出来，我兄弟每好下手”，这是平级别版本的“许败不许胜”，充分照顾了八戒不可能打赢的面子，随后八戒使用分水法，跳下了水去。

原著中第一次讲明了八戒下水的本事是分水法，所谓“你看他敛衣缠钯，使分水法，跳将下去，径至那牌楼下，发声喊，打入殿内”。

什么意思？

八戒用的并非天生的水里本事，他用的是“分水法”，这个法术能把水分开，比猴哥那个需要一只手捻诀的避水诀高了一个段位，其实猴哥只要学了这个法术，以后在水里也无敌了，但是，师父没教，就是不会。

最牛的人物都是能自己从零到一的，猴哥的段位还是差着级别。

八戒下水时发现龙宫正在办丧事，他一钯子爆了一个龙子的头，九头虫带队追了出来，随后猴哥跟梅山集团一块出手，西游宇宙的最强团队作战排面出现，将那龙孙瞬间剁成了几段肉饼。九头虫再现本相，想再用从腰里伸头的办法偷袭二郎神时，被人家宠物咬了，细犬直接把九头虫的头给咬了下来，随后这厮投北海逃生去了，八戒想追，被猴哥拦住了。

其实猴哥这话说早了。

他拦住八戒，是因为他知道梅山兄弟说的那句“大哥忘了”有问题，他不想再往深里细究了，九头虫跑了也就跑了，但人家二郎神是想断根的，所谓“二郎与六圣道：‘不赶他倒也罢了，只是遗这种类在世，必为后人之害。’”有些事，毕竟知道的人越少越好。

猴哥和八戒听到了这句话后，龙宫里的那“二十分的人才”也算是被画上命运的休止符了。猴哥变成了九头虫的模样骗到了佛宝和九叶灵芝，万圣公主被八戒打死了，就在老龙婆也要被八戒弄死之时，猴哥叫住了他，老龙婆不是核心人物，留她去国王那里做个见证。

猴哥捧着两个匣子上岸后，感谢他二郎哥哥道：“感兄长威力，得了宝贝，扫净妖贼也。”

随后二郎道：“一则是那国王洪福齐天，二则是贤昆玉神通无量，我何功之有？”跟第六回逮捕了猴哥时的那句“此乃天尊洪福，众神威权，我何功之有？”一模一样，可见作者的笔力！

行者捧着匣子，八戒拖着龙婆，半云半雾，顷刻间到了国内。原来那金光寺解脱的和尚，都在城外迎接，忽见他两个云雾定时，近前磕头礼拜，接入城中。那国王与唐僧正在殿上讲论，这里有先走的和尚，仗着胆，入朝门奏道："万岁，孙、猪二老爷擒贼获宝而来也。"那国王听说，连忙下殿，共唐僧、沙僧迎着，称谢神功不尽，随命排宴谢恩。三藏道："且不须赐饮，着小徒归了塔中之宝，方可饮宴。"三藏又问行者道："汝等昨日离国，怎么今日才来？"行者把那战驸马，打龙王，逢真君，败妖怪，及变化哄宝贝之事，细说了一遍。三藏与国王、大小文武俱喜之不胜。

国王又问："龙婆能人言语否？"八戒道："乃是龙王之妻，生了许多龙子龙孙，岂不知人言？"国王道："既知人言，快早说前后做贼之事。"龙婆道："偷佛宝我全不知，都是我那夫君龙鬼与那驸马九头虫，知你塔上之光乃是佛家舍利子，三年前下了血雨，乘机盗去。"又问："灵芝草是怎么偷的？"龙婆道："只是小女万圣公主，私入大罗天上灵虚殿前，偷的王母娘娘九叶灵芝草。那舍利子得这草的仙气温养着，千年不坏，万载生光，去地下或田中，扫一扫，即有万道霞光，千条瑞气。如今被你夺来，弄得我夫死子绝，婿丧女亡，千万饶了我的命罢！"八戒道："正不饶你哩！"行者道："家无全犯。我便饶你，只便要你长远替我看塔。"龙婆道："好死不如恶活。但留我命，凭你教做甚么。"行者叫："取铁索来。"当驾官即取铁索一条，把龙婆琵琶骨穿了，教沙僧："请国王来看我们安塔去。"

那国王即忙排驾，遂同三藏携手出朝，并文武多官，随至金光寺。上塔，将舍利子安在第十三层塔顶宝瓶中间，把龙婆锁在塔心柱上。念动真言，唤出本国土地、城隍与本寺伽蓝，每三日进饮食一餐，与这龙婆度口；少有差讹，即行处斩。众神暗中领诺。行者却将芝草把十三层塔层层扫过，安在瓶内，温养舍利子。这才是整旧如新，霞光万道，瑞气千条，依然八方共睹，四国同瞻。

下了塔门，国王就谢道："不是老佛与三位菩萨到此，怎生得明此事也！"行者道："陛下，'金光'二字不好，不是久住之物。金乃流动之物，光乃闪烁之气。贫僧为你劳碌这场，将此寺改作'伏龙寺'，教你永远常存。"那国王即命换了字号，

悬上新匾，乃是“敕建护国伏龙寺”。一壁厢安排御宴，一壁厢召丹青写下四众生形，五凤楼注了名号。国王摆銮驾，送唐僧师徒，赐金玉酬答。师徒们坚辞，一毫不受。这真个是：

邪怪剪除万境静，宝塔回光大地明。

毕竟不知此去前路如何，且听下回分解。

等悟空带着龙婆回去后，国王又审了审这龙婆，龙婆作为全家唯一幸存者发表了最后的感言：“那舍利子得这草的仙气温养着，千年不坏，万载生光，去地下或田中，扫一扫，即有万道霞光，千条瑞气。如今被你夺来，弄得我夫死子绝，婿丧女亡，千万饶了我的命罢！”

妖仙僭越的下场啊！

你们这个“潭级单位”算是什么等级，这种让人间百姓供奉香火的宝物是你们能拿得住的吗？这种宝物跟龙王降雨权一样，是正果对人间香火的控制手段，你们偷回去仅仅把它当个装修的玩意儿，一家子死都不知道是怎么死的！

讲到这，再说一个这舍利子是大明和尚太祖的政治遗产隐喻的证据。你看看龙婆前言不搭后语的这句话——“那舍利子得这草的仙气温养着，千年不坏，万载生光，去地下或田中，扫一扫，即有万道霞光，千条瑞气。”

说着塔宝，她为什么来了句“去地下或田中”呢？

这其实就是提醒我们：这不单纯是什么塔宝，而是接地气的大明源流，是最重视百姓民生和农业生产的和尚太祖的治国纲领。前面龙婆特意强调的那句“那舍利子得这草的仙气温养着，千年不坏，万载生光”是啥意思？太祖的政治遗产需要这九叶灵芝草温养。灵芝在我国古代代表祥瑞和贤臣，比如杜甫的《赠郑十八贲》中有“灵芝冠众芳，安得阙亲近”，又比如杨炯的《巫峡》中有“美人今何在，灵芝徒有芳”，皆以灵芝比喻贤能之士。

作者借龙婆之口说出了自己的政治隐喻：你问我要去向何方，我指着太祖的方向，满朝贤臣为大明保驾护航！

在悟空把佛宝重新安放进宝塔后，悟空要给这国家的敕建道场“当爹”了。

悟空说：“‘金光’二字不好，不是久住之物。金乃流动之物，光乃闪烁之气。贫僧为你劳碌这场，将此寺改作‘伏龙寺’，教你永远常存。”

呵呵，改名“伏龙寺”，知道有什么深意吗？

还记得我们前文说这金光寺的原型是什么吗？

是朱棣为了纪念爹娘的大报恩寺。

朱棣是怎么上位的呢？

他降服了一条“龙”——他的龙侄朱允炆。

作者的态度很明确：什么报恩啊！燕贼篡逆！

此后不仅金光寺变成了“敕建护国伏龙寺”，唐僧师徒还收获了第一个国家供奉级别的牌位香火之地，所谓“一壁厢召丹青写下四众生形，五凤楼注了名号”。

前面宝象国、乌鸡国、车迟国的忙都白帮了，在当地并没有留下什么影响力，千万不要以为这供奉不值钱，神灵受的最重要的就是香火。

这回帮了祭赛国的忙，人家国王心甘情愿地给悟空几人设了皇家供奉，这种好处挣得既体面，又持久，比老牛那一家子挣火焰山、子母河的挨着骂的不体面的香火，不知强到哪里去了！

佛祖有面子，门派增光辉，自己受实惠，“挣钱”真的是可以很体面的。

不要挣那种让人心痛的钱，要挣给人解决痛点的钱。

第六十四回

荆棘岭悟能努力，木仙庵三藏谈诗

话表祭赛国王，谢了唐三藏师徒获宝擒怪之恩，所赠金玉，分毫不受。却命当驾官，照依四位常穿的衣服，各做两套，鞋袜各做两双，绦环各做两条，外备干粮烘炒，倒换了通关文牒，大排銮驾，并文武多官、满城百姓、伏龙寺僧人，大吹大打，送四众出城。约有二十里，先辞了国王。众人又送二十里辞回。伏龙寺僧人送有五六十里不回，有的要同上西天，有的要修行伏侍。行者见都不肯回去，遂弄个手段，把毫毛拔了三四十根，吹口仙气，叫"变！"都变作斑斓猛虎，拦住前路，哮吼踊跃。众僧方惧，不敢前进。大圣才引师父策马而去。少时间，去得远了。众僧人放声大哭，都喊："有恩有义的老爷！我等无缘，不肯度我们也！"

且不说众僧啼哭，却说师徒四众走上大路，却才收回毫毛，一直西去。正是时序易迁，又早冬残春至，不暖不寒，正好逍遥行路。忽见一条长岭，岭顶上是路。三藏勒马观看，那岭上荆棘丫叉，薜萝牵绕，虽是有道路的痕迹，左右却都是荆刺棘针。唐僧叫："徒弟，这路怎生走得？"行者道："怎么走不得？"又道："徒弟啊，路痕在下，荆棘在上，只除是蛇虫伏地而游，方可去了。若你们走，腰也难伸，教我如何乘马？"八戒道："不打紧，等我使出钯柴手来，把钉钯分开荆棘。莫说乘马，就抬轿也包你过去。"三藏道："你虽有力，长远难熬，却不知有多少远近，怎生费得这许多精神？"

行者道："不须商量，等我去看看。"将身一纵，跳在半空看时，一望无际。真个是：

匝地远天，凝烟带雨。夹道柔茵乱，漫山翠盖张。密密搓搓初发叶，攀攀扯扯正芬芳。遥望不知何所尽，近观一似绿云茫。蒙蒙茸茸，郁郁苍苍。风声飘索索，日影映煌煌。那中间有松有柏还有竹，多梅多柳更多桑。薜萝缠古树，藤葛绕垂杨。盘团似架，联络如床。有处花开真布锦，无端卉发远生香。为人谁不遭荆棘，那见西方荆棘长。

祭赛国问题解决完毕后，全国上到国家元首，下到平民百姓，全部给唐僧师徒送行，排面上也算是做足了。伏龙寺僧人们送了五六十里后还不回，都想跟着同上西天，被猴哥变了几十只老虎给拦住了，等看到取经四人远离，众僧大哭，都喊："有恩有义的老爷！我等无缘，不肯度我们也！"

这算是最好的结局了，你们要是真跟着到了西天，怎么安排你们呢？你们要是跟着，估计跟李世民安排给唐僧的从者一个待遇，很快就得"领盒饭"了。

师徒四人走过了冬残，迎来了春至，不暖不寒之时，来到了一条"荆棘丫叉、薜萝牵绕"的长岭，"虽是有道路的痕迹，左右却都是荆刺棘针"，根本过不去，用唐僧的话讲："路痕在下，荆棘在上，只除是蛇虫伏地而游，方可去了。"

至此，我们回看这回的标题，是"荆棘岭悟能努力"。

这座岭叫荆棘岭，而且经悟空望过之后得知，一望无际，似有千里之长。

"荆棘"这俩字，在我国古代是有着专属寓意的，明面上泛指山野丛生多刺的灌木，深意是指代奸佞小人和纷乱艰难。

来看悟空视角中的这段描写，前面描写的是荆棘一望无际，从"那中间有松有柏还有竹，多梅多柳更多桑"开始，有意思了，一群荆棘之中，出现了松、柏、竹、梅、柳、桑等植物，松、柏在文学寓意中代表着忠贞、坚韧、高尚，梅、竹则是四君子之二，在荆棘小人丛中有高尚君子出没，但这不是说莲花出淤泥而不染，作者后面还有话："薜萝缠古树，藤葛绕垂杨。盘团似架，联络如床。"君子貌似被小人们缠绕住了，"盘团似架，联络如床"可不是什么好词。最后一句"为人谁不遭荆棘，那见西方荆棘长"已经基本明示此"荆棘"并非字面意义上的山野丛生的多刺灌木了，而是意指人之一生，谁不曾遇到奸佞小人和艰难险阻，但谁也没见过这西天路上有那么多的小人拦路！

作者通过猴哥的视角告诉读者，这一关，是小人拦路。

行者看罢多时，将云头按下道："师父，这去处远哩！"三藏问："有多少远？"行者道："一望无际，似有千里之遥。"三藏大惊道："怎生是好？"沙僧笑道："师父莫愁。我们也学烧荒的，放上一把火，烧绝了荆棘过去。"八戒道："莫乱谈！烧荒的须在十来月，草衰木枯，方好引火。如今正是蕃盛之时，怎么烧得？"行者道："就是烧得，也怕人子。"三藏道："这般怎生得度？"八戒笑道："要得度，还依我。"

好呆子，捻个诀，念个咒语，把腰躬一躬，叫"长！"就长了有二十丈高下的身躯；把钉钯幌一幌，叫"变！"就变了有三十丈长短的钯柄。拽开步，双手使钯，将荆棘左右搂开："请师父跟我来也。"三藏见了甚喜，即策马紧随。后面沙僧挑着行李，行者也使铁棒拨开。

这一日未曾住手，行有百十里。将次天晚，见有一块空阔之处，当路上有一通石碣，上有三个大字，乃"荆棘岭"，下有两行十四个小字，乃：荆棘蓬攀八百里，古来有路少人行。八戒见了笑道："等我老猪与他添上两句：自今八戒能开破，直透西方路尽平。"三藏欣然下马道："徒弟啊，累了你也！我们就在此住过了今宵，待明日天明再走。"八戒道："师父莫住，趁此天色晴明，我等有兴，连夜搂开路，走他娘！"那长老只得相从。

八戒上前努力，师徒们人不住手，马不停蹄。又行了一日一夜，却又天色晚矣。那前面蓬蓬结结，又闻得风敲竹韵，飒飒松声。却好又有一段空地，中间乃是一座古庙。庙门之外，有松柏凝青，桃梅斗丽。三藏下马，与三个徒弟同看。只见：

岩前古庙枕寒流，落日荒烟锁废丘。

白鹤丛中深岁月，绿芜台下自春秋。

竹摇青珮疑闻语，鸟弄余音似诉愁。

鸡犬不通人迹少，闲花野蔓绕墙头。

行者看了道："此地少吉多凶，不宜久坐。"沙僧道："师兄差疑了，似这杳无人烟之处，又无个怪兽妖禽，怕他怎的？"说不了，忽见一阵阴风，庙门后转出一个老者。头戴角巾，身穿淡服，手持拐杖，足踏芒鞋。后跟着一个青脸獠牙、红须赤身鬼使，头顶着一盘面饼，跪下道："大圣，小神乃荆棘岭土地，知大圣到此，无以接待，特备蒸饼一盘，奉上老师父，各请一餐。此地八百里更无人家，聊吃些儿充饥。”八戒欢喜，上前舒手，就欲取饼。不知行者端详已久，喝一声：“且住！这厮不是好人！休得无礼！你是甚么土地？来诳老孙！看棍！”那老者见他打来，将身一转，化作一阵阴风，呼的一声，把个长老摄将起去，飘飘荡荡，不知摄去何所。慌得那大圣没跟寻处，八戒、沙僧俱相顾失色，白马亦只自惊吟。三兄弟连马四口，恍恍忽忽，远望高张，并无一毫下落，前后找寻不题。

面对千里荆棘，沙僧的解决办法是直接烧了过去，不跟小人废话，粗暴直接。

八戒说季节不对，现在不是十来月草衰木枯好引火的时节，现在正是繁盛之时，小人们正得势，根本没法伤到。

悟空说“就是烧得，也怕人子”，意思是除小人的方式不能太粗暴，会伤到无辜之人。

最终八戒给出了解决方案，他长了二十丈，变出三十丈钯柄，拽开步，双手使钯，将荆棘左右搂开。

面对小人，别跟他们纠缠，也不能被他们吓退，瞄准自己的方向，把他们左右搂开。

师徒一天行了百十里，天将晚时见有一块空阔之处，当路上有一通石碣，介绍了这岭叫“荆棘岭”，下有两行十四个小字，乃“荆棘蓬攀八百里，古来有路少人行”，被八戒笑着添了两句：自今八戒能开破，直透西方路尽平。

其实悟空把金箍棒放下，变个大粗棍子，喊声“长”，这路也就通开了，但是，这么对付小人是不符合客观规律的，现实生活中哪里有这么厉害的大粗棍子，而且作者安排最有职场斗争经验的八戒来帮取经团队过小人荆棘之关，也算是知人善任了。

唐僧想下马休息了，但八戒居然不偷懒、不嫌累，要连夜搂开路，于是又走了一日一夜，所谓“师徒们人不住手，马不停蹄。又行了一日一夜，却又天色晚矣”。也就是说，唐僧师徒一口气走了两天一夜，按照前面“这一日未曾住手，行有百十里”的速度，唐僧一行已经走了三百多里了，已经近半路程了，注意这个时间，作者不是白写的，是有用意的。

就在这个晚上，师徒四人来到了一座古庙门前，猴哥看出“此地少吉多凶，不宜久坐”，沙僧难得地发表了一次不同意见：“师兄差疑了，似这杳无人烟之处，又无个怪兽妖禽，怕他怎的？”

道行低就是不行，很快沙僧就丢脸了：来了个自称荆棘岭土地的妖怪把唐僧摄走了。

却说那老者同鬼使，把长老抬到一座烟霞石屋之前，轻轻放下，与他携手相搀道："圣僧休怕，我等不是歹人，乃荆棘岭十八公是也。因风清月霁之宵，特请你来会友谈诗，消遣情怀故耳。"那长老却才定目睁眼，仔细观看。真个是：

漠漠烟云去所，清清仙境人家。

正好洁身修炼，堪宜种竹栽花。

每见翠岩来鹤，时闻清沼鸣蛙。

更赛天台丹灶，仍期华岳明霞。

说甚耕云钓月，此间隐逸堪夸。

坐久幽怀如海，朦胧月上窗纱。

三藏正自默看，渐觉月明星朗，只听得人语相谈，都道："十八公请得圣僧来也。"长老抬头观看，乃是三个老者：前一个霜姿丰采，第二个绿鬓婆娑，第三个虚心黛色。各各面貌、衣服俱不相同，都来与三藏作礼。长老还了礼道："弟子有何德行，敢劳列位仙翁下爱？"十八公笑道："一向闻知圣僧有道，等待多时，今幸一见。如果不吝珠玉，宽坐叙怀，足见禅机真派。"三藏躬身道："敢问仙长大号？"十八公道："霜姿者，号孤直公，绿鬓者，号凌空子，虚心者，号拂云叟，老拙号曰劲节。"三藏道："四翁尊寿几何？"孤直公道：

我岁今经千岁古，撑天叶茂四时春。

香枝郁郁龙蛇状，碎影重重霜雪身。

自幼坚刚能耐老，从今正直喜修身。

乌栖凤宿非凡辈，落落森森远俗尘。

凌空子笑道：

吾年千载傲风霜，高干灵枝力自刚。

夜静有声如雨滴，秋晴荫影似云张。

盘根已得长生诀，受命尤宜不老方。

留鹤化龙非俗辈，苍苍爽爽近仙乡。

拂云叟笑道：

岁寒虚度有千秋，老景潇然清更幽。
不杂嚣尘终冷漠，饱经霜雪自风流。
七贤作侣同谈道，六逸为朋共唱酬。
戛玉敲金非琐琐，天然情性与仙游。

劲节十八公笑道：

我亦千年约有余，苍然贞秀自如如。
堪怜雨露生成力，借得乾坤造化机。
万壑风烟惟我盛，四时洒落让吾疏。
盖张翠影留仙客，博弈调琴讲道书。

三藏称谢道："四位仙翁俱享高寿，但劲节翁又千岁余矣。高年得道，丰采清奇，得非汉时之'四皓'乎？"四老道："承过奖，承过奖。吾等非四皓，乃深山之'四操'也。敢问圣僧，妙龄几何？"三藏合掌躬身答道：

四十年前出母胎，未产之时命已灾。
逃生落水随波滚，幸遇金山脱本骸。
养性看经无懈怠，诚心拜佛敢俄捱。
今蒙皇上差西去，路遇仙翁下爱来。

四老俱称道："圣僧自出娘胎，即从佛教，果然是从小修行，真中正有道之上僧也。我等幸接台颜，敢求大教。望以禅法指教一二，足慰生平。"

长老闻言，慨然不惧，即对众言曰："禅者，静也；法者，度也。静中之度，非悟不成。悟者，洗心涤虑，脱俗离尘是也。夫人身难得，中土难生，正法难遇，全此三者，幸莫大焉。至德妙道，渺漠希夷，六根六识，遂可扫除。菩提者，不死不生，无余无欠，空色包罗，圣凡俱遣。访真了元始钳锤，悟实了牟尼手段。发挥象罔，踏碎涅槃。必须觉中觉了悟中悟，一点灵光全保护。放开烈焰照娑婆，法界纵横独显露。至幽微，更守固，玄关口说谁人度？我本元修大觉禅，有缘有志方能悟。"

四老侧耳受了，无边喜悦，一个个稽首皈依，躬身拜谢道："圣僧乃禅机之悟本也。"拂云叟道："禅虽静，法虽度，须要性定心诚，总为大觉真仙，终坐无生之道。我等之玄，大不同也。”三藏道：“道乃非常，体用合一，如何不同？”

拂云叟笑道：“我等生来坚实，体用比尔不同。感天地以生身，蒙雨露而滋色。笑傲风霜，消磨日月。一叶不凋，千枝节操。似这话不叩冲虚，你执持梵语。道也者，本安中国，反来求证西方。空费了草鞋，不知寻个甚么？石狮子剜了心肝，野狐涎灌彻骨髓。忘本参禅，妄求佛果，都是我荆棘岭葛藤谜语，萝蓏浑言。此般君子，怎生接引？这等规模，如何印授？必须要检点见前面目，静中自有生涯。没底竹篮汲水，无根铁树生花。灵宝峰头牢着脚，归来雅会上龙华。”

三藏闻言，叩头拜谢。十八公用手搀扶，孤直公将身扯起，凌空子打个哈哈道：“拂云之言，分明漏泄。圣僧请起，不可尽信。我等趁此月明，原不为讲论修持，且自吟哦逍遥，放荡襟怀也。”拂云叟笑指石屋道：“若要吟哦，且入小庵一茶，何如？”

这妖怪同鬼使把唐僧抬到了一座烟霞石屋之前轻轻放下，然后携手相搀道：“圣僧休怕，我等不是歹人，乃荆棘岭十八公是也。”

所谓“十八公”，合起来就是个“松”字，结合后面剧情，这是松树成精。让我们来看看，作者安排这个荆棘小人岭中的松树成精想要干什么。

松树精对唐僧说：“因风清月霁之宵，特请你来会友谈诗，消遣情怀故耳。”唐僧经历了自取经以来最风雅的一次绑票，人家说要跟他会友谈诗。唐僧看这地方倒也是个风雅之地，很快又来了三个老者。“前一个霜姿丰采，第二个绿鬓婆娑，第三个虚心黛色。各各面貌、衣服俱不相同，都来与三藏作礼。”

这几位来找他赛诗，又样貌不凡，又给他作了礼，唐僧此时已经失去警惕性了，完全忘了他其实是被绑架来的，他还礼道：“弟子有何德行，敢劳列位仙翁下爱？”

十八公介绍：“霜姿者，号孤直公，绿鬓者，号凌空子，虚心者，号拂云叟，老拙号曰劲节。”结合后文，我们知道孤直公是柏树成精，凌空子是桧树成精，拂云叟为竹竿成精，松、柏、桧、竹都是寓意正直、君子的植物。我们接着往下看。

从唐僧问四翁尊寿几何时，赛诗会就已经开始了，总结下来就是四树精都有千年之寿，而且个个自称超凡脱俗。柏树精是“乌栖凤宿非凡辈，落落森森远俗尘”，桧树精是“留鹤化龙非俗辈，苍苍爽爽近仙乡”，竹竿精是“戛玉敲金非琐琐，天然情性与仙游”，松树精是“盖张翠影留仙客，博弈调琴讲道书”。这群君子树在对唐僧推销自己有多“仙”，唐僧开始对号入座地提问：难道你们就是汉初的商山四皓吗？

四个树精表示他们不是四皓，他们是“深山四操”。

“操”字在此是名词，为品行、德行之意。也就是说，这四个树精说他们是深山里有操守德行的四个老神仙。

四个树精问唐僧“妙龄几何”，根据唐僧的介绍，四树精准确地抓住了唐僧引以为傲的东西：“圣僧自出娘胎，即从佛教，果然是从小修行，真中正有道之上僧也。我等幸接台颜，敢求大教。望以禅法指教一二，足慰生平。”

夸你的长处，让你来指教，圈套就这么一点点地给唐僧下好了，此时唐僧的状态已经是“长老闻言，慨然不惧，即对众言曰：……”

唐师父讲了段禅机，等说完后，四树精的态度是“无边喜悦”，一个个稽首皈依，躬身拜谢道：“圣僧乃禅机之悟本也。”

接着夸！接着捧！让唐僧继续放松警惕！夸完之后，竹竿精表示唐僧的修行之路跟他们不同，引起了唐僧的好奇，然后竹竿精说出自己的私货：“我等生来坚实，体用比尔不同。感天地以生身，蒙雨露而滋色。笑傲风霜，消磨日月。一叶不凋，千枝节操。似这话不叩冲虚，你执持梵语。道也者，本安中国，反来求证西方。空费了草鞋，不知寻个甚么？石狮子剜了心肝，野狐涎灌彻骨髓。忘本参禅，妄求佛果，都是我荆棘岭葛藤谜语，萝蓏浑言。此般君子，怎生接引？这等规模，如何印授？必须要检点见前面目，静中自有生涯。没底竹篮汲水，无根铁树生花。灵宝峰头牢着脚，归来雅会上龙华。”

这段话不翻译了，大家能看懂，这是完全否定唐僧此次取经的意义了。面对这么没有分寸的话，唐僧的反应是“三藏闻言，叩头拜谢”。

唐僧此时该被记大过处分，我们再听听这话：“道也者，本安中国，反来求证西方。空费了草鞋，不知寻个甚么？石狮子剜了心肝，野狐涎灌彻骨髓。忘本参禅，妄求佛果，都是我荆棘岭葛藤谜语，萝蓏浑言。此般君子，怎生接引？这等规模，如何印授？”

唐僧，你是取经责任人，你居然给说这番话的人磕头，这已经表明你的立场出现问题了！几个妖精给你吹捧了一通，给你戴了高帽子后，你晕得连立场都忘了！

其他三个所谓的君子树赶紧给唐僧扶了起来，说拂云这话已经泄露天机了（意思是这话可太牛了），然后假模假式地对唐僧说：圣僧你也不能尽信，我们赶紧吟诗逍遥去。紧接着，他们就将唐僧带进屋中了。

长老真个欠身，向石屋前观看，门上有三个大字，乃“木仙庵”。遂此同入，又叙了坐次。忽见那赤身鬼使捧一盘茯苓膏，将五盏香汤奉上。四老请唐僧先吃，三藏惊疑，不敢便吃。那四老一齐享用，三藏却才吃了两块。各饮香汤，收去。三藏留心偷看，只见那里玲珑光彩，如月下一般：

水自石边流出，香从花里飘来。

满座清虚雅致，全无半点尘埃。

那长老见此仙境，以为得意，情乐怀开，十分欢喜，忍不住念了一句道：“禅心似月迥无涯。”劲节老笑而即联道：“诗兴如天青更新。”孤直公道：“好句漫裁抟锦绣。”凌空子道：“佳文不点唾奇珍。”拂云叟道：“六朝一洗繁华尽，四始重删雅颂分。”三藏道：“弟子一时失口，胡谈几字，诚所谓‘班门弄斧’。适闻列仙之言，清新飘逸，真诗翁也。”劲节老道：“圣僧不必闲叙，出家人全始全终。既有起句，何无结句？望卒成之。”三藏道：“弟子不能，烦十八公结而成篇为妙。”劲节道：“你好心肠！你起的句，如何不肯结果？悭吝珠玑，非道理也。”三藏只得续后句云：“半枕松风茶未熟，吟怀潇洒满腔春。”十八公道：“好个‘吟怀潇洒满腔春’！”孤直公道：“劲节，你深知诗咏，所以只管咀嚼，何不再起一篇？”十八公亦慨然不辞道：“我却是顶针字起：春不荣华冬不枯，云来雾往只如无。”凌空子道：“我亦体前顶针二句：无风摇拽婆娑影，有客忻怜福寿图。”拂云叟亦顶针道：“图似西山坚节老，清如南国没心夫。”孤直公亦顶针道：“夫因侧叶称梁栋，台为横柯作宪乌。”

长老听了，赞叹不已道：“真是阳春白雪，浩气冲霄。弟子不才，敢再起两句。”孤直公道：“圣僧乃有道之士，大养之人也。不必再相联句，请赐教全篇，庶我等亦好勉强而和。”三藏无已，只得笑吟一律，曰：

杖锡西来拜法王，愿求妙典远传扬。

金芝三秀诗坛瑞，宝树千花莲蕊香。

百尺竿头须进步，十方世界立行藏。

修成玉像庄严体，极乐门前是道场。

四老听毕，俱极赞扬。十八公道："老拙无能，大胆搀越，也勉和一首。"云：

劲节孤高笑木王，灵椿不似我名扬。

山空百丈龙蛇影，泉泌千年琥珀香。

解与乾坤生气概，喜因风雨化行藏。

衰残自愧无仙骨，惟有苓膏结寿场。

孤直公道："此诗起句雄豪，联句有力，但结句自谦太过矣，堪羡，堪羡！老拙也和一首。"曰：

霜姿常喜宿禽王，四绝堂前大器扬。

露重珠缨蒙翠盖，风轻石齿碎寒香。

长廊夜静吟声细，古殿秋阴淡影藏。

元日迎春曾献寿，老来寄傲在山场。

凌空子笑而言曰："好诗，好诗！真个是月胁天心，老拙何能为和？但不可空过，也须扯淡几句。"云：

梁栋之材近帝王，太清宫外有声扬。

晴轩恍若来青气，暗壁寻常度翠香。

壮节凛然千古秀，深根结矣九泉藏。

凌云世盖婆娑影，不在群芳艳丽场。

拂云叟道："三公之诗，高雅清淡，正是放开锦绣之囊也。我身无力，我腹无才，得三公之教，茅塞顿开。无已，也打油几句，幸勿哂。"曰：

淇澳园中乐圣王，渭川千亩任分扬。

翠筠不染湘娥泪，班箨堪传汉史香。

霜叶自来颜不改，烟梢从此色何藏？

子猷去世知音少，亘古留名翰墨场。

唐僧看见人家这所石屋叫"木仙庵"，这里的"庵"不是尼姑庵的意思，文人的书斋通常多称"庵"，这是这群木头精的书斋，主打的还是风雅。

在赤身鬼使捧一盘茯苓膏，将五盏香汤奉上时，唐僧还算有点警惕性。人家让他吃，他不吃，等四树精都吃了，他才吃，这也说明他此时又放松了警惕。唐僧看见月色和景致后，心有感触了，所谓“那长老见此仙境，以为得意，情乐怀开，十分欢喜，忍不住念了一句道：‘禅心似月迥无涯。’”

他自己有了感触，先起了头，而且起了第一句后还知道谦虚谦虚，所谓“弟子一时失口，胡谈几字，诚所谓‘班门弄斧’。适闻列仙之言，清新飘逸，真诗翁也”，等后面又对了几句诗后，他彻底收不住了，所谓“长老听了，赞叹不已道：‘真是阳春白雪，浩气冲霄。弟子不才，敢再起两句。’”用饮酒比喻的话，就是已经不用劝酒了，他自己开始喝上了。

前面我们说过，唐僧已经走了两天一夜，按理讲，他应该快要困死、累死了，但你看他有累的意思吗?

荆棘岭中的这群树精是真厉害，给唐师父吹捧得都忘却疲惫了！

三藏道：“众仙老之诗，真个是吐凤喷珠，游夏莫赞。厚爱高情，感之极矣。但夜已深沉，三个小徒不知在何处等我。莫者弟子不能久留，敢此告回寻访，尤无穷之至爱也。望老仙指示归路。”四老笑道：“圣僧勿虑。我等也是千载奇逢，况天光晴爽，虽夜深，却月明如昼。再请宽坐，待天晓自当远送过岭，高徒一定可相会也。”

正话间，只见石屋之外，有两个青衣女童，打一对绛纱灯笼，后引着一个仙女。那仙女撚着一枝杏花，笑吟吟进门相见。那仙女怎生模样？他生得：

青姿妆翡翠，丹脸赛胭脂。星眼光还彩，蛾眉秀又齐。下衬一条五色梅浅红裙子，上穿一件烟里火比甲轻衣。弓鞋弯凤嘴，绫袜锦拖泥。妖娆娇似天台女，不亚当年俏妲己。

四老欠身问道：“杏仙何来？”那女子对众道了万福，道：“知有佳客在此赓酬，特来相访，敢求一见。”十八公指着唐僧道：“佳客在此，何劳求见？”三藏躬身，不敢言语。那女子叫：“快献茶来。”又有两个黄衣女童，捧一个红漆丹盘，盘内有六个细磁茶盂，盂内设几品异果，横担着匙儿，提一把白铁嵌黄铜的茶壶，壶内香茶喷鼻。斟了茶，那女子微露春葱，捧磁盂先奉三藏，次奉四老，然后一盏，自取而陪。

凌空子道：“杏仙为何不坐？”那女子方才去坐。茶毕，欠身问道：“仙翁今宵盛乐，佳句请教一二如何？”拂云叟道：“我等皆鄙俚之言，惟圣僧真盛唐之作，

甚可嘉羡。”那女子道：“如不吝教，乞赐一观。”四老即以长老前诗后诗并禅法论，宣了一遍。那女子满面春风，对众道：“妾身不才，不当献丑。但聆此佳句，似不可虚也。勉强将后诗奉和一律如何？”遂朗吟道：

上盖留名汉武王，周时孔子立坛场。
董仙爱我成林积，孙楚曾怜寒食香。
雨润红姿娇且嫩，烟蒸翠色显还藏。
自知过熟微酸意，落处年年伴麦场。

四老闻诗，人人称贺，都道：“清雅脱尘，句内包含春意。好个‘雨润红姿娇且嫩’‘雨润红姿娇且嫩’！”那女子笑而悄答道：“惶恐，惶恐。适闻圣僧之章，诚然锦心绣口。如不吝珠玉，赐教一阕如何？”

唐僧不敢答应。那女子渐有见爱之情，挨挨轧轧，渐近坐边，低声悄语，呼道：“佳客莫者，趁此良宵，不耍子待要怎的？人生光景，能有几何？”十八公道：“杏仙尽有仰高之情，圣僧岂可无俯就之意？如不见怜，是不知趣了也。”孤直公道：“圣僧乃有道有名之士，决不苟且行事。如此样举措，是我等取罪过了。污人名，坏人德，非远达也。果是杏仙有意，可教拂云叟与十八公做媒，我与凌空子保亲，成此姻眷，何不美哉！”

三藏听言，遂变了颜色，跳起来高叫道：“汝等皆是一类怪物，这般诱我！当时只以砥砺之言，谈玄谈道可也，如今怎么以美人局来骗害贫僧！是何道理？”四老见三藏发怒，一个个咬指担惊，再不敢言。那赤身鬼使爆躁如雷道：“这和尚好不识抬举！我这姐姐那些儿不好？他人材俊雅，玉质娇姿；不必说那女工针指，只这一段诗才，也配得你过。你怎么这等推辞！休错过了！孤直公之言甚当，如果不可苟合，待我再与你主婚。”三藏大惊失色，凭他们怎么胡谈乱讲，只是不从。鬼使又道：“你这和尚，我们好言好语，你不听从；若是我们发起村野之性，还把你摄了去，教你和尚不得做，老婆不得取，却不枉为人一世也？”那长老心如金石，坚执不从，暗想道：“我徒弟们不知在那里寻我哩！”说一声，止不住眼中堕泪。那女子陪着笑，挨至身边，翠袖中取出一个蜜合绫汗巾来，与他揩泪道：“佳客，勿得烦恼。我与你倚玉偎香，耍子去来。”长老咄的一声吆喝，跳起身来就走，被那些人扯扯拽拽，嚷到天明。

唐僧对了半天诗后想起来三个徒弟了，决定离开。四树精表示不急，而且人家急人之所急，知道他又嘀咕了，说道：“待天晓自当远送过岭，高徒一定可相会也。”意思是：等天亮后我们送你走，别担心。继续稳住唐师父。

这个时候，气氛组上来了，两个青衣女童引着一个美丽仙女来了，模样极其娇媚，所谓“妖娆娇似天台女，不亚当年俏妲己”。作者已经告诉读者，这美人不是什么好东西。

从四树精的介绍中，我们知道这是一个杏仙，杏仙听说有佳客在此赓酬，特来相访，以求一见。随后进入献茶吃果品环节，等客套一番后，杏仙也满面春风地加入了赛诗会，一张嘴就加入了挑逗环节，四树精赶紧带节奏道：“清雅脱尘，句内包含春意。好个‘雨润红姿娇且嫩’‘雨润红姿娇且嫩’！”

杏仙随后想请唐僧再来一首，唐僧此时已经听出来她是什么意思了，不敢答应。然后杏仙越来越近，低声悄语表达自己的意愿。

松树精说，人家有高攀仰慕之情，圣僧您也得给点面子，“如不见怜，是不知趣了也”。

柏树精则表示，人家圣僧是有道有名之士，决不苟且行事。咱们这样罪过了，必须得光明正大，来，我们老哥四个做媒保亲，你们赶紧结婚。

至此作者交代全了，这四个树精名为君子，实为小人，是荆棘小人岭中的伪君子树精。

这四个伪君子图穷匕见后，唐僧急了，他们触及唐师父的底线了。唐师父在西梁女国，面对顶级富贵和顶级美色都挺过来了，一个杏仙又算是什么，一直跟他们聊是因为他们捧哏捧得好。唐师父从这伪君子、真小人的局中跳出来了，发怒定性道：“汝等皆是一类怪物，这般诱我！”

四个伪君子被唐师父骂得不敢张嘴了，在此伺候的赤身鬼使暴躁如雷，作为真小人入局，要强迫唐师父跟杏树精婚配。唐僧不从，鬼使开始威胁唐僧，表示如果唐僧不答应，他们就杀掉他，到时候唐僧这辈子什么也没落着。唐僧随后使出最后一招，哭上了。杏树精拿个汗巾给唐师父擦眼泪，口中依旧是那番话，要跟唐师父婚配，唐师父坚持不从，就这样扯扯拽拽，嚷到天明。

天亮了，收拾闹剧的也该来了。

忽听得那里叫声："师父，师父，你在那方言语也？"原来那孙大圣与八戒、沙僧牵着马，挑着担，一夜不曾住脚，穿荆度棘，东寻西找。却好半云半雾的，过了八百里荆棘岭西下，听得唐僧吆喝，却就喊了一声。那长老挣出门来，叫声："悟空，我在这里哩！快来救我！快来救我！"那四老与鬼使，那女子与女童，幌一幌都不见了。

须臾间，八戒、沙僧俱到跟前道："师父，你怎么得到此也？"三藏扯住行者道："徒弟啊，多累了你们了。昨日晚间见的那个老者，言说土地送斋一事，是你喝声要打，他就把我抬到此方。他与我携手相搀，走入门，又见三个老者来此会我，俱道我做'圣僧'。一个个言谈清雅，极善吟诗。我与他赓和相攀。觉有夜半时候，又见一个美貌女子，执灯火，也来这里会我。吟了一首诗，称我做'佳客'。因见我相貌，欲求配偶。我方省悟，正不从时，又被他做媒的做媒，保亲的保亲，主婚的主婚，我立誓不肯。正欲挣着要走，与他嚷闹，不期你们到了。一则天明，一来还是怕你。只才还扯扯拽拽，忽然就不见了。"行者道："你既与他叙话谈诗，就不曾问他个名字？"三藏道："我曾问他之号。那老者唤做十八公，号劲节；第二个号做孤直公；第三个号凌空子；第四个号拂云叟；那女子，称他做杏仙。"八戒道："此物在于何处？才往那方去了？"三藏道："去向之方，不知何所，但只谈诗之处，去此不远。"

他三人同师父看处，只见一座石崖，崖上有"木仙庵"三字。三藏道："此间正是。"行者仔细观之，却原来是一株大桧树，一株老柏，一株老松，一株老竹，竹后有一株丹枫。再看崖那边，还有一株老杏，二株腊梅，二株丹桂。行者笑道："你们可曾看见妖怪？"八戒道："不曾。"行者道："你不知，就是这几株树木在此成精也。"八戒道："哥哥怎得知成精者是树？"行者道："十八公乃松树，孤直公乃柏树，凌空子乃桧树，拂云叟乃竹竿，赤身鬼乃枫树，杏仙即杏树，女童即丹桂、腊梅也。"

八戒闻言，不论好歹，一顿钉钯，三五长嘴，连拱带筑，把两株腊梅、丹桂、老杏、枫杨俱挥倒在地，果然那根下俱鲜血淋漓。三藏近前扯住道："悟能，不可伤了他。他虽成了气候，却不曾伤我。我等找路去罢。"行者道："师父不可惜他，恐日后成了大怪，害人不浅也。"那呆子索性一顿钯，将松、柏、桧、竹一齐皆筑倒。却才请师父上马，往大路一齐西行。

毕竟不知前去如何，且听下回分解。

猴哥三兄弟这一夜不曾住脚，穿荆度棘，东寻西找，半云半雾地过了八百里荆棘岭西下。至此我们也知道了，木仙庵的位置在荆棘岭西边缘，这群树精也算没白逗弄唐僧一宿，帮唐师父少走了四五百里的路。

关于木仙庵的位置和上一回中给祭赛国进贡的西本钵国，有一种说法是本钵国的“本钵”是苯教的“苯”字音译，作者隐喻了当年的佛苯之争，这次唐僧取经本来是要去祭赛国西边的本钵国的，但这几个树精以身入局，把他带跑了。

从个人角度来看，我对此持保留意见，理由有三：

1. 当初介绍本钵国时，群僧口中介绍如下：“此城名唤祭赛国，乃西邦大去处。当年有四夷朝贡：南月陀国，北高昌国，东西梁国，西本钵国，年年进贡美玉明珠，娇妃骏马。我这里不动干戈，不去征讨，他那里自然拜为上邦。”这里有一个关键点，年年进贡。

如果按唐僧师徒的行进路线来看的话，西梁国根本不可能年年对祭赛国进贡，因为火焰山的火每十年才灭一次，所谓“我这里人家，十年拜求一度。四猪四羊，花红表里，异香时果，鸡鹅美酒，沐浴虔诚，拜倒那仙山，请他出洞，至此施为”。也就是说，西梁国到祭赛国还有别的通路，西梁国如此，西边的本钵国应该也是如此。唐僧一行走的是西天大路，但他们来到荆棘岭时，是根本没法走路的，所谓“徒弟啊，路痕在下，荆棘在上，只除是蛇虫伏地而游，方可去了”。而且这可不是近几年才火速长出来的，那石碣说得很明白：“荆棘蓬攀八百里，古来有路少人行。”也就是说，本钵国如果想年年进贡祭赛国，是有别的通路的，只不过没在西天大路上而已。再者说，如果有火焰山和荆棘岭这种隔绝国境的天然屏障保护，西梁国和本钵国干吗要进贡？这就好比历史上真实的玄奘取经，如果按照两点之间线段最短，他应该从成都往西南走，但路不好走，于是走河西走廊，绕了一大圈。

本钵国在祭赛国的西边，但核心地区不一定在唐僧要走的那条路上，而且原著中出现了国名却没了后文的情况也不是孤例，比如后面白毛老鼠诈骗唐僧时说的是：“师父，我家住在贫婆国，离此有二百余里。父母在堂，十分好善，一生的和亲爱友……”这个贫婆国是存在的，但后面根本没有这个国家的戏份，估计也没在取经团队的西天正路上。

2. 真要是暗喻佛苯之争，苯教派了四大义士牺牲自己、保护国家，以身入局，让唐僧师徒走错的话，作者不该对那四个树精那样描写，不该将故事发生的背景放在小人意味极重的荆棘岭，更加不该让四个树精变成了团伙的伪君子。

3. 将木仙庵设置在荆棘岭的西大门是要给这一夜的剧情创造合理性，如果离得太近了，猴哥他们很快能找到，只有远远地“摄来”，才能让这一夜的赛诗顺理成章。

综上，这一关的核心是在写唐僧师徒过小人难关，荆棘岭中的四个树精让人见识一下伪君子、真小人是什么样的行为逻辑，他们通常道貌岸然，自诩正派，言语上让你欢喜，通过层层铺垫，让人一步步放下警惕，掉入他们的陷阱中。

大丈夫不仅要小心“二八佳人体似酥，腰间仗剑斩凡夫”的美人关，还要警惕“虚伪君子口似蜜，腹中暗箭偷伤人”。

悟空三人听见了唐僧吆喝，树精们都跑了，唐僧给猴哥三人讲了讲这一夜的故事。这伙伪君子有一个失算之处，他们将唐僧带到了自己的大本营，猴哥一看那几棵树就知道这伙妖怪是什么了，八戒二话不说直接“一顿钉钯，三五长嘴，连拱带筑，把两株腊梅、丹桂、老杏、枫杨俱挥倒在地”，果然树根下都鲜血淋漓。

唐僧要八戒留他们一命，理由是这伙伪君子毕竟没伤了他，但除恶务尽的猴哥告诉师父，别怜惜这帮伪君子，将来弄不好就会成害人不浅的大怪，随后八戒一通钉钯给这伙妖怪断了根。

从牛魔王到碧波潭，再到荆棘岭，作者将这三关归拢到一起，其实说的是同一件事：妖仙僭越。

骑着傻冤家的牛魔王被过往虚空一切神众暴打；

傻万圣老龙用偷来的佛宝舍利和王母灵芝给自己搞装修，最终断子绝孙；

这群小人丛中的伪君子居然想给佛祖的二弟子上课，还胆大到了说媒拉纤。

这三关说来说去都在说一件事：你们还知道自己是谁吗？问问自己算是个什么东西？

这三关里不知天高地厚的妖仙也根据能力大小，有不同结局：

1. 牛魔王能力最大，虽然最遭人恨，但人家的结局其实是最好的，故事的最后，观音菩萨盘点时，给他的绩效算为三难，所谓：路阻火焰山四十七难，求取芭蕉扇四十八难，收缚魔王四十九难。

2. 碧波潭集团能力中等，虽说作死后被剿灭了，但菩萨盘点时也算看得起他们，给算了两难，所谓：赛城扫塔五十难，取宝救僧五十一难。

3. 这群附庸风雅的伪君子折腾了一通，最终在菩萨的账本中仅仅被算了“棘林吟咏”一难，他们的这番闹剧，在下一回的开头成了唐僧虔诚自有福报的一个小注解，所谓“话表唐三藏一念虔诚，且休言天神保护；似这草木之灵，尚来引送，雅会一宵，脱出荆棘针刺，再无萝蓏攀缠”。什么叫看不起？这就是。他们想逼着唐师父婚配，最终却帮唐僧少走了四五百里的路，就这点效果。

过了荆棘岭后，全书来到了下一个阶段，大批量的佛门妖孽该出场了。为了分出节奏，作者甚至安排师徒四人走了一年的平安路，过荆棘岭时，是“正是时序易迁，又早冬残春至，不暖不寒，正好逍遥行路”，等到下一关前，是“四众西进，行勾多时，又值冬残，正是那三春之日”。作者也用下一关的狠角色和前面这些傻冤家对比，看看什么级别才能僭越，什么级别哪怕僭越了最后也什么事都没有。

妖就是妖，在成为神仙的“孽畜”之前，永远别妄想上台面！